U0025405

用聽的背英單7000字

作者 Judy Majewski & 葉立萱
審校 吳詩綺

+ MP3 時間總長 1148 分鐘

目錄

PART 2
Levels 3-4

PART 3
Levels 5-6

Levels 1-2

1 Jobs & People 職業與人物 (1)

MP3 001

01 **actor** [ˋæktɚ] 名 C (男)演員
相關 actress 女演員

02 **adult** [əˋdʌlt] ❶ 名 C 成年人
❷ 形 成年人的，成年的
同義 ❷ grown-up 成熟的，成人的 反義 ❶ child 小孩，兒童

03 **anybody** [ˋɛnɪˏbɑdɪ] 代 ❶(用於否定句)任何人；❷(用於肯定句)無論誰 同義 ❶ ❷ anyone 任何人；無論誰
・any 形 任何的 ・body 名 身體

04 **anyone** [ˋɛnɪˏwʌn] 代 ❶(用於否定句)任何人；❷(用於肯定句)無論誰 同義 ❶ ❷ anybody 任何人；無論誰
・any 形 任何的 ・one 名 一個

05 **assistant** [əˋsɪstənt]
❶ 名 C 助手，助理
❷ 形 助理的，輔助的
・assist 動 幫助 ・-ant 名 形

06 **aunt** [ænt] 名 C 伯母，姑媽，姨媽，舅媽 同義 auntie, aunty 伯母，姑媽，姨媽，舅媽

07 **baby** [ˋbebɪ] 名 C 嬰兒
同義 infant, babe, newborn 嬰兒

08 **barber** [ˋbɑrbɚ] 名 C 理髮師
補充 barber shop 理髮店

09 **beginner** [bɪˋgɪnɚ] 名 C 初學者，新手 同義 rookie, novice 初學者，新手
・begin 動 開始 ・-er 名 表「人」

10 **boss** [bɔs] 名 C 上司，老闆

11 **boy** [bɔɪ] 名 C 男孩
名 C U boyhood (男性的)童年

12 **brother** [ˋbrʌðɚ] 名 C 兄，弟
同義 male sibling 兄弟
名 C U brotherhood 兄弟關係，手足之情

13 **captain** [ˋkæptɪn]
名 C ❶ 船長，機長；❷ 隊長

MP3 002

14 **child** [tʃaɪld] 名 C ❶ 小孩，兒童；❷ 孩子，子女(複數形作 children [ˈtʃɪldrən])

15 **citizen** [ˋsɪtəzn̩] 名 C 公民

16 **cleaner** [ˋklinɚ]
名 C ❶ 清潔工；❷ 乾洗店
(= cleaner's)
・clean 動 清潔 ・-er 名 表「人」

17 **clown** [klaʊn] ❶ 名 C 小丑
❷ 動 扮小丑，開玩笑，裝傻

18 **coach** [kotʃ] 名 C ❶ 教練；
❷ 英 巴士，公車 ❸ 動 訓練，輔導 同義 ❸ train 訓練，培養

19 **Confucius** [kən`fjuʃəs] 名 孔子

20 **couple** [`kʌpl̩] 名 C ❶ 夫妻；❷（一）對，（一）雙 (+ of)；❸ 幾個 (+ of) ❹ 動 連接，結合
同義 ❸ a few 幾個（接可數名詞）

21 **cousin** [`kʌzn̩] 名 C 表（或堂）兄弟，表（或堂）姐妹

22 **cowboy** [`kaʊbɔɪ] 名 C 牛仔
・cow 名 母牛　・boy 名 男孩

23 **crowd** [kraʊd]
❶ 名 C 人群　❷ 動 擠滿

24 **customer** [`kʌstəmɚ]
名 C 顧客　同義 buyer, client, shopper, consumer 購買者，消費者
・custom 名 惠顧
・-er 名 人

25 **daddy** [`dædɪ] 名 C（口語）爸爸
同義 dad, papa, pa, pop 爸爸

26 **daughter** [`dɔtɚ] 名 C 女兒
補充 daughter-in-law 媳婦

27 **dear** [dɪr] ❶ 名 C 親愛的（人）
❷ 形 親愛的

2 Jobs & People 職業與人物 (2)

MP3 003

01 **director** [də`rɛktɚ]
名 C ❶ 導演；❷ 董事，經理
・direct 動 指導　・-or 名 表「人」

02 **Dr.** [`dɑktɚ]
名 博士（doctor 的縮寫）

03 **duty** [`djutɪ] 名 ❶ C（常作複數）職責；❷ C U 責任，義務
同義 ❷ obligation 義務，責任

04 **elder** [`ɛldɚ] ❶ 形 較年長的
名 ❷ 複 長者，前輩；❸ 單 年齡較大者　反義 ❷ younger, junior 較年少者，晚輩

05 **enemy** [`ɛnəmɪ] 名 C ❶ 敵人，仇敵；❷（前面加 the）敵軍

06 **expert** [`ɛkspɚt] ❶ 名 C 專家
❷ 形 專家的，專門的，內行的

07 **fan** [fæn] 名 C ❶ 迷，狂熱愛好者；❷ 扇子，風扇　❸ 動 搧

08 **farmer** [`fɑrmɚ]
名 C 農夫，農場主人
・farm 名 農場　・-er 名 表「人」

09 **father** [`fɑðɚ] 名 C 父親
補充 father-in-law 岳父，公公

10 **fellow** [`fɛlo] ❶ 名 C 同伴，夥伴　❷ 形 同伴的；同事的

11 **female** [ˋfimel] ❶ 名 C 女人，雌性動物 ❷ 形 女性的，雌的

12 **fireman** [ˋfaɪrmən]
名 C 消防隊員
同義 firefighter 消防隊員

- fire 名 火
- man 名 人

13 **fisherman** [ˋfɪʃɚmən]
名 C 漁夫，漁人

- fisher 名 漁夫
- man 名 人

MP3 004

14 **fool** [ful] ❶ 名 C 傻瓜，蠢人 ❷ 及物 愚弄，欺騙 ❸ 不及物 鬼混，無所事事 同義 ❶ idiot 傻瓜，笨蛋

15 **foreign** [ˋfɔrɪn] 形 ❶ 外國的；❷ 陌生的，不熟悉的 (+ to)
同義 ❶ alien 外國的
反義 ❶ domestic, native 國內的

- foreign 形 外國的
- -er 名 表「人」

16 **foreigner** [ˋfɔrɪnɚ]
名 C 外國人

17 **friend** [frɛnd] 名 C 朋友
同義 C pal, mate, buddy 同伴，朋友

18 **gardener** [ˋgɑrdənɚ]
名 C 園丁

- garden 名 花園
- -er 名 表「人」

19 **gentleman** [ˋdʒɛntḷmən]
名 C ❶ 紳士，有教養的男子；❷ 男士，先生

- gentle 形 有教養的
- man 名 人

20 **girl** [gɝl] 名 C 女孩，少女

21 **grandchild** [ˋgrændˏtʃaɪld]
名 C 孫子，外孫，孫女，外孫女（複數形作 grandchildren）

- grand- 孫子女輩的
- child 名 小孩

22 **granddaughter**
[ˋgrænˏdɔtɚ] 名 C 孫女，外孫女

- grand- 孫子女輩的
- daughter 名 女兒

23 **grandfather** [ˋgrændˏfɑðɚ]
名 C 爺爺，外公
同義 grandpa, grandad, 爺爺，外公

- grand- 祖父母輩的
- father 名 父親

24 **grandmother**
[ˋgrændˏmʌðɚ] 名 C 奶奶，外婆
同義 grandma, gran, granny 奶奶，外婆

- grand- 祖父母輩的
- mother 名 母親

25 **grandson** [ˋgrændˏsʌn]
名 C 孫子，外孫

- grand- 孫子女輩的
- son 名 兒子

26 **guard** [gɑrd] 名 ❶ C 守衛，警衛；❷ U 守衛，看守　❸ 動 守衛

27 **guest** [gɛst] 名 C ❶ 客人，賓客；❷ 旅客，顧客；❸ 特別來賓，客座教授

3 Jobs & People 職業與人物 (3)

MP3 005

01 **guide** [gaɪd] 名 C ❶ 嚮導，導遊；❷ 指南，手冊　動 ❸ 為……領路，帶領；❹ 引導，指導

02 **guy** [gaɪ] 名 C 傢伙，人

03 **he** [hi] 代（主格）他

04 **her** [hɝ] 代 ❶（所有格）她的；❷（受格）她

05 **hero** [ˋhɪro] 名 C ❶ 英雄；❷ 男主角，男主人翁

相關 heroine 女英雄，女主角

06 **him** [hɪm] 代（受格）他

07 **his** [hɪz] 代 ❶（所有格）他的；❷（所有格代名詞）他的東西

08 **holder** [ˋholdɚ] 名 C ❶ 持有者；❷ 支架

- hold 動 擁有；支撐
- -er 名 表「人或物」

09 **human** [ˋhjumən] ❶ 名 C 人　形 ❷ 人的，人類的；❸ 凡人皆有的　同義 ❶ human being 人

10 **hunter** [ˋhʌntɚ] 名 C 獵人

- hunt 動 打獵　• -er 名 表「人」

11 **husband** [ˋhʌzbənd] 名 C 丈夫

12 **I** [aɪ] 代（主格）我

13 **job** [dʒɑb] 名 C 工作

14 **keeper** [ˋkipɚ] 名 C 飼養員

- keep 動 飼養 · -er 名 表「人」

MP3 006

15 **kid** [kɪd] 名 C（口語）小孩

16 **lady** [ˋledɪ] 名 C 女士

17 **leader** [ˋlidɚ]

名 C 領導者，領袖

- lead 動 領導 · -er 名 表「人」

18 **listener** [ˋlɪsn̩ɚ]

名 C 聽者，傾聽者

- listen 動 聽 · -er 名 表「人」

19 **lover** [ˋlʌvɚ] 名 C ❶ 情人，戀人；❷ 愛好者，熱愛者

- love 動 愛 · -er 名 表「人」

20 **magician** [məˋdʒɪʃən]

名 C 魔術師

- magic 名 魔術
- -ian 名 表「精通之人」

21 **male** [mel] ❶ 形 男性的，男子的 名 C ❷ 男人；❸ 雄性或公的動物

22 **man** [mæn] 名 ❶ C 男人；❷ C 人；❸ U 人類（複數形作 men）

23 **master** [ˋmæstɚ] 名 C ❶ 主人；❷ 大師；❸ 碩士學位 ❹ 動 精通

24 **mate** [met] 名 C 同伴，夥伴

25 **me** [mi] 代（受格）我

26 **mine** [maɪn]

❶ 代（所有格代名詞）我的東西

❷ 名 C 礦場，礦井

27 **Miss** [mɪs] 名（對未婚女性的稱呼）小姐

28 **model** [ˋmɑdl̩]

名 C ❶ 模特兒；❷ 模型；❸ 模範 ❹ 動 做模特兒展示（服裝等）

29 **Ms.** [mɪz] 名（用於婚姻狀況不明的女性）女士，小姐

4 Jobs & People 職業與人物 (4)

MP3 007

01 **mommy** [ˋmɑmɪ]
名C（兒語）媽咪
同義 momma, mom, mam(m)a, ma 媽咪

02 **mother** [ˋmʌðɚ] 名C 母親

03 **Mr.** [ˋmɪstɚ] 名 先生（mister 的簡稱）

04 **Mrs.** [ˋmɪsɪz] 名（用於已婚女性）夫人，太太（mistress 的簡稱）

05 **my** [maɪ] 代（所有格）我的

06 **neighbor** [ˋnebɚ]
名C ❶ 鄰居；❷ 鄰國

07 **nephew** [ˋnɛfju] 名C 姪子，外甥

08 **niece** [nis] 名C 姪女，外甥女

09 **nobody** [ˋnobɑdɪ]
❶ 代 沒有人 ❷ 名C 小人物
同義 ❶ no one 沒有人
反義 ❷ somebody 重要人物，有名氣的人

・no 沒有 ・body 名 人

10 **our** [aʊr] 代 我們的

11 **ours** [aʊrz] 代 我們的東西（we 的所有格代名詞）

12 **owner** [ˋonɚ]
名C 物主，所有人

・own 動 擁有 ・-er 名 表「人」

13 **parent** [ˋpɛrənt] 名C 父親，母親

MP3 008

14 **partner** [ˋpɑrtnɚ]
名C 伙伴，搭檔

15 **people** [ˋpipl̩]
名 ❶ 複 人；❷ 複 人們；❸ C 人民，國民；❹ C 民族，種族
❺ 動 使人住在，居住於
同義 ❺ inhabit 居住於

16 **person** [ˋpɝsn̩] 名C 人

17 **personal** [ˋpɝsn̩l̩]
形 ❶ 個人的，私人的；
❷ 本人的，親自的

・person 名 人 ・-al 形

18 **population** [ˌpɑpjəˋleʃən]
名CU 人口

・populate 動 居住於
・-ion 名

19 **producer** [prəˋdjusɚ]
名C 製作人，製片人

・produce 動 生產
・-er 名 表「人」

20 **pupil** [ˋpjupl̩]
名C ❶ 瞳孔；❷ 小學生，弟子

21 **self** [sɛlf] 名 C U（常作單數）自身，自己

22 **sense** [sɛns] 名 ❶ C 感官；❷ 單 意識，觀念；❸ 複 理智 ❹ 動 感覺到，意識到

23 **she** [ʃi] 代（主格）她

24 **sir** [sɝ] 名 先生

25 **sister** [ˋsɪstɚ] 名 C 姐姐，妹妹

26 **secretary** [ˋsɛkrə͵tɛrɪ] 名 C 秘書

- secret 名 秘密 ‧ -ary 名

27 **servant** [ˋsɝvənt] 名 C ❶ 僕人，傭人；❷（公司或機構的）雇員，職員

Part 1 Levels 1 — 2

5 Jobs & People 職業與人物 (5)

MP3 009

01 **someone** [ˋsʌm͵wʌn] ❶ 代 某人 ❷ 名 重要人物，有名氣的人

- some 形 某些 ‧ one 名 一個人

02 **son** [sʌn] 名 C 兒子

03 **their** [ðɛr] 代（所有格）他們的

04 **theirs** [ðɛrz] 代 他們的物或人（they 的所有格代名詞）

05 **them** [ðɛm] 代（受格）他們

06 **they** [ðe] 代（主格）他們

07 **uncle** [ˋʌŋkḷ] 名 C 伯父，叔父，舅舅

08 **us** [ʌs] 代（受格）我們

09 **we** [wi] 代（主格）我們

10 **who** [hu] 代 ❶（用作疑問代名詞）誰，什麼人；❷（用作限定關係代名詞）……的人

11 **whom** [hum] 代（who 的受格）❶（用作疑問代名詞）誰，什麼人；❷（用作限定關係代名詞）……的人

12 **whose** [huz] 代（who 或 which 的所有格）❶（用作疑問代名詞）誰的；❷（用作關係代名詞）那個人的，那些人的

13 **wife** [waɪf]

名C 妻子，太太（複數形作 wives）

14 **woman** [ˋwʊmən]

名C 女人（複數形作 women [ˋwɪmɪn]）

MP3 010

15 **work** [wɝk] 動❶ 工作；❷（機器等）運轉；❸ 起作用，行得通 名❹U 工作；❺C 著作，作品

同義 ❹ employment U 工作，職業

16 **worker** [ˋwɝkɚ]

名C 工人，勞工

・work 動工作　・-er 名表「人」

17 **you** [ju] 代❶（主格）你，你們；❷（受格）你，你們

18 **your** [jʊɚ] 代（所有格）你的，你們的

19 **yours** [jʊrz] 代你的（東西），你們的（東西）（you 的所有格代名詞）

20 **somebody** [ˋsʌm͵bɑdɪ]

代某人，有人

同義 someone 某人，有人

反義 nobody 無人，沒有人

・some 形某個　・body 名身體

21 **speaker** [ˋspikɚ]

名C ❶ 演講者；❷ 講（某種）語言的人

・speak 動講，說話
・-er 名表「人」

22 **stranger** [ˋstrendʒɚ]

名C 陌生人

・strange 形陌生的
・-er 名表「人」

23 **teen** [tin]

❶ 名C（13 到 19 歲的）青少年

❷ 形十幾歲的

24 **teenage** [ˋtin͵edʒ]

形十幾歲的（13-19 歲），青少年的

・teen 名十幾歲
・age 名年齡

25 **teenager** [ˋtin͵edʒɚ]

名C（13 至 19 歲之間的）青少年

・teenage 形十幾歲的
・-er 名表「人」

26 **user** [ˋjuzɚ] 名C 使用者

・use 動使用　・-er 名表「人」

27 **visitor** [ˋvɪzɪtɚ]

名C 來訪者，參觀者，遊客

・visit 動拜訪　・-or 名表「人」

28 **waiter** [ˋwetɚ] 名C 服務生

・wait 動等待　・-er 名表「人」

29 **whoever** [huˋɛvɚ]

代❶ ……的任何人；❷ 無論誰

・who 代誰
・ever 副總是，始終

Part 1 Levels 1 — 2

6 Human Body 人體 (1)

MP3 011

01 **ankle** [ˋæŋkl̩] 名 C 腳踝，足踝

02 **appetite** [ˋæpəˏtaɪt] 名 C U ❶ 食慾，胃口；❷ 欲望，愛好

03 **arm** [ɑrm] 名 C ❶ 臂；❷ 扶手 ❸ 動 用武器裝備

04 **beard** [bɪrd] 名 C（下巴上的）鬍鬚，鬍子

05 **blood** [blʌd] 名 U 血液

06 **bloody** [ˋblʌdɪ] 形 ❶ 流血的；❷ 血淋淋的

- blood 名 血　- -y 形

07 **body** [ˋbɑdɪ] 名 C ❶ 身體；❷（文章、書等的）正文；❸ 團體，組織，法人

08 **bone** [bon] 名 C 骨頭

09 **bony** [ˋbonɪ] 形 ❶ 骨瘦如柴的；❷ 多刺的，多骨的

- bone 名 骨頭
- -y 形 表「有……的」

10 **brain** [bren] 名 ❶ C 腦；❷ U C 智力，頭腦

11 **cell** [sɛl] 名 C ❶ 細胞；❷ 單人牢房

12 **chin** [tʃɪn] 名 C 下巴

13 **ear** [ɪr] 名 C ❶ 耳朵；❷ 聽力，辨音力

14 **energy** [ˋɛnɚdʒɪ] 名 ❶ U 活力，幹勁；❷ U 能量；❸ U 複 精力

MP3 012

15 **eye** [aɪ] 名 C ❶ 眼睛；❷ 孔，眼狀物

16 **eyebrow** [ˋaɪˏbraʊ] 名 C（常作複數）眉毛

- eye 名 眼睛　- brow 名 眉毛

17 **face** [fes] 名 C ❶ 臉，面孔；❷ 表情，面容　❸ 及物 面向，正對；❹ 面臨，勇敢地對付 ❺ 不及物 朝，向

18 **fat** [fæt] ❶ 形 肥胖的 ❷ 名 U 脂肪　同義 ❶ plump, chubby 豐滿的，圓胖的 反義 ❶ thin, slender 修長的，苗條的

19 **figure** [ˋfɪgjɚ] 名 C ❶ 體形，體態；❷ 人物；❸ 數字 ❹ 動 認為，以為 同義 ❶ shape 形狀，外形

20 **finger** [ˋfɪŋgɚ] ❶ 名 C 手指 ❷ 動 用手指觸摸或撥弄

21 **foot** [fʊt] 名 C ❶ 腳；❷ 最下部，底部；❸ 英尺

22 **grow** [gro] 不及物 ❶ 生長，成長；❷ 增加，擴大；❸ 漸漸變得 及物 ❹ 種植；❺ 留（鬚或髮） 反義 ❷ shrink 收縮，縮短

23 **growth** [groθ] 名 ❶ U 成長，生長；❷ C 增長，擴大

- grow 動 生長
- -th 名 表「性質，狀態」

24 **hair** [hɛr] 名 C U 頭髮

25 **hand** [hænd]
名 ❶ C 手；❷ C（鐘錶等的）指針；❸ 單 幫助　❹ 動 面交，傳遞

26 **head** [hɛd] 名 C ❶ 頭；❷ 才智，頭腦　❸ 動（向特定方向）出發，（船）駛往

27 **heart** [hɑrt] 名 C ❶ 心臟；❷ 內心，心腸；❸ 中心，（問題等的）核心

28 **hip** [hɪp] 名 C 臀部，屁股

Part 1 Levels 1 — 2

7 Human Body 人體 (2)

MP3 013

01 **joint** [dʒɔɪnt]
名 C ❶ 關節；❷ 接合點，接合處 ❸ 形 共同的，共有的

02 **knee** [ni] 名 C 膝蓋

03 **lap** [læp] 名 C（坐著時的）大腿部位

04 **leg** [lɛg] 名 C 腿

05 **lid** [lɪd]
名 C ❶ 眼瞼，眼皮；❷ 蓋子 同義 ❶ eyelid 眼皮，眼瞼

06 **lip** [lɪp] 名 C 嘴唇

07 **mouth** [maʊθ] 名 C 嘴

08 **nail** [nel]
名 C ❶ 指甲；❷ 釘子 ❸ 動 將……釘牢

09 **naked** [ˋnekɪd] 形 赤裸的，裸身的　同義 nude 赤裸的

10 **neck** [nɛk] 名 C 頸，脖子

11 **nose** [noz]
❶ 名 C 鼻　❷ 動 小心翼翼地駕駛

12 **organ** [ˋɔrgən] 名 C 器官

13 **palm** [pɑm] 名 C ❶ 手掌；❷ 棕櫚樹

MP3 014

14 **shoulder** [ˋʃoldɚ]
❶ 名 C 肩膀
❷ 動 擔負，承擔

15 **sight** [saɪt] 名 ❶ U 視覺，視力；❷ U 視野，視線；❸ U 看見，看到；❹ C 景色，景象；❺（常作複數）名勝，觀光地
❻ 動 看見，發現
同義 ❶ eyesight, vision 視力，視覺

16 **skin** [skɪn] 名 U C ❶ 皮，皮膚；❷（果實等的）外皮 ❸ 動 剝……的皮

17 **soul** [sol]
名 ❶ C 靈魂；❷ U 精神，精力

18 **skinny** [ˋskɪnɪ]
形 極瘦的，皮包骨的
・skin 名 皮膚 ・-y 形

19 **slender** [ˋslɛndɚ] 形 苗條的
同義 slim 苗條的，纖細的

20 **slim** [slɪm] 形 苗條的，纖細的
同義 slender 苗條的

21 **throat** [θrot] 名 C 喉嚨

22 **thumb** [θʌm] 名 C 拇指

23 **toe** [to] 名 C 腳趾

24 **tongue** [tʌŋ] 名 C 舌頭

25 **tooth** [tuθ]
名 C 牙齒（複數形作 teeth [tiθ]）

26 **waist** [west] 名 C 腰

Part 1 Levels 1 — 2

8 Activities 活動 (1)

MP3 015

01 **accept** [əkˋsɛpt] 動 接受
反義 reject, refuse, decline 婉拒，拒絕

02 **act** [ækt] 動 ❶ 行動；❷ 演戲，表演；❸ 充當 ❹ 名 C 行為，行動

03 **action** [ˋækʃən]
名 ❶ U C 行動，行為
❷ C（實際的）行動
・act 動 行動 ・-ion 名

04 **active** [ˋæktɪv] 形 ❶ 活躍的；❷ 積極的；❸ 在活動中的
反義 ❷ passive 被動的，消極的
・act 行動 ・-ive 形

05 **affair** [əˋfɛr] 名 C ❶ 事件；❷（常作複數）事務；❸ 風流韻事

06 **aid** [ed] 動 ❶ 幫助，救助；❷ 有助於 名 ❸ U 幫助，救助；❹ C 有輔助作用的事物；助手
同義 ❶ help, assist 幫助

07 **aim** [em]
不及物 ❶ 瞄準；❷ 意欲，旨在
及物 ❸ 把……瞄準；❹ 將……針對，使……旨在 名 ❺ C 目標，目的；❻ U 瞄準
同義 ❺ C goal 目標，目的

08 **appear** [əˋpɪr]
動 ❶ 出現，顯露；❷ 似乎，看來好像 同義 ❶ turn up 出現
❷ seem, look 似乎
反義 ❶ disappear 消失，不見

09 **appearance** [əˋpɪrəns]
名 ❶ C 出現；
❷ U C 外貌，神色

・appear 動 出現
・-ance 名

10 **apply** [əˋplaɪ] 不及物 ❶ 申請；
❷ 適用 及物 ❸ 塗，敷；❹ 應用

11 **arrange** [əˋrendʒ]
動 ❶ 整理，布置；❷ 安排，籌備

12 **attend** [əˋtɛnd] 動 ❶ 出席，參加；❷ 上學（或上教堂等）；❸ 照顧，護理，侍候 同義 ❶ go to, be present at 出席，到場

13 **avoid** [əˋvɔɪd] 動 ❶ 避開，躲開；❷ 避免 (+ N/V-ing)

MP3 016

14 **barbecue** [ˋbɑrbɪkju]
❶ 名 C 烤肉野餐 ❷ 動 烤（肉）

15 **bath** [bæθ] 名 C 洗澡，沐浴

16 **bathe** [beð] 及物 ❶ 給……洗澡；❷ 洗，浸 ❸ 不及物 洗澡

17 **beg** [bɛg] 及物 ❶ 乞討；
❷ 懇求，請求
不及物 ❸ 乞討；❹ 懇求，請求

18 **bet** [bɛt]
❶ 及物 以……打賭，與……打賭
❷ 不及物 打賭
名 C ❸ 打賭；❹ 賭金，賭注

19 **bind** [baɪnd] 動 ❶ 綁，捆；
❷ 把……緊緊聯繫在一起；
❸ 約束，保證做（某事）
同義 ❷ unite 使團結

20 **bite** [baɪt]
及物 ❶ 咬；❷ 叮
❸ 不及物 咬
名 C ❹ 咬，叮；❺ 一口之量

21 **blow** [blo]
及物 ❶ 吹；❷（風）吹，刮；
❸ 不及物（風）吹，刮
名 C ❹ 一擊，毆打；
❺（精神上的）打擊

22 **borrow** [ˋbɑro]
動 借，借入（+ from）
比較 lend (+to) 把……借給

23 **bother** [ˋbɑðɚ]
❶ 及物 煩擾，打攪
❷ 不及物 麻煩，費心
❸ 名 U 麻煩，煩惱
同義 ❸ U trouble 麻煩，煩惱

24 **bow** 動 [baʊ] 名 [bo]
不及物 ❶ 鞠躬 (+ to N)；
❷（對意見）順從，屈服（+ to N）
❸ 及物 低（頭），欠（身）
名 C ❹ 鞠躬；❺ 弓

25 **break** [brek] 及物 ❶ 打破，折斷；❷ 摔斷，使骨折；❸ 觸犯，不遵守；❹ 違背（諾言、協議）；❺ 終止，打破 不及物 ❻ 破碎，破裂；❼ 壞了，失靈
❽ 名 C 暫停，休息

26 **bring** [brɪŋ]
動 ❶ 帶來，拿來；❷ 導致，使產生

9 Activities 活動 (2)

MP3 017

01 **brush** [brʌʃ] 動 ❶ 刷；❷ 拂去
名 C ❸ 刷子；❹ 刷

02 **busy** [ˋbɪzɪ]
形 ❶ 忙碌的 (+with/in V-ing)；
❷（電話線）正被佔用的，不通的

03 **cancel** [ˋkænsḷ] 動 取消，中止
同義 call off 取消

04 **care** [kɛr] 名 U ❶ 照料；
❷ 謹慎，小心；❸ 操心，掛念
不及物 ❹ 關心；❺ 在乎，介意
❻ 及物 對……在乎，對……介意

05 **carry** [ˋkærɪ] 動 ❶ 背，提，搬；
❷ 傳染（疾病）；❸ 攜帶，佩帶；
❹ 運載

06 **chase** [tʃes] ❶ 及物 追逐，追捕
不及物 ❷ 追逐；❸ 追尋，追求
❹ 名 C 追逐
同義 ❶ run after 追逐

07 **cheat** [tʃit]
不及物 ❶ 作弊；❷（夫或妻）不忠
❸ 及物 欺騙，騙取

08 **check** [tʃɛk] ❶ 不及物 檢查，查核 ❷ 及物 檢查，檢驗
名 C ❸ 檢查，檢驗；❹ 支票；
❺（餐廳的）帳單，發票；
❻ 阻止，制止
同義 ❷ examine, verify 檢查
❺ bill 帳單

09 **choice** [tʃɔɪs] 名 ❶ C U 選擇；❷ C U 選擇機會，選擇權；❸ C 被選擇的人或物
同義 ❶ option, selection 選擇

10 **choose** [tʃuz] 動 ❶ 選擇，挑選；❷ 選舉 同義 ❶ select 選擇 ❷ elect 選舉

11 **clean** [klin] ❶ 及物 把……弄乾淨 ❷ 不及物 被打掃，被弄乾淨
❸ 形 乾淨的，清潔的
❹ 名 單 打掃，清潔
反義 ❸ dirty 髒的，不乾淨的

12 **collect** [kəˋlɛkt]
動 ❶ 收集，採集；❷ 接走，領取
同義 ❶ gather 收集
❷ pick up 接走

MP3 018

13 **compare** [kəmˋpɛr]
動 ❶ 比較 (+ with)；
❷ 比喻為，比作 (+ to)

14 **confirm** [kənˋfɝm]
動 確認

・con- 完全
・firm 動 使確定下來

15 **contact** 動 [kənˋtækt]
名 [ˋkɑntækt]
❶ 動 與……接觸，與……聯繫
❷ 名 U 聯繫，接觸

16 **control** [kənˋtrol] 動 ❶ 控制，支配；❷ 克制，抑制
❸ 名 U 控制，支配

17 **copy** [ˋkɑpɪ] 動 ❶ 複製，抄寫；❷ 模仿，仿效；❸ 抄襲
名 C ❹ 抄本，副本，複製品；
❺（同一本書等的）本，冊
同義 ❷ imitate 模仿

18 **create** [krɪˋet]
動 ❶ 創造，創作；❷ 引起，產生

19 **cry** [kraɪ] 不及物 ❶ 哭；
❷ 叫喊，呼叫 ❸ 及物 大聲地說，叫喊 名 ❹ C 叫喊，呼叫；
❺ 單（一陣）哭

20 **decorate** [ˋdɛkəˏret] 動 裝飾

21 **deliver** [dɪˋlɪvɚ] 動 ❶ 投遞，運送；❷ 發表（演說等）；❸ 生（嬰兒），給（嬰兒）接生；❹（向某人）交出

22 **depend** [dɪˋpɛnd] 動 ❶ 相信，信賴；❷ 依賴，依靠；❸ 取決於
同義 ❶ trust 相信，信賴
❷ rely on, count on 依賴，依靠

23 **design** [dɪˋzaɪn]
動 ❶ 設計；❷（為了某個目的）計畫 名 C U ❸ 設計；
❹ 圖案，花紋 同義 ❹ pattern 花樣，圖案

・de- 出自 ・sign 名 符號

24 **detect** [dɪˋtɛkt]
動 發現（不好的事物），察覺
相關 detective 偵探

10 Activities 活動 (3)

MP3 019

01 **develop** [dɪˋvɛləp] 及物 ❶ 發展，使發達；❷ 研發（產品等）；❸ 患（病）；培養（興趣，嗜好等）；❹ 詳細闡述；❺ 開發（土地） ❻ 不及物 發展，成長

02 **development** [dɪˋvɛləpmənt] 名 ❶ C U 發展；❷ C U 生長，發育；❸ C 事態發展，新情況；❹ U（土地的）開發

・develop 動 發展
・-ment 名

03 **direct** [dəˋrɛkt] 動 ❶ 給……指路；❷ 命令，指示；❸ 指揮，導演　形 ❹ 直接的；❺ 直接了當的 副 ❻ 直接地　反義 ❹ indirect 間接的

04 **discover** [dɪsˋkʌvɚ] 動 ❶ 發現（隱藏的或以前不知道的事物）；❷ 發覺，查出

・dis- 除去　・cover 遮蓋

05 **display** [dɪˋsple] 動 ❶ 展出，陳列；❷ 顯示，表現 名 C U ❸ 展覽，陳列；❹ 表演 同義 ❷ show 顯示，露出

06 **divide** [dəˋvaɪd] 及物 ❶ 分，劃分；❷ 分發，分享；❸ 除；❹ 使對立，分裂；❺ 使分開，使隔開　❻ 不及物 分開 ❼ 名 C（常作單數）分歧，不和 反義 ❸ multiply 乘

07 **division** [dəˋvɪʒən] 名 ❶ C 劃分，分開；❷ U 分配，分享；❸ C 分歧，分裂；❹ U 除法

・divide 動 分開　・-ion 名

08 **do** [du] 及物 ❶ 做；❷ 給予 不及物 ❸ 做，行動；❹ 進行，進展；❺ 足夠，適合　助動 ❻（構成疑問句和否定句）；❼（構成強調句）；❽（代替動詞）

09 **effort** [ˋɛfɚt] 名 ❶ C 努力；❷ U 力氣，精力

10 **encourage** [ɪnˋkɝɪdʒ] 及物 ❶ 鼓勵；❷ 促進，助長

・en- 使
・courage 名 勇氣

11 **encouragement** [ɪnˋkɝɪdʒmənt] 名 ❶ U 鼓勵，獎勵；❷ C（常作單數）鼓勵的話或行為

・en- 使
・courage 名 勇氣
・-ment 名

12 **event** [ɪˋvɛnt]
名C ❶ 事件，大事；❷ 賽事

13 **favor** [ˋfevɚ] 動 ❶ 支持，贊同；❷ 偏愛，偏袒；❸ 有利於，有助於　名 ❹ U 贊成，贊同；❺ U 偏愛，偏袒；❻ C 善意的行為，恩惠

MP3 020

14 **fill** [fɪl] 及物 ❶ 裝滿，填滿；❷ 充滿（某種感情）　❸ 不及物 被充滿

15 **find** [faɪnd] 動 ❶（透過尋找）找到，發現；❷ 發現（某人或某物處於某種狀態）；❸（透過研究等）找出，查明；❹ 感到，覺得；❺（透過經驗）學會，發覺

16 **finish** [ˋfɪnɪʃ] 及物 ❶ 完成，結束；❷ 用完，吃完　不及物 ❸ 結束，終止；❹（在競賽中）獲得（名次）　❺ 名C（常作單數）結束

17 **fix** [fɪks] 動 ❶ 修理；❷ 使固定；❸ 確定，決定　❹ 名C 困境，窘境　同義 ❶ repair 修理，修補

18 **gain** [gen] 動 ❶ 獲得，贏得；❷ 逐漸獲得（經驗等）；❸ 增加，增添　❹ 名C 獲得物，收益

19 **gather** [ˋgæðɚ]
❶ 及物 收集
❷ 不及物 聚集，集合

20 **get** [gɛt] 及物 ❶ 得到，獲得；❷ 買到；❸ 使得到，為……弄到；❹ 理解；❺ 帶走，移開；❻ 感染上，患　不及物 ❼ 到達；❽ 變成，成為

21 **give** [gɪv] 動 ❶ 給；❷ 舉辦，召開；❸ 向……提出

22 **habit** [ˋhæbɪt] 名C U 習慣

23 **haircut** [ˋhɛr͵kʌt]
名C ❶ 理髮；❷ 髮型

・hair 名 頭髮　・cut 名 剪

24 **handle** [ˋhændḷ]
動 ❶ 處理，對待；❷ 觸，摸
❸ 名C 把手，柄

25 **hang** [hæŋ]
及物 ❶ 把……掛起；❷ 吊死
不及物 ❸ 懸掛，吊著；❹ 垂下，披下

26 **happen** [ˋhæpən] 動 ❶ 碰巧；❷ 發生

11 Activities 活動 (4)

MP3 021

01 **hear** [hɪr] 動 ❶ 聽見；❷ 聽說，得知

02 **help** [hɛlp] 及物 ❶ 幫忙；❷ 助長，促進；❸ 取用（食物等）❹ 不及物 幫助，有用　名 ❺ U 幫忙；❻ C 有助益的東西，有幫助的人

03 **hide** [haɪd] 及物 ❶ 隱藏，把……藏起來；❷ 隱瞞 (+ from)；❸ 遮掩，掩蔽　❹ 不及物 躲藏

04 **hunt** [hʌnt] 及物 ❶ 獵取；❷ 追捕　不及物 ❸ 打獵；❹（動物）獵食；❺ 搜尋
❻ 名 C（常作單數）打獵
同義 ❷ search 尋找

05 **hurry** [ˋhɝɪ] ❶ 動 趕緊，匆忙
❷ 名 U 急忙，倉促

06 **ignore** [ɪgˋnor] 動 忽視，不理會

07 **improve** [ɪmˋpruv]
動 增進，改善
反義 worsen 更壞，惡化

08 **improvement** [ɪmˋpruvmənt]
名 ❶ U C 增進，改善；
❷ C 被改良之物，改良之處

- improve 動 增進
- -ment 名

09 **interview** [ˋɪntɚˏvju]
動 ❶ 對……進行面談，面試；❷ 採訪　名 C ❸ 面談，面試；❹ 採訪

- inter- 在……之間
- view 動 看

10 **introduce** [ˏɪntrəˋdjus]
動 ❶ 介紹，引見；❷ 引進，傳入；❸ 作為……的開始，引出
同義 ❷ bring in 進口

11 **invent** [ɪnˋvɛnt] 動 發明，創造

12 **invitation** [ˏɪnvəˋteʃən]
名 C ❶ 邀請；❷ 請帖

- invite 動 邀請　▪ -ion 名

13 **invite** [ɪnˋvaɪt] 動 邀請

14 **join** [dʒɔɪn] 動 ❶ 參加，作……的成員；❷ 連結，使結合；❸ 和……一起做（事）
❹ 名 C 接合點，接連處

MP3 022

15 **kill** [kɪl] 動 ❶ 殺死；
❷ 使痛苦，使極不舒服

16 **laugh** [læf] ❶ 動 笑
❷ 名 C 笑

17 **lead** ❶–❼ [lid] ❽ [lɛd] 及物
❶ 引導，領（路）；❷ 致使；❸ 領導；❹ 過（活）　❺ 不及物 通向，導致　名 ❻ 單 領先地位；❼ C 主角，主要演員；❽ U 鉛

18 **lend** [lɛnd] 動 ❶ 把……借給，借出；❷ 貸（款）

19 **let** [lɛt] 動 ❶ 讓，允許；❷（用於祈使句）讓

20 **listen** [ˋlɪsn̩] 動 ❶ 注意聽；❷ 聽從

21 **live** 動 [lɪv] 形 [laɪv]
不及物 ❶ 住，居住；❷ 活；❸ 生活，過活　❹ 及物 過（生活）形 ❺ 活的；❻ 實況播送的
反義 ❺ dead 死的

22 **look** [lʊk] 動 ❶ 看；❷ 注意，留神；❸ 看起來；❹ 尋找
名 C ❺（常作單數）看；❻ 臉色，表情；❼（常作複數）面容，美貌

23 **maintain** [menˋten] 動 ❶ 維持，保持；❷ 保養，維修；❸ 堅持，主張　同義 ❶ preserve 保存

24 **make** [mek] 動 ❶ 做，製造；❷ 使得；❸ 獲得，掙得；❹ 使成為

25 **manner** [ˋmænɚ]
名 ❶ 單 方式，方法；
❷ 單 態度，舉止；
❸ 複 風俗習慣

- manus 名 手
- -er 名 表「事物」

26 **mark** [mɑrk] 動 ❶ 做記號於；❷ 給……打分數
名 C ❸ 痕跡，汙點；
❹ 記號，符號；❺ 得分，成績

27 **matter** [ˋmætɚ] 名 ❶ C 事情；❷ 單 問題；❸ 複 事態，情勢
❹ 動 有關係

28 **means** [minz]
名 ❶ 手段，方法；❷ 財產，收入

12 Activities 活動 (5)

MP3 023

01 **meet** [mit] 及物 ❶ 遇見，碰上；❷ 會面，認識；❸ 迎接；❹ 對抗，與……交手；❺ 遭遇，經歷；❻ 和……交會；❼ 符合，滿足　❽ 不及物 相遇，相會
同義 ❶ bump into 遇見，碰上

02 **meeting** [`mitɪŋ] 名 C 會議
・meet 動 會面　・-ing 名

03 **method** [`mɛθəd] 名 C 方法

04 **mix** [mɪks] 及物 ❶ 使混合；❷ 使結合　❸ 不及物 相混合，相溶合　❹ 名 C（常作單數）混和物，混雜的一群人
同義 ❹ blend 混合

05 **need** [nid]
❶ 動 需要　❷ 助 動 需要
❸ 名 單 需要

06 **notice** [`notɪs] ❶ 動 察覺到，注意到　名 ❷ C 通知；公告；❸ U 警告，預先通知；❹ U 注意，察覺

07 **obey** [ə`be] 動 遵守，聽從

08 **offer** [`ɔfɚ] 動 ❶ 提供，給予；❷ 願意，提議，試圖（做某事）；❸ 出（價），開（價）❹ 名 C 提供，給予

09 **omit** [o`mɪt] 動 ❶ 省略，刪去；❷ 忘記，忽略 (+ V-ing；+ to V)
同義 ❶ leave out 省略

10 **open** [`opən] 及物 ❶ 打開；❷ 使開張，使營業　❸ 不及物 開始營業　形 ❹ 打開的；❺ 開闊的，空曠的；❻ 營業的，辦公的；❼ 開放的　❽ 名 單 戶外，野外

11 **own** [on] ❶ 動 擁有
❷ 形 自己的；特有的

12 **pack** [pæk] ❶ 動 包裝貨物，整理行裝 名 C ❷ 一包；❸（動物等的）一群

13 **package** [`pækɪdʒ]
❶ 動 包裝，把……打包
❷ 名 C 包裹
・pack 動 包裝貨物
・-age 名

14 **party** [`partɪ] 名 C ❶ 宴會，派對；❷ 政黨，黨派

MP3 024

15 **pick** [pɪk] 動 ❶ 挑選；❷ 採，摘 ❸ 名 U 選擇

16 **plan** [plæn] ❶ 動 計畫
❷ 名 C 計畫

17 **policy** [`paləsɪ] 名 C ❶ 政策，方針；❷ 策略；❸ 保險單

18 **practice** [`præktɪs] ❶ 動 練習　名 ❷ U 實行，實施；❸ C U 練習
同義 ❶ exercise 練習

19 **pray** [pre] ❶ 不及物 祈禱，祈求 ❷ 及物 祈求，祈禱

20 **prepare** [prɪˋpɛr] 及物 ❶ 準備；❷ 做（飯菜） ❸ 不及物 準備

21 **principle** [ˋprɪnsəpḷ] 名 C 原則，原理

22 **produce** 動 [prəˋdjus] 名 [ˋprɑdjus] 動 ❶ 生產，製造；❷ 生育，產（仔）；❸ 拿出，出示；❹ 引起，產生；❺ 製作，拍攝（電影、戲劇等） ❻ 名 U 產品，農產品

23 **project** 名 [ˋprɑdʒɛkt] 動 [prəˋdʒɛkt] ❶ 名 C 計畫，企畫 ❷ 不及物 預計，推斷 ❸ 及物 投射（光線）、噴射 同義 ❷ predict 預言，預料

24 **protect** [prəˋtɛkt] 動 保護

25 **prove** [pruv] ❶ 及物 證明，證實 ❷ 不及物 證明是，結果是

26 **provide** [prəˋvaɪd] 動 提供 同義 supply 供給，供應

27 **punish** [ˋpʌnɪʃ] 動 懲罰，處罰

28 **punishment** [ˋpʌnɪʃmənt] 名 C U 處罰，懲罰

- punish 動 懲罰
- -ment 名

13 Activities 活動 (6)

MP3 025

01 **quit** [kwɪt] ❶ 及物 放棄 (+V-ing) ❷ 不及物 辭職 反義 ❶ start 開始

02 **read** [rid] 及物 ❶ 讀；❷ 標明，讀數為 ❸ 不及物 閱讀

03 **receive** [rɪˋsiv] 動 ❶ 收到；❷ 得到，受到；❸ 接待，歡迎

04 **record** 動 [rɪˋkɔrd] 名 [ˋrɛkɚd] 動 ❶ 記載，記錄；❷ 錄音，錄影 名 C ❸ 紀錄；❹ 最高紀錄，最佳成績

05 **repeat** [rɪˋpit] 動 重複（說或做）

06 **require** [rɪˋkwaɪr] 動 需要

07 **rest** [rɛst] ❶ 及物 休息 ❷ 不及物 休息 名 ❸ 休息；❹ 剩餘的部分或人

08 **save** [sev] 及物 ❶ 救；❷ 節省；❸ 保留 ❹ 不及物 儲蓄，儲存

09 **saw** [sɔ] ❶ 動 鋸 ❷ 名 C 鋸子

10 **see** [si] 及物 ❶ 看見，看到；❷ 理解，領會 ❸ 不及物 看，看見

11 **send** [sɛnd] 動 ❶ 寄，發送；❷ 派遣，安排去

12 **serve** [sɝv] 及物 ❶ 供應；❷ 侍候（顧客），端上（飯菜）；

❸ 負責；❹ 服（刑）
不及物 ❺ 適合作……用

13 **service** [ˋsɝvɪs] 名 U 服務

14 **show** [ʃo] 及物 ❶ 出示，給……看；❷ 陳列，展出；❸ 證明，表明；❹ 顯示，露出；❺ 帶領，引導；❻ 給予，對……表示
❼ 不及物 演出，放映
❽ 名 C 表演，秀

MP3 026

15 **shut** [ʃʌt] 動 ❶ 關上；
❷ 使停止營業

16 **sleep** [slip] ❶ 動 睡覺
❷ 名 U 睡眠

17 **smell** [smɛl] ❶ 及物 嗅到，聞到
不及物 ❷ 有臭氣；❸ 聞起來（有某種氣味） 名 ❹ C 氣味；
❺ 一嗅，一聞（只作單數形）
同義 ❶ sniff 嗅，聞

18 **smile** [smaɪl] ❶ 動 微笑
❷ 名 C 微笑

19 **smoke** [smok] ❶ 及物 抽（菸）
不及物 ❷ 冒煙；❸ 抽菸
❹ 名 U 菸

20 **search** [sɝtʃ] ❶ 動 搜索，搜尋
❷ 名 C 搜索，搜尋

21 **select** [səˋlɛkt] ❶ 動 選擇，挑選
❷ 形 精選的，嚴格挑選的
同義 ❶ choose, pick 選擇，挑選

22 **selection** [səˋlɛkʃən]
名 ❶ U 選擇，挑選；❷ C 被挑選的人或物，被選中者
▪ select 動 選擇 ▪ -ion 名

23 **separate** 動 [ˋsɛpə͵ret]
形 [ˋsɛprɪt] 及物 ❶ 使分開；❷ 使分離，使分散；❸ 隔開，阻隔
❹ 不及物 分居
❺ 形 不同的，分開的

24 **settle** [ˋsɛtḷ]
及物 ❶ 解決（分歧、糾紛等）；
❷（最終）決定，確定
❸ 不及物 定居

25 **settlement** [ˋsɛtḷmənt]
名 C（解決紛爭的）協議
▪ settle 動 解決 ▪ -ment 名

26 **share** [ʃɛr] 動 ❶ 共用；
❷ 分配，分攤；❸ 分享，共享；
❹ 有同樣的（感情或想法等）；
❺ 把（想法或感情）告訴（某人）
❻ 共同承擔，分擔
名 C ❼（常作單數）（在若干人之間分得的）一份 ❽ 股份；股票

27 **solution** [səˋluʃən] 名 ❶ C 解決辦法，處理手段；❷ C 答案，解答；❸ U C 溶液
同義 ❷ answer 答案，解答

28 **solve** [sɑlv] 動 ❶ 解決；❷ 解答
同義 ❶ settle 解決

14 Activities 活動 (7)

MP3 027

01 **stay** [ste] 動❶ 停留，留下；❷ 暫住；❸ 繼續，保持 ❹ 名單 停留，逗留

02 **taste** [test] ❶ 不及物 吃起來，嚐起來 及物 ❷ 嚐；❸ 嚐到 名 ❹ U 味覺；❺ C 味道；❻ C 愛好，興趣 (+ for/in)

03 **try** [traɪ] 動❶ 嘗試，努力；❷ 試用，試吃 ❸ 名 C（常作單數）嘗試，努力

04 **use** 動 [juz] 名 [jus] 動❶ 用，使用；❷ 耗費 名❸ U 使用；❹ C 用途，功能

05 **visit** [ˋvɪzɪt] ❶ 動 參觀，拜訪，探望 ❷ 名 C 參觀，拜訪，探望

06 **wait** [wet] ❶ 動 等待 ❷ 名 等待（只用單數形）

07 **wash** [wɑʃ] ❶ 動 洗 ❷ 名 洗

08 **waste** [west] ❶ 動 浪費 名❷ 浪費；❸ 複 廢（棄）物，廢料

09 **watch** [wɑtʃ] 動❶ 觀看，注視；❷ 看管，監視；❸ 期待……；伺機……(+ for N) ❹ 名 C 錶

10 **wedding** [ˋwɛdɪŋ] 名 C 婚禮 形 wedded 已婚的，婚姻的

・wed 動 結婚 ・-ing 名

11 **welcome** [ˋwɛlkəm] ❶ 動 歡迎 ❷ 形 受歡迎的 ❸ 名 C 歡迎

・well 副 很好地 ・come 動 來

12 **spread** [sprɛd] 及物 ❶ 展開；❷ 張開 不及物 ❸ 傳播，散布；❹ 蔓延，擴散；❺ 延伸；❻ 塗，抹（+ on/with）❼ 名 U 傳播，散布

13 **struggle** [ˋstrʌgl̩] 動❶ 奮鬥，努力；❷ 鬥爭，抗爭；❸ 搏鬥，扭打 名 C ❹ 奮鬥，努力；❺ 搏鬥，扭打

MP3 028

14 **supply** [səˋplaɪ] ❶ 動 供應，提供 名❷ U 供應，供給；❸ 複 補給品，必需品

15 **support** [səˋport] 動❶ 支持；❷ 養活 名 U ❸ 支持；❹ 幫助

16 **survive** [sɚˋvaɪv] 動 存活

17 **sweep** [swip] 動❶ 打掃，清掃；❷ 沖走，襲捲 (+ away/off)，橫掃 ❸ 名 C（常作單數）打掃，清掃

18 **task** [tæsk] 名 C 任務，工作

19 **tear** 動 [tɛr] 名 [tɪr] 動 ❶ 撕碎，扯破；❷ 撕掉，扯掉
名 ❸ C（常作複數）眼淚

20 **trap** [træp] 動 ❶ 設陷阱捕捉，用捕捉器捕捉（動物）；❷ 使落入險境，使陷入困境；❸ 使中計，使上當　名 C ❹（捕捉動物的）陷阱，羅網；❺ 圈套，詭計

21 **treat** [trit] 動 ❶ 以……態度對待，以……方式對待；❷ 把……看作，把……視為；❸ 治療；
❹ 招待，請（客）(+ sb. to sth.)
❺ 名 C 款待

22 **treatment** [ˋtritmənt]
名 U ❶ 對待，待遇；❷ 治療

- treat 動 對待；治療
- -ment 名

23 **trick** [trɪk] ❶ 動 欺騙，欺詐
名 C ❷ 詭計，花招；❸ 戲法，把戲；❹ 訣竅，招數
同義 ❶ cheat, deceive 欺騙，詐欺

24 **type** [taɪp]
❶ 動 打字　❷ 名 C 類型，種類

25 **wake** [wek] ❶ 不及物 醒來
❷ 及物 喚醒

26 **wed** [wɛd] 動 結婚
同義 get married 結婚

Part 1 Levels 1 — 2

15 Movements 動作 (1)

MP3 029

01 **advance** [ədˋvæns]
不及物 ❶ 向前移動；❷ 進展，進步　❸ 及物 將……提前
❹ 名 C 發展
❺ 形 預先的，事先的

02 **arrive** [əˋraɪv] 動 ❶ 到來，到達 (+ in/at)；❷（郵件等）被送來，到來；❸ 達成

03 **beat** [bit] 及物 ❶ 打，擊；
❷ 打敗，勝過　不及物 ❸ 打，敲 (+on/against/at)；❹ 跳動
名 C ❺ 敲打；❻ 心跳

04 **bend** [bɛnd] ❶ 及物 使彎曲，折彎　不及物 ❷ 彎曲，轉彎；
❸ 俯身；❹ 使……屈服於，順從於 (+to N)
❺ 名 C（路等的）轉彎處

05 **burst** [bɝst] 動 ❶ 衝，闖；
❷ 爆炸，破裂
❸ 名 C 爆發，突發

06 **catch** [kætʃ] 動 ❶ 抓住，接住；
❷ 逮住，捕獲；❸ 趕上；
❹ 感染，染上；❺ 引起（注意等）
❻ 名 C 接球
反義 ❸ miss 錯過，沒趕上

07 **clap** [klæp] ❶ 及物 拍（手），為……鼓掌
❷ 不及物 拍手，鼓掌
名 C ❸ 鼓掌；❹ 輕拍

08 **close** 動 [kloz] 名 形 副 [klos]
及物 ❶ 關閉；❷ 闔上（書等）
❸ 不及物 關門，打烊 ❹ 名 結束
形 ❺ 近的，接近的；❻ 密切的，親密的 ❼ 副 靠近地，接近
同義 ❶ shut 關閉 ❺ near 近的

09 **come** [kʌm] 動 ❶ 來；❷（說話者與對方一起、或往對方的方向）去；❸ 到達（某處）；❹ 變成（某種狀態）；❺ 出身於，來自；
❻（商品等以某形態）供購買；
❼（時間）到來；❽ 終於……，開始……

10 **cover** [ˋkʌvɚ] 動 ❶ 遮蓋，捂住；❷ 覆蓋；❸ 包含；
❹（錢）足夠付
❺ 名 C（書的）封面，封底

11 **cross** [krɔs] 動 ❶ 越過，度過；
❷ 使交叉 名 C ❸ 十字架；
❹ 叉號 同義 ❶ pass over, step over 經過

12 **cut** [kʌt] 動 ❶ 切，割，剪；
❷ 修剪；❸ 割傷，劃破；
❹ 削減，減少；❺ 逃（課）
名 C ❻ 傷口；❼ 削減，減少

13 **dig** [dɪg] ❶ 及物 挖（洞等）
❷ 不及物 挖掘
❸ 名 C 挖苦，譏諷

MP3 030

14 **drag** [dræg] 動 ❶ 拖，拉；
❷ 硬拖（某人去某處）
同義 ❶ pull, haul 拖，拉

15 **enter** [ˋɛntɚ] 及物 ❶ 進入；
❷ 參加，加入；❸ 開始從事；
❹（電腦）登錄，將……輸入
不及物 ❺ 進入；❻ 參加，加入

16 **fall** [fɔl] 動 ❶ 落下；❷ 跌倒，跌落；❸ 下降，減退；❹ 變成，成為 名 C ❺ 跌倒，落下；
❻ 下降，減少；❼ 秋天；
❽（政府）垮臺，（城市等）淪陷；
❾（常作複數）瀑布
反義 ❸ ❻ rise 上升；增加

17 **go** [go] 動 ❶ 去；❷ 做（事），從事（活動）；❸ 變為，成為；
❹ 進行

18 **hit** [hɪt] 動 ❶ 打，擊中；❷ 碰撞；❸ 襲擊 ❹ 名 C 成功而風行一時的事物

19 **hold** [hold] 動 ❶ 握著，抓住；
❷ 支撐，托住；❸ 拘留，扣留；
❹ 擁有，持有；❺ 容納；
❻ 舉行 ❼ 名 U 抓住，握住
同義 ❶ grasp 抓著，緊握

20 **hop** [hɑp] 動 ❶（人）單足跳；❷（動物）齊足跳　❸ 名 C 單足跳，跳躍

21 **jump** [dʒʌmp] ❶ 動 跳，跳躍 ❷ 名 C 跳，跳躍

22 **kick** [kɪk] ❶ 及物 踢 ❷ 不及物 踢　❸ 名 C 踢

23 **lift** [lɪft] 動 ❶ 舉起，抬起 (+ up)；❷ 解除（禁令等）❸ 名 舉起，抬起

24 **movable** [ˋmuvəbḷ] 形 可移動的，可攜式的

- move 動 移動
- -able 形 表「可……的」

25 **move** [muv] 及物 ❶ 使移動，搬動；❷ 使感動 不及物 ❸ 移動；❹ 搬家

26 **movement** [ˋmuvmənt] 名 ❶ C 動作；❷ U 活動；❸ C（社會、思想）運動

- move 動 移動　・-ment 名

Part 1 Levels 1 — 2

16 Movements 動作 (2)

MP3 031

01 **kiss** [kɪs] ❶ 動 吻　❷ 名 C 吻

02 **knock** [nɑk] ❶ 及物 敲，打，擊　❷ 不及物 敲（門）❸ 名 C 敲，打，擊

03 **lay** [le] 動 ❶ 放，擱；❷ 鋪設，砌（磚）；❸ 下蛋，產卵 同義 ❶ place, put 放，擺

04 **leave** [liv] 及物 ❶ 離開；❷ 辭去（工作等），脫離（組織等）；❸ 遺忘；❹ 使處於某種狀態；❺ 留給，剩下　❻ 不及物 離去，動身前往 (+ for N) 同義 ❶ depart from 離開 ❷ quit 辭去

05 **lick** [lɪk] 動 舔，舐

06 **lie** [laɪ] 動 ❶ 躺，臥，（東西）被平放；❷ 呈……狀態；❸（問題）在於；❹ 位於；❺ 展現；❻ 說謊 ❼ 名 C 謊話

07 **motion** [ˋmoʃən] 名 ❶ U 移動，運動；❷ C 動議，提議　❸ 動 向……打手勢，向……搖或點頭示意

08 **nod** [nɑd]
動 ❶ 點頭；❷ 打盹 (+ off)
❸ 名 C 點頭

MP3 032

09 **pass** [pæs]
不及物 ❶ 通過，經過；❷（時間）推移，流逝　及物 ❸ 經過；❹ 傳遞；❺ 度過（時間等）；❻ 通過（考試）；❼ 批准（議案等）
❽ 名 C 通行證，入場證
反義 ❻ fail 沒通過（考試）

10 **pat** [pæt] ❶ 動 輕拍
❷ 名 C 輕拍

11 **pitch** [pɪtʃ]
❶ 動 投，擲，扔　❷ 名 音高
同義 ❶ throw, toss 投，擲

12 **point** [pɔɪnt]
❶ 及物 把……指向，把……對準 (+ at)　❷ 不及物 指　名 C ❸ 分數，（比賽等的）得分；❹ 要點，中心思想；❺ 意義，目的
同義 ❶ aim 把……瞄準

13 **pose** [poz]
❶ 不及物 擺姿勢
❷ 及物 提出；引起（問題等）
❸ 名 C 姿勢

14 **pull** [pʊl] ❶ 動 拉，拔
❷ 名 C 拉，拖
反義 push 推，推動

15 **push** [pʊʃ]
及物 ❶ 推；❷ 按；❸ 鼓勵，力勸；❹ 促使（某人）努力工作
❺ 不及物 推擠　❻ 名 C 推
同義 ❷ press 按
❸ encourage, persuade 鼓勵，說服

16 **put** [pʊt] 動 ❶ 擺，放；
❷ 表達，表述
同義 ❶ place 放置，安置

Part 1 Levels 1 — 2

17 Movements 動作 (3)

MP3 033

01 **raise** [rez] 動❶ 舉起，抬起；❷ 提高，增加；❸ 飼養，養育；❹ 提出；❺ 引起，喚起；❻ 籌（款） ❼ 名C 加薪
反義 ❶❷ lower 放下；降低

02 **reach** [ritʃ] 動❶ 抵達，到達；❷ 伸出（手）；❸ 達到，達成
❹ 名U（手等）可及之範圍

03 **return** [rɪ`tɝn] ❶ 不及物 回復，恢復 及物 ❷ 返回，歸；❸ 歸還；❹ 回答，回報
名C ❺ 返回，歸；❻ 歸還

04 **rise** [raɪz] 動❶ 上升，升起；❷ 增加，上漲；❸ 高聳；❹ 起立；❺ 起義，起來反抗
❻ 名C 增加，上漲
反義 ❶❷ fall 落下；下降

05 **roll** [rol] 及物 ❶ 使滾動；❷ 捲，繞；❸ 轉動，旋轉
❹ 不及物 滾動，打滾
❺ 名C（一）捲

06 **rub** [rʌb]
❶ 動 摩擦，擦，使相擦
❷ 名C（常作單數）摩擦，擦

07 **rush** [rʌʃ] 不及物 ❶ 衝，奔；❷ 趕緊，倉促行動 ❸ 及物 急送
名❹ 衝，奔；❺ 匆忙

08 **set** [sɛt] 及物 ❶ 放，置；❷ 校正，調正；❸ 確定，規定；❹ 樹立（榜樣），創（紀錄）；❺ 放（火）
不及物 ❻（日、月等）落下
❼ 名C 一套，一副

09 **shake** [ʃek] 及物 ❶ 搖動，震動；❷ 握（手） 不及物 ❸ 搖動，震動；❹ 發抖 ❺ 名C（常作單數）搖動，震動，握手
同義 ❹ quake, tremble, shiver 發抖

10 **sit** [sɪt] 動 坐

11 **stand** [stænd] ❶ 不及物 站立，站著 ❷ 及物 忍受，容忍
❸ 名C 架子，座
同義 ❷ bear 忍受，容忍

MP3 034

12 **step** [stɛp] 動❶ 踏（進），走（入）；❷ 踩 名C ❸ 腳步；❹ 臺階；❺ 步驟，措施；❻（接近目標的）一步，一階段
同義 ❻ stage 階，期

13 **take** [tek] 動❶ 拿，取；❷ 帶去；❸ 接受；❹ 採取；❺ 服（藥）；❻ 需要，花費；❼ 搭乘；❽ 以為，把……看作

14 **throw** [θro] ❶ 動 丟，投，擲
❷ 名C 丟，投，擲

15 **touch** [tʌtʃ]
動❶ 觸摸；❷ 感動 名❸C（常作單數）觸，碰；❹U 聯絡，聯繫

16 **turn** [tɝn] 及物 ❶ 使轉動；❷ 拐過，繞過　不及物 ❸ 翻動，翻轉；❹ 轉向，轉彎；❺ 轉身；❻ 變得，成為　名 C ❼ 轉彎；❽（輪流時的）一次機會

17 **walk** [wɔk] ❶ 不及物 走，散步 ❷ 及物 陪……走　❸ 名 C 走，散步

18 **slide** [slaɪd]
動 ❶ 滑行，滑動；❷（悄悄地）放置　名 C ❸ 溜滑梯；❹ 幻燈片

19 **slip** [slɪp] 不及物 ❶ 滑倒，摔倒；❷ 滑落；❸ 悄悄疾行，溜
❹ 及物 悄悄塞，偷偷放
名 C ❺ 紙條，便條；
❻ 差錯，疏漏
同義 ❸ creep, slide 悄悄地走

20 **stretch** [strɛtʃ] 及物 ❶ 伸展；❷ 伸出　❸ 不及物 延伸，綿延
❹ 名 C 伸展，舒展

21 **strike** [straɪk] 及物 ❶ 打，擊；❷ 突擊，攻擊；❸ 突然想到
不及物 ❹（天災）侵襲，爆發；
❺ 罷工　名 ❻ U 罷工，罷課；
❼ C 襲擊，攻擊

22 **swing** [swɪŋ]
❶ 及物 使擺動，使搖擺
❷ 不及物 擺動，搖擺
❸ 名 C 鞦韆

Part 1 Levels 1 — 2

18 Leisure & Sport 休閒與運動 (1)

MP3 035

01 **baseball** [ˋbes͵bɔl]
名 C U 棒球運動
- base 名 壘　- ball 名 球

02 **basketball** [ˋbæskɪt͵bɔl]
名 C U 籃球運動
- basket 名 籃子
- ball 名 球

03 **bat** [bæt]
名 C ❶ 球棒；❷ 蝙蝠
❸ 動 用球棒打球
同義 ❸ strike, hit 打，擊

04 **bowling** [ˋbolɪŋ]
名 U 保齡球運動
- bowl 動 玩保齡球
- -ing 名

05 **camp** [kæmp]
❶ 動 露營　❷ 名 U 營地

06 **chess** [tʃɛs] 名 U 西洋棋

07 **climb** [klaɪm] ❶ 動 爬，攀登
❷ 名 C（常作單數）攀登，攀爬
同義 ❶ ascend 攀登，登上

08 **exercise** [ˋɛksɚ͵saɪz]
名 ❶ U 運動；❷ C 練習
❸ 不及物 運動　❹ 及物 運用，行使　同義 ❶ C workout 運動
❷ practice 練習

09 **film** [fɪlm]

名 C ❶ 電影；❷ 底片　❸ 動 拍電影

同義 ❶ movie 電影

10 **football** [ˋfʊt͵bɔl]

名 U 橄欖球運動

- foot 名 腳
- ball 名 球

MP3 036

11 **fun** [fʌn] 名 U 樂趣，娛樂

12 **funny** [ˋfʌnɪ]

形 有趣的，滑稽好笑的

- fun 名 樂趣
- -y 形 表「性質，狀態」

13 **game** [gem]

名 C ❶ 遊戲，運動；

❷（常作複數）運動會

14 **golf** [gɑlf] 名 U 高爾夫球運動

15 **hobby** [ˋhɑbɪ] 名 C 嗜好，業餘愛好

16 **jog** [dʒɑg] ❶ 動 慢跑

❷ 名 C 慢跑

17 **magic** [ˋmædʒɪk]

名 U ❶ 魔法；❷ 魔術

形 ❸ 巫術的，魔術的；

❹ 有魔力的，不可思議的

形 magical 魔術的，魔法的

同義 ❶ witchcraft 巫術，魔法

18 **match** [mætʃ]

名 C ❶ 比賽，競賽；❷ 對手，敵手；❸ 火柴　動 ❹ 敵得過，比得上；❺ 和……相配，和……相稱；❻ 和……一致

同義 ❶ contest, game 比賽，競賽

19 **movie** [ˋmuvɪ] 名 C 電影

20 **picnic** [ˋpɪknɪk]

❶ 名 C 野餐，郊遊

❷ 動 去野餐

19 Leisure & Sport 休閒與運動 (2)

MP3 037

01 **ping-pong** [ˋpɪŋ͵pɑŋ]
名 U 乒乓球運動
同義 table tennis 桌球

02 **play** [ple] 不及物 ❶ 玩耍，遊戲；❷ 演奏，彈奏，吹奏；❸ 表演，上演 及物 ❹ 演奏，播放（唱片等）；❺ 玩（遊戲等），打（球），踢（球），打（牌），下（棋）；❻ 扮演（角色）
❼ 名 C 戲劇

03 **player** [ˋpleɚ]
名 C ❶（球類）運動員；❷ 玩遊戲的人，打牌的人，下棋的人；
❸ 播放機

- play 動 遊戲；打（球）
- -er 名 表「人」

04 **prize** [praɪz]
❶ 名 C 獎品，獎金
❷ 動 重視，珍視
同義 ❶ reward, award 獎品，獎金 ❷ treasure 珍視

05 **race** [res] 名 C ❶ 賽跑，比賽；❷ 人種，種族 ❸ 動 比賽
同義 ❶ game, match 比賽
❷ people, folk 種族

06 **run** [rʌn] 及物 ❶ 參加（賽跑等），和……比賽；❷ 經營，管理 不及物 ❸ 跑，奔；❹ 競選；❺（機器）運轉；❻ 變得

07 **runner** [ˋrʌnɚ]
名 C 跑步者，賽跑者

- run 動 跑
- -er 名 表「人」

08 **seesaw** [ˋsi͵sɔ] 名 C 蹺蹺板

09 **sport** [sport] 名 C U 運動

10 **swim** [swɪm] 動 游泳

MP3 038

11 **trip** [trɪp] 名 C 旅行
同義 journey, tour 旅行

12 **win** [wɪn]
動 ❶ 在……中獲勝；
❷ 贏得，獲得 ❸ 名 C 獲勝，贏
同義 ❷ gain 贏得，獲得
反義 ❶ lose 輸掉，失敗

13 **score** [skor]
名 C ❶ 得分，比分；
❷（考試中的）分數，成績
❸ 動（在遊戲或比賽中）得分

14 **soccer** [ˋsɑkɚ] 名 U 足球運動

15 **team** [tim] ❶ 名 C 隊
❷ 動 結成一隊

16 **tennis** [ˋtɛnɪs] 名 U 網球運動

17 **tour** [tʊr] 名 C ❶ 旅行，旅遊；
❷ 巡迴比賽或演出
動 ❸ 旅遊；❹ 作巡迴演出或比賽

18 **travel** [ˋtrævl̩]

❶ 動 旅行　❷ 名 U 旅行

19 **volleyball** [ˋvɑlɪˏbɔl]

名 C U 排球

- volley 動 截擊（球）
- ball 名 球

20 **winner** [ˋwɪnɚ]

名 C 贏家，優勝者

反義 loser 失敗者

- win 動 贏，獲勝
- -er 名 表「人」

Part 1 Levels 1 — 2

20 Food & Drinks 飲食 (1)

MP3 039

01 **almond** [ˋɑmənd] 名 C 杏仁

02 **apple** [ˋæpl̩] 名 C 蘋果

03 **bake** [bek] 動 烘，烤

04 **bakery** [ˋbekərɪ] 名 C 麵包店

- bake 動 烘，烤
- -ery 名

05 **banana** [bəˋnænə] 名 C 香蕉

06 **bean** [bin] 名 C 豆子

07 **beef** [bif] 名 U 牛肉

08 **beer** [bɪr] 名 U 啤酒

09 **boil** [bɔɪl] 及物 ❶ 烹煮；❷ 煮沸，燒開　❸ 不及物（水等）沸騰，開，滾　❹ 名 沸騰，煮沸

同義 ❶ cook 烹調

10 **bread** [brɛd] 名 C U 麵包

11 **breakfast** [ˋbrɛkfəst]

名 C U 早餐

- break 動 終止
- fast 名 禁食

12 **brunch** [brʌntʃ]

名 U 早午餐

- br(eakfast) 名 早餐
- (l)unch 名 午餐

13 **bun** [bʌn] 名 C 小圓麵包

MP3 040

14 **butter** [ˋbʌtɚ] 名 U 奶油

15 **cabbage** [ˋkæbɪdʒ] 名 C U 包心菜

16 **cake** [kek] 名 C U 蛋糕

17 **candy** [ˋkændɪ] 名 C U 糖果
同義 sweet 英 糖果

18 **carrot** [ˋkærət] 名 C 胡蘿蔔

19 **cereal** [ˋsɪrɪəl] 名 C U 麥片，玉米薄片

20 **chocolate** [ˋtʃɑkəlɪt]
名 U ❶ 巧克力；❷ 巧克力飲料

21 **cocoa** [ˋkoko] 名 U 可可粉

22 **coffee** [ˋkɔfɪ] 名 U 咖啡

23 **cola** [ˋkolə] 名 U 可樂

24 **cook** [kʊk] ❶ 動 烹調，煮
❷ 名 C 廚師 同義 ❷ chef 廚師

25 **cooker** [ˋkʊkɚ]
名 C 烹調器具，炊具

- cook 動 煮，烹調
- -er 名 表「物」

26 **cookie** [ˋkʊkɪ] 名 C 餅乾
同義 cooky, biscuit 餅乾

Part 1 Levels 1 — 2

21 Food & Drinks 飲食 (2)

MP3 041

01 **corn** [kɔrn] 名 U 玉米

02 **cream** [krim] 名 U 奶油

03 **delicious** [dɪˋlɪʃəs] 形 美味的
同義 tasty 美味的

04 **dessert** [dɪˋzɝt] 名 C U 甜點

05 **dinner** [ˋdɪnɚ]
名 ❶ C U 晚餐；❷ C 晚宴
同義 ❶ U C supper 晚餐

06 **doughnut** [ˋdo͵nʌt]
名 C 甜甜圈 同義 donut 甜甜圈

- dough 名 麵糰
- nut 名 核果

07 **drink** [drɪŋk] ❶ 名 C U 飲料
❷ 及物 喝，飲 ❸ 不及物 喝酒，酗酒 同義 ❶ C beverage 飲料

08 **dumpling** [ˋdʌmplɪŋ]
名 C 水餃

- dump 動 傾倒 - ling 名

09 **eat** [it] ❶ 及物 吃
❷ 不及物 進食，用膳
同義 ❷ dine 進食

10 **egg** [ɛg] 名 C 蛋，雞蛋

11 **feed** [fid] 及物 ❶ 餵（養），飼（養）；❷ 撫養（家庭）
❸ 不及物 以……為食 (+ on N)

12 **flour** [flaʊr] 名 U 麵粉

13 **food** [fud]

名 ❶ U 食物；❷ C 食品（指不同種類時）

14 **fruit** [frut] 名 ❶ U 水果；❷ C 水果（指個別水果或不同種類時）；❸ C（行為的）成果，回報

MP3 042

15 **grape** [grep] 名 C 葡萄

16 **guava** [ˋgwɑvə] 名 C 番石榴，芭樂

17 **ham** [hæm] 名 C U 火腿

18 **hamburger** [ˋhæmbɝgɚ] 名 C 漢堡 同義 burger 漢堡

19 **honey** [ˋhʌnɪ] 名 U 蜂蜜

20 **jam** [dʒæm] 名 ❶ C U 果醬；❷ C 擁擠，堵塞 ❸ 動 擠滿，堵塞 同義 ❸ squash, squeeze, cram 擠滿，塞進

21 **juice** [dʒus] 名 C U 果汁

22 **juicy** [ˋdʒusɪ] 形 多汁的

- juice 名 果汁
- -y 形 表「有……的」

23 **ketchup** [ˋkɛtʃəp] 名 U 番茄醬 同義 catchup, catsup 番茄醬

24 **lemon** [ˋlɛmən] 名 C U 檸檬

25 **lemonade** [ˌlɛmənˋed] 名 C U 檸檬水

- lemon 名 檸檬
- -ade 名 表示「……製成的甜飲料」

22 Food & Drinks 飲食 (3)

MP3 043

01 **lettuce** [ˋlɛtɪs] 名 C U 萵苣

02 **lunch** [lʌntʃ] 名 C U 午餐 同義 U C luncheon 午餐

03 **mango** [ˋmæŋgo] 名 C 芒果

04 **meal** [mil] 名 C 一餐

05 **meat** [mit] 名 C U 肉

06 **melon** [ˋmɛlən] 名 C U 瓜，甜瓜

07 **menu** [ˋmɛnju] 名 C 菜單

08 **milk** [mɪlk] ❶ 名 U 乳，牛奶 ❷ 動 擠奶

09 **noodle** [ˋnudḷ] 名 C（常為複數）麵條

10 **nut** [nʌt] 名 C ❶ 堅果；❷ 怪人，瘋子，狂熱愛好者，迷 同義 ❷ fanatic 狂熱者

11 **oil** [ɔɪl] 名 U ❶ 油；❷ 石油，汽油 ❸ 動 在……塗油，給……加潤滑油 同義 ❷ U petroleum 石油

12 **onion** [ˋʌnjən] 名 C U 洋蔥

13 **orange** [ˋɔrɪndʒ] 名 ❶ C 柳橙；❷ U 橘色 ❸ 形 橘色的

MP3 044

14 **papaya** [pə`pɑiə] 名 C 木瓜

15 **peach** [pitʃ] 名 C 桃子

16 **peanut** [`pi͵nʌt] 名 C 花生

17 **pear** [pɛr] 名 C 洋梨

18 **pepper** [`pɛpɚ]
名 ❶ U 胡椒粉；
❷ C 甜椒 ❸ 動 加胡椒粉於

19 **pie** [paɪ] 名 C U 派

20 **pineapple** [`paɪn͵æpḷ]
名 C U 鳳梨

- pine 名 松樹 ▪ apple 名 蘋果

21 **pizza** [`pitsə] 名 U 披薩

22 **popcorn** [`pɑp͵kɔrn]
名 U 爆米花

- pop 動 發出砰的聲音
- corn 名 玉米

23 **pork** [pork] 名 U 豬肉

24 **potato** [pə`teto] 名 C U 馬鈴薯，洋芋

25 **pudding** [`pʊdɪŋ] 名 C U 布丁

26 **pumpkin** [`pʌmpkɪn]
名 C U 南瓜

27 **rice** [raɪs] 名 U ❶ 米；❷ 稻

23 Food & Drinks 飲食 (4)

MP3 045

01 **salt** [sɔlt] 名 U 鹽

02 **soda** [`sodə]
名 C U 蘇打水，汽水

03 **soup** [sup] 名 C U 湯

04 **sugar** [`ʃʊgɚ] 名 U 糖
形 sugarless 無糖的

05 **supper** [`sʌpɚ] 名 C U 晚餐
同義 U C dinner 晚餐

06 **tea** [ti] 名 C U 茶

07 **vegetable** [`vɛdʒətəbḷ]
名 C 蔬菜，青菜

08 **wine** [waɪn] 名 C U 酒，葡萄酒

09 **yam** [jæm] 名 C 番薯
同義 sweet potato 番薯

10 **yummy** [`jʌmɪ]
形（口語）好吃的，美味的
同義 tasty, delicious 美味的

11 **salad** [`sæləd] 名 C U 沙拉

12 **salty** [`sɔltɪ] 形 鹹的

- salt 名 鹽 ▪ -y 形

13 **sandwich** [`sændwɪtʃ]
名 C 三明治

MP3 046

14 **sauce** [sɔs]
名 C U 調味醬，醬汁

15 **shrimp** [ʃrɪmp] 名 U 蝦
同義 prawn 蝦

16 **snack** [snæk] 名 C 點心，小吃

17 **soybean** [ˋsɔɪˋbin] 名 C 大豆
同義 soybean（soy 美 = soya 英 大豆）

▪ soy 名 大豆　▪ bean 名 豆

18 **spinach** [ˋspɪnɪtʃ] 名 U 菠菜

19 **steak** [stek] 名 C U 牛排

20 **strawberry** [ˋstrɔbɛrɪ]
名 C 草莓

▪ straw 名 稻草　▪ berry 名 莓

21 **tangerine** [ˋtændʒə,rin]
名 C 橘子

22 **tasty** [ˋtestɪ] 形 美味的，可口的
同義 tasteful, delicious, yummy 美味的

▪ taste 名 味道　▪ -y 形

23 **toast** [tost] 名 ❶ U 吐司；❷ C 乾杯 (to sb.)　動 ❸ 烤（吐司）；❹ 為……舉杯敬酒，為……乾杯

24 **tofu** [ˋtofu] 名 U 豆腐
同義 bean curd 豆腐

25 **tomato** [təˋmeto] 名 C 番茄

26 **watermelon** [ˋwɔtɚ,mɛlən]
名 U C 西瓜

▪ water 名 水　▪ melon 名 瓜

Part 1 Levels 1 — 2

24 Clothes & Accessories 衣服與配件 (1)

MP3 047

01 **apron** [ˋeprən]
名 C 圍裙，工作裙

02 **bag** [bæg] 名 C ❶ 袋子，提袋；❷ 一袋的量

03 **belt** [bɛlt] 名 C ❶ 腰帶，帶；❷ 地區，地帶
❸ 動 用帶捆住或扣上

04 **brand** [brænd] ❶ 名 C 品牌，牌子　動 ❷ 將……汙名加於；❸ 烙印於……，銘記不忘

05 **button** [ˋbʌtn̩] 名 C ❶ 鈕釦，釦子；❷ 按鈕　❸ 動 扣上

06 **cap** [kæp] ❶ 名 C 無邊便帽
❷ 動 覆蓋

07 **cloth** [klɔθ] 名 C U 布

08 **clothe** [kloð]
動 為……提供衣服，給……穿衣
同義 dress 給……穿衣，打扮

09 **clothes** [kloz] 名 複 衣服（接複數動詞，計算時用 a suit of . . . , two suits of . . . 表示）

▪ cloth 名 布　▪ -es 複

10 **clothing** [ˋkloðɪŋ]
名 U（總稱）衣服，衣著

▪ clothe 動 為……提供衣服
▪ -ing 名

MP3 048

11 **coat** [kot] ❶ 名 C 外套，大衣 ❷ 動 塗在……上，覆蓋……的表面　同義 ❷ cover 覆蓋

12 **dress** [drɛs] 名 ❶ U 衣服，服裝；❷ C 連衣裙，洋裝 ❸ 及物 給……穿衣 ❹ 不及物 穿著

13 **fit** [fɪt] 及物 ❶（衣服）合……身；❷ 適合於，使適合 ❸ 不及物（衣服）合身 形 ❹ 適合的；❺ 健康的，強健的 ❻ 名 C（強烈情感的，病的）一陣發作　同義 ❹ suitable 適當的，合適的；❺ strong, healthy 健康的，強健的　反義 ❹ ❺ unfit 不適合的；不健康的

14 **glove** [glʌv] 名 C 手套

15 **handkerchief** [ˋhæŋkɚ͵tʃɪf] 名 C 手帕

- hand 名 手
- kerchief 名 方頭巾

16 **hat** [hæt] 名 C（有邊的）帽子

17 **jacket** [ˋdʒækɪt] 名 C 夾克

18 **jeans** [dʒinz] 名 複 牛仔褲

19 **necklace** [ˋnɛklɪs] 名 C 項鍊

- neck 名 脖子　• lace 名 帶子

20 **needle** [ˋnidḷ] 名 C 針

25 Clothes & Accessories 衣服與配件 (2)

MP3 049

01 **pajamas** [pəˋdʒæməz] 名（複數名詞）睡衣褲

02 **pants** [pænts] 名（複數名詞）褲子，寬鬆的長褲　同義 trousers 褲子，長褲

03 **pocket** [ˋpɑkɪt] 名 C 口袋

04 **purse** [pɝs] 名 C 錢包，（女用）手提包

05 **shirt** [ʃɝt] 名 C 襯衫

06 **shoe** [ʃu] 名 C 鞋

07 **tie** [taɪ] 名 ❶ C 領帶；❷ C 同分，平手；❸（常作複數）緣分，關係　動 ❹ 繫，拴，捆；❺ 與……打成平手

08 **trousers** [ˋtraʊzɚz] 名（複數名詞）褲子，長褲

09 **T-shirt** [ˋti͵ʃɝt] 名 C T 恤，短袖圓領衫

10 **wear** [wɛr] 動 ❶ 穿著，戴著，塗抹；❷ 面露，面帶；❸ 留著（頭髮），蓄著（鬍鬚）；❹ 磨損，沖蝕

MP3 050

11 **shorts** [ʃɔrts] 名 複 短褲

12 **skirt** [skɝt] 名 C 裙子

13 **slipper** [ˋslɪpɚ]
名 C（常作複數）拖鞋
・slip 動 滑行　・-er 名 表「物」

14 **socks** [sɑks] 名 C 短襪

15 **suit** [sut] ❶ 名 C 套裝，西裝
動 ❷ 對（某人）方便，滿足（某人的）需要；❸ 相配，合身
同義 ❸ look good on 穿在某人身上很好看

16 **sweater** [ˋswɛtɚ] 名 C 毛衣
・sweat 名 汗　・-er 名 表「物」

17 **underwear** [ˋʌndɚˏwɛr]
名 U 內衣
・under 在……下面
・wear 名 穿

18 **uniform** [ˋjunəˏfɔrm]
名 C U 制服
・uni 單，一　・form 名 形式

19 **wallet** [ˋwɑlɪt] 名 C 皮夾

Part 1 Levels 1 — 2

26 Materials & Articles 材料與物品 (1)

MP3 051

01 **album** [ˋælbəm]
名 C ❶ 相簿；❷ 專輯，唱片

02 **anything** [ˋɛnɪˏθɪŋ]
代 ❶ 任何東西，任何事情；
❷ 無論什麼東西，無論什麼事情
・any 任何
・thing 名 東西

03 **ball** [bɔl] 名 C ❶ 球；
❷（正式而大規模的）舞會
❸ 動 使成球形

04 **balloon** [bəˋlun] 名 C 氣球

05 **basket** [ˋbæskɪt] 名 C ❶ 籃，簍；❷ 一籃（或簍、筐）的量

06 **bead** [bid] 名 C ❶ 有孔的小珠子；❷ 汗珠，淚珠

07 **bell** [bɛl] 名 C ❶（電）鈴；
❷ 鐘，鈴噹

08 **blackboard** [ˋblækˏbord]
名 C 黑板
・black 名 黑
・board 名 板

09 **bottle** [ˋbɑtl̩] 名 C ❶ 瓶子；
❷ 一瓶的容量

10 **bowl** [bol] 名 C ❶ 碗；
❷ 一碗的容量

11 **box** [bɑks] 名 C ❶ 盒，箱；
❷ 一箱或一盒的容量
❸ 動 把……裝箱或盒

MP3 052

12 **brick** [brɪk] 名 C U 磚

13 **cage** [kedʒ] ❶ 名 C 獸籠，鳥籠
❷ 動 把……關進籠子

14 **calendar** [ˋkæləndɚ] 名 C 日曆

- calends（羅馬古曆的）初一
- -ar 名

15 **camera** [ˋkæmərə] 名 C 照相機

16 **candle** [ˋkændḷ] 名 C 蠟燭

17 **card** [kɑrd] 名 C ❶ 卡片；
❷（常作複數）紙牌遊戲

18 **carpet** [ˋkɑrpɪt] 名 C 地毯

19 **case** [kes] 名 C ❶ 盒，箱；
❷ 事例，實例；❸ 事實，實情；
❹ 案件，官司

20 **cassette** [kəˋsɛt] 名 C 卡帶

- case 名 盒子
- -ette 名 表「小的……」

21 **chalk** [tʃɔk] 名 U 粉筆

22 **chart** [tʃɑrt] 名 C 圖表；曲線圖
同義 diagram 圖表

27 Materials & Articles 材料與物品 (2)

MP3 053

01 **chemical** [ˋkɛmɪkḷ]
❶ 名 C 化學物質，化學製品
❷ 形 化學的

- chemic 煉金術的；化學的
- -al 形

02 **chopstick** [ˋtʃɑp͵stɪk]
名 C（常作複數）筷子

- chop 砍，劈
- stick 棍子

03 **clay** [kle] 名 U 泥土，黏土

04 **clock** [klɑk] 名 C 時鐘

05 **coal** [kol] 名 U 煤

06 **comb** [kom] 名 C ❶ 梳子；
❷（常為單數）（用梳子）梳理（罕見用法） ❸ 動 用梳子梳理

07 **cotton** [ˋkɑtṇ] 名 U 棉，棉花

08 **crayon** [ˋkreən] 名 C 蠟筆

09 **cup** [kʌp] 名 C ❶ 杯子；
❷ 一杯（的容量）；❸ 獎杯
❹ 動 使（手）成杯狀

10 **curtain** [ˋkɝtṇ] 名 C ❶ 簾，窗簾，門簾；❷（舞臺的）幕

11 **diamond** [ˋdaɪəmənd]
名 C U 鑽石

12 **dish** [dɪʃ] 名 C ❶ 盤，碟；
❷ 一盤菜，菜餚
❸ 動 把……盛到盤子裡

MP3 054

13 **doll** [dɑl] 名 C 玩偶，洋娃娃

14 **dot** [dɑt] ❶ 名 C 小圓點
動 ❷ 打點於，在……上打點；
❸ 星羅棋布於，布滿

15 **drape** [drep] ❶ 名 複 簾，幔
❷ 動（用布）覆蓋，（以布）裝飾

16 **envelope** [ˋɛnvəˏlop]
名 C 信封

17 **eraser** [ɪˋresɚ] 名 C 板擦，橡皮擦 同義 rubber 橡皮擦

・erase 動 擦掉 ・-er 名 表「物」

18 **flag** [flæg] 名 C 旗

19 **fork** [fɔrk] ❶ 名 C 叉子
❷ 動 分岔 補充 fork 亦可作「岔口、岔路」

20 **garbage** [ˋgɑrbɪdʒ] 名 U 垃圾
同義 rubbish 英 = trash
= garbage 美 垃圾

21 **gift** [gɪft] 名 C ❶ 禮物；
❷ 天賦，才能 同義 ❶ present 禮物 ❷ talent 天才，天資

22 **glass** [glæs] 名 ❶ U 玻璃；
❷ C 玻璃杯；❸ C 一杯（的容量）

23 **glasses** [ˋglæsɪz] 名（複數名詞）眼鏡

Part 1 Levels 1 — 2

28 Materials & Articles 材料與物品 (3)

MP3 055

01 **glue** [glu] ❶ 名 C U 膠水
❷ 動 黏合

02 **gold** [gold] ❶ 名 U 金
❷ 形 金（製）的

03 **golden** [ˋgoldn̩] 形 ❶ 金（製）的；❷ 金色的

・gold 名 金
・-en 形 表「由……製」

04 **hammer** [ˋhæmɚ]
❶ 名 C 鐵鎚，鄉頭
❷ 動 錘擊，錘打

05 **hanger** [ˋhæŋɚ]
名 C 衣架，掛鉤

・hang 懸掛 ・-er 名 表「物」

06 **ink** [ɪŋk] 名 C U 墨水

07 **iron** [ˋaɪɚn] 名 ❶ U 鐵；
❷ C 熨斗 ❸ 動 熨，燙平
同義 ❸ press 燙平

08 **item** [ˋaɪtəm] 名 C ❶ 項目，品目；❷（新聞等的）一則，一條

09 **key** [ki] 名 C ❶ 鑰匙；
❷（常作單數）關鍵 (+ to)
❸ 形 重要的，關鍵的
❹ 動 用鍵盤輸入（訊息等）(+ in)
同義 ❷ secret 秘密，機密
❹ enter 輸入

10 **kite** [kaɪt] 名C 風箏

11 **knife** [naɪf] 名C 刀

12 **lantern** [ˋlæntɚn] 名C 燈籠

MP3 056

13 **line** [laɪn] 名C ❶ 繩，線；❷ 線條；❸ 行列，隊伍；❹ 交通線，航線；❺（詩文的）一行；❻ 電話線；❼（常作複數）臺詞 ❽ 動 排隊 同義 ❶ rope, cord, wire, string 線 ❷ stripe 線條 ❸ row, queue 行列 ❹ route 路線，航線

14 **list** [lɪst] ❶ 名C 表，名冊 ❷ 動 把……編列成表，把……編入目錄

15 **lock** [lɑk] ❶ 名C 鎖 動 ❷ 鎖上；❸ 把……鎖藏起來

16 **log** [lɔg] 名C ❶ 圓木，原木；❷ 正式紀錄，日誌 ❸ 動（電腦）登錄

17 **map** [mæp] 名C 地圖

18 **mask** [mæsk] ❶ 名C 面具 ❷ 動 在（臉上）戴面具

19 **mat** [mæt] 名CU 踏鞋墊

20 **material** [məˋtɪrɪəl] 名CU ❶ 材料，原料；❷ 素材，資料

- matter 名 物質
- -al 名

21 **metal** [ˋmɛtḷ] 名CU 金屬

22 **mirror** [ˋmɪrɚ] 名C ❶ 鏡子；❷（如鏡子般）反映……，反射 同義 ❷ reflect 反映，表現

23 **mud** [mʌd] 名U 泥 形 muddy 多爛泥的

24 **mug** [mʌg] 名C 馬克杯，大杯子

29 Materials & Articles 材料與物品 (4)

MP3 057

01 **napkin** [ˋnæpkɪn] 名 C 餐巾

02 **net** [nɛt] ❶ 名 C U 網
❷ 動 用網捕（魚等）

03 **pan** [pæn] 名 C 平底鍋

04 **paper** [ˋpepɚ] 名 ❶ U 紙；
❷ C 報紙；❸ C 論文，報告
同義 ❷ newspaper 報紙
❸ essay 論說文，散文

05 **paste** [pest] 名 U ❶ 漿糊；
❷ 醬 ❸ 動 用漿糊黏貼
同義 ❸ stick, glue 黏住

06 **pen** [pɛn] 名 C 筆

07 **pencil** [ˋpɛnsḷ] 名 C 鉛筆

08 **pillow** [ˋpɪlo] 名 C 枕頭

09 **pin** [pɪn] ❶ 名 C 大頭針，別針
❷ 動（用別針或大頭針等）別住，
釘住 同義 ❶ brooch（女用）胸針

10 **pipe** [paɪp] ❶ 名 C 管，輸送管
❷ 動 用管道輸送

11 **plate** [plet] 名 C ❶ 盤子，碟
子；❷ 一盤

MP3 058

12 **poison** [ˋpɔɪzṇ]
❶ 名 C U 毒，毒物
❷ 動 使中毒，毒死

13 **pot** [pɑt] 名 C ❶ 壺，鍋，罐；
❷ 一罐、壺或鍋的量
同義 ❶ jar, kettle 瓶，罐，壺

14 **puppet** [ˋpʌpɪt]
名 C ❶ 木偶，玩偶；
❷ 傀儡，受他人操縱的人

15 **requirement** [rɪˋkwaɪrmənt]
名 C ❶ 必需品；❷ 必要條件
同義 ❶ necessity, requisite
需要，必需品

・require 需求 ・-ment 名

16 **rock** [rɑk] ❶ 名 C U 岩石
❷ 動 搖動，使搖晃

17 **rocky** [ˋrɑkɪ] 形 多岩石的

・rock 名 岩石
・-y 形 表「有……的」

18 **rope** [rop] 名 C 繩，索

19 **rubber** [ˋrʌbɚ] 名 U 橡膠
補充 rubber 亦可作形容詞用，意
指「橡膠製成的」。

・rub 動 擦 ・-er 名 表「物」

20 **sand** [sænd] 名 U 沙

21 **sample** [ˋsæmpḷ]
❶ 名 C 樣品 ❷ 動 品嚐，嘗試

22 **scissors** [ˋsɪzɚz] 名（複數名詞）
剪刀

23 **screen** [skrin] 名 C ❶ 螢幕；
❷ 紗窗，紗門 ❸ 動 掩藏，遮蔽
同義 ❸ shield 保護，防禦

30 Materials & Articles 材料與物品 (5)

MP3 059

01 **sheet** [ʃit] 名C ❶ 床單；❷ 一張，一薄片

02 **silver** [ˋsɪlvɚ] 名❶ U 銀；❷ C 銀牌；❸ U 銀製餐具 形❹ 銀的；❺ 銀色的

03 **soap** [sop] 名U 肥皂

04 **soil** [sɔɪl] 名C U 泥土，土壤 同義 earth 泥，土

05 **something** [ˋsʌmθɪŋ] 代❶ 某事；❷ 重要的人或事物，值得重視的人或事物

- some 某些
- thing 名 事物

06 **spoon** [spun] 名C ❶ 湯匙；❷ 一匙的量 (= spoonful) ❸ 動 用匙舀，舀取

07 **stone** [ston] 名C U 石頭

08 **thing** [θɪŋ] 名C ❶ 東西，物品；❷ 事，事情；❸ 複 情況

09 **tool** [tul] 名C 工具，用具

10 **toy** [tɔɪ] ❶ 名C 玩具 ❷ 動 玩弄，戲耍

11 **wood** [wʊd] 名❶ U 木頭，木材；❷ C 森林，樹林 同義 ❶ timber 木材，木料 ❷ forest, timberland 森林，林地

12 **sign** [saɪn] 名C ❶ 招牌，標誌；❷ 跡象，徵兆；❸ 示意的動作，手勢 ❹ 及物 簽名 ❺ 不及物 示意，打手勢 同義 ❷ indication 跡象，徵兆 ❸ ❺ signal, gesture 表示，用動作示意

MP3 060

13 **silk** [sɪlk] 名U 絲

14 **steel** [stil] 名U 鋼

15 **stick** [stɪk] 名C ❶ 枝條，枯枝；❷ 棍；❸ 拐杖 及物 ❹ 刺，戳入；❺ 黏貼 ❻ 不及物 卡住，陷住 同義 ❹ pierce 刺穿 ❷ rod 棍

16 **straw** [strɔ] 名C 吸管

17 **string** [strɪŋ] 名❶ U 線，細繩；❷ C 一串 ❸ 動 用（線或細繩等）串 同義 ❶ line 線，繩 ❸ thread 把……串成一串

18 **tape** [tep] 名❶ U 膠帶；❷ C 錄音帶 同義 ❷ cassette 錄音帶

19 **tent** [tɛnt] 名C 帳篷

20 **towel** [ˋtaʊəl] 名C 毛巾

21 **tube** [tjub] 名C（裝牙膏等的）軟管

22 **umbrella** [ʌmˋbrɛlə] 名C 傘

- umbr 陰影
- -ella 名 表「小」

23 **wire** [waɪr] 名 C 電線

24 **wooden** [ˋwʊdn̩] 形 木製的

- wood 名 木頭
- -en 形 表「由……而製」

25 **wool** [wʊl] 名 U 羊毛

Part 1 Levels 1 — 2

31 Furniture & Appliances 家具與設備

MP3 061

01 **alarm** [əˋlɑrm] 名 ❶ C 警報器，警報；❷ U 驚慌，恐懼 ❸ 及物 使驚慌不安，使恐懼

同義 ❸ worry 使擔心，使煩惱

02 **armchair** [ˋɑrm͵tʃɛr] 名 C 扶手椅

- arm 名 手臂
- chair 名 椅子

03 **bed** [bɛd] 名 ❶ C 床；❷ U 睡覺，就寢時間

04 **bench** [bɛntʃ] 名 C 長椅，長凳

同義 long seat 長椅，長凳

05 **bookcase** [ˋbʊk͵kes] 名 C 書架

- book 名 書
- case 名 架

06 **chair** [tʃɛr] 名 C ❶ 椅子；❷ 會議主席

同義 ❷ chairperson, chairman 主席

07 **closet** [ˋklɑzɪt] 名 C 衣櫥，壁櫥，碗櫥

- close 關
- -et 名 表「小的……」

08 **computer** [kəmˋpjutɚ] 名 C 電腦

- compute 動 計算
- -er 名 表「物」

09 **controller** [kən`trolɚ]
名C 控制器，調節器

- control 動控制
- -er 名表「物」

10 **desk** [dɛsk]
名C ❶ 書桌，辦公桌；❷ 櫃檯，服務臺

11 **door** [dor] 名C 門

12 **drawer** [`drɔɚ] 名C 抽屜

- draw 動拉　　- -er 名表「物」

13 **elevator** [`ɛlə͵vetɚ]
名C 電梯　同義 lift 英電梯

14 **freezer** [`frizɚ]
名C 冰箱，冷藏櫃

- freeze 動冷凍　　- -er 名表「物」

MP3 062

15 **heater** [`hitɚ]
名C 加熱器，暖氣機

- heat 動加熱　　- -er 名表「物」

16 **hi-fi** [`haɪ`faɪ] 名C 高傳真的音響裝置　同義 high fidelity, stereo 立體音響裝置

17 **icebox** [`aɪs͵bɑks]
名C 美（舊用法）冷藏庫，冰箱
同義 fridge, refrigerator 冰箱

- ice 名冰　　- box 名箱

18 **lamp** [læmp] 名C 燈

19 **machine** [mə`ʃin] ❶ 名C 機器
❷ 及物 用機器做……，用機器縫紉……

20 **oven** [`ʌvən] 名C 烤箱，爐，灶

21 **printer** [`prɪntɚ] 名C 印表機

- print 動印刷　　- -er 名表「物」

22 **pump** [pʌmp]
❶ 名C 唧筒（如幫浦、抽水機）
及物 ❷ 用唧筒抽（水等）；
❸ 用唧筒注（水、氣等）

23 **robot** [`robət]
名C 自動控制裝置，機器人

24 **sofa** [`sofə] 名C 沙發

25 **table** [`tebl̩] 名C ❶ 桌子；
❷ 表，目錄

26 **window** [`wɪndo] 名C 窗

27 **shelf** [ʃɛlf]
名C（書櫥等的）架子

28 **sink** [sɪŋk] ❶ 名C 洗碗槽
❷ 不及物 下沉，沉沒

29 **stove** [stov] 名C 爐子，火爐

32 Places & Buildings 地方與建築 (1)

MP3 063

01 **address** ❶ [ˋædrɛs] ❷–❹ [əˋdrɛs] 名 C ❶ 地址，住址；❷ 演說，致詞　及物 ❸ 在……上寫收信人姓名地址；❹ 向……發表演說或致詞

02 **apartment** [əˋpɑrtmənt] 名 C 公寓　同義 flat 英 公寓

03 **area** [ˋɛrɪə] 名 C ❶ 地區，區域；❷ 場地，區；❸ 領域，範圍

04 **balcony** [ˋbælkənɪ] 名 C 陽臺，露臺

05 **bar** [bɑr] 名 C ❶ 酒吧；❷ 棒，條　❸ 動 中止，禁止；阻攔
同義 ❸ forbid, prohibit, prevent 禁止

06 **base** [bes] 名 C ❶（常為單數）基部，底部；❷ 基地；❸ 基礎；❹ 壘　❺ 動 以……為基地（常為被動語態）

07 **basement** [ˋbesmənt] 名 C 地下室　同義 cellar 地下室，地窖
- base 名 基部，底部
- -ment 名

08 **bathroom** [ˋbæθ͵rum] 名 C ❶ 廁所；❷ 浴室
同義 ❶ toilet, lavatory 廁所
- bath 名 沐浴　- room 名 室

09 **beach** [bitʃ] 名 C 海灘

10 **bedroom** [ˋbɛd͵rum] 名 C 臥室，寢室
- bed 名 床　- room 名 房間

11 **block** [blɑk] 名 C ❶ 街區；❷（木、石）塊　動 ❸ 阻塞，堵住；❹ 阻擋

12 **build** [bɪld] 及物 建造，建築，建立

13 **building** [ˋbɪldɪŋ] 名 C 建築物
- build 動 建築　- -ing 名

MP3 064

14 **café** [kəˋfe] 名 C 咖啡廳，小餐館，簡餐店

15 **cafeteria** [͵kæfəˋtɪrɪə] 名 C 自助餐廳

16 **castle** [ˋkæsl̩] 名 C 城堡

17 **cave** [kev] ❶ 名 C 洞穴，洞窟 ❷ 動 塌落，倒坍（+ in）

18 **ceiling** [ˋsilɪŋ] 名 C 天花板
- ceil 動 裝天花板於
- -ing 名

19 **church** [tʃɝtʃ] 名 C 教堂

20 **city** [ˋsɪtɪ] 名 C 城市，都市

21 **coast** [kost] 名 C 海岸，沿海地區

22 **corner** [ˋkɔrnɚ] 名 C ❶ 角落；❷ 街角；❸ 角；❹（遙遠的）地區

23 **countryside** [ˋkʌntrɪˏsaɪd] 名 U 鄉間，農村

- country 名 國土
- side 旁邊

24 **desert** 名 [ˋdɛzɚt] 動 [dɪˋzɝt] ❶ 名 C U 沙漠　及物 ❷ 拋棄，遺棄；❸ 離開，捨棄

同義 ❷ abandon 拋棄，遺棄

25 **downtown** [ˋdaʊnˋtaʊn]
❶ 名 C 城市商業區
❷ 副 在或往城市的商業區
❸ 形 城市商業區的

- down 向下
- town 名 市鎮

26 **earth** [ɝθ] 名 U ❶（常大寫）地球；❷ 地上，地面；❸ 土，泥

27 **entrance** [ˋɛntrəns]
名 ❶ C 入口，門口（+ to/of N）；❷ C（常為單數）進入，入場；❸ U 進入的權利，進入許可；❹ U 入學許可　反義 ❶ exit 出口

- enter 動 進入
- -ance 名

Part 1 Levels 1 — 2

33 Places & Buildings 地方與建築 (2)

MP3 065

01 **environment** [ɪnˋvaɪrənmənt] 名 ❶ U C 環境；❷ 單 自然環境，生態環境

- environ 動 包圍，圍繞
- -ment 名

02 **factory** [ˋfæktərɪ] 名 C 工廠

- factor 名 因素；代理商
- -y 名

03 **farm** [fɑrm] ❶ 名 C 農場，畜牧場　❷ 不及物 務農或從事畜牧業

04 **fence** [fɛns] ❶ 名 C 柵欄，籬笆　❷ 及物 把……用柵欄或籬笆圍起來

05 **field** [fild] 名 C ❶ 田地，原野；❷（知識）領域

06 **flat** [flæt] ❶ 名 C 英 公寓
形 ❷ 平的；❸（輪胎）洩了氣的
❹ 副 仰臥地，平直地

07 **floor** [flor] 名 C ❶（室內的）地面，地板；❷（樓）層
❸ 動 在……鋪設地板

08 **garage** [gəˋrɑʒ] 名 C 車庫；汽車修理廠

09 **garden** [ˋgɑrdn̩] ❶ 名 C 花園
❷ 不及物 從事園藝

10 **gate** [get] 名C ❶ 大門，柵欄門；❷ 出入口，登機門

11 **goal** [gol] 名C ❶（旅行的）目的地，（賽跑等的）終點；❷ 目的，目標
同義 ❷ purpose, target, aim 目的，目標

12 **ground** [graʊnd] 名U ❶ 室外的地面；❷ 複 根據，理由 ❸ 及物 禁足 ❹ 形 磨碎的，磨平的（只放在名詞之前）

13 **hall** [hɔl] 名C ❶ 大廳，會堂；❷ 走廊，門廳
同義 ❷ corridor, hallway 走廊，門廳

MP3 066

14 **hill** [hɪl] 名C 丘陵，小山

15 **hole** [hol] ❶ 名C 洞 ❷ 及物 鑿洞於，穿孔於

16 **home** [hom] 名 ❶ CU 家；❷ 單 產地，發源地；❸ CU 故鄉，祖國 ❹ 副 在家，回家 ❺ 形 家庭的（只放在名詞前）
反義 ❺ foreign 外來的

17 **hotel** [hoˋtɛl] 名C 旅館，飯店

18 **house** [haʊs] ❶ 名C 房屋，住宅 ❷ 及物 給……地方住

19 **island** [ˋaɪlənd] 名C 島

20 **kitchen** [ˋkɪtʃɪn] 名C 廚房

21 **land** [lænd] 名U ❶ 陸地；❷ 土地，田地 ❸ 不及物 登陸，降落 ❹ 及物 使登陸，使降落
反義 ❸ take off 起飛

22 **library** [ˋlaɪˏbrɛrɪ] 名C 圖書館，圖書室

23 **market** [ˋmɑrkɪt] 名C 市場

24 **moon** [mun] 名單 月亮

25 **mountain** [ˋmaʊntn̩] 名C ❶ 山；❷ 大量，堆積如山的東西 同義 ❷ pile, mass, heap 一堆，大量

26 **office** [ˋɔfɪs] 名C 辦公室

27 **park** [pɑrk] ❶ 名C 公園 ❷ 不及物 停放車輛 ❸ 及物 停放（車）

34 Places & Buildings 地方與建築 (3)

MP3 067

01 **place** [ples] 名C ❶ 地方，地點；❷ 住所；❸ 名次；❹ 地位，身分 及物 ❺ 放置，安置；❻ 定出（選手）名次（通常為被動語態）
同義 ❺ put, arrange 整理，布置

02 **planet** [ˋplænɪt] 名C 行星

03 **playground** [ˋpleˏgraʊnd] 名C 操場，運動場，遊樂場

- play 動 玩；運動
- ground 名 場所

04 **region** [ˋridʒən] 名C 地區
同義 area, zone 地區，地帶

05 **restroom** [ˋrɛstˏrum] 名C 廁所 同義 rest room, toilet 英 廁所

- rest 休息
- room 名 室

06 **restaurant** [ˋrɛstərənt] 名C 餐廳

07 **roof** [ruf] 名C 屋頂

08 **room** [rum] 名 ❶ C 房間；❷ U 空間；❸ U 機會
同義 ❷ space 空間

09 **scene** [sin] 名C ❶（常為單數）（事件發生的）地點，現場；❷（戲劇的）一場；❸ 景色，景象

10 **seat** [sit] ❶ 名C 座位 ❷ 及物 使就座

11 **shore** [ʃor] 名CU 岸，濱

12 **sky** [skaɪ] 名U 單 天空

13 **stair** [stɛr] 名 複 樓梯

MP3 068

14 **star** [stɑr] 名C ❶ 星；❷（表示等級等的）星級；❸ 明星 ❹ 不及物 主演

15 **sun** [sʌn] 名 單 太陽

16 **town** [taʊn] 名 ❶ C 鎮，市鎮；❷ U 市區

17 **wall** [wɔl] 名C 牆壁

18 **world** [wɝld] 名 單 世界

19 **spot** [spɑt] 名C ❶ 地點；❷ 斑點；❸ 汙跡，汙漬 ❹ 及物 看見，注意到 同義 ❸ stain 汙點

20 **square** [skwɛr] ❶ 名C（方形）廣場 ❷ 形 正方形的

- s- (= ex-) 出；向外
- quare 均方

21 **temple** [ˋtɛmpḷ] 名C 寺廟

22 **toilet** [ˋtɔɪlɪt] 名C 廁所
同義 restroom 廁所

23 **tower** [ˋtaʊɚ] 名C 塔

24 **valley** [ˋvælɪ] 名C 山谷

25 **village** [ˋvɪlɪdʒ] 名C 村莊

26 **yard** [jɑrd] 名C ❶ 庭院；❷ 碼（美英長度單位）
同義 ❶ garden 英 庭院

Part 1 Levels 1 — 2

35 Social Relationships & Organizations 社會關係與組織

MP3 069

01 **club** [klʌb] 名 C 俱樂部

02 **company** [ˋkʌmpənɪ]
名 ❶ C 公司；❷ U 陪伴；
❸ U 同伴，朋友
同義 ❶ business, firm 公司

03 **country** [ˋkʌntrɪ]
名 ❶ C 國家；❷ 單 鄉下
同義 ❷ the countryside, rural area 鄉下

04 **family** [ˋfæməlɪ] 名 C ❶ 家庭；
❷ 家人；❸【動物】【植物】科

05 **form** [fɔrm] 及物 ❶ 組織，成立；❷ 形成，構成；❸ 排列成
名 C ❹ 表格；❺ 形狀；❻ 種類
同義 ❶ establish 建立，設立
❷ shape, mold, make 形成，構成

06 **group** [grup] ❶ 名 C 群，組
❷ 及物 把……分組或歸類

07 **international** [ˌɪntɚˋnæʃənḷ]
形 國際的　反義 national 全國性的，國家的

- inter- 在……之間
- nation 名 國家
- -al 形

08 **link** [lɪŋk] 名 C ❶ 關係；❷ 關聯　及物 ❸ 連接；❹ 使有關聯
同義 ❶ ❷ connection, relation 關係，關聯
❸ connect 連接，連結

09 **marriage** [ˋmærɪdʒ]
名 ❶ C U 婚姻；❷ U 結婚典禮
同義 ❷ wedding 結婚典禮

- marry 動 結婚　・-age 名

MP3 070

10 **marry** [ˋmærɪ]
及物 娶，嫁，和……結婚

11 **member** [ˋmɛmbɚ]
名 C 成員，會員

12 **organization** [ˌɔrgənəˋzeʃən]
名 C 組織，機構，團體

- organ 名 器官；機構
- -ize 動
- -ion 名

13 **organize** [ˋɔrgəˌnaɪz]
及物 組織，安排
同義 arrange 整理，安排

- organ 名 器官；機構
- -ize 動

14 **public** [ˋpʌblɪk]
形 ❶ 公眾的（只放在名詞前）；
❷ 公共的，公立的；
❸ 公開的，眾所周知的
❹ 名 單 公眾，民眾 (+ the)
反義 ❷ private 個人的，私人的

15 **relation** [rɪˋleʃən]

名❶ 複(國家、團體或人之間的)關係;❷ C U 關聯;
❸ C 親戚,親屬
同義 ❷ relationship 關係,關聯
❸ relative 親戚,親屬

- relate 動有關
- -ion 名

16 **relationship** [rɪˋleʃən͵ʃɪp]

名❶ C U 關係,關聯
(+ with/between/to);
❷ U 親屬關係,姻親關係
同義 ❶ relation 關係,關聯

- relate 有關
- -ion 名
- -ship 名表「狀態」

17 **social** [ˋsoʃəl] 形❶ 社會的;
❷ 社會上的;❸ 社交的

18 **society** [səˋsaɪətɪ] 名 C U 社會

Part 1 Levels 1 — 2

36 Art & Culture 藝術與文化 (1)

MP3 071

01 **art** [ɑrt] 名❶ U 藝術;
❷ U 藝術品,美術品;
❸ C(常為複數)人文科學,文科
補充 a bachelor of arts 文學士

02 **artist** [ˋɑrtɪst]

名 C ❶ 藝術家;❷ 藝人

- art 名藝術
- -ist 名表「做……的人」

03 **band** [bænd] 名 C ❶ 樂團;
❷(一)幫,(一)群;❸(橡皮)圈

04 **book** [bʊk] ❶ 名書
❷ 及物 預訂

05 **cartoon** [kɑrˋtun]

名 C ❶ 卡通;❷ 連環漫畫
同義 ❷ comic strip 連環漫畫
名 cartoonist 漫畫家

06 **classic** [ˋklæsɪk] 名 C ❶ 文學名著,經典著作;❷ 典型的事物,著名的事件 形❸ 經典的;
❹ 典型的

- class 名等級 ・-ic 形名

07 **culture** [ˋkʌltʃɚ] 名❶ C U 文化;❷ C U 文化;
❸ U 修養,教養

08 **custom** [ˋkʌstəm]

名 C U ❶ 習俗,風俗;❷ 複海關

09 **dance** [dæns] ❶ 不及物 跳舞，舞蹈　❷ 名 C 跳舞，舞蹈

10 **dancer** [ˋdænsɚ]
名 C 舞者，舞蹈家

- dance 動 跳舞
- -er 名 表「人」

11 **diary** [ˋdaɪərɪ]
名 C 日記　同義 journal 日記

12 **dictionary** [ˋdɪkʃən͵ɛrɪ]
名 C 字典，辭典

- diction 名 措辭，用語
- -ary 名

MP3 072

13 **drama** [ˋdrɑmə] 名 ❶ C 戲劇，劇情片；❷ U 戲劇；❸ C U 戲劇性（事件）

14 **draw** [drɔ] 及物 ❶ 畫，繪製；❷ 拉，拖；❸ 吸引（注意）；❹ 推斷出，作出　❺ 不及物 畫圖

15 **drawing** [ˋdrɔɪŋ]
名 ❶ C 圖畫；❷ U 描繪，素描
同義 ❶ ❷ sketch 草圖；寫生

- draw 動 繪畫
- -ing 名

16 **drum** [drʌm] ❶ 名 C 鼓
❷ 及物 咚咚地敲
同義 ❷ beat, pound 打，敲

17 **flute** [flut] 名 C 長笛，橫笛

18 **guitar** [gɪˋtɑr] 名 C 吉他

19 **instrument** [ˋɪnstrəmənt]
名 C ❶ 樂器；❷ 儀器，器具
同義 ❶ musical instrument 樂器

- instruct 動 教授；指示
- -ment 名

20 **jazz** [dʒæz] 名 C U 爵士樂

21 **melody** [ˋmɛlədɪ]
名 C U ❶ 旋律；❷ 歌曲
同義 ❶ tune 曲調，旋律

22 **museum** [mjuˋzɪəm]
名 C 博物館

23 **music** [ˋmjuzɪk] 名 U 音樂

- muse 名 繆斯，希臘女神名
- -ic 名

24 **musician** [mjuˋzɪʃən]
名 C 音樂家

- muse 名 繆斯，希臘女神名
- -ic 名
- -ian 名

25 **novel** [ˋnɑvl̩] ❶ 名 C 小說
❷ 形 新奇的　名 novelist 小說家

37 Art & Culture 藝術與文化 (2)

MP3 073

01 **page** [pedʒ] 名C（書等的）頁

02 **paint** [pent] ❶ 不及物 繪畫 及物 ❷ 畫；❸ 油漆 ❹ 名U 油漆，塗料 同義 ❶ ❷ draw 畫 ❸ color 油漆

03 **painter** [ˋpentɚ] 名C 畫家，油漆工

- paint 動 畫　・-er 名 表「人」

04 **painting** [ˋpentɪŋ] 名C 畫作

- paint 動 畫　・-ing 名

05 **photograph** [ˋfotəˏgræf] ❶ 名C 相片 ❷ 及物 為……拍照 同義 ❶ photo, picture 照片

- photo- 照相（的）
- graph 名 圖

06 **photographer** [fəˋtɑgrəfɚ] 名C 攝影師

- photo- 照相（的）
- graph 名 圖
- -er 名 表「人」

07 **piano** [pɪˋæno] 名C 鋼琴

08 **picture** [ˋpɪktʃɚ] 名C ❶ 圖畫；❷ 照片 ❸ 及物 想像 同義 ❷ photo 照片 ❸ imagine 想像

09 **poem** [ˋpoɪm] 名C 詩

10 **poet** [ˋpoɪt] 名C 詩人

11 **poetry** [ˋpoɪtrɪ] 名U（總稱）詩，詩歌，韻文

12 **print** [prɪnt] 及物 ❶ 出版，發行；❷ 印刷 ❸ 名U 印出的字，印刷字體

13 **role** [rol] 名C ❶（戲劇、電影裡的）角色；❷ 作用，角色

MP3 074

14 **sing** [sɪŋ] ❶ 及物 唱 不及物 ❷ 唱歌；❸（鳥）鳴

15 **singer** [ˋsɪŋɚ] 名C 歌唱家，歌手

- sing 動 唱　・-er 名 表「人」

16 **song** [sɔŋ] 名C 歌，歌曲

17 **story** [ˋstorɪ] 名C ❶ 故事；❷（新聞）報導；❸（建築物的）層，樓

18 **tale** [tel] 名C 故事

19 **write** [raɪt] 及物 ❶ 寫（書）；❷ 寫（字）；❸ 寫（信） 不及物 ❹ 寫字；❺ 寫信

20 **writer** [ˋraɪtɚ] 名C 作家，作者

- write 動 寫　・-er 名 表「人」

21 **theater** [ˋθiətɚ] 名C 劇場，劇院

22 **title** [ˋtaɪtl̩] ❶ 名C（書籍等的）名稱，標題，頭銜，稱號 ❷ 及物 加標題

23 **tradition** [trəˋdɪʃən]
名 C 傳統，常規，慣例

24 **traditional** [trəˋdɪʃənl̩]
形 傳統的，慣例的，傳說的

- tradition 名 傳統
- -al 形

25 **trumpet** [ˋtrʌmpɪt] 名 C 喇叭

26 **violin** [ˏvaɪəˋlɪn] 名 C 小提琴

Part 1 Levels 1 — 2

38 Money & Business 金錢與商業 (1)

MP3 075

01 **bank** [bæŋk] 名 C ❶ 銀行；❷ 岸，堤 ❸ 不及物 存款（於特定的銀行），（和……銀行）往來

02 **banker** [ˋbæŋkɚ] 名 C 銀行家

- bank 動 和……銀行往來
- -er 名 表「人」

03 **bill** [bɪl] 名 C ❶ 帳單；❷ 鈔票；❸ 議案，法案；❹ 喙（鳥嘴）❺ 及物 給……開帳單，要……付款 同義 ❹ beak 喙狀嘴

04 **business** [ˋbɪznɪs] 名 ❶ U 生意，買賣；❷ U 工作；❸ C 公司
同義 ❶ commerce, trade 交易
❷ work, job 工作
❸ company 公司

- busy 形 忙碌的
- -ness 名 表「性質或狀態」

05 **buy** [baɪ] ❶ 及物 購買
❷ 名 C 划算的東西
同義 ❶ purchase 買，購買
反義 ❶ sell 賣，銷售

06 **cash** [kæʃ] ❶ 名 U 現金
❷ 及物 把……兌現

07 **cent** [sɛnt] 名 C（美、加等國的貨幣單位）分

08 **charge** [tʃɑrdʒ] 及物 ❶ 索價；❷ 控告，指控；❸（將……）充電 名 ❹ C U 費用，價錢；❺ C 控告，指控 同義 ❷ accuse 指控

09 **cheap** [tʃip] 形 ❶ 便宜的；❷ 劣質的，廉價品的 反義 ❶ expensive 昂貴的

10 **coin** [kɔɪn] ❶ 名 C 硬幣 ❷ 及物 創造，杜撰（新字等）

MP3 076

11 **cost** [kɔst] 及物 ❶ 花費；❷ 使付出（時間、代價等），使喪失 ❸ 名 C U 費用，成本

12 **costly** [ˋkɔstlɪ] 形 ❶ 貴重的；❷ 代價高的 同義 ❶ expensive 高價的，昂貴的

- cost 名 費用
- -ly 形 表「……性質的」

13 **deal** [dil] 不及物
❶ 經營，交易 (+ in)；
❷ 處理，對待 (+ with)
❸ 及物 發牌 名 ❹ C 交易；
❺ 單 大量（+ 不可數名詞）
同義 ❸ distribute 分配

14 **debt** [dɛt] 名 ❶ C 債，借款；❷ C（常為單數）恩義，情義；❸ U 負債

15 **dollar** [ˋdɑlɚ] 名 C（美、加等國）元

16 **earn** [ɝn] 及物 ❶ 賺得；❷ 使得到，使贏得 同義 ❷ gain, obtain, get 得到，獲得

17 **expensive** [ɪkˋspɛnsɪv] 形 高價的，昂貴的 反義 cheap, inexpensive 便宜的

- expense 名 費用
- -ive 形

18 **fee** [fi] 名 C 費用

19 **firm** [fɝm] ❶ 名 C 公司 形 ❷ 堅定的，堅決的；❸ 穩固的，牢固的 ❹ 及物 使穩固，使牢固
反義 ❷ weak, fragile 脆弱的
❸ loose, soft 鬆的

20 **hire** [haɪr] 及物 雇用
同義 employ 雇用
反義 fire 開除

21 **income** [ˋɪn͵kʌm] 名 C U 收入，所得
同義 earnings 收入
反義 expense 開銷

39 Money & Business 金錢與商業 (2)

MP3 077

01 **industry** [ˋɪndəstrɪ]
名 ❶ C 行業；❷ U 工業；❸ U 勤勉　反義 ❸ laziness 懶散

02 **money** [ˋmʌnɪ] 名 U 錢，貨幣

03 **operate** [ˋɑpə͵ret] 及物 ❶ 經營，管理；❷ 操作　不及物 ❸ 運作，運轉；❹ 營業，營運；❺ 動手術，開刀　同義 ❶ manage, conduct 經營，管理

04 **pay** [pe] 不及物 ❶ 付款；❷ 有報酬；❸ 付出代價，受到懲罰
及物 ❹ 付，支付；❺ 償還
❻ 名 U 薪俸，報酬

05 **payment** [ˋpemənt]
名 ❶ U 支付，付款；
❷ C 支付的款項（或實物）

・pay 動 付款　・-ment 名

06 **poor** [pʊr] 形 ❶ 貧窮的；
❷ 貧乏的，缺少的 (+ in)；
❸ 不好的，拙劣的 (at +N/V-ing)；❹ 可憐的
反義 ❶ ❷ rich 富有的；豐富的

07 **price** [praɪs] 名 ❶ C U 價格；
❷ U 代價（恆用單數形）
❸ 及物 給……定價，給……標價（通常為被動語態）

08 **rich** [rɪtʃ]
形 ❶ 富有的，有錢的；
❷ 富於的，有很多……的 (+ in N)
反義 ❶ poor 貧窮的，貧困的
同義 ❶ wealthy 富裕的

09 **riches** [ˋrɪtʃɪz]
名（複數名詞）財富，財產
同義 wealth, fortune 財富，財產

・rich 形 富有的，有錢的
・-es 複

10 **sale** [sel] 名 C U 販賣，出售

MP3 078

11 **sell** [sɛl] 及物 ❶ 賣，銷售；
❷ 出賣，背叛，犧牲
❸ 不及物 賣，出售

12 **shop** [ʃɑp] 名 C 商店

13 **spend** [spɛnd]
及物 ❶ 花（錢）；
❷ 花（時間）；❸ 度過

14 **store** [stor] ❶ 名 C 商店
❷ 及物 貯存　同義 ❷ keep, preserve 保存，保藏

15 **ticket** [ˋtɪkɪt] C ❶ 票，券

16 **supermarket** [ˋsupɚ͵mɑrkɪt]
名 C 超級市場

・super- 表「超級」
・market 名 市場

17 **tip** [tɪp] 名C ❶ 小費；❷ 尖端；❸ 指點，提示 (+ on)
❹ 及物 給小費
同義 ❸ pointer 暗示，提示

18 **trade** [tred] ❶ 名U 貿易，交易
❷ 動 進行交易，交換

19 **treasure** [ˋtrɛʒɚ] ❶ 名U 金銀財寶 ❷ 及物 珍愛，珍重
同義 ❷ cherish, value 珍愛，珍惜

20 **value** [ˋvælju] 名 ❶ U 價值；
❷ 複 價值觀 ❸ 及物 重視，珍視

21 **worth** [wɝθ] 介 ❶ 有……價值，值……錢；❷ 值得 (+ V-ing)
❸ 名U 價值……的東西

40 Politics & Government 政治與政府

MP3 079

01 **king** [kɪŋ] 名C（常大寫）國王，君主

02 **kingdom** [ˋkɪŋdəm]
名C ❶ 王國；❷（動、植物）界

- king 名 國王
- -dom 名 表「領域」

03 **nation** [ˋneʃən]
名 ❶ C 國家；❷ 單 國民（常用 the nation，集合用法）
同義 ❶ country 國家
❷ population 人民

04 **national** [ˋnæʃənl̩] 形 ❶ 全國性的；❷ 國家的；❸ 國有的，國立的（只放在名詞前）

- nation 名 國家
- -al 形

05 **officer** [ˋɔfəsɚ] 名C 官員

- office 名 辦公室；政府機關
- -er 名 表「人」

06 **official** [əˋfɪʃəl]
❶ 形 官員的，公務上的
❷ 名C 官員，公務員

- office 名 辦公室；政府機關
- -al 形

07 **president** [ˋprɛzədənt]
名 C ❶（常大寫）總統；❷ 會長，校長；❸ 總裁，董事長
・preside 動 擔任會議主席，主持
・-ent 名

MP3 080

08 **prince** [prɪns]
名 C 王子（或 Prince）

09 **princess** [ˋprɪnsɪs]
名 C 公主，王妃（或 Princess）
・prince 名 王子
・-ess 名 表「女性」

10 **queen** [kwin]
名 C 王后，女王（或 Queen）

11 **royal** [ˋrɔɪəl] 形 王室的（只放在名詞前）

12 **rule** [rul] ❶ 及物 統治
名 C ❷ 規則，規定；
❸ 習慣，常規

13 **ruler** [ˋrulɚ] 名 C ❶ 統治者；
❷ 尺
・rule 動 統治　・-er 名 表「人」

14 **vote** [vot] ❶ 不及物 投票
❷ 及物 選出，推舉　名 C ❸ 選票；❹（常為單數）投票，選舉；
❺ 單 選票總數
同義 ❹ ballot 投票

15 **voter** [ˋvotɚ] 名 C 投票人
・vote 動 投票　・-er 名 表「人」

Part 1 Levels 1 — 2

41 Law & Crime 法律與犯罪

MP3 081

01 **arrest** [əˋrɛst] ❶ 及物 逮捕，拘留　❷ 名 C U 逮捕，拘留

02 **court** [kort] 名 ❶ C 法院；
❷ U（開）庭；
❸ C U（網球、籃球等）場地

03 **crime** [kraɪm] 名 ❶ U 罪，犯罪行為；❷ C 罪行；
❸ 單 違反道德的行為，罪過

04 **law** [lɔ] 名 ❶ U 法律；
❷ C（個別的）法律，法規；
❸ C（科學等的）法則，定律；
❹ U 法學；❺ U 司法界，律師業
同義 ❸ principle 原則，原理

05 **lawyer** [ˋlɔjɚ] 名 C 律師
・law 名 法律　・yer 名 表「人」

06 **legal** [ˋligḷ] 形 ❶ 合法的；
❷ 法律上的（只放在名詞前）
反義 illegal 不合法的，非法的

MP3 082

07 **police** [pəˋlis]
名（複數名詞）警察，警方

08 **policeman** [pəˋlismən]
名 C 警察，警員
同義 cop, police officer 警察
・police 名 警察　・man 名 男人

09 **prison** [ˋprɪzn̩]

名 C U 監獄　同義 jail 監獄

10 **prisoner** [ˋprɪzn̩ɚ]

名 C 囚犯，犯人

- prison 名 監獄　• -er 名 表「人」

11 **steal** [stil] 及物 偷，竊取

12 **thief** [θif] 名 C 小偷

13 **trial** [ˋtraɪəl] 名 C U ❶ 審理，審判；❷ 試驗；試用

Part 1 Levels 1 — 2

42 Education & Learning 教育與學習 (1)

MP3 083

01 **alphabet** [ˋælfə͵bɛt]

名 C 字母系統，全套字母

- alpha 希臘語的第一個字母
- bet(a) 希臘語的第二個字母

02 **basics** [ˋbesɪks] 名（複數名詞）基本原理，基本原則

- base 名 基礎　• -s 複
- -ic 形

03 **class** [klæs] 名 ❶ C U（一節）課；❷ C 班級；❸ C 階級；❹ C 等級　同義 ❶ lesson 一節課

04 **course** [kors] 名 ❶ C 課程；❷ C U 路線，方向

同義 ❶ class 課程

❷ direction, line 路線，方向

05 **education** [͵ɛdʒʊˋkeʃən]

名 ❶ U 教育；❷ 單（受到的）教育

- educate 動 教育　• -ion 名

06 **English** [ˋɪŋglɪʃ] 名 U ❶ 英文（科目）；❷ 英語（語言）

形 ❸ 英國的；❹ 英語（語言）的

07 **examination**

[ɪg͵zæməˋneʃən] 名 ❶ C 考試；❷ C 檢查，調查；❸ U 檢查，調查　同義 ❶ exam 考試

- examine 動 測驗
- -ation 名

08 **examine** [ɪgˋzæmɪn]

及物 ❶ 測驗；❷ 檢查，細查

同義 ❶ ❷ test, check 測驗；檢查，細查

09 **geography** [ˋdʒɪˋɑgrəfɪ]

名 ❶ U 地理學；❷ 單 地形

- geo- 地球；土地
- graph 名 圖表
- -y 名

10 **history** [ˋhɪstərɪ] 名 U ❶ 史學，歷史學；❷ 歷史；❸ 來歷，來由　名 historian 歷史學家

MP3 084

11 **homework** [ˋhom͵wɝk]

名 U 家庭作業

- home 名 家庭
- work 名 作業

12 **kindergarten** [ˋkɪndɚ͵gɑrtn̩]

名 C U 幼稚園

13 **knowledge** [ˋnɑlɪdʒ]

名 U 知識

14 **language** [ˋlæŋgwɪdʒ]

名 ❶ C 語言；❷ U 語言

15 **learn** [lɝn] 及物 ❶ 學習，學會；❷ 認識到；❸ 記住；❹ 得知，獲悉　不及物 ❺ 學習；❻ 得知，獲悉　同義 ❶ study 學習

❷ discover 發現

❸ memorize 記住，背熟

16 **lesson** [ˋlɛsn̩]

名 C ❶ 課程；❷ 一堂課；❸（教科書中的）一課；❹ 教訓

同義 ❷ class 課

17 **Mandarin** [ˋmændərɪn]

名 U 漢語，中國話

18 **note** [not] 名 C ❶ 筆記；❷ 便條　❸ 及物 記下

19 **notebook** [ˋnot͵bʊk]

名 C ❶ 筆記本；❷ 筆記型電腦

- note 名 筆記　・book 名 書

20 **phrase** [frez] ❶ 名 C 片語

❷ 及物 用言語表達，用（詞）

同義 ❷ express 表達，陳述

43 Education & Learning 教育與學習 (2)

MP3 085

01 **principal** [ˋprɪnsəpḷ] 名C 校長

02 **pronounce** [prəˋnaʊns] 及物 發……的音

03 **quiz** [kwɪz] 名C 測驗，小考

04 **review** [rɪˋvju] 及物 ❶ 複習，溫習；❷ 再檢查，審查；❸ 批評，評論 ❹ 不及物 複習功課，溫習功課 名CU ❺ 檢查，審查；❻ 評論，批評 同義 ❷ take stock (of sth.) 評估，估量

- re- 再
- view 看

05 **school** [skul] 名 ❶ C 學校；❷ U 學校

06 **sentence** [ˋsɛntəns] 名C ❶ 句子；❷ 判決 ❸ 及物 宣判，判決（常為被動語態）

07 **spell** [spɛl] ❶ 及物 用字母拼，拼寫 ❷ 名C 咒語，符咒

08 **student** [ˋstjudṇt] 名C 學生

09 **study** [ˋstʌdɪ] ❶ 及物 學習 ❷ 不及物 學習，用功 名C ❸ 研究；❹ 書房 同義 ❶ learn 學習 ❸ research 研究

10 **teach** [titʃ] 及物 教

MP3 086

11 **teacher** [ˋtitʃɚ] 名C 老師

- teach 動 教
- -er 名 表「人」

12 **word** [wɝd] 名C ❶ 詞，單字；❷ 複 話；❸ 單 諾言 同義 ❸ promise 諾言

13 **science** [ˋsaɪəns] 名U 科學

14 **scientist** [ˋsaɪəntɪst] 名C 科學家

- science 名 科學
- -ist 名 表「做……的人」

15 **semester** [səˋmɛstɚ] 名C 學期

16 **spelling** [ˋspɛlɪŋ] 名U 拼字

- spell 動 拼字
- -ing 名

17 **subject** [ˋsʌbdʒɪkt] 名C ❶ 學科，科目；❷ 主題，題目 同義 ❷ topic 主題，題目

18 **test** [tɛst] ❶ 名C 測驗 ❷ 及物 測驗

19 **textbook** [ˋtɛkstˏbʊk] 名C 教科書，課本

- text 名 課文，教科書
- book 名 書

20 **vocabulary** [vəˋkæbjəˏlɛrɪ] 名U 字彙

- vocable 名 單字
- -ary 名

Part 1 Levels 1 — 2

44 Military Affairs & War 軍事與戰爭

MP3 087

01 **army** [ˋɑrmɪ] 名 C ❶ 軍隊；❷ 陸軍

02 **arrow** [ˋæro] 名 C ❶ 箭；❷ 箭頭

03 **attack** [əˋtæk] ❶ 進攻，襲擊；❷ 攻擊；❸ 侵襲，侵害
名 ❹ C U 進攻，襲擊；
❺ C 攻擊；❻ C（疾病的）發作

04 **battle** [ˋbætḷ] 名 ❶ U 交戰；❷ C 戰役，戰鬥；❸ C 奮鬥，抗爭　❹ 不及物 搏鬥，奮鬥

05 **bomb** [bɑm] ❶ C 炸彈
❷ 及物 轟炸

06 **conflict** 名 [ˋkɑnflɪkt]
動 [kənˋflɪkt] 名 C U ❶ 戰爭，戰鬥；❷ 衝突，抵觸
❸ 動 衝突，抵觸
同義 ❸ clash 衝突，不協調

07 **fight** [faɪt] ❶ 與……作戰
不及物 ❷ 打仗，作戰；❸ 打架；❹ 奮鬥；❺ 爭吵　名 C ❻ 對抗；❼ 打架；❽ 爭吵
同義 ❷ battle, combat 打仗，作戰　❺ quarrel 爭吵

08 **fighter** [ˋfaɪtɚ]
名 C ❶ 戰士，鬥士；❷ 戰鬥機
同義 ❷ fighter plane/jet 戰鬥機

- fight 動 戰鬥　・-er 名 表「人」

09 **force** [fors]
名 ❶ U 武力；❷ U 力量；
❸ C 軍隊　及物 ❹ 迫使，強迫；
❺ 用力推進
同義 ❹ compel 強迫，使不得不

10 **general** [ˋdʒɛnərəl]
❶ 名 C 將軍　❷ 形 普遍的

MP3 088

11 **gun** [gʌn] 名 C 槍

12 **military** [ˋmɪlə͵tɛrɪ]
❶ 形 軍事的，軍用的，軍人的
❷ 名 單 軍方，軍隊 (the military)
同義 ❷ the forces 軍方

13 **peace** [pis] 名 U ❶ 和平，和睦；❷ 平靜，寧靜

14 **peaceful** [ˋpisfəl]
形 ❶ 和平的；❷ 平靜的，安寧的
同義 ❷ tranquil, calm 平靜的，安寧的

- peace 名 和平　・-ful 形

15 **shot** [ʃɑt] 名 C ❶ 射擊，開槍；❷ 注射　同義 ❷ injection 注射

16 **shoot** [ʃut] 及物 ❶ 開（槍或其他武器），射擊；❷ 射門，投籃
不及物 ❸ 射殺，射傷；❹ 拍攝，攝影　❺ 名 C 嫩芽，新枝

17 **soldier** [ˋsoldʒɚ] Ⓒ 士兵，軍人

18 **tank** [tæŋk] 名Ⓒ 克車

19 **target** [ˋtɑrgɪt] 名Ⓒ ❶ 靶；❷ 目標；❸（攻擊的）目標，對象 動❹ 把……作為攻擊目標；❺ 把……對準（某群體）
同義 ❷ aim, goal 目標
❸ object 目標

20 **war** [wɔr] 名❶ 戰爭；❷Ⓤ 戰爭
反義 ❶ ❷ peace 和平

21 **weapon** [ˋwɛpən] 名Ⓒ 武器

Part 1 Levels 1 — 2

45 Sound & Light 聲光

MP3 089

01 **aloud** [əˋlaʊd] 副 大聲地

- a- 處於某狀態
- loud 形 大聲的

02 **beep** [bip] ❶ 名Ⓒ 嗶嗶聲 ❷ 不及物 作嗶嗶聲

03 **burn** [bɝn] 不及物 ❶ 燃燒；❷ 著火；❸ 燒焦；❹ 發燒，發燙 及物 ❺ 燒毀；❻ 晒傷，燙傷 ❼ 名Ⓒ 灼傷，燒傷

04 **dark** [dɑrk] 形 ❶ 暗的；❷（顏色）深的；❸ 沒有希望的 ❹ 名 單 黑暗，暗處
反義 ❶ ❷ light 明亮的；淺色的

05 **fire** [faɪr] 名 ❶ⒸⓊ 火；❷Ⓒ 爐火；❸ⒸⓊ 火災；❹Ⓤ 射擊，砲火 ❺ 及物 解雇，開除 ❻ 不及物 開火，射擊

06 **flash** [ˋflæʃ] ❶ 及物 使閃光，使閃爍 不及物 ❷ 閃光，閃爍；❸（想法等）閃現；❹ 掠過，飛馳 名 ❺Ⓒ 閃光，閃爍；❻ⒸⓊ 閃光燈

07 **flashlight** [ˋflæʃˏlaɪt] 名Ⓒ 手電筒

- flash 閃耀
- light 名 光

08 **light** [laɪt] 名❶U 光，光線；❷C 燈　不及物 及物 ❸ 點燃，點（火）；❹ 照亮（常為被動語態）形❺ 淺色的；❻（重量）輕的；❼（動作）輕輕的　❽ 副 輕裝地
反義 ❺ dark 深色的　❼ heavy 重的

09 **loud** [laʊd] ❶ 形 大聲的
❷ 副（非正式）大聲地
同義 ❷ loudly 大聲地
反義 ❶ quiet 安靜的

10 **noise** [nɔɪz] 名 U 噪音

MP3 090

11 **noisy** [ˋnɔɪzɪ] 形 吵鬧的
・noise 名 噪音　・-y 形

12 **pop** [pɑp] ❶ 不及物 發出砰或啪的響聲，砰或啪的一聲爆裂
❷ 形 通俗的，流行的（只放在名詞前面，無比較級）❸ 名 C U 含氣飲料

13 **quiet** [ˋkwaɪət] ❶ 形 安靜的
❷ 名 U 安靜，寂靜
❸ 不及物 平靜下來
同義 ❸ calm down 平靜下來

14 **ring** [rɪŋ] 名 C ❶ 鈴聲，鐘聲；❷ 戒指，耳環　❸ 不及物（鐘、鈴等）鳴，響　❹ 及物 按（鈴），敲（鐘）

15 **shine** [ʃaɪn] ❶ 不及物 照耀，發光　❷ 及物 擦亮　❸ 名 單 磨光，擦亮

16 **sound** [saʊnd] 名 ❶ U（物理學）聲；❷ C 聲音，聲響
❸ 不及物 聽起來，聽上去
形 ❹ 合理的，明智的；
❺ 完好的，健康的，堅固的
❻ 副 酣暢地
同義 ❷ noise 聲響，喧鬧聲

17 **tone** [ton] 名 C ❶ 音色，音調；
❷ 腔調，語氣；❸ 色調，光度

18 **voice** [vɔɪs] ❶ 名 C U 聲音
❷ 及物（用言語）表達，說出
同義 ❷ express, tell 表達

19 **silence** [ˋsaɪləns] 名 ❶ U 寂靜，無聲；❷ C U 沉默
❸ 及物 使安靜，使不說話
同義 ❶ quiet, stillness 安靜，無聲
・silent 形 寂靜的；沉默的
・-ence 名 表「性質，狀態」

20 **silent** [ˋsaɪlənt] 形 ❶ 寂靜的，無聲的；❷ 沉默的，不說話的
同義 ❶ quiet 安靜的
❷ mute 沉默的

46 Transportation & Traffic 運輸與交通 (1)

MP3 091

01 **aircraft** [ˋɛr,kræft]
名C 飛機，航空器（單複數同形）
- air 名空中
- craft 名飛機

02 **airline** [ˋɛr,laɪn] 名C 航空公司
- air 名空中
- line 名航線

03 **airplane** [ˋɛr,plen] 名C 飛機
- air 名空中
- plane 名飛機

04 **airport** [ˋɛr,port] 名C 機場
- air 名空中
- port 名港口

05 **bicycle** [ˋbaɪsɪkḷ]
名C 腳踏車，自行車
同義 bike, cycle 腳踏車
- bi- 二
- cycle 名圓圈（輪子）

06 **board** [bord]
❶ 及物 上（車、船、飛機等）
名C ❷ 板；❸ 理事會，董事會

07 **boat** [bot] 名C 小船
補充 be in the same boat 處於相同的困境

08 **bridge** [brɪdʒ] ❶ 名C 橋，橋樑 ❷ 動彌合（差距等）

09 **bus** [bʌs] 名C 公車，巴士

10 **car** [kɑr] 名C 汽車

11 **cart** [kɑrt] 名C 手推車

MP3 092

12 **drive** [draɪv] ❶ 不及物 開車
及物 ❷ 駕駛（汽車等）；❸ 用車送（人）；❹ 驅趕，趕走；
❺ 迫使，逼迫 ❻ 名C 開車兜風，駕車旅行

13 **driver** [ˋdraɪvɚ]
名C 駕駛員，司機
- drive 動開車
- -er 名表「人」

14 **flight** [flaɪt] 名C ❶ 飛行；
❷ 航班，班機

15 **fly** [flaɪ] 不及物 ❶ 搭飛機旅行；
❷ 飛；❸（時間）飛逝
及物 ❹ 駕駛（飛機）；❺ 乘（航空公司）飛機；❻ 放（風箏）
❼ 名C 蒼蠅

16 **gas** [gæs] 名 ❶ U（口語）汽油；
❷ C U 氣體；❸ U 瓦斯
❹ 不及物（給汽車等）加油 (+ up)
同義 ❶ gasoline, petrol 英汽油

17 **highway** [ˋhaɪ,we]
名C 公路，幹道
- high 形重要的
- way 名道路

18 **jeep** [dʒip] 名C 吉普車

19 **lane** [len] 名C ❶ 巷，弄，小路；❷ 車道，線道

20 **motorcycle** [ˋmotɚ,saɪkḷ]
名C 摩托車
- motor 名馬達
- cycle 名腳踏車

21 **MRT** [ˋɛm ˋɑr ˋti] 大眾捷運系統（Mass Rapid Transit 的縮寫）
同義 subway 美, underground 英, metro 美 地下鐵

22 **overpass** [ˋovɚ͵pæs]
名 C 天橋，高架橋
‧over- 在上面 ‧pass 動 通過

47 Transportation & Traffic 運輸與交通 (2)

MP3 093

01 **passenger** [ˋpæsn̩dʒɚ]
名 C 乘客，旅客

02 **path** [pæθ] 名 C 小徑，小路
同義 track, trail, way 小徑，小路

03 **platform** [ˋplæt͵fɔrm]
名 C ❶ 月臺；❷ 講臺，戲臺
‧plate 名 盤子 ‧form 名 形狀

04 **port** [port] 名 C 港口

05 **railroad** [ˋrel͵rod] 名 C 鐵路
‧rail 名 鐵軌 ‧road 名 路

06 **ride** [raɪd] ❶ 不及物 騎車，乘車，騎馬 ❷ 及物 騎（馬），乘（車） ❸ 名 C 搭乘，騎

07 **road** [rod] 名 C 路，道路

08 **sail** [sel] ❶ 及物 駕駛（船） ❷ 不及物 航行 ❸ 名 單 乘船航行，乘船遊覽

09 **ship** [ʃɪp] ❶ 名 C 船
❷ 及物 用船運

10 **station** [ˋsteʃən] 名 C ❶ 車站；❷（機構的）站，所；❸ 廣播電臺，電視臺 ❹ 及物 駐紮，部署（通常為被動語態）
同義 ❹ post 部署

11 **street** [strit] 名 C 街，街道

MP3 094

12 **taxi** [ˋtæksɪ] 名C 計程車
同義 cab, taxicab 計程車

13 **train** [tren] 名C 火車，列車

14 **way** [we] 名C ❶（常為單數）通路，道路；❷ 方法，方式 (+ to V)

15 **sailor** [ˋselɚ] 名C 船員，水手

- sail 動 航行 ・-or 名 表「人」

16 **sidewalk** [ˋsaɪd͵wɔk]
名C 人行道
同義 pavement 人行道

- side 形 一邊 ・walk 名 行走

17 **subway** [ˋsʌb͵we] 名C 地下鐵
同義 underground, metro 地下鐵

- sub- 在……下面或底下
- way 名 路

18 **track** [træk] 名C ❶ 軌道；
❷（人踩出的）小道，小徑；
❸（人或動物留下的）足跡，蹤跡（用複數形） ❹ 及物 跟蹤，追蹤
同義 ❶ railway line 火車軌道
❷ road, path 小徑，小路
❹ follow, trace 跟蹤，追蹤

19 **traffic** [ˋtræfɪk] 名U 交通

20 **truck** [trʌk] 名CU 卡車

21 **tunnel** [ˋtʌnl̩] 名C 隧道

22 **wheel** [hwil]
❶ 名C 輪子，車輛
❷ 及物 推或拉（有輪之物）

48 Media & Communication 媒體與溝通

MP3 095

01 **airmail** [ˋɛr͵mel] 名U 航空郵件

- air 名 空中
- mail 名 郵件

02 **broadcast** [ˋbrɔd͵kæst]
❶ 及物 廣播
❷ 名C 廣播節目，電視節目

- broad 寬闊地
- cast 撒播

03 **cable** [ˋkebl̩] 名 ❶ CU 電線，電纜；❷ U 有線電視

04 **data** [ˋdetə]
名 資料，數據（datum 的複數形）

05 **dial** [ˋdaɪəl] ❶ 及物 打電話
❷ 名C 錶面，鐘盤

06 **letter** [ˋlɛtɚ]
名C ❶ 信件；❷ 字母

07 **magazine** [͵mægəˋzin]
名C 雜誌，期刊

08 **mail** [mel] 名U ❶ 郵遞；
❷ 郵件 ❸ 及物 郵寄
同義 ❸ 英 post 郵寄

09 **message** [ˋmɛsɪdʒ]
名C 訊息，消息，口信

10 **news** [njuz] 名U 新聞，消息

MP3 096

11 **newspaper** [ˋnjuz,pepɚ]
名C ❶ 報紙；❷ 報社
同義 ❶ paper 報紙

- news 名新聞
- paper 名紙

12 **post** [post] ❶ 及物 英 郵寄
名U ❷ 郵寄；❸ 郵件（集合用法，指一批郵件）
同義 ❶ mail 郵寄

13 **postcard** [ˋpost,kɑrd]
名C 明信片

- post 郵寄；郵件
- card 名卡片

14 **press** [prɛs] 名 ❶ 單 報刊，新聞界；❷ C（常為單數）壓，按
❸ 及物 按，壓

15 **radio** [ˋredɪ,o] 名 ❶ U 無線電臺；❷ C 收音機
❸ 不及物 用無線電通訊

16 **report** [rɪˋport]
及物 ❶ 報導；❷ 報告；
❸ 告發，檢舉 ❹ 名 C 報告

17 **reporter** [rɪˋportɚ]
名C 記者 同義 journalist 記者

- report 動報導
- -er 名表「人」

18 **stamp** [stæmp]
❶ 名C 郵票
❷ 及物 跺（腳），重踩
同義 ❷ stomp 跺腳，重踩

19 **telephone** [ˋtɛlə,fon]
❶ 名C U 電話 ❷ 及物 打電話
同義 ❶ ❷ phone（打）電話
❷ call 打電話

- tele- 遠距離
- -phone 名表「聲音」

20 **television** [ˋtɛlə,vɪʒən]
名U 電視

- tele- 遠距離
- vision 名視力；影像

21 **video** [ˋvɪdɪ,o] 名C 錄影帶

49 Medicine & Sickness 醫學與疾病

MP3 097

01 **blind** [blaɪnd] 形❶ 瞎的，盲的；❷ 視而不見的 ❸ 及物 使看不見，使失明

02 **cancer** [ˋkænsɚ] 名 C U 癌症

03 **cough** [kɔf] ❶ 不及物 咳嗽 ❷ 名 C 咳嗽

04 **cure** [kjʊr] ❶ 及物 治癒 名 C ❷ 療法，藥；❸（解決問題或改善困境等的）對策

05 **deaf** [dɛf] 形 聾的

06 **dentist** [ˋdɛntɪst] 名 C 牙醫

- dent- 表示「齒」
- -ist 名 表「做……的人」

07 **dizzy** [ˋdɪzɪ] 形 頭暈的 同義 giddy 暈眩的，眼花的

08 **doctor** [ˋdɑktɚ] 名 C ❶ 醫生，醫師；❷ 博士（縮寫為 Dr.）

09 **drug** [drʌg] 名 C ❶ 藥品，藥物；❷ 毒品，麻醉藥品 及物 ❸ 使服麻醉藥，使服毒品；❹ 摻麻醉藥於

10 **drugstore** [ˋdrʌgˏstor] 名 C 藥房（兼售化妝品、雜誌等雜貨的藥妝店）

- drug 名 藥物
- store 名 店

11 **dumb** [dʌm] 形 ❶ 啞的，不能說話的；❷ 說不出話的；❸ 愚笨的

12 **fever** [ˋfivɚ] 名 C U 發燒

13 **flu** [flu] 名 U 流行性感冒 同義 influenza 流行性感冒

MP3 098

14 **health** [hɛlθ] 名 U 健康 同義 soundness, well-being 健康，健全

15 **healthy** [ˋhɛlθɪ] 形 ❶ 健康的；❷ 有益於健康的；❸ 運作良好的，興旺發達的 反義 unhealthy 不健康的，有病的

- health 名 健康
- -y 形 表「性質，狀態」

16 **hospital** [ˋhɑspɪtl̩] 名 C U 醫院

17 **hurt** [hɝt] 及物 ❶ 使受傷；❷ 使疼痛；❸ 使（感情）受到傷害；❹ 損害，危害 ❺ 不及物 疼痛 ❻ 名 C U（精神上的）傷痛，創傷

18 **ill** [ɪl] 形 生病的（通常不置於名詞之前）

19 **mad** [mæd] 形 ❶ 發瘋的；❷ 瘋狂的；❸ 生氣的 同義 ❶ insane 發瘋的 ❸ angry 生氣的

20 **medicine** [ˋmɛdəsn̩]

名❶ C U 藥；❷ U 醫學

同義 ❶ cure, drug 藥

- medical 形 醫學的，醫療的
- -ine 名

21 **nurse** [nɝs]

❶ 名 C 護士　❷ 及物 看護

22 **pain** [pen] 名 C U ❶ 痛，痛苦；❷（身體特定部位的）疼痛

23 **painful** [ˋpenfəl] 形 疼痛的

- pain 名 痛　- -ful 形

24 **patient** [ˋpeʃənt]

❶ 名 C 病患　❷ 形 有耐心的

反義 ❷ impatient 沒有耐心的

25 **sick** [sɪk] 形 ❶ 生病的；❷ 想嘔吐的，噁心的；❸ 對……厭煩的（+ of）

26 **weak** [wik] 形 ❶ 虛弱的；❷ 不充分的，無説服力的

反義 ❶ strong 強壯的

27 **wound** [wund] ❶ 名 C 傷口；創傷　❷ 及物 使受傷（常為被動語態）　同義 ❷ harm, hurt, injure 使受傷

Part 1 Levels 1 — 2

50 Animals & Plants 動物與植物 (1)

MP3 099

01 **animal** [ˋænəml̩] 名 C 動物

02 **ant** [ænt] 名 C 螞蟻

03 **ape** [ep] 名 C 人猿

04 **bamboo** [bæmˋbu]

名 C U 竹子

05 **bark** [bɑrk] ❶ 不及物 吠叫

❷ 名 C U 吠聲

06 **bear** [bɛr] ❶ 名 C 熊

及物 ❷ 承受，承擔；❸ 忍受，經得起；❹ 生（小孩），結（果實）

同義 ❷ suffer 承受，承擔

❸ stand, tolerate 忍受，經得起

07 **bee** [bi] 名 C 蜜蜂　用法 as busy as a bee 忙得不可開交

08 **beetle** [ˋbitl̩] 名 C 甲蟲

09 **bird** [bɝd] 名 C 鳥

10 **branch** [bræntʃ] 名 C ❶ 樹枝；❷ 分公司，分店　❸ 不及物 分支，分岔　同義 ❸ divide 分開

11 **buck** [bʌk] 名 C 雄鹿，牡兔，公羊

12 **bug** [bʌg] 名 C ❶ 蟲子；❷（電腦程式）缺陷，錯誤

及物 ❸ 在……安裝竊聽器；❹ 煩擾，激怒　同義 ❷ fault, defect 錯誤，缺陷　❸ eavesdrop 竊聽

❹ annoy 煩擾

MP3 100

13 **butterfly** [ˋbʌtɚ͵flaɪ]
名 C 蝴蝶

- butter 名 奶油　• fly 名 飛蟲

14 **camel** [ˋkæml̩] 名 C 駱駝

15 **cat** [kæt] 名 C 貓

16 **chick** [tʃɪk] 名 C 小雞

17 **chicken** [ˋtʃɪkɪn]
名 ❶ C 雞；❷ U 雞肉；
❸ C 俚 膽小鬼，懦夫
同義 ❸ coward 膽小鬼

18 **claw** [klɔ] 名 C 爪

19 **cock** [kɑk] 名 C 公雞

20 **cockroach** [ˋkɑk͵rotʃ]
名 C 蟑螂

- cock 名 公雞
- roach 名 翻車魚

21 **cow** [kaʊ] 名 C 母牛

22 **crab** [kræb] 名 ❶ C 蟹；
❷ U 蟹肉

23 **crane** [kren] 名 C ❶ 鶴；
❷ 起重機，吊車　❸ 及物 伸（頸）

24 **crop** [krɑp] 名 C ❶ 作物，莊稼；❷ 一次收穫，收成
同義 ❷ harvest 收穫，收成

25 **crow** [kro] ❶ 名 C 烏鴉
❷ 不及物（公雞）啼叫

51 Animals & Plants 動物與植物 (2)

MP3 101

01 **cub** [kʌb] 名 C 幼獸

02 **deer** [dɪr]
名 C 鹿（單、複數同形）

03 **dinosaur** [ˋdaɪnə͵sɔr]
名 C 恐龍

04 **dog** [dɔg] 名 C 狗

05 **dolphin** [ˋdɑlfɪn]
名 C 海豚

06 **donkey** [ˋdɑŋkɪ] 名 C 驢

07 **dove** [dʌv] 名 C 鴿子

08 **dragon** [ˋdrægən] 名 C 龍

09 **dragonfly** [ˋdrægən͵flaɪ]
名 C 蜻蜓

- dragon 名 龍
- fly 名 蠅類

10 **duck** [dʌk]
名 ❶ C 鴨；❷ U 鴨肉

11 **duckling** [ˋdʌklɪŋ]
名 C 小鴨

- duck 名 鴨
- -ling 名 表「小」

12 **eagle** [ˋigl̩] 名 C 鷹

13 **elephant** [ˋɛləfənt] 名 C 象

MP3 102

14 **fish** [fɪʃ] 名 ❶ C 魚，魚類；❷ U 魚肉

15 **flower** [ˋflaʊɚ] 名 C 花

16 **forest** [ˋfɔrɪst] 名 C U 森林

17 **fox** [fɑks] 名 C ❶ 狐狸；❷ 狡猾的人

18 **frog** [frɑg] 名 C 青蛙，蛙

19 **giraffe** [dʒəˋræf] 名 C 長頸鹿

20 **goat** [got] 名 C 山羊

21 **goose** [gus] 名 ❶ C 鵝（複數形為 geese [gis]）；❷ U 鵝肉

22 **grass** [græs]
名 U ❶ 草；❷ 草地 (the grass)

23 **grassy** [ˋgræsɪ] 形 長滿草的

- grass 名 草
- -y 形 表「多……的」

24 **hen** [hɛn] 名 C 母雞

25 **hippopotamus**
[͵hɪpəˋpɑtəməs]
名 C 河馬
同義（口語）hippo 河馬

26 **horse** [hɔrs] 名 C 馬

27 **hum** [hʌm] ❶ 不及物（蜜蜂）嗡嗡叫 ❷ 及物 哼（曲子）
❸ 名 單 U 嗡嗡聲

52 Animals & Plants 動物與植物 (3)

MP3 103

01 **insect** [ˋɪnsɛkt] 名 C 昆蟲

02 **kitten** [ˋkɪtn̩] 名 C 小貓
同義 kitty 小貓

03 **koala** [koˋɑlə]
名 C 無尾熊
同義 koala bear 無尾熊

04 **ladybug** [ˋledɪ͵bʌg]
名 C 瓢蟲
同義 ladybird 英 瓢蟲

05 **lamb** [læm]
名 ❶ C 小羊；❷ U 小羊肉

06 **leaf** [lif]
名 C 葉子（複數形為 leaves）

07 **leopard** [ˋlɛpɚd] 名 C 豹

- lion 名 獅
- pard 名 豹

08 **lily** [ˋlɪlɪ] 名 C 百合花

09 **lion** [ˋlaɪən] 名 C 獅子

10 **monkey** [ˋmʌŋkɪ]
名 C 猴子

11 **monster** [ˋmɑnstɚ]
名 C 怪物

12 **mosquito** [məˋskito]
名 C 蚊子

13 **moth** [mɔθ] 名 C 蛾

MP3 104

14 **mouse** [maʊs] 名 C 鼠

15 **mule** [mjul] 名 C 騾

16 **natural** [ˋnætʃərəl]
形 ❶ 自然的；❷ 合乎常情的，正常的

- nature 名 自然
- -al 形 表「……的」

17 **nature** [ˋnetʃɚ] 名 ❶ U 自然，自然界；❷ C U 天性，性質

18 **nest** [nɛst] ❶ 名 C 巢，窩
❷ 不及物 築巢

19 **owl** [aʊl] 名 C 貓頭鷹

20 **ox** [ɑks] 名 C 去勢公牛，閹牛

21 **panda** [ˋpændə]
名 C 熊貓，貓熊

22 **parrot** [ˋpærət] 名 C 鸚鵡

23 **penguin** [ˋpɛngwɪn] 名 C 企鵝

24 **pet** [pɛt] ❶ 名 C 寵物
❷ 及物 輕輕地撫摸，愛撫

25 **pig** [pɪg] 名 C 豬

26 **pigeon** [ˋpɪdʒɪn] 名 C 鴿子

27 **plant** [plænt] 名 C ❶ 植物；
❷ 工廠 ❸ 及物 種植

53 Animals & Plants 動物與植物 (4)

MP3 105

01 **puppy** [ˋpʌpɪ] 名 C 小狗，幼犬

02 **rabbit** [ˋræbɪt] 名 C 兔

03 **rat** [ræt] 名 C 鼠

04 **rooster** [ˋrustɚ] 名 C 公雞

- roost 名 雞舍
- -er 名 表「物」

05 **root** [rut] 名 C ❶（植物的）根；
❷ 根源 ❸ 及物 使生根；
❹ 根源在於，來源於
同義 ❷ origin 根源

06 **rose** [roz] 名 C 玫瑰

07 **seed** [sid] ❶ 名 C U 種子
❷ 及物 在……播種

08 **shark** [ʃɑrk] 名 C 鯊魚

09 **sheep** [ʃip]
名 C 羊，綿羊（單、複數同形）

10 **snake** [snek] ❶ 名 C 蛇
❷ 動 蜿蜒而行或延伸
同義 ❶ serpent 蛇
❷ meander 緩慢而曲折地行進

11 **tail** [tel] 名 C ❶ 尾巴；
❷（常為單數）尾部，末尾；
❸ 硬幣的背面（通常用複數形 tails）；❹ 及物 尾隨，跟蹤
同義 ❹ shadow 尾隨

12 **tiger** [ˋtaɪgɚ] 名C 虎

13 **tree** [tri] 名C 樹

MP3 106

14 **worm** [wɝm] 名C 蟲

15 **shell** [ʃɛl] 名C 殼

16 **snail** [snel] 名C 蝸牛

17 **spider** [ˋspaɪdɚ] 名C 蜘蛛

18 **squirrel** [ˋskwɝəl] 名C 松鼠

19 **swallow** [ˋswɑlo]
名C ❶ 燕子；❷ 吞，嚥
❸ 動 吞，嚥 ❹ 不及物 淹沒，吞沒，吞併 (+ up)
同義 ❸ devour, gulp 狼吞虎嚥地吃

20 **swan** [swɑn] 名C 天鵝

21 **turkey** [ˋtɝkɪ] 名C 火雞

22 **turtle** [ˋtɝtl̩] 名C 海龜

23 **whale** [hwel] 名C 鯨魚

24 **wild** [waɪld] 形 ❶ 野生的，自然生長的（常置於名詞前）；❷ 狂暴的 ❸ 副 狂暴地；無法控制地
反義 ❶ tame 馴服的

25 **wing** [wɪŋ] 名C 翅膀

26 **wolf** [wʊlf] 名C 狼

27 **zebra** [ˋzibrə] 名C 斑馬

54 Water & Weather 水與天氣 (1)

MP3 107

01 **climate** [ˋklaɪmɪt] 名C U 氣候

02 **cloud** [klaʊd] 名C U 雲

03 **cloudy** [ˋklaʊdɪ]
形 多雲的，陰天的

- cloud 名 雲
- -y 形 表「多……的」

04 **cool** [kul] 形 ❶ 涼快的；
❷ 沉著的，冷靜的；❸ 冷淡的；
❹ 很棒的，極好的 ❺ 不及物 冷卻 同義 ❷ calm 冷靜的

05 **dew** [dju] 名U 露水

06 **drop** [drɑp] 名C ❶（一）滴；
❷（常為單數）下降，下跌
及物 ❸ 使滴下；❹ 丟下，扔下
不及物 ❺ 落下，掉下；
❻ 下降，變弱；❼（順便）拜訪

07 **dry** [draɪ] 形 ❶ 乾的，乾燥的；
❷ 乾旱的；❸ 枯燥乏味的
及物 ❹ 把……弄乾，使乾燥；
❺ 曬乾，風乾 ❻ 不及物 乾，變乾 反義 ❶ ❷ wet 濕的；下雨的

08 **dull** [dʌl] 形 ❶（天氣等）陰沉的；❷ 乏味的，單調的；❸ 愚鈍的，遲鈍的；❹ 不明顯的，隱約的
❺ 及物 緩和，減輕

09 **flood** [flʌd] 名 ❶ C U 水災；
❷ C 大量，一大批
❸ 及物 淹沒，使泛濫
不及物 ❹ 湧到，湧進；❺ 泛濫
反義 ❶ drought 乾旱

10 **flow** [flo] 不及物 ❶ 流動；
❷ 湧出　❸ 名 C（常為單數）流，流動
同義 ❷ pour, flood 溢出

11 **fog** [fɑg] ❶ 名 C U 霧
❷ 不及物（因起霧而）變得模糊
同義 ❶ mist 霧

MP3 108

12 **foggy** [ˋfɑgɪ] 形 ❶ 有霧的，多霧的；❷ 模糊的，不清的

- fog 名 霧
- -y 形 表示「有……的」

13 **heat** [hit] 名 U ❶ 暑熱，高溫；
❷ 熱度　❸ 及物 使暖，把……加熱　同義 ❸ warm up 使暖

14 **hot** [hɑt] 形 ❶ 熱的；❷ 辣的；
❸ 最新的，熱門的
同義 ❷ spicy 辣的
❸ fresh, popular 最新的
反義 ❶ cold 冷的
❷ mild 溫和的

15 **humid** [ˋhjumɪd] 形 潮濕的
同義 damp 潮濕的

16 **ice** [aɪs] 名 U 冰

17 **lake** [lek] 名 C 湖泊

18 **lightning** [ˋlaɪtnɪŋ] 名 U 閃電
同義 thunderbolt 雷電

- light 名 光亮
- -en 動 表「變為……」
- -ing 名

19 **liquid** [ˋlɪkwɪd] 名 C U 液體

20 **ocean** [ˋoʃən] 名 U 海洋 (the ocean)

21 **pond** [pɑnd] 名 C 池塘

22 **pool** [pul] 名 C 水池，水塘

55 Water & Weather 水與天氣 (2)

MP3 109

01 **rain** [ren]
❶ 名 U 雨，雨水
❷ 不及物 下雨，降雨

02 **rainbow** [ˋren,bo] 名 C 彩虹
- rain 名 雨
- bow 名 弓

03 **rainy** [ˋrenɪ] 形 下雨的，多雨的
- rain 名 雨
- -y 形 表「多……的」

04 **river** [ˋrɪvɚ] 名 C 江，河

05 **sea** [si] 名 C U 海

06 **snow** [sno]
❶ 不及物 下雪 ❷ 名 U 雪

07 **warm** [wɔrm]
形 ❶ 溫暖的，暖和的；
❷ 熱情的 ❸ 及物 使暖和
同義 ❷ friendly 友好的，親切的

08 **water** [ˋwɔtɚ] ❶ 名 U 水
❷ 及物 給……澆水，灌溉
❸ 不及物 流口水

09 **weather** [ˋwɛðɚ] ❶ 名 U 天氣
❷ 不及物（因風吹日曬而）風化，褪色

10 **wind** 名 [wɪnd] 動 [waɪnd]
❶ 名 C U 風
❷ 不及物 蜿蜒，迂迴

11 **shower** [ˋʃaʊɚ]
名 C ❶ 陣雨；❷ 淋浴
❸ 不及物 淋浴

MP3 110

12 **snowy** [ˋsnoɪ]
形 下雪的，多雪的
- snow 名 雪
- -y 形 表「有……的」

13 **steam** [stim] 名 U ❶ 水蒸氣；
❷ 蒸汽動力 ❸ 及物 蒸（食物）

14 **storm** [stɔrm] ❶ 名 C 暴風雨
❷ 不及物 橫衝直撞，猛衝

15 **stream** [strim] 名 C ❶ 小河，溪；❷ 流，流動 ❸ 不及物 流動，流出 同義 ❶ creek, brook 小河，溪 ❷ flow 流，流動

16 **sunny** [ˋsʌnɪ]
形 晴朗的，陽光充足的
同義 bright, fine 明亮的，晴朗的
- sun 名 太陽
- -y 形 表「有……的」

17 **thunder** [ˋθʌndɚ]
❶ 名 U 雷 ❷ 不及物 打雷

18 **typhoon** [taɪˋfun] 名 C 颱風

19 **waterfall** [ˋwɔtɚ,fɔl]
名 C 瀑布
- water 名 水 - fall 落下

20 **wave** [wev] 名 C ❶ 波浪，海浪；❷（常為單數）揮手
❸ 不及物 揮手 ❹ 及物 揮（手）

21 **wet** [wɛt] 形 ❶ 濕的，潮濕的；❷ 尚未乾的

反義 ❶ dry 乾的，乾燥的

22 **windy** [ˋwɪndɪ]

形 風大的，多風的

- wind 名 風
- -y 形 表「有……的」

56 Thoughts & Ideas 想法與意見

MP3 111

01 **attention** [əˋtɛnʃən]

名 U 注意（力）

02 **belief** [bɪˋlif] 名 ❶ U 相信；❷ C 信條，教義

03 **believable** [bɪˋlivəbl̩]

形 可信的

- believe 相信
- -able 形 表「可……的」

04 **believe** [bɪˋliv] 及物 ❶ 相信，信任；❷ 認為

05 **consider** [kənˋsɪdɚ] ❶ 動 考慮 ❷ 及物 認為，把……視為

06 **decide** [dɪˋsaɪd] 及物 決定

07 **decision** [dɪˋsɪʒən] 名 ❶ C 決定，決心；❷ U 果斷，決心

08 **disagree** [ˏdɪsəˋgri]

不及物 ❶ 意見不一；❷ 不一致，不符；❸ 不適宜，有害

同義 ❷ differ 不同，相異

- dis- 不
- agree 動 意見一致

09 **disagreement**

[ˏdɪsəˋgrimənt] 名 U ❶ 意見不一；❷ 不符，不一致

- dis- 不
- agree 動 意見一致
- -ment 名

10 **doubt** [daʊt] ❶ 及物 懷疑，不相信　❷ 名 C U 懷疑，不相信

11 **dream** [drim] 名 C ❶ 夢想；❷ 夢　及物 ❸ 做（夢），夢見；❹ 想到，料到　不及物 ❺ 夢見，夢到；❻ 夢想，嚮往

12 **expect** [ɪk`spɛkt] 及物 ❶ 預期，預計；❷ 期待，等待；❸ 指望，要求

13 **focus** [`fokəs] ❶ 不及物 集中　❷ 及物 使集中　❸ 名 焦點，重點

14 **forget** [fɚ`gɛt] 及物
❶ 忘記；❷ 忘記（做某件必須做的事）；❸ 忘記帶或拿；❹ 不再把……放在心上

- for- 離開，分離
- get 抓住

15 **guess** [gɛs] ❶ 及物 猜測，推測　不及物 ❷ 猜測，推測；❸ 猜中　❹ 名 C 猜測，推測

16 **hope** [hop] ❶ 及物 希望，盼望　❷ 名 C U 希望，期望

MP3 112

17 **idea** [aɪ`diə] 名 ❶ C U 主意；❷ C U 概念；❸ C 見解（常為複數）

18 **imagine** [ɪ`mædʒɪn] 及物 想像

19 **judge** [dʒʌdʒ] 及物 ❶ 判斷；❷ 評定　名 C ❸ 法官；❹ 裁判，評審

20 **judgment** [`dʒʌdʒmənt]
名 ❶ C U 判斷；❷ U 判斷力；❸ C U 判決

21 **know** [no] 及物 ❶ 知道；❷ 認識
❸ 不及物 知道，了解，懂得

22 **memory** [`mɛmərɪ]
名 ❶ U 記憶；❷ C 記憶力；❸ C 回憶；❹ U 紀念
同義 recollection 回憶，記憶

23 **mind** [maɪnd] ❶ 名 C 主意，想法　❷ 及物 介意（+V-ing）

24 **opinion** [ə`pɪnjən] 名 C U 意見，見解 同義 view 意見，見解

25 **realize** [`rɪə͵laɪz]
及物 ❶ 領悟，了解，意識到；❷ 實現，使成為事實

- real 形 真的；現實的
- -ize 動 表「使」

26 **regard** [rɪ`gɑrd]
❶ 及物 把……看作，把……認為
名 ❷ U 注重，注意；❸ 複 問候，致意

27 **remember** [rɪ`mɛmbɚ]
及物 ❶ 記得，想起；❷ 記住
❸ 不及物 記得，記起

28 **think** [θɪŋk] ❶ 不及物 想，思索　及物 ❷ 想，思索；❸ 認為，以為

29 **thought** [θɔt]
名 C 複 想法，見解

30 **understand** [͵ʌndɚ`stænd]

及物 理解，懂

・under- 在⋯⋯下面
・stand 站

31 **view** [vju] 名 ❶ C 看法，觀點；❷ U 視野；❸ C 觀看，眺望 ❹ 及物 看待，將⋯⋯看成是

32 **wish** [wɪʃ] 及物 ❶ 希望；❷ 祝 ❸ 名 C 希望，願望

33 **wonder** [`wʌndɚ]

及物 ❶ 想知道；❷ 不知⋯⋯

名 ❸ U 驚歎，驚奇；

❹ C 奇蹟，奇觀

同義 ❹ marvel 令人驚奇的事物

57 Expression 表達 (1)

MP3 113

01 **agree** [ə`gri]

不及物 ❶ 意見一致；❷ 相符；❸ 適合 ❹ 及物 同意

反義 ❹ refuse, object 拒絕

02 **agreement** [ə`grimənt]

名 ❶ U 同意，一致；

❷ C 協定，協議

・agree 同意
・-ment 名

03 **allow** [ə`laʊ]

及物 ❶ 允許，准許；

❷ 給與，提供；❸ 使成為可能

反義 ❶ forbid, disallow 禁止，不許

04 **answer** [`ænsɚ]

名 C ❶ 回答，回覆；

❷ 答案；❸ 解決辦法

及物 ❹ 回答，答覆；

❺ 接（電話），應（門）

05 **argue** [`ɑrgju] ❶ 不及物 爭吵，爭論 ❷ 及物 辯論

06 **argument** [`ɑrgjəmənt]

名 C ❶ 爭吵，爭論；❷ 論點

・argue 爭吵，爭論
・-ment 名

07 **ask** [æsk]

及物 ❶ 問；❷ 要求；徵求

08 **besides** [bɪˋsaɪdz] ❶ 介 除……之外（還） ❷ 副 此外，而且
同義 ❷ furthermore 此外，而且

・be- (= by) 在　・-s 副
・side 旁邊

09 **call** [kɔl] 及物 ❶ 叫喊，呼叫；❷ 呼喚，召喚；❸ 打電話給；❹ 召開；❺ 把……叫做，稱呼 ❻ 不及物 順便到……，拜訪 名 C ❼ 呼叫，喊叫，要求，請求（+ for）；❽ 電話

10 **claim** [klem] 及物 ❶ 聲稱，主張；❷ 索取，認領；❸ 奪去（生命） 名 C ❹ 聲稱，主張；❺ 所有權，權利（+ to/on）

11 **complain** [kəmˋplen] 不及物 抱怨

12 **congratulations** [kən͵grætʃəˋleʃənz] 名 C（複數名詞）❶ 恭喜，祝賀 (+ on)；❷ 祝賀的話語

13 **conversation** [͵kɑnvɚˋseʃən] 名 C U 會話，談話

・con- 一起　・verse 名 詩，韻文
・-ation 名 表「行為」

MP3 114

14 **debate** [dɪˋbet] ❶ 不及物 辯論，討論，爭論 (on + N) ❷ 及物 辯論，討論，爭論 ❸ 名 C U 辯論，討論，爭論
同義 ❶ ❷ discuss, argue 討論，爭論

15 **deny** [dɪˋnaɪ] 及物 ❶ 否認，否定；❷ 拒絕給予

16 **describe** [dɪˋskraɪb] 及物 描述，敘述

17 **discuss** [dɪˋskʌs] 及物 討論

18 **discussion** [dɪˋskʌʃən] 名 ❶ C 討論；❷ U 討論

19 **excuse** 名 [ɪkˋskjus] 動 [ɪkˋskjuz] ❶ 名 C 藉口，理由 及物 ❷ 原諒；❸ 辯解
同義 ❷ pardon 原諒，寬恕

20 **explain** [ɪkˋsplen] 及物 ❶ 解釋，說明；❷ 為……辯解

・ex- 向外　・plane 名 平面

21 **express** [ɪkˋsprɛs] ❶ 及物 表達 名 ❷ C 快車；❸ U 快遞 形 ❹ 快遞的；❺ 特快的 ❻ 副 用快遞

・ex- 向外　・press 擠，壓

22 **good-bye** [gʊdˋbaɪ] ❶ 名 U 告別，告辭　❷ 再見

23 **greet** [grit] 動 ❶ 問候，打招呼；❷ 對……作出反應

24 **hello** [həˋlo] 感嘆 哈囉，你好

25 **indicate** [ˋɪndə͵ket] 及物 ❶ 表明，暗示；❷ 指出

・index 名 索引；標誌
・-ate 動 表「使成為」

26 **insist** [ɪnˋsɪst] 及物 ❶ 堅持，堅決認為；❷ 堅決主張，堅決要求 ❸ 不及物 堅決主張，一定要 (+ on)

27 **joke** [dʒok] ❶ 名 C 笑話 ❷ 不及物 開玩笑

58 Expression 表達 (2)

MP3 115

01 **mean** [min] 及物 ❶ 表示……的意思；❷ 意指；❸ 意欲，意圖；❹ 意謂著；❺ 預定 形 ❻ 吝嗇的，小氣的；❼ 卑鄙的
反義 ❻ generous 慷慨的

02 **meaning** [ˋminɪŋ]
名 C U ❶ 意思，含義；❷ 意義

- mean 動 意指
- -ing 名

03 **OK** [ˋoˋke] ❶ 感嘆 好，可以
❷ 形 可以的（不可置於名詞前）
❸ 副 尚可，還好
❹ 名 C 認可，批准

04 **object** 動 [əbˋdʒɛkt]
名 [ˋɑbdʒɪkt] ❶ 不及物 反對
❷ 名 C 物體

05 **order** [ˋɔrdɚ] 及物 ❶ 命令；
❷ 訂購，點（菜等）
名 ❸ U 順序；❹ U 秩序，治安；
❺ C（常用複數）命令，指示；
❻ C 訂購，點（菜等）
反義 ❸ disorder 無秩序

06 **praise** [prez] ❶ 動 稱讚
❷ 名 U 稱讚
同義 ❶ compliment 讚美，恭維

07 **promise** [ˋprɑmɪs] ❶ 及物 承諾，答應 ❷ 名 C 承諾，諾言

08 **propose** [prə`poz] ❶ 及物 提議，建議 ❷ 不及物 求婚 (+ to)
同義 ❶ suggest 建議
▪ pro- 先，前 ▪ pose 動 提出

09 **question** [`kwɛstʃən]
名 ❶ C 問題；❷ C U 懷疑，疑問
及物 ❸ 詢問，訊問；❹ 懷疑，對……表示疑問
反義 ❶ answer 回答

10 **refuse** [rɪ`fjuz] 及物 拒絕

11 **reject** [rɪ`dʒɛkt]
及物 拒絕；駁回；否決；排斥

12 **reply** [rɪ`plaɪ] ❶ 不及物 回答，答覆 (+ to) ❷ 名 C 回答，答覆

13 **say** [se] 及物 説，講

MP3 116

14 **shout** [ʃaʊt] ❶ 不及物 呼喊，喊叫 ❷ 及物 大聲説出，嚷著説出
❸ 名 C 呼喊，喊叫聲

15 **speak** [spik] ❶ 不及物 説話，講話 (+ to) ❷ 及物 説（語言）

16 **speech** [spitʃ] 名 C 演説，演講

17 **state** [stet] ❶ 動 陳述，聲明
名 C ❷ 狀況，狀態；
❸（美國的）州
同義 ❷ condition 狀況，狀態

18 **statement** [`stetmənt]
名 C 陳述，説明
▪ state 動 陳述 ▪ -ment 名

19 **talk** [tɔk] ❶ 不及物 講話，談話
❷ 名 談話，交談，談判

20 **tell** [tɛl] 及物 ❶ 告訴，講述；
❷ 吩咐，命令；❸ 辨別 (tell A from B)

21 **thank** [θæŋk] ❶ 及物 感謝
❷ 名 複 感謝

22 **yes** [jɛs] 副 是
同義 yeah（口語、非正式）是

23 **yet** [jɛt] 副 ❶（用於否定句）還沒；❷（用於疑問句）已經
❸ 連 但是，然而
同義 ❸ nevertheless 但是，然而

24 **symbol** [`sɪmbl̩] 名 C 象徵 (+ of)

25 **talkative** [`tɔkətɪv]
形 話多的，健談的
反義 quite 安靜的，沉默的
▪ talk 講話 ▪ -ative 形

26 **topic** [`tɑpɪk] 名 C 話題，主題
同義 subject 主題，題目

27 **whisper** [`hwɪspɚ]
❶ 不及物 低聲説，耳語
❷ 名 C 耳語，低語

59 Ability & Personality 能力與個性 (1)

MP3 117

01 **ability** [ə`bɪlətɪ]
名❶C 能力；❷U 才能
・able 形有能力的
・-ty 名

02 **able** [`ebḷ] 形❶能，會；❷有能力的，能幹的 反義❶unable 不能的，不會的

03 **brave** [brev] 形勇敢的，英勇的 反義 coward 懦弱的，膽小的

04 **calm** [kɑm] ❶形鎮靜的，沉著的 ❷及物 鎮定下來，平靜下來 ❸名U 平靜時期；寧靜狀態

05 **can** [kæn] 助動❶能，會；❷可能；❸（表示允許、請求）可以 名C❹罐頭；❺一罐

06 **careful** [`kɛrfəl]
形小心的，謹慎的
・care 名小心，謹慎
・-ful 形

07 **character** [`kærɪktɚ]
名C❶性格；❷人物，角色；❸（漢）字

08 **childish** [`tʃaɪldɪʃ] 形❶幼稚的；❷孩子般的（常置於名詞前） 同義❶immature 未成熟的
・child 名小孩
・-ish 形表「……似的」

09 **childlike** [`tʃaɪld,laɪk] 形天真的，單純的
・child 名小孩
・-like 形表「像……的」

10 **clever** [`klɛvɚ] 形聰明的（尤其是英式用法）

11 **courage** [`kɝɪdʒ] 名U 勇氣 反義 cowardice 膽小，怯弱

MP3 118

12 **cruel** [`kruəl] 形❶殘酷的，殘忍的；❷慘痛的，令人痛苦的

13 **dishonest** [dɪs`ɑnɪst]
形不誠實的
反義 honest 誠實的，正直的
・dis- 不　・honest 形誠實的

14 **famous** [`feməs] 形有名的，著名的 同義 famed, noted 有名的，知名的
・fame 名名聲　・-ous 形

15 **foolish** [`fulɪʃ] 形❶愚蠢的；❷荒謬的，可笑的 同義 silly, stupid 愚蠢的，糊塗的
・fool 名傻瓜　・-ish 形

16 **frank** [fræŋk]
形坦白的，直率的

17 **free** [fri] 形❶自由的，不受約束的；❷不受限制的；❸免費的；❹空閒的；❺沒有……的，不含有……的 ❻副免費地 ❼及物 解放，使自由

18 **freedom** [ˋfridəm]

名❶U 自由；❷C U 自由權；❸U 不受……之苦

- free 形自由的
- -dom 名表「狀態」

19 **friendly** [ˋfrɛndlɪ]

形❶ 友好的，友善的；❷ 有助於……的，對……無害的

反義 ❶ unfriendly 不友好的，有敵意的

- friend 名朋友
- -ly 形表「……性質的」

20 **generous** [ˋdʒɛnərəs] 形慷慨的，大方的　反義 mean 吝嗇的，自私的

21 **gentle** [ˋdʒɛntḷ]

形❶ 溫和的，和善的；❷ 輕柔的

反義 ❷ rough 粗魯的，粗野的

22 **great** [gret] 形❶ 偉大的，優秀的；❷ 大的，巨大的；❸ 重大的，重要的；❹ 極好的 ❺ 名C（常為複數）偉人，大人物

Part 1 Levels 1 — 2

60 Ability & Personality 能力與個性 (2)

MP3 119

01 **greedy** [ˋgridɪ]

形貪心的，貪婪的

- greed 名貪婪
- -y 形表「有……的」

02 **honest** [ˋɑnɪst] 形❶ 誠實的；❷ 真誠的，坦率的

反義 ❶ dishonest 不誠實的，不正直的

03 **humble** [ˋhʌmbḷ]

形❶ 謙恭的，謙遜的；❷（身分或地位）卑微的，低下的

反義 ❶ proud 驕傲的

04 **humor** [ˋhjumɚ] 名U 幽默

形 humorous 幽默的，詼諧的

05 **kind** [kaɪnd] ❶ 形仁慈的，和藹的　❷ 名C U 種類

反義 ❶ unkind 不仁慈的，不和善的

06 **lazy** [ˋlezɪ] 形懶惰的

同義 idle 不工作的，無所事事的

07 **leadership** [ˋlidɚʃɪp]

名❶C U 領導地位；❷U 領導才能

- lead 動領導
- -er 名表「人」
- -ship 名表「狀態」

08 **naughty** [ˋnɔtɪ] 形 頑皮的，淘氣的　同義 mischievous 調皮的
反義 good 乖的，恭順的

・naught 名 無，不存在
・-y 形 表「有……的」

09 **playful** [ˋplefəl] 形 愛玩的

・play 玩
・-ful 形 表「充滿……的」

10 **polite** [pəˋlaɪt] 形 禮貌的
同義 courteous 殷勤的，謙恭的
反義 rude, impolite 粗魯的，無理的

11 **power** [ˋpaʊɚ] 名 U ❶ 能力；❷ 權力；❸ 政權；❹ 動力
❺ 及物 給……提供動力

12 **powerful** [ˋpaʊɚfəl]
形 ❶ 強而有力的；❷ 有權威的，有影響力的，權力大的

・power 名 權力
・-ful 形 表「充滿……的」

MP3 120

13 **responsible** [rɪˋspɑnsəbl̩]
形 ❶ 認真負責的，可信賴的；❷ 需負責任的；❸ 作為原因的
反義 ❶ irresponsible 無責任感的，不可靠的

・response 回應
・-ible 形 表「可……的」

14 **rude** [rud] 形 粗魯的，野蠻的，無禮的　反義 polite 有禮貌的

15 **selfish** [ˋsɛlfɪʃ] 形 自私的

・self 名 自身，自己
・-ish 形

16 **shy** [ʃaɪ] 形 害羞的，羞怯的
同義 timid 害羞的，膽小的

17 **silly** [ˋsɪlɪ] 形 愚蠢的，糊塗的
同義 foolish, stupid 愚蠢的，傻的

18 **skill** [skɪl] 名 ❶ C 技術，技巧；❷ U 熟練性，能力

19 **smart** [smɑrt] 形 聰明的，伶俐的　反義 stupid 愚蠢的，笨的

20 **stupid** [ˋstjupɪd] 形 笨的，愚蠢的　同義 foolish, silly 愚蠢的，笨的

21 **skillful** [ˋskɪlfəl] 形 有技巧的，有技術的（尤指需要特別能力或訓練）

・skill 名 技藝　・-ful 形

22 **spirit** [ˋspɪrɪt]
名 ❶ U 精神；❷ C 靈魂

23 **talent** [ˋtælənt]
名 C U 天資，天賦

24 **wise** [waɪz] 形 ❶ 有智慧的；❷ 明智的　同義 ❷ sensible 明智的，合情理的

Part 1 Levels 1 — 2

61 Feelings & Emotions 感受與情緒 (1)

MP3 121

01 **afraid** [əˋfred]
形 害怕的（不可置於名詞前）
反義 courageous, bold
英勇的，勇敢的

02 **anger** [ˋæŋgɚ] 名 U 生氣

03 **angry** [ˋæŋgrɪ]
形 生氣的，惱火的
同義 mad 惱火的

・anger 名 生氣
・-y 形 表「有⋯⋯的」

04 **certain** [ˋsɝtən] 形 ❶ 確信的，有把握的；❷ 無疑的；
❸ 某些（只放在名詞前）

05 **cold** [kold] 形 ❶ 冷的，寒冷的；
❷ 冷淡的；❸ 冰冷的；
❹ 感到寒冷的　❺ C 感冒
反義 ❶ hot 熱的

06 **crazy** [ˋkrezɪ] 形 ❶ 生氣的，惱怒的；❷ 著迷的，狂熱的
同義 ❶ mad 惱怒的

・craze 瘋狂
・-y 形 表「有⋯⋯的」

07 **curious** [ˋkjʊrɪəs] 形 好奇的

08 **desire** [dɪˋzaɪr] ❶ 及物 渴望
❷ 名 C U 渴望（ + for）
同義 ❶ wish, want, crave
但願，想要

09 **ease** [iz] 名 U ❶ 舒適，悠閒；
❷ 容易，不費力
及物 ❸ 減輕，緩和；
❹ 使安心，使舒適
同義 ❸ alleviate 減輕，和緩

10 **emotion** [ɪˋmoʃən]
名 ❶ C 情感，情緒；❷ U 情感
同義 ❶ feelings 情感，情緒

MP3 122

11 **enjoy** [ɪnˋdʒɔɪ]
動 ❶ 欣賞，享受，喜愛；
❷ 使過得快活，使得到樂趣
同義 ❷ delight 使高興

・en- 使　・joy 名 高興

12 **enjoyment** [ɪnˋdʒɔɪmənt]
名 ❶ U 樂趣，享受；
❷ C 令人愉快的事

・en- 使
・joy 名 高興
・-ment 名

13 **excite** [ɪkˋsaɪt]
及物 使興奮，使激動
同義 thrill, stir 使興奮，使激動

14 **excitement** [ɪkˋsaɪtmənt]
名 U 刺激，興奮，激動

・excite 動 使興奮
・-ment 名

15 **experience** [ɪkˋspɪrɪəns]
及物 ❶ 感受，遭受；
❷ 經歷，體驗
名 ❸ U 經驗，體驗；❹ C 經歷

16 **favorite** [ˋfevərɪt]

❶ 形 最喜愛的（只放在名詞前）

❷ 名 最喜愛的人或事物

▪ favor 偏愛　▪ -ite 形

17 **fear** [fɪr] 名 ❶ C 害怕，恐懼；❷ U 害怕，恐懼　❸ 及物 害怕　❹ 不及物 害怕　同義 ❷ terror, horror 害怕，恐懼

❸ be frightened of 害怕

18 **fearful** [ˋfɪrfəl]

形 可怕的，害怕的

▪ fear 名 害怕　▪ -ful 形

19 **feel** [fil] 不及物 ❶ 感覺，感到；❷（摸上去）給人某種感覺

及物 ❸ 感覺；❹ 摸，觸；❺ 認為，以為　❻ 名 單 觸覺，手感

同義 ❸ sense 感覺

❺ think 認為

20 **feeling** [ˋfilɪŋ] 名 ❶ C（快樂、傷心等）感覺；❷ C 感想，看法；❸ U（身體部位的）感覺

▪ feel 動 感覺　▪ -ing 名

62 Feelings & Emotions 感受與情緒 (2)

MP3 123

01 **forgive** [fəˋgɪv] 動 原諒，寬恕

同義 pardon 原諒，寬恕

▪ for- 完全地　▪ give 動 給

02 **fright** [fraɪt] 名 U 單 驚嚇

03 **frighten** [ˋfraɪtn̩] 及物 使驚恐

同義 scare 使驚恐

▪ fright 名 驚嚇
▪ -en 動 表「變為……」

04 **glad** [glæd] 形 高興的

同義 happy, pleased 高興的

05 **happy** [ˋhæpɪ] 形 ❶ 高興的，樂意的；❷ 滿足的，滿意的；❸ 幸福的，幸運的

同義 ❶ cheerful 興高采烈的

06 **hate** [het] 動 ❶ 仇恨，憎恨；❷ 厭惡，不喜歡；❸ 遺憾，抱歉　❹ 名 U 仇恨，憎恨

同義 ❹ hatred 憎恨，敵意

07 **hateful** [ˋhetfəl]

形 討厭的，可恨的（過時用法）

同義 odious 可憎的，可惡的

▪ hate 動 憎恨
▪ -ful 形 表「充滿……的」

08 **homesick** [ˋhom͵sɪk]

形 思鄉的，想家的

▪ home 名 家　▪ sick 形 渴望的

09 **hunger** [ˋhʌŋgɚ] 名❶U 飢餓；❷單U 渴望 (+for)

10 **hungry** [ˋhʌŋgrɪ] 形❶ 飢餓的；❷ 渴求的 (+for/after)
同義❷ eager, desirous 渴求的

- hunger 名飢餓
- -y 形表「有……的」

MP3 124

11 **interest** [ˋɪntərɪst] ❶ 動使發生興趣　名❷C U 興趣 (+ in N)；❸C（常為複數）利益；❹U 利息

12 **joy** [dʒɔɪ] 名U 歡樂，高興
同義 delight 欣喜，愉快

13 **like** [laɪk] 及物❶ 喜歡；❷（與 would 連用）想要
❸ 名複愛好　介❹ 像，如；❺ 諸如　反義❶ dislike 不喜歡

14 **lone** [lon] 形孤單的，無伴的
同義 solitary 單獨的，獨自的

15 **lonely** [ˋlonlɪ] 形❶ 孤獨的；❷ 寂寞的，孤寂的
同義❶ lonesome 孤獨的

- lone 形孤獨的　- -ly 形

16 **love** [lʌv] 及物❶ 愛；❷ 愛好，喜歡；❸（和 would 並用）想要
名❹U 愛；❺U 戀愛，愛情；❻U 單愛好　反義❹ hate, hatred 仇恨，憎恨

17 **miss** [mɪs] 及物❶ 思念；❷ 未趕上，錯過；❸ 未擊中；❹ 沒看到，沒聽到

18 **pardon** [ˋpardn̩] ❶ 動原諒，饒恕　❷ 名C 原諒，饒恕

19 **pleasant** [ˋplɛznt] 形令人愉快的，舒適的　反義 unpleasant 使人不愉快的，討厭的

- please 動使高興
- -ant 形

20 **please** [pliz] 動❶ 討好，使高興；❷ 討人喜歡，討好；❸ 願意，喜歡　❹ 感嘆 請
反義❶❷ displease 使惱怒，使不悅

21 **pleasure** [ˋplɛʒɚ]
名❶C 樂事；❷U 愉快
同義❷ enjoyment 愉快

- please 動使高興
- -ure 名表「狀態」

63 Feelings & Emotions 感受與情緒 (3)

MP3 125

01 **prefer** [prɪˋfɝ] 動 寧願，更喜歡

02 **pride** [praɪd] 名❶U 驕傲，傲慢；❷U 引以自豪的人或物 ❸動 使得意，以……自豪

03 **proud** [praʊd] 形 驕傲的，自豪的

04 **puzzle** [ˋpʌzḷ] ❶動 使迷惑 名C ❷猜謎；❸（常為單數）謎，難以理解之事 同義 ❶ baffle 使迷惑 ❷ riddle 解……謎

05 **respect** [rɪˋspɛkt] ❶動 敬重，尊敬 ❷名U 敬重，尊敬 反義 ❷ disrespect 不敬，無禮

06 **sad** [sæd] 形 傷心的，悲傷的 反義 happy 高興的，樂意的

07 **scare** [skɛr] ❶動 驚嚇，使恐懼 ❷名單 驚嚇，驚恐 同義 ❶ frighten 使驚恐

08 **sorry** [ˋsɑrɪ] 形❶ 感到難過的；❷ 感到抱歉的，感到遺憾的

09 **sure** [ʃʊr] 形❶ 確信的；❷ 一定的 同義 ❶ certain 確信的，無疑的

10 **surprise** [səˋpraɪz] ❶動 使驚訝，使吃驚 名❷U 驚訝，吃驚；❸C 使人驚訝或吃驚的事

MP3 126

11 **tire** [taɪr] 動❶ 使疲倦；❷ 厭煩 (+ of) ❸名C 輪胎

12 **want** [wɑnt] ❶動 想要 名❷C（常為複數）需要的東西，必需品；❸U 缺乏，不足

13 **worry** [ˋwɝɪ] 及物❶ 擔心；❷ 使擔心 ❸不及物 擔心 (+ about N) ❹名CU 擔心 同義 ❹ anxiety 焦慮，掛念

14 **satisfy** [ˋsætɪsˌfaɪ] 動❶ 使滿足，使滿意；❷ 滿足（要求、需要等）

15 **shock** [ʃɑk] ❶動 使震驚，使驚愕 ❷名C（常用單數）令人震驚的事

16 **sleepy** [ˋslipɪ] 形 想睡的，睏倦的 同義 drowsy 昏昏欲睡的

• sleep 名 睡覺 • -y 形

17 **stress** [strɛs] 名❶CU 壓力；❷U 強調 ❸動 強調 同義 ❶ pressure 壓力 ❷ emphasis 強調 ❸ emphasize 強調

18 **thirsty** [ˋθɝstɪ] 形 渴的

• thirst 名 口渴 • -y 形

19 **trust** [trʌst] ❶及物 信任，信賴 ❷名U 信任，信賴 同義 ❶ believe, rely on 信任，信賴

20 **willing** [ˋwɪlɪŋ] 形 願意的

反義 unwilling 不願意的

・will 名 意願　・-ing 形

Part 1 Levels 1 — 2

64 Measurement & Numbers 測量與數字 (1)

MP3 127

01 **a** [ə] ❶ 冠 一　❷ 限 某一

同義 ❶ an 一（後接母音開頭的字彙）

02 **about** [əˋbaʊt] ❶ 副 大約 ❷ 介 關於

03 **add** [æd] ❶ 不及物 做加法，加起來　❷ 及物 添加，增加 (+ to N)

反義 ❶ subtract 減去

04 **addition** [əˋdɪʃən] 名 ❶ U 加法；❷ U 加；❸ C 增加的人或物，（房屋的）增建部分

反義 ❶ subtraction 減法

・add 動 添加，附加
・-ition 名

05 **all** [ɔl] 限 ❶ 所有的；❷ 整個的，全部的　❸ 副 完全地，全然地　❹ 代 全體，一切

06 **amount** [əˋmaʊnt]

❶ 名 C 總數，總額；❷ 數量（+ 不可數 N）　❸ 動 合計，總計

07 **another** [əˋnʌðɚ] 限 ❶ 另一的；❷ 又一，再一　代 ❸ 另一個；❹ 又一個，再一個

・an-
・other 限; 形; 代 另一個（的）

08 **any** [ˋɛnɪ] ❶ 限 任一，每一
❷ 代 任何一個，任何人
❸ 副 少許，稍微

09 **bit** [bɪt] 名 C ❶ 小片，小塊；
❷ 少量，一點點

10 **both** [boθ] ❶ 限 兩個……（都）
❷ 代 兩個（都）

11 **broad** [brɔd] 形 ❶ 寬闊的；
❷ ……寬的；❸ 廣泛的，各式各樣的　反義 ❶ ❸ narrow 狹窄的；範圍狹小的

12 **bundle** [ˋbʌndḷ] 名 C 捆，束

13 **count** [kaʊnt] 及物 ❶ 數，計算；❷ 將……計算在內
❸ 不及物 數　❹ 名 C 計算，計數

MP3 128

14 **deep** [dip] 形 ❶ 深的；
❷（顏色）深的，濃的；❸（聲音）低沉的；❹ 深奧的，玄妙的
❺ 副 深深地

15 **depth** [dɛpθ]
名 ❶ C U（常為複數）深度，厚度；❷ C（常為複數）深處

- deep 形 深的
- -th 名 表「性質，狀態」

16 **double** [ˋdʌbḷ] 形 ❶ 兩倍的，雙倍的；❷ 雙的，兩個的；❸ 雙人的，兩人用的　名 ❹ U 兩倍（數或量）；❺ C 酷似的人或物；
❻ C 替身演員，特技替身
❼ 及物 使加倍，是……的兩倍
❽ 不及物 變成兩倍

17 **dozen** [ˋdʌzṇ] 限 C ❶ 一打；
❷ 複 許多 (+ of)

18 **each** [itʃ] ❶ 代 各個，每個
❷ 限 各自的　❸ 副 每一個

19 **eight** [et]
數 ❶ 名 八　❷ 形 八的，八個的

20 **eighteen** [ˋeˋtin] 數 ❶ 名 十八
❷ 形 十八的，十八個的

- eight 名 八
- -teen 名 表「加十」

21 **eighty** [ˋetɪ] 數 ❶ 名 八十
❷ 形 八十的，八十個的

- eight 名 八
- -ty 名 表「十，十倍」

22 **either** [ˋiðɚ]/[ˋaɪðɚ] ❶ 限（兩者之中）任一的　❷ 代（兩者之中）任一個　❸ 副（用在否定句中）也

23 **eleven** [ɪˋlɛvəṇ] 數 ❶ 名 十一
❷ 形 十一的，十一個的

24 **equal** [ˋikwəl] 形 ❶ 相等的；
❷ 平等的　❸ 名 C 同等的人或物
動 ❹ 等於；❺ 比得上，敵得過

25 **every** [ˋɛvrɪ] 限 ❶ 每一，每個（後接可數名詞單數形）；
❷ 每隔……的

26 **extra** [ˋɛkstrə] ❶ 形 額外的，外加的　副 ❷ 額外地；❸ 特別地
❹ 名 C 另外收費的項目

27 **few** [fju] 代❶ 很少數，幾乎沒有；❷（與 a 連用）一些，幾個 限❸ 很少數的，幾乎沒有的；❹（與 a 連用）有些，幾個

Part 1 Levels 1 — 2

65 Measurement & Numbers 測量與數字 (2)

MP3 129

01 **fifteen** [ˋfɪfˋtin]

數❶ 名十五　❷ 形十五的

- five 五
- -teen 名形表「加十」

02 **fifty** [ˋfɪftɪ]

數❶ 名五十　❷ 形五十的

- five 五
- -ty 名表「十，十倍」

03 **first** [fɝst] ❶ 限第一的

❷ 代第一個（人或物）

副❸ 先，首先；

❹ 首次，最初；❺ 第一

同義❺ firstly 第一，首先

04 **five** [faɪv]

數❶ 名五　❷ 形五的

05 **forty** [ˋfɔrtɪ]

數❶ 名四十　❷ 形四十個的

- four 四
- -ty 名表「十，十倍」

06 **four** [for]

數❶ 名四　❷ 形四個的

07 **fourteen** [ˌforˋtin]

數❶ 名十四　❷ 形十四個的

- four 四
- -teen 名; 形表「加十」

08 **full** [fʊl] 形 ❶ 充滿的；❷ 吃飽的；❸ 完全的，最大的
同義 ❸ maximum 最大的，最多的

09 **half** [hæf] ❶ 名 C 一半
❷ 形 一半的 ❸ 副 一半地

10 **height** [haɪt] 名 C U ❶ 高度；
❷ 身高

11 **high** [haɪ] 形 ❶ 高的；
❷（價格、標準或品質等）高的
❸ 副 高，向或在高處
反義 ❶ ❷ ❸ low 矮的；低的；低

12 **hundred** [ˋhʌndrəd]
數 名 C ❶ 一百；❷ 複 數以百計
❸ 形 一百的

13 **inch** [ɪntʃ] 名 C 英寸
（縮寫 in., 1 英寸等於 2.54 公分）

MP3 130

14 **increase** 動 [ɪnˋkris] 名 [ˋɪnkris]
❶ 不及物 增加 ❷ 及物 增加
❸ 名 C 增加
反義 ❶ ❷ ❸ decrease 減少

15 **length** [lɛŋθ] 名 C U 長度

- long 形 長的
- -th 名 表「性質，狀態」

16 **less** [lɛs] ❶ 限（little 的比較級）較小的，較少的 ❷ 副（little 的比較級）較小地，較少地
❸ 代 更少的數或量
反義 ❶ ❷ ❸ more 更多的，更多地

17 **limit** [ˋlɪmɪt] ❶ 及物 限制
名 C ❷ 限度，極限；❸ 限制 (+ on) 同義 ❶ restrict 限制
❸ restriction 限制

18 **little** [ˋlɪtḷ] ❶ 限 少，不多的
形 ❷ 小的；❸ 幼小的
❹ 副 少 ❺ 代 沒有多少

19 **loaf** [lof] 名 C（一）條，（一）塊
（複數為 loaves）

20 **lot** [lɑt] ❶ 代 很多
❷ 名 C 一塊地（尤指美式用法）

21 **low** [lo] 形 ❶ 低矮的；❷ 少的，低的；❸ 不足的；❹ 低聲的；
❺ 情緒低落的 ❻ 副 低，向下地
❼ 名 C 低點 同義 ❺ down, depressed 情緒低落的
反義 high 高的；正盛的；高音調的；高點

22 **lower** [ˋloɚ] ❶ 形 較低的；
❷ 下部的 及物 ❸ 放下，降下；
❹ 降低；減少 反義 ❶ higher 較高的 ❷ upper 上部的
❸ ❹ raise 抬起，增加

- low 形 低的
- -er 用來形成形容詞比較級

23 **many** [ˋmɛnɪ] ❶ 限 許多的
❷ 代 許多人或物
反義 ❶ ❷ few 很少的；很少數

24 **mass** [mæs] 名 C ❶ 團，塊，堆，群；❷（常為單數）大量；
❸ 複 大眾，民眾

25 **measurable** [ˋmɛʒərəbḷ]
形 可測量的，可計算的
反義 immeasurable 不可估量的，無窮的

- measure 名 測量
- -able 形 表「可……的」

26 **measure** [ˋmɛʒɚ] ❶ 及物 測量 ❷ 不及物 有……長、寬或高
名 C ❸ 度量單位；❹ 措施，手段

27 **measurement** [ˋmɛʒɚmənt]
名 ❶ U 測量；❷ C（常為複數）尺寸，三圍　同義 ❷ size 尺寸，大小

- measure 動 測量
- -ment 名

Part 1 Levels 1 — 2

66 Measurement & Numbers 測量與數字 (3)

MP3 131

01 **meter** [ˋmitɚ] 名 C 公尺，米

02 **mile** [maɪl] 名 C 哩，英里（1 英里約等於 1609 公尺）

03 **million** [ˋmɪljən]
數 名 C ❶ 百萬；❷ 複 無數

04 **minus** [ˋmaɪnəs] ❶ 介 減（去）
形 ❷ 負的；❸ 略低一點的，略差一些的　❹ 名 C 不足，缺陷

05 **multiply** [ˋmʌltəplaɪ]
動 ❶ 乘；❷ 使（成倍地）增加

- mult- 種種，多
- ply 動 不斷地工作

06 **narrow** [ˋnæro] ❶ 形 狹窄的
❷ 及物 使變窄
反義 ❶ broad, wide 寬的

07 **nine** [naɪn]
數 ❶ 名 九　❷ 形 九的，九個的

08 **nineteen** [ˋnaɪnˋtin]
數 ❶ 名 十九　❷ 形 十九的

- nine 九
- -teen 名 形 表「加十」

09 **ninety** [ˋnaɪntɪ]
數 ❶ 名 九十　❷ 形 九十的

- nine 九
- -ty 名 表「十，十倍」

10 **none** [nʌn] ❶ 代 一點兒也沒，一個也沒；❷ 沒有任何人或物 ❸ 副 毫不，決不

11 **number** [ˋnʌmbɚ] 名 C ❶ 數字；❷ 號碼 ❸ 動 編號

12 **one** [wʌn] ❶ 數 一，一個 ❷ 名 C（常為複數） 美 一張價值一美元的紙鈔 ❸ 形 一個的 ❹ 限 某一個的 代 ❺ 一個人，任何人；❻（用以與別的對照）這一個人或物；❼（代替上下文中的名詞或名詞片語）同一個人或物

13 **pair** [pɛr] ❶ 名 C 一雙，一對 ❷ 及物 使成對（常為被動語態）

MP3 132

14 **part** [pɑrt] 名 C ❶ 一部分；❷ 段 ❸ 不及物 分開，分離
同義 ❶ portion 部分
❸ separate 分離

15 **per** [pɚ] 介 每

16 **piece** [pis]
名 C ❶ 一張，一片；❷ 一件（家具）；❸ 一曲，一篇；❹ 一則（消息、報導等） ❺ 動 拼湊

17 **pile** [paɪl]
名 C ❶ 一堆；❷（口語）大量 ❸ 及物 疊，堆積 ❹ 不及物 堆積，累積
同義 ❶ heap 一堆

18 **plus** [plʌs] 介 ❶ 加；❷ 外加，另有 ❸ 形 比……略好一些的，比……略高一些的 ❹ 名 C 好處
同義 ❹ advantage 好處
反義 ❶ ❸ ❹ minus 減；比……略差些；缺點

19 **pound** [paʊnd] 名 C 磅（1 磅等於 0.454 公斤）

20 **quantity** [ˋkwɑntətɪ]
名 U ❶ 量；❷ 數量

21 **quarter** [ˋkwɔrtɚ] 名 C ❶ 四分之一；❷ 一刻鐘（十五分鐘）

22 **row** [ro] ❶ 名 C（一）列，（一）排 ❷ 動 划船

23 **seven** [ˋsɛvn̩]
數 ❶ 名 七 ❷ 形 七的，七個的

24 **seventeen** [ˌsɛvn̩ˋtin]
數 ❶ 名 十七
❷ 形 十七的，十七個的

- seven 七
- -teen 名 表「加十」

25 **seventy** [ˋsɛvn̩tɪ]
數 ❶ 名 七十
❷ 形 七十的，七十個的

- seven 七
- -ty 名 表「十，十倍」

26 **several** [ˋsɛvərəl] ❶ 限 幾個的，數個的 ❷ 代 幾個，數個

27 **section** [ˋsɛkʃən] 名 C 部分
同義 part, portion 部分

67 Measurement & Numbers 測量與數字 (4)

MP3 133

01 **short** [ʃɔrt] 形❶ 矮的；❷ 短暫的，短促的；❸ 短缺的，不足的；❹ 短的　❺ 副短地　反義 ❶ tall 高的　❷❹ long 冗長的，長的

02 **six** [sɪks] 數❶ 名六　❷ 形六的，六個的

03 **sixteen** [ˋsɪksˋtin] 數❶ 名十六 ❷ 形十六的，十六個的

- six 六
- -teen 名表「加十」

04 **sixty** [ˋsɪkstɪ] 數❶ 名六十 ❷ 形六十的，六十個的

- six 六
- -ty 名表「十，十倍」

05 **size** [saɪz] 名❶ C U 尺寸，大小；❷ C 尺碼，號

06 **small** [smɔl] 形❶ 小的；❷ 少的，幾乎沒有的；❸ 低微的，不重要的；❹ 年幼的　❺ 副小小地，細小地　同義 ❷ little 少的 ❸ minor 較小的

07 **some** [sʌm] 限❶ 一些；❷ 某個 ❸ 代一些

08 **ten** [tɛn] 數❶ 名十，十個 ❷ 形十的，十個的

09 **third** [θɝd] 數名第三

10 **thirteen** [ˋθɝtin]
數❶ 名十三　❷ 形十三的

- three 三
- -teen 名表「加十」

11 **thirty** [ˋθɝtɪ]
數❶ 名三十　❷ 形三十的

- three 三
- -ty 名表「十，十倍」

12 **thousand** [ˋθaʊzn̩d]
數❶ 名一千　❷ 形一千的

13 **three** [θri] ❶ 名三　❷ 形三的

MP3 134

14 **total** [ˋtotl̩] 形❶ 總計的，全體的；❷ 完全的，絕對的 ❸ 名 C 總數，合計　❹ 及物 合計為　同義 ❷ complete 完全的，全部的

15 **twelve** [twɛlv]
數❶ 名十二　❷ 形十二的

16 **twenty** [ˋtwɛntɪ]
數❶ 名二十　❷ 形二十的

17 **twice** [twaɪs]
副❶ 二次；❷ 二倍

18 **two** [tu] 數❶ 名二　❷ 形二的

19 **unit** [ˋjunɪt] 名 C 單位，單元

20 **weigh** [we] 及物 ❶ 稱……的重量；❷ 考慮，權衡 ❸ 不及物 有……重量，稱起來

21 **weight** [wet]
名 C U 重量，體重

22 **wide** [waɪd] 形❶ 寬闊的，寬鬆的；❷ 寬度為……的，……寬的；❸ 廣泛的；❹ 張大的，張得很開的 ❺ 副張得或開得很大地
反義 ❶ narrow 窄的，狹窄的

23 **zero** [ˋzɪro] 數名❶ 零；❷ U（刻度表上的）零點，（氣溫的）零度

24 **single** [ˋsɪŋg!] 形❶ 單一的，單個的；❷ 單身的，未婚的；❸ 單人的 ❹ 名C（旅館等的）單人房

25 **subtract** [səbˋtrækt] 及物 減去
同義 minus, deduct 減去

26 **widen** [ˋwaɪdn̩] 及物 ❶ 使變寬，加寬，拓寬；❷ 使擴展，使程度加深，使範圍擴大

- wide 形 寬的
- -en 動 表「變為……」

27 **width** [wɪdθ] 名C U 寬度

- wide 形 寬的
- -th 名 表「性質，狀態」

68 State & Condition 狀態與情況 (1)

MP3 135

01 **absence** [ˋæbsn̩s] 名C U 缺席，不在 反義 presence 出席

02 **absent** [ˋæbsn̩t] 形 缺席的，不在場的 反義 present 出席的

03 **against** [əˋgɛnst] 介 ❶ 違反；❷ 倚，靠；❸ 防備，預防；❹ 不利於

04 **alive** [əˋlaɪv] 形 ❶ 活著的；❷ 仍然存在的；❸ 有活力的，活動的，活潑的 同義 ❶ living 活著的 ❷ existing 現存的
反義 ❶ dead 死的

05 **alone** [əˋlon] ❶ 副 單獨，獨自 ❷ 形 單獨的，獨自的

06 **although** [ɔlˋðo] 連 雖然
同義 though, despite 雖然

- al(l) 全然地
- though 雖然，儘管

07 **am** [æm] ❶ 動（用於第一人稱單數現在式）是 ❷ 助 動（與現在分詞連用以構成現在進行式，與過去分詞連用以構成被動語態）

08 **anyhow** [ˋɛnɪ͵haʊ] 副 無論如何（非正式） 同義 anyway 無論如何（正式）

- any 任何
- how 如何

09 **anyway** [ˋɛnɪˏwe]
副無論如何，反正
同義 anyhow 無論如何
▪ any 任何　▪ way 名方式

10 **are** [ɑr] 動(用於第二人稱單、複數現在式或第一、三人稱複數現在式)是

11 **as** [æz] ❶ 副跟……一樣地像，如同　介❷ 作為，以……的身分；❸ 當作　連❹ 像……一樣，依照；❺ 當……時；❻ 隨著；❼ 因為；❽ 雖然
同義 ❺ ❻ while, when 當……時
❼ since, because 因為

MP3 136

12 **asleep** [əˋslip] 形睡著的
反義 awake 醒著的，清醒的
▪ a- 處於某狀態　▪ sleep 睡覺

13 **be** [bi] 動❶ 是；❷ 值，等於；❸(祈使句)要；❹ 在
助動❺(與現在分詞連用，構成進行式)正在……；❻(與過去分詞連用，構成被動語態)被……；❼(與不定詞連用)預定做……

14 **because** [bɪˋkɔz] 連因為
同義 since, for the reason that, as 因為

15 **become** [bɪˋkʌm]
動成為，變成

16 **but** [bʌt] 連❶ 但是；
❷ 而是 (not . . . but . . .)
❸ 介除……以外　❹ 副只，僅僅

17 **change** [tʃendʒ] 及物❶ 改變，更改；❷ 交換；❸ 兌換(錢)(+ into/for)；❹ 換乘(車等)
不及物❺ 改變；❻ 更衣 (+ into)
名❼ C 變化，改變；❽ U 零錢，找零　同義 ❷ exchange 交換，改變

18 **continue** [kənˋtɪnjʊ]
❶ 不及物 繼續，持續
及物❷ 使繼續；❸ 繼續說

19 **dead** [dɛd] 形❶ 死的；
❷ 失效的，失靈的；
❸ 失去知覺的，麻木的
同義 ❶ lifeless 死的，無生命的

20 **death** [dɛθ] 名❶ U 死亡(生命終止)；❷ C 死亡(死亡事件)
反義 ❶ ❷ birth 出生

21 **die** [daɪ] 動❶ 死亡；❷(機器)突然停止運轉；❸ 消失
同義 ❷ break down 故障，壞掉

22 **dirty** [ˋdɝtɪ] 形髒的，汙穢的
反義 clean 清潔的，未汙染的
▪ dirt 名汙物　▪ -y 形

69 State & Condition 狀態與情況 (2)

MP3 137

01 **disappear** [ˌdɪsəˋpɪr]
動❶ 消失，不見；❷ 滅絕
同義 ❶ vanish, go out of sight 消失，不見

- dis- 構成反義字
- appear 動 出現

02 **exist** [ɪgˋzɪst]
不及物 存在（無進行式）

03 **have** [hæv] 動❶ 有，擁有；❷ 懷有；❸ 體驗，經驗；❹ 進行，從事；❺ 吃，喝；❻ 使，讓；❼ 必須，不得不
❽ 助動（與過去分詞構成完成式）

04 **however** [haʊˋɛvɚ] 副❶ 然而；❷ 無論
同義 ❶ nevertheless, nonetheless 然而

- how 副 如何
- ever 副 總是；究竟

05 **if** [ɪf] 連❶（表示條件）如果；❷（表示假設）假如，要是；❸ 是否　同義 ❸ whether 是否

06 **independence**
[ˌɪndɪˋpɛndəns] 名 U ❶ 獨立；
❷ 自主，自立
反義 ❷ dependence 依賴，依靠

- in- 不　・depend 動 依賴
- -ence 名 表「性質」

07 **independent** [ˌɪndɪˋpɛndənt]
形 ❶ 獨立的；❷ 自立的，有獨立心的　反義 ❷ dependent 依靠的，依賴的

- in- 不　・depend 依賴
- -ent 形 表「有…… 性質的」

08 **is** [ɪz] ❶ 動 是（第三人稱單數）；
❷ 助動（與現在分詞構成現在進行式或與過去分詞構成被動語態）

09 **keep** [kip] 不及物 ❶ 保持（某一狀態）；❷ 繼續不斷（ + V-ing)
及物 ❸ 使…… 保持在（某一狀態）；❹ 保存；❺ 存放；
❻ 履行，遵守；❼ 耽擱某人；
❽ 阻止，避開 (keep sb. from doing sth.)

10 **lack** [læk] ❶ 名 U 單 欠缺，不足，沒有（ + of N)
❷ 及物 缺乏，沒有
同義 ❶ shortage 缺少，不足

11 **likely** [ˋlaɪklɪ] ❶ 形 很可能的
❷ 副 很可能

- like 喜歡；像
- -ly 形 副 表「每隔…… 時間」

MP3 138

12 **neat** [nit] 形 整潔的，整齊的

13 **presence** [ˋprɛzn̩s]
名 U ❶ 出席，在場；❷ 面前
反義 ❶ absence 不在，缺席

- present 形 出席的；在場的
- -ence 名 表「性質，狀態」

14 **present** 形[ˋprɛzənt]
動[prɪˋzɛnt] 形❶ 出席的，在場的；❷ 現在的，當前的
名C ❸ 禮物；❹ 單現在，目前
❺ 動提出，提交

15 **ready** [ˋrɛdɪ] 形❶ 準備好的；❷ 願意的，樂意的

16 **reality** [riˋælətɪ] 名❶ U 真實，現實；❷ C 事實
反義 ❶ dream, illusion 夢；錯覺

・real 形真的；現實的 ・-ity 名

17 **safe** [sef] 形❶ 安全的，無危險的；❷ 平安的，無損傷的
❸ 名C 保險箱

18 **safety** [ˋseftɪ] 名U 安全

・safe 形安全的 ・-ty 名

19 **seem** [sim] 動看來好像，似乎
同義 appear 似乎，看來

20 **still** [stɪl] 副❶ 還，仍舊；
❷ 儘管如此，然而，（雖然……）還是；❸（用來加強比較級的語氣）還要，更 ❹ 形靜止的，不動的

21 **sudden** [ˋsʌdn̩] 形突然的

22 **therefore** [ˋðɛr͵for]
副因此，所以

23 **though** [ðo] ❶ 連雖然，儘管
❷ 副（通常放在句尾）然而，還是
同義 ❶ although 雖然

Part 1 Levels 1 — 2

70 Time & Space 時間與空間 (1)

MP3 139

01 **above** [əˋbʌv] 介❶ 在……上面；❷ ……以上，超過 副❸ 在上面；❹（數目等）更大，更多

02 **abroad** [əˋbrɔd]
副到國外，在國外

・a- 在內；至 ・broad 形寬闊的

03 **across** [əˋkrɔs] ❶ 介橫越，穿過 ❷ 副橫過，穿過

・a- 處於某狀態 ・cross 名交叉

04 **after** [ˋæftɚ] ❶ 介在……之後
❷ 連在……之後
❸ 副以後，之後

05 **afternoon** [͵æftɚˋnun]
名C U 下午

・after 在……之後
・noon 名中午

06 **age** [edʒ] 名❶ C U 年齡；
❷ U 年老；❸ C（常為複數）時代；❹ 複很長時間 不及物 ❺ 變老；❻ 使（酒的）味道變醇

07 **ago** [əˋgo] 副在……以前

08 **ahead** [əˋhɛd] 副❶ 在前，向前；❷ 預先，事前；
❸ 領先，佔先

・a- 在……狀態中
・head 名前端

09 **along** [ə`lɔŋ] ❶ 介沿著，順著 ❷ 副向前

10 **among** [ə`mʌŋ] 介❶ 在……中間；❷ 在……之中

11 **ancient** [`enʃənt] 形❶ 古代的；❷ 古老的

12 **anytime** [`ɛnɪ,taɪm] 副在任何時候

- any 限任何　· time 名時間

13 **anywhere** [`ɛnɪ,hwɛr] 副任何地方

同義 anyplace 美任何地方

- any 限任何
- where 代在哪裡

MP3 140

14 **April** [`eprəl] 名 U 四月

15 **around** [ə`raʊnd] 介❶ 圍繞，環繞；❷ 在……四處　副❸ 到處；❹ 附近；❺ 大約，將近

- a- 在　· round 名圓形物

16 **at** [æt] 介❶ 在（地點）；❷ 在（時間）；❸ 以（某種價格或速度等）

17 **August** [`ɔgəst] 名 C U 八月

18 **away** [ə`we] 副❶ 隔開……遠，尚有……時間；❷ 離開；❸ 不在，外出

19 **back** [bæk] 名 C ❶（常為複數）後部；❷ 背部　副❸ 回原處；❹ 向後　❺ 形後面的，後部的　❻ 及物 使倒退，使後退

20 **backward(s)** [`bækwəd] ❶ 副向後　❷ 形向後的

- back 副向後
- -ward 形副表「向……的；向……地」

21 **before** [bɪ`for] 介❶ 在……以前；❷ 在……面前　❸ 副以前　❹ 連在……以前

22 **begin** [bɪ`gɪn] ❶ 及物 開始　❷ 不及物 開始

23 **behind** [bɪ`haɪnd] 介❶ 在……的背後，在……的後面；❷ 落後於；❸ 支持　副❹ 在背後；❺（留）在原處，（遺留）在後；❻ 落後

- be- (= by) 在
- hind 形在後的

24 **belong** [bɪ`lɔŋ] 動❶ 應被放置（在某處）；❷ 合得來

25 **below** [bɪ`lo] ❶ 副在下面，在下方　介❷ 在……下面；❸（數量等）在……以下

26 **beside** [bɪ`saɪd] 介在……旁邊

- be- (= by) 在　· side 名旁邊

27 **between** [bɪ`twin] 介❶（指時間或空間等）在……之間；❷（指數量或程度等）介於……之間；❸ 來往於……之間

71 Time & Space 時間與空間 (2)

MP3 141

01 **beyond** [bɪˋjɑnd]
副❶在更遠處，往更遠處
介❷越過，在⋯⋯的那一邊；
❸（範圍）超過

02 **birth** [bɝθ] 名❶C U 出生，誕生；❷U 血統，出身

03 **born** [bɔrn] 形❶出生的；
❷天生的（+ N/a.）

04 **bottom** [ˋbɑtəm]
名C ❶底部；❷水底
❸形最低的，最下面的
❹動降至最低點
反義 ❶❸ top 頂部；頂上的

05 **brief** [brif]
形❶短暫的；❷簡短的；
❸動做簡報（+ sb. on sth.）
反義 ❶❷ long 長的；冗長的

06 **by** [baɪ] 介❶在⋯⋯旁邊；
❷在⋯⋯之前；❸在⋯⋯的時候；❹（用於被動語態）被，由；
❺靠，用；❻根據，按照；
❼以⋯⋯計 ❽副經過

07 **center** [ˋsɛntɚ] 名C ❶中心，中央；❷中樞，核心
❸不及物 集中
同義 ❸ concentrate, focus 集中，聚集

08 **central** [ˋsɛntrəl] 形❶中央的，中心的；❷主要的，核心的

- center 中心
- -al 形

09 **century** [ˋsɛntʃʊrɪ] 名C 世紀，一百年

10 **Christmas** [ˋkrɪsməs]
名U 聖誕節，耶誕節

- Christ 名耶穌基督
- mas (= Mass) 彌撒

11 **daily** [ˋdelɪ]
❶副每日 ❷形每日的

- day 名一天
- -ly 形

12 **date** [det] 名C ❶日期，日子；
❷約會 ❸及物 和⋯⋯約會
同義 ❸ go out with 和⋯⋯約會

13 **dawn** [dɔn] 名U C 黎明
反義 dusk 黃昏，傍晚

MP3 142

14 **day** [de] 名❶C 日子，一天；
❷U C 白天

15 **December** [dɪˋsɛmbɚ]
名U 十二月（縮寫 Dec.）

16 **delay** [dɪˋle]
及物 ❶耽誤，耽擱；
❷推遲，延遲
名❸U 延誤，耽擱；
❹C 延誤，耽擱
同義 ❶ put off 耽誤，耽擱

17 **direction** [də`rɛkʃən]
名❶ⓒ 方向，目標；❷ⓤ 指導，管理　❸(常為複數)指示，用法說明

- direct 動 給……指路
- -ion 名

18 **distance** [`dɪstəns]
名❶ⓤⓒ 距離，路程；❷ⓤ 遠處

19 **distant** [`dɪstənt] 形❶ 遠的，久遠的；❷ 非近親的，遠親的；❸ 冷淡的，疏遠的
同義 ❸ indifferent 冷淡的，漠不關心的

20 **down** [daʊn] 副❶ 向下；❷(坐)下，(躺)下；❸ 下降
❹ 形 情緒低落　介❺ 往……下方，在……下方；❻ 沿著
反義 ❶ up 向上

21 **downstairs** [`daʊn`stɛrz]
❶ 副 往樓下，在樓下　❷ 形 樓下的　反義 ❶❷ upstairs 在樓上，樓上的

- down 向下
- stair 名 樓梯
- -s 複

22 **during** [`djʊrɪŋ]
介❶ 在……的整個期間；
❷ 在……期間的某一時候

- dure 持久，持續
- -ing 名

23 **early** [`ɝlɪ] ❶ 副 早，提早
形❷ 早的，提早的；❸ 早期的
反義 ❶❷❸ late 晚；晚的；晚期的

24 **east** [ist] 名❶ 東方；❷(一國或一地區的)東部　❸ 形 東方的，東部的　❹ 副 向東方，在東方
反義 ❶ west 西方

25 **eastern** [`istɚn] 形❶ 東邊的，東部的；❷(常大寫)東方的
同義 ❷ oriental 東方的

- east 名 東方
- -ern 形 表「方向」

26 **edge** [ɛdʒ] 名ⓒ ❶ 邊緣；
❷ 刃，刀口　❸ 不及物 徐徐移動

Part 1 Levels 1 — 2

72 Time & Space 時間與空間 (3)

MP3 143

01 **end** [ɛnd] 及物 ❶ 結束；❷ 作為……的結尾 ❸ 不及物 結束，終止 名 C ❹ 末端，盡頭；❺ 最後部分，末尾；❻ 結束，完結

02 **ending** [ˋɛndɪŋ] 名 ❶ U 結束；❷ C 結局，結尾

反義 ❷ opening 開頭，開端

・end 動 結束 ・-ing 名

03 **evening** [ˋivnɪŋ]

名 U C 傍晚，晚上

04 **ever** [ˋɛvɚ] 副 從來，至今

05 **far** [fɑr] 副 ❶ 遠，遙遠地；❷ ……得多，很

❸ 形 較遠的，對面的

06 **fast** [fæst]

❶ 形 迅速的，速度快的

❷ 副 快速地 ❸ 動 禁食；齋戒

07 **February** [ˋfɛbrʊˏɛrɪ]

名 U 二月（縮寫 Feb.）

08 **festival** [ˋfɛstəvl̩]

名 C ❶ 節日；❷ 音樂節，戲劇節

・festive 形 節日的
・-al 名

09 **final** [ˋfaɪnl̩]

❶ 形 最後的 ❷ 名 C 決賽

10 **follow** [ˋfɑlo]

及物 ❶ 接在……之後；❷ 跟隨；❸ 聽懂，領會；❹ 聽從，採用

同義 ❹ obey 服從，聽從

11 **following** [ˋfɑləwɪŋ]

形 ❶ 接著的；❷ 下述的

❸ 名 C（常為單數）一批追隨者

❹ 下列事物（或人員）(the following) ❺ 介 在……以後

・follow 動 跟隨 ・-ing 名

12 **former** [ˋfɔrmɚ] 形 ❶ 從前的，早前的；❷ 前任的 ❸ 代（兩者中的）前者 (the former)

同義 ❷ ex- 前任的

反義 ❸ the latter 後者

MP3 144

13 **forward** [ˋfɔrwɚd]

❶ 副 向前 ❷ 形 向前的

❸ 及物 轉寄

反義 ❶ back, backward 向後，倒退

・fore 名 前面
・-ward 形 副 表「向……的；向……地」

14 **Friday** [ˋfraɪˏde]

名 U 星期五（縮寫 Fri.）

15 **from** [ˋfrɑm]

介 ❶ 從（地方）來；

❷ 從（時間）起；

❸ 從（某處看或做某事）；

❹ 離（某地多遠）

16 **front** [frʌnt] ❶ 名 C 前面，正面 ❷ 形 前面的，正面的
❸ 不及物 朝向
反義 ❶❷❸ back 背面，後面的，向後

17 **future** [ˋfjutʃɚ] 名 ❶ 單 未來，將來；❷ C 前途
❸ 形 未來的，將來的

18 **here** [hɪr] 副 這裡，在這裡

19 **holiday** [ˋhɑlə͵de]
名 ❶ C 假日，節日；
❷ U 放假日，休息日

・holy 形 神聖的 ・day 名 日子

20 **hour** [aʊr] 名 C ❶ 小時；
❷（常為複數）（營業等的）時間

21 **in** [ɪn] 介 ❶ 在（某地或某年）；
❷ 在……裡，在……上；
❸ 在……方面；❹ 穿著，戴著；
❺ 用……，以……；
❻ 在……期間，在……以後；
❼ 處於（狀態）中
❽ 副 進，在裡面
❾ 形 時髦的；流行的
反義 ❽ out 外，在外頭

22 **inside** [ˋɪnˋsaɪd]
❶ 介 在……裡
❷ 名 C（常為單數）內部，裡面
❸ 形 裡面的，內側的
❹ 副 在裡面，往裡面

・in- 在內
・side 名 邊，側

23 **instant** [ˋɪnstənt] 形 ❶ 立即的，即刻的；❷ 速食的，即溶的
❸ 名 單 頃刻，一剎那
同義 ❶ immediate 立刻的，即刻的

24 **into** [ˋɪntu] 介 ❶ 到……裡；
❷ 成，為；❸ 朝，向

・in 介 在……裡 ・to 介 到

25 **January** [ˋdʒænjʊ͵ɛrɪ]
名 U 一月（縮寫 Jan.）

・Janus 名 古羅馬神話中的門神
・-ary 名

73 Time & Space 時間與空間 (4)

MP3 145

01 **July** [dʒuˋlaɪ]
名 U 七月（縮寫 Jul.）

02 **June** [dʒun]
名 U 六月（縮寫 Jun.）

03 **just** [dʒʌst] 副 ❶ 剛才；❷ 正要，剛要；❸ 正好，恰好；❹ 只是，僅僅　❺ 形 正義的；公平的
同義 ❺ fair, right 公正的，公平的

04 **last** [læst] 形 ❶ 最後的；❷ 僅剩的；❸ 最後過去的，緊接前面的；❹ 最不可能……的　副 ❺ 最後地；❻ 上次，最近　❼ 名 C 最後的人或物　❽ 不及物 持續
反義 ❶ ❼ first 最先的，第一個

05 **late** [let] 形 ❶ 遲的；❷ 晚的
副 ❸ 遲到，來不及；❹ 晚地
反義 ❷ early 早的

06 **latest** [ˋletɪst] 形 最新的
・late 形 遲的
・-est 形 構成最高級，表示「最」

07 **left** [lɛft] ❶ 形 左邊的
❷ 副 向左邊　❸ 名 單 左邊
反義 ❶ ❷ ❸ right 右邊的；向右邊；右邊

08 **life** [laɪf] 名 ❶ C 一生；❷ U 生命；❸ U 生物，活的東西；
❹ C 性命；❺ U 人生；❻ C 生活

09 **local** [ˋlokḷ] ❶ 形 當地的，本地的　❷ 名 C（常為複數）當地人
反義 ❶ foreign 外國的
❷ foreigner 外國人

10 **locate** [loˋket] 動 ❶ 使……座落於；❷ 設置……在；❸ 確定……的地點或位置

11 **long** [lɔŋ] 形 ❶ 有某些距離的；❷ 長久的；❸ 冗長的，過久的
副 ❹ 長久地；❺ 始終
❻ 名 U 長時間　❼ 動 渴望（ + for N)　同義 ❼ yearn 渴望
反義 short 矮的，短時間的，短暫的

12 **March** [mɑrtʃ]
名 U 三月（縮寫 Mar.）

MP3 146

13 **May** [me] 名 U 五月（沒有縮寫）

14 **middle** [ˋmɪdḷ] 形 ❶ 中間的；
❷ 中等的，中級的　❸ 名 單 中間，中途　同義 ❸ center 中心，中央

15 **minute** [ˋmɪnɪt]
名 C ❶ 分鐘；❷ 單 片刻，一會兒
同義 ❷ moment 片刻，一會兒

16 **modern** [ˋmɑdɚn] 形 ❶ 現代的，近代的；❷ 現代化的，最新的
同義 ❷ up-to-date 最新的
反義 ❶ ancient 古代的

17 **moment** [ˋmomənt]
名C ❶ 片刻，瞬間；❷ 特定時刻

18 **Monday** [ˋmʌnde]
名U 星期一（縮寫 Mon.）

19 **month** [mʌnθ] 名C 月

20 **morning** [ˋmɔrnɪŋ] 名U 早上

21 **near** [nɪr] ❶ 介在……附近
❷ 形近的 ❸ 副近地

22 **nearby** [ˋnɪr͵baɪ]
❶ 形附近的 ❷ 副在附近
同義 ❶ neighboring 鄰近的

- near 形近的
- by 在……旁邊

23 **next** [nɛkst] 形 ❶ 緊鄰的；❷ 緊接在後的 ❸ 副接下來，然後

24 **night** [naɪt] 名UC 夜晚

25 **noon** [nun] 名U 中午
同義 midday 中午

74 Time & Space 時間與空間 (5)

MP3 147

01 **north** [nɔrθ]
❶ 名U 北方
❷ 形北的，北方的
❸ 副向北方，在北方
反義 ❶ south 南方

02 **northern** [ˋnɔrðɚn]
形北方的，向北方的

- north 名北方
- -ern 形表「方向」

03 **November** [noˋvɛmbɚ]
名U 十一月（縮寫 Nov.）

04 **now** [naʊ] 副現在

05 **o'clock** [əˋklɑk] 副……點鐘

06 **occur** [əˋkɝ] 動發生

07 **October** [ɑkˋtobɚ]
名U 十月（縮寫 Oct.）

08 **off** [ɔf] 副 ❶（離）開，走（開）；❷（脫）離，（脫）掉；❸（切）斷，（關）掉；❹ 不在工作，休息；❺（時間或空間上）離，距
介 ❻ 離開，不觸及；❼ 下（交通工具等）

09 **old** [old] 形 ❶ 老的，上了年紀的；❷ 舊的；❸ ……歲；
❹ 過去的，從前的
反義 ❶ young 年輕的，幼小的

10 **on** [ɑn] 介❶ 在……上；❷ 在（地點）；❸ 在（特定的時間）；❹ 關於；❺ 一……（就……）副❻ 繼續；❼ 穿上，戴上；❽（機器等）處於運作狀態

11 **out** [aʊt] 副❶ 出外，在外；❷ 在外，不在家或辦公室 ❸ 介 通過……而出

12 **outside** [ˋaʊtˋsaɪd]
❶ 副 在外面，向外面
❷ 名 單 外面，外部
❸ 介 在……外面
❹ 形 外部的，外面的

- out- 外
- side 名 側，邊

13 **over** [ˋovɚ] 介❶ 在……上面；❷ 越過……；❸ 遍及，到處；❹ 超過，多餘；❺ 在……期間
❻ 副 從一邊至另一邊，越過
❼ 形 結束的

MP3 148

14 **overseas** [ˋovɚˏsiz]
❶ 副 在海外，在國外
❷ 形 在海外的，在國外的
同義 ❶ abroad 在國外

- over- 越過
- sea 名 海
- -s 副

15 **past** [pæst] ❶ 形 過去的
❷ 介 通過，經過
❸ 名 單 過去，昔日
❹ 副 經過

16 **period** [ˋpɪrɪəd]
名 C ❶ 時期，期間；❷ 句點

- peri- 周圍；接近
- -ode 路

17 **position** [pəˋzɪʃən] 名 C ❶ 地點，位置；❷ 姿勢；❸ 地位，身分；❹（常為單數）形勢，境況；❺ 職位，職務 ❻ 動 把……放在適當位置

- posit 動 安置
- -ion 名

18 **quick** [kwɪk] 形❶ 快的，迅速的；❷ 敏捷的，伶俐的
❸ 副 快，迅速地
同義 ❸ fast 快，迅速

19 **rapid** [ˋræpɪd] 形 快的，迅速的

20 **recent** [ˋrisn̩t]
形 最近的，近代的

21 **Saturday** [ˋsætɚde]
名 U 星期六（縮寫 Sat.）

22 **season** [ˋsizn̩] ❶ 名 C 季節
❷ 動 給……調味，加味於 (+ with N)

23 **second** [ˋsɛkənd]
限❶ 第二的；
❷ 第二（大、重要等）的
副❸ 居第二位；❹ 第二，其次
名❺ C 秒；❻ 單 瞬間，片刻

24 **September** [sɛpˋtɛmbɚ]
名 U 九月（縮寫 Sept.）

25 **side** [saɪd] 名C ❶ 邊，側；❷ 單旁邊，身邊；❸（問題等的）方面；❹（爭論等中的）一方，一派

26 **since** [sɪns] ❶ 副此後，從那時到現在　❷ 介自……以來，從……至今　連❸ 自……以來，從……至今；❹ 既然，因為

27 **slow** [slo] 形❶ 慢的，遲緩的；❷ 慢了的，晚了的　❸ 副慢慢地　❹ 不及物 變慢

反義 ❶ ❷ fast 快的；偏快的

75 Time & Space 時間與空間 (6)

MP3 149

01 **soon** [sun] 副很快地，不久

02 **south** [saʊθ] 名U 南方　形南的，南方的　副在南方，向南方

03 **space** [spes] 名U ❶ 空間；❷ 太空，宇宙

04 **spring** [sprɪŋ] 名❶ U 春天；❷ C 泉　❸ 不及物 跳，躍

05 **start** [stɑrt] ❶ 及物 開始
❷ 不及物 開始
❸ 名C（常為單數）開始

06 **stop** [stɑp] 及物 ❶ 停止，中止；❷ 阻止　❸ 不及物 停止，中止
名C ❹ 停止，中止；❺ 車站

07 **summer** [ˋsʌmɚ] 名U 夏天

08 **Sunday** [ˋsʌnde] 名U 星期天

09 **then** [ðɛn] 副❶ 然後，接著；❷ 那時，當時

10 **there** [ðɛr] 副❶ 在那裡；❷（與 be 動詞連用）有　感嘆 ❸（用以引起注意或加強語氣）瞧，你看

11 **Thursday** [ˋθɝzde] 名U 星期四（縮寫 Thur. 或 Thurs.）

12 **time** [taɪm] 名❶ U 時光；❷ U 時間；❸ C 一次；❹ 複時代；❺ U 時機，時刻；❻ C 倍
❼ 動測定……的時間

13 **to** [tu] 介❶ 到，往；❷ 直到，在……之前；❸（表示程度、範圍）到，達；❹ 對於；❺ 屬於；❻ 為了

MP3 150

14 **today** [təˋde] ❶ 副 今天 ❷ 名 U 今天

・to 到　・day 名 日

15 **tomorrow** [təˋmɔro] ❶ 副 明天　❷ 名 U 明天

・to 到
・morrow 名 翌日

16 **tonight** [təˋnaɪt] ❶ 副 今晚 ❷ 名 U 今晚

・to 到　・night 名 晚上

17 **top** [tɑp] 名 ❶ C 頂部；❷ 單 最高程度　形 ❸ 頂部的；❹ 最高的，最優良的；❺ 最重要的，居首位的 ❻ 及物 高於，超過

18 **somewhere** [ˋsʌm͵hwɛr] 副 到某處，在某處

・some 某個　・where 哪裡

19 **source** [sors] 名 C ❶ 源頭，發源地；❷ 來源，出處；❸ 起源，根源　同義 ❶ root 源頭

20 **southern** [ˋsʌðɚn] 形 南方的

・south 名 南方
・-ern 形 表「方向」

21 **speed** [spid] ❶ 名 C 速度 ❷ 不及物 迅速前進

22 **stage** [stedʒ] 名 C ❶（發展或進展的）階段，步驟；❷ 舞臺 ❸ 及物 上演，舉辦

同義 ❶ phase 階段，時期

23 **surface** [ˋsɝfɪs] 名 ❶ C（常為單數）水面，地面；❷ 單 外表，外觀　❸ 不及物 顯露，被披露

・sur- 在上　・face 名 表面

24 **term** [tɝm] 名 C ❶ 學期（用於英國，一學年分成三個學期）；❷ 詞語，術語

同義 ❶ semester 學期

25 **through** [θru] 介 ❶ 從一端至另一端，穿過；❷ 透過，隔著；❸ 自始至終，從頭到尾；❹ 憑藉 ❺ 副 從一端至另一端，穿過

26 **throughout** [θruˋaʊt] 介 ❶ 各處，遍及；❷ 自始至終，貫穿（整個時期）　❸ 副 自始至終

同義 ❶ everywhere 到處，各處

・through 從一端至另一端，穿過
・out 到底，完全地

76 Time & Space 時間與空間 (7)

MP3 151

01 **toward(s)** [tə`wɔrd] ❶ 介 向，朝；❷ 對……

・to 到　・-ward 表「向……」

02 **Tuesday** [`tjuzde] 名 U 星期二（縮寫 Tue.）

03 **under** [`ʌndɚ] 介 ❶ 在……下面；❷ 少於，低於，未滿；❸ 在……的管理、統治、領導或監督之下；❹ 正在……之中，處於……情況之下　副 ❺ 在下面，在下方；❻ 更低，更少，更小
反義 ❶ ❷ over 在……之上；超過

04 **until** [ən`tɪl] ❶ 介 直到……時 ❷ 連 直到……時
同義 ❶ ❷ till 直到……時

・un- 不　・til 拖

05 **up** [ʌp] 副 ❶ 向上，往上；❷ 上升，上揚　❸ 介 向……上，往……上

06 **upstairs** [`ʌp`stɛrz] ❶ 副 在樓上，往樓上　❷ 形 樓上的，在樓上的　❸ 名 樓上
反義 ❶ downstairs 在樓下

・up- 向……上　・-s 複
・stair 副 樓梯

07 **Wednesday** [`wɛnzde] 名 U 星期三（縮寫 Wed.）

08 **week** [wik] 名 C 星期

09 **weekend** [`wik`ɛnd] 名 C 週末

・week 名 星期　・end 名 末端

10 **west** [wɛst] ❶ 名 U 西方 ❷ 形 西方的 ❸ 副 向西方，在西方

11 **when** [hwɛn] ❶ 連 當……時　副 ❷（用作疑問副詞）什麼時候，何時；❸（用作關係副詞，引導關係子句）當……時

12 **where** [hwɛr] 副 ❶（用作疑問副詞）在哪裡，往哪裡；❷（用作關係副詞）在那裡，往那裡

13 **while** [hwaɪl] ❶ 名 單 一會兒，一段時間　連 ❷ 當……的時候；❸ 而，然而

MP3 152

14 **will** [wɪl] ❶ 助 動（表示未來）將　名 C ❷ 意志，毅力；❸ 遺囑

15 **winter** [`wɪntɚ] 名 U C 冬天

16 **year** [jɪr] 名 C 年

17 **yesterday** [`jɛstɚde] ❶ 副 昨天　❷ 名 U 昨天

・yester- 昨日的
・day 名 日

18 **young** [jʌŋ] ❶ 形 年輕的 ❷ 名 複 青年們　反義 ❶ old 老的，上了年紀的

19 **upon** [əˋpɑn] 介 ❶ 一……就……；❷ 根據

・up 在……上面 ・on 在……上面

20 **upper** [ˋʌpɚ] 形 上面的，上層的

反義 lower 較低的

・up 上 ・-er 比較級

21 **vacation** [veˋkeʃən] 名 U 假期

同義 holiday 假期

22 **weekday** [ˋwikˏde]

名 C 平日，工作日

・week 名 星期 ・day 名 日

23 **western** [ˋwɛstɚn]

形 西方的，西部的

・west 名 西方 ・-ern 形 表「方向」

24 **whenever** [hwɛnˋɛvɚ]

連 ❶ 在任何……的時候，無論何時；❷ 每當 ❸ 副 任何時候

・when 何時 ・ever 總是，始終

25 **wherever** [hwɛrˋɛvɚ] ❶ 連 無論在哪裡 ❷ 副 無論什麼地方

・where 哪裡 ・ever 總是，始終

26 **within** [wɪˋðɪn] 介 ❶ 在（某段時間）之內；❷ 不出（某段距離）；❸ 在（某範圍）之內

・with 和 ・in（從……裡）出來

27 **youth** [juθ]

名 ❶ U 青年時期；❷ 複 年輕人

同義 ❶ adolescence 青春期，青少年時期

Part 1 Levels 1 — 2

77 Degree & Frequency 程度與頻率

MP3 153

01 **again** [əˋgɛn] 副 再，再一次

02 **almost** [ˋɔlˏmost]

副 幾乎，差不多

03 **already** [ɔlˋrɛdɪ] 副 已經

04 **altogether** [ˏɔltəˋgɛðɚ]

副 ❶ 全部，合計；❷ 完全，全然；❸ 總之，總而言之

・al(l) 全然地 ・together 總共

05 **always** [ˋɔlwez] 副 ❶ 總是；❷ 一直；❸ 老是

06 **complete** [kəmˋplit] 形 ❶ 徹底的，完全的；❷ 完整的，全部的 動 ❸ 完成；❹ 使完整

07 **degree** [dɪˋgri]

名 C ❶ 度數；❷ 學位

08 **enough** [ɪˋnʌf] ❶ 副 足夠地 ❷ 限 足夠的 ❸ 代 足夠

09 **entire** [ɪnˋtaɪr]

形 整個的，全部的

10 **even** [ˋivən] ❶ 副 甚至

形 ❷ 平的，平坦的；❸ 均等的，相等的；❹（數學）偶數的

❺ 及物 使相等

反義 ❹ odd 奇數的

11 **exact** [ɪgˋzækt]

形 確切的，精確的

12 **further** [ˋfɝðɚ] 副❶（時間、距離）更遠地；❷（程度）進一步地；❸ 再者；而且 ❹ 形進一步的 ❺ 動促進，助長

13 **hardly** [ˋhɑrdlɪ] 副幾乎不

- hard 難的 ▪ -ly 副

14 **least** [list] ❶ 形（little 的最高級）最小的，最少的 副❷（little 的最高級）最小，最少；❸ 最不 ❹ 名最少；最小 (the least)

15 **level** [ˋlɛvḷ] 名❶ C 程度；❷ U 水平面；❸ U 高度；❹ C 標準，水準 ❺ 形平的

16 **more** [mor] 副❶（用來構成形容詞或副詞的比較級）更；❷ 更多，更大程度地；❸（much 的比較級）另外，再 形❹（many 和 much 的比較級）更多的，更高程度的；❺ 另外的，附加的 ❻ 代更多的數量，更多的人或事物

反義 ❷ ❹ less 較少地；較少的

MP3 154

17 **most** [most] 副❶（用以構成形容詞或副詞的最高級）最；❷（much 的最高級）最多，最大程度地 形❸（many 和 much 的最高級）最多的，最大程度的；❹ 多數的，大部分的 代❺ 最大量，最多數；❻ 大部分，大多數

18 **much** [mʌtʃ] 副❶ 非常，很；❷（加強比較級或最高級的語氣）遠為，……得多 ❸ 形許多，大量的 ❹ 代許多，大量

19 **nearly** [ˋnɪrlɪ] 副幾乎，差不多

同義 almost 幾乎，差不多

- near 近的 ▪ -ly 副

20 **never** [ˋnɛvɚ] 副從未，永不，決不

21 **often** [ˋɔfən] 副❶ 時常，常常；❷ 往往，通常

同義 ❶ frequently 屢次地

22 **once** [wʌns] 副❶ 一次；❷ 曾經 ❸ 連一旦

23 **only** [ˋonlɪ] 副❶ 只，僅僅；❷ 不料，結果卻 ❸ 形唯一的，僅有的

- one 名一 ▪ -ly 副

24 **quite** [kwaɪt] 副相當，頗

25 **range** [rendʒ] 名 C ❶ 範圍，幅度；❷ 類別 ❸ 不及物（在一定範圍內）變動，變化

26 **rather** [ˋræðɚ] 副❶ 相當，頗；❷ 寧願 (would rather VR than VR)（*VR：原形動詞）

27 **regular** [ˋrɛgjəlɚ] 形❶ 有規律的，固定的；❷ 定期的；❸ 經常的，習慣性的；❹ 一般（大小）的

28 **so** [so] 副❶ 這麼，非常地；❷（so 後用倒裝結構）也如此，也一樣 ❸ 連因此，所以

29 **sometimes** [ˋsʌm͵taɪmz] 副有時

- some 一些
- -s 副
- time 名時間

30 **too** [tu] 副❶ 太；❷（用於句尾）也

31 **very** [ˋvɛrɪ] ❶ 副非常 ❷ 形正是

32 **whole** [hol] ❶ 形全部的，整整的 ❷ 名（常為單數）全部

Part 1 Levels 1 — 2

78 Good & Bad 好與壞 (1)

MP3 155

01 **bad** [bæd] 形❶ 壞的，不好的；❷ 不舒服的，有病的；❸ 有害的；❹ 嚴重的；❺（食物）腐壞的，腐爛的；❻ 不適合的
同義 ❺ rotten 腐爛的

02 **best** [bɛst] ❶ 形（good 的最高級）最好的 ❷ 副（well 的最高級）最 ❸ 名單最好的人，最好的事物

03 **better** [ˋbɛtɚ] 形（good 的比較級） ❶ 較好的；❷ 更適當的；❸ 健康好轉的 副（well 的比較級）❹ 較好地；❺ 較大程度地，更 ❻ 名單較好者 ❼ 及物改善，改進

04 **cause** [kɔz] ❶ 動引起，導致 ❷ 名 C U 起因，原因

05 **crisis** [ˋkraɪsɪs] 名 C ❶ 危機；❷ 危險期

06 **damage** [ˋdæmɪdʒ] ❶ 動損害，毀壞 ❷ 名 U 損害，損失

07 **danger** [ˋdendʒɚ] 名❶ U 危險；❷ C 危險的人或事物

08 **dangerous** [ˋdendʒərəs] 形危險的

- danger 名危險
- -ous 形

09 **effect** [ɪˋfɛkt] 名 C ❶ 效果，影響，作用；❷（聲音、圖像等的）效果　❸ 動 造成，引起

10 **effective** [ɪˋfɛktɪv] 形 ❶ 有效的；❷ 生效的，起作用的

▪ effect 效果　▪ -ive 形

11 **error** [ˋɛrɚ] 名 ❶ C 錯誤，失誤；❷ U 犯錯誤，出錯

同義 ❶ mistake, fault 錯誤，失誤

▪ err 動 犯錯　▪ -or 名 表「物」

12 **excellent** [ˋɛksḷənt] 形 傑出的，出色的

▪ excel 優於
▪ -ent 形 表「有……性質的」

MP3 156

13 **fail** [fel] 不及物 ❶ 失敗；❷ 不及格；❸（機器）失靈，（器官）衰退　及物 ❹ 失敗；❺ 評定（學生）不及格；❻ 使失望，有負於　❼ 名 C 不及格（英式用法）

14 **failure** [ˋfeljɚ] 名 ❶ U 失敗；❷ C 失敗者；❸ U 衰退，故障

▪ fail 失敗
▪ -ure 名 表「狀態」

15 **fair** [fɛr] 形 ❶ 公正的，公平的；❷ 可接受的，合理的；❸ 晴朗的，天氣好的；❹（皮膚）白皙的；（頭髮）金色的　❺ 名 C 商品展覽會

16 **false** [fɔls] 形 ❶ 不正確的；❷ 假的，人造的

同義 ❷ artificial 人工的，人造的

17 **fault** [fɔlt] 名 C ❶ 錯誤；❷（性格等的）缺點，缺陷；❸（機器等的）毛病

18 **fine** [faɪn] 形 ❶ 很好的；❷ 優秀的，傑出的；❸（天氣）晴朗的；❹ 健康的，舒適的　❺ 名 C 罰金，罰款　❻ 動 處……以罰金

19 **good** [gʊd] 形 ❶ 好的；❷ 有益的；❸ 愉快的；❹ 擅長的；❺（尤指小孩）乖的　❻ 名 U 好處

20 **helpful** [ˋhɛlpfəl] 形 有幫助的

▪ help 幫助　▪ -ful 形

21 **influence** [ˋɪnflʊəns] 名 ❶ C 影響；❷ U 影響力，權勢　❸ 動 影響

22 **lose** [luz] 及物 ❶ 輸；❷ 失去，喪失；❸ 遺失；❹ 損失　❺ 不及物 輸掉，失敗

同義 ❸ mislay 把……放錯地方

23 **loser** [ˋluzɚ] 名 C 失敗者，輸家

▪ lose 動 損失　▪ -er 名 表「人」

24 **loss** [lɔs] 名 ❶ U 喪失，遺失；❷ C 損失；❸ C U 死亡，逝去

79 Good & Bad 好與壞 (2)

MP3 157

01 **luck** [lʌk] 名U ❶ 運氣；❷ 幸運，好運 同義 ❶ fortune 運氣

02 **lucky** [ˋlʌkɪ] 形 ❶ 幸運的，好運的；❷ 僥倖的；❸ 帶來幸運的，吉祥的 同義 ❶ fortunate 幸運的 反義 ❶ unlucky 不幸的，倒楣的

・luck 名 幸運 ・-y 形

03 **mistake** [mɪˋstek] 名C ❶ 錯誤；❷ 過失 及物 ❸ 弄錯，誤解；❹ 把……誤認為
同義 ❶ error 錯誤
❹ confuse 把……混淆

・mis- 錯 ・take 拿

04 **negative** [ˋnɛgətɪv]
形 ❶ 否定的；❷ 負面的，消極的
❸ 名C 否定的回答
反義 ❶ ❷ positive 確定的；正面的 ❸ affirmative 肯定語

・negate 動 否定
・-ive 形名

05 **nice** [naɪs] 形 ❶ 好的，美好的；❷ 友善的 反義 ❷ nasty 惡意的

06 **perfect** 形 [ˋpɝfɪkt] 動 [pɝˋfɛkt]
形 ❶ 完美的；❷ 對……最適當的
❸ 動 使完美

07 **positive** [ˋpɑzətɪv] 形 正面的，積極的，有建設性的
反義 negative 否定的，否認的

・posit 動 安置 ・-ive 形

08 **problem** [ˋprɑbləm]
名C ❶ 疑難問題；❷ 問題，習題

09 **progress** 名 [ˋprɑgrɛs]
動 [prəˋgrɛs] 名U ❶ 進步；
❷ 前進 動 ❸ 進步；❹ 進行
反義 ❷ ❸ regress 退回
同義 ❸ advance 進步

10 **result** [rɪˋzʌlt] 動 ❶ 發生，產生 (+ from)；❷ 結果，導致 (+ in)
名C ❸ 結果，成果；❹（考試）成績 同義 ❸ outcome 結果，結局 ❹ grade 成績

11 **right** [raɪt] 形 ❶ 正當的，對的；❷ 正確的；❸ 適當的，恰當的；❹ 右邊的 ❺ 副 正好，恰好
名 ❻ 單 右，右邊；❼ U 正確，對；❽ C 權利 同義 ❷ correct 正確的 ❸ suitable 適當的
反義 ❶ ❷ ❸ ❼ wrong 錯的；錯誤的；不對的；錯誤
❹ left 左邊的

12 **super** [ˋsupɚ] 形（非正式用法）超好的

13 **trouble** [ˋtrʌbḷ]
名U ❶ 麻煩 (+V-ing)；❷ 困境
❸ 及物 使煩惱，使憂慮

14 **useful** [ˋjusfəl]
形有用的，有益的

- use 使用 ‧ -ful 形

15 **well** [wɛl] ❶ 副很好地
❷ 形健康的

16 **worse** [wɝs] 形❶（bad 的比較級）更壞的，更差的，更惡化的；❷（ill 的比較級）（病情）更重的
❸ 副更壞，更糟

17 **worst** [wɝst] ❶ 形（bad 的最高級）最壞的，最差的
❷ 副最壞地，最差地
❸ 名單最壞者，最糟的部分

18 **wrong** [rɔŋ] 形❶ 錯誤的，不對的；❷ 不正常的，出毛病的；
❸ 不適當的 ❹ 副錯誤地
❺ 名U 錯誤 反義 right 正確的；適當的；正確地；正確

19 **serious** [ˋsɪrɪəs] 形❶ 不好的，嚴重的；❷ 嚴肅的；❸ 認真的

20 **succeed** [səkˋsid] ❶ 不及物 成功（+ in N/V-ing）
❷ 及物 接替，繼任

21 **success** [səkˋsɛs] 名❶ U C 成功（+ in N/V-ing）；❷ C 成功的人或事物 反義 ❶ failure 失敗

22 **successful** [səkˋsɛsfəl]
形成功的

- success 名成功
- -ful 形

23 **terrific** [təˋrɪfɪk] 形（非正式用法）極好的，絕妙的
同義 great 美妙的，極好的

24 **victory** [ˋvɪktərɪ]
名C 勝利，成功

- victor 名勝利者
- -y 名

25 **wonderful** [ˋwʌndɚfəl]
形絕妙的，精彩的

- wonder 驚奇
- -ful 形表「充滿……的」

80 Quality 性質 (1)

MP3 159

01 **alike** [ə`laɪk] ❶ 形 相像的，相同的 ❷ 副 一樣地，相似地
反義 ❶ unlike, different 不同的

02 **basic** [`besɪk] 形 基本的，基礎的
・base 名 基礎 ・-ic 形

03 **basis** [`besɪs]
名（常為單數）基礎，根據

04 **beautiful** [`bjutəfəl]
形 美麗的，漂亮的
・beauty 名 美麗
・-ful 形 表「充滿……的」

05 **beauty** [`bjutɪ]
名 ❶ U 美；❷ C 美人

06 **big** [bɪg] 形 ❶ 大的；❷ 長大了的 反義 ❶ small 小的
❷ little 小巧可愛的

07 **bitter** [`bɪtɚ] 形 ❶ 苦的；
❷ 痛苦的，難堪的；❸ 激烈的
反義 ❶ sweet 甜的

08 **black** [blæk] 形 ❶ 黑色的；
❷ 漆黑的，黑暗的；❸ 黑人的
名 ❹ U 黑色；❺ C 黑人

09 **blank** [blæŋk] 形 ❶ 空白的；
❷ 無表情的，茫然的
❸ 名 C 空白處

10 **blue** [blu] 形 ❶ 藍色的；
❷ 憂鬱的 ❸ 名 U 藍色
同義 ❷ depressed 憂鬱的，沮喪的

11 **bright** [braɪt] 形 ❶ 明亮的，晴朗的；❷（顏色）鮮明的；❸ 聰穎的；❹ 前途光明的 反義 ❶ dull 晦暗的 ❷ dark 黑暗的

12 **brown** [braʊn] ❶ 形 棕色的，褐色的 ❷ 名 U C 棕色，褐色

MP3 160

13 **chief** [tʃif] ❶ 形 主要的，最重要的；首席的 ❷ 名 C 酋長，族長
同義 ❶ main 主要的，最重要的

14 **circle** [`sɝkḷ] 名 C ❶ 圓形；
❷ 一圈；❸ 圈子，……界
動 ❹ 圈；❺ 盤旋，環繞……移動

15 **clear** [klɪr] 形 ❶ 清澈的；
❷ 清楚的；❸ 晴朗的
❹ 副 不接近或碰觸（某物）
❺ 及物 使乾淨，清理

16 **color** [`kʌlɚ] 名 ❶ C U 顏色，彩色；❷ U 臉色，血色；
❸ C U 膚色；❹ U 生動，多采多姿 ❺ 動 著色，塗顏色於

17 **colorful** [`kʌlɚfəl]
形 ❶ 色彩鮮豔的；
❷ 多采多姿的，生動的
・color 名 色彩
・-ful 形 表「充滿……的」

18 **comfortable** [ˋkʌmfətəbḷ]
形❶ 舒適的，使人舒服的；
❷ 舒服的，自在的；❸ 寬裕的
同義 ❷ cozy 舒適的，愜意的

- comfort 名 舒適
- -able 形 表「有……特性的」

19 **common** [ˋkɑmən] 形❶ 普通的，常見的；❷ 共同的
反義 ❶ uncommon, rare 不常見的，罕見的

20 **convenient** [kənˋvinjənt]
形 方便的，便利的
反義 inconvenient 不方便的，打擾的

- convene 動 集合
- -ent 形 表「有……性質的」

21 **correct** [kəˋrɛkt] ❶ 形 對的，正確的 ❷ 動 改正，修正
同義 ❶ right 正確的

22 **cute** [kjut] 形 可愛的，漂亮的

23 **difference** [ˋdɪfərəns]
名 C ❶ 差別；❷ 差距，差額
反義 ❶ similarity 相似，類似

- differ 動 不同
- -ence 名 表「性質，狀態」

24 **different** [ˋdɪfərənt]
形❶ 不同的；❷ 各個不同的
同義 ❷ various 不同的，各種各樣的
反義 ❶ similar 相像的，相仿的

- differ 動 不同
- -ent 形 表「有……性質的」

81 Quality 性質 (2)

MP3 161

01 **difficult** [ˋdɪfə͵kəlt]
形❶ 困難的；❷ 艱難的，難熬的
反義 ❶ easy 容易的

02 **difficulty** [ˋdɪfə͵kʌltɪ]
名❶ U 困難；❷ C 難處，難題

- difficult 形 困難的　- -y 名

03 **easy** [ˋizɪ] 形❶ 容易的；
❷ 安逸的，安樂的
反義 ❶ hard, difficult 困難的
同義 ❶ simple 簡單的

04 **element** [ˋɛləmənt]
名 C ❶ 要素；❷ 元素

05 **formal** [ˋfɔrmḷ] 形 正式的
反義 informal 非正式的

- form 名 形式　- -al 形

06 **fresh** [frɛʃ] 形 新鮮的

07 **function** [ˋfʌŋkʃən]
❶ 名 C 功能，作用
動❷（機器等）運轉；❸ 起作用
同義 ❷ operate, work 運轉

08 **giant** [ˋdʒaɪənt] ❶ 形 巨大的
❷ 名 C 巨人

09 **grade** [gred] 名 C ❶ 等級；
❷ 年級；❸ 成績　及物 ❹ 將……分等級；❺ 給……評分，給……打分數　同義 ❺ mark 給……打分數

10 **grand** [grænd]
形 盛大的，雄偉的

11 **gray** [gre] ❶ 名 U C 灰色
❷ 形 灰色的

12 **green** [grin] ❶ 名 U 綠色
形 ❷ 綠色的；❸（果實等）未成熟的；❹（臉色等）發青的；
❺ 無經驗的

MP3 162

13 **handsome** [`hænsəm]
形 ❶ 英俊的；
❷ 可觀的，相當大的
同義 ❶ good-looking 好看的

・hand 名 手　・-some 形

14 **hard** [hɑrd] 形 ❶ 堅硬的；
❷ 困難的；❸ 猛力的；❹ 刻苦的，努力的；❺ 艱難的；❻ 嚴厲的，嚴格的；❼（氣候）酷寒的
副 ❽ 努力地；❾ 激烈地；猛力
反義 ❶ soft 柔軟的

15 **heavy** [`hɛvɪ] 形 ❶ 重的；❷ 沉重有力的；❸ 很多的，大量的；
❹ 費力的；❺ 大量（抽菸或喝酒）
反義 ❶ light 輕的

16 **huge** [hjudʒ] 形 巨大的，龐大的
同義 enormous, vast 巨大的，龐大的

17 **importance** [ɪm`pɔrtn̩s]
名 U 重要性

・im- 向裡面
・port 雙手斜持（步槍等）
・-ance 名

18 **important** [ɪm`pɔrtn̩t]
形 重要的

・im- 向裡面
・port 雙手斜持（步槍等）
・-ant 形

19 **large** [lɑrdʒ] 形 ❶ 大的；
❷ 大量的，很多的

20 **lovely** [`lʌvlɪ] 形 ❶ 可愛的；
❷ 美好的，令人愉快的

・love 愛
・-ly 形 表「……性質的」

21 **main** [men] ❶ 形 主要的，最重要的　❷ 名 C（自來水或煤氣等的）總管道

22 **necessary** [`nɛsə͵sɛrɪ] 形 必要的，必需的　同義 essential 必要的，不可或缺的
反義 unnecessary 不需要的，不必要的

82 Quality 性質 (3)

MP3 163

01 **new** [nju] 形❶新的；❷新加入的，新任的；❸沒有經驗的，陌生的

02 **ordinary** [ˋɔrdn̩ˏɛrɪ] 形❶平常的，通常的；❷普通的，平凡的 同義 ❶ normal, usual 正常的，平常的 反義 ❶ special 特別的

03 **particular** [pɚˋtɪkjəlɚ] 形❶特定的；❷特別的 同義 ❶ specific 特定的

- particle 名微粒
- -ar 形

04 **pattern** [ˋpætɚn] 名C❶圖案；❷型態，方式 ❸動以圖案裝飾，給……加上花樣 同義 ❶ design, print 設計，圖樣

05 **pink** [pɪŋk] ❶名UC粉紅色 ❷形粉紅色的

06 **plain** [plen] 形❶樸素的，簡單的；❷清楚的，明白的 ❸名C平原，曠野

07 **pretty** [ˋprɪtɪ] ❶形漂亮的 ❷副相當，頗 同義 ❶ beautiful 漂亮的 ❷ quite 相當

08 **private** [ˋpraɪvɪt] 形❶私人的，個人的；❷私下的，非公開的；❸私營的，私立的 反義 ❸ public 公立的

09 **purple** [ˋpɝpl̩] ❶名UC紫色 ❷形紫色的

10 **quality** [ˋkwɑlətɪ] 名U質量，品質

11 **rare** [rɛr] 形❶稀有的，罕見的；❷珍貴的；❸（肉等）半熟的，煮得軟嫩的 反義 ❶ common 常見的

MP3 164

12 **real** [ˋrɪəl] 形❶真的；❷現實的，實際的

13 **rectangle** [rɛkˋtæŋgl̩] 名C矩形，長方形

- recti- 直
- angle 名角

14 **red** [rɛd] ❶名CU紅色 ❷形紅色的

15 **round** [raʊnd] ❶形圓的 ❷副繞圈子，圍繞地 ❸介圍繞，環繞 名C❹一輪，一回合，一場，一局；❺巡迴，巡視 ❻動環繞……而行

16 **same** [sem] ❶形同樣的 ❷代同樣的人或事物 ❸副相同地，一樣地

17 **shape** [ʃep] 名❶ C U 形狀；
❷ U 情況，狀態
及物 ❸ 使成形，塑造；❹ 形成
同義 ❷ condition 情況，狀態

18 **sharp** [ʃɑrp] 形❶ 尖的，鋒利的；❷ 陡的，急轉的；❸ 急遽的，激烈的；❹（疼痛）劇烈的
❺ 副（時刻）整

19 **simple** [ˋsɪmpḷ]
形 簡單的　同義 easy 容易的

20 **secret** [ˋsikrɪt] ❶ 形 秘密的
❷ 名 C 秘密

21 **similar** [ˋsɪmələ˞] 形 相似的，類似的　同義 alike 相像的
反義 different, dissimilar 不同的，相異的

22 **simply** [ˋsɪmplɪ]
副❶ 簡單地；❷ 僅僅，不過；
❸ 簡樸地，樸素地

- simple 形 簡單的
- -ly 副

Part 1 Levels 1 — 2

83 Quality 性質 (4)

MP3 165

01 **soft** [sɔft] 形❶ 柔的，不硬的；
❷ 柔軟的；❸（聲音）低的，輕柔的，（音樂等）柔和的
反義 ❶ hard 硬的
❷ rough 粗糙的

02 **sour** [saʊr] 形❶ 酸的；
❷ 酸腐的，酸臭的

03 **special** [ˋspɛʃəl] 形❶ 特別的；
❷ 專門的　同義 ❶ exceptional 例外的，異常的

04 **strange** [strendʒ]
形❶ 奇怪的；❷ 陌生的

05 **strong** [strɔŋ] 形❶ 強壯的；
❷ 強大的，強勁的

06 **sweet** [swit] 形 甜的

07 **tall** [tɔl] 形 高的
反義 short 矮的

08 **tiny** [ˋtaɪnɪ] 形 微小的，極小的

09 **true** [tru] 形 真實的
反義 untrue, false 不真實的，不正確的

10 **white** [hwaɪt]
❶ 名 U C 白色　❷ 形 白色的
補充 a white lie 善意的謊言

11 **yellow** [ˋjɛlo]
❶ 名 U C 黃色　❷ 形 黃色的

12 **yucky** [ˋjʌkɪ]
形(口語)討人厭的，噁心的

・yuck 名討厭的東西
・-y 形

MP3 166

13 **sort** [sɔrt] ❶ 名C 種類
❷ 動整理，把……分類
同義 ❶ kind, type 種類

14 **standard** [ˋstændɚd]
名❶ C U 標準，水平；
❷ C(常為複數)行為標準，道德水準 ❸ 形標準的

15 **straight** [stret]
❶ 形直的 副❷ 筆直地；
❸ 直接；❹ 正，直

16 **strict** [strɪkt]
形❶ 嚴格的；❷ 嚴厲的

17 **terrible** [ˋtɛrəbl̩]
形可怕的
同義 horrible, awful 可怕的，嚇人的

18 **thick** [θɪk] 形❶ 厚的；
❷ 濃密的
同義 ❷ dense 濃密的
反義 ❶ thin 薄的

19 **thin** [θɪn] 形❶ 薄的；❷ 瘦的
同義 ❶ thick 厚的 ❷ fat 肥胖的

20 **triangle** [ˋtraɪˏæŋgl̩]
名C 三角形

・tri- 三
・angle 名角

21 **truth** [truθ] 名❶ U 真實性；
❷ 單實情，事實；❸ C 真理
反義 ❷ lie, falsehood, untruth 謊言，虛假

・true 形真實的
・-th 名表「性質，狀態」

22 **ugly** [ˋʌglɪ] 形醜陋的，難看的
反義 beautiful 美麗的，漂亮的
同義 hideous 無吸引力的，醜陋的

23 **used** ❶ [juzd] ❷ [just]
形❶ 舊的，二手的；❷ 習慣於
同義 ❶ secondhand 第二手的

・use 使用 ・-ed 形

24 **usual** [ˋjuʒʊəl] 形通常的，尋常的 同義 normal 正常的，標準的
反義 unusual 不平常的，稀有的

・use 使用 ・-al 形

84 Others 其他 (1)

MP3 167

01 **according to** [ə`kɔrdɪŋ tu]
介 根據，按照

02 **air** [ɛr] 名 ❶ U 空氣；
❷ U 空中；❸ C（常為單數）氣氛
❹ 及物 廣播，播送

03 **also** [`ɔlso] 副 也

04 **and** [ænd] 連 ❶ 和，與；
❷ 然後；❸ 就，所以

05 **chance** [tʃæns] 名 ❶ C U 可能性；❷ C 機會，良機；
❸ C 冒險；❹ U 偶然
同義 ❶ possibility 可能性

06 **contain** [kən`ten]
動 包含，含有
同義 hold, include 包括，包含

07 **earthquake** [`ɝθ,kwek]
名 C 地震　同義 quake 地震
・earth 名 地面　・quake 名 震動

08 **else** [ɛls] 副 其他，另外

09 **especially** [ə`spɛʃəlɪ]
副 尤其，特別
同義 particularly 尤其，特別
・especial 形 特別的
・-ly 副

10 **example** [ɪg`zæmpḷ]
名 C ❶ 例子；❷ 榜樣，楷模

11 **except** [ɪk`sɛpt] ❶ 介 除……外
❷ 動 把……除外
同義 ❷ apart from 把……除外

12 **fact** [fækt]
名 ❶ C 事實；❷ U 實情，真相

13 **for** [fɔr] 介 ❶ 為了；❷ 代替；
❸（時間或距離長度）達，計；
❹ 贊成，支持；❺ 朝（方向）去；
❻ 就……而言　❼ 連 因為，由於

14 **ghost** [gost] 名 C 鬼，幽靈

MP3 168

15 **god** [gɑd] 名 ❶ 單（大寫）上帝；
❷ C 神

16 **how** [haʊ] 副 ❶（表方法）怎樣，怎麼；❷（表健康狀況）怎樣；
❸（表數量）多少；
❹（表感嘆）多麼

17 **include** [ɪn`klud] 動 ❶ 包含，包括；❷ 算在……裡面，包含於……裡面　反義 ❷ exclude 把……排除在外

18 **instance** [`ɪnstəns]
名 C 例子，實例

19 **instead** [ɪn`stɛd]
副 ❶ 作為替代；❷ 反而，卻

20 **it** [ɪt] 代 ❶（指事物或動物）它，牠；❷（性別不詳的嬰孩）它；
❸（表示時間、天氣、距離等）；
❹（作虛主詞）

21 **its** [ɪts] 限（it 的所有格）它的

▪ it 它　▪ -s 所有格

22 **may** [me] 助動 ❶（表可能性）可能，也許；❷（表許可或請求許可）可以；❸（表目的）能，可以

23 **maybe** [ˋmebɪ] 副 大概，或許

▪ may 可以　▪ be 存在

24 **must** [mʌst] 助動 ❶（表命令或強制）必須，得；❷（表肯定的推測）一定是，八成　❸ 名 單 必須做的事，不可少的事物

25 **name** [nem] ❶ 名 C 名字 動 ❷ 給……取名，給……命名；❸ 提名，任命

26 **neither** [ˋniðɚ] ❶ 限 兩者都不 ❷ 代（兩者之中）無一個 連 ❸ 既不……也不……（與 nor 連用）；❹ 也不

27 **no** [no] 限 ❶ 沒有；❷ 不許 ❸ 副（用以作否定的回答）不，不是　❹ 名 C 不是，不好（複數形 noes）

同義 ❸ nope 沒有，不是

28 **nor** [nɔr] 連 也不

29 **not** [nɑt] 副 不

85 Others 其他 (2)

MP3 169

01 **nothing** [ˋnʌθɪŋ] 代 沒什麼，沒有東西

▪ no 沒有　▪ thing 名 事物

02 **of** [ɑv] 介 ……的

03 **or** [ɔr] 連 ❶ 或者，還是；❷ 否則

同義 ❷ or else 否則

04 **other** [ˋʌðɚ] 限 ❶（兩者中）另一個的；❷ 其餘的；❸ 別的，其他的　代 ❹（兩者中的）另一個人或物；❺ 其餘的人或物

05 **perhaps** [pɚˋhæps] 副 大概，或許　同義 maybe, possibly 大概，或許

▪ per 每　▪ -s 副
▪ hap 名 機遇

06 **possibility** [͵pɑsəˋbɪlətɪ] 名 ❶ C U 可能性；❷ C 可能發生的事

▪ possible 形 可能的　▪ -ity 名

07 **possible** [ˋpɑsəb!] 形 可能的

反義 impossible 不可能的，辦不到的

08 **purpose** [ˋpɝpəs] 名 C 目的

09 **reason** [ˋrizn̩] 名 ❶ C U 理由；❷ U 道理；理性 ❸ 及物 推論，推理

10 **shall** [ʃæl] 助動 ❶（用於第一人稱，表示未來）將，會；❷（用在問句中的第一、第三人稱，表示徵求意見）……好嗎，要不要……；❸（用於陳述句中的第二、第三人稱，表示允諾、警告、命令、決心等）必須，應，可；❹（用在規章、法令等中，表示義務或規定，一般用於第三人稱）應，必須

11 **such** [sʌtʃ] 限 ❶ 這樣的；❷（與 that 連用）如此的……（以致）

12 **than** [ðæn] 連 ❶ 比；❷（與 rather 等連用）與其……（寧願……）

13 **that** [ðæt] ❶ 限 那個　代 ❷ 那個人，那個事物；❸（用作關係代名詞）；❹（代替句中名詞，避免重複）　連 ❺（引導名詞子句）；❻（引導副詞子句，表原因或理由）因為，由於；❼（引導副詞子句，表目的或結果）為了，以至於

MP3 170

14 **the** [ðə] 限 這（個），那（個）

15 **these** [ðiz]
❶ 限 這些的　❷ 代 這些

16 **this** [ðɪs] ❶ 限 這，這個
❷ 代 這個人，這個東西

17 **those** [ðoz]
❶ 限 那些的　❷ 代 那些

18 **thus** [ðʌs] 副 因此
同義 hence, therefore 因此

19 **together** [təˋgɛðɚ] 副 ❶ 一起，共同；❷ 合起來，總共；❸ 相互，彼此

- to 到
- gather 動 聚集

20 **what** [hwɑt] 代 ❶（用作疑問代名詞）什麼；❷（用作關係代名詞）凡是……的事物　限 ❸（表示疑問）什麼；❹（表示感歎）多麼

21 **whether** [ˋhwɛðɚ] 連 ❶（引導名詞子句）是否；❷（引導副詞子句）不管是……（或是）

22 **which** [hwɪtʃ] 代 ❶ 哪一個，哪一些（作疑問代名詞）；❷ 那一個，那一些（做關係代名詞）　❸ 限 哪一個，哪一些（作疑問形容詞）

23 **why** [hwaɪ] 副 ❶ 為什麼（作疑問副詞）；❷ 為什麼（做關係副詞）

24 **with** [wɪð] 介 ❶ 與……一起；❷ 帶著……，有……的；❸ 以（手段、材料），用（工具）；❹ 在……身邊，在……身上

25 **whatever** [hwɑtˋɛvɚ]
代 任何；不管什麼

- what 什麼
- ever 總是，始終

26 **without** [wɪˋðaʊt] 介 ❶ 沒有；❷ 不和……在一起；❸ 不用，不帶；❹ 沒（做某事）

- with 和
- out 外

Levels 3-4

1 Jobs and People 職業與人物 (1)

MP3 171

01 **accountant** [ə`kaʊntənt]

名 C 會計師　名 account 帳目

- account 報帳
- -ant 名 表「人」

02 **acquaintance** [ə`kwentəns]

名 C ❶ 熟人；❷ U 了解

- acquaint 使認識
- -ance 名 表「狀況」

03 **adviser** [əd`vaɪzɚ]

名 C 勸告者，顧問　同義 advisor

- advise 建議　・-er 名 表「人」

04 **amateur** [`æmə͵tʃʊr]

形 ❶ 業餘的

名 ❷ C 業餘從事者

05 **ancestor** [`ænsɛstɚ]

名 C 祖先，祖宗

同義 forebear, forefather 祖先

06 **applicant** [`æpləkənt]

名 C 申請人　動 apply 申請

07 **audience** [`ɔdɪəns]

名 C ❶ 聽眾，觀眾；❷ 讀者群

08 **author** [`ɔθɚ] 名 C 作者，作家

09 **beggar** [`bɛgɚ] 名 C 乞丐

動 beg 乞討

10 **being** [`biɪŋ] 名 C 人，生物

- be- 助 存在
- -ing 名 表「形成」

11 **bride** [braɪd] 名 C 新娘

延伸名詞 bridesmaid 女儐相

12 **bridegroom** [`braɪd͵grʊm]

名 C 新郎

延伸名詞 bridesman 男儐相

- bride 新娘 + groom 新郎

MP3 172

13 **candidate** [`kændədet]

名 C ❶ 候選人；❷ 應徵者

14 **capitalist** [`kæpətḷɪst]

❶ 形 資本主義的

❷ 名 C 資本家

- capital 資本
- -ist 名 表「……主義者」

15 **carpenter** [`kɑrpəntɚ]

名 C 木匠

16 **civilian** [sɪ`vɪljən]

❶ 形 平民的，庶民的

❷ 名 C 平民 ，庶民

17 **client** [`klaɪənt]

名 C ❶ 委託人；❷ 客戶

18 **companion** [kəm`pænjən]

名 C 同伴，伴侶

19 **composer** [kəm`pozɚ]

名 C 作曲家

- com- 在一起
- pose 假裝，冒充
- -er 名 表「人」

20 **consultant** [kən`sʌltənt]

名 C 顧問

名 consultation 諮詢

- consult 商議
- -ant 名 表「人」

21 **consumer** [kən`sjumɚ]

名 C 消費者

名 consumption 消費

- consume 消耗，花費
- -er 名 表「人」

22 **coward** [`kaʊɚd]

名 C 懦夫，膽怯者

反義 名 brave 勇者

23 **creator** [krɪ`etɚ]

名 C 創造者，創作者

- create 創造　- -or 名 表「人」

24 **crew** [kru] 集合名詞 ❶ 全體機員；❷ 一組工作人員

同義 staff 全體人員

25 **critic** [`krɪtɪk] 名 C 批評家，評論家

同義 reviewer 評論家

26 **darling** [`dɑrlɪŋ]

名 C ❶ 親愛的（人）

形 ❷ 心愛的，寵愛的；❸ 漂亮的，迷人的

- dear 親愛的
- -ling 名 表「與⋯⋯有關者」

2 Jobs and People 職業與人物 (2)

MP3 173

01 **dealer** [`dilɚ] 名 C ❶ 業者，商人；❷ 發牌者，莊家

- deal 動 交易
- -er 名 表「人」

02 **designer** [dɪ`zaɪnɚ]

名 C 設計者，構思者，設計師

- de- 表「完全」
- sign 符號
- -er 名 表「人」

03 **detective** [dɪ`tɛktɪv]

名 C 偵探

- detect 動 察覺
- -ive 名 表「有⋯⋯特性的」

04 **editor** [`ɛdɪtɚ]

名 C ❶ 主編；❷ 編輯；❸（影片等的）剪接師

- edit 編輯
- -or 名 表「人」

05 **elderly** [`ɛldɚlɪ]

形 年長的，上了年紀的

形 old 老的

- elder 較年長的
- -ly 形 表「⋯⋯性質的」

06 **engineer** [ˌɛndʒə`nɪr]

名 C 工程師，技師

- engine 引擎
- -eer 名 表「⋯⋯人」

07 **exception** [ɪk`sɛpʃən]

名 ❶ C 例外(的人或事物);
❷ U 除去,除外

- except 把⋯⋯除外
- -ion 名 表「行為的結果」

08 **fanatic** [fə`nætɪk]

名 C 狂熱者,盲信者

同義 enthusiast 熱衷者

09 **folk** [fok] 名 C ❶ 人,人們;
❷ 雙親,親屬
❸ 形 民間的,通俗的

10 **follower** [`fɑləwɚ]

名 C 追隨者,信徒,擁護者

- follow 動 跟隨
- -er 名 表「人」

11 **founder** [`faʊndɚ]

名 C 創立者,締造者

- found 建立　- -er 名 表「人」

12 **genius** [`dʒinjəs]

名 C 天才,英才

MP3 174

13 **guardian** [`gɑrdɪən]

名 C ❶ 保護者,守護者,
管理員;❷ 監護人

- guard 守衛
- -ian 名 表「⋯⋯的人」

14 **hairdresser** [`hɛr͵drɛsɚ]

名 C 髮型師,美髮師

- hair 髮　- -er 名 表「人」
- dress 梳理

15 **historian** [hɪs`torɪən]

名 C 歷史學家

- history 歷史
- -an 名 表「精通⋯⋯的人」

16 **host** [host] 名 C ❶ 主人;
❷(廣播、電視的)節目主持人
動 ❸ 主辦;❹ 主持

17 **hostess** [`hostɪs]

名 C ❶ 女主人;❷ 空中小姐

- host 名 主人
- -ess 名 表「女性」

18 **housekeeper** [`haʊs͵kipɚ]

名 C 女管家,勤務工女領班

- house 房子
- keep 整理
- -er 名 表「人」

19 **housewife** [`haʊs͵waɪf]

名 C 家庭主婦

- house 房子
- wife 妻子

20 **humanity** [hju`mænətɪ]

名 U ❶ 人性,人道;
❷(總稱)人,人類

- human 人
- -ity 名 表「性質,狀態」

21 **humankind** [`hjumən͵kaɪnd]

集合名詞 人類　同義 mankind 人

- human 人
- kind 種類

22 **identification**

[aɪˏdɛntəfəˋkeʃən]

名 U ❶ 身分證明；❷ 認出，識別

- identity 名 身分
- -fy 動 表「……化」
- -tion 名 表「結果」

23 **identity** [aɪˋdɛntətɪ]

名 U ❶ 身分；❷ 特性

24 **idol** [ˋaɪdḷ] 名 C 偶像

25 **immigrant** [ˋɪməgrənt]

名 C（移入）移民，僑民

- im- 表「向……內」
- migrate 移居
- -ant 名 表「人」

26 **individual** [ˏɪndəˋvɪdʒʊl]

形 ❶ 個人的；❷ 個別的

❸ 名 C 個人

- in- 不
- divide 分開
- -al 形 表「關於……的」

3 Jobs and People 職業與人物 (3)

MP3 175

01 **infant** [ˋɪnfənt] 名 C 嬰兒

02 **inspector** [ɪnˋspɛktɚ]

名 C 檢查員，視察員，督察員

- inspect 檢查
- -or 名 表「人」

03 **inventor** [ɪnˋvɛntɚ]

名 C 發明家，發明者，創作者

- invent 發明
- -or 名 表「人」

04 **junior** [ˋdʒunjɚ]

形 ❶ 年紀較輕的

❷ 名 C（中學或大學的）三年級生

05 **knight** [naɪt] 名 C 騎士

06 **labor** [ˋlebɚ] 名 U ❶ 勞工，勞方；❷ 勞動

07 **liar** [ˋlaɪɚ] 名 C 說謊的人

動 lie 說謊

08 **librarian** [laɪˋbrɛrɪən]

名 C 圖書館館長，圖書館員

- library 名 圖書館
- -ian 名 表「專家」

09 **lifeguard** [ˋlaɪfˏgɑrd]

名 C（海上、游泳池的）救生員

- life 生命
- guard 守衛

10 **madam** [ˋmædəm]

名 夫人，太太（=ma'am）

11 **maid** [med] 名 C 女僕

12 **majority** [mə`dʒɔrətɪ]

名C 多數，過半數，大多數

- major 主要的
- -ity 名表「性質，狀態」

13 **manager** [`mænɪdʒɚ]

名C 主任，經理

- manage 管理
- -er 名表「人」

MP3 176

14 **mankind** [mæn`kaɪnd]

名U 人類

- man 人
- kind 類

15 **merchant** [`mɝtʃənt]

名C 商人

16 **millionaire** [ˌmɪljən`ɛr]

名C 百萬富翁 (=millionary)

- million 百萬

17 **miner** [`maɪnɚ] 名C 礦工

- mine 名礦
- -er 名表「人」

18 **minority** [maɪ`nɔrətɪ]

名C ❶ 少數；

❷ 少數派，少數群

- minor 少數的
- -ity 名表「性質，狀態」

19 **mob** [mɑb]

❶ 名C 烏合之眾，暴民

❷ 動成群圍住，蜂擁進入

20 **nanny** [`nænɪ] 名C 保母

21 **native** [`netɪv]

名C ❶ 本地人，本國人

形 ❷ 天生的，祖國的；

❸ 本土的，土生的

22 **nickname** [`nɪkˌnem]

❶ 名C 綽號

❷ 動給……取綽號

23 **novelist** [`nɑvḷɪst] 名C 小說家

- novel 名小說
- -ist 名表「做……的人」

24 **operator** [`ɑpəˌretɚ]

名C ❶ 操作者，技工；

❷ 接線生

- operate 操作　- -or 名表「人」

25 **orphan** [`ɔrfən] 名C 孤兒

名 orphanage〔總稱〕孤兒；孤兒院

26 **pal** [pæl] 名C 伙伴，好友

27 **pianist** [pɪ`ænɪst]

名C 鋼琴家，鋼琴演奏者

名 piano 鋼琴

- piano 鋼琴
- -ist 名表「人」

4 Jobs and People 職業與人物 (4)

MP3 177

01 **pilot** [ˋpaɪlət] 名 C ❶ 飛行員，駕駛員；❷ 舵手，領航員 動 ❸ 給（船等）領航

02 **pioneer** [ˏpaɪəˋnɪr] 名 C ❶ 拓荒者；❷ 先驅者，開拓者 動 ❸ 開創，當先驅

- peon 勞工，散工
- -eer 名 表「與……有關的人」

03 **plumber** [ˋplʌmɚ] 名 C 水管工

- plumb 鉛錘
- -er 名 表「人」

04 **publisher** [ˋpʌblɪʃɚ] 名 C 出版者，出版商

- publish 發行
- -er 名 表「人」

05 **refugee** [ˏrɛfjʊˋdʒi] 名 C 難民，流亡者

- refuge 避難，庇護
- -ee 名 表「與……有關的人」

06 **representative** [ˏrɛprɪˋzɛntətɪv] ❶ 名 C 代表 ❷ 形 代表性的，典型的

- re- 再
- present 呈現
- -ative 形 表「有……性質的」

07 **researcher** [riˋsɝtʃɚ] 名 C 研究員，調查者

- re- 表「再……」
- search 尋找
- -er 名 表「人」

08 **scout** [skaʊt] ❶ 名 C 童子軍 ❷ 動 偵察，搜索

09 **shepherd** [ˋʃɛpɚd] 名 C 牧羊人

- sheep 羊
- herd 放牧人

10 **slave** [slev] 名 C ❶ 奴隸；❷ 擺脫不了某種習慣或影響的人

11 **spy** [spaɪ] ❶ 名 C 間諜，密探 ❷ 動 暗中監視，刺探

12 **staff** [stæf] 集合名詞 C ❶（全體）職員，（全體）工作人員；❷ 幕僚，參謀人員

13 **stepchild** [ˋstɛpˏtʃaɪld] 名 C 結婚時夫或妻已有的孩子

- step- 表「繼」
- child 小孩

MP3 178

14 **stepfather** [ˋstɛpˏfɑðɚ] 名 C 繼父

- step- 表「繼」
- father 父親

15 **stepmother** [stɛpˏmʌðɚ] 名 C 繼母

- step- 表「繼」
- mother 母親

16 **survivor** [sɚˋvaɪvɚ] 名 C 倖存者；殘存物

- sur- 超過；之上
- viv 表「活著」
- -or 名 表「人」

17 **tutor** [ˋtjutɚ] 名 C 家庭教師

18 **twin** [twɪn] ❶ 名 C 雙胞胎（之一） ❷ 形 孿生的

19 **victim** [ˋvɪktɪm] 名 C ❶ 受害者，受災者；❷ 遇難者，犧牲者

20 **youngster** [ˋjʌŋstɚ]
名 C 年輕人

- young 形 年輕的
- -ster 名 表「……者」

21 **settler** [ˋsɛtlɚ]
名 C 移居者，殖民者，開拓者

- settle 安頓
- -er 名 表「人」

22 **translator** [trænsˋletɚ]
名 C 譯者，翻譯家

- translate 動 翻譯
- -or 名 表「人」

23 **typist** [ˋtaɪpɪst]
名 C 打字員，打字者

- type 打字
- -ist 名 表「做……的人」

24 **vegetarian** [ˏvɛdʒəˋtɛrɪən]
名 C 素食者

- vegetable 蔬菜
- -arian 名 表「某類型的人」

25 **virgin** [ˋvɝdʒɪn] ❶ 名 C 處女
❷ 形 未開發的，未經利用的

26 **volunteer** [ˏvɑlənˋtɪr]
名 C 自願參加者，志願者，志工

- voluntary 自願的
- -eer 名 表「與……有關的人」

27 **witness** [ˋwɪtnɪs]
名 C ❶ 目擊者；❷ 證人

- wit 知道
- -ness 名 表「性質或狀態」

5 Human Body 人體 (1)

MP3 179

01 **abdomen** [ˋæbdəmən]
名 C 腹部 同義 belly 腹部

02 **ache** [ek] 動 ❶（持續性的）疼痛；❷ 極為想念，渴望
名 C ❸ 疼痛

03 **bare** [bɛr] ❶ 形 裸的；光禿禿的
❷ 動 使赤裸，露出；❸ 揭露

04 **belly** [ˋbɛlɪ] 名 C 腹部，肚子

05 **breast** [brɛst] 名 C 乳房，胸部

06 **breath** [brɛθ]
名 ❶ U 呼吸，氣息；
❷ C（呼吸的）一次，一口氣

07 **breathe** [brið] ❶ 動 呼吸，呼氣，吸氣；❷ 呼吸，吸入
名 breath 呼吸

08 **brow** [braʊ] 名 C 眉毛
同義 eyebrow 眉，眉毛

09 **cheek** [tʃik] 名 C 臉頰

10 **chest** [tʃɛst] 名 C 胸，胸膛

11 **circulate** [ˋsɝkjə͵let]
動 ❶ 使傳播，使流傳；❷ 使循環；❸ 傳播，流傳；❹ 循環

- circle 圓；循環
- -ate 動 表「使成為」

12 **circulation** [͵sɝkjəˋleʃən]
名 U ❶ 循環；❷（貨幣、消息等的）流通，傳播

- circulate 動 循環
- -ion 名 表「行為」

MP3 180

13 **conscious** [ˋkɑnʃəs]
形 ❶ 有知覺的；❷ 意識到的；❸ 刻意的，故意的

14 **digest** [daɪˋdʒɛst]
動 ❶ 消化（食物）；❷ 消化
名 digestion 消化

15 **digestion** [dəˋdʒɛstʃən]
名 U 消化，消化作用

- digest 動 消化
- -ion 名 表「動作」

16 **drowsy** [ˋdraʊzɪ]
形 ❶ 昏昏欲睡的，困倦的；
❷ 懶散的，無活力的

- drowse 打瞌睡
- -y 形 表「性質，狀態」

17 **drunk** [drʌŋk] 形 ❶ 喝醉酒的；
❷ 為（擁有權勢等而）飄飄然

18 **elbow** [ˋɛlboʊ] ❶ 名 C 肘
❷ 動 用手肘推擠著前進

19 **energetic** [͵ɛnɚˋdʒɛtɪk]
形 ❶ 精力旺盛的，精神飽滿的；
❷ 有力的，積極的

- energy 活力
- -(t)ic 形 表「具有……特性的」

20 **facial** [ˋfeʃəl] 形 臉的，面部的

- face 臉
- -al 形 表「關於……的」

21 **feature** [ˋfitʃɚ]

名 C ❶ 面貌，相貌；❷ 特徵，特色；❸（報紙等的）特別報導

- fact 事實
- -ure 名 表「動作，過程」

22 **fist** [fɪst] 名 C 拳頭

23 **flesh** [flɛʃ] 名 U 肉，肌肉

24 **forehead** [ˋfɔr͵hɛd] 名 C 額頭

- fore- 表「前部」
- head 頭

25 **gene** [dʒin] 名 C 基因

26 **heel** [hil] 名 C ❶（鞋等的）後跟；❷ 腳後跟

6 Human Body 人體 (2)

MP3 181

01 **jaw** [dʒɔ] 名 C 下顎，下巴

02 **kidney** [ˋkɪdnɪ] 名 C 腎臟

03 **knuckle** [ˋnʌkḷ] 名 C 指關節

04 **limb** [lɪm] 名 C（四）肢

05 **liver** [ˋlɪvɚ] 名 C 肝臟

06 **lung** [lʌŋ] 名 C 肺臟

07 **muscle** [ˋmʌsḷ] 名 ❶ C 肌肉；❷ U 體力　形 muscular 肌肉的

08 **mustache** [ˋmʌstæʃ]

名 C 髭，鬍髭，小鬍子

09 **physical** [ˋfɪzɪkḷ]

形 ❶ 身體的，肉體的；❷ 物質的

- physic 醫學
- -al 形 表「關於……的」

10 **pregnancy** [ˋprɛgnənsɪ]

名 U 懷孕

- pregnant 形 懷孕的
- -cy 名 表「狀態」

11 **pregnant** [ˋprɛgnənt]

形 懷孕的，懷胎的

MP3 182

12 **sex** [sɛks] 名 ❶ U 性別；❷ C 男性，女性

形 sexual 性別的；性的

13 **sexual** [ˋsɛkʃʊəl]

形 ❶ 性的；❷ 兩性的

- sex 名 性別
- -al 形 表「關於……的」

14 **stomach** [ˋstʌmək] 名 C 胃

15 **strength** [strɛŋkθ]

名 U 力量，力氣；C 長處，好處

- strong 強壯的
- -th 名 表「性質，狀態」

16 **sweat** [swɛt]

❶ 名 U 汗，汗水　❷ 動 出汗

17 **temperature** [ˋtɛmprətʃɚ]

名 U ❶ 體溫；❷ 溫度，氣溫

- temper 脾氣
- -ate 形 表「有…… 性質或狀態的」
- -ure 名 表「動作」

18 **thirst** [θɝst]

名 U ❶ 渴；❷ (單數) 渴望

形 thirsty 口渴的

19 **tissue** [ˋtɪʃʊ] 名 C ❶ (動植物的) 組織；❷ 紙巾，衛生紙

20 **tummy** [ˋtʌmɪ]

名 C (兒語) 肚子，胃

21 **visible** [ˋvɪzəbl̩] 形 可看見的

- vision 視力，視覺
- -ible 形 表「能……的」

22 **vision** [ˋvɪʒən]

名 U ❶ 視力，視覺；❷ C 夢想，遠景；❸ U 洞察力，眼光

23 **wrist** [rɪst] 名 C 手腕

24 **wrinkle** [ˋrɪŋkl̩] 名 C ❶ 皺紋；❷ (衣物等的) 皺摺

❸ 動 起皺紋，皺起來

Part 2 Levels 3 — 4

7 Activities 活動 (1)

MP3 183

01 **abandon** [ə`bændən] 動 ❶ 拋棄，遺棄；❷ 放棄，中止

02 **accompany** [ə`kʌmpənɪ] 動 ❶ 陪伴；❷ 隨著……發生，伴有；❸ 為……伴奏或伴唱

03 **accomplish** [ə`kɑmplɪʃ] 動 完成，達到

名 accomplishment 成就

04 **accomplishment** [ə`kɑmplɪʃmənt] 名 ❶ U 完成，實現；❷ C 成就，成績

- accomplish 完成
- -ment 名 表「結果」

05 **achieve** [ə`tʃiv] 動 ❶ 實現，完成；❷ 到達，贏得

06 **achievement** [ə`tʃivmənt] 名 C 成就，成績

- achieve 動 實現
- -ment 名 表「結果」

07 **acquaint** [ə`kwent] 動 ❶ 使認識，介紹；❷ 使熟悉，使了解

08 **acquire** [ə`kwaɪr] 動 ❶ 獲得，取得；❷ 學到

名 acquisition 獲得

09 **activity** [æk`tɪvətɪ] 名 C 活動

- act 動 行動
- -ive 形 表「有……特性的」
- -ity 名 表「性質，狀態」

10 **adapt** [ə`dæpt] ❶ 動 適應；❷ 使適應；❸ 改編，改寫；❹ 改建，改造

11 **adjust** [ə`dʒʌst] 動 ❶ 調整，調節；❷ 改變……以適應；❸ 適應

12 **adjustment** [ə`dʒʌstmənt] 名 C 調整，調節

- adjust 動 調整
- -ment 名 表「行為」

13 **adopt** [ə`dɑpt] 動 ❶ 採用，採納；❷ 收養，領養

14 **alert** [ə`lɝt] ❶ 動 向……報警，使警覺 ❷ 形 警覺的 ❸ 名 U 警戒狀態

MP3 184

15 **analysis** [ə`næləsɪs] 名 U 分析 動 analyze 分析

名 analyst 分析者

16 **analyze** [`ænḷˌaɪz] 動 ❶ 分析；❷ 分解，解析

17 **application** [ˌæplə`keʃən] 名 ❶ C 申請表，申請書；❷ U 申請；❸ C 應用

- apply 動 申請
- -ation 名 表「動作」

18 **appoint** [ə`pɔɪnt] 動 ❶ 任命，指派；❷ 約定，安排

19 **appointment** [ə`pɔɪntmənt] 名 ❶ C 約定；❷ U 任命，委派

- appoint 動 任命
- -ment 名 表「行為」

20 **arrangement**
[əˋrendʒmənt] 名❶ C 安排，準備工作；❷ U 布置，整理

- arrange 動安排
- -ment 名表「行為」

21 **assemble** [əˋsɛmbl̩] 動❶ 集合，聚集；❷ 裝配，組裝

22 **assembly** [əˋsɛmblɪ]
名 U 集會，集合

- assemble 集合
- -y 名表「狀態」

23 **assign** [əˋsaɪn] 動❶ 指派；❷ 分配　名 assignment 指派

24 **assignment** [əˋsaɪnmənt]
名 C ❶ 作業，功課；❷ 任務，工作

- assign 動指派
- -ment 名表「行為」

25 **assist** [əˋsɪst] 動❶ 協助，幫助某人；❷ 給予協助，幫助

26 **assistance** [əˋsɪstəns]
名 U 幫助，援助

- assist 動幫助
- -ance 名表「動作」

27 **attach** [əˋtætʃ] 動附加，繫上，貼上　反義 detach 使分離

28 **attempt** [əˋtɛmpt] ❶ 動試圖，企圖　❷ 名 C 企圖，嘗試

Part 2 Levels 3 — 4

8 Activities 活動 (2)

MP3 185

01 **await** [əˋwet] 動❶ 等待，等候；❷ 將降臨到……身上

- a- 表「在……狀態中」
- wait 等待

02 **awaken** [əˋwekən]
動❶ 醒，覺醒；❷ 使意識到；❸ 喚醒，使覺醒；❹ 喚起，激起

- a- 表「在……狀態中」
- waken 醒來

03 **behave** [bɪˋhev] 動❶ 表現，行為舉止；❷ 使行為檢點，使守規矩

- be- 表「致使」
- have 擁有（某種行徑）

04 **behavior** [bɪˋhevjɚ]
名 U 行為，舉止

- behave 表現
- -or 名表「性質或狀態」

05 **breed** [brid] 動❶ 使繁殖，飼養；❷（動物）生產，繁殖

06 **campaign** [kæmˋpen]
名 C ❶ 運動，活動 動❷ 從事運動

07 **celebrate** [ˋsɛləˏbret] 動❶ 慶祝（某人、事）；❷ 慶祝，過節

08 **celebration** [ˏsɛləˋbreʃən]
名❶ U 慶祝；❷ C 慶祝（活動）

- celebrate 動慶祝
- -ion 名表「行為」

09 **cheer** [tʃɪr] 動 ❶ 為……歡呼、喝采；❷ 使振奮，使高興；❸ 歡呼，喝采　名 C ❹ 歡呼，喝采

10 **chore** [tʃor] 名 C ❶ 日常工作，例行工作；❷ 討厭的工作

11 **classification**
[ˌklæsəfəˋkeʃən] 名 U 分類，分級

- class 等級
- -ify 動 表「使……化」
- -ation 名 表「動作」

12 **classify** [ˋklæsəˌfaɪ]
動 將……分類，將……分等級

- class 等級
- -ify 動 表「使……化」

13 **combine** [kəmˋbaɪn]
動 ❶ 使結合；❷ 結合

MP3 186

14 **command** [kəˋmænd] ❶ 動 命令　名 ❷ C 命令；❸ U 指揮，控制；❹ U 掌握，運用能力

15 **conference** [ˋkɑnfərəns]
名 C 會議，討論會

- confer 動 協商
- -ence 名 表「行動」

16 **connect** [kəˋnɛkt]
動 ❶ 連接，連結；❷ 聯想

17 **connection** [kəˋnɛkʃən]
名 ❶ U 連接；聯絡；
❷ C 關係，關聯

- connect 動 連接
- -ion 名 表「行為」

18 **consult** [kənˋsʌlt]
動 ❶ 與……商議，請教；
❷ 查閱（詞典等）

19 **cooperate** [koˋɑpəˌret]
動 合作，協力

- co- 表「一起」
- operate 工作；運作

20 **cooperation** [koˌɑpəˋreʃən]
名 U 合作，協力

- cooperate 合作
- -ation 名 表「狀態」

21 **cooperative** [koˋɑpəˌretɪv]
形 ❶ 合作的；❷ 樂意合作的

- cooperate 合作
- -ative 形 表「有……性質的」

22 **cope** [kop] 動 對付，妥善處理
同義 manage 處理

23 **council** [ˋkaʊnsḷ]
名 C 會議，議會

24 **creation** [krɪˋeʃən]
名 ❶ C 創作品；❷ U 創造，創立

- create 動 創造
- -ion 名 表「行為的結果」

25 **deed** [did] 名 C ❶ 行為；
❷ 功業，功績　同義 act 行為

26 **devote** [dɪˋvot]
動 把……奉獻於，致力於

27 **discipline** [ˋdɪsəplɪn]
名 ❶ U 紀律；❷ C 學科
動 ❸ 訓練，訓導

9 Activities 活動 (3)

MP3 187

01 **disconnect** [ˌdɪskəˋnɛkt]

動 切斷(電話、電源)

- dis- 不
- connect 連接

02 **discovery** [dɪsˋkʌvərɪ]

名 ❶ U 發現;❷ C 被發現的事物

- dis- 除去
- cover 遮蓋
- -y 名 表「狀態」

03 **disguise** [dɪsˋgaɪz]

動 ❶ 掩飾,隱瞞;❷ 把……假扮起來 名 ❸ U 假裝,掩飾;❹ U 假扮,偽裝

- dis- 除去
- guise 裝束

04 **dismiss** [dɪsˋmɪs]

動 ❶ 解散;❷ 解雇,開除;❸ 去除或打消(念頭)

05 **distribute** [dɪˋstrɪbjʊt]

動 ❶ 分配,分發;❷ 散布,分布

- dis- 分開
- trubute 貢物,貢金

06 **distribution** [ˌdɪstrəˋbjuʃən]

名 U ❶ 分發,分配;❷ 分布(區域);❸ 銷售(量)

- distrubute 分配
- -ion 名 表「行為」

07 **disturb** [dɪsˋtɝb] 動 ❶ 打擾,妨礙;❷ 使心神不寧,使不安

08 **dominate** [ˋdɑməˌnet]

動 ❶ 支配,主導;❷ 在……占主要地位

09 **doze** [doz] ❶ 名 C 瞌睡 ❷ 動 打瞌睡

10 **dye** [daɪ] ❶ 動 把……染上顏色 ❷ 名 U 染料

11 **eliminate** [ɪˋlɪməˌnet]

動 ❶ 棄置,消除;❷ 消除,消滅

12 **encounter** [ɪnˋkaʊntɚ]

動 ❶ 遇到(困難等);❷ 意外遇見 ❸ 名 C 偶遇

13 **engage** [ɪnˋgedʒ]

動 ❶ 從事;❷ 使訂婚

- en- 表「使」
- gage 擔保品

MP3 188

14 **engagement** [ɪnˋgedʒmənt]

名 C 訂婚,婚約

- engage 使訂婚
- -ment 名 表「行為」

15 **entry** [ˋɛntrɪ]

名 ❶ U 進入,參加;❷ C 入口

16 **errand** [ˋɛrənd]

名 C 差事,任務

17 **establish** [əˋstæblɪʃ]

動 建立,創辦

名 establishment 建立,創立

18 **establishment** [ɪˋstæblɪʃmənt] 名 ❶ U 建立，創辦；❷ C 公司，機關，企業

- establish 動 建立
- -ment 名 表「行為」

19 **expand** [ɪkˋspænd] 動 ❶ 膨脹；❷ 擴張，發展；❸ 擴大，擴展

20 **expansion** [ɪkˋspænʃən] 名 U 擴張，擴展

- expanse 廣闊區域
- -ion 名 表「行為」

21 **explore** [ɪkˋsplor] 動 ❶ 探勘，在⋯⋯探險；❷ 探索，探究

22 **found** [faʊnd] 動 ❶ 建立，創立，創辦；❷ 將⋯⋯建立在

23 **fulfill** [fʊlˋfɪl] 動 履行（諾言等），實現

- full 充分
- fill 裝滿

24 **fulfillment** [fʊlˋfɪlmənt] 名 U ❶ 履行，實現；❷ 成就（感），滿足（感）

- fulfill 履行
- -ment 名 表「行為」

25 **funeral** [ˋfjunərəl] 名 C 喪葬，葬禮

26 **grind** [graɪnd] 動 磨（碎），碾（碎）

27 **habitual** [həˋbɪtʃʊəl] 形 習慣的，習以為常的

- habit 習慣
- -al 形 表「⋯⋯的」

10 Activities 活動 (4)

MP3 189

01 **housework** [ˋhaʊsˏwɝk] 名 U 家事

- house 房子
- work 工作

02 **identify** [aɪˋdɛntəˏfaɪ] 動 ❶ 視⋯⋯（與⋯⋯）為同一事物；❷ 確認，識別

- identity 身分
- -fy 動 表「形成；使⋯⋯化」

03 **imitate** [ˋɪməˏtet] 動 模仿

04 **imitation** [ˏɪməˋteʃən] 名 ❶ U 模仿；❷ C 仿製品，贗品

- imitate 模仿
- -ion 名 表「行為」

05 **immigrate** [ˋɪməˏgret] 動 遷移，遷入

- im- 表「向⋯⋯內」
- migrate 移居

06 **immigration** [ˏɪməˋgreʃən] 名 U 移居

- immigrate 遷移
- -ion 名 表「行為」

07 **incident** [ˋɪnsədn̩t] 名 C 事件，事故

- in- 表「在內」
- cid 表「落」
- -ent 名 表「做⋯⋯動作的物」

08 **input** [ˋɪnpʊt] 名 U 投入

- in- 表「入」　• put 放

09 **inspect** [ɪnˋspɛkt]

動 ❶ 檢查，審查；❷ 視察

10 **inspection** [ɪnˋspɛkʃən]

名 C 檢查，檢驗

- inspect 檢查
- -ion 名 表「行為」

11 **install** [ɪnˋstɔl] 動 安裝，設置

名 installation 安裝

- in- 表「入；裡面」
- stall 欄，廄

12 **interact** [ˏɪntəˋrækt] 動 ❶ 互動；❷ 互相作用，互相影響

- inter- 表「互相」
- act 動作；作用

13 **interaction** [ˏɪntəˋrækʃən]

名 U ❶ 互相影響；❷ 互動

- interact 互動
- -ion 名 表「行為」

14 **interfere** [ˏɪntɚˋfɪr]

動 ❶ 妨礙，干擾；❷ 介入，干涉

15 **introduction** [ˏɪntrəˋdʌkʃən]

名 ❶ U 引進，傳入；

❷ C 介紹，正式引見；

❸ C 引言，序言

- introduce 引進
- -tion 名 表「行為」

MP3 190

16 **investigate** [ɪnˋvɛstəˏget]

動 調查，研究

- in- 表「向內」
- vestige 痕跡
- -ate 動 表「使成為」

17 **investigation**

[ɪnˏvɛstəˋgeʃən] 名 ❶ C 研究，調查；❷ U 研究，調查

- investigate 調查
- -ion 名 表「行為」

18 **manners** [ˋmænɚz]

名（複）❶ 禮貌，規矩；

❷ 風俗，習慣

- manus 手　• -s（複數）
- -er 名 表「物」

19 **mischief** [ˋmɪstʃɪf]

名 U ❶ 頑皮，淘氣，惡作劇；

❷ 傷害，損害

- mis- 表「壞，不當」
- chief 表「頭腦」

20 **mow** [mo]

動 刈，刈草；割（草）

21 **nap** [næp] ❶ 名 C 打盹兒，午睡

❷ 動 打盹，小睡

22 **neglect** [nɪgˋlɛkt] 動 ❶ 忽略，忽視；❷ 疏忽；❸ 忘了做

名 U ❹ 忽略，疏忽

23 **negotiate** [nɪˋgoʃɪˏet]

動 ❶ 通過談判達成，談成；

❷ 談判，協商，洽談

24 **observation** [ˌɑbzɝˋveʃən]

名 C ❶ 觀察；

❷ 言論，意見，看法

- observe 觀察
- -ation 名 表「動作」

25 **observe** [əbˋzɝv] 動 ❶ 看到，注意到；❷ 觀察，觀測；❸ 遵守，奉行；❹ 慶祝（節日等）

26 **obtain** [əbˋten] 動 得到，獲得

27 **overcome** [ˌovɚˋkʌm]

動 ❶ 戰勝，克服；❷ 壓倒，使受不了

- over- 表「超越，越過」
- come 到達

28 **overlook** [ˌovɚˋlʊk]

動 ❶ 看漏，忽略；❷ 眺望，俯瞰

- over- 表「在上」
- look 看

29 **parade** [pəˋred] 名 C ❶ 遊行；

❷ 閱兵（典禮）

❸ 動 遊行，列隊行進

30 **participate** [pɑrˋtɪsəˌpet]

動 參加，參與

- part 部分
- cipate 表「拿，取」

31 **participation**

[pɑrˌtɪsəˋpeʃən] 名 U 參加，參與

- participate 參加
- -ion 名 表「行為」

Part 2 Levels 3 — 4

11 Activities 活動 (5)

MP3 191

01 **preparation** [ˌprɛpəˋreʃən]

名 ❶ C 準備工作；

❷ U 準備，預備

- prepare 動 準備
- -ation 名 表「動作」

02 **presentation** [ˌprɛznˋteʃən]

名 ❶ U 提出，遞交；❷ U 贈送，授予；❸ C 報告

- present 動 提出
- -ation 名 表「動作」

03 **preservation** [ˌprɛzɚˋveʃən]

名 U 保持，維護，維持

- preserve 動 保存
- -ation 名 表「動作」

04 **pretend** [prɪˋtɛnd] 動 ❶ 假裝，佯稱；❷（在遊戲中）假扮，裝作；

❸ 假裝，裝模作樣

- pre- 表「預先」
- tend 傾向

05 **prevent** [prɪˋvɛnt]

動 ❶ 防止，預防；❷ 阻止，制止

名 prevention 防止

06 **prevention** [prɪˋvɛnʃən]

名 U 預防，防止

- prevent 預防
- -ion 名 表「行為」

07 **procedure** [prə`sidʒɚ]

名 U 程序，手續，步驟

▪ pro- 表「先，前」
▪ cede 讓與
▪ -ure 名 表「動作」

08 **process** [`prɑsɛs] 名 C ❶ 過程；❷ 步驟 動 ❸ 處理

名 procession 過程

09 **protection** [prə`tɛkʃən]

名 U 保護

▪ protect 保護
▪ -ion 名 表「行為」

10 **protective** [prə`tɛktɪv]

形 ❶ 保護的，防護的；

❷（對人）關切保護的

▪ protect 保護
▪ -ive 形 表「……的」

11 **pursue** [pɚ`su] 動 ❶ 從事，繼續；❷ 追求（目標等）；❸ 追蹤，追捕；❹ 向……求愛

12 **pursuit** [pɚ`sut] 名 U ❶ 追求；❷ 追蹤 動 pursue 追求

MP3 192

13 **react** [rɪ`ækt] 動 ❶ 作出反應；

❷ 影響，起作用

▪ re- 表「互相」 ▪ act 行動

14 **reaction** [rɪ`ækʃən]

名 C ❶ 反應；❷ 反作用

▪ react 作出反應
▪ -ion 名 表「行為」

15 **reception** [rɪ`sɛpʃən]

名 C ❶ 接待會，歡迎會，宴會；

❷（單數）接待，歡迎

16 **recycle** [ri`saɪkḷ]

動 使再循環，再利用

▪ re- 表「再；重新」
▪ cycle 循環

17 **reform** [rɪ`fɔrm]

❶ 名 U 改革 ❷ 動 改革，革新

18 **refresh** [rɪ`frɛʃ]

動 ❶ 消除疲勞，使重新提起精神；

❷ 回復，喚起（記憶）

▪ re- 表「再」
▪ fresh 精力充沛的

19 **register** [`rɛdʒɪstɚ]

❶ 動 註冊，登記

❷ 名 C 登記，註冊

名 registration 登記

20 **registration** [ˌrɛdʒɪ`streʃən]

名 U 登記，註冊

▪ register 動 註冊
▪ -ation 名 表「動作」

21 **renew** [rɪ`nju]

動 ❶ 更換（執照等）；

❷ 重新開始，繼續；❸ 換新

▪ re- 表「再」
▪ new 新的

22 **repair** [rɪ`pɛr]

動 ❶ 修理，修補；❷ 補救，糾正

名 ❸ U 修理，修補；

❹ C 修理工作，修補工作

23 **replace** [rɪˋples]

動 取代，以……代替

・re- 表「重新」 ・place 地方

24 **replacement** [rɪˋplesmənt]

名 ❶ U 代替，更換；
❷ C 代替者，代替物

・replace 取代
・-ment 名 表「方法」

25 **represent** [ˌrɛprɪˋzɛnt]

動 ❶ 象徵；❷ 代表；
❸ 意味著，相當於

・re- 表「重新」
・present 呈現

26 **representation**

[ˌrɛprɪzɛnˋteʃən] 名 ❶ U 代表，代表權；❷ C 表現，表示

・represent 代表
・-ation 名 表「狀態」

27 **rescue** [ˋrɛskju]

❶ 名 U 援救，營救
❷ 動 援救，營救

Part 2 Levels 3 — 4

12 Activities 活動 (6)

MP3 193

01 **research** [rɪˋsɝtʃ]

❶ 名 C 研究，調查
❷ 動 研究，調查

・re- 表「再」 ・search 尋找

02 **reservation** [ˌrɛzɚˋveʃən]

名 C ❶ 預訂；❷（印第安）保留區

・re- 表「事先」
・serve 服務
・-ation 名 表「動作」

03 **reserve** [rɪˋzɝv] 名 C ❶ 保護區，禁獵區；❷ 儲藏量，儲備（物） 動 ❸ 儲備，保存；
❹ 預約，預訂

・re- 表「事先」 ・serve 服務

04 **resign** [rɪˋzaɪn] 動 ❶ 辭去；
❷ 辭職 名 resignation 辭職

05 **resignation** [ˌrɛzɪgˋneʃən]

名 ❶ C 辭呈；❷ U 辭職

・resign 辭職
・-ation 名 表「動作」

06 **respond** [rɪˋspɑnd]

動 ❶ 作出反應；❷ 回覆，回答；
❸ 以……回答

07 **response** [rɪˋspɑns] 名 C

❶ 回答，回覆；❷ 反應，回應

08 **restore** [rɪˋstor]
動 ❶ 修復，修補；❷ 恢復

- re- 表「再，重新」
- store 貯存

09 **retire** [rɪˋtaɪr] 動 退休
名 retirement 退休

10 **retirement** [rɪˋtaɪrmənt]
名 U 退休

- retire 退休
- -ment 名 表「狀態」

11 **reunion** [riˋjunjən]
名 C 團聚，重聚

- re- 表「再」 - union 聯合

12 **reveal** [rɪˋvil] 動 ❶ 揭露，洩露；❷ 展現，顯露出
名 revelation 揭露

13 **revenge** [rɪˋvɛndʒ] ❶ 名 U 報仇，報復 ❷ 動 替……報仇

MP3 194

14 **reward** [rɪˋwɔrd] 名 C ❶ 報答，報償，獎賞；❷ 酬金，獎品
動 ❸ 報答，報償，酬謝，獎勵

15 **routine** [ruˋtin] ❶ 名 C 例行公事，日常工作
❷ 形 日常的，例行的

16 **sack** [sæk] 動 ❶ 裝……入袋；
❷ 開除，解雇
❸ 名 C 一袋(的量)

17 **seek** [sik] 動 ❶ 尋找，探索；
❷ 企圖，試圖
同義 attempt 企圖

18 **strategy** [ˋstrætədʒɪ] 名 C 策略，計謀 形 strategic 策略的

19 **survey** [sɚˋve] ❶ 名 C 調查
❷ 動 調查

20 **unite** [juˋnaɪt] 動 ❶ 使統一，使聯合；❷ 兼備(各種特性)
名 unity 統一

21 **upset** [ʌpˋsɛt] 動 ❶ 打亂，攪亂；❷ 使心煩意亂；❸ 使(腸胃)不適 形 ❹ 心煩的，苦惱的

- up- 表「向上」
- set 放

22 **waken** [ˋwekn̩]
動 ❶ 喚醒；❷ 醒來，睡醒

- wake 醒的
- -en 動 表「變為……」

23 **whistle** [ˋhwɪsl̩] ❶ 動 吹哨，鳴笛 ❷ 名 C 哨子，汽笛

24 **sacrifice** [ˋsækrə͵faɪs]
❶ 動 犧牲，獻出 ❷ 名 C 犧牲

25 **strive** [straɪv] 動 努力，奮鬥

26 **transform** [trænsˋfɔrm]
動 ❶ 使改變，將……改成；
❷ 改變

- trans- 表「超越」
- form 形式

27 **usage** [ˋjusɪdʒ] 名 U ❶ 使用，用法；❷ 慣用法

- use 用
- -age 名 表「動作」

Part 2 Levels 3 — 4

13 Movements 動作 (1)

MP3 195

01 **approach** [əˋprotʃ] 動 ❶ 接近，靠近；❷ 找……商量；❸ 著手處理，開始對付；❹（時間）接近，靠近　名 ❺ U 接近，靠近；❻ C 方法，態度

02 **arise** [əˋraɪz] 動 產生，出現
同義 occur 發生

- a- 表「在……之中」
- rise 升起

03 **balance** [ˋbæləns] 名 ❶ U 平衡，均衡；❷ C 協調，和諧；❸ C 結餘　動 ❹ 使平衡，保持……的平衡

04 **blink** [blɪŋk] 動 ❶ 眨眼睛擠出（眼淚等）；❷ 眨眼
❸ 名 C 一瞬間

05 **bounce** [baʊns] 動 ❶ 蹦蹦跳跳；❷（球）彈起

06 **bump** [bʌmp] 動 ❶ 碰，撞；
❷ 使碰撞

07 **bury** [ˋbɛrɪ] 動 ❶ 埋葬；❷ 掩藏
名 burial 埋葬

08 **cast** [kæst] 動 ❶ 投，擲，抛，扔；❷ 投射（光線、視線）
名 C ❸ 班底，演員陣容

09 **chew** [tʃu] 動 ❶ 咀嚼，嚼碎；
❷ 深思，細想

10 **choke** [tʃok] 動 ❶ 使窒息，哽住；❷ 窒息，噎住，說不出話來

11 **chop** [tʃɑp] 動 ❶ 砍，劈；
❷ 砍成，劈出；❸ 切細，剁碎
名 C ❹（豬、羊的）肋骨肉，排骨

MP3 196

12 **click** [klɪk] ❶ 動（在電腦上）使用滑鼠點選　❷ 名 C 卡嗒聲，喀嚓聲

13 **crawl** [krɔl] 動 ❶ 爬行，蠕動；
❷ 緩慢移動

14 **creep** [krip] 動 ❶ 爬行，匍匐而行；❷ 躡手躡足地走；❸ 蔓延
名 C ❹ 毛骨悚然的感覺

15 **crush** [krʌʃ] ❶ 動 壓碎，壓壞
❷ 名 C 迷戀

16 **dash** [dæʃ] 動 ❶ 急奔；猛衝；
❷ 猛撞，擊碎　名 C ❸ 急衝；
❹ 短跑

17 **depart** [dɪˋpɑrt] 動 出發，離開
名 departure 離開

- de- 表「離去」
- part 分開

18 **departure** [dɪˋpɑrtʃɚ]
名 U 出發，起程
反義 arrival 到來

- depart 離開
- -ure 名 表「動作」

19 **dodge** [dɑdʒ] 動 ❶ 閃開，閃身躲開；❷ 躲避，巧妙地迴避 名 ❸ Ⓒ 託詞，（推託的）妙計

20 **erase** [ɪˋres] 動 ❶ 擦掉，抹去；❷ 清除，忘卻
名 eraser 橡皮擦

21 **escape** [əˋskep] 動 ❶ 逃跑，逃脫；❷ 漏出，流出；❸ 避免，逃脫 名 Ⓒ ❹ 逃跑，逃脫；❺ 逃避（現實），解悶

22 **fasten** [ˋfæsn̩] 動 繫緊，閂住

- fast 牢固
- -en 動 表「變為……」

23 **fetch** [fɛtʃ] 動 拿來

24 **flee** [fli] 動 逃走，逃離

Part 2 Levels 3 — 4

14 Movements 動作 (2)

MP3 197

01 **fold** [fold] 動 ❶ 摺疊；❷ 交疊，交叉

02 **frown** [fraʊn] ❶ 動 皺眉，表示不滿 ❷ 名 Ⓒ 蹙額，皺眉

03 **gaze** [gez] ❶ 動 凝視，注視 ❷ 名 Ⓒ 凝視，注視
同義 stare 凝視

04 **gesture** [ˋdʒɛstʃɚ]
名 Ⓒ ❶ 姿勢，手勢；❷ 姿態，表示
動 ❸ 用手勢（或動作）表示

05 **glance** [glæns] ❶ 動（粗略地）看一下，一瞥，掃視 ❷ 名 Ⓒ 一瞥，掃視

06 **glide** [glaɪd] 動 ❶ 滑翔；❷ 滑動，滑行

07 **glimpse** [glɪmps] ❶ 動 瞥見，看一眼 ❷ 名 Ⓒ 瞥見，一瞥
同義 spot 瞄到

08 **grab** [græb] 動 ❶ 攫取，抓取；❷ 匆忙地做 名 ❸ Ⓒ 抓住，攫取

09 **grasp** [græsp] 動 ❶ 抓牢，緊握；❷ 領會，理解 名 Ⓒ ❸ 抓，控制；❹ 理解，領會

10 **grin** [grɪn] ❶ 動 露齒而笑 ❷ 名 Ⓒ 露齒的笑

11 **hug** [hʌg] ❶ 動 緊抱，擁抱
❷ 名 C 緊抱，擁抱
同義 embrace 擁抱

12 **insert** [ɪnˋsɝt] 動 插入，嵌入

MP3 198

13 **kneel** [nil] 動 跪下，跪著
▪ knee 膝蓋

14 **lean** [lin] 動 ❶ 倚，靠；❷ 依賴

15 **leap** [lip] ❶ 動 跳，跳躍
❷ 名 C 跳躍

16 **march** [mɑrtʃ]
❶ 動（齊步）前進，行軍
❷ 名 C 遊行抗議，遊行示威

17 **peel** [pil] ❶ 名 C（水果等的）皮
❷ 動 削⋯⋯的皮，剝⋯⋯的殼

18 **peep** [pip] 動 ❶ 窺，偷看；
❷ 隱約顯現，緩緩出現
名 ❸ C 窺視，偷看

19 **peer** [pɪr] ❶ 動 凝視，盯著看
❷ 名 C（常作複數）（地位等）同等的人，同輩，同儕

20 **polish** [ˋpɑlɪʃ] ❶ 名 U 磨光粉，擦亮劑；❷（單數）磨光，擦亮　❸ 動 磨光，擦亮

21 **punch** [pʌntʃ] ❶ 名 C 拳打
❷ 動 用拳猛擊

22 **quake** [kwek] ❶ 名 C 地震
❷ 動 顫抖，哆嗦

23 **remove** [rɪˋmuv] 動 ❶ 移動，搬開；❷ 脫掉，去掉；❸ 把⋯⋯免職
▪ re- 表「再」　▪ move 移動

24 **rid** [rɪd] 動 使擺脫，使免除

25 **scatter** [ˋskætɚ] 動 ❶ 撒在⋯⋯上面，散布；❷ 使消散，使分散；❸ 散落，分散

26 **scoop** [skup] 動 ❶ 挖出；
❷ 用勺舀，用鏟子鏟
名 ❸ C（一）勺，（一）鏟

15 Movements 動作 (3)

MP3 199

01 **seal** [sil] ❶ 動 封，密封
❷ 名 C 印章，圖章

02 **seize** [siz] 動 ❶ 抓住，捉住；❷ 奪取，攻占；❸ 抓住（時機等），利用；❹ 理解，了解

03 **shave** [ʃev] ❶ 動 刮鬍子
❷ 名 C 刮鬍子，修面

04 **skip** [skɪp] 動 ❶ 迅速翻閱；❷ 蹦蹦跳跳；❸ 略過，漏掉
同義 miss 漏掉

05 **snap** [snæp]
動 ❶ 彈（手指）使劈啪作聲；❷ 突然折斷

06 **spit** [spɪt] ❶ 動 吐（口水等）；❷ 吐口水，吐痰
❸ 名 U 唾液，口水

07 **squeeze** [skwiz]
動 ❶ 緊握；❷ 擠，榨；❸ 榨出，擠出；❹ 擠著行進
名 C ❺ 擠，榨；❻ 緊握

08 **stab** [stæb] ❶ 動 刺，戳，刺傷
❷ 名 C 刺，刺傷

09 **stare** [stɛr] ❶ 動 盯，凝視
❷ 名 C 盯，凝視，瞪眼

10 **strip** [strɪp] ❶ 動 剝去，脫掉
❷ 名 C 狹長的一條或一片

11 **switch** [swɪtʃ] 動 ❶ 轉換；❷ 打開（或關掉）……的開關
名 C ❸ 開關；❹ 變更，改變

12 **tighten** [ˋtaɪtn̩] 動 使變緊
反義 loosen 鬆開

- tight 緊的
- -en 動 表「變為……」

13 **toss** [tɔs] 動 ❶ 拋，扔；❷ 擲（硬幣）打賭；❸ 顛簸；❹ 翻來覆去

14 **tremble** [ˋtrɛmbl̩] 動 ❶ 顫抖，發抖；❷ 焦慮，擔憂；❸ 搖晃

15 **tug** [tʌg] 動 ❶ 用力拉或拖（某物）；❷ 用力拉（或拖）

MP3 200

16 **tumble** [ˋtʌmbl̩] 動 跌倒，滾下

17 **twist** [twɪst] 動 ❶ 旋轉；❷ 編，織；❸ 扭傷；❹ 歪曲，曲解　名 C ❺ 意外轉折

18 **wag** [wæg] 動 搖，搖擺

19 **wander** [ˋwɑndɚ]
動 漫遊，閒逛

20 **whip** [hwɪp] ❶ 動 鞭打
❷ 名 C 鞭子

21 **wink** [wɪŋk] 動 眨眼

22 **wipe** [waɪp] 動 擦拭

23 **wrap** [ræp] 動 ❶ 包，裹；❷ 圍，披

24 **yawn** [jɔn] ❶ 名 C 哈欠
❷ 動 打哈欠

25 **scratch** [skrætʃ] 動 ❶ 搔，抓；❷ 抓破，抓傷；❸ 潦草地塗寫 名 C ❹ 抓痕，擦傷

26 **shrug** [ʃrʌg] ❶ 動 聳（肩）❷ 名 C 聳肩

27 **split** [splɪt] 動 ❶ 劈開；❷ 分擔 名 C ❸ 裂縫；裂痕

28 **sway** [swe] 動 ❶ 搖動，搖擺；❷ 使動搖，影響 名 U ❸ 搖動，搖擺

29 **withdraw** [wɪð`drɔ] 動 ❶ 抽回，移開；❷ 提取；❸ 撤退，撤離

- with- 表「向後」
- draw 拉

Part 2 Levels 3 — 4

16 Leisure & sport 休閒與運動 (1)

MP3 201

01 **adventure** [əd`vɛntʃɚ] 名 ❶ U 冒險（精神）；❷ C 冒險（活動）

02 **amuse** [ə`mjuz] 動 ❶ 使歡樂，逗⋯⋯高興；❷ 娛樂，消遣

03 **amusement** [ə`mjuzmənt] 名 ❶ U 娛樂；❷ C 消遣，娛樂活動

- amuse 使歡樂
- -ment 名 表「產物」

04 **athlete** [`æθlit] 名 C 運動員，體育家　形 athletic 體育的

05 **athletic** [æθ`lɛtɪk] 形 ❶ 運動的，體育的；❷ 體格健壯的

- athlete 運動員
- -ic 形 表「⋯⋯的」

06 **badminton** [`bædmɪntən] 名 U 羽毛球

07 **bingo** [`bɪŋgo] 名 U 賓果遊戲

08 **champion** [`tʃæmpɪən] 名 C 冠軍

09 **championship** [`tʃæmpɪən͵ʃɪp] 名 C ❶ 冠軍地位，冠軍稱號；❷（常作複數）錦標賽

- champion 冠軍
- -ship 名 表「身分」

MP3 202

10 **circus** [ˋsɝkəs]

名 C 馬戲團，馬戲表演

11 **collection** [kəˋlɛkʃən]

名 ❶ U 收集；❷ C 收藏品

- collect 收集
- -ion 名 表「行為；行為結果」

12 **compete** [kəmˋpit] 動 ❶ 競爭，比賽；❷ 媲美，比得上

13 **competition** [ˌkɑmpəˋtɪʃən]

名 ❶ C 競賽，比賽；

❷ U 競爭，角逐

- compete 競爭，比賽
- -ion 名 表「行為」

14 **competitive** [kəmˋpɛtətɪv]

形 ❶ 競爭的；❷ 好競爭的

- compete 競爭，比賽
- -ive 形 表「……特性的」

15 **competitor** [kəmˋpɛtətɚ]

名 C 競爭者，對手，敵手

- com- 表「一起」
- petitor 懇求者

16 **contest** [ˋkɑntɛst] 名 C 比賽，競賽　名 contestant 角逐者

17 **defeat** [dɪˋfit] ❶ 名 U 失敗，戰敗　❷ 動 戰勝，擊敗

18 **dive** [daɪv] 動 ❶ 跳水；❷ 潛水；❸ 俯衝　名 ❹ C 跳水

19 **entertain** [ˌɛntɚˋten] 動 使娛樂，使歡樂

名 entertainment 娛樂

Part 2 Levels 3 — 4

17 Leisure & sport 休閒與運動 (2)

MP3 203

01 **entertainment**

[ˌɛntɚˋtenmənt] 名 U 餘興，娛樂

- entertain 使娛樂
- -ment 名 表「產物」

02 **hike** [haɪk]

❶ 動 徒步旅行，遠足

❷ 名 C 徒步旅行，遠足

03 **journey** [ˋdʒɝnɪ]

❶ 名 C 旅行　❷ 動 旅行

04 **leisure** [ˋliʒɚ] ❶ 名 U 閒暇，空暇時間　❷ 形 空閒的

05 **marathon** [ˋmærəˌθɑn]

名 C ❶ 馬拉松賽跑；❷ 耐力比賽

06 **MTV** [ɛm ti vi] 名 C 音樂電視

07 **photography** [fəˋtɑgrəfɪ]

名 U 照相，攝影

- photo- 表「照相（的）」
- graph 圖

08 **recreation** [ˌrɛkrɪˋeʃən]

名 U 消遣，娛樂

- re- 表「重新」
- create 創造
- -ion 名 表「行為的結果」

09 **relax** [rɪˋlæks] 動 ❶ 使輕鬆，使休息；❷ 鬆弛，放鬆

- re- 表「再，重新」
- lax 散漫的

10 **relaxation** [ˌrilæksˋeʃən]

名 U 休息，消遣，娛樂

- relax 使輕鬆
- -ation 名 表「狀態」

11 **skate** [sket] 動 溜冰

MP3 204

12 **ski** [ski] 動 滑雪

13 **tourism** [ˋtʊrɪzəm]

名 U 旅遊(業)，觀光(業)

- tour 旅遊
- -ism 名 表「……主義」

14 **tourist** [ˋtʊrɪst]

❶ 名 C 觀光客，遊客

❷ 形 觀光的，旅遊的

- tour 旅遊
- -ist 名 表「做……的人」

15 **traveler** [ˋtrævlɚ]

名 C 旅行者，旅客，遊客

- travel 旅遊　　- -er 名 表「人」

16 **sightseeing** [ˋsaɪtˌsiɪŋ]

名 U 觀光，遊覽

- sight 觀光地
- see 看
- -ing 名 表「動作」

17 **sled** [slɛd] ❶ 名 C 雪橇

❷ 動 滑雪橇　同義 sledge 雪橇

18 **sledge** [slɛdʒ] ❶ 名 C 雪橇

❷ 動 滑雪橇

同義 sled 雪橇／乘雪橇

19 **sleigh** [sle] ❶ 名 C 輕便雪橇

❷ 動 駕雪橇，乘雪橇

20 **sportsman** [ˋsportsmən]

名 C 運動員，運動家

- sports 運動　　- man 人

21 **sportsmanship**

[ˋsportsmənˌʃɪp] 名 U 運動家精神

- sportsman 運動員
- -ship 名 表「狀態」

22 **surf** [sɝf] 動 ❶ 作衝浪運動；

❷ 上網瀏覽　名 ❸ U 碎浪，浪花

23 **tug-of-war** [tʌg·ɑv·wɔr]

名 C 拔河比賽

- tug 用力拉　　- war 競賽

24 **voyage** [ˋvɔɪɪdʒ] ❶ 名 C 航海，航行　❷ 動 航海，航行

18 Food & drinks 飲食 (1)

MP3 205

01 **alcohol** [ˋælkə͵hɔl]
名 U ❶ 酒；❷ 酒精
形 名 alcoholic 含酒精的；嗜酒者

02 **bacon** [ˋbekən] 名 U 培根，燻豬肉，鹹豬肉

03 **berry** [ˋbɛrɪ] 名 C 莓果

04 **biscuit** [ˋbɪskɪt]
名 C 小麵包，軟餅，餅乾

05 **broil** [brɔɪl] 動 烤

06 **buffet** [buˋfe]
名 C 自助餐，快餐

07 **calorie** [ˋkælərɪ]
名 C（熱量單位）卡，卡路里

08 **cheese** [tʃiz] 名 U 起司，乳酪

09 **cherry** [ˋtʃɛrɪ] 名 C 櫻桃

10 **chip** [tʃɪp]
名 C ❶ 炸馬鈴薯條；❷ 晶片

MP3 206

11 **cigar** [sɪˋgɑr] 名 C 雪茄

12 **cigarette** [͵sɪgəˋrɛt] 名 C 香菸

- cigar 雪茄
- -ette 名 表「小的……」

13 **cocktail** [ˋkɑk͵tel]
名 U 雞尾酒

- cock 公雞
- tail 尾

14 **coconut** [ˋkokə͵nət] 名 C 椰子

- coco 椰子
- nut 核果

15 **consume** [kənˋsjum] 動 ❶ 消耗，花費；❷ 吃完，喝光

16 **crisp** [krɪsp] 形 ❶ 脆的，酥的；❷ 新鮮爽口的 ❸ 動 發脆

17 **crispy** [ˋkrɪspɪ] 形 酥脆的

- crisp 脆酥的
- -y 形 表「……的」

18 **cube** [kjub]
名 C 立方體，立方形物體

19 **cucumber** [ˋkjukəmbɚ]
名 C 黃瓜

20 **dairy** [ˋdɛrɪ] 形 ❶ 牛奶製的；乳品的 名 C ❷ 製酪場，乳牛場；❸ 乳品店

21 **diet** [ˋdaɪət]
名 C ❶ 飲食；❷ 特種飲食
動 ❸ 進規定的飲食，節食

22 **dine** [daɪn] 動 進餐，用餐

19 Food & drinks 飲食 (2)

MP3 207

01 **feast** [fist] 名 C 筵席，盛宴

02 **flavor** [ˋflevɚ] 名 ❶ U 味，味道；❷ C 香料，調味料
動 ❸ 給……調味

03 **fry** [fraɪ] 動 煎，炸，炒

04 **garlic** [ˋgɑrlɪk]
名 U 大蒜，蒜頭

05 **ginger** [ˋdʒɪndʒɚ] 名 U 薑

06 **grain** [gren] 名 C ❶ 穀粒；❷（砂、鹽等的）粒

07 **grapefruit** [ˋgrep͵frut]
名 C 葡萄柚

- grape 葡萄
- fruit 水果

08 **greasy** [ˋgrizɪ]
形 油膩的，多脂的

- grease 油脂
- -y 形 表「……的」

09 **gum** [gʌm] 名 U 口香糖
同義 chewing gum 口香糖

10 **ingredient** [ɪnˋgridɪənt]
名 C ❶（混合物的）組成部分，（烹飪的）原料；❷（構成）要素，因素

MP3 208

11 **jelly** [ˋdʒɛlɪ] 名 U 果凍，果醬

12 **liquor** [ˋlɪkɚ] 名 U 酒，含酒精飲料　同義 spirits 烈酒

13 **lollipop** [ˋlɑlɪ͵pɑp]
名 C 棒棒糖

14 **mineral** [ˋmɪnərəl]
名 C 礦物（質）

15 **mixture** [ˋmɪkstʃɚ]
名 C ❶ 混合物；❷ 混合，混雜

- mix 混合
- -ure 名 表「狀態」

16 **mushroom** [ˋmʌʃrum]
名 C 蘑菇，菇

17 **pancake** [ˋpæn͵kek]
名 C 薄煎餅

- pan 平底鍋
- cake 餅狀食物

18 **pasta** [ˋpɑstə] 名 U 義式麵糰

19 **pea** [pi] 名 C 豌豆

20 **pickle** [ˋpɪkl̩] ❶ 名 C 醃漬食品，泡菜　❷ 動 醃製，將……做成泡菜

21 **plum** [plʌm] 名 C 梅子，洋李

22 **portion** [ˋporʃən] 名 C ❶（一）部分；❷（食物等的）一份，一客
動 ❸ 把……分成多份，分配

20 Food & drinks 飲食 (3)

MP3 209

01 **powder** [ˋpaʊdɚ]
❶ 名 U 粉末 ❷ 動 撲粉

02 **protein** [ˋprotiɪn] 名 U 蛋白質

03 **raisin** [ˋrezn̩] 名 C 葡萄乾

04 **raw** [rɔ] 形 ❶ 生的，未煮過的；❷ 未加工的

05 **recipe** [ˋrɛsəpɪ]
名 C 食譜，烹飪法

06 **refreshment** [rɪˋfrɛʃmənt]
名 ❶ U 飲料；
❷ C（常作複數）茶點，便餐

- re- 表「再」
- fresh 精力充沛的
- -ment 名 表「產物」

07 **roast** [rost]
❶ 形 烘烤的 ❷ 動 烘，烤
❸ 名 C 野外烤肉聚會

08 **sausage** [ˋsɔsɪdʒ] 名 C 香腸，臘腸

09 **spaghetti** [spəˋgɛtɪ] 名 U 義大利麵條

10 **spice** [spaɪs] 名 ❶ C 香料，調味品；❷ U 趣味，風味
動 ❸ 加香料於 ❹ 使增添趣味

MP3 210

11 **spoil** [spɔɪl] 動 ❶（食物等）變壞；❷ 搞糟，糟蹋；❸ 寵壞，溺愛

12 **stale** [stel] 形 不新鮮的
反義 fresh 新鮮的

13 **starve** [stɑrv] 動 餓死，挨餓
名 starvation 飢餓，挨餓

14 **sticky** [ˋstɪkɪ] 形 黏的

- stick 黏住
- -y 形 表「性質，狀態」

15 **tender** [ˋtɛndɚ]
形 ❶ 嫩的，柔軟的；❷ 溫柔的
反義 tough 肉質老的

16 **tobacco** [təˋbæko] 名 U 菸草

17 **vitamin** [ˋvaɪtəmɪn] 名 C 維他命

18 **yolk** [jok] 名 C 蛋黃

19 **spicy** [ˋspaɪsɪ] 形 辛辣的

- spice 調味品
- -y 形 表「性質」

20 **syrup** [ˋsɪrəp] 名 U 糖漿

21 **vinegar** [ˋvɪnɪgɚ] 名 U 醋

22 **walnut** [ˋwɔlnət] 名 C 胡桃

23 **yogurt** [ˋjogɚt] 名 U 優格

Part 2 Levels 3 — 4

21 Clothes & accessories 衣服與配件 (1)

MP3 211

01 **blouse** [blaʊz] 名 C（婦女的）短上衣，短衫
同義 shirt（女用）襯衫

02 **boot** [but] 名 C（長筒）靴

03 **bracelet** [ˋbreslɪt]
名 C 手鐲，臂鐲

04 **brassiere** [brəˋzɪr]
名 C 胸罩　同義 bra 胸罩

05 **collar** [ˋkɑlɚ] 名 C 衣領，頸圈

06 **costume** [ˋkɑstjum]
名 C ❶ 服裝；❷ 戲服

07 **diaper** [ˋdaɪəpɚ] 名 C 尿布

MP3 212

08 **fancy** [ˋfænsɪ] 形 ❶ 花俏的
名 ❷ C 愛好，迷戀
動 ❸ 想像；❹ 喜愛

09 **fashion** [ˋfæʃən] 名 ❶ U 流行式樣，時尚；❷ C 方式

10 **fashionable** [ˋfæʃənəbḷ]
形 流行的，時髦的

- fashion 流行
- -able 形 表「有⋯⋯特性的」

11 **gown** [gaʊn] 名 C ❶ 女禮服，長禮服；❷（學生畢業典禮時穿的）長袍

12 **jewel** [ˋdʒuəl] 名 C ❶ 寶石；寶石飾物；❷ 珍貴的東西
同義 gem 寶石

13 **jewelry** [ˋdʒuəlrɪ]
名 U（總稱）珠寶，首飾

- jewel 寶石
- -ry 名 表「⋯⋯類的事物」

14 **knit** [nɪt] 動 編織

15 **lace** [les] 名 U 花邊

16 **laundry** [ˋlɔndrɪ]
名 ❶ U 洗衣；
❷ C 洗衣店，洗衣房

- launder 洗滌
- -y 名 表「性質」

17 **mend** [mɛnd] 動 ❶ 修理，修補；❷ 改善，糾正

22 Clothes & accessories 衣服與配件 (2)

MP3 213

01 **necktie** [ˋnɛk͵taɪ]
名C 領帶，領結
- neck 頸 ▪ tie 帶子

02 **overcoat** [ˋovɚ͵kot]
名C 外套，大衣
- over- 表「在外的」
- coat 外套

03 **pearl** [pɝl] 名C 珍珠

04 **rag** [ræg] 名C ❶ 破布，抹布；❷ 破爛衣衫

05 **ribbon** [ˋrɪbən] 名C 緞帶

06 **robe** [rob]
名C 長袍，浴衣，睡袍

07 **scarf** [skɑrf] 名C 圍巾，披巾

08 **sew** [so] 動 縫合，縫上

09 **sexy** [ˋsɛksɪ] 形 性感的
- sex 性
- -y 形 表「狀態」

MP3 214

10 **sleeve** [sliv] 名C 袖子

11 **stockings** [ˋstɑkɪŋz]
名複 長襪
- stock 貯存
- -ing 名 表「產物」
- -s 複

12 **style** [staɪl] 名 ❶ U 流行款式；❷ C（商品等的）類型，式樣

13 **tailor** [ˋtelɚ]
名C（男裝）裁縫師

14 **thread** [θrɛd] 名C 線

15 **tight** [taɪt] 形 ❶ 緊身的；❷ 緊的，不鬆動的；❸（行程等）緊湊的，排得滿滿的；❹（比賽等）勢均力敵的

16 **trend** [trɛnd] 名C 趨勢，時尚

17 **vest** [vɛst] 名C 背心

18 **weave** [wiv] 動 編，織

19 **zipper** [ˋzɪpɚ] 名C 拉鍊
- zip 拉開拉鍊 ▪ -er 名 表「物」

Part 2 Levels 3 — 4

23 Materials & articles 材料與物品 (1)

MP3 215

01 **acid** [ˋæsɪd] ❶ 名 C 酸
❷ 形 酸的，有酸味的
同義 形 sour 酸的

02 **aluminum** [əˋluminəm]
名 U 鋁

03 **ash** [æʃ] 名 ❶ U 灰，灰燼；
❷ C 廢墟

04 **attachment** [əˋtætʃmənt]
名 C 附件，配件

- attach 附加
- -ment 名 表「產物」

05 **award** [əˋwɔrd] ❶ 名 C 獎，獎品 ❷ 動 授予

06 **ax** [æks] ❶ 名 C 斧頭 ❷ 動 削減，撤銷

07 **backpack** [ˋbæk,pæk]
名 C（登山、遠足用的）背包

- back 後面；背
- pack 包，背包

08 **baggage** [ˋbægɪdʒ] 名 U 行李
同義 luggage 行李〔英式〕

09 **bait** [bet] 名 C ❶ 餌；❷ 誘餌，引誘物 動 ❸ 置餌於；❹ 挑釁

10 **battery** [ˋbætərɪ] 名 C 電池

11 **blanket** [ˋblæŋkɪt] ❶ 名 C 毛毯，毯子 ❷ 動 覆蓋

MP3 216

12 **brass** [bræs] 名 ❶ U 黃銅；
❷ C（交響樂隊的）銅管樂器

13 **broom** [brum] 名 C 掃帚

14 **bulb** [bʌlb] 名 C 電燈泡

15 **cane** [ken] 名 C 手杖，拐杖

16 **cement** [sɪˋmɛnt] 名 U 水泥

17 **clip** [klɪp] 名 C ❶ 迴紋針；
❷ 剪報

18 **combination** [,kɑmbəˋneʃən]
名 C ❶ 組合，結合；❷ 對號密碼

- combine 結合
- -ation 名 表「動作」

19 **conductor** [kənˋdʌktɚ]
名 C ❶ 導體；
❷（合唱團、樂隊等的）指揮

- conduce 導致
- -or 名 表「物」或「行為者」

20 **container** [kənˋtenɚ]
名 C 容器

- contain 包含
- -er 名 表「物」

21 **contrast** 名 [ˋkɑn,træst]
❶ C 對比物，對照物；❷ U 對比，對照 動 [kənˋtræst]
❸ 對比，對照；❹ 形成對照

22 **convenience** [kənˋvinjəns]
名 ❶ C 便利設施；❷ U 方便

- convene 集合
- -ence 名 表「性質，狀態」

23 **copper** [ˋkɑpɚ] 名 U 銅

24 **cord** [kɔrd] 名 C ❶ 細繩，粗線；❷ 絕緣電線

24 Materials & articles 材料與物品 (2)

MP3 217

01 **cushion** [ˋkʊʃən] ❶ 名 C 墊子，坐墊，靠墊
❷ 動 緩和……的衝擊

02 **decoration** [ˏdɛkəˋreʃən] 名 C 裝飾品，裝飾物

- decorate 動 裝飾
- -ion 名 表「行為的結果」

03 **dirt** [dɝt] 名 U ❶ 汙物，灰塵；❷ 泥，土　形 dirty 髒的

04 **disk** [dɪsk] 名 C ❶ 圓盤，盤狀物；❷ 光碟片　同義 disc 圓盤

05 **dust** [dʌst] ❶ 名 U 灰塵，塵土
❷ 動 撣掉（灰塵）

06 **earphones** [ˋɪrˏfons] 名 複 耳機

- ear 耳
- phone 聽筒
- -s 複

07 **engine** [ˋɛndʒən] 名 C 發動機，引擎

08 **file** [faɪl] ❶ 名 C 檔案，卷宗
❷ 動 把……歸檔

09 **firecracker** [ˋfaɪrˏkrækɚ] 名 C 鞭炮，爆竹

- fire 火
- crack 使爆裂
- -er 名 表「物」

10 **firework** [ˋfaɪr͵wɝk]

名 C 煙火

- fire 火
- work 作品

11 **frame** [frem] 名 C ❶ 架構，骨架；❷ 框架，框子　❸ 動 給……裝框子，把……裱起來

MP3 218

12 **fuel** [ˋfjʊəl] 名 U 燃料

13 **gear** [gɪr] 名 ❶ U 設備，工具；❷ C（汽車等）排檔

14 **grocery** [ˋgrosərɪ] 名 C 雜貨

- gross 總的
- -ery 名 表「……類的事物」

15 **hardware** [ˋhɑrd͵wɛr]

名 U ❶ 裝備，設備；❷ 五金器具；❸ 硬體

- hard 硬的
- ware …… 製品

16 **harmonica** [hɑrˋmɑnɪkə]

名 C 口琴

17 **headphones** [ˋhɛd͵fons]

名 複 頭戴式耳機

- head 頭
- phone 耳機
- -s 複

18 **hook** [hʊk] ❶ 名 C 掛鉤

❷ 動 用鉤鉤住或掛起

19 **hose** [hoz] 名 C 水管，軟管

20 **invention** [ɪnˋvɛnʃən]

名 ❶ C 發明物，創作品；

❷ U 發明

- invent 發明
- -ion 名 表「行為的狀態」

21 **ivory** [ˋaɪvərɪ] ❶ 名 U 象牙

❷ 形 象牙製的

22 **jar** [dʒɑr] 名 C 罐，罈

23 **junk** [dʒʌŋk] 名 U 垃圾

同義 rubbish, trash 垃圾，廢物

24 **kettle** [ˋkɛtḷ] 名 C 水壺

25 Materials & articles 材料與物品 (3)

MP3 219

01 **kit** [kɪt] 名 C ❶ 成套工具；❷ 工具箱

02 **knob** [nɑb] 名 C 圓形把手

03 **knot** [nɑt] ❶ 名 C（繩等的）結 ❷ 動 打結

04 **label** ['lebḷ] 名 ❶ C 標籤，貼紙 動 ❷ 貼標籤於，用籤條標明；❸ 把……列為，把……歸類為

05 **ladder** [ˋlædɚ] 名 C ❶ 梯子；❷（發跡等的）途徑

06 **leather** [ˋlɛðɚ] 名 ❶ C 皮革製品；❷ U 皮革

07 **lens** [lɛnz] 名 C 透鏡，鏡片

08 **linen** [ˋlɪnən] 名 U 亞麻布

09 **lipstick** [ˋlɪpˏstɪk] 名 C 口紅

- lip 唇
- stick 棒

10 **litter** [ˋlɪtɚ] ❶ 名 U 廢棄物，零亂之物 ❷ 動 亂扔廢棄物

11 **lotion** [ˋloʃən] 名 U 乳液

12 **loudspeaker** [ˋlaʊdˋspikɚ] 名 C 揚聲器，擴聲器

- loud 大聲的
- speak 說
- -er 名 表「物」

MP3 220

13 **luggage** [ˋlʌgɪdʒ] 名 U 行李
同義 baggage 行李〔美式〕

- lug 拖；拉
- -age 名 表「數量」

14 **makeup** [ˋmekˏʌp] 名 U 化妝品

- make up 化妝

15 **marble** [ˋmɑrbḷ] 名 U ❶ 大理石；C ❷ 彈珠

16 **medal** [ˋmɛdḷ] 名 C 獎章，紀念章，勳章

17 **microphone** [ˋmaɪkrəˏfon] 名 C 擴音器，麥克風
同義 mike 麥克風

- micro- 表「擴大的」
- phone 名 表「傳聲裝置」

18 **mop** [mɑp] ❶ 名 C 拖把 動 ❷ 用拖把拖洗；❸ 擦去（汗水等）

19 **necessity** [nəˋsɛsətɪ] 名 ❶ U 需要，必要性；❷ C 必需品

20 **nylon** [ˋnaɪlɑn] 名 ❶ U 尼龍；❷ C 尼龍襪

- -on 常見的纖維製品字尾

21 **pad** [pæd] 名 C ❶ 便條紙簿；❷ 襯墊，墊

22 **pail** [pel] 名 C 桶，提桶
同義 bucket 水桶

23 **parcel** [ˋpɑrsḷ] 名 C 小包，包裹

24 **passport** [ˋpæs,port]
名 C 護照，通行證

- pass 通過　　- port 港

25 **pebble** [ˋpɛbḷ] 名 C 小卵石

26 **perfume** [ˋpɝfjum]
❶ 名 U 香水
❷ 動 以香氣充滿，薰香

- per- 表「完全，徹底」
- fume 煙；(用香)薰

Part 2 Levels 3 — 4

26 Materials & articles 材料與物品 (4)

MP3 221

01 **plastic** [ˋplæstɪk]
❶ 名 U 塑膠　❷ 形 塑膠的

02 **pole** [pol] 名 C ❶ 柱，竿；
❷ 極地　形 polar 極地的

03 **quilt** [kwɪlt] 名 C 被子，被褥

04 **razor** [ˋrezɚ] 名 C 剃刀

- raze 鏟平，夷平
- -or 名 表「物」

05 **receiver** [rɪˋsivɚ]
名 C 電話聽筒

- receive 接收
- -er 名 表「行為物」

06 **resource** [rɪˋsors] 名 C 資源

- re- 加強語氣　- source 來源

07 **rug** [rʌg] 名 C 小地毯

08 **saucer** [ˋsɔsɚ] 名 C 茶托，淺碟

- sauce 調味醬
- -er 名 表「物」

09 **scarecrow** [ˋskɛr,kro]
名 C 稻草人

- scare 嚇　- crow 烏鴉

10 **screw** [skru] ❶ 名 C 螺絲釘
動 ❷ 旋，擰；❸ 使振作，鼓舞

11 **shampoo** [ʃæmˋpu]
名 U 洗髮精

12 **shovel** [ˋʃʌvl̩] ❶ 名 C 鏟，鐵鍬 ❷ 動 用鏟鏟（起），用鐵鍬挖

MP3 222

13 **spade** [sped] 名 C 鏟子

14 **stuff** [stʌf] ❶ 名 U 物品，東西 ❷ 動（烹調上）填塞作料於

15 **substance** [ˋsʌbstəns] 名 C ❶ 物質；❷ 主旨，要義

16 **tack** [tæk] 名 C 圖釘

17 **timber** [ˋtɪmbɚ] 名 U 木材

18 **trash** [træʃ] 名 U ❶ 垃圾；❷ 廢話

19 **tray** [tre] 名 C ❶ 盤，托盤；❷ 一盤的量

20 **vase** [ves] 名 C 花瓶

21 **wax** [wæks] ❶ 名 U 蠟，蜂蠟 ❷ 動 給⋯⋯上蠟

22 **screwdriver** [ˋskruˌdraɪvɚ] 名 C 螺絲起子

- screw 螺絲釘
- drive 把釘子打入
- -er 名 表「物」

23 **shaver** [ˋʃevɚ] 名 C 刮鬍鬚的用具

- shave 刮鬍子　- -er 名 表「物」

24 **souvenir** [ˋsuvəˌnɪr] 名 C 紀念品，紀念物

25 **spear** [spɪr] ❶ 名 C 矛，魚叉 ❷ 動 用矛（或魚叉等）刺

Part 2 Levels 3 — 4

27 Furniture & appliances 家具與設備 (1)

MP3 223

01 **appliance** [əˋplaɪəns] 名 C 用具，器具，設備

02 **cabinet** [ˋkæbənɪt] 名 C 櫥，櫃

03 **comfort** [ˋkʌmfɚt] 名 ❶ C 使人舒服的設備，方便的東西；❷ U 舒適，安逸；❸ U 安慰 動 ❹ 安慰，慰問

04 **couch** [kaʊtʃ] 名 C 長睡椅 同義 sofa 沙發

05 **cradle** [ˋkredl̩] 名 C ❶ 搖籃；❷ 發源地

06 **cupboard** [ˋkʌbɚd] 名 C 食櫥，碗櫃

- cup 杯子
- board 板

07 **equip** [ɪˋkwɪp] 動 ❶ 裝備，配備；❷ 使有能力，使有資格，賦予

08 **equipment** [ɪˋkwɪpmənt] 名 U ❶ 裝備，配備；❷ 設備，用具

- equip 動 配備
- -ment 名 表「產物」

09 **escalator** [ˋɛskəˌletɚ] 名 C 電扶梯

- escalate 動 逐步上升
- -or 名 表「物」

10 **facility** [fə`sɪlətɪ]
名 C（常作複數）設備，設施

- facile 易使用的
- -ity 名 表「狀態」

11 **faucet** [`fɔsɪt] 名 C 水龍頭

MP3 224

12 **fireplace** [`faɪr,ples]
名 C 壁爐

- fire 火
- place 地方

13 **furnish** [`fɝnɪʃ] 動 為（房間）裝置（家具等），裝備

14 **furniture** [`fɝnɪtʃɚ] 名 U 家具

15 **locker** [`lɑkɚ] 名 C
（公共場所供個人用的）衣物櫃

- lock 鎖
- -er 名 表「物」

16 **microwave** [`maɪkrə,wev]
名 C 微波爐

- micro- 表「微」
- wave 波

17 **plug** [plʌg] 名 C ❶ 塞子，栓；❷ 插頭 動 ❸ 把……塞住

18 **recorder** [rɪ`kɔrdɚ] 名 C 錄音機 同義 tape recorder 錄音機

- record 記錄
- -er 名 表「物」

19 **stereo** [`stɛrɪo] ❶ 形 立體聲的 ❷ 名 C 立體音響

20 **stool** [stul] 名 C 凳子

21 **tap** [tæp] 名 C ❶ 水龍頭；❷ 輕拍，輕敲 動 ❸ 輕拍，輕敲

22 **tub** [tʌb] 名 C 浴缸

23 **typewriter** [`taɪp,raɪtɚ]
名 C 打字機

- type 打字
- -er 名 表「物」
- write 寫

24 **socket** [`sɑkɪt]
名 C 插座，插口

Part 2 Levels 3 — 4

28 Furniture & appliances 家具與設備 (2)

MP3 225

01 **anyplace** [ˋɛnɪˏples]
副 任何地方
同義 anywhere 任何地方

・any 任何　・place 地方

02 **aquarium** [əˋkwɛrɪəm]
名 C ❶ 魚缸；❷ 水族館

03 **arch** [ɑrtʃ] 名 C 拱門，拱形物

04 **barn** [bɑrn] 名 C 穀倉，獸棚

05 **basin** [ˋbesn̩] 名 C 盆地

06 **bay** [be] 名 C（海或湖泊的）灣

07 **border** [ˋbɔrdɚ] 名 C ❶ 邊緣，邊境，國界　動 ❷ 與……有共同邊界，與……接壤；❸ 毗鄰，接界

08 **brook** [brʊk] 名 C 小河，小溪
同義 creek, stream 溪流

09 **campus** [ˋkæmpəs] 名 C 校園

10 **canyon** [ˋkænjən] 名 C 峽谷

11 **cape** [kep] 名 C 岬，海角

MP3 226

12 **capital** [ˋkæpətl̩] 名 ❶ C 首都；❷ U 資金　形 ❸ 首要的；❹ 大寫字母的；❺ 可處死刑的

13 **chamber** [ˋtʃembɚ]
名 C 會場，會議廳

14 **chimney** [ˋtʃɪmnɪ] 名 C 煙囪

15 **cinema** [ˋsɪnəmə] 名 ❶ C 電影院；❷ U（總稱）電影，電影業

16 **cliff** [klɪf] 名 C 懸崖，峭壁

17 **collapse** [kəˋlæps] 動 ❶ 倒塌；❷（健康等）垮掉，累倒
名 ❸ U 倒塌

18 **construct** [kənˋstrʌkt] 動 建造，構成　名 construction 建造

19 **construction** [kənˋstrʌkʃən]
名 U 建造

・construct 建造
・-ion 名 表「行為的結果」

20 **continent** [ˋkɑntənənt]
名 C 大陸，陸地，洲
形 continental 洲的；大陸的

21 **cottage** [ˋkɑtɪdʒ]
名 C 農舍，小屋

22 **counter** [ˋkaʊntɚ]
❶ 名 C 櫃檯
❷ 形 相反的，對立的

29 Furniture & appliances 家具與設備 (3)

MP3 227

01 **dam** [dæm] ❶ 名 C 水壩
❷ 動 築壩於，築壩攔（水）

02 **district** [ˋdɪstrɪkt] 名 C 地區

03 **ditch** [dɪtʃ] ❶ 名 C 水道，渠道
❷ 動 拋棄，丟棄

04 **domestic** [dəˋmɛstɪk]
形 ❶ 家庭的；❷ 國家的，國內的

05 **dormitory** [ˋdɔrmə͵torɪ]
名 C 學生宿舍
同義 dorm 宿舍

06 **dump** [dʌmp] ❶ 名 C 垃圾場
❷ 動 傾倒

07 **enclose** [ɪnˋkloz]
動 ❶ 圍住，關住；❷（隨函）附寄

- en- 表「使」
- close 關閉

08 **environmental**
[ɪn͵vaɪrənˋmɛntl̩]
形 環境的，有關環保的

- environ 包圍
- -ment 名 表「行為」
- -al 形 表「……的」

09 **global** [ˋglobl̩] 形 全世界的

- globe 地球
- -al 形 表「關於……的」

MP3 228

10 **globe** [glob] 名 C（單數）地球
形 global 全球的

11 **grave** [grev] ❶ 名 C 墓穴
❷ 形 重大的，嚴重的

12 **greenhouse** [ˋgrin͵haʊs]
名 C 溫室

- green 綠
- house 房子

13 **gulf** [gʌlf] 名 C 海灣

14 **gymnasium** [dʒɪmˋnezɪəm]
名 C 體育館，健身房
同義 gym 體育館

15 **hallway** [ˋhɔl͵we]
名 C 玄關，門廳，走廊

- hall 大廳；走廊
- way 通路

16 **homeland** [ˋhom͵lænd]
名 C（常作單數）祖國，故鄉

- home 家
- land 陸地

17 **hometown** [ˋhomˋtaʊn]
名 C 故鄉，家鄉

- home 家
- town 城鎮

18 **horizon** [həˋraɪzn̩]
名 ❶（單數）地平線；
❷ C（常作複數）（知識、經驗等的）眼界，視野

19 **hostel** [ˋhɑstl̩] 名 C 旅舍（尤其指青年旅館）

30 Furniture & appliances 家具與設備 (4)

MP3 229

01 **hut** [hʌt] 名 C（簡陋的）小屋

02 **indoor** [ˋɪn͵dor]
形 室內的，戶內的
副 indoors 在室內

- in- 表「在內」 ▪ door 門

03 **indoors** [ˋɪnˋdorz]
副 在室內，在屋裡
反義 outdoors 在戶外

- in- 表「在內」
- door 門
- -s 構成副詞

04 **inn** [ɪn] 名 C 小旅館，客棧

05 **intimate** [ˋɪntəmɪt]
形 親密的，熟悉的
名 intimacy 親密

- intima 內膜
- -ate 形 表「有……性質的」

06 **landmark** [ˋlænd͵mɑrk]
名 C ❶ 地標；
❷ 重大事件，里程碑

- land 土地 ▪ mark 記號

07 **landscape** [ˋlænd͵skep]
名 C 風景，景色

- land 土地
- -scape 名 表「景色」

08 **lawn** [lɔn] 名 C 草坪，草地

09 **lighthouse** [ˋlaɪt͵haʊs]
名 C 燈塔

- light 燈 ▪ house 房子

10 **lobby** [ˋlɑbɪ] 名 C（劇場或旅館等的）大廳，門廊

11 **location** [loˋkeʃən]
名 C 位置，場所

- locate 動 座落於
- -ion 名 表「行為的結果」

MP3 230

12 **lunar** [ˋlunɚ] 形 ❶ 月的，月球上的；❷ 陰曆的

- luna 月亮
- -ar 形 表「……的」

13 **mall** [mɔl] 名 C（設在郊區的）大規模購物中心

14 **meadow** [ˋmɛdo] 名 U 草地，牧草地

15 **memorial** [məˋmorɪəl]
❶ 名 C 紀念碑，紀念館
❷ 形 紀念的，追悼的

- memory 紀念
- -al 名 表「狀態」

16 **mill** [mɪl] 名 C ❶ 磨坊，麵粉廠；❷ 磨臼，磨粉機
❸ 動 碾碎，研磨

17 **monument** [ˋmɑnjəmənt]
名 C ❶ 紀念碑，紀念塔，紀念館；❷ 歷史遺跡，遺址；
❸ 不朽的作品，豐功偉業

18 **motel** [moˋtɛl] 名 C 汽車旅館

- mo(tor) 汽車
- (ho)tel 旅館

19 **mountainous** [ˋmaʊntənəs]
形 多山的，有山的

- mountain 名 山
- -ous 形 表「多……的」

20 **neighborhood** [ˋnebɚˏhʊd]
名 C ❶ 近鄰，整個街坊；
❷ 鄰近地區

- neighbor 名 鄰居
- -hood 名 表「狀態」

21 **orbit** [ˋɔrbɪt] ❶ 名 U（天體等的）運行軌道 ❷ 動 環繞（天體等）的軌道運行

22 **palace** [ˋpælɪs]
名 C 皇宮，宮殿

23 **peak** [pik] 名 C ❶ 山頂，山峰；❷ 高峰，最高點
❸ 動 達到高峰

24 **pub** [pʌb] 名 C 酒吧

Part 2 Levels 3 — 4

31 Places & buildings 地方與建築

MP3 231

01 **pit** [pɪt] 名 C 窪坑，凹處

02 **regional** [ˋridʒənl̩] 形 地區的

- region 名 地區
- -al 形 表「……的」

03 **rural** [ˋrʊrəl]
形 農村的，田園的，有鄉村風味的

04 **skyscraper** [ˋskaɪˏskrepɚ]
名 C 摩天大樓

- sky 天
- scrap 刮；擦
- -er 名 表「物」

05 **slope** [slop] 名 C 斜坡

06 **stadium** [ˋstedɪəm]
名 C 體育館，運動場

07 **steep** [stip] 形 ❶ 陡峭的；
❷ 急劇升降的，大起大落的

08 **structure** [ˋstrʌktʃɚ]
名 ❶ U 結構，構造；
❷ C 構造體，建築物

09 **studio** [ˋstjudɪˏo]
名 C 工作室；錄音室

10 **suburb** [ˋsʌbɝb]
名 C 郊區
形 suburban 郊區的

MP3 232

11 **summit** [ˋsʌmɪt] 名 C ❶（山等的）尖峰，峰頂；❷ 最高級會議，高峰會

12 **surround** [səˋraʊnd]
動 ❶ 圍繞；❷ 包圍，圍困

・sur- 表「在上」
・round 環繞

13 **universe** [ˋjunə͵vɝs]
名 單 宇宙，全世界

14 **scenery** [ˋsinərɪ]
名 U 風景，景色

・scene 名 景色
・-ery 名 表「地方」

15 **shelter** [ˋʃɛltɚ] 名 ❶ C 躲避處，避難所；❷ U 掩蔽，庇護
動 ❸ 掩蔽，庇護；❹ 躲避，避難

16 **site** [saɪt] 名 C 地點，場所

17 **solar** [ˋsolɚ] 形 太陽的，日光的

18 **surroundings** [səˋraʊndɪŋz]
名（複）環境，周圍的事物，周圍的情況

・sur- 表「在上」
・round 圍繞
・-ing 名 表「產物」
・-s 複

19 **tomb** [tum] 名 C 墳墓，墳地

20 **urban** [ˋɝbən]
形 城市的，居住在城市的

21 **volcano** [vɑlˋkeno] 名 C 火山

Part 2 Levels 3 — 4

32 Social relationship & organizations 社會關係與組織 (1)

MP3 233

01 **background** [ˋbæk͵graʊnd]
名 C ❶ 背景；❷（事件等的）背景；❸ 出身背景，經歷

・back 後面的 ・ground 地；基底

02 **bond** [bɑnd] 名 C 聯結，聯繫
名 bondage 奴役；束縛

03 **charity** [ˋtʃærətɪ]
名 C 慈善團體，慈善事業
形 charitable 慈善的

04 **civil** [ˋsɪvḷ] 形 ❶ 公民的；❷ 民事的；❸ 國內的

05 **committee** [kəˋmɪtɪ]
名 集合名詞 委員會

・commit 託給
・-ee 名 表「受者」

06 **community** [kəˋmjunətɪ]
名 C 社區

07 **divorce** [dəˋvors]
❶ 名 C 離婚 ❷ 動 與……離婚

・di(s)- 表「分開」 ・vorce 轉

08 **foundation** [faʊnˋdeʃən]
名 ❶ C 基金會；❷ C 基礎，根據；❸ U 建立，創辦

・found 建立，創立
・-ation 名 表「動作，狀態」

09 **friendship** [ˋfrɛndʃɪp]

㊔Ⓤ 友情，友好

・friend 朋友
・-ship ㊔表「狀態」

10 **generation** [ˏdʒɛnəˋreʃən]

㊔Ⓒ 世代，一代

・generate 產生
・-ion ㊔表「行為的結果」

11 **headquarters**

[ˋhɛdˋkwɔrtɚz]

㊔Ⓒ 總部，總公司，總局

・head 頭　　・quarter 住處

12 **household** [ˋhaʊsˏhold]

㊔Ⓒ 一家人，家庭

・house 房子
・hold 占據；擁有

13 **isolate** [ˋaɪsḷˏet]

㊇❶ 使孤立，使脫離；
❷ 把（傳染病患者等）隔離

14 **isolation** [ˏaɪsḷˋeʃən]

㊔Ⓤ 隔離，孤立

・isolate ㊇使孤立
・-ion ㊔表「行為的狀態」

MP3 234

15 **membership** [ˋmɛmbɚˏʃɪp]

㊔Ⓤ 會員身分，會員資格

・member ㊔會員
・-ship ㊔表「身分」

16 **mutual** [ˋmjutʃʊəl] ㊎❶ 相互的，彼此的；❷ 共有的，共同的

17 **nationality** [ˏnæʃənˋælətɪ]

㊔Ⓤ 國籍

・nation 國家
・-al ㊎表「……的」
・-ity ㊔表「狀態」

18 **ownership** [ˋonɚˏʃɪp]

㊔Ⓤ 所有權　㊇own 擁有

・own 擁有　　・-er ㊔表「人」
・-ship ㊔表「狀態」

19 **panel** [ˋpænḷ] ㊔Ⓒ ❶ 專門小組，專題討論小組；
❷ 配電盤，控電板

20 **partnership** [ˋpɑrtnɚˏʃɪp]

㊔❶Ⓤ 合夥關係；❷Ⓒ 合夥公司

・partner ㊔合夥人
・-ship ㊔表「狀態」

21 **privilege** [ˋprɪvḷɪdʒ]

❶㊔Ⓤ 特權，優待
❷㊇給予……特權或優待

22 **racial** [ˋreʃəl] ㊎人種的，種族的

㊔racism 種族主義

・race 種族
・-ial ㊎表「屬於……的」

23 **rank** [ræŋk]

❶㊔Ⓤ 等級，地位，身分
❷㊇把……分等，把……評級

24 **relative** [ˋrɛlətɪv]

❶㊔Ⓒ 親戚，親屬
❷㊎與……有關係的，相關的

・relate 有關
・-ive ㊔㊎表「與……有關」

25 **responsibility**

[rɪˏspɑnsəˋbɪlətɪ]

名 U ❶ 責任；❷ 責任感

- response 回應
- -ible 形 表「可……的」
- -ity 名 表「狀態」

26 **romance** [roˋmæns]

名 ❶ C 戀情，緋聞；❷ U 羅曼蒂克氣氛，浪漫情調

27 **tribe** [traɪb] 名 C 部落，族群

28 **union** [ˋjunjən]

名 C 工會，協會

29 **tribal** [traɪbl̩]

形 部落的，種族的

- tribe 名 部落
- -al 形 表「……的」

33 Social relationship & organizations 社會關係與組織 (2)

MP3 235

01 **article** [ˋartɪkl̩]

名 C ❶ 文章；❷（物品的）一件

同義 item 品目

02 **artistic** [arˋtɪstɪk]

形 藝術的　名 art 藝術

- art 藝術
- -ist 名 表「做……的人」
- -ic 形 表「具有……特性的」

03 **autobiography**

[ˏɔtəbaɪˋɑgrəfɪ] 名 C 自傳

- auto- 表「自己的」
- biography 傳記

04 **ballet** [ˋbæle] 名 U 芭蕾舞

05 **biography** [baɪˋɑgrəfɪ]

名 C 傳記

- bio- 表「生命」
- -graphy 寫（或畫、描繪、記錄）的東西

06 **carve** [kɑrv] 動 刻，雕刻

07 **catalogue** [ˋkætəlɔg] 名 C 目錄　同義 catalog 目錄

08 **CD** [si di] 名 C 雷射唱片 (= compact disc)

09 **ceramic** [səˋræmɪk] ❶ 形 陶製的；❷ 名 C（常作複數）陶製品

10 **chain** [tʃen] 名 C ❶ 鏈條，項圈；❷ 一連串，一系列；❸ 連鎖店　動 ❹ 用鎖鏈拴住，拘禁

11 **chapter** [ˋtʃæptɚ] 名 C 章，回
同義 section, part, division
部，篇，部分

12 **china** [ˋtʃaɪnə]
名 U 瓷器，陶瓷器

MP3 236

13 **chorus** [korəs] 名 C 合唱隊
同義 choir 合唱團

14 **civilization** [ˌsɪvḷəˋzeʃən]
名 ❶ C 文化；❷ U 文明

- civil 文明的
- -ize 動 表「使形成」
- -ation 名 表「狀態」

15 **classical** [ˋklæsɪkḷ]
形 ❶ 古典的；❷ 正統的，傳統的

- class 等級　• -ic 名 表「藝術」
- -al 形 表「……的」

16 **column** [ˋkɑləm]
名 C ❶ 專欄；❷ 圓柱
名 columnist 專欄作家

17 **comedy** [ˋkɑmədɪ] 名 C 喜劇
名 comedian 喜劇演員

18 **comic** [ˋkɑmɪk]
❶ 名 C 連環漫畫　❷ 形 喜劇的

19 **compose** [kəmˋpoz]
動 ❶ 作（詩或曲）；❷ 組成，構成

- com- 在一起
- pose 假裝，冒充

20 **composition** [ˌkɑmpəˋzɪʃən]
名 ❶ C 作文；❷ U 構成，成分；
❸ U 創作，寫作

- com- 表「一起」
- pose 假裝，冒充
- -ion 名 表「行為的結果」

21 **concert** [ˋkɑnsɚt] 名 C 音樂會

22 **contribute** [kənˋtrɪbjut]
動 ❶ 投（稿）；❷ 捐獻，捐助；
❸ 促成

- con- 表「一起」
- tribute 貢物，貢金

23 **convention** [kənˋvɛnʃən]
名 ❶ U 慣例，習俗；
❷ C 大會，會議

- convene 集合
- -ion 名 表「行為」

24 **conventional** [kənˋvɛnʃənḷ]
形 ❶ 傳統式的；
❷ 習慣的，慣例的

- convention 慣例
- -al 形 表「……的」

25 **creative** [krɪˋetɪv]
形 ❶ 創造性的，有創造力的；
❷ 啟發想像力的

- create 動 創造
- -ive 形 表「與……有關的」

34 Social relationship & organizations 社會關係與組織 (3)

MP3 237

01 **cultural** [ˋkʌltʃərəl]
形 文化的，人文的
・culture 名 文化
・-al 形 表「……的」

02 **disco** [ˋdɪsko] 名 ❶ U 迪斯可音樂；❷ C 小舞廳，迪斯可舞廳

03 **draft** [dræft]
❶ 名 C 草稿 ❷ 動 起草

04 **dramatic** [drəˋmætɪk]
形 ❶ 戲劇的，劇本的；
❷ 戲劇般的，戲劇性的
・drama 名 戲劇
・-(t) ic 形 表「……的」

05 **edit** [ˋɛdɪt] 動 ❶ 編輯，校訂；❷ 主編（報紙、雜誌等），擔任（出版物等）的編輯；❸ 剪輯，剪接（影片等）

06 **edition** [ɪˋdɪʃən]
名 C ❶ 版本；❷（發行物的）版，（某版的）發行數
・edit 編輯
・-ion 名 表「行為的結果」

07 **essay** [ˋɛse] 名 C 論說文，散文

08 **exhibit** [ɪgˋzɪbɪt]
動 ❶ 展示，陳列
名 C ❷ 展示品；❸ 展示會
・ex- 表「出」
・hib 表「舉辦」

09 **exhibition** [ˏɛksəˋbɪʃən]
名 C 展覽，展示會
・exhibit 展出
・-ion 名 表「行為的結果」

10 **fable** [ˋfebḷ] 名 C 寓言故事

11 **fiction** [ˋfɪkʃən]
名 U（總稱）小說

12 **gallery** [ˋgælərɪ]
名 C 畫廊，美術館，藝廊

MP3 238

13 **instruction** [ɪnˋstrʌkʃən]
名 C ❶ 用法說明，操作指南；
❷ 命令，指示
・instruct 教授；指示
・-ion 名 表「行為」

14 **journal** [ˋdʒɝnḷ]
名 C 雜誌，期刊
名 journalism 新聞業

15 **legend** [ˋlɛdʒənd] 名 C ❶ 傳說，傳奇故事，傳奇文學；❷ 傳說中的人或事，傳奇人物

16 **literary** [ˋlɪtəˏrɛrɪ] 形 文學的，文藝的 名 literature 文學

17 **literature** [ˋlɪtərətʃɚ]
名 U 文學
・literate 能讀寫的；有文化修養
・-ure 名 表「動作」

18 **lullaby** [ˋlʌlə͵baɪ] 名 C 搖籃曲

19 **manual** [ˋmænjʊəl] ❶ 名 C 手冊，簡介 ❷ 形 用手操作的

20 **musical** [ˋmjuzɪkl̩] ❶ 形 音樂的 ❷ 名 C 歌舞劇，音樂片

- muse 司掌文藝、音樂與藝術的希臘女神繆斯
- -ic 名 表「藝術」
- -al 形 表「……的」

21 **opera** [ˋɑpərə] 名 U 歌劇

22 **orchestra** [ˋɔrkɪstrə] 名 C 管弦樂隊

23 **paragraph** [ˋpærə͵græf] 名 C（文章的）段，節

- para- 旁；並列
- graph 圖表

24 **passage** [ˋpæsɪdʒ] 名 ❶ C（文章的）一段；❷ 走廊，過道；❸（時間的）推移，進行

- pass 通過
- -age 名 表「場所、動作」

25 **perform** [pɚˋfɔrm] 動 ❶ 演出，表演；❷（人）表現；❸ 執行，做；❹ 演出……以

26 **performance** [pɚˋfɔrməns] 名 ❶ C 演出，表演；❷（人）表現；❸（機器等的）性能，效能

- perform 表演
- -ance 名 表「動」

Part 2 Levels 3 — 4

35 Social relationship & organizations 社會關係與組織 (4)

MP3 239

01 **flea** [fli] 名 C 跳蚤

02 **flock** [flɑk] ❶ 名 C 畜群，人群 ❷ 動 聚集

03 **porcelain** [ˋpɔrslɪn] 名 U 瓷，（總稱）瓷器

04 **portrait** [ˋportret] 名 C ❶ 肖像；❷ 描繪 同義 depiction 描寫

05 **pottery** [ˋpɑtɚɪ] 名 U 陶器

- pot 罐，壺
- -er 名 表「人」
- -y 名 表「狀態」

06 **publication** [͵pʌblɪˋkeʃən] 名 ❶ U 出版，發行；❷ C 出版物，刊物

- public 公眾的
- -ation 名 表「狀態；結果」

07 **publish** [ˋpʌblɪʃ] 動 ❶ 出版，發行；❷ 刊載，刊登

08 **quotation** [kwoˋteʃən] 名 C 引文

- quote 動 引用
- -ation 名 表「動作」

09 **quote** [kwot] ❶ 動 引用，引述 ❷ 名 C 引文 名 quotation 引文

10 **revise** [rɪˋvaɪz] 動 修改，修正

11 **revision** [rɪˋvɪʒən]
名 U 修改，修正

- revise 修正
- -ion 名 表「行為」

12 **rhyme** [raɪm] 動 ❶ 使成韻
名 ❷ C 同韻語，押韻詞；
❸ U 押韻

13 **rhythm** [ˋrɪðəm] 名 U 節奏，韻律　形 rhythmic 有韻律的

MP3 240

14 **statue** [ˋstætʃu] 名 C 雕像

15 **summary** [ˋsʌmərɪ]
名 C 總結，摘要

- sum 概要
- -ary 名 表「與……有關之物」

16 **text** [tɛkst] 名 ❶ U 原文，文本；❷ 正文

17 **tune** [tjun] ❶ 名 C 曲調，旋律
❷ 動 調（收音機的）頻道

18 **verse** [vɝs] 名 ❶ C 詩句，詩行，詩節；❷ U 詩，韻文

19 **volume** [ˋvɑljəm] 名 ❶ C 卷，冊；❷ U 音量；❸ U（生產、交易等的）量，額

20 **sculpture** [ˋskʌlptʃɚ]
❶ 名 C 雕刻品，雕像
❷ 動 雕刻　同義 carve 雕刻

21 **sketch** [skɛtʃ] 名 C ❶ 素描，草圖　❷ 動 為……素描

22 **summarize** [ˋsʌməˏraɪz]
動 總結，概述，概括

- summary 總結
- -ize 動 表「按……處理」

23 **symphony** [ˋsɪmfənɪ]
名 C 交響樂團

- sym- 表「同時」
- -phone 名 表「聲音」
- -y 名 表「狀態」

24 **theme** [θim] 名 C 題目，主題

25 **tragedy** [ˋtrædʒədɪ]
名 C ❶ 悲劇；❷ 悲劇性事件，慘案　形 tragic 悲劇的

26 **tragic** [ˋtrædʒɪk]
形 ❶ 悲劇的；❷ 悲劇性的，悲慘的　名 tragedy 悲劇

27 **translate** [trænsˋlet] 動 翻譯
名 translation 翻譯

28 **translation** [trænsˋleʃən]
名 U 翻譯

- translate 翻譯
- -ion 名 表「行為（的結果）」

36 Money & business 金錢與商業 (1)

MP3 241

01 **account** [ə`kaʊnt]
名C ❶（銀行）帳戶；
❷ 解釋，說明；❸ 記述，描述

02 **advertise** [`ædvɚ͵taɪz]
動 ❶ 為……做廣告，為……宣傳；❷ 登廣告，作宣傳

03 **advertisement**
[͵ædvɚ`taɪzmənt] 名 ❶ U 廣告，宣傳；❷ C（一則）廣告

- advertise 為……做廣告
- -ment 名表「方法」

04 **afford** [ə`ford] 動 ❶ 供得起，買得起；❷ 供給，給予

05 **agency** [`edʒənsɪ]
名C 代辦處，經銷處

06 **agent** [`edʒənt]
名C 代理人，代理商，仲介人

07 **allowance** [ə`laʊəns]
名C 津貼，零用錢

- allow 允許
- -ance 名表「狀況」

08 **ATM** [e ti ɛm] 名C 自動存提款機 (= automated teller machine)

09 **available** [ə`veləbḷ] 形 ❶ 可得到的，可買到的；❷ 有空的

- avail 有用，有益
- -able 形表「可……的」

10 **bankrupt** [`bæŋkrʌpt]
形 ❶ 破產的；❷ 徹底缺乏的，喪失……的

11 **bargain** [`bɑrgɪn] 名C ❶ 交易，買賣；❷ 特價商品，便宜貨
❸ 動 討價還價

12 **broke** [brok]
形（口）一文不名的，破了產的

MP3 242

13 **budget** [`bʌdʒɪt] ❶ 名C 預算，生活費 ❷ 動 編列預算
❸ 形 低廉的

14 **capitalism** [`kæpətḷ͵ɪzəm]
名U 資本主義

- capital 資本
- -ism 名表「……主義」

15 **career** [kə`rɪr] 名C 職業

16 **commerce** [`kɑmɝs]
名U 商業，貿易，交易
形 commercial 商業的

17 **commercial** [kə`mɝʃəl]
❶ 形 商業性的，商務的
❷ 名C（電視廣播中的）商業廣告

- commerce 名 商業
- -ial 形表「具……特性的」

18 **contract** 名 [`kɑntrækt]
C ❶ 契約，合同 動 [kən`trækt]
❷ 簽（約）；❸ 得（病），沾染（習慣）；❹ 收縮，縮小

19 **contribution**

[ˌkɑntrəˋbjuʃən] 名 ❶ U 貢獻；❷ C 捐獻的物品（或錢）

- con- 表「一起」
- tribute 貢物，貢金
- -ion 名 表「行為」

20 **credit** [ˋkrɛdɪt] 名 U ❶ 信用，信譽；❷ 信賴；❸ 榮譽，功勞 動 ❹ 把……歸於

21 **deposit** [dɪˋpɑzɪt] 名 C ❶ 存款；❷ 保證金，押金，定金 動 ❸ 放置，寄存；❹ 把（錢）儲存，存放

22 **dime** [daɪm] 名 C（美國或加拿大的）一角硬幣

23 **discount** 名 [ˋdɪskaʊnt]
❶ C 折扣，打折扣
動 [dɪsˋkaʊnt] ❷ 將……打折扣

- dis- 表「不」　• count 數

24 **earnings** [ˋɝnɪŋz]
名（複）❶ 收入，工資；
❷ 利潤，收益

- earn 動 賺得　• -s 複
- -ing 名 表「結果」

25 **economic** [ˌikəˋnɑmɪk]
形 經濟上的

26 **economical** [ˌikəˋnɑmɪkḷ]
形 節約的，節儉的

- economic 經濟上的
- -al 形 表「關於……的」

37 Money & business 金錢與商業 (2)

MP3 243

01 **economics**
[ˌikəˋnɑmɪks] 名 U 經濟學

- economic 經濟上的
- -s 名 表「學說」

02 **economist** [iˋkɑnəmɪst]
名 C 經濟學家

- economy 經濟
- -ist 名 表「做……的人」

03 **economy** [ɪˋkɑnəmɪ]
❶ 名 U 經濟
❷ 形 經濟的，平價的

04 **employ** [ɪmˋplɔɪ]
動 ❶ 雇用；❷ 使用，利用
名 employment 雇用

05 **employee** [ˌɛmplɔɪˋi]
名 C 受雇者，雇工，雇員

- employ 雇用
- -ee 名 表「與……有關的人」

06 **employer** [ɪmˋplɔɪɚ]
名 C 雇主，雇用者

- employ 雇用　• -er 名 表「人」

07 **employment** [ɪmˋplɔɪmənt]
名 U ❶ 雇用，受雇；
❷ 職業，工作；❸ 使用，運用

- employ 雇用
- -ment 名 表「狀態」

08 **exchange** [ɪks`tʃendʒ]

名 U ❶ 交換；❷ 匯兌，匯率

動 ❸ 交換；❹ 兌換

- ex- 表「由內向外」
- change 交換

09 **expense** [ɪk`spɛns] 名 C 費用，支出 形 expensive 昂貴的

- ex- 表「出」
- pens(e) 表「 秤量；支付」

10 **export** [ɪks`port] 動 ❶ 輸出，出口 名 U ❷ 輸出，出口

11 **finance** 名 [`faɪnæns]

❶ C（常作複數）財務情況；

動 [faɪ`næns] ❷ U 財政，金融

❸ 供資金給

- fine 罰金
- -ance 名 表「狀況」

12 **financial** [faɪ`nænʃəl]

形 財政的，金融的

- finance 財政
- -ial 形 表「具有⋯⋯特性」

13 **fortune** [`fɔrtʃən]

名 ❶ C 財產，財富；

❷ U 好運，幸運；❸ C 命運

14 **fund** [fʌnd] 名 C ❶ 資金，基金；❷ 專款

15 **goods** [gʊdz] 名 複 商品，貨物

MP3 244

16 **import** 動 [ɪm`port]

名 [`ɪmport] ❶ 動 進口，輸入

❷ 名 C 進口商品

- im- 表「向內」
- port 港口

17 **inflation** [ɪn`fleʃən]

名 U 通貨膨脹

- inflate 膨脹
- -ion 名 表「行為的狀態」

18 **insurance** [ɪn`ʃʊrəns]

名 U 保險

- insure 動 投保
- -ance 名 表「狀況」

19 **invest** [ɪn`vɛst] 動 投資

名 investment 投資

- in- 表「向內」
- vest 使穿上

20 **investment** [ɪn`vɛstmənt]

名 C 投資（物）

- invest 投資
- -ment 名 表「結果」

21 **loan** [lon] ❶ 名 C 貸款

❷ 動 借出，貸與

22 **luxurious** [lʌg`ʒʊrɪəs]

形 豪華的，非常舒適的

- luxury 名 奢侈
- -ious 形 表「有⋯⋯特性」

23 **luxury** [`lʌkʃərɪ] 名 ❶ U 奢侈，奢華；❷ C 奢侈品；

❸ U 享受，樂趣

24 **manage** [ˋmænɪdʒ] 動❶處理，管理，經營；❷設法做到；❸安排（時間）做

25 **management** [ˋmænɪdʒmənt] 名❶U管理，經營；❷C資方，管理部門；❸U管理手段

- manage 管理
- -ment 名表「方法」

26 **manufacture** [ˏmænjəˋfæktʃɚ] 動❶（大量）製造，加工　名❷U製造；❸C（常作複數）製品，產品

- manus 手　・fact 事實
- -ure 名表「動作」

27 **manufacturer** [ˏmænjəˋfæktʃərɚ] 名C製造業者，廠商，製造公司

- manufacture 製造
- -er 名表「人」

28 **needy** [ˋnidɪ] 形貧窮的

- need 需要
- -y 形表「有……的」

29 **occupation** [ˏɑkjəˋpeʃən] 名❶C工作，職業；❷U占領，占據

- occupy 使從事
- -ation 名表「狀態」

30 **owe** [o] 動❶欠（債等）；❷虧欠；❸把……歸功於

31 **penny** [ˋpɛnɪ] 名C❶（英）便士，（美）一分（硬幣）；❷一小筆錢

Part 2 Levels 3 — 4

38 Money & business 金錢與商業 (3)

MP3 245

01 **poverty** [ˋpɑvɚtɪ] 名U貧窮，貧困　形poor 貧窮的

02 **precious** [ˋprɛʃəs] 形貴重的，寶貴的，珍貴的

03 **proceed** [prəˋsid] 動❶繼續進行；❷開始，著手；❸（沿特定路線）行進，移動

- pro- 表「先，前」　・cede 讓與

04 **product** [ˋprɑdəkt] 名C產品，產物

05 **production** [prəˋdʌkʃən] 名U❶生產，製作；❷產量

- product 產品
- -ion 名表「行為的結果」

06 **productive** [prəˋdʌktɪv] 形多產的，富饒的，富有成效的

- product 產品
- -ive 形表「有……特性」

07 **profession** [prəˋfɛʃən] 名C職業　形professional 專業的

- professed 專業的
- -ion 名表「行為」

08 **professional** [prəˋfɛʃənl̩] 形職業的，專業的

- profession 職業
- -al 形表「……的」

09 **profit** [ˋprɑfɪt] 名 ❶ Ⓒ 利潤，收益；❷ Ⓤ 利益，益處
❸ 動 得益於

10 **profitable** [ˋprɑfɪtəbḷ]
形 有利潤的，贏利的

- profit 利潤
- -able 形 表「有……特性的」

11 **program** [ˋprogræm]
名 Ⓒ ❶ 課程；❷ 節目

- pro- 表「在前」
- -gram 名 表「……寫的東西；圖像」

12 **promote** [prəˋmot]
動 ❶ 促進；❷ 晉升；❸ 推銷

13 **promotion** [prəˋmoʃən]
名 ❶ Ⓒ 升遷，晉升；
❷ Ⓤ 促銷，推銷

- promote 晉升；推銷
- -ion 名 表「行為」

14 **property** [ˋprɑpətɪ]
名 ❶ Ⓤ 財產，資產；
❷ Ⓤ 財產權，所有權；❸ Ⓒ 特性

- proper 適當的
- -ty 名 表「性質」

MP3 246

15 **rate** [ret] 名 Ⓒ ❶ 費用，價格；
❷ 比例，比率；❸ 速度，速率
動 ❹ 認為，列為

16 **receipt** [rɪˋsit] 名 ❶ Ⓒ 收據；
❷ Ⓤ 收到，接到

17 **rent** [rɛnt] ❶ 名 Ⓒ 租金
動 ❷ 租用；❸ 租出；❹ 出租

18 **salary** [ˋsælərɪ]
名 Ⓒ 薪資，薪水

- sal 鹽
- -ary 名 表「與……有關之物」

19 **saving** [ˋsevɪŋ] 名 ❶（常作複數）儲金，存款；❷ Ⓒ 節儉，節約

- save 儲蓄　- -ing 名 表「結果」

20 **salesperson** [ˋselz͵pɝsṇ]
名 Ⓒ 店員，售貨員（無男女性之分）

- sale 販賣；出售　- -s 複
- person 人

21 **tag** [tæg] 名 Ⓒ 標籤，吊牌

22 **tax** [tæks] 名 Ⓒ 稅

23 **trader** [ˋtredɚ] 名 Ⓒ 商人

- trade 做買賣　- -er 名 表「人」

24 **valuable** [ˋvæljuəbḷ] 形 ❶ 有價值的；❷ 值錢的，貴重的

- value 價值
- -able 形 表「有……特性的」

25 **wages** [ˋwedʒɪs] 名 複 薪水

- wage 薪水　- -s 複

26 **wealth** [wɛlθ] 名 Ⓤ 財富，財產
形 wealthy 富裕的

27 **wealthy** [ˋwɛlθɪ] 形 富有的，富裕的　同義 rich 富有的

- wealth 財富
- -y 形 表「有……的」

39 Politics & government 政治與政府

MP3 247

01 **ambassador** [æm`bæsədɚ]
名 C 大使，使節

02 **authority** [ə`θɔrətɪ]
名 ❶ C（常作複數）官方，當局；❷ U 權力，職權；❸ C 權威人士，專家

03 **China** [`tʃaɪnə] 名 中國

04 **colony** [`kɑlənɪ] 名 C ❶ 殖民地；❷ 僑居地；❸（動物的）集群

05 **congress** [`kɑŋgrəs]
名 C ❶ 國會；❷（正式）會議，代表大會

06 **democracy** [dɪ`mɑkrəsɪ]
名 ❶ U 民主，民主政體；
❷ C 民主國家；
❸ U 民主精神，民主作風

- demo- 表「人民」
- -cracy 名 表「統治」

07 **democratic** [͵dɛmə`krætɪk]
形 民主的，民主政體的

- demo- 表「人民」
- -crat 名 表「……政治的擁護者」
- -ic 形 表「……的」

08 **diplomat** [`dɪpləmæt]
名 C 外交官

09 **dynasty** [`daɪnəstɪ]
名 C 朝代，王朝

10 **election** [ɪ`lɛkʃən] 名 C 選舉

- elect 選舉
- -ion 名 表「行為的結果」

11 **embassy** [`ɛmbəsɪ]
名 C 大使館

12 **emperor** [`ɛmpərɚ] 名 C 皇帝

13 **empire** [`ɛmpaɪr]
名 C ❶ 帝國；❷ 大企業

MP3 248

14 **governor** [`gʌvɚnɚ]
名 C 州長

- govern 動 統治
- -or 名 表「人」

15 **lord** [lɔrd] 名 C 統治者，君王

16 **mayor** [`meɚ] 名 C 市長，鎮長

17 **minister** [`mɪnɪstɚ] 名 C 部長

18 **ministry** [`mɪnɪstrɪ] 名 C（政府的）部

19 **overthrow**
動 [͵ovɚ`θro] ❶ 打倒，推翻
名 [`ovɚθro] ❷ U 打倒，推翻

- over- 表「越過」
- throw 拋；摔下

20 **political** [pə`lɪtɪk!] 形 政治的
名 politician 政治家
名 politics 政治

- polity 政府
- -ic 形 表「具有……特性的」

21 **politician** [ˌpɑləˋtɪʃən]
名 C 政治家，政客

・political 政治的
・-ian 名 表「……的人」

22 **politics** [ˋpɑlətɪks] 名 U 政治

・polity 政府 ・-ic 形 表「……的」
・-s 名 表「學說」

23 **poll** [pol] 名 C ❶ 民意測驗；❷ U 投票　動 ❸ 對……進行民意測驗；❹（候選人等）獲得（若干票數）

24 **republic** [rɪˋpʌblɪk] 名 C 共和國，共和政體
形 republican 共和國的

25 **revolution** [ˌrɛvəˋluʃən]
名 C ❶ 革命；❷ 大革命性劇變，變革

・revolute 參加革命
・-ion 名 表「行為」

26 **revolutionary**
[ˌrɛvəˋluʃənˌɛrɪ] 形 ❶ 革命的；❷ 大變革的，完全創新的

・revolution 革命
・-ary 形 表「與……有關的」

27 **territory** [ˋtɛrəˌtorɪ]
名 ❶ C 領土；❷ C 領域，地盤；❸ U（知識等的）領域，範圍

28 **vice president**
[vaɪs ˋprɛzədənt] 名 C 副總統

・vice- 表「副的」
・president 總統

Part 2 Levels 3 — 4

40 Law & crime 法律與犯罪

MP3 249

01 **accuse** [əˋkjuz] 動 指控，控告
名 accusation 控告

02 **burglar** [ˋbɝglɚ]
名 C 破門盜竊者，夜賊

03 **capture** [ˋkæptʃɚ] 動 ❶ 捕獲，俘虜；❷ 獲得；❸ 引起（注意），迷住　名 ❹ U 捕獲，俘虜

04 **commit** [kəˋmɪt] 動 ❶ 犯（罪），做（錯事等）；❷ 使承擔義務，使作出保證

05 **constitution** [ˌkɑnstəˋtjuʃən]
名 C 憲法，章程

・constitute 設立
・-ion 名 表「行為的結果」

06 **criminal** [ˋkrɪmənḷ] 形 ❶ 犯罪的；❷ 刑事上的　名 ❸ C 罪犯

07 **enforce** [ɪnˋfors]
動 實施，執行
名 enforcement 實施

・en- 表「使」　・force 力量

08 **enforcement** [ɪnˋforsmənt]
名 U 實施，執行

・enforce 實施
・-ment 名 表「行為」

09 **gamble** [ˋgæmbḷ]
動 ❶ 賭博，打賭；❷ 冒險

10 **gang** [gæŋ]
名 C（歹徒等的）一幫，一群

11 **gangster** [ˋgæŋstɚ] 名 C（結成團伙的）歹徒，流氓

- gang（歹徒等的）一幫
- -ster 名 表「與……有關者」

12 **guilt** [gɪlt]
名 U ❶ 有罪，犯罪；❷ 內疚
反義 innocence 無罪

13 **guilty** [ˋgɪltɪ] 形 ❶ 有罪的，犯……罪的；❷ 內疚的，自知有過錯的

- guilt 有罪；內疚
- -y 形 表「有……的」

14 **innocent** [ˋɪnəsn̩t] 形 ❶ 無罪的，清白的；❷ 純真的

15 **jail** [dʒel] 名 ❶ C 監獄，拘留所；❷ U 監禁，拘留

16 **justice** [ˋdʒʌstɪs]
名 U ❶ 正義，公平；❷ 司法

- just 公平的

17 **lawful** [ˋlɔfəl] 形 合法的
同義 legal 合法的

- law 法律
- -ful 形 表「有……性質的」

18 **murder** [ˋmɝdɚ] ❶ 名 U 謀殺（罪），兇殺　❷ 動 謀殺，兇殺

MP3 250

19 **murderer** [ˋmɝdərɚ]
名 C 謀殺犯；兇手

- murder 謀殺　・-er 名 表「人」

20 **ought to** [ɔt tu] 助 應當，應該

21 **penalty** [ˋpɛnl̩tɪ]
名 C ❶ 處罰，刑罰；❷ 罰款

- penal 刑罰的；應受刑的
- -ty 名 表「狀態」

22 **pickpocket** [ˋpɪk͵pɑkɪt]
名 C 扒手

- pick 挖，扒　・pocket 口袋

23 **pirate** [ˋpaɪrət] 名 C ❶ 海盜，劫掠者；❷ 剽竊者，侵犯版權者
動 ❸ 剽竊，非法翻印

24 **plot** [plɑt] 名 C 陰謀，祕密計劃；❷ 情節　❸ 動 密謀，策劃

25 **proof** [pruf] 名 ❶ C 證據，物證；❷ U 證明

26 **regulate** [ˋrɛgjə͵let] 動 ❶ 管理，規範；❷ 調整，調節
名 regulation 管理

27 **regulation** [͵rɛgjəˋleʃən]
名 C 規章，條例

- regulate 規範
- -ion 名 表「行為的結果」

28 **release** [rɪˋlis] 動 ❶ 釋放；❷ 鬆開；❸ 發行，發表
名 C ❹ 釋放；❺ 發行，發表

- re- 表「再，重新」・lease 租賃

29 **restrict** [rɪˋstrɪkt] 動 限制
名 restriction 限制

- re- 表「再，更」
- strict 嚴格的

30 **restriction** [rɪˋstrɪkʃən]

名 C（常作複數）限制規定

・restrict 限制
・-ion 名 表「行為」

31 **rob** [rɑb] 動 ❶ 搶劫；❷ 剝奪（權利） 名 robber 劫匪 名 robbery 搶劫（案）

32 **robber** [ˋrɑbɚ]

名 C 搶匪，強盜

・rob 搶劫 ・-er 名 表「人」

33 **robbery** [ˋrɑbərɪ] 名 ❶ C 搶劫案，搶案；❷ U 搶劫罪

・robber 搶匪
・-y 名 表「狀態」

34 **sin** [sɪn]

名 C（宗教或道德的）罪，罪過

35 **suicide** [ˋsuə͵saɪd] 名 U 自殺

36 **violate** [ˋvaɪə͵let] 動 違背，違反 名 violation 違反

37 **violation** [͵vaɪəˋleʃən]

名 U 違背，違反

・violate 違反
・-ion 名 表「行為」

Part 2 Levels 3 — 4

41 Education & learning 教育與學習 (1)

MP3 251

01 **academic** [͵ækəˋdɛmɪk]

形 學術的

02 **adjective** [ˈædʒɪktɪv]

名 C 形容詞

03 **admission** [ədˋmɪʃən]

名 ❶ U（學校、俱樂部等的）進入許可；❷ C 門票，入場券；❸ C 承認

04 **adverb** [ˋædvɝb] 名 C 副詞

05 **biology** [baɪˋɑlədʒɪ] 名 U 生物學 形 biological 生物的

・bio- 表「生物」
・-logy 名 表「……學」

06 **chemistry** [ˋkɛmɪstrɪ]

名 U 化學

・chemist 化學家
・-ry 名 表「……類的事物」

07 **college** [ˋkɑlɪdʒ]

名 C 學院，大學

同義 university, academy 大學

08 **comma** [ˋkɑmə] 名 C 逗號

09 **conjunction** [kənˋdʒʌŋkʃən]

名 C 連接詞

・conjunct 結合的
・-ion 名 表「行為的結果」

10 **consonant** [ˋkɑnsənənt]

名 C 子音

- con- 表「一起」
- sonant 有聲字母

11 **context** [ˋkɑntɛkst]

名 ❶ U 上下文，文章脈絡；❷ C 來龍去脈，背景

MP3 252

12 **cram** [kræm] 動 ❶（為應考）死記硬背塞進；❷ 擠進，塞滿；❸ 把……塞進，把……塞滿

13 **diploma** [dɪˋplomə]

名 C 畢業文憑，學位證書

14 **drill** [drɪl] 名 C ❶ 訓練；❷ 鑽（機） 動 ❸ 鑽（孔）；❹ 訓練

15 **educate** [ˋɛdʒəˏket]

動 ❶ 教育；❷ 培養，訓練

名 education 教育

16 **educational** [ˏɛdʒʊˋkeʃənḷ]

形 ❶ 教育的；❷ 有教育意義的

- educate 教育
- -ion 名 表「行為的結果」
- -al 形 表「……的」

17 **elementary** [ˏɛləˋmɛntərɪ]

形 初級的，基礎的

- element 基礎
- -ary 形 表「與……有關的」

18 **examinee** [ɪgˏzæməˋni]

名 C 應試者

- examine 測驗
- -ee 名 表「與……有關的人」

19 **examiner** [ɪgˋzæmɪnɚ]

名 C 主考人，檢查人，審查員

- examine 測驗
- -er 名 表「人」

20 **expose** [ɪkˋspoz] 動 使暴露於，使接觸到　名 exposure 暴露

21 **exposure** [ɪkˋspoʒɚ]

名 U 暴露，接觸

- expose 使暴露於
- -ure 名 表「動作」

22 **flunk** [flʌŋk] 動 ❶ 通不過（考試等）；❷ 給（某人）打不及格分數

23 **formation** [fɔrˋmeʃən]

名 C 構成物，形態，結構

- form 形成
- -ate 動 表「使成為」
- -ion 名 表「行為的結果」

24 **freshman** [ˋfrɛʃmən]

名 C（大學等的）一年級生

- fresh 新鮮的　- man 人

42 Education & learning 教育與學習 (2)

MP3 253

01 **graduate**

動 [ˋgrædʒʊˏet] ❶ 畢業

名 [ˋgrædʒʊɪt] ❷ Ⓒ 畢業生

‧grade 階段
‧-ate 動表「使成為」

02 **graduation** [ˏgrædʒʊˋeʃən]

名 Ⓤ 畢業

‧graduate 畢業
‧-ion 名表「行為」

03 **grammar** [ˋgræmɚ] 名 Ⓤ 文法

形 grammatical 文法的

04 **grammatical** [grəˋmætɪkḷ]

形 文法的，合乎文法的

05 **guidance** [ˋgaɪdṇs]

名 Ⓤ 指導，引導

‧guide 引導
‧-ance 名表「動作」

06 **handwriting** [ˋhændˏraɪtɪŋ]

名 Ⓤ ❶ 書寫，手寫；❷ 筆跡

‧hand 手
‧write 寫
‧-ing 名表「動作」

07 **historic** [hɪsˋtɔrɪk] 形 歷史上著名的，歷史上有重大意義的

‧history 歷史
‧-ic 形表「具有……的」

08 **historical** [hɪsˋtɔrɪkḷ]

形 ❶ 歷史的，史學的；❷ 有關歷史的，基於史實的

‧historic 歷史著名的
‧-al 形表「關於……的」

09 **idiom** [ˋɪdɪəm]

名 Ⓒ 慣用語，成語

10 **ignorance** [ˋɪgnərəns]

名 Ⓤ 無知，愚昧

形 ignorant 無知的

‧ignore 忽視
‧-ance 名表「狀況」

11 **ignorant** [ˋɪgnərənt] 形 ❶ 無知的，不學無術的；❷ 不知道的

‧ignore 忽視
‧-ant 形 表「處於……狀態的」

12 **instruct** [ɪnˋstrʌkt]

動 ❶ 教授，指導；❷ 指示，吩咐

MP3 254

13 **instructor** [ɪnˋstrʌktɚ]

名 Ⓒ 教練，指導者

‧instruct 指示 ‧-or 名表「人」

14 **intermediate** [ˏɪntɚˋmidɪət]

形 中等程度的，中級的

‧inter- 表「在……之內」
‧middle 中間
‧-ate 形表「有……性質或狀態的」

15 **intonation** [ˏɪntoˋneʃən]

名 Ⓒ 語調

・in- 加強語氣　・tone 語調
・-ate 動表「使成為」
・-ion 名表「行為的狀態」

16 **learned** [ˋlɝnɪd]
形有學問的，博學的

・learn 學習
・-ed 形表「……的」

17 **learning** [ˋlɝnɪŋ]
名 U ❶ 學習；❷ 學問

・learn 學習
・-ing 名表「動作」

18 **lecture** [ˋlɛktʃɚ] 名 C ❶ 授課，演講；❷ 訓斥，責備
動 ❸ 演講，講課；❹ 教訓，訓斥

・lection 經文
・-ure 名表「動作」

19 **lecturer** [ˋlɛktʃərɚ]
名 C 講演者，講師

・lecture 授課　・-er 名表「人」

20 **mathematical**
[͵mæθəˋmætɪkl̩]
形數學的，數學上的

・mathematics 數學
・-al 形表「……的」

21 **mathematics**
[͵mæθəˋmætɪks] 名 U 數學
形 mathematical 數學的

22 **memorize** [ˋmɛmə͵raɪz]
動記住，背熟

・memory 記憶
・-ize 動表「使」

23 **minor** [ˋmaɪnɚ] ❶ 動副修
❷ 名 C 副修科目　形 ❸ 不重要的，次要的；❹ 較小的，較少的

24 **noun** [naʊn] 名 C 名詞

25 **nursery** [ˋnɝsərɪ]
名 C ❶ 托兒所；❷ 苗圃

・nurse 護士；褓姆
・-ery 名表「地方」

26 **secondary** [ˋsɛkən͵dɛrɪ]
形 ❶（學校等）中等的；
❷ 第二的，次要的，輔助的

・second 第二的
・-ary 形表「狀況」

43 Education & learning 教育與學習 (3)

MP3 255

01 **major** [ˋmedʒɚ] 動 ❶ 主修 名 C ❷（大學中的）主修科目 形 ❸ 較多的，較大範圍的 ❹ 主要的，重要的

02 **participle** [ˋpɑrtəsəpl̩] 名 C 分詞

03 **philosopher** [fəˋlɑsəfɚ] 名 C 哲學家
名 philosophy 哲學

04 **philosophical** [͵fɪləˋsɑfɪkl̩] 形 哲學的

- philosopher 哲學家
- -ic 形 表「具有……特性的」
- -al 形 表「……的」

05 **philosophy** [fəˋlɑsəfɪ] 名 ❶ U 哲學；❷ C 人生觀

- philo- 表「愛好」
- -sophy 名 表「知識，學習」

06 **physics** [ˋfɪzɪks] 名 U 物理學
名 physicist 物理學家

- physic 醫治
- -ics 名 表「一種科學」

07 **plural** [ˋplʊrəl] ❶ 形 複數的 ❷ 名 C 複數形

08 **preposition** [͵prɛpəˋzɪʃən] 名 C 介系詞

- pre- 在前的　・posit 安置
- -ion 名 表「行為的狀態」

09 **professor** [prəˋfɛsɚ] 名 C 教授

10 **pronoun** [ˋpronaʊn] 名 C 代名詞

- pro- 表「代替」
- noun 名詞

11 **pronunciation** [prə͵nʌnsɪˋeʃən] 名 U 發音

- pronounce 發音
- -ation 名 表「動作」

12 **proverb** [ˋprɑvɝb] 名 C 諺語，俗語

MP3 256

13 **psychological** [͵saɪkəˋlɑdʒɪkl̩] 形 心理的，精神的

- psycho- 表「心理」
- -logy 名 表「……學」
- -ic 形 表「有……特性的」
- -al 形 表「……的」

14 **psychologist** [saɪˋkɑlədʒɪst] 名 C 心理學家

- psycho- 心理
- -logy 名 表「……學」
- -ist 名 表「做……的人」

15 **psychology** [saɪˋkɑlədʒɪ] 名 U 心理學

- psycho- 心理
- -logy 名 表「……學」

16 **recite** [rɪˋsaɪt] 動 ❶ 背誦，朗誦；❷ 歷數，列舉

- re- 表「再」　・cite 引用

17 **repetition** [ˌrɛpɪˋtɪʃən]

名 U 重複，反覆

・repeat 動 重複
・-ition 名 表「動作」

18 **scholar** [ˋskɑlɚ] 名 C 學者

名 scholarship 獎學金

・school 學校　・-ar 名 表「人」

19 **scholarship** [ˋskɑlɚˌʃɪp]

名 C 獎學金

・scholar 學者
・-ship 名 表「能力，技巧」

20 **system** [ˋsɪstəm]

名 C ❶ 制度，體制；❷ 系統

21 **singular** [ˋsɪŋgjəlɚ]

❶ 形 單數的；❷ 名 C 單數

・single 單一的
・-ar 形 表「……的」

22 **sophomore** [ˋsɑfmor]

名 C（大學或高中的）二年級學生

23 **syllable** [ˋsɪləbl̩] 名 C 音節

24 **university** [ˌjunəˋvɝsətɪ]

名 U 大學

・universe 宇宙
・-ity 名 表「性質」

25 **verb** [vɝb] 名 C 動詞

26 **vowel** [ˋvaʊəl] 名 C 母音

44 Military affairs & war 軍事與戰爭

MP3 257

01 **arms** [ɑrmz] 名 複 武器

同義 weapons 武器

02 **barrier** [ˋbærɪr]

名 C ❶ 障礙物；❷ 障礙，阻礙；❸ 邊境，界線

03 **blade** [bled] 名 C 刀身，刀片

04 **bullet** [ˋbʊlɪt] 名 C 子彈，彈丸

05 **clash** [klæʃ]

動 ❶ 發生衝突，抵觸；

❷ 砰地相碰撞，發出鏗鏘聲

06 **commander** [kəˋmændɚ]

名 C 指揮官，司令官

・command 命令
・-er 名 表「人」

07 **conquer** [ˋkɑŋkɚ]

動 ❶ 攻克，攻取；❷ 克服，戰勝

・con- 表「一起」
・query 表「調查」

08 **defend** [dɪˋfɛnd] 動 ❶ 防禦，保衛；❷ 為……辯護

09 **defense** [dɪˋfɛns] 名 U 防禦，保衛

10 **explode** [ɪkˋsplod] ❶ 動 使爆炸；❷ 爆炸；❸（情感）迸發；❹ 激增，迅速擴大

11 **explosion** [ɪk`sploʒən]
名 ❶ C 爆炸；❷ U 爆炸；
❸ C 劇增

- explode 爆炸
- -sion 名 表「行為的狀態」

12 **explosive** [ɪk`splosɪv]
❶ 形 爆炸（性）的
❷ 名 C 爆炸物，炸藥

- explode 爆炸
- -sion 名 表「狀態」
- -ive 形; 名 表「有⋯⋯的性質」

13 **fort** [fort] 名 C 堡壘，要塞

14 **invade** [ɪn`ved] 動 ❶ 侵入，侵略；❷ 侵犯，侵擾
名 invasion 侵略

15 **invasion** [ɪn`veʒən] 名 C ❶ 入侵，侵略；❷ 侵害，侵犯

- invade 侵入
- -sion 名 表「行為」

MP3 258

16 **missile** [`mɪsḷ]
名 C 飛彈，導彈

17 **mission** [`mɪʃən] 名 C 任務，使命

18 **monitor** [`mɑnətɚ] ❶ 名 C 監聽器，監視器 ❷ 動 監控，監聽，監視

19 **navy** [`nevɪ] 名 C 海軍

20 **occupy** [`ɑkjə͵paɪ] 動 ❶ 占領，占據；❷ 占（時間、空間），占用；❸ 使忙碌，使從事

21 **odd** [ɑd] 形 ❶ 奇特的，古怪的；❷ 單隻的，不成對的；
❸ 奇數的，單數的

22 **parachute** [`pærə͵ʃut]
❶ 名 C 降落傘
❷ 動 跳傘；❸ 傘投

- para- 表「側，旁」
- chute【口】降落傘

23 **radar** [`redɑr] 名 C 雷達

24 **rebel** 名 [`rɛbḷ] ❶ 名 C 造反者，反抗者，反叛者
動 [rɪ`bɛl] ❷ 動 反抗

25 **retain** [rɪ`ten] 動 保留，保持
同義 preserve 保存

26 **retreat** [rɪ`trit]
❶ 名 U 撤退　❷ 動 撤退
反義 動 advance 前進

- re- 表「離去」 - treat 對待

27 **rocket** [`rɑkɪt] ❶ 名 C 火箭，飛彈　動 ❷ 迅速上升，猛漲

28 **sword** [sord] 名 C 劍

29 **troop** [trup]
名 C ❶ 部隊；❷ 一群

30 **submarine** [`sʌbmə͵rin]
❶ 名 C 潛水艇　❷ 形 海底的

- sub- 表「底；下」
- marine 海的

31 **surrender** [sə`rɛndɚ]

動 投降，自首

- sur- 表「在上」
- render 放棄；讓與

45 Technology 科技 (1)

MP3 259

01 **advanced** [əd`vænst]

形 ❶ 先進的；❷ 高級的，進階的

- advance 動 進步
- -ed 形 表「……的」

02 **agriculture** [`ægrɪˏkʌltʃɚ]

名 U 農業

形 agricultural 農業的

03 **atom** [`ætəm] 名 C 原子

形 atomic 原子的

04 **atomic** [ə`tɑmɪk] 形 原子的

- atom 原子
- -ic 形 表「……的」

05 **automatic** [ˏɔtə`mætɪk]

形 自動的

06 **device** [dɪ`vaɪs]

名 C 裝置，設備

動 devise 設計，發明

07 **devise** [dɪ`vaɪz] 動 設計，發明

08 **digital** [`dɪdʒɪtḷ]

形 數字的，數位的

- digit 數字
- -al 形 表「關於……的」

09 **download** [`daʊnˏlod]

動（網路）下載

反義 upload 上傳

- down 向下
- load 裝載

10 **DVD** [di vi di] 名 C 多功能數位碟片，數位影音光碟

11 **electric** [ɪˋlɛktrɪk] 形 用電的，電動的　形 electrical 電的

MP3 260

12 **electrical** [ɪˋlɛktrɪkl̩] 形 ❶ 與電有關的，電的；❷ 用電的

- electric 電的
- -al 形 表「關於⋯⋯的」

13 **electrician** [ˌilɛkˋtrɪʃən] 名 C 電工，電氣技師

- electric 電的
- -ian 名 表「專家」

14 **electricity** [ˌilɛkˋtrɪsətɪ] 名 U 電，電力

- electric 電的
- -ity 名 表「性質」

15 **electronic** [ˌɪlɛkˋtrɑnɪk] 形 電子的　名 electron 電子

- electron 電子
- -ic 形 表「⋯⋯的」

16 **electronics** [ˌɪlɛkˋtrɑnɪks] 名 U 電子學

- electronic 電子的
- -s 名 構成複數名詞

17 **email** [iˋmel] ❶ 名 U 電子郵件 ❷ 動 以電郵寄

- e- 表「電子的」
- mail 郵件

18 **engineering** [ˌɛndʒəˋnɪrɪŋ] 名 U 工程，工程學

- engine 引擎
- -eer 名 表「與⋯⋯有關的人」
- -ing 名 表「職業，學說」

19 **experiment** [ɪkˋspɛrəmənt] ❶ 名 C 實驗，試驗 ❷ 動 進行實驗，試驗

20 **experimental** [ɪkˌspɛrəˋmɛntl̩] 形 實驗性的，實驗用的

- experiment 實驗
- -al 形 表「關於⋯⋯的」

21 **industrial** [ɪnˋdʌstrɪəl] 形 工業的

- industry 工業
- -al 形 表「⋯⋯的」

22 **industrialize** [ɪnˋdʌstrɪəlˌaɪz] 動 使工業化

- industrial 工業的
- -ize 動 表「使形成」

23 **Internet** [ˋɪntɚˌnɛt] 名 U 網際網路

- inter- 表「在⋯⋯之間」
- net(work) 網狀系統

24 **keyboard** [ˋkiˌbord] 名 C ❶（電腦、鋼琴等的）鍵盤；❷ 鍵盤樂器

- key 鍵
- board 盤

46 Technology 科技 (2)

MP3 261

01 **laboratory** [ˋlæbrə͵torɪ]
名 C 實驗室，研究室 (= lab)
- labor 勞動

02 **launch** [lɔntʃ] 動 ❶ 發射；❷ 發動，發起

03 **load** [lod] 名 ❶（電腦等的）負載；❷（車或船等的）裝載量；❸（精神方面的）負擔；❹ 工作量 ❺ 動 裝載

04 **machinery** [məˋʃinərɪ]
名 U 機器，機械
- machine 機械
- -ry 名 表「……類的事物」

05 **magnet** [ˋmægnɪt] 名 C ❶ 磁鐵；❷ 有吸引力的人或物

06 **magnetic** [mægˋnɛtɪk]
形 磁鐵的，磁性的，有磁性的
- magnet 磁鐵
- -ic 形 表「有……特性的」

07 **mechanic** [məˋkænɪk]
名 C 機械工，修理工，技工
- machine 機器
- -ic 名 表「學術」

08 **mechanical** [məˋkænɪkḷ]
形 機械的
- mechanic 機械工
- -al 形 表「……的」

09 **network** [ˋnɛt͵wɝk]
名 C ❶ 電腦網絡；❷ 廣播網，電視網；❸ 網狀系統
- net 網狀物
- work 工作

10 **nuclear** [ˋnjuklɪɚ]
形 原子核的，原子能的
- nucleus（原子）核
- -ar 形 表「……的」

11 **password** [ˋpæs͵wɝd]
名 C 暗語，密碼
- pass 通過
- word 口令，暗號

12 **scientific** [͵saɪənˋtɪfɪk]
形 科學的　名 science 科學
名 scientist 科學家

MP3 262

13 **technical** [ˋtɛknɪkḷ]
形 科技的，技術的
- technic 技術
- -al 形 表「……的」

14 **technique** [tɛkˋnik] 名 C 技術，技巧

15 **technology** [tɛkˋnɑlədʒɪ]
名 U 技術，工藝
- techno- 表「技術」
- -logy 名 表「……學」

16 **theory** [ˋθiərɪ] 名 ❶ C 學說，理論；❷ U 原理，理論

17 **tickle** [ˋtɪkl̩] ❶ 動 搔癢，使發癢 ❷ 名 C 搔癢

18 **X-ray** [ˋɛksˋre] 名 C X 光

19 **satellite** [ˋsætl̩ˏaɪt] 名 C 人造衛星

20 **software** [ˋsɔftˏwɛr] 名 U 軟體

- soft 軟的
- ware 製品

21 **technician** [tɛkˋnɪʃən] 名 C 技術人員，技師

- technic 技術
- -ian 名 表「專家」

22 **technological** [ˏtɛknəˋlɑdʒɪkl̩] 形 技術的，工藝的

- techno- 技術
- -logy 名 表「……學」
- -ical 形 表「……的」

23 **telescope** [ˋtɛləˏskop] 名 C（單筒）望遠鏡

- tele- 表「遠距離」
- -scope 名 表「觀看的器具」

24 **upload** [ʌpˋlod] 動 上載
反義 download 下載

- up- 表「向上」
- load 裝載

25 **website** [ˋwɛbˏsaɪt] 名 C 網站

- web 網路
- site 地點，場所

Part 2 Levels 3 — 4

47 Sound & light 聲光

MP3 263

01 **audio** [ˋɔdɪˏo] 形 聽覺的，聲音的

02 **bang** [bæŋ] 名 C ❶ 猛擊；❷ 砰砰聲 動 ❸ 發出砰的一聲；❹ 砰地敲；❺ 猛擊，猛撞

03 **beam** [bim] ❶ 名 C 束，光線 動 ❷ 照耀；❸ 堆滿笑容，眉開眼笑

04 **brilliant** [ˋbrɪljənt] 形 ❶ 光輝的，明亮的；❷ 傑出的，出色的

05 **buzz** [bʌz] ❶ 動（蜂等）嗡嗡叫 名 C ❷（蜂等的）嗡嗡聲；❸ 嘈雜聲

06 **chirp** [tʃɝp] 動（小鳥）發啁啾聲，（昆蟲）發唧唧聲

07 **crunchy** [ˋkrʌntʃɪ] 形 發嘎吱嘎吱聲的，易碎的

- crunch 嘎吱吱的聲音
- -y 形 表「有……的」

08 **deafen** [ˋdɛfn̩] 動 使聾，使聽不見

- deaf 耳聾
- -en 動 表「使變為……」

09 **dim** [dɪm] ❶ 形 微暗的，朦朧的 ❷ 動 變暗淡，變模糊

10 **echo** [ˋɛko] 名 C ❶ 回聲，回響 ❷（輿論等的）反應，共鳴 動 ❸ 發出回聲，產生回響

11 **fade** [fed] 動 ❶（聲音）變微弱，（光）變暗淡，逐漸消失；❷（顏色）褪去；❸ 凋謝，枯萎

12 **flame** [flem] 名 C 火焰，火舌

13 **giggle** [ˋgɪgl̩] ❶ 動 咯咯地笑，傻笑 ❷ 名 C 咯咯的笑，傻笑

14 **glow** [glo] 動 ❶ 發光，發熱；❷（臉）發紅，容光煥發

MP3 264

15 **hush** [hʌʃ] ❶ 動 使安靜，使沉默 ❷ 名 C 沉默，靜寂

16 **laughter** [ˋlæftɚ] 名 U 笑，笑聲 動 laugh 笑

17 **lighten** [ˋlaɪtn̩] ❶ 動 變亮，發亮；❷ 照亮；❸ 減輕（重量、負擔等）

- light 光亮
- -en 動 表「變為……」

18 **murmur** [ˋmɝmɚ] ❶ 動 私語，小聲說話 ❷ 名 C 低語聲

19 **oral** [ˋorəl] 形 口頭的，口述的

20 **ray** [re] 名 C ❶ 光線，電流；❷ 射線 ，輻射線

21 **roar** [ror] 動 ❶（獅虎等）吼叫，（風浪等）呼嘯，（雷等）轟鳴；❷ 大聲叫喊，狂笑 名 C ❸ 吼叫，咆哮；❹ 大笑聲

22 **scream** [skrim] ❶ 動 尖叫 ❷ 名 C 尖叫聲

23 **shade** [ʃed] ❶ 名 U 蔭，陰涼處 ❷ 動 遮蔽 形 shady 成蔭的

24 **shadow** [ˋʃædo] 名 ❶ C 影子；❷ U 陰暗處；❸ U（負面的）影響

25 **shady** [ˋʃedɪ] 形 成蔭的，陰涼的

- shade 蔭
- -y 形 表「有……的」

26 **shiny** [ˋʃaɪnɪ] 形 發光的，閃耀的

- shine 發光
- -y 形 表「有……的」

27 **yell** [jɛl] 動 叫喊，吼叫

28 **spark** [spɑrk] 名 C ❶ 火花，火星；❷ 微量，絲毫 ❸ 動 激起，鼓動

29 **sparkle** [ˋspɑrkl̩] ❶ 動 發火花，閃耀 ❷ 名 U 閃耀，閃光

- spark 火花

30 **twinkle** [ˋtwɪŋkl̩] ❶ 動 閃爍，閃閃發光 ❷ 名 U 閃爍，閃耀

- twink 閃爍

48 Transportation & traffic 運輸與交通 (1)

MP3 265

01 **accident** [ˋæksədənt]
名 C 意外，事故

02 **alley** [ˋælɪ] 名 C 巷子，胡同

03 **automobile** [ˋɔtəmə͵bɪl]
名 C 汽車

- auto- 表「自動的」
- mobile 汽車

04 **avenue** [ˋævə͵nju]
名 C ❶ 大街，大道；
❷ 林蔭大道；❸ 途徑，方法

05 **brake** [brek] ❶ 名 C 煞車
❷ 動 煞住（車）

06 **cabin** [ˋkæbɪn] 名 C ❶（飛機的）客艙；❷ 小屋

07 **canoe** [kəˋnu] 名 C 獨木舟

08 **cargo** [ˋkɑrgo] 名 C 貨物
同義 freight 貨物

09 **carriage** [ˋkærɪdʒ]
名 ❶ C 四輪馬車；❷ U 運輸

- carry 運載
- -age 名 表「行動的結果」

10 **carrier** [ˋkærɪɚ] 名 C 運輸公司

- carry 運載
- -er 名 表「物」

11 **cone** [kon] 名 C ❶ 錐形路標；
❷（盛冰淇淋的）錐形蛋捲筒

12 **convey** [kənˋve] 動 ❶ 運送；
❷ 傳達，表達
同義 communicate 傳達

13 **correspond** [͵kɔrɪˋspɑnd]
動 ❶ 通信；❷ 符合，一致

- cor- 表「共同」
- respond 作出反應

MP3 266

14 **craft** [kræft] 名 U 工藝，手藝

15 **crash** [kræʃ] 名 C ❶ 相撞，墜毀；❷ 發出撞擊聲；❸（電腦）當機　動 ❹（發出猛烈聲音地）碰撞，墜落；❺ 相撞，墜毀；
❻ 發出撞擊聲，發出爆裂聲；
❼（電腦）當機

16 **curve** [kɝv] ❶ 名 C 彎曲處，彎曲部分　❷ 動 彎曲

17 **deck** [dɛk] 名 C（船的）甲板

18 **delivery** [dɪˋlɪvərɪ] ❶ 名 C 投遞，傳送；U ❷ 交付，交貨；
❸ 分娩

- deliver 傳送
- -y 名 表「狀態」

19 **dock** [dɑk] ❶ 名 C 碼頭，港區
❷ 動 使靠碼頭

20 **fare** [fɛr]
名 U（交通工具的）票價，車資

21 **ferry** [ˋfɛrɪ] 名 C 渡輪

22 **freeway** [ˋfrɪ͵we]
名 C 高速公路

- free 自由
- way 道路

23 **gasoline** [ˋgæsə͵lin]
名 U〔美〕汽油

- gas 汽油

24 **harbor** [ˋhɑrbɚ]
名 C 港口，海港

25 **helicopter** [ˋhɛlɪ͵kɑptɚ]
名 C 直升機

- helico- 表「螺旋」
- -pter (n) 表「有翼之物」

26 **helmet** [ˋhɛlmɪt]
名 C 頭盔，安全帽

27 **jet** [dʒɛt] 名 C 噴射機

49 Transportation & traffic 運輸與交通 (2)

MP3 267

01 **license** [ˋlaɪsn̩s] ❶ 名 C 許可證，執照，牌照　❷ 動 許可，准許，發許可證給……

02 **lifeboat** [ˋlaɪf͵bot]
名 C 救生艇，救生船

- life 生命　　- boat 船

03 **motor** [ˋmotɚ] 名 C 馬達

04 **overtake** [͵ovɚˋtek] 動 ❶ 追上，超過；❷ 突然侵襲，壓倒

- over- 表「在……之上」
- take 取

05 **pave** [pev] 動 ❶ 鋪，築（路等）；❷ 為……作準備，使容易

06 **pavement** [ˋpevmənt]
名 C ❶ 鋪過的道路或路面；❷ 人行道

- pave 鋪（路）
- -ment 名 表「結果，產物」

07 **pedal** [ˋpɛdl̩] ❶ 名 C 踏板，腳蹬　❷ 動 騎腳踏車

- ped- 表「腳，足」
- -al 名 表「動作」

08 **porter** [ˋportɚ]
名 C 搬運工人，腳夫

- port 持，握
- -er 名 表「人」

09 **postage** [ˋpostɪdʒ]
名 U 郵資，郵費

- post 郵寄
- -age 名 表「費用」

10 **route** [rut] ❶ 名 C 路線，航線 ❷ 動（按規定路線）寄送或運送

11 **tow** [to] ❶ 動 拖，拉 ❷ 名 C 拖，拉

12 **trail** [trel] 名 C ❶（森林或荒野的）小徑；❷ 蹤跡　動 ❸ 跟蹤，追獵

MP3 268

13 **transport** 名 [ˋtræns͵pɔrt] U ❶ 運輸；❷ 交通運輸系統
動 [trænsˋpɔrt] ❸ 運輸，運送

- trans- 表「到……的另一邊」
- port 港

14 **trunk** [trʌŋk]
名 C ❶ 後車廂；❷ 樹幹

15 **van** [væn] 名 C 有蓋小貨車，箱形客貨兩用車

16 **vehicle** [ˋviɪkḷ]
名 C 車輛，運載工具

17 **wagon** [ˋwægən]
名 C（四輪）運貨馬車

18 **shift** [ʃɪft] 動 ❶ 變（速），換（檔）；❷ 移動；❸ 變換，改變
名 ❹ C 輪班，輪班工作時間

19 **shuttle** [ˋʃʌtḷ] ❶ 名 C 接駁車輛　❷ 動 短程穿梭般運送

20 **smog** [smɑg] 名 U 煙霧

- sm(oke) 煙
- (f)og 霧

21 **transfer** 動 [trænsˋfɝ]
❶ 動 換車，轉車；❷ 調動，轉換；❸ 改變，轉變
名 [ˋtrænsfɝ] ❹ C 傳輸

22 **transportation**
[͵trænspɚˋteʃən] 名 U 運輸工具

- transport 運輸系統
- -ation 名 表「動作」

23 **underpass** [ˋʌndɚ͵pæs]
名 C 地下通道

- under- 表「在……下」
- pass 穿過，經過

24 **vessel** [ˋvɛsḷ] 名 C 船，艦

25 **wreck** [rɛk] ❶ 名 C 失事船的殘骸　動 ❷ 使失事，使遇難；❸ 破壞，損害

50 Media & communication 媒體與溝通

MP3 269

01 **accent** [ˋæksɛnt]
名C 口音，腔調

02 **bulletin** [ˋbʊlətɪn]
名C ❶ 公告；❷ 會報，期刊

03 **channel** [ˋtʃænl̩]
名C ❶ 頻道；❷ 海峽；
❸ 途徑，管道，手段

04 **chat** [tʃæt] ❶ 動 聊天，閒談
❷ 名C 聊天，閒談

05 **clue** [klu] 名C 線索，跡象

06 **code** [kod] 名C 代號，密碼

07 **communicate**
[kəˋmjunə͵ket]
動 ❶ 溝通；❷ 通訊，聯絡

08 **communication**
[kə͵mjunəˋkeʃən]
名U 通訊，傳達，交流

- communicate 溝通
- -ion 名 表「行為」

09 **converse** [kənˋvɝs]
❶ 動 交談　❷ 形 相反的

- con- 表「一起」
- verse 韻文

10 **detail** [ˋditel]
名 ❶ C 細節，詳情；
❷ U 細部，局部

11 **dialogue** [ˋdaɪə͵lɔg]
名C ❶ 對話；❷（戲劇、小說等中的）對白

- dia- 表「徹底，完全」
- -logue 表「談話」

12 **fax** [fæks]
❶ 名C 傳真　❷ 動 傳真

13 **gossip** [ˋgɑsəp]
❶ 名C 閒話，聊天
❷ 動 閒聊，傳播流言蜚語

MP3 270

14 **headline** [ˋhɛd͵laɪn]
名C ❶（報紙等的）標題；
❷ 頭條新聞　❸ 動 給……加標題

- head 頭；上端
- line（詩文的）一行

15 **inform** [ɪnˋfɔrm] 動 通知，告知

- in- 表「形 成」
- form 形狀

16 **information** [͵ɪnfɚˋmeʃən]
名U 消息，資訊

- inform 通知
- -ation 名 表「結果」

17 **informative**
[ɪnˋfɔrmətɪv]
形 提供豐富資料的，增進知識的

- inform 通知
- -ative 形 表「有……性質的」

18 **interrupt** [͵ɪntəˋrʌpt]
❶ 動 打斷講話
動 ❷ 打斷（講話）；❸ 中斷

19 **interruption** [ˌɪntəˋrʌpʃən]

名 C ❶ 打擾，干擾；

❷ 中止，阻礙

・interrupt 打斷
・-ion 名 表「行為」

20 **media** [ˋmidɪə] 名 複 媒體（medium 的複數）

21 **medium** [ˋmidɪəm] 名 C ❶ 新聞媒介，傳播媒介；❷ 手段，工具 形 ❸ 中等的，適中的；❹（肉）中等熟度的

22 **messenger** [ˋmɛsṇdʒɚ]

名 C ❶ 使者，信差；

❷ 先兆，先驅

・message 訊息
・-er 名 表「人」

23 **poster** [ˋpostɚ]

名 C 海報，廣告畫

・post 張貼
・-er 名 表「物」

24 **rumor** [ˋrumɚ] ❶ 名 U 謠言，傳聞 ❷ 動 謠傳，傳說

25 **signal** [ˋsɪgnḷ]

名 C ❶ 信號；❷ 號誌

❸ 動 以動作向……示意

・sign 記號，符號
・-al 名 表「狀態」

26 **slogan** [ˋslogən]

名 C 口號，標語

27 **telegram** [ˋtɛləˏgræm]

名 C 電報

・tele- 表「遠距離傳送」
・-gram 名 表「……寫的東西」

28 **telegraph** [ˋtɛləˏgræf]

❶ 名 C 電報，電信

❷ 動 打電報給

・tele- 表「遠距離傳送」
・-graph 名 表「寫的東西」

51 Medicine & sickness 醫學與疾病 (1)

MP3 271

01 **AIDS** [edz] 名 U 愛滋病，後天性免疫不全症候群

02 **aspirin** [ˋæspərɪn] 名 U 阿斯匹靈

03 **bacteria** [bækˋtɪrɪə] 名 複 細菌（bacterium 的複數形）

04 **bandage** [ˋbændɪdʒ] ❶ 名 C 繃帶 ❷ 動 用繃帶包紮

- band 帶
- -age 名 表「使用」

05 **bleed** [blid] 動 流血，出血

06 **clinic** [ˋklɪnɪk] 名 C 診所
形 clinical 臨床的

07 **cripple** [ˋkrɪpl̩] 名 C ❶ 跛子，殘廢的人 動 ❷ 使成跛子，使殘廢；❸ 使陷入癱瘓

08 **crutch** [krʌtʃ] 名 C 丁形拐杖，（支在腋下的）撐拐

09 **disease** [dɪˋziz] 名 C 疾病

- dis- 表「不」
- ease 安逸

10 **disorder** [dɪsˋɔrdɚ] 名 ❶ C 失調，不適，小病；❷ U 混亂，無秩序

- dis- 表「否定」
- order 秩序

MP3 272

11 **dose** [dos] ❶ 名 C（藥物等的）一劑，一帖；❷（尤指苦事的）一次，一番 ❸ 動 給……服藥

12 **faint** [fent] 形 ❶ 頭暈的；❷ 微弱的；❸（希望等）微小的 ❹ 動 昏厥，暈倒

13 **fatal** [ˋfetl̩] 形 致命的，生死攸關的

- fate 命運
- -al 形 表「……的」

14 **formula** [ˋfɔrmjələ] 名 C ❶ 配方，處方；❷ 公式，方程式

- form 形成

15 **germ** [dʒɝm] 名 C 微生物，細菌

16 **heal** [hil] 動 治癒，痊癒

17 **healthful** [ˋhɛlθfəl] 形 有益健康的 名 health 健康
形 healthy 健康的

- health 健康
- -ful 形 表「有……傾向的」

18 **infect** [ɪnˋfɛkt] 動 ❶ 傳染，感染；❷ 使受影響，感染（情緒）

19 **infection** [ɪnˋfɛkʃən] 名 ❶ C 傳染病；❷ U 傳染

- infect 傳染
- -ion 名 表「行為的狀態」

20 **injure** [ˋɪndʒɚ] 動 傷害，損害，毀壞

21 **injury** [ˋɪndʒərɪ]

名 C 傷害，損害，毀壞

同義 harm 傷害

- injure 傷害
- -y 名 表「狀態」

22 **itch** [ɪtʃ] ❶ 動 發癢　❷ 名 C 癢

Part 2 Levels 3 — 4

52 Medicine & sickness 醫學與疾病 (2)

MP3 273

01 **medical** [ˋmɛdɪkḷ]

形 醫學的，醫療的

名 medication 藥物治療

02 **nearsighted** [ˋnɪrˋsaɪtɪd]

形 ❶ 近視眼的；❷ 目光短淺的，沒有遠見的

- near 近　　- sight 看
- -ed 形 表「有……特徵的」

03 **operation** [ˏɑpəˋreʃən]

名 ❶ C 手術；❷ U 操作；❸ U 經營

- operate 操作
- -ion 名 表「行為」

04 **pale** [pel] 形 ❶ 蒼白的；❷（顏色）淡的　❸ 動 使蒼白

05 **physician** [fɪˋzɪʃən]

名 C 醫師，內科醫生

- physic 醫治
- -ian 名 表「專家」

06 **physicist** [ˋfɪzɪsɪst]

名 C 物理學家

- physic 醫治
- -ist 名 表「做……的人」

07 **pill** [pɪl] 名 C 藥丸，藥片

08 **recover** [rɪˋkʌvɚ] 動 ❶ 恢復健康，復原；❷ 重新找到；❸ 恢復

- re- 表「重新」　- cover 覆蓋

09 **recovery** [rɪˋkʌvərɪ] 名 C ❶ 恢復，復甦，痊癒；❷ 重獲，復得

- recover 恢復健康
- -y 名 表「狀態」

10 **remedy** [ˋrɛmədɪ] 名 C ❶ 治療，藥物；❷ 補救法 ❸ 動 補救，糾正

11 **resistance** [rɪˋzɪstəns] 名 ❶ U 抵抗力；❷（單數）抵抗，反抗

- resist 抵抗
- -ance 名 表「情況」

12 **sore** [sor] 形 疼痛發炎的

13 **sprain** [spren] 動 扭傷

MP3 274

14 **stiff** [stɪf] 形 僵硬的

15 **stitch** [stɪtʃ] ❶ 名 C（縫合傷口的）針線　❷ 動 縫

16 **suffer** [ˋsʌfɚ] ❶ 動 受苦，患病；❷ 遭受，經歷

17 **swell** [swɛl] 動 腫起，腫脹

18 **tablet** [ˋtæblɪt] 名 C 藥片 同義 pill 藥片；藥丸

- tab 小片；小標牌
- -let 名 表「小的」

19 **weaken** [ˋwikən] ❶ 動 使衰弱；❷ 變軟弱，動搖

- weak 衰弱的
- -en 動 表「變為⋯⋯」

20 **shortsighted** [ˋʃɔrtˋsaɪtɪd] 形 ❶ 近視的；❷ 目光短淺的，無先見的

- short 短的
- sight 視力
- -ed 表「有⋯⋯特徵的」

21 **sneeze** [sniz] ❶ 名 C 噴嚏（聲）　❷ 動 打噴嚏

22 **stroke** [strok] 名 C ❶（病）突然發作，中風；❷（寫字等的）一筆；❸（幸運等的）機緣　動 ❹ 輕撫，撫摸

23 **surgeon** [ˋsɝdʒən] 名 C 外科醫生

24 **surgery** [ˋsɝdʒərɪ] 名 U（外科）手術

25 **virus** [ˋvaɪrəs] 名 C ❶ 病毒，濾過性病毒；❷ 電腦 病毒

Part 2 Levels 3 — 4

53 Animals & plants 動物與植物 (1)

MP3 275

01 **beak** [bik] 名 C（鷹等的）鳥嘴

02 **beast** [bist] 名 C 野獸

03 **bloom** [blum]
❶ 名 C 花 ❷ 動 開花
同義 名 動 blossom 花；開花

04 **blossom** [ˋblɑsəm]
名 ❶ C（尤指果樹的）花
動 ❷ 開花；❸ 發展成

05 **bud** [bʌd] ❶ 名 C 葉芽，花蕾
❷ 動 發芽

06 **buffalo** [ˋbʌfḷˏo] 名 C 水牛，（北美）野牛

07 **bull** [bʊl] 名 C 公牛

08 **bush** [bʊʃ] 名 C 灌木叢

09 **caterpillar** [ˋkætɚˏpɪlɚ]
名 C 毛毛蟲

10 **cattle** [ˋkætḷ]
名 集合名詞（總稱）牛

11 **creature** [ˋkritʃɚ]
名 C 生物，動物

- create 創造
- -ure 名 表「動作，過程」

12 **cricket** [ˋkrɪkɪt]
名 ❶ C 蟋蟀；❷ U 板球

13 **feather** [ˋfɛðɚ] 名 U 羽毛

MP3 276

14 **fertile** [ˋfɝtḷ] 形 多產的，肥沃的
名 fertility 肥沃
名 fertilizer 肥料

15 **fossil** [ˋfɑsḷ] 名 C 化石

16 **fragrance** [ˋfregrəns]
名 U 芬芳，香味
同義 scent 香味

- fragrant 芳香的
- -ance 名 表「狀況」

17 **fragrant** [ˋfregrənt] 形 香的，芳香的 名 fragrance 香味

18 **fur** [fɝ] 名 ❶ U（獸類的）毛；
❷ C 毛皮製品

19 **grasshopper** [ˋgræsˏhɑpɚ]
名 C 蚱蜢

- grass 草
- hopper 跳蟲

20 **harvest** [ˋhɑrvɪst]
❶ 名 C 收割，收穫 ❷ 動 收割

21 **hatch** [hætʃ]
❶ 動 孵化；❷ 孵（蛋）

22 **hawk** [hɔk] 名 C 鷹，隼

23 **hay** [he] 名 U 乾草

24 **herd** [hɝd] 名 C 畜群，牧群

25 **hive** [haɪv] 名 C 蜂巢

54 Animals & plants 動物與植物 (2)

MP3 277

01 **horn** [hɔrn] 名 C 角

02 **jungle** [ˋdʒʌŋg!] 名 C 叢林

03 **kangaroo** [ˏkæŋgəˋru] 名 C 袋鼠

04 **lobster** [ˋlɑbstɚ] 名 ❶ C 龍蝦；❷ U 龍蝦肉

05 **oak** [ok] 名 C 橡樹

06 **organic** [ɔrˋgænɪk] 形 有機的
名 organism 有機體

- organ 器官
- -ic 形 表「有……特性的」

07 **paw** [pɔ] 名 C 爪子

08 **pest** [pɛst] 名 C ❶ 害蟲，有害的植物；❷ 討厭鬼，害人精

09 **petal** [ˋpɛt!] 名 C 花瓣

10 **pine** [paɪn] ❶ 名 C 松樹 ❷ 動 憔悴，消瘦

11 **pony** [ˋponɪ] 名 C 矮種馬，小馬

12 **scrub** [skrʌb]
❶ 名 U 矮樹叢，灌木叢
❷ 動 用力擦洗

MP3 278

13 **spin** [spɪn] 動 ❶（蜘蛛等）吐（絲），結（網）；❷ 使旋轉

14 **sting** [stɪŋ] 動 ❶ 刺，叮；❷（心靈、感情上的）刺痛
❸ 名 C 刺，螫針

15 **tortoise** [ˋtɔrtəs] 名 U 陸龜，烏龜

16 **tulip** [ˋtjuləp] 名 C 鬱金香

17 **twig** [twɪg] 名 C 細枝，嫩枝

18 **web** [wɛb] 名 C 網狀物，蜘蛛網

19 **weed** [wid] 名 C 雜草，野草

20 **wheat** [hwit] 名 U 小麥

21 **willow** [ˋwɪlo] 名 C 柳樹

22 **seagull** [ˋsigʌl] 名 C 海鷗

- sea 海
- gull 鷗

23 **sparrow** [ˋspæro] 名 C 麻雀

24 **species** [ˋspiʃiz] 名 C【生】(物)種

25 **stem** [stɛm]
❶ 名 C 莖 ❷ 動 起源於
同義 名 stalk 莖

55 Religion & supernatural 宗教與超自然

MP3 279

01 **angel** [ˋendʒl̩]
名 C ❶ 天使；❷ 天使般的人
反義 devil, demon 惡魔

02 **Bible** [ˋbaɪbl̩] 名 C 聖經

03 **bless** [blɛs] 動 ❶ 為……祝福；❷ 保佑；❸ 使有幸得到

04 **devil** [ˋdɛvl̩] 名 C 魔鬼，惡魔

05 **divine** [dəˋvaɪn] 形 神聖的

06 **fairy** [ˋfɛrɪ] 名 C 小妖精，仙女
- fay 仙女，妖精
- -ery 名 表「……類的事物」

07 **faith** [feθ]
名 U ❶（宗教）信仰；
❷ 信任，信念

08 **fate** [fet] 名 U 命運

09 **heaven** [ˋhɛvən]
名 U ❶ 天堂；❷ 極樂，極樂之地
形 heavenly 天國的

10 **hell** [hɛl] 名 U ❶ 地獄，冥府；❷ 悲慘境地，極大的困境；❸（用於加強語氣）究竟，到底

11 **holy** [ˋholɪ] 形 神聖的

MP3 280

12 **magical** [ˋmædʒɪkl̩]
形 ❶ 魔術的，魔法的；
❷ 神祕的，迷人的
- magic 魔法
- -al 形 表「關於……的」

13 **miracle** [ˋmɪrəkl̩]
名 C ❶ 奇蹟；❷ 奇蹟般的人或物
形 miraculous 奇蹟的

14 **monk** [mʌŋk]
名 C 僧侶，和尚，修道士

15 **mysterious** [mɪsˋtɪrɪəs]
形 神祕的，不可思議的
- mystery 神祕的事物
- -ious 形 表「有……特性的」

16 **mystery** [ˋmɪstərɪ] 名 ❶ C 神祕的事物，難以理解的事物，謎；❷ U 神祕，祕密

17 **nun** [nʌn] 名 C 修女，尼姑

18 **paradise** [ˋpærəˏdaɪs]
名 ❶ U 天堂；❷ U 極樂，至福；❸ C 樂園，像天堂一樣的地方

19 **prayer** [prɛr]
名 ❶ U 禱告，祈禱；❷ C 祈禱文
- pray 祈禱
- -er 名 表「人」

20 **priest** [prist] 名 C 神父，牧師

21 **religion** [rɪˋlɪdʒən]
名 C ❶ 宗教；❷ 宗教信仰
形 religious 宗教的

22 **religious** [rɪˋlɪdʒəs]

形❶ 宗教的；❷ 虔誠的

- religion 宗教
- -ous 形表「有……特性的」

23 **witch** [wɪtʃ] 名Ⓒ 女巫，巫婆

24 **wizard** [ˋwɪzɚd]

名Ⓒ 男巫，術士

- wiz 鬼才，天才
- -ard 名表「沉溺於……的人」

56 Water & weather 水與天氣 (1)

MP3 281

01 **absorb** [əbˋsɔrb]

動❶ 吸收；❷ 使全神貫注

同義 engross 使全神貫注

02 **breeze** [briz] 名Ⓤ ❶ 微風

03 **bubble** [ˋbʌbl̩]

名Ⓒ 泡泡，泡沫

04 **chill** [tʃɪl] 名Ⓒ ❶ 風寒，寒顫；❷ 寒冷，寒氣　形❸ 冷的

動❹ 使變冷，使感到冷

05 **chilly** [ˋtʃɪlɪ]

形❶ 冷颼颼的；❷ 冷淡的

- chill 寒冷
- -y 形表「……的」

06 **damp** [dæmp] ❶ 形 潮濕的

❷ 動 把……弄濕

07 **dip** [dɪp] 動❶ 浸，泡；

❷ 把（手等）伸入

08 **drain** [dren] 動❶ 排出（液體），使排出；❷ 耗盡；❸（土地）排水，（衣物等）滴乾

名❹ Ⓒ 排水管

09 **drift** [drɪft] 動 漂流

10 **drip** [drɪp] ❶ 動 使滴下；

❷ 滴下　❸ 名Ⓤ 滴水聲

MP3 282

11 **drown** [draʊn] 動 ❶ 淹死，溺死（某人、物）；❷（聲音等）壓過，蓋過；❸ 解（憂愁等）；❹ 淹死，溺死

12 **float** [flot] 動 漂浮，飄動

13 **foam** [fom] ❶ 名 U 泡沫 ❷ 動 起泡沫

14 **fountain** [ˋfaʊntɪn] 名 C ❶ 噴水池；❷ 根源；源泉

15 **freeze** [friz] 動 ❶ 凍死；❷ 結冰，凝固；❸ 感到極冷，凍僵；❹（因恐懼等）呆住，變僵硬；❺ 使結冰，使凝固

16 **frost** [frɑst] 名 U 霜

17 **humidity** [hjuˋmɪdətɪ] 名 U 濕氣，濕度

- humid 潮濕的
- -ity 名 表「性質」

18 **hurricane** [ˋhɝɪˏken] 名 C 颶風，暴風雨

19 **hydrogen** [ˋhaɪdrədʒən] 名 U 氫

- hydro- 表「水的，氫的」
- -gen 名 表「產生」

20 **iceberg** [ˋaɪsˏbɝg] 名 C 冰山，浮在海洋上的巨大冰塊

- ice 冰
- berg 冰山

21 **icy** [ˋaɪsɪ] 形 ❶ 冰的；❷ 寒冷的；❸ 冷淡的，冷漠的

- ice 冰
- -y 形 表「性質」

22 **landslide** [ˋlændˏslaɪd] 名 C ❶ 山崩，坍方；❷（選舉中的）壓倒性勝利

- land 土地
- slide 山崩；滑動

57 Water & weather 水與天氣 (2)

MP3 283

01 **leak** [lik] ❶ 動 滲，漏
名 C ❷ 漏洞，裂縫；
❸（水、瓦斯等的）漏出

02 **melt** [mɛlt] 動 ❶ 融化，熔化；
❷ 熔解；❸ 使融化，使熔化

03 **mist** [mɪst] ❶ 名 U 薄霧
❷ 動 起霧，被蒙上薄霧

04 **moist** [mɔɪst] 形 潮濕的，多雨的　名 moisture 濕氣

05 **moisture** [ˋmɔɪstʃɚ]
名 U 濕氣，潮氣

- moist 潮濕的
- -ure 名 表「狀態」

06 **mudslide** [ˋmʌdˏslaɪd]
名 C 坍方，山崩

- mud 泥
- slide 滑動

07 **oxygen** [ˋɑksədʒən]
名 U 氧，氧氣

08 **pour** [por] 動 ❶ 倒，灌；
❷ 傾注；❸ 傾瀉，湧流；
❹（雨）傾盆而降

09 **rainfall** [ˋrenˏfɔl]
名 U 下雨，降雨量

- rain 雨
- fall 降

10 **reflect** [rɪˋflɛkt]
動 ❶ 反射，照映出；❷ 反映，表現；❸ 思考，反省

MP3 284

11 **reflection** [rɪˋflɛkʃən]
名 C ❶ 映象，倒影；
❷ 反映，表現

- reflect 反射
- -ion 名 表「行為（的結果）」

12 **sip** [sɪp] ❶ 動 啜飲
❷ 名 C 小口

13 **spill** [spɪl] ❶ 動 使溢出，使濺出；❷ 溢出，濺出

14 **splash** [splæʃ]
動 ❶ 潑，濺（某人，事）；
❷ 濺汙，潑濕；❸ 濺，潑

15 **spray** [spre] ❶ 動 噴
名 U ❷ 水花，浪花；
❸ 噴液，噴霧

16 **sprinkle** [ˋsprɪŋkḷ] 動 ❶ 噴灑；
❷ 使星星點點地分布於；
❸ 下毛毛雨　名 ❹ C 毛毛雨；
❺（單數）少量

17 **stir** [stɝ] 動 ❶ 攪拌，攪動；
❷ 喚醒，喚起
❸ 名 C 騷動，轟動

18 **stormy** [ˋstɔrmɪ] 形 ❶ 暴風雨的；❷ 激烈的，猛烈的

- storm 暴風雨
- -y 形 表「有……的」

19 **suck** [sʌk] 動 吸，吮

20 **tide** [taɪd] 名 C ❶ 潮水，潮汐；❷（常作單數）潮流，趨勢

21 **tropical** [ˋtrɑpɪkḷ] 形 熱帶的

- tropic 熱帶
- -al 形 表「……的」

22 **warmth** [wɔrmθ]

名 U ❶ 溫暖；❷ 熱情，親切

- warm 熱的，溫暖的
- -th 名 表「性質，狀態」

Part 2 Levels 3 — 4

58 Thoughts & ideas 想法與意見 (1)

MP3 285

01 **abstract** [ˋæbstrækt]

❶ 形 抽象的　❷ 名 C 摘要

❸ 動 抽取，提取

- abs- 表「離開」
- tract 延伸；廣闊

02 **acceptable** [əkˋsɛptəbḷ]

形 ❶ 可接受的；❷ 令人滿意的

- accept 接受
- -able 形 表「可……的」

03 **acceptance** [əkˋsɛptəns]

名 U ❶ 接受；❷ 歡迎，贊同

- accept 接受
- -ance 名 表「狀況」

04 **associate** [əˋsoʃɪˏet]

動 ❶ 聯想，把……聯想在一起；❷ 結交，交往

05 **association** [əˏsosɪˋeʃən]

名 C ❶ 協會，公會；❷ 聯想

- associate 聯想
- -ion 名 表「行為的結果」

06 **assume** [əˋsjum] 動 ❶ 認為，假定為；❷ 呈現出，顯出

同義 take on 呈現

07 **assurance** [əˋʃʊrəns]

名 U 把握，信心

- assure 擔保，確信
- -ance 名 表「狀況」

08 **assure** [əˋʃʊr] 動 向……保證，擔保　名 assurance 保證；把握

09 **attitude** [ˋætətjud]
名 C 態度，看法

10 **comparison** [kəmˋpærəsn̩]
名 C 比較，對照

- compare 比較
- -ation 名 表「動作」

11 **concentrate** [ˋkɑnsɛn͵tret]
❶ 動 集中，聚集；❷ 全神貫注，全力以赴

- con- 表「一起」
- center 中心
- -ate 動 表「使成為」

12 **concentration**
[͵kɑnsɛnˋtreʃən]
名 U ❶ 集中；❷ 專心，專注

- concentrate 集中
- -ation 名 表「狀態」

MP3 286

13 **concept** [ˋkɑnsɛpt]
名 C 概念，觀念

14 **confuse** [kənˋfjuz]
動 ❶ 使困惑，把……弄糊塗；❷ 把……搞混，混淆

15 **confusion** [kənˋfjuʒən]
名 U ❶ 困惑；❷ 混淆

- confuse 使困惑
- -ion 名 表「行為」

16 **conscience** [ˋkɑnʃəns]
名 U 良心

- con- 加強語氣
- sci- 表「了解；智慧」
- -ence 表「狀態」

17 **consideration**
[kən͵sɪdəˋreʃən] 名 ❶ U 考慮；❷ C 需要考慮的事；❸ U 體貼

- consider 考慮
- -ation 名 表「動作」

18 **creativity** [͵krieˋtɪvətɪ]
名 U 創造力

- create 創造　・-ity 名 表「狀態」
- -ive 形 表「有……特性的」

19 **define** [dɪˋfaɪn] 動 ❶ 說明，闡明；❷ 解釋，給……下定義

20 **definition** [͵dɛfəˋnɪʃən]
名 C 定義

- define 下定義
- -ition 名 表「動作」

21 **determination**
[dɪ͵tɝməˋneʃən] 名 U ❶ 決心；❷ 果斷

- determine 下決定
- -ate 動 表「使成為」
- -ion 名 表「行為」

22 **determine** [dɪˋtɝmɪn]
動 ❶ 下決定，決心；❷ 是……的決定因素，影響；❸ 裁定

23 **distinguish** [dɪˋstɪŋgwɪʃ]
動 區別，識別
同義 differentiate 區別

24 **expectation** [ˏɛkspɛkˋteʃən]

名 ❶ U 期待，預期；

❷ C 期望，預期的事物

- expect 期待
- -ation 名 表「狀態，結果」

25 **fantasy** [ˋfæntəsɪ] 名 U 空想，幻想

26 **favorable** [ˋfevərəbḷ]

形 ❶ 贊同的，稱讚的；

❷ 有利的，適合的

- favor 贊成；有利於
- -able 形 表「有……特性的」

Part 2 Levels 3 — 4

59 Thoughts & ideas 想法與意見 (2)

MP3 287

01 **hopeful** [ˋhopfəl]

形 ❶ 抱有希望的，充滿希望的；

❷ 有希望的，有前途的

- hope 希望
- -ful 形 表「充滿……的」

02 **image** [ˋɪmɪdʒ]

名 C ❶ 形象；❷ 影像，圖像

03 **imaginable** [ɪˋmædʒɪnəbḷ]

形 能想像的，可想像得到的

- imagine 想像
- -able 形 表「有……特性的」

04 **imaginary** [ɪˋmædʒəˏnɛrɪ]

形 想像中的，虛構的，幻想的

- imagine 想像
- -ary 形 表「與……有關的」

05 **imagination** [ɪˏmædʒəˋneʃən]

名 U 想像力

- imagine 想像
- -ation 名 表「狀態」

06 **imaginative** [ɪˋmædʒəˏnetɪv]

形 有想像力的，有創造力的

- imagine 想像
- -ative 形 表「有……傾向的」

07 **inspiration** [ˏɪnspəˋreʃən]

名 ❶ U 靈感；❷ C（常作單數）鼓舞人心的人或事物

・inspire 鼓舞
・-ation 名表「狀態，結果」

08 **inspire** [ɪn`spaɪr] 動❶鼓舞，激勵；❷賦予……靈感
名inspiration 靈感

09 **intend** [ɪn`tɛnd] 動想要，打算

・in- 表「朝，向……」
・tend 趨向

10 **intention** [ɪn`tɛnʃən]
名C 意圖，意向

・intent 意圖　・-ion 名表「行為」

11 **logic** [`lɑdʒɪk]
名U 邏輯，邏輯學

・logo- 表「字、語」
・-ic 名表「學術」

12 **logical** [`lɑdʒɪkl̩]
形合邏輯的，合理的

・logic 邏輯
・-al 形表「……的」

13 **mental** [`mɛntl̩] 形❶精神的，心理的；❷精神病的

・mind 精神，心
・-al 形表「關於……的」

14 **misunderstand**
[`mɪsʌndɚ`stænd] 動誤會，曲解

・mis- 表「錯」
・understand 理解

MP3 288

15 **recall** [rɪ`kɔl] 動❶回想，回憶；❷召回　❸名U 回想，回憶

・re- 表「重新」・call 呼喚，召喚

16 **recognition** [ˏrɛkəg`nɪʃən]
名U ❶認出，識別；
❷賞識，表彰

・recognize 認出；表彰
・-ion 名表「行為」

17 **recognize** [`rɛkəgˏnaɪz]
動❶認可，認定；❷認出；
❸表彰；❹承認（事實）

18 **relate** [rɪ`let] 動❶有關，涉及；❷認同，欣賞

19 **remind** [rɪ`maɪnd]
動提醒，使想起

・re- 再
・mind 注意，記住要

20 **resolution** [ˏrɛzə`luʃən]
名U ❶決心；
❷（單數）解決，解答

・resolute 堅決的
・-ion 名表「行為（的結果）」

21 **resolve** [rɪ`zɑlv] 動❶決心，決定；❷解決，消除（疑惑等）
名❸U 決心

・re- 加強語氣
・solve 解決

22 **riddle** [`rɪdl̩] 名C ❶謎，謎語；❷奧祕，費解之事

23 **sensible** [`sɛnsəbl̩]
形明智的，合情理的

・sense 判斷力；理智
・-ible 形表「可……的」

24 **suppose** [sə`poz] 動 ❶ 猜想；❷ 認為應該；❸ 假定

- sup- 表「在……下」
- -pose 表「安置，放」

25 **suspect** 動 [sə`spɛkt] ❶ 懷疑 名 [`səspɛkt] ❷ C 嫌疑犯

26 **suspicion** [sə`spɪʃən] 名 ❶ U 懷疑，嫌疑；❷ C 懷疑

- suspect 懷疑
- -ion 名 表「行為」

27 **thoughtful** [`θɔtfəl] 形 ❶ 細心的，體貼的；❷ 深思的，沉思的

- thought 思考
- -ful 形 表「充滿……的」

28 **voluntary** [`vɑlən,tɛrɪ] 形 自願的，志願的

29 **wit** [wɪt] 名 U（單數）機智，風趣 形 witty 機智的

Part 2 Levels 3 — 4

60 Expression 表達 (1)

MP3 289

01 **admit** [əd`mɪt] 動 ❶ 承認（做某事）；❷ 准許進入；❸ 可容納 ❹ 承認；❺ 容許，有餘地

02 **advice** [əd`vaɪs] 名 U 勸告，忠告 動 advise 勸告

03 **advise** [əd`vaɪz] 動 ❶（給某人）勸告，忠告；❷ 勸告

04 **announce** [ə`naʊns] 動 宣布，發布 同義 declare 宣布

05 **announcement** [ə`naʊnsmənt] 名 ❶ C 宣布，通告；❷ U 宣布

- announce 宣布
- -ment 名 表「結果」

06 **apologize** [ə`pɑlə,dʒaɪz] 動 道歉

- apology 名 道歉
- -ize 動 表「使形成」

07 **apology** [ə`pɑlədʒɪ] 名 U 道歉

08 **appeal** [ə`pil] 動 ❶ 呼籲，懇求；❷ 訴諸，求助；❸ 有吸引力，迎合愛好 ❹ 將……上訴，對……上訴 名 C ❺ 呼籲，請求；❻ U 吸引力

09 **appreciate** [ə`priʃɪ,et] 動 ❶ 欣賞，賞識；❷ 感謝，感激；❸ 領會，查覺

10 **appreciation** [ə͵priʃɪˋeʃən]
名 U ❶ 感謝；❷ 欣賞，鑑賞

- appreciate 感謝；欣賞
- -ion 名 表「行為」

11 **approval** [əˋpruvl̩] 名 U ❶ 贊成，同意；❷ 認可，批准

- approve 贊成，同意
- -al 名 表「狀態」

MP3 290

12 **approve** [əˋpruv]
動 ❶ 贊成，同意；
❷ 批准，認可；❸ 贊成，贊許

13 **blame** [ˋblem] 動 ❶ 責備，指責；❷ 把……歸咎於，歸因於
名 C ❸ 責備，指責；❹ 責任

14 **blessing** [ˋblɛsɪŋ]
名 C ❶ 祝福；❷ 幸事

- bless 祈禱
- -ing 名 表「行動」

15 **boast** [bost] ❶ 動 誇耀，吹噓；
❷ 自吹自擂，吹噓說
❸ 名 C 大話

16 **clarify** [ˋklærə͵faɪ]
動 澄清，闡明

17 **comment** [ˋkɑmɛnt]
❶ 名 C 評論，意見
❷ 動 發表意見，評論；❸ 評論

18 **complaint** [kəmˋplent]
名 C 抱怨，抗議
動 complain 抱怨

- com- 完全　　- plaint 訴苦

19 **conclude** [kənˋklud] 動 ❶ 結論，推斷出；❷（最後）決定

20 **conclusion** [kənˋkluʒən]
名 C ❶ 結論，推論；❷ 結尾

- conclude 結論
- -ion 名 表「行為（的結果）」

21 **confess** [kənˋfɛs] ❶ 動 向……坦白，承認；❷ 坦白，承認

22 **congratulate**
[kənˋgrætʃə͵let] 動 恭禧，祝賀

- con 表「一起」
- grat- 表「感謝的」
- -ate 動 表「使成為」

23 **convince** [kənˋvɪns]
動 說服，使信服

24 **critical** [ˋkrɪtɪkl̩] 形 ❶ 批評的，評論的；❷ 必不可少的，緊缺而必須的；❸ 危急的，緊要的

- critic 評論家
- -al 形 表「關於……的」

61 Expression 表達 (2)

MP3 291

01 **criticism** [ˋkrɪtəˏsɪzəm]

名 U 批評，評論

- critic 評論家
- -ism 名 表「行為」

02 **criticize** [ˋkrɪtɪˏsaɪz]

動 批評，評論

- critic 評論家
- -ize 動 表「使」

03 **cue** [kju] ❶ 名 C 暗示
❷ 動 暗示

04 **curse** [kɝs] 動 ❶ 咒罵；❷ 詛咒
名 ❸ C 咒罵

05 **damn** [dæm] 動 咒罵

06 **declare** [dɪˋklɛr]

動 ❶ 宣布，宣告；❷ 宣稱
名 declaration 宣告

07 **demand** [dɪˋmænd]

名 U ❶ 要求，請求；❷ 需要
❸ 動 要求，請求

08 **demonstrate** [ˋdɛmənˏstret]

動 ❶ 示範操作，展示；❷（用實例等）說明；❸ 示威

09 **demonstration**
[ˏdɛmənˋstreʃən]

名 C ❶ 示威；❷ 實地示範

- demonstrate 示範
- -ion 名 表「行為」

10 **description** [dɪˋskrɪpʃən]

名 C 描繪，敘述

- describe 描述
- -ion 名 表「行為」

11 **dispute** [dɪˋspjut]

❶ 動 爭論，爭執；
❷ 動 爭論，爭執
❸ 名 C 爭端，爭執

12 **emphasis** [ˋɛmfəsɪs]

名 U 強調，重視

- em- 表「置於⋯⋯上」
- phasis 事物某一面

MP3 292

13 **emphasize** [ˋɛmfəˏsaɪz]

動 強調，著重

- emphasis 強調
- -ize 動 表「使成為」

14 **evaluate** [ɪˋvæljʊˏet] 動 評估，估價　名 evaluation 估價

15 **evaluation** [ɪˏvæljʊˋeʃən]

名 C 估價，評價

- evaluate 評估
- -ion 名 表「行為」

16 **exaggerate** [ɪgˋzædʒəˏret]

動 誇大，誇張
名 exaggeration 誇張

17 **explanation** [ˏɛkspləˋneʃən]

名 ❶ C 解釋，說明；❷ U 辯解

- ex- 由內向外
- plane 平；水平
- -ate 形 表「⋯⋯狀態的」
- -ion 名 表「行為」

18 **expression** [ɪkˋsprɛʃən]

名 C ❶ 表達，表示；❷ 表情；❸ 措辭，用語

- ex- 由內向外
- press 擠，壓
- -ion 名 表「行為」

19 **expressive** [ɪkˋsprɛsɪv]

形 ❶ 表現的，表示……的；❷ 表達豐富的，意味深長的

- ex- 由內向外
- press 擠，壓
- -ive 形 表「……的」

20 **farewell** [ˋfɛrˋwɛl]

❶ 名 U 告別　❷ 形 告別的

- fare【古】行走
- well 很好地

21 **flatter** [ˋflætɚ] 動 ❶ 奉承，諂媚；❷ 使感到很榮幸，使受寵若驚

22 **fluent** [ˋfluənt] 形 流利的，流暢的　名 fluency 流暢

23 **forbid** [fɚˋbɪd] 動 禁止，不許

反義 allow, permit 允許

- for- 表「禁止」
- bid 吩咐

24 **forecast** [ˋfor͵kæst] ❶ 名 C 預測，預報　❷ 動 預測，預報

- fore- 表「預先」
- cast 投

25 **furthermore** [ˋfɝðɚˋmor]

副 而且，此外

- further 進一步的
- more 更多的

62 Expression 表達 (3)

MP3 293

01 **greeting** [ˋgritɪŋ]

名 C 問候，打招呼

- greet 迎接；問候
- -ing 名 表「行動」

02 **guarantee** [͵gærənˋti]

❶ 動 保證，擔保　名 U ❷ 商品保證；❸ 擔保品，抵押品

03 **hint** [hɪnt] ❶ 名 C 暗示

❷ 動 暗示

04 **illustrate** [ˋɪləstret]

動 ❶（用圖、實例等）說明；❷ 插圖於（書籍等），圖解

- il- 表「入，向」　• luster 光輝
- -ate 動 表「使成為」

05 **illustration** [ɪ͵lʌsˋtreʃən]

名 C ❶ 實例；❷ 圖解，插圖

- illustrate 說明，圖解
- -ion 名 表「行為的結果」

06 **imply** [ɪmˋplaɪ] 動 ❶ 暗示；❷ 意味著　同義 suggest 意味著

07 **indication** [͵ɪndəˋkeʃən]

名 ❶ U 指示；❷ C 徵兆，跡象

- index 索引；標誌
- -ate 動 表「使成為」
- -ion 名 表「行為的結果」

08 **insult** [ˋɪnsʌlt] ❶ 名 C 侮辱，羞辱　❷ 動 侮辱，羞辱

09 **interpret** [ɪn`tɝprɪt]

動 ❶ 詮釋；❷ 解讀，理解；
❸ 做口譯，當翻譯

・interpret 內容省略

10 **mention** [`mɛnʃən] ❶ 動 提及，說起 名 ❷ C 提及，說起

・ment- 提醒，警告
・-ion 名 表「行為」

11 **mislead** [mɪs`lid]

動 誤導，使產生錯誤想法

・mis- 表「錯」　・lead 引導

MP3 294

12 **moreover** [mor`ovɚ]

副 並且，此外

同義 in addition 另外

・more 更多　・over 多餘

13 **namely** [`nemlɪ]

副 亦即，也就是說

・name 名稱
・-ly 副 表「在⋯⋯方面」

14 **nevertheless** [ˌnɛvɚðə`lɛs]

副 不過，然而

同義 nonetheless 但是，仍然

15 **nonetheless** [ˌnʌnðə`lɛs]

副 但是，仍然

・none 沒有　・less 較少地
・the 定冠詞

16 **nonsense** [`nɑnsɛns]

名 U 胡說，胡鬧

・non- 表「無」
・sense 理智；道理

17 **objection** [əb`dʒkʃən]

名 U 反對　動 object 反對

・object 反對
・-ion 名 表「行為」

18 **objective** [əb`dʒktɪv] ❶ 形 客觀的　❷ 名 C 目的，目標

・object 物體；目標
・-ive 形 表「有⋯⋯特性的」

19 **oppose** [ə`poz] 動 反對，反抗

名 opposition 反對

20 **otherwise** [`ʌðɚˌwaɪz]

副 ❶ 否則，要不然；
❷ 在其他方面，除此以外

・other 另一個
・-wise 副 表「像⋯⋯的樣子」

21 **permission** [pɚ`mɪʃən]

名 U 允許，許可，同意

・permit 允許
・-sion 名 表「行為的狀態」

22 **permit** 動 [pɚ`mɪt] ❶ 許可；
❷ 允許，准許　名 [`pɝmɪt]
❸ C 准許証，執照

23 **persuade** [pɚ`swed]

動 說服，勸服

63 Expression 表達 (4)

MP3 295

01 **persuasion** [pɚˋsweʒən]
名U 說服，勸說
・per- 表「透過」 ・suasion 說服

02 **persuasive** [pɚˋswesɪv]
形有說服力的
・per- 表「透過」
・suasive 勸說的

03 **portray** [porˋtre] 動描繪，描寫
同義 depict 描述；描寫

04 **predict** [prɪˋdɪkt] 動預言，預料，預報　同義 forecast 預報

05 **proposal** [prəˋpozl̩]
名C ❶ 建議，提議；❷ 求婚
・pro- 表「先，前」 ・pose 提出
・-al 名表「動作；狀態」

06 **protest** [prəˋtɛst] ❶ 名C 抗議，反對　❷ 動抗議，反對；❸ 斷言，聲明

07 **quarrel** [ˋkwɔrəl] ❶ 名C 爭吵，不和　❷ 動爭吵，不和

08 **refer** [rɪˋfɝ] 動 ❶ 涉及，有關；❷ 論及，談到；❸ 查閱，參考

09 **reference** [ˋrɛfrəns]
名U ❶ 參考；❷ 提及
・refer 涉及
・-ence 名表「性質，狀態」

10 **regarding** [rɪˋgɑrdɪŋ]
介關於，就……而論
・regard 與……有關係
・-ing 表「行動」

11 **rejection** [rɪˋdʒɛkʃən]
名U 拒絕，退回　動 reject 拒絕
・reject 拒絕
・-ion 名表「行為」

MP3 296

12 **remark** [rɪˋmɑrk] ❶ 名C 談論，評論　❷ 動談到，評論
・re- 再　・mark 標記號

13 **request** [rɪˋkwɛst] ❶ 名U 請求，要求　❷ 動請求，要求

14 **sigh** [saɪ] ❶ 動嘆息，嘆氣
❷ 名C 嘆息，嘆氣

15 **somehow** [ˋsʌm͵haʊ]
副不知怎地
・some 某　・how 怎樣

16 **suggest** [səˋdʒɛst]
動 ❶ 建議；❷ 暗示，顯示

17 **swear** [swɛr] 動 ❶ 發（誓），宣（誓）；❷ 發誓要，起誓保證

18 **threat** [θrɛt] 名C ❶ 威脅；
❷ 構成威脅的人（或事物）
動 threaten 威脅

19 **threaten** [ˋθrɛtn̩]
動威脅，恐嚇
・threat 威脅
・-en 動表「變為」

20 **warn** [wɔrn] 動 警告，告誡

21 **scold** [skold] 動 責罵，嘮嘮叨叨地責備　同義 rebuke 指責

22 **suggestion** [səˋdʒɛstʃən]
名 U 建議，提議

- suggest 建議
- -ion 名 表「行為的結果」

23 **urge** [ɝdʒ] 動 ❶ 極力主張，強烈要求；❷ 催促，力勸
名 C ❸ 強烈的慾望，衝動

Part 2 Levels 3 — 4

64 Ability & personality 能力與個性 (1)

MP3 297

01 **aggressive** [əˋgrɛsɪv]
形 ❶ 好鬥的，挑釁的；
❷ 有進取心的，雄心勃勃的

- aggress 侵略
- -ive 形 表「……的」

02 **ambition** [æmˋbɪʃən]
名 ❶ U 雄心，抱負；
❷ C 追求的目標

03 **ambitious** [æmˋbɪʃəs]
形 有雄心的，野心勃勃的

- ambition 雄心
- -ous 形 表「有……特質的」

04 **bold** [bold] 形 ❶ 大膽的；
❷（字的）粗體的

05 **bravery** [ˋbrevərɪ] 名 U 勇敢，勇氣　同義 courage 勇氣

- brave 勇敢的
- -ry 名 表「行為」

06 **brutal** [ˋbrutḷ]
形 殘忍的，野蠻的

- brute 獸，畜生
- -al 形 表「……的」

07 **capable** [ˋkepəbḷ]
形 ❶ 能夠（做……）的；
❷ 有能力的，能幹的

08 **capacity** [kəˋpæsətɪ]
名 C ❶ 能力；❷ 容量

09 **challenge** [ˋtʃælɪndʒ]

動 ❶ 挑戰；❷ 質疑，對……提出異議　名 C ❸ 挑戰；❹ 艱鉅的事

MP3 298

10 **charm** [tʃɑrm] ❶ 名 U 魅力 ❷ 動 吸引，使迷住

11 **courageous** [kəˋredʒəs]

形 英勇的，勇敢的

- courage 勇氣
- -ous 形 表「有……特質的」

12 **courteous** [ˋkɝtjəs]

形 謙恭的，有禮貌的

- court 法庭
- -(e)ous 形 表「有……的」

13 **courtesy** [ˋkɝtəsɪ] 名 ❶ U 禮貌；❷ C 謙恭有禮的言辭或舉動

- courteous 禮貌的
- -y 名 表「性質」

14 **cruelty** [ˋkruəltɪ] 名 U 殘酷，殘忍　反義 kindness 仁慈

- cruel 殘忍
- -ty 名 表「狀態」

15 **cunning** [ˋkʌnɪŋ] 形 ❶ 熟練的，靈巧的；❷ 狡猾的，奸詐的

16 **dare** [dɛr] ❶ 動 敢，膽敢；❷（助動詞）敢，竟敢

17 **defensive** [dɪˋfɛnsɪv]

形 防禦的，自衛的

- defense 保衛
- -ive 形 表「……的」

18 **dignity** [ˋdɪgnətɪ] 名 U 尊嚴

19 **diligence** [ˋdɪlədʒəns]

名 U 勤勉

- diligent 勤勉的
- -ence 名 表「性質，狀態」

20 **diligent** [ˋdɪlədʒənt] 形 勤勉的，勤奮的

65 Ability & personality 能力與個性 (2)

MP3 299

01 **distinguished** [dɪˋstɪŋgwɪʃt]

形 著名的，卓越的

‧distinguish 識別
‧-ed 形 表「有……特徵的」

02 **earnest** [ˋɝnɪst]

形 認真的，誠摯的

03 **efficient** [ɪˋfɪʃənt]

形 效率高的，有效率的

反義 inefficient 無效率的

04 **enable** [ɪnˋebl̩] 動 ❶ 使能夠；❷ 使成為可能

‧en- 表「使……」
‧able 能夠

05 **endure** [ɪnˋdjʊr]

動 ❶ 忍受，忍耐；❷ 持續

同義 bear 忍受；last 持續

06 **faithful** [ˋfeθfəl]

形 忠實的，忠誠的

‧faith 信任
‧-ful 形 表「充滿……的」

07 **familiar** [fəˋmɪljɚ]

形 ❶ 熟悉的，通曉的；❷ 常見的，普通的

‧family 家；家人
‧-ar 形 表「有……特性的」

08 **fierce** [fɪrs] 形 ❶ 兇猛的，粗暴的；❷ 激烈的，猛烈的

MP3 300

09 **generosity** [ˌdʒɛnəˋrɑsətɪ]

名 U 寬宏大量，慷慨

‧generous 慷慨的
‧-ity 名 表「性質」

10 **gifted** [ˋgɪftɪd]

形 有天賦的，有天資的

‧gift 天賦
‧-ed 形 表「有……特徵的」

11 **gracious** [ˋgreʃəs]

形 ❶ 親切的，和藹的；❷ 優裕的，優渥的

‧grace 優雅
‧-ious 形 表「有……特性的」

12 **honesty** [ˋɑnɪstɪ]

名 U 正直，誠實

‧honest 誠實的
‧-ty 名 表「狀態」

13 **honorable** [ˋɑnərəbl̩]

形 ❶ 可尊敬的，高尚的；❷ 表示尊敬的，體面的

‧honor 榮譽
‧-able 形 表「有……特性的」

14 **idle** [ˋaɪdl̩]

❶ 形 懶惰的，無所事事的

❷ 動 閒混，閒逛；❸ 虛度（光陰）

15 **innocence** [ˋɪnəsn̩s]

名 U ❶ 天真無邪，純真；❷ 無罪，清白

‧innocent 無罪的
‧-ence 名 表「性質，狀態」

16 **intellectual** [ˌɪntl̩ˋɛktʃʊəl]

❶ 形 智力的；理智的

❷ 名 知識分子

- intellect 智力
- -al 形 表「……的」;「狀態」

17 **intelligence** [ɪnˋtɛlədʒəns]

名 U ❶ 智能，理解力；❷ 情報

- intelligent 有才智的
- -ence 名 表「性質，狀態」

18 **intelligent** [ɪnˋtɛlədʒənt]

形 有才智的，聰明的

Part 2 Levels 3 — 4

66 Ability & personality 能力與個性 (3)

MP3 301

01 **loyal** [ˋlɔɪəl] 形 忠誠的，忠心的

同義 true 忠誠的

反義 disloyal 不忠誠的

02 **loyalty** [ˋlɔɪəltɪ]

名 U 忠誠，忠心

- loyal 忠誠的
- -ty 名 表「狀態」

03 **might** [maɪt] ❶ 助動 可能，可以 ❷ 名 U 力量，威力，能力

04 **mighty** [ˋmaɪtɪ] 形 ❶ 強大的，強而有力的；❷ 巨大的

- might 力量
- -y 形 表「有……的」

05 **modest** [ˋmɑdɪst] 形 謙虛的

反義 immodest, boastful 不謙虛的，自誇的

06 **modesty** [ˋmɑdɪstɪ]

名 U 謙遜　形 modest 謙虛的

- modest 謙虛的
- -y 名 表「狀態」

07 **obedience** [əˋbidjəns]

名 U 服從　形 obedient 服從的

- obey 服從 ・-ence 名 表「狀態」

08 **obedient** [əˋbidjənt]

形 服從的，順從的

- obey 服從
- -ent 形 表「有……性質的」

09 **patience** [ˋpeʃəns] 名 U 耐心，耐性　形 patient 耐心的

- patient 耐心的
- -ence 名 表「狀態」

10 **personality** [͵pɝsn̩ˋælətɪ] 名 C 個性，性格

- person 人
- -al 形 表「……的」
- -ity 名 表「性質」

11 **pessimistic** [͵pɛsəˋmɪstɪk] 形 悲觀的　名 pessimist 悲觀者

- pessimist 悲觀者
- -ic 形 表「具有……特性的」

12 **refusal** [rɪˋfjuzl̩] 名 U 拒絕

- refuse 拒絕
- -al 名 表「動作」

MP3 302

13 **reliable** [rɪˋlaɪəbl̩] 形 可靠的，可信賴的

- rely 依靠
- -able 形 表「可……的」

14 **respectable** [rɪˋspɛktəbl̩] 形 值得尊敬的

- respect 尊敬
- -able 形 表「可……的」

15 **respectful** [rɪˋspɛktfəl] 形 恭敬的，尊敬人的，尊重人的

- respect 尊敬
- -ful 形 表「充滿……的」

16 **sincere** [sɪnˋsɪr] 形 ❶ 誠實的，正直的；❷ 真誠的，衷心的

17 **stubborn** [ˋstʌbɚn] 形 ❶ 倔強的，頑固的；❷（汙漬）難去掉的

18 **tame** [tem] 形 ❶ 沒骨氣的；❷（動物）經馴養的，馴服的
反義 wild 野生的

19 **tricky** [ˋtrɪkɪ] 形 狡猾的

- trick 詭計
- -y 形 表「有……的」

20 **truthful** [ˋtruθfəl] 形 誠實的，坦率的　同義 honest 誠實的

- true 真實的
- -th 名 表「狀態」
- -ful 形 表「充滿……的」

21 **wisdom** [ˋwɪzdəm] 名 U 智慧

- wise 智慧
- -dom 名 表「狀態」

22 **sincerity** [sɪnˋsɛrətɪ] 名 U 誠心誠意

- sincere 真誠的
- -ity 名 表「狀態」

23 **stingy** [ˋstɪndʒɪ] 形 吝嗇的，小氣的　同義 mean 吝嗇的

- sting 刺
- -y 形 表「有……的」

24 **timid** [ˋtɪmɪd] 形 膽怯的，羞怯的

25 **vain** [ven] 形 ❶ 愛虛榮的，自負的；❷ 徒然的，無益的

67 Feelings & emotions 感受與情緒 (1)

MP3 303

01 **admirable** [ˋædmərəbl̩]
形 值得讚揚的，令人欽佩的

- admire 欽佩
- -able 形 表「可……的」

02 **admiration** [ˏædməˋreʃən]
名 ❶ U 欽佩，羨慕；❷ C 令人欽佩或羨慕的人（或物）

- admire 欽佩
- -ation 名 表「動作」

03 **admire** [ədˋmaɪr] 動 欽佩，欣賞
同義 respect, honor 尊敬

04 **amaze** [əˋmez]
動 使大為吃驚，使驚愕

- a- 表「在某狀態中」
- maze 迷惑

05 **amazement** [əˋmezmənt]
名 U 吃驚，詫異

- amaze 大為吃驚
- -ment 名 表「狀態」

06 **annoy** [əˋnɔɪ] 動 ❶ 打攪，困擾；❷ 惹惱，使煩惱

07 **anxiety** [æŋˋzaɪətɪ] 名 ❶ C 焦慮的原因，令人焦慮之事；❷ U 焦慮，掛念

08 **anxious** [ˋæŋkʃəs] 形 ❶ 焦慮的，掛念的；❷ 令人焦慮的

09 **arouse** [əˋraʊz] 動 ❶ 激起；❷ 叫醒

- a- 表「朝向」
- rouse 喚醒

MP3 304

10 **ashamed** [əˋʃemd]
形 羞愧的，感到難為情的

11 **attract** [əˋtrækt] 動 ❶ 吸引；❷ 引起（注意或興趣等）

12 **attraction** [əˋtrækʃən]
名 ❶ C 吸引物，賣點；
❷ U 吸引力

- attract 吸引
- -ion 名 表「行為的結果」

13 **attractive** [əˋtræktɪv]
形 有吸引力的，引人注目的

- attract 吸引
- -ive 形 表「有…… 特性的」

14 **aware** [əˋwɛr] 形 ❶ 知道的，察覺的；❷ 防備的，警覺的

15 **awful** [ˋɔfʊl] 形 ❶ 可怕的，嚇人的；❷ 極壞的，極糟的；❸ 非常的，十分的

- awe 敬畏
- -ful 形 表「充滿……的」

16 **awkward** [ˋɔkwɚd] 形 尷尬的，令人困窘的

17 **blush** [blʌʃ] ❶ 動 臉紅
❷ 名 C 臉紅

18 **bore** [bor] 動 ❶ 使厭煩，煩擾；❷ 鑽孔，鑽洞

19 **burden** [ˋbɝdn̩] ❶ 名 C 負擔，重擔　❷ 動 加負擔於

Part 2 Levels 3 — 4

68 Feelings & emotions 感受與情緒 (2)

MP3 305

01 **cheerful** [ˋtʃɪrfəl]

形 興高采烈的，情緒好的

- cheer 高興
- -ful 形 表「有⋯⋯性質的」

02 **cherish** [ˋtʃɛrɪʃ] 動 珍惜，珍愛

03 **complex** [ˋkɑmplɛks]

名 C ❶ 情結；❷ 複合物，集合體

❸ 形 複雜的，難懂的

04 **concern** [kənˋsɝn]

名 ❶ U 擔心，掛念；

❷ C 擔心或關心的事

動 ❸ 關於；❹ 使擔心

05 **confidence** [ˋkɑnfədəns]

名 U 信心

- confide 信任
- -ence 名 表「狀態」

06 **confident** [ˋkɑnfədənt]

形 ❶ 有信心的，自信的；

❷ 確信的

- confide 信任
- -ent 形 表「在⋯⋯狀態的」

07 **content** 形 動 [kənˋtɛnt]

❶ 形 滿足的，滿意的

❷ 動 使滿足

名 [ˋkɑntɛnt] ❷ C 容納的東西；

❸ U 內容

08 **contentment**

[kənˋtɛntmənt] 名 U 滿足，滿意

- content 滿足的
- -ment 名 表「狀態」

09 **curiosity** [ˌkjʊrɪˋɑsətɪ]

名 U 好奇心

- curious 好奇的
- -ity 名 表「狀態」

MP3 306

10 **delight** [dɪˋlaɪt]

❶ 名 U 愉快，欣喜；

❷ C 樂事，樂趣

❸ 動 使高興

11 **delightful** [dɪˋlaɪtfəl]

形 令人愉快的，令人高興的

- delight 愉快
- -ful 形 表「充滿⋯⋯的」

12 **depress** [dɪˋprɛs]

動 ❶ 使沮喪，使消沉；❷ 使蕭條

13 **depression** [dɪˋprɛʃən]

名 U ❶ 沮喪，抑鬱；

❷ 蕭條，不景氣

- depress 使沮喪
- -ion 名 表「行為的結果」

14 **desirable** [dɪˋzaɪrəbḷ]

形 值得嚮往的，合意的

- desire 渴望
- -able 形 表「有⋯⋯特性的」

15 **desperate** [ˋdɛspərɪt]

形 ❶ 孤注一擲的；
❷ 絕望的；❸ 極度渴望的

- despair 絕望
- -ate 形 表「有⋯⋯性質的」

16 **disappoint** [ˏdɪsəˋpɔɪnt]

動 ❶ 使失望；❷ 使破滅，使挫敗

- dis- 表「不，相反」
- appoint 任命

17 **disappointment**

[ˏdɪsəˋpɔɪntmənt] 名 ❶ U 失望，掃興，沮喪；❷ C 令人失望的人，令人掃興的事

- disappoint 使失望
- -ment 名 表「狀態」

18 **discourage** [dɪsˋkɝɪdʒ]

動 ❶ 使洩氣，使沮喪；
❷ 阻擋，防止；❸ 勸阻

- dis- 表「不，相反」
- courage 勇氣

19 **discouragement**

[dɪsˋkɝɪdʒmənt] 名 ❶ U 沮喪，氣餒；❷ C 使人洩氣的事物

- discourage 氣餒
- -ment 名 表「狀態」

Part 2 Levels 3 — 4

69 Feelings & emotions 感受與情緒 (3)

MP3 307

01 **disgust** [dɪsˋgʌst]

名 U ❶ 厭惡，憎惡；
❷ 作嘔，噁心 ❸ 動 使作嘔

- dis- 表「不，相反」
- gust 一陣狂風

02 **dislike** [dɪsˋlaɪk] ❶ 動 不喜愛，厭惡 ❷ 名 C 不喜愛，厭惡

- dis- 表「不」
- like 喜歡

03 **doubtful** [ˋdaʊtfəl]

形 ❶ 懷疑的，疑惑的；
❷ 令人生疑的

- doubt 懷疑
- -ful 形 表「充滿⋯⋯的」

04 **dread** [drɛd]

❶ 名 C（常作單數）畏懼，擔心
❷ 動 懼怕，擔心

05 **eager** [ˋigɚ] 形 渴望的，急切的
同義 keen 渴望的

06 **embarrass** [ɪmˋbærəs]

動 使困窘，使尷尬
同義 shame 感到羞愧

07 **embarrassment**

[ɪmˋbærəsmənt] 名 ❶ U 困窘，難堪；❷ C 使人為難的人或事物

- embarrass 使窘困
- -ment 名 表「狀態」

08 **emotional** [ɪˋmoʃənḷ]

形 ❶ 感情(上)的；

❷ 易動情的，感情脆弱的

- emotion 情感
- -al 形 表「……的」

09 **enjoyable** [ɪnˋdʒɔɪəbḷ]

形 快樂的，有樂趣的

- en- 表「使」
- joy 高興
- -able 形 表「可……的」

MP3 308

10 **enthusiasm** [ɪnˋθjuzɪˏæzəm]

名 U 熱心，熱情

形 enthusiastic 熱心的

11 **envious** [ˋɛnvɪəs]

形 嫉妒的，羨慕的

名 動 envy 羨慕

12 **envy** [ˋɛnvɪ]

名 ❶ U 妒忌，羨慕；

❷ C 妒忌的對象，羨慕的目標

❸ 動 妒忌，羨慕

13 **exhaust** [ɪgˋzɔst]

動 ❶ 使精疲力盡；❷ 用完，耗盡

❸ 名 U 排氣，排水

14 **flush** [flʌʃ]

❶ 動 臉紅；❷ 用水沖洗

15 **fond** [fɑnd] 形 喜歡的，愛好的

16 **frustrate** [ˋfrʌsˏtret]

動 ❶ 使感到灰心；❷ 挫敗，阻撓

同義 thwart 阻撓

17 **frustration** [ˏfrʌsˋtreʃən]

名 ❶ U 挫折，挫敗；❷ C 挫折，挫敗

- frustrate 挫敗
- -ion 名 表「行為的狀態」

18 **furious** [ˋfjʊərɪəs] 形 ❶ 猛烈的，強烈的；❷ 狂怒的

- fury 狂怒
- -ious 形 表「……特性的」

19 **grateful** [ˋgretfəl]

形 感激的，感謝的

70 Feelings & emotions 感受與情緒 (4)

MP3 309

01 **gratitude** [ˋgrætəˏtjud]
名 U 感激，感恩，感謝
反義 ingratitude 忘恩負義

02 **grief** [grif] 名 U 悲痛，悲傷

03 **grieve** [griv]
❶ 動 悲傷，哀悼；
❷ 使悲傷，使痛心
同義 pain 痛苦

04 **hatred** [ˋhetrɪd]
名 U 憎恨，敵意
- hate 憎恨

05 **hesitate** [ˋhɛzəˏtet]
動 ❶ 有疑慮，不願意；
❷ 躊躇，猶豫
- hesitant 遲疑的
- -ate 動 表「使成為」

06 **hesitation** [ˏhɛzəˋteʃən]
名 U 猶豫，躊躇
- hesitate 有疑慮
- -ion 名 表「行為」

07 **horrible** [ˋhɔrəbḷ] 形 ❶ 可怕的，恐怖的；❷ 極討厭的，糟透的

08 **horrify** [ˋhɔrəˏfaɪ]
動 使恐懼，使驚懼

09 **horror** [ˋhɔrɚ] 名 ❶ U 恐怖，毛骨悚然；❷ C 極端厭惡

10 **humorous** [ˋhjumərəs]
形 幽默的，滑稽的，可笑的
- humor 幽默
- -ous 形 表「多……的」

MP3 310

11 **impress** [ɪmˋprɛs]
動 ❶ 給……深刻的印象，使感動；❷ 使銘記
- im- 表「向……內」
- press 按，壓

12 **impression** [ɪmˋprɛʃən]
名 C 印象
- impress 給深刻印象
- -ion 名 表「行為」

13 **impressive** [ɪmˋprɛsɪv]
形 予人深刻印象的，感人的
- impress 給深刻印象
- -ive 形 表「有……特性的」

14 **instinct** [ˋɪnstɪŋkt]
名 ❶ U 本能，天性；❷ C 直覺
同義 intuition 直覺

15 **jealous** [ˋdʒɛləs]
形 ❶ 吃醋的；❷ 妒忌的

16 **jealousy** [ˋdʒɛləsɪ] 名 U 妒忌
- jealous 嫉妒的
- -y 名 表「狀態」

17 **joyful** [ˋdʒɔɪfəl]
形 高興的，喜悅的
形 joyous 快樂的
- joy 高興
- -ful 形 表「充滿……的」

18 **keen** [kin] 形 ❶ 熱心的，熱衷的；❷ 渴望的，極想的
同義 eager 渴望的

19 **mercy** [ˋmɝsɪ]
名 U 慈悲，仁慈，憐憫

20 **merry** [ˋmɛrɪ]
形 歡樂的，愉快的
同義 cheerful, jolly 愉快的

21 **mood** [mud]
名 C ❶ 心情，情緒；
❷ 基調，氣氛

Part 2 Levels 3 — 4

71 Feelings & emotions 感受與情緒 (5)

MP3 311

01 **motivate** [ˋmotəˏvet]
動 刺激，激發，給⋯⋯動機

- motive 動機
- -ate 動 表「使成為」

02 **motivation** [ˏmotəˋveʃən]
名 ❶ U 動力，積極性；
❷ C 動機，原因

- motivate 刺激
- -ion 名 表「行為」

03 **nerve** [nɝv] 名 ❶ U 膽量；
❷ C（常作複數）神經過敏，憂慮，焦躁

04 **nervous** [ˋnɝvəs]
形 緊張不安的

- nerve 神經
- -ous 形 表「有⋯⋯特質的」

05 **offend** [əˋfɛnd]
動 冒犯，觸怒　名 offense 冒犯
形 offensive 冒犯的

06 **offense** [əˋfɛns] 名 ❶ U 冒犯，觸怒；❷ C 罪過，犯法

07 **offensive** [əˋfɛnsɪv]
形 冒犯的

- offend 冒犯
- -ive 形 表「⋯⋯的」

08 **panic** [ˋpænɪk] ❶ 名 C 恐慌
❷ 動 使恐慌

09 **passion** [ˋpæʃən]

名❶ Ⓒ 酷愛；❷ Ⓤ 熱情，激情

形 passionate 熱情的

10 **pity** [ˋpɪtɪ]

名❶ Ⓒ 可惜的事，憾事；

❷ Ⓤ 憐憫，同情

❸ 動 憐憫，同情

MP3 312

11 **preferable** [ˋprɛfərəbl̩]

形 更好的，更合意的

- prefer 寧可
- -able 形 表「有……特性的」

12 **rage** [redʒ] 名❶ Ⓤ 狂怒

❷ 動 猖獗，肆虐

13 **regret** [rɪˋgrɛt]

動❶ 後悔，因……而遺憾；

❷ 為……抱歉；

❸ 感到後悔，感到抱歉，遺憾

名 Ⓒ ❹ 懊悔，後悔，遺憾

14 **relief** [rɪˋlif]

名❶ Ⓤ 輕鬆，寬心；

❷（痛苦等的）減輕，解除；

❸ 救濟物品，救濟金

15 **relieve** [rɪˋliv] 動❶ 使寬慰，使放心；❷ 緩和，減輕

16 **reluctant** [rɪˋlʌktənt]

形 不情願的，勉強的

- reluct 反抗
- -ant 形 表「處於……狀態的」

17 **satisfactory** [ˏsætɪsˋfæktərɪ]

形 令人滿意的，符合要求的

18 **scary** [ˋskɛrɪ]

形 引起驚慌的，嚇人的

- scare 驚嚇
- -y 形 表「有……的」

19 **sensitive** [ˋsɛnsətɪv] 形❶ 靈敏的；❷ 體貼的；❸ 易受傷害的

20 **shame** [ʃem] 名❶ Ⓒ 令人遺憾的事；❷ Ⓤ 羞恥；❸ Ⓤ 恥辱

動❹ 使感到羞愧

21 **satisfaction** [ˏsætɪsˋfækʃən]

名 Ⓤ 滿意，滿足

形 satisfactory 令人滿意的

72 Feelings & emotions 感受與情緒 (6)

MP3 313

01 **sorrow** [ˋsɑro] 名 ❶ U 悲傷，悲痛；❷ C 傷心事，不幸的事

02 **spite** [spaɪt] 名 U 惡意
同義 malice 惡意

03 **temper** [ˋtɛmpɚ] 名 C 脾氣

04 **thankful** [ˋθæŋkfəl]
形 感謝的，感激的

- thank 感謝
- -ful 形 表「充滿……的」

05 **weep** [wip] 動 哭泣，流淚

06 **shameful** [ˋʃemfəl]
形 可恥的，丟臉的

- shame 羞恥
- -ful 形 表「充滿……的」

07 **sob** [sɑb] 動 ❶ 哭得使……；❷ 嗚咽，啜泣

08 **sorrowful** [ˋsɑrəfəl]
形 悲傷的，傷心的

- sorrow 悲傷
- -ful 形 表「充滿……的」

09 **suspicious** [səˋspɪʃəs]
形 ❶ 可疑的，鬼鬼祟祟的；❷ 猜疑的，多疑的

- suspect 懷疑
- -ious 形 表「充滿……的」

10 **sympathetic** [ˌsɪmpəˋθɛtɪk]
形 同情的，有同情心的

- sym- 表「共同」
- pathetic 可憐的

MP3 314

11 **sympathy** [ˋsɪmpəθɪ]
名 U 同情

12 **tense** [tɛns] ❶ 形 緊張的
❷ 動 使拉緊，使繃緊

13 **tension** [ˋtɛnʃən] 名 U ❶（精神上）緊張；❷ 緊張局勢，緊張狀況

- tense 緊張的
- -ion 名 表「行為的狀態」

14 **terrify** [ˋtɛrəˌfaɪ]
動 使害怕，使恐怖

15 **terror** [ˋtɛrɚ] 名 U 恐怖，驚駭

16 **tiresome** [ˋtaɪrsəm]
形 使人疲勞的，令人厭倦的

- tire 疲勞
- -some 形 表「有……傾向的」

17 **tolerable** [ˋtɑlərəbl̩]
形 可忍受的，可寬恕的

- tolerate 忍耐
- -able 形 表「可……的」

18 **tolerance** [ˋtɑlərəns]
名 U ❶ 忍耐；❷ 寬容

- tolerate 忍耐
- -ance 名 表「狀況」

19 **tolerant** [ˋtɑlərənt]

㊢容忍的，忍受的

- tolerate 忍耐
- -ant ㊢表「處於……狀況的」

20 **tolerate** [ˋtɑlə͵ret]

動❶忍受；❷容忍，容許

同義 bear, put up with 忍受

21 **troublesome** [ˋtrʌbl̩səm]

㊢令人煩惱的，討厭的，麻煩的

- trouble 麻煩
- -some ㊢表「有……傾向的」

Part 2 Levels 3 — 4

73 Measurement & numbers 測量與數字 (1)

MP3 315

01 **accuracy** [ˋækjərəsɪ]

名 U 正確（性），準確（性）

02 **accurate** [ˋækjərɪt] ㊢準確的，精確的

反義 inaccurate 不正確的

03 **acre** [ˋekɚ] 名 C 英畝

04 **additional** [əˋdɪʃənl̩]

㊢附加的，額外的

- add 附加
- -ition 名表「行為」
- -al ㊢表「……的」

05 **adequate** [ˋædəkwɪt] ㊢足夠的　同義 sufficient 足夠的

06 **angle** [ˋæŋgl̩]

名 C ❶角度；❷觀點，立場

07 **arithmetic** [əˋrɪθmətɪk]

❶名 U 算術　❷㊢算術的

08 **average** [ˋævərɪdʒ] ㊢❶平均的；❷一般的，普通的

名 C ❸平均；❹一般，普通，中等 動❺平均達到

09 **barrel** [ˋbærəl]

名 C ❶一桶的量；❷大桶

10 **billion** [ˋbɪljən]

名 C ❶十億；❷複大量，無數

11 **bucket** [ˋbʌkɪt]

名C ❶ 水桶；❷（一）桶

12 **bunch** [bʌntʃ]

名C ❶ 串，束；❷ 群，幫

MP3 316

13 **calculate** [ˋkælkjə͵let]

動 ❶ 計算；❷ 估計，預測，推測

14 **calculation** [͵kælkjəˋleʃən]

名C ❶ 計算；❷ 估計

- calculate 計算
- -ion 名表「行為的結果」

15 **calculator** [ˋkælkjə͵letɚ]

名C 計算機

- calculate 計算 ‧ -or 名表「物」

16 **centimeter** [ˋsɛntə͵mitɚ]

名C 公分

- centi- 表「百分之一」
- meter 公尺

17 **countable** [ˋkaʊntəbl̩]

形 可計算的，可數的

- count 計算
- -able 形表「有……特性的」

18 **decrease** [dɪˋkris] ❶ 動 減少，減小；❷ 使減少，使減小 ❸ 名C 減少，減小

19 **deepen** [ˋdipən] 動 ❶ 使加深（了解）；❷ 使變深；❸ 使強烈，使變濃

- deep 深的
- -en 動表「變為……」

20 **enlarge** [ɪnˋlɑrdʒ] 動 ❶ 放大（照片）；❷ 擴大，擴展

- en- 表「變為」
- large 大的

21 **enlargement** [ɪnˋlɑrdʒmənt]

名C ❶ 放大的照片；❷ 擴大，擴展

- enlarge 放大
- -ment 名表「行為，結果」

22 **enormous** [ɪˋnɔrməs]

形 巨大的，龐大的

23 **estimate** [ˋɛstə͵met]

動 估計，估量

24 **gallon** [ˋgælən]

名C（單位）加侖

25 **gigantic** [dʒaɪˋgæntɪk]

形 巨大的，龐大的

- giant 巨人
- -ic 形表「……的」

26 **gram** [græm] 名C（單位）克

74 Measurement & numbers 測量與數字 (2)

MP3 317

01 **handful** [ˋhændfəl] 名 C ❶ 一把，一握；❷ 少量，少數

- hand 手　• -ful 名「充滿……」

02 **heap** [hip]
名 C ❶ 一堆；❷ 大量，許多

03 **kilogram** [ˋkɪlə͵græm]
名 C 公斤

- kilo- 表「千」　• gram 克

04 **kilometer** [kəˋlɑmɪtɚ]
名 C 公里

- kilo- 表「千」　• meter 公尺

05 **lengthen** [ˋlɛŋθən] ❶ 動 使加長，使延長；❷ 變長，延長

- long 長的　• -th 名 表「性質」
- -en 動 表「變為……」

06 **limitation** [͵lɪməˋteʃən]
名 ❶ U 限制；❷ C（進出口）限制；❸ C 局限，不足之處

- limit 動 限制
- -ation 名 表「行為」

07 **maximum** [ˋmæksəməm]
❶ 名 U 最大量，最大數
❷ 形 最大的，最多的，最高的

08 **minimum** [ˋmɪnəməm]
❶ 名 C 最小量，最小數，最低限度　❷ 形 最小的，最少的，最低的

09 **multiple** [ˋmʌltəpl̩]
形 複合的，多樣的

- multi- 多
- -ple(x) 摺疊；倍

10 **numerous** [ˋnjumərəs]
形 許多的，很多的

- number 數字
- -ous 形 表「有……的」

11 **pace** [pes] 名 ❶ C 一步；
❷ U 速度，步調
❸ 動 踱步，慢慢地走

12 **percent** [pɚˋsɛnt]
名 C 百分之……

- per 表「每一」
- cent- 表「百分之一」

13 **percentage** [pɚˋsɛntɪdʒ]
名 C 百分率，百分比

- percent 百分之……
- -age 名 表「成果」

MP3 318

14 **pint** [paɪnt] 名 C 品脫

15 **plentiful** [ˋplɛntɪfəl]
形 豐富的，充足的

- plenty 名 豐富
- -ful 形 表「充滿……的」

16 **plenty** [ˋplɛntɪ] ❶ 名 U 豐富，大量　❷ 副 很，非常

17 **reduce** [rɪˋdjus]
動 減少，縮小，降低

18 **reduction** [rɪˋdʌkʃən]
名 C 減少，削減

- reduce 減少
- -tion 名表「行為」

19 **scarce** [skɛrs]
形缺乏的，不足的

20 **shallow** [ˋʃælo]
形❶淺的；❷膚淺的
同義 superficial 膚淺的

21 **shorten** [ˋʃɔrtn̩]
動使縮短，使減少

- short 形短的
- -en 動表「變為……」

22 **shrink** [ʃrɪŋk] 動❶收縮，縮小；❷變小，變少；❸使縮小，使減少

23 **slice** [slaɪs] ❶名C薄片
❷動把……切成薄片

24 **sufficient** [səˋfɪʃənt] 形足夠的
反義 insufficient 不足的

25 **sum** [sʌm] 名C❶一筆（金額）；❷總數，總和
❸動總結，概括

26 **ton** [tʌn] 名C❶噸（重量單位）；❷大量，許多

27 **tremendous** [trɪˋmɛndəs]
形❶巨大的，極大的；❷〔口〕極好的，很棒的

28 **vast** [væst] 形廣闊的，巨大的，大量的　同義 huge 巨大的

Part 2 Levels 3 — 4

75 State & condition 狀態與情況 (1)

MP3 319

01 **accidental** [͵æksəˋdɛntl̩]
形偶然的，意外的

- accident 意外
- -al 形表「……的」

02 **actual** [ˋæktʃʊəl]
形實際的，事實上的

03 **apparent** [əˋpærənt]
形❶表面上的，外觀的；
❷明顯的，顯而易見的

04 **appropriate** [əˋproprɪ͵et]
形適當的，恰當的

05 **atmosphere** [ˋætməs͵fɪr]
名❶C氣氛；❷U大氣

06 **awake** [əˋwek] 動❶醒過來
❷意識到　形❸醒著的；❹認識到的，意識到的

- a- 表「處於某狀態」
- wake 醒來

07 **bald** [bɔld] 形無毛的，禿頭的

08 **circumstance**
[ˋsɝkəm͵stæns] 名C（常作複數）情況，環境

- circum- 表「環繞」
- stance 表「站」

09 **complicate** [ˋkɑmplə͵ket]
動使複雜化，使費解
名 complication 複雜

10 **condition** [kən`dɪʃən]
名 ❶ U 情況，(健康等)狀態；❷ C 環境，形勢；❸ C 條件

11 **curl** [kɝl] ❶ 動 捲曲；❷ 使捲曲 ❸ 名 C 捲髮

12 **dependent** [dɪ`pɛndənt]
形 依賴的，依靠的

- depend 依靠
- -ent 形 表「有…… 性質的」

13 **despite** [dɪ`spaɪt] 介 儘管
同義 in spite of 儘管

MP3 320

14 **dusty** [`dʌstɪ]
形 滿是灰塵的，灰塵覆蓋的

- dust 灰塵
- -y 形 表「……的」

15 **dynamic** [daɪ`næmɪk] 形 有活力的，有生氣的，強有力的

16 **efficiency** [ɪ`fɪʃənsɪ]
名 U 效率，功效

- efficient 有效率的
- -cy 名 表「狀態」

17 **elegant** [`ɛləgənt] 形 優美的，雅緻的 同義 stylish 漂亮的

18 **emergency** [ɪ`mɝdʒənsɪ]
❶ 名 U 緊急情況；❷ C 突然事件

- emerge 出現
- -ency 名 表「狀態」

19 **equality** [i`kwɑlətɪ] 名 U 平等

- equal 形 平等的
- -ity 名 表「狀態」

20 **evident** [`ɛvədənt] 形 明顯的，明白的 同義 obvious, apparent 明顯的

21 **existence** [ɪg`zɪstəns]
名 U 存在

- exist 動 存在
- -ence 名 表「狀態」

22 **exit** [`ɛgszɪt] 名 C ❶ 出口，太平門；❷ 離去，退出
動 ❸ 出去，離去，退去

- ex- 向外

23 **functional** [`fʌŋkʃənḷ]
形 起作用的，有效的

- function 名 功能
- -al 形 表「關於…… 的」

24 **grace** [gres] 名 U 優雅，優美

25 **graceful** [`gresfəl]
形 優美的，優雅的

- grace 名 優雅
- -ful 形 表「充滿…… 的」

26 **hardship** [`hɑrdʃɪp]
名 U 艱難，困苦

- hard 艱苦
- -ship 名 表「狀態」

27 **harmony** [`hɑrmənɪ]
名 U ❶ 和睦，融洽；
❷ 調和，協調

76 State & condition 狀態與情況 (2)

MP3 321

01 **leisurely** [ˋliʒəlɪ]
❶ 形 從容不迫的，悠閒的
❷ 副 從容不迫地，慢慢地
- leisure 空閒的
- -ly 副 表「在……方面」

02 **liberty** [ˋlɪbətɪ] 名 U 自由

03 **loose** [lus] 形 ❶ 鬆的，鬆散的；❷ 未受束縛的；❸ 鬆掉了的
動 ❹ 解開；❺ 釋放

04 **loosen** [ˋlusn̩] 動 鬆開，解開
- loose 鬆的
- -en 動 表「變為……」

05 **manageable** [ˋmænɪdʒəbl̩]
形 可管理的，可處理的
- manage 管理
- -able 形 表「可……的」

06 **mature** [məˋtʃʊr]
形 ❶ 成熟的；❷ 成年人的
❸ 動 變成熟，長成

07 **maturity** [məˋtʃʊrətɪ]
名 U 成熟
- mature 形 成熟的
- -ity 名 表「狀態」

08 **mess** [mɛs] ❶ 名 U 混亂，凌亂
動 ❷ 弄亂，弄糟；❸ 弄糟，毀壞

09 **messy** [ˋmɛsɪ]
形 雜亂的，骯髒的
- mess 混亂
- -y 形 表「……的」

10 **miserable** [ˋmɪzərəbl̩]
形 痛苦的，不幸的
- misery 不幸
- -able 形 表「有……特性的」

11 **misfortune** [mɪsˋfɔrtʃən]
名 ❶ U 不幸，惡運；
❷ C 災難，不幸的事
- mis- 表「壞」
- fortune 命運

12 **missing** [ˋmɪsɪŋ]
形 ❶ 失蹤的，找不到的；
❷ 缺掉的
- miss 動 遺漏
- -ing 形 表「行為的」

13 **muddy** [ˋmʌdɪ]
形 爛泥的，泥濘的
- mud 名 泥
- -y 形 表「有……的」

MP3 322

14 **normal** [ˋnɔrml̩]
形 ❶ 正常的，標準的；
❷ 精神正常的，身心健全的
- norm 規範
- -al 形 表「關於……的」

15 **obvious** [ˋɑbvɪəs]
形 明顯的，顯著的

16 **optimistic** [ˌaptəˋmɪstɪk]

形 樂觀的

- optim 表「好的」
- -ist 名 表「……主義的人」
- -ic 形 表「有……特性的」

17 **phenomenon**

[fəˋnamәˌnan] 名 C 現象

18 **popular** [ˋpapjәlɚ]

形 ❶ 流行的；❷ 受歡迎的

反義 unpopular 不受歡迎的

19 **popularity** [ˌpapjәˋlærәtɪ]

名 U 普及，流行，廣受歡迎

- popular 流行的
- -ity 名 表「狀態」

20 **possess** [pәˋzɛs] 動 擁有，具有

21 **possession** [pәˋzɛʃәn]

名 ❶ U 擁有，占有；

❷ C（常作複數）所有物，財產

- possess 擁有
- -ion 名 表「行為（的結果）」

22 **pressure** [ˋprɛʃɚ]

名 U ❶（水）壓，大氣壓力；

❷（工作等）壓力；❸ 按，壓

動 ❹ 對……施加壓力，迫使

- press 壓；按
- -ure 名 表「狀態」

23 **privacy** [ˋpraɪvәsɪ]

名 U ❶ 獨處，清靜；❷ 隱私

- private 形 私人的
- -cy 名 表「狀態」

24 **probable** [ˋprabәbḷ]

形 很可能發生的，很有希望的

25 **promising** [ˋpramɪsɪŋ]

形 有希望的，有前途的

- promise 承諾
- -ing 形 表「行動」

26 **prosper** [ˋpraspɚ]

動 繁榮，昌盛，成功

27 **prosperity** [prasˋpɛrәtɪ]

名 U 繁榮，昌盛，成功

- prosper 繁榮
- -ity 名 表「狀態」

28 **prosperous** [ˋpraspәrәs]

形 興旺的，繁榮的，昌盛的

- prosper 繁榮
- -ous 形 表「有……的」

77 State & condition 狀態與情況 (3)

MP3 323

01 **publicity** [pʌbˋlɪsətɪ]
名 U ❶（公眾的）注意，名聲；
❷ 宣傳，宣揚

- public 公眾的
- -ity 名 表「性質」

02 **remain** [rɪˋmen] 動 ❶ 保持；
❷ 剩下，餘留；❸（人）留下
名 ❹ C（常作複數）剩羹，殘餚；
❺ 遺跡

03 **reputation** [ˏrɛpjəˋteʃən]
名 C 名譽，名聲

- repute 名聲
- -ation 名 表「狀態」

04 **ripe** [raɪp] 形 ❶ 成熟的；
❷ 準備妥當的，時機成熟的

05 **romantic** [roˋmæntɪk] 形 羅曼蒂克的，浪漫的

06 **rot** [rɑt] ❶ 動 使腐壞，使腐爛；
❷ 腐爛，腐壞

07 **rotten** [ˋrɑtn̩]
形 ❶ 腐爛的；❷ 腐敗的

- rot 動 使腐壞
- -en 置於不規則動詞後形成形容詞性的過去分詞

08 **rust** [rʌst] ❶ 名 U 鏽，鐵鏽
❷ 動 生鏽；❸ 使生鏽

09 **rusty** [ˋrʌstɪ] 形 ❶ 生鏽的；
❷（知識、能力等）荒廢的，不靈光的

- rust 鏽　・-y 形 表「有……的」

10 **security** [sɪˋkjʊrətɪ]
名 U ❶ 安全；❷ 防禦

- secure 形 安全的
- -ity 名 表「狀態」

11 **situation** [ˏsɪtʊˋeʃən]
名 C 狀況，情況

- site 地點
- -ate 動 表「使成為」
- -ion 名 表「行為的狀態」

MP3 324

12 **slippery** [ˋslɪpərɪ] 形 滑的

- slip 滑跤
- -er 名 表「……之物」
- -y 形 表「……的」

13 **stable** [ˋstebl̩]
❶ 形 穩定的　❷ 名 C 馬廄

14 **steady** [ˋstɛdɪ] 形 穩定的，不變的　同義 constant 不變的

15 **survival** [sɚˋvaɪvl̩]
名 U 倖存，殘存

- sur- 表「超過」
- viv- 表「活著」
- -al 名 表「……的」

16 **tidy** [ˋtaɪdɪ] ❶ 形 整潔的，整齊的　❷ 動 使整潔，整理

17 **unity** [ˋjunətɪ] 名 U ❶ 和諧，融洽；❷ 團結，統一
動 unite 統一

18 **unless** [ʌnˋlɛs] 連 除非

19 **vanish** [ˋvænɪʃ] 動 ❶ 絕跡；❷ 突然不見，消失

20 **violence** [ˋvaɪələns] 名 U ❶ 暴力；❷ 猛烈

・violent 形 暴力的
・-ence 名 表「狀態」

21 **violent** [ˋvaɪələnt] 形 ❶ 暴力的；❷ 猛烈的，強烈的

22 **status** [ˋstetəs] 名 U 地位，身分

23 **tendency** [ˋtɛndənsɪ] 名 ❶ C 趨勢，潮流；❷ 傾向，癖性

・tend 傾向
・-ency 名 表「狀態」

24 **urgent** [ˋɝdʒənt] 形 緊急的，急迫的

・urge 催促
・-ent 形 表「……的」

78 Time & space 時間與空間 (1)

MP3 325

01 **a.m.** [e ɛm]（縮寫）上午
同義 A.M./AM　反義 p.m. 下午

02 **aboard** [əˋbord] 副 ❶ 在船、飛機或車上；上船、飛機或車 介 ❷ 在（船、飛機或車）上；上（船、飛機或車）

・a- 表「在……」
・board 板；船舷

03 **A.D.** [e di]（縮寫）公元，西元

04 **afterward(s)** [ˋæftəwəd(z)] 副 之後，後來

05 **amid** [əˋmɪd] 介 在……之間，在……之中

・a- 表「在……」
・mid 中間

06 **anniversary** [ˏænəˋvɝsərɪ] 名 C 週年紀念日

07 **annual** [ˋænjʊəl] 形 ❶ 每年的；❷ 一年的，一年一次的

08 **apart** [əˋpɑrt] 副 ❶ 分開地；❷ 相間隔地；❸ 拆散地，散開地

・a- 表「使變成」
・part 表「離開」

09 **aside** [əˋsaɪd] 副 在旁邊，到旁邊

・a- 表「向」
・side 邊，側

10 **beneath** [bɪ`niθ]

❶ 副 在下，向下

❷ 介 在……之下，向……下面

・be- (= by) 表「在……」
・neath 表「在……之下」

11 **cease** [sis] 動 停止，結束

12 **childhood** [`tʃaɪld͵hʊd]

名 U 兒時，童年時期

・child 名 小孩
・-hood 名 表「狀態」

13 **climax** [`klaɪmæks]

名 C ❶ 頂點，顛峰；❷ 高潮

14 **consequent** [`kɑnsə͵kwɛnt]

形 隨之發生的，因……的結果而起的

・con- 表「一起；完全」
・sequent 結果

MP3 326

15 **constant** [`kɑnstənt]

形 ❶ 固定的，不變的；❷ 接連不斷的，持續的

・con- 加強語氣
・stant 表「站立不動」

16 **continual** [kən`tɪnjʊəl]

形 ❶ 多次重複的；❷ 連續的，不間斷的

17 **continuous** [kən`tɪnjʊəs]

形 連續的，不斷的

・con- 表「完全」
・tin 表「連在一起」
・-ous 表「有……的」

18 **crack** [kræk]

❶ 名 C 裂縫　動 ❷ 使破裂；

❸ 破解（密碼），解開（難題等）；

❹ 裂開，斷裂；

❺（嗓音）變粗，變啞

19 **current** [`kɝənt] 形 ❶ 當前的，現今的；❷ 通用的，流行的

名 C ❸ 水流，氣流；

❹ 潮流，趨勢

20 **cycle** [`saɪkḷ]

❶ 名 C 週期，循環

動 ❷ 循環；❸ 騎腳踏車或摩托車

21 **deadline** [`dɛd͵laɪn]

名 C 截止期限，最後限期

・dead 死
・line 界線

22 **decade** [`dɛked] 名 C 十年

23 **due** [dju] 形 ❶ 到期的；

❷（車等）預定應到的；

❸ 應支付的

24 **elsewhere** [`ɛls͵hwɛr]

副 在別處，到別處

・else 其他
・where 在哪裡

25 **empty** [`ɛmptɪ]

❶ 形 空的，無人居住的

❷ 動 使成為空

26 **era** [`ɪrə] 名 C 時代，年代

27 **eve** [iv] 名 U 前夕

同義 night before 前夕

28 **eventual** [ɪˋvɛntʃʊəl]

形 最後的，結果的

- e- 表「從……」
- vent 表「將來臨」
- -al 形 表「……的」

29 **extend** [ɪkˋstɛnd]

動 ❶ 延長；❷ 延展

- ex- 表「由內向外」
- tend 表「延伸」

79 Time & space 時間與空間 (2)

MP3 327

01 **farther** [ˋfɑrðɚ] 副 ❶（距離、時間）更遠地，再往前地；❷（程度上）進一步地，此外
形 ❸ 較遠的，再往前的

02 **forever** [fɚˋɛvɚ] 副 永遠

03 **forth** [forθ] 副 向前，向前方

04 **gap** [gæp] 名 C ❶ 裂口，缺口；❷ 分歧，隔閡

05 **halt** [hɔlt] ❶ 動 停止，終止
❷ 名 C 停止，終止

06 **handy** [ˋhændɪ] 形 ❶ 手邊的，近便的；❷ 便利的，方便的

- hand 手
- -y 形 表「關於……的」

07 **haste** [hest] 名 U 急忙，匆忙
形 hasty 急忙的
同義 hurry 急忙

08 **hasten** [ˋhesn̩] ❶ 動 加速；
❷ 趕緊，趕快

- haste 急忙
- -en 動 表「變為……」

09 **hasty** [ˋhestɪ]

形 ❶ 匆忙的，急忙的；
❷ 倉促的，輕率的

- haste 急忙
- -y 形 表「……的」

10 **hollow** [ˋhɑlo] 形 ❶ 空的，中空的；❷ 空洞的，虛偽的

11 **honeymoon** [ˋhʌnɪˏmun]
名 C ❶ 蜜月旅行，蜜月假期；❷（建立新關係等後）短暫的和諧時期

- honey 蜂蜜
- moon 月

12 **hourly** [ˋaʊrlɪ] ❶ 形 每小時的
❷ 副 每小時地

- hour 名 小時
- -ly 形副 表「……的（地）」

13 **immediate** [ɪˋmidɪɪt]
形 ❶ 立即的，即刻的；
❷ 當前的，目前的

- im- 表「不」
- medi- 表「居中」
- -ate 形 表「……狀態的」

14 **initial** [ɪˋnɪʃəl]
形 開始的，最初的

MP3 328

15 **inner** [ˋɪnɚ] 形 ❶ 內部的，裡面的；❷ 精神的，內心的

- in- 表「在內」

16 **internal** [ɪnˋtɝnl̩] 形 ❶ 內的，內部的；❷ 體內的，內服的

- inter- 表「在……內」
- -al 形 表「……的」

17 **lag** [læg] ❶ 動 走得慢，落後
❷ 名 C（時間）落差

18 **lately** [ˋletlɪ] 副 近來，最近

- late 形 最近的
- -ly 副 表「……地」

19 **latter** [ˋlætɚ] 形 ❶ 後面的，後半的；❷（兩者中）後者的；❸ 現今的，最近的

20 **lifetime** [ˋlaɪfˏtaɪm]
名 C 一生，終身

- life 一生
- time 時間

21 **margin** [ˋmɑrdʒɪn]
名 C ❶ 邊，邊緣；❷ 頁邊空白

22 **meanwhile** [ˋminˏhwaɪl]
❶ 名 U 其時，其間
❷ 副 其間，同時

- mean 中間的
- while 一段時間

23 **monthly** [ˋmʌnθlɪ]
❶ 形 每月的，每月一次的
❷ 副 每月，每月一次

- month 月
- -ly 形副 表「……的（地）」

24 **nowadays** [ˋnaʊəˏdez]
副 時下，當今

- now 現在
- a 每一
- day 一天
- -s 構成副詞

25 **occasion** [əˋkeʒən] 名 C ❶ 場合，時刻；❷ 重大活動，慶典

26 **occasional** [əˋkeʒənl̩]
形 偶爾的，非經常的

- oc- 表「將近」
- cas 表「發生」
- -sion 表「行為狀態」
- -al 形 表「……的」

27 **onto** [ˋɑntu] 介 到……之上，向……之上

- on 表「在……上」
- to 表「到」

28 **opportunity** [ˏɑpɚˋtjunətɪ]
名 C 機會，良機

- opportune 及時的
- -ity 名 表「狀態」

29 **opposite** [ˋɑpəzɪt] 形 ❶ 對面的；❷ 相反的，對立的　介 ❸ 在對面　❹ 副 在對面　名 C ❺ 對立面，對立物

- op- 表「反，逆」
- pos(it)- 表「置於」

30 **origin** [ˋɔrədʒɪn]
名 C ❶ 起源，起因；
❷（常作複數）出身，血統

Part 2 Levels 3 — 4

80 Time & space 時間與空間 (3)

MP3 329

01 **original** [əˋrɪdʒənl̩] 形 ❶ 最初的，本來的；❷ 有獨創性的，新穎的；❸ 原作的，原本的
名 ❹ C 原著，原畫

- origin 起源
- -al 形 表「關於……的」

02 **outdoor** [ˋaʊtˏdor]
形 戶外的，野外的
反義 indoor 室內的

- out- 表「外」
- door 門

03 **outdoors** [ˋaʊtˋdorz]
❶ 副 在戶外，在野外
❷ 名 U 戶外，野外

- outdoor 戶外的
- -s 形成副詞

04 **outer** [ˋaʊtɚ] 形 在外的，外面的

- out- 表「外」

05 **overnight** [ˏovɚˋnaɪt]
副 ❶ 一夜間，突然；❷ 通宵，整夜　形 ❸ 一夜間的，突然的；
❹ 一整夜的

- over- 表「越過」
- night 夜

06 **p.m.** [pi ɛm] 縮寫 下午
同義 pm/PM/P.M.
反義 a.m. 上午

07 **partial** [ˋpɑrʃəl] 形 ❶ 部分的，局部的；❷ 不公平的，偏袒的

- part 名 部分
- -ial 形 表「……的」

08 **pause** [pɔz]
❶ 名 C 暫停，中斷
❷ 動 中斷，暫停

09 **permanent** [ˋpɝmənənt]
形 永久的，固定的

- per- 表「完全地」
- remain 停留
- -ent 形 表「……的」

10 **postpone** [postˋpon]
動 使延期，延遲

11 **postponement**
[postˋponmənt] 名 U 延期，延遲

- postpone 動 延期
- -ment 名 表「行為」

12 **previous** [ˋpriviəs]
形 先前的，以前的

13 **prime** [praɪm]
名 ❶（單數）青年，壯年，全盛時期　形 ❷ 最初的，基本的；
❸ 主要的，首位的；
❹ 最好的，第一流的

14 **primitive** [ˋprɪmətɪv]
形 ❶ 原始的，遠古的；
❷ 簡單的，未開化的

- prime 最初
- -itive 形 表「有……性質的」

MP3 330

15 **prompt** [prɑmpt]
❶ 形 及時的，迅速的
❷ 動 提示，給（演員等）提詞

16 **remote** [rɪˋmot]
形 ❶ 遙遠的，偏僻的；❷ 久遠的

17 **schedule** [ˋskɛdʒʊl] 名 C ❶ 日程表，計劃表；❷（火車等的）時刻表，課程表　動 ❸ 安排，預定

18 **separation** [ˏsɛpəˋreʃən]
名 U 分開，分離

- separate 分離
- -ion 名 表「行為」

19 **shortly** [ˋʃɔrtlɪ]
副 立刻，不久；簡短地

- short 形 短的
- -ly 副 表「……地」

20 **someday** [ˋsʌmˏde]
副 將來有一天，有朝一日

- some 某一　- day 天

21 **sometime** [ˋsʌmˏtaɪm]
副 在（將來或過去）某一時候

- some 某一　- time 時

22 **swift** [swɪft] 形 迅速的

23 **temporary** [ˋtɛmpəˏrɛrɪ]
形 暫時的，臨時的

24 **trace** [tres]
動 ❶ 追溯；❷ 追蹤；❸ 追溯自
❹ 名 C 痕跡，遺跡

25 **vacant** [ˋvekənt] 形 ❶ 空著的，未被占用的；❷（職位）空缺的

26 **senior** [ˋsinjɚ] 形 ❶ 年長的，年紀較大的；❷ 地位較高的，年資較深的　名 ❸ C 前輩，上司，學長

27 **spare** [spɛr] 形 ❶ 多餘的，空閒的；❷ 備用的　動 ❸ 撥出，騰出（時間等）；❹ 使免遭，免；❺ 饒恕，不傷害　❻ 名 C 備用輪胎

28 **weekly** [ˋwiklɪ] ❶ 形 每週的，一週一次的　❷ 副 每週，每週一次　❸ 名 C 週刊，週報

- week 名 星期
- -ly 形 副「……的（地）」

29 **yearly** [ˋjɪrlɪ]
❶ 形 每年的，一年一次的
❷ 副 每年，一年一度

- year 名 年
- -ly 形 副「……的（地）」

30 **youthful** [ˋjuθfəl] 形 年輕的

- youth 名 年輕
- -ful 形「充滿……的」

81 Degree & frequency 程度與頻率

MP3 331

01 **absolute** [ˋæbsə͵lut] 形 完全的

02 **barely** [ˋbɛrlɪ] 副 幾乎沒有，僅僅　同義 hardly 幾乎不

- bare 僅僅的
- -ly 副 表「……地」

03 **considerable** [kənˋsɪdərəbḷ] 形 相當多的，相當大的

- consider 考慮
- -able 形 表「有……特性的」

04 **extent** [ɪkˋstɛnt] 名 U 程度，範圍

05 **extreme** [ɪkˋstrim] 形 ❶ 極度的；❷ 末端的　名 C ❸ 極端；❹ 極度，最大程度

06 **fairly** [ˋfɛrlɪ] 副 ❶ 頗為，相當地；❷ 公平地，公正地

- fair 形 公正的
- -ly 副「……地」

07 **frequency** [ˋfrikwənsɪ] 名 U 頻率，次數

- frequent 頻繁的
- -cy 名 表「狀態」

08 **frequent** [ˋfrikwənt] 形 時常發生的，頻繁的

09 **gradual** [ˋgrædʒʊəl] 形 逐漸的

- grade 階段
- -al 形 表「……的」

10 **highly** [ˋhaɪlɪ] 副 非常，很

・high 形 高的
・-ly 副 表「……地」

11 **indeed** [ɪnˋdid]

副 真正地，確實

12 **intense** [ɪnˋtɛns]

形 強烈的，極度的

13 **intensify** [ɪnˋtɛnsə͵faɪ]

動 ❶ 加強，增強；

❷ 使加強，變得激烈

・intense 強烈的
・-ify 動「使……化」

14 **intensity** [ɪnˋtɛnsətɪ] 名 U（思想、感情、活動等的）強烈，極度

・intense 強烈的
・-ity 名 表「狀態」

MP3 332

15 **intensive** [ɪnˋtɛnsɪv]

形 ❶ 加強的，密集的；

❷ 特別護理的

・intense 強烈的
・-ive 形 表「有……特性的」

16 **largely** [ˋlɑrdʒlɪ]

副 大部分，主要地

・large 大的
・-ly 副 表「……地」

17 **mere** [mɪr] 形 僅僅的，只不過是

18 **mild** [maɪld] 形 ❶ 溫暖的，溫和的；❷ 輕微的，寬大的

19 **moderate** [ˋmɑdərɪt] 形 ❶ 適中的，適度的；❷ 有節制的

20 **mostly** [ˋmostlɪ]

副 大部分地，大多數地

・most 多數的
・-ly 副 表「……地」

21 **roughly** [ˋrʌflɪ]

副 粗略地，大體上

・rough 粗略的
・-ly 副 表「……地」

22 **scale** [skel]

名 ❶ U 規模，大小；❷ C 比率；❸ C（常作複數）秤，天平

23 **seldom** [ˋsɛldəm] 副 不常，很少

24 **somewhat** [ˋsʌm͵hwɑt]

副 有點，稍微

・some 某　　・what 多少

25 **scarcely** [ˋskɛrslɪ]

副 幾乎不，幾乎沒有

・scarce 缺乏的
・-ly 副 表「……地」

26 **severe** [səˋvɪr]

形 ❶ 嚴重的，劇烈的；

❷ 嚴厲的，嚴肅的

27 **slight** [slaɪt]

形 ❶ 輕微的，少量的

❷ 動 輕視，怠慢

❸ 名 C 輕視，怠慢

28 **strengthen** [ˋstrɛŋθən]

動 ❶ 加強，鞏固；❷ 使更為強壯

- strong 強壯的
- -th 名 表「狀態」
- -en 動「變為……」

29 **thorough** [ˋθɝo] 形 徹底的，仔細的

82 Good & bad 好與壞 (1)

MP3 333

01 **advantage** [ədˋvæntɪdʒ]

名 C ❶ 利益，好處；

❷ 優點，優勢

02 **affect** [əˋfɛkt]

動 ❶ 影響，對……發生作用；

❷（病）侵襲，罹患（病）

03 **badly** [ˋbædlɪ]

副 ❶ 壞地，惡劣地；❷ 很，非常

- bad 形 壞的
- -ly 副 表「……地」

04 **benefit** [ˋbɛnəfɪt]

❶ 名 C 利益，好處

❷ 動 有益於；❸ 得益，受惠

05 **consequence**

[ˋkɑnsəˏkwɛns] 名 U 結果，後果

- con- 表「一起；完全」
- sequent 結果的
- -ence 名 表「狀態」

06 **deserve** [dɪˋzɝv] 動 應受，該得

07 **destroy** [dɪˋstrɔɪ] 動 ❶ 毀壞，破壞；❷ 殺死；❸ 打破（希望、計劃），使失敗

08 **destruction** [dɪˋstrʌkʃən]

名 U 毀滅，破壞

- de- 表「分開」
- struct- 表「建造」
- -ion 名 表「行為」

09 **disadvantage**
[ˌdɪsədˋvæntɪdʒ] 名 C 不利（條件）

・dis- 表「沒有」
・advantage 好處

10 **disaster** [dɪˋzæstɚ] 名 C 災難，災害　形 disastrous 災難的

11 **endanger** [ɪnˋdendʒɚ]
動 危及，使遭到危險

・en- 表「使」　・danger 危險

MP3 334

12 **evil** [ˋivḷ] ❶ 形 邪惡的，壞的
❷ 名 U 邪惡，罪惡

13 **excellence** [ˋɛksḷəns]
名 U 優秀，傑出

・excel 優於
・-ence 名 表「性質，狀態」

14 **factor** [ˋfæktɚ]
名 C 因素，要素

15 **fake** [fek] ❶ 形 假的，冒充的
❷ 名 C 冒牌貨，冒充者
❸ 動 假裝；❹ 冒充

16 **fantastic** [fænˋtæstɪk]
形 極好的

17 **fortunate** [ˋfɔrtʃənɪt] 形 幸運的，僥倖的　同義 lucky 幸運的

・fortune 幸運
・-ate 形 表「……狀態的」

18 **glorious** [ˋglorɪəs]
形 ❶ 光榮的，榮耀的；
❷ 壯觀的，壯麗的

・glory 名 光榮
・-ious 形 表「有……特性的」

19 **glory** [ˋglorɪ] 名 U ❶ 光榮，榮譽；❷ 壯麗，壯觀

20 **harm** [hɑrm] ❶ 動 損害，傷害
❷ 名 U 損害，傷害

21 **harmful** [ˋhɑrmfəl] 形 有害的

・harm 傷害
・-ful 形 表「有……的」

22 **honor** [ˋɑnɚ] 名 ❶ U 榮譽，名譽；❷ C 光榮的事或人；
❸ C（大學的）優等成績

23 **ideal** [aɪˋdiəl]
形 理想的，完美的，適合的

・idea 主意
・-al 形 表「……的」

83 Good & bad 好與壞 (2)

MP3 335

01 **impact** [ˋɪmpækt]
名 U ❶ 衝擊，影響；❷ 撞擊
❸ 動 衝擊，影響

02 **inferior** [ɪnˋfɪrɪɚ]
形 ❶ 次等的，較差的；
❷（地位等）低等的，下級的
名 ❸ C 部屬，部下

03 **lousy** [ˋlaʊzɪ] 形 差勁的
同義 awful, terrible 很差的

- louse 蝨子
- -y 形 表「有⋯⋯ 特性的」

04 **marvelous** [ˋmɑrvələs]
形 非凡的，令人驚嘆的，極佳的

- marvel 令人驚奇的事物或人
- -ous 形 表「有⋯⋯的」

05 **merit** [ˋmɛrɪt] 名 C
❶ 長處，優點；❷ 功績，功勞

06 **misery** [ˋmɪzərɪ]
名 U 痛苦，不幸，悲慘，窮困

07 **moral** [ˋmɔrəl] ❶ 形 道德上的
名 C ❷ 道德上的教訓，寓意
❸（常作複數）道德，品行

08 **nightmare** [ˋnaɪtˏmɛr]
名 C ❶ 惡夢；❷ 夢魘般的經歷

- night 夜
- mare 引起夢魘的魔鬼

09 **obstacle** [ˋɑbstəkl̩]
名 C 障礙（物），妨礙

- ob- 表「逆，反」
- sta 表「站；留著」
- -cle 名 表「物」

10 **outcome** [ˋaʊtˏkʌm]
名 C 結果，成果

- out- 表「出」 ▪ come 來

11 **outstanding** [ˋaʊtˋstændɪŋ]
形 顯著的，傑出的

- out- 表「超過」
- stand 站
- -ing 形 表「⋯⋯的」

MP3 336

12 **perfection** [pɚˋfɛkʃən]
名 U 完美，盡善盡美

- perfect 使完美
- -ion 名 表「行為的狀態」

13 **pollute** [pəˋlut] 動 汙染，弄髒
名 pollutant 汙染物；汙染源

14 **pollution** [pəˋluʃən] 名 U 汙染

- pollute 汙染
- -ion 名 表「行為的結果」

15 **proper** [ˋprɑpɚ] 形 適合的，恰當的 反義 improper 不恰當的

16 **risk** [rɪsk] 名 U ❶ 危險，風險
動 ❷ 使遭受危險，以⋯⋯ 作為賭注；❸ 冒⋯⋯的風險

17 **ruin** [ˋruɪn] ❶ 動 毀滅，毀壞
名 ❷ U 毀滅，毀壞；
❸ C（常作複數）廢墟，遺跡

18 **superior** [sə`pɪrɪɚ] 形 ❶（在品質方面）較好的，優秀的；❷（在職位等）較高的，上級的 名 ❸ C 上司，長官

19 **wicked** [`wɪkɪd] 形 壞的，缺德的 同義 evil 罪惡的

20 **splendid** [`splɛndɪd] 形 ❶ 顯著的，傑出的；❷ 壯麗的，輝煌的

21 **triumph** [`traɪəmf] ❶ 名 C 勝利；成功 ❷ 動 獲得勝利或成功

22 **virtue** [`vɝtʃu] 名 C ❶ 美德；❷ 長處，優點
同義 advantage 優點

23 **welfare** [`wɛl͵fɛr]
名 U ❶ 福利，幸福，健康安樂；❷ 社會救濟（制度）

- well 好的 - fare 過活

Part 2 Levels 3 — 4

84 Quality 性質 (1)

MP3 337

01 **agreeable** [ə`griəbḷ]
形 ❶ 令人愉快的，宜人的；❷ 欣然贊同、接受的

- agree 同意
- -able 形「可……的」

02 **artificial** [͵ɑrtə`fɪʃəl]
形 人工的，人造的，假的
同義 fake 假的

03 **casual** [`kæʒʊəl] 形 ❶ 偶然的，碰巧的；❷ 非正式的

04 **changeable** [`tʃendʒəbḷ]
形 易變的，不定的

- change 變化
- -able 形「可……的」

05 **characteristic**
[͵kærəktə`rɪstɪk] 名 C 特色，特徵

- character 特性
- -istic 名 表「性質」

06 **circular** [`sɝkjəlɚ] 形 圓的

- circul- 表「圓」
- -ar 形 表「有……特性的」

07 **clumsy** [`klʌmzɪ]
形 ❶ 笨拙的，手腳不靈活的；❷ 不得體的，不圓滑的

08 **coarse** [kors] 形 ❶ 粗的，粗糙的；❷ 粗俗的，粗魯的

09 **concrete** [ˋkɑnkrit]

❶ 形 具體的　❷ 名 U 水泥

10 **conservative** [kənˋsɝvətɪv]

形 保守的，守舊的

・conservation 保存
・-ive 形 表「……的」

11 **consist** [kənˋsɪst] 動 組成，構成

12 **consistent** [kənˋsɪstənt]

形 ❶ 與……一致的，符合的；
❷ 始終如一的，前後一致的

・consist 組成
・-ent 形 表「有……性質的」

MP3 338

13 **constitute** [ˋkɑnstə͵tjut]

動 組成，構成

14 **constructive** [kənˋstrʌktɪv]

形 建設性的，積極的，有助益的

・construct 建造
・-ive 形 表「……的」

15 **defensible** [dɪˋfɛnsəbl̩]

形 可辯護的

反義 indefensible 無可辯解的

・defense 保衛
・-ible 形 表「可……的」

16 **definite** [ˋdɛfənɪt]

形 明確的，確切的

17 **delicate** [ˋdɛləkət]

形 ❶ 易碎的；
❷ 精美的，雅緻的；❸ 纖細的；
❹ 鮮美的，清淡可口的

18 **dense** [dɛns] 形 密的，濃的

名 density 稠密（度）

同義 thick 濃的

19 **dependable** [dɪˋpɛndəbl̩]

形 可靠的，可信任的

・depend 依靠
・-able 形 表「可……的」

20 **differ** [ˋdɪfɚ] 動 不同

21 **distinct** [dɪˋstɪŋkt]

形 ❶ 有區別的，與其他不同的；
❷ 清楚的，明顯的

22 **dominant** [ˋdɑmənənt]

形 占優勢的，支配的

・domin- 表「住家；主人」
・-ant 形 表「……的」

23 **durable** [ˋdjʊrəbl̩]

形 耐用的，持久的

名 duration 持續，持久

・dure- 表「持久的」
・-able 形 表「可……的」

24 **elastic** [ɪˋlæstɪk] 形 有彈性的

25 **essential** [ɪˋsɛnʃəl]

形 必要的，不可缺的

・essence 本質
・-ial 形 表「……的」

85 Quality 性質 (2)

MP3 339

01 **flexible** [ˋflɛksəbl̩]

形 ❶ 可彎曲的，柔韌的；❷ 有彈性的，靈活的

- flex 收縮
- -ible 形「可⋯⋯的」

02 **fundamental** [ˏfʌndəˋmɛntl̩]

形 根本的，主要的

- fund(a)- 表「建造；基本」
- -ment 名 表「行為」
- -al 形 表「⋯⋯的」

03 **genuine** [ˋdʒɛnjʊɪn] 形 ❶ 真的，非偽造的；❷ 真誠的

04 **harden** [ˋhɑrdn̩] 動 使變硬

反義 soften 使變軟

- hard 硬的
- -en 動「變為⋯⋯」

05 **harsh** [hɑrʃ] 形 ❶ 嚴厲的；❷ 嚴酷的，艱苦的

同義 severe 嚴厲的

06 **identical** [aɪˋdɛntɪkl̩]

形 ❶ 同一的；❷ 完全相同的

- identity 身分
- -ic 形 表「有⋯⋯特性的」
- -al 形 表「⋯⋯的」

07 **influential** [ˏɪnflʊˋɛnʃəl]

形 有影響力的，有權勢的

- in- 表「向」
- flu 表「流動」
- -ence 名 表「狀態」
- -al 形 表「⋯⋯的」

08 **involve** [ɪnˋvɑlv] 動 ❶ 包含，需要；❷ 使捲入，牽涉

09 **involvement** [ɪnˋvɑlvmənt]

名 U 涉入，牽連

- involve 牽涉
- -ment 名 表「行為」

10 **lively** [ˋlaɪvlɪ] 形 ❶（色彩等）鮮明的；❷ 精力充沛的，活潑的

- live 活的
- -ly 副 表「⋯⋯地」

11 **magnificent** [mægˋnɪfəsənt]

形 ❶ 壯麗的，宏偉的；❷【口】極好的

- magni- 表「大」
- -fic- 做；形成
- -ent 形「有⋯⋯性質的」

12 **meaningful** [ˋminɪŋfəl]

形 意味深長的，有意義的

- mean 意謂
- -ing 名 表「狀態」
- -ful 形 表「充滿⋯⋯的」

MP3 340

13 **memorable** [ˋmɛmərəbl̩]

形 值得懷念的，難忘的

- memory 記憶
- -able 形「有⋯⋯特性的」

14 **noble** [ˋnobl̩] 形 高貴的，高尚的

15 **oval** [ˋovl̩] 形 卵形的，橢圓形的

16 **passive** [ˋpæsɪv]

形 被動的，消極的

17 **peculiar** [pɪˋkjuljɚ] 形 ❶ 奇怪的；❷ 獨有的，特有的

18 **poisonous** [ˋpɔɪzn̩əs]

形 有毒的，有害的

- poison 毒
- -ous 形 表「有……特性的」

19 **portable** [ˋportəbl̩]

形 便於攜帶的，手提式的

- port 港口
- -able 形「可……的」

20 **practical** [ˋpræktɪkl̩] 形 ❶ 實際的；❷ 實用的；❸ 可實施的

- practice 實行
- -al 形 表「關於……的」

21 **precise** [prɪˋsaɪs] 形 ❶ 精確的，準確的；❷ 明確的，清晰的

22 **primary** [ˋpraɪˏmɛrɪ]

形 ❶ 主要的；❷ 初級的，初等的

- prime 最初
- -ary 形 表「……的」

23 **prominent** [ˋprɑmənənt]

形 ❶ 卓越的，重要的，著名的；❷ 突出的，顯眼的

24 **pure** [pjʊr] 形 ❶ 純淨的；❷ 純粹的；❸ 純潔的

反義 impure 不純淨的

25 **queer** [kwɪr] 形 奇怪的，古怪的

同義 odd 奇怪的

Part 2 Levels 3 — 4

86 Quality 性質 (3)

MP3 341

01 **realistic** [ˏrɪəˋlɪstɪk] 形 現實的，注重實際的，實際可行的

- real 真的
- -ist 名「……主義的人」
- -ic 形 表「……的」

02 **reasonable** [ˋrizn̩əbl̩]

形 ❶ 理性的，通情達理的；❷ 合理的

- reason 理性
- -able 形「有……特性的」

03 **remarkable** [rɪˋmɑrkəbl̩]

形 值得注意的，非凡的，卓越的

- re- 表「再」 ・mark 標記號
- -able 形「有……特性的」

04 **resemble** [rɪˋzɛmbl̩] 動 像，類似 名 resemblance 相似

05 **resist** [rɪˋzɪst] 動 ❶ 抗（酸），耐（熱等）；❷ 抵抗……的影響；❸ 抗拒；❹ 忍耐，忍住

06 **rough** [rʌf] 形 ❶ 艱難的；❷ 粗糙的；❸ 粗略的

反義 smooth 光滑的

07 **significant** [sɪgˋnɪfəkənt]

形 ❶ 有意義的；❷ 重要的，重大的

- signif 表「符號」
- fic 表「做」
- -ant 形 表「……的」

08 **similarity** [ˌsɪməˋlærətɪ]

名❶ Ⓤ 相似，類似；

❷ Ⓒ 相似點，類似點

- similar 形 相像的
- -ity 名 表「性質」

09 **smooth** [smuð]

形❶ 平靜的；❷ 光滑的，平坦的

反義 rough 粗糙的

10 **solid** [ˋsɑlɪd]

形❶ 固體的；❷ 堅固的

11 **specific** [spɪˋsɪfɪk]

形❶ 特定的；❷ 明確的，具體的

- spec- 表「種，類」
- -fic 形 表「有……特性的」

12 **suitable** [ˋsutəbl̩]

形 適當的，適合的

- suit 動 適合
- -able 形「有……特性的」

13 **tend** [tɛnd] 動 傾向，易於

MP3 342

14 **typical** [ˋtɪpɪkl̩]

形 典型的，有代表性的

- type 類型
- -ic 形 表「有……特性的」
- -al 形 表「……的」

15 **variety** [vəˋraɪətɪ]

名（單數）種種

16 **various** [ˋvɛrɪəs] 形 不同的，各種各樣的 同義 diverse 不同的

17 **vary** [ˋvɛrɪ] 動 變更

同義 differ 不同

18 **violet** [ˋvaɪəlɪt] 名❶ Ⓒ 紫羅蘭；❷ Ⓤ 紫羅蘭色

19 **vivid** [ˋvɪvɪd] 形 生動的，逼真的

20 **significance** [sɪgˋnɪfəkəns]

名 Ⓤ ❶ 意義，涵義；

❷ 重要性，重要

- signif- 表「符號」
- -ance 名 表「狀況」

21 **spiritual** [ˋspɪrɪtʃʊəl]

形 精神上的，心靈的

- spirit 精神，心靈
- -al 形 表「關於……的」

22 **systematic** [ˌsɪstəˋmætɪk]

形 有系統的，有條理的

- system 系統
- -ic 形 表「有……的」

23 **tough** [tʌf] 形❶ 堅韌的，牢固的；❷ 不屈不撓的，剛強的；

❸ 棘手的，費勁的；

❹ 強硬的，嚴格的

24 **unique** [juˋnik]

形❶ 獨特的；❷ 獨一無二

25 **universal** [ˌjunəˋvɝsl̩]

❶ 形 全體的，普遍的

❷ 名 Ⓤ 普通性，普遍現象

- uni- 表「一，全」• vers 表「轉」
- -al 形 表「……的；狀態」

26 **visual** [ˋvɪʒuəl] 形 視力的，視覺

動 visualize 使看得見；使形象化

27 **vital** [ˋvaɪtl̩] 形 極其重要的，必不可少的 名 vitality 生命力

87 Others 其他

MP3 343

01 **access** [ˋæksɛs] 名 U ❶ 接近，使用（的權利）；❷ 通道，入口

02 **aspect** [ˋæspɛkt] 名 C 方面

03 **concerning** [kənˋsɝnɪŋ] 介 關於

- concern 關於
- -ing 名 表「行為」

04 **confine** [kənˋfaɪn] 動 ❶ 限制，使侷限；❷ 使臥床，禁閉

- con- 表「完全」
- -fine 表「結束」

05 **contrary** [ˋkɑntrɛrɪ] 名 相反的，對立的

MP3 344

06 **evidence** [ˋɛvədəns] 名 U 證據

- e- 表「從⋯⋯」
- vid 表「看，看見」
- -ence 名 表「狀態」

07 **fame** [fem] 名 U 聲譽，名望

08 **including** [ɪnˋkludɪŋ] 介 包括，包含　動 include 包括

- include 包括
- -ing 名 表「行為」

09 **outline** [ˋaʊt͵laɪn] 名 C ❶ 外形，輪廓；❷ 提綱，要點　❸ 動 概述，略述

- out 外　　- line 線

10 **rely** [rɪˋlaɪ] 動 ❶ 依賴；❷ 信賴，指望

11 **sake** [sek] 名 C 緣故，利益

Part 3

Levels 5-6

Part 3 Levels 5 — 6

1 Jobs & People 職業與人物 (1)

MP3 345

01 **aboriginal** [ˌæbəˋrɪdʒənl̩]
❶ 名 C 原住民 ❷ 形 原住民的
- aborigine 名 原住民
- -al 形

02 **aborigine** [æbəˋrɪdʒənɪ]
名 C 原住民

03 **activist** [ˋæktɪvɪst]
名 C 行動主義者，激進分子
- act 動 行動
- -ive 形
- -ist 名 表「……主義的人」

04 **adolescence** [ædl̩ˋɛsn̩s]
名 U 青春期，青少年時期
同義 puberty 青春期

05 **adolescent** [ˌædl̩ˋɛsn̩t]
❶ 形 青春期的 ❷ 名 C 青少年
同義 ❶ teenage 青少年的
❷ teenager 青少年

06 **adulthood** [əˋdʌlthʊd]
名 U 成年（期）
同義 manhood 成年期
反義 childhood 兒童時期

07 **advertiser** [ˋædvɚˌtaɪzɚ]
名 C 刊登廣告者，廣告客戶
- advertise 動 做廣告
- -er 名 表「人」

08 **alien** [ˋelɪən] 名 C ❶ 外國人，僑民；❷ 外星人 ❸ 形 外國人的，外國僑民的

09 **analyst** [ˋænl̩ɪst] 名 C 分析者，分析師 動 analyze 分析
- analysis 名 分析
- -ist 名 表「做……的人」

10 **apprentice** [əˋprɛntɪs]
❶ 名 C 學徒，見習生
❷ 動 使當學徒

11 **architect** [ˋɑrkəˌtɛkt]
名 C 建築設計師

MP3 346

12 **astronaut** [ˋæstrəˌnɔt]
名 C 太空人
- astro- 太空 ▪ naut 駕駛員

13 **astronomer** [əˋstrɑnəmɚ]
名 C 天文學家

14 **attendant** [əˋtɛndənt]
❶ 名 C 服務員，侍者
❷ 形 伴隨的
- attend 動 參加
- -ant 名 表「人」

15 **bachelor** [ˋbætʃəlɚ]
名 C ❶ 學士；❷ 單身漢，鰥夫

16 **barbarian** [bɑrˋbɛrɪən]
❶ 名 C 野蠻人，未開化的人
❷ 形 野蠻人的，未開化的
- barbarous 形 野蠻的
- -an 名 表「有……特徵的人」

17 **blacksmith** [ˋblækˏsmɪθ]

名 C 鐵匠

- black 名 黑色　・smith 名 鐵匠

18 **bodyguard** [ˋbɑdɪˏgɑrd]

名 C 保鏢，護衛者

- body 名 身體　・guard 名 守衛

19 **boyhood** [ˋbɔɪhʊd]

名 U（男生的）童年，少年時代

- boy 名 男孩
- -hood 名 表「狀態」

20 **bully** [ˋbʊlɪ] ❶ 名 C 恃強欺弱者，惡霸　❷ 動 霸凌，欺侮

21 **butcher** [ˋbʊtʃɚ] ❶ 名 C 肉販，屠夫　❷ 動 屠宰（牲口）

22 **caretaker** [ˋkɛrˏtekɚ]

名 C 照顧者，管理人

- care 名 看護
- taker 名 收受者

Part 3 Levels 5 — 6

2 Jobs & People 職業與人物 (2)

MP3 347

01 **cashier** [kæˋʃɪr] 名 C 出納員，收銀員

02 **casualty** [ˋkæʒʊəltɪ] 名 C（事故、災難等的）死者，傷者

- casual 形 偶然的
- -ty 名

03 **celebrity** [səˋlɛbrətɪ]

名 C 名人，名流

04 **chairperson** [ˋtʃɛrˏpɝsn̩]

名 C ❶（大學的）系主任；

❷ 主席，議長（無性別歧視的字眼）

同義 chair 會議主席；chairman 會議男主席；chairwoman 會議女主席

- chair 名 椅子
- person 名 人

05 **chef** [ʃɛf] 名 C 主廚，大師傅

06 **chemist** [ˋkɛmɪst]

名 C 化學家　名 chemistry 化學

07 **colleague** [ˋkɑlig]

名 C 同事，同僚

同義 co-worker 同事

08 **collector** [kəˋlɛktɚ]

名 C 收集者，收藏家

- collect 動 收集
- -or 名 表「人」

09 **comedian** [kə`midɪən]

名 C 喜劇演員，戲劇作家

反義 tragedian 悲劇演員

- comedy 名 喜劇
- -ian 名

10 **contestant** [kən`tɛstənt]

名 C 參加競賽者，角逐者

- contest 名 比賽
- -ant 名 表「人」

11 **contractor** [`kɑntræktɚ]

名 C 承包人，承包商

- contract 名 契約
- -or 名 表「人」

MP3 348

12 **counselor** [`kaʊnsl̩ɚ]

名 C 顧問

- counsel 動 勸告
- -or 名 表「人」

13 **counterpart** [`kaʊntɚ͵pɑrt]

名 C ❶ 互為補充的人（或物）；❷ 對應的人（或物）

- counter- 反
- part 名 部分；一方

14 **deputy** [`dɛpjətɪ]

名 C 代表，代理人

同義 representative 代表，代理人

15 **descendant** [dɪ`sɛndənt]

名 C 子孫，後裔

- descend 動 為……的後裔
- -ant 名 表「人」

16 **dissident** [`dɪsədənt]

❶ 名 C 意見不同者，不贊成者

❷ 形 意見不同的，不贊成的

17 **donor** [`donɚ] 名 C 捐贈者

18 **dwarf** [dwɔrf] ❶ 名 C 矮子，侏儒　❷ 形 矮小的，矮種的

19 **elite** [e`lit] ❶ 名 C 菁英，優秀分子　❷ 形 菁英的

20 **emigrant** [`ɛməgrənt]

名 C（往他國的）移民，移出者

反義 immigrant 外來移民，移入者

21 **faculty** [`fækl̩tɪ]

名 C 全體教職員

- facile 形 易使用的
- -ty 名

22 **feminine** [`fɛmənɪn]

形 女性的，女孩子氣的，陰柔的

23 **fiancé** [͵fiən`se] 名 C 未婚夫

3 Jobs & People 職業與人物 (3)

MP3 349

01 **foe** [fo] 名C 仇敵，敵人
同義 enemy 敵人

02 **freak** [frik] 名C 怪人，怪咖

03 **gender** [ˋdʒɛndɚ] 名U 性別

04 **grocer** [ˋgrosɚ]
名C 食品雜貨商

- gross 形 總的 ・-er 名 表「物」

05 **gypsy** [ˋdʒɪpsɪ] 名C 吉普賽人

06 **heir** [ɛr] 名C 繼承人

07 **hermit** [ˋhɝmɪt]
名C 隱士，遁世者

08 **heterosexual**
[ˏhɛtərəˋsɛkʃʊəl] ❶ 形 異性的
❷ 名C 異性戀的人
同義 straight 非同性戀的（人）
反義 homosexual 同性戀的（人）

- hetero- 不同
- sex 名 性別
- -al 形

09 **homosexual** [ˏhoməˋsɛkʃʊəl]
❶ 形 同性戀的 ❷ 名C 同性戀者
同義 gay 同性戀的（人）

- homo- 相同
- sex 名 性別
- -al 形

10 **idiot** [ˋɪdɪət] 名C 白癡，傻瓜，笨蛋，糊塗蟲 同義 fool 傻瓜

11 **inhabitant** [ɪnˋhæbətənt]
名C 居民，居住者
動 inhabit 居住於

- in- 在……之中
- habit 固 住
- -ant 名 表「人」

MP3 350

12 **interpreter** [ɪnˋtɝprɪtɚ]
名C 口譯員

- interpret 動 翻譯
- -er 名 表「人」

13 **investigator** [ɪnˋvɛstəˏgetɚ]
名C 調查者，研究者

- in- 向內
- vestige 名 痕跡
- -ate 動 表「使成為」
- -or 名 表「人」

14 **janitor** [ˋdʒænətɚ]
名C（學校等處的）工友
同義 caretaker, custodian 工友

15 **juvenile** [ˋdʒuvənḷ] ❶ 形 少年的 ❷ 名C 青少年

16 **lad** [læd] 名C 男孩，少年

17 **landlady** [ˋlændˏledɪ]
名C 女房東

- land 名 土地 ・lady 名 女士

18 **landlord** [ˋlændˏlɔrd]
名C 房東

- land 名 土地 ・lord 名 領主

19 **layman** [ˋlemən] 名 C 外行人，門外漢　反義 expert 專家

‧lay 形 外行的　‧man 名 人

20 **linguist** [ˋlɪŋgwɪst] 名 C 語言學者　形 linguistic 語言的

21 **maiden** [ˋmedn̩] ❶ 名 C 少女 ❷ 形 未婚的，少女的

22 **masculine** [ˋmæskjəlɪn] 形 男性的，男子氣概的

Part 3 Levels 5 — 6

4 Jobs & People 職業與人物 (4)

MP3 351

01 **migrant** [ˋmaɪgrənt]

名 C ❶ 移民，移居者；❷ 候鳥 ❸ 形 移居國外的

‧migrate 動 遷移
‧-ant 名 表「人」

02 **miller** [ˋmɪlɚ]

名 C 磨坊主，製粉業者

‧mill 名 磨坊　‧-er 名 表「人」

03 **miser** [ˋmaɪzɚ]

名 C 守財奴，吝嗇鬼

04 **mistress** [ˋmɪstrɪs] 名 C 女主人，情婦(舊用法)

‧master 名 主人
‧-ess 名 表「女性」

05 **mortal** [ˋmɔrtl̩]

❶ 名 C 人，凡人　❷ 形 會死的

反義 ❷ immortal 不會死的

06 **motherhood** [ˋmʌðɚhʊd]

名 U 母性

‧mother 名 母親
‧-hood 名

07 **naturalist** [ˋnætʃərəlɪst]

名 C 博物學家

‧nature 名 自然
‧-al 形
‧-ist 名 表「做……的人」

08 **newlywed** [ˋnjulɪˏwɛd]

名 C（常作複數）新婚夫婦

反義 an old married couple 老夫老妻

- newly 副 最近 ‧ wed 動 結婚

09 **novice** [ˋnɑvɪs] 名 C 新手，初學者 同義 beginner 初學者

10 **nuisance** [ˋnjusṇs]

名 C 討厭的人

11 **observer** [əbˋzɝvɚ]

名 C 觀察者

- observe 動 觀察
- -er 名 表「人」

12 **offspring** [ˋɔfˏsprɪŋ]

名 C 複 子孫，後代

- off 副 離開地 ‧ spring 動 出現

MP3 352

13 **opponent** [əˋponənt]

名 C 對手，敵手

同義 adversary 對手

14 **organizer** [ˋɔrgəˏnaɪzɚ]

名 C 組織者 動 organize 組織

- organ 名 器官；機構
- -ize 動
- -er 名 表「人」

15 **outsider** [ˋaʊtˋsaɪdɚ]

名 C 外人，局外人

副 outside 在外面

- out- 外
- side 名 側，邊
- -er 名 表「人」

16 **participant** [pɑrˋtɪsəpənt]

名 C 關係者，參與者

- participle 名 分詞
- -ant 名 表「人」

17 **patron** [ˋpetrən]

名 C 贊助者，資助者

18 **peasant** [ˋpɛzṇt] 名 C 農夫

19 **performer** [pɚˋfɔrmɚ]

名 C 演出者，表演者

- perform 動 演出
- -er 名 表「人」

20 **playwright** [ˋpleˏraɪt]

名 C 劇作家

同義 dramatist, author 劇作家

- play 名 戲劇
- wright 名 製作者

21 **predecessor** [ˋprɛdɪˏsɛsɚ]

名 C ❶ 前任，前輩；

❷ 原先的東西，被替代的事物

22 **rascal** [ˋræskḷ]

名 C 淘氣鬼，搗蛋鬼

23 **recipient** [rɪˋsɪpɪənt]

名 C 接受者，受領者

24 **referee** [ˏrɛfəˋri]

❶ 名 C（籃球、足球等的）裁判員

動 為⋯⋯擔任裁判

- refer 動 涉及
- -ee 名 表「與⋯⋯有關的人」

Part 3 Levels 5 — 6

5 Jobs & People 職業與人物 (5)

MP3 353

01 **sculptor** [ˋskʌlptɚ]

名 C 雕刻家

02 **specialist** [ˋspɛʃəlɪst]

名 C 專家

- special 形 專門的
- -ist 名 表「做⋯⋯的人」

03 **steward** [ˋstjuwɚd]

名 C（客機、輪船等）服務員

同義 attendant 服務員；stewardess 女服務員

04 **substitute** [ˋsʌbstə͵tjut]

❶ 名 C 代替人，代替物

❷ 動 代替

05 **supervisor** [͵supɚˋvaɪzɚ]

名 C 監督人，管理人，指導者

- supervise 動 監督
- -or 名 表「人」

06 **teller** [ˋtɛlɚ]

名 C（銀行）出納員

- tell 動 講述
- -er 名 表「人」

07 **tenant** [ˋtɛnənt]

❶ 名 C 房客 ❷ 動 租賃

08 **traitor** [ˋtretɚ]

名 C 叛徒，賣國賊

09 **umpire** [ˋʌmpaɪr]

名 C（棒球等的）裁判員

同義 referee 裁判

10 **undergraduate**

[͵ʌndɚˋgrædʒʊet] 名 C 大學生

- under- 從屬的
- graduate 名 畢業生

11 **viewer** [ˋvjuɚ] 名 C 觀看者，參觀者，觀眾 同義 bystander, spectator 觀眾

- view 動 觀看
- -er 名 表「人」

12 **violinist** [͵vaɪəˋlɪnɪst]

名 C 小提琴手

- violin 名 小提琴
- -ist 名 表「做⋯⋯的人」

MP3 354

13 **widow** [ˋwɪdo] ❶ 名 C 寡婦

❷ 動 使成寡婦

14 **socialist** [ˋsoʃəlɪst] 名 C 社會主義者

- social 形 社會的
- -ist 名 表「⋯⋯主義的人」

15 **spokesperson** [ˋspoks͵pɝsn̩]

名 C 發言人

同義 spokesman 發言人

- spoke 動 說話
- person 名 人
- -s ⋯⋯的

16 **sponsor** [ˋspɑnsɚ]

❶ 名 C 贊助者 ❷ 動 贊助，資助

17 **spouse** [spaʊz] 名 C 配偶

18 **substitution** [ˌsʌbstəˋtjuʃən] 名 C 代替的人（或物）

19 **successor** [səkˋsɛsɚ] 名 C 後繼者，繼任者　動 succeed 繼承

20 **truant** [ˋtruənt] ❶ 名 C 逃學者，曠課者　❷ 動 逃學，曠課

21 **usher** [ˋʌʃɚ] ❶ 名 C（劇場等的）引座員，接待員　❷ 動 引領，招待

22 **victor** [ˋvɪktɚ] 名 C 勝利者
名 victory 勝利
形 victorious 勝利的

23 **vocation** [voˋkeʃən]
名 U 行業，職業

24 **vocational** [voˋkeʃənl̩]
形 職業的

- vocation 名 職業
- -al 形

Part 3 Levels 5 — 6

6 Human Body 人體

MP3 355

01 **artery** [ˋɑrtərɪ] 名 C 動脈
名 vein 靜脈

02 **backbone** [ˋbækˌbon]
名 C ❶ 脊骨，脊柱；
❷（常作單數）支柱，骨幹
同義 ❶ spine 脊柱

- back 名 背　• bone 名 骨

03 **blond(e)** [blɑnd]
❶ 形（毛髮）金黃色的
❷ 名 C 白膚金髮碧眼的人

04 **bodily** [ˋbɑdɪlɪ] ❶ 形 肉體的，物質上的　❷ 副 親身地，以肉體形式，活生生地

- body 名 身體
- -ly 形 表「……性質的」

05 **bosom** [ˋbʊzəm] 名 C 胸，懷

06 **bowel** [ˋbaʊəl]
名 C（常作複數）腸

07 **braid** [bred] ❶ 名 C（常作複數）髮辮，辮子　❷ 動 把（頭髮）編成辮子　同義 plait（編成）鞭子

08 **complexion** [kəmˋplɛkʃən]
名 C 膚況，氣色

- complex 形 錯綜複雜的
- -ion 名

09 **corpse** [kɔrps] 名 C 屍體

10 **dandruff** [ˋdændrəf] 名 U 頭皮屑

11 **dental** [ˋdɛntḷ] 形 牙齒的，牙科的

‧dent- 牙齒　‧-al 形

12 **eyelash** [ˋaɪˏlæʃ] 名 C（常作複數）睫毛

‧eye 名 眼睛　‧lash 名 睫毛

13 **eyelid** [ˋaɪˏlɪd] 名 C 眼皮，眼瞼
同義 lid 眼皮，眼瞼

‧eye 名 眼睛　‧lid 名 眼瞼

14 **eyesight** [ˋaɪˏsaɪt] 名 U 視力

‧eye 名 眼睛　‧sight 名 看

MP3 356

15 **hormone** [ˋhɔrmon] 名 C 荷爾蒙

16 **navel** [ˋnevḷ] 名 C 肚臍
同義 belly button, tummy button 肚臍

17 **nostril** [ˋnɑstrɪl] 名 C 鼻孔

18 **profile** [ˋprofaɪl] 名 C
❶ 側面，側影；❷ 人物簡介
❸ 動 寫……的傳略或概況

19 **pulse** [pʌls] 名 C ❶ 脈搏；
❷ 有節奏的跳動或拍打
❸ 動 搏動，跳動
同義 rhythm 有節奏的跳動；throb 跳動

20 **rib** [rɪb] ❶ 名 C 肋骨
❷ 動〔口語〕嘲弄，取笑
同義 tease 取笑

21 **skeleton** [ˋskɛlətṇ] 名 C 骨骼，骨架

22 **skull** [skʌl] 名 C 頭蓋骨，頭骨

23 **spine** [spaɪn] 名 C 脊柱，脊椎

24 **thigh** [θaɪ] 名 C 大腿

25 **tiptoe** [ˋtɪpˏto] ❶ 名 C 腳趾尖
❷ 動 踮著腳走，躡手躡腳地走

‧tip 名 尖端　‧toe 名 腳趾

26 **vein** [ven] 名 C 靜脈，血管

27 **stature** [ˋstætʃɚ] 名 U ❶ 身高，身材；❷ 高度境界，高度水準

28 **urine** [ˋjʊrɪn] 名 U 尿

7 Activities 活動 (1)

MP3 357

01 **abuse** [ə`bjus] ❶ 動 濫用 ❷ 名 U 濫用；傷害
同義 ❶ ❷ misuse 誤用

02 **accumulate** [ə`kjumjə,let]
動 積聚，累積
名 accumulation 積累，堆積
同義 amass 積聚

03 **accumulation**
[ə,kjumjə`leʃən] 名 U 積聚，累積

- accumulate 動 累積
- -ion 名

04 **accustom** [ə`kʌstəm]
動 使習慣

- ac- 向
- custom 名 習慣

05 **acquisition** [,ækwə`zɪʃən]
名 U 獲得

- acquire 動 獲得
- -ion 名

06 **advocate** [`ædvə,ket]
❶ 動 擁護，提倡，主張
❷ 名 C 提倡者，擁護者

07 **alienate** [`eljən,et] 動 ❶ 使轉移，使轉向；❷ 使疏遠，離間

- alien 形 外國的
- -ate 動 表「使成為」

08 **allocate** [`ælə,ket]
動 分配，分派
名 allocation 分派，分配

09 **alter** [`ɔltɚ] 動 修改，改變

10 **anecdote** [`ænɪk,dot]
名 C 軼事，趣聞

11 **applaud** [ə`plɔd]
動 向……鼓掌，向……喝采
名 applause 鼓掌，喝采

MP3 358

12 **applause** [ə`plɔz] 名 U 鼓掌歡迎，喝采 動 applaud 向……鼓掌

13 **attain** [ə`ten] 動 獲得，達到

14 **attainment** [ə`tenmənt]
名 U 達到，獲得
同義 achievement 獲得

- attain 動 達到　• -ment 名

15 **attendance** [ə`tɛndəns]
名 U 到場，出席

- attend 動 參加
- -ance 名

16 **authorize** [`ɔθə,raɪz] 動 批准，認可　名 authority 權力

- author 名 作者
- -ize 動 表「使」

17 **banquet** [`bæŋkwɪt] 名 C 宴會

18 **beautify** [`bjutə,faɪ]
動 使更加美麗，美化

- beauty 名 美麗
- -fy 動 表「使……化」

19 **behalf** [bɪˋhæf]
名 U 代表，利益
・be- 使 ・half 一半

20 **betray** [bɪˋtre] 動 背叛，出賣
名 betrayal 背叛

21 **beware** [bɪˋwɛr]
動 ❶ 小心，當心；
❷ 注意，提防（多用於祈使句）
・be- 使 ・ware 謹慎

22 **bleach** [blitʃ] ❶ 動 將……漂白，將……變白 ❷ 名 C 漂白劑

23 **boost** [bust] ❶ 動 提高，增加
❷ 名 C 激勵，鼓舞

Part 3 Levels 5 — 6

8 Activities 活動 (2)

MP3 359

01 **breakthrough** [ˋbrek͵θru]
名 C 突破

02 **browse** [braʊz] ❶ 動 瀏覽，隨便翻閱 ❷ 名 單 瀏覽

03 **bureaucracy** [bjʊˋrɑkrəsɪ]
名 U 繁文縟節
・bureau 名 署，局
・-cracy 名 表「統治」

04 **burial** [ˋbɛrɪəl] 名 U 埋葬
動 bury 埋葬
・bury 名 埋葬 ・-al 名

05 **carnival** [ˋkɑrnəvl̩]
名 C 嘉年華會，狂歡節

06 **ceremony** [ˋsɛrə͵monɪ]
名 C 儀式，典禮

07 **check-in** [ˋtʃɛk͵ɪn] 名 U 投宿登記手續，（旅客登機前）驗票並領取登機卡

08 **cleanse** [klɛnz] 動 清洗，使清潔 名 cleanser 潔顏劑

09 **commemorate**
[kəˋmɛmə͵ret] 動 慶祝，紀念

10 **commitment** [kəˋmɪtmənt]
名 ❶ U C 支持，出力；
❷ C 承諾

・commit 動 使承擔義務
・-ment 名

11 **commonplace**
[ˋkɑmən͵ples] ❶ 名 C（常作單數）司空見慣的事 ❷ 形 平凡的，普通的

・common 形 普通的
・place 名 地方

MP3 360

12 **compel** [kəmˋpɛl]
動 強迫，使不得不

13 **compromise** [ˋkɑmprə͵maɪz]
❶ 動 妥協，讓步
❷ 名 C U 妥協，和解

・com- 一起
・promise 名 約定

14 **conceal** [kənˋsil]
動 隱蔽，隱藏 名 concealment 隱瞞，隱藏，掩蓋

15 **concession** [kənˋsɛʃən]
名 C ❶ 讓步，讓步行為；
❷ 特許權

・concede 動 讓給
・-ion 名

16 **conduct** 動 [kənˋdʌkt]
名 [ˋkɑndʌkt] ❶ 動 實施，處理，經營 名 U ❷ 經營，管理，處理方式；❸ 行為，表現
同義 ❸ behavior 行為

17 **confer** [kənˋfɝ] 動 ❶ 商談，協商；❷ 授予（學位、權力等）（＋ on/upon）

18 **conform** [kənˋfɔrm] 動 遵照，遵守（＋ to/with）

・con- 同 ・form 名 形式

19 **confront** [kənˋfrʌnt] 動 勇敢地面對，正視
同義 face up to 面對

・con- 一起 ・front 名 前面

20 **conservation** [͵kɑnsɚˋveʃən]
名 U（對自然資源的）保護，管理
同義 conservancy 保護

・conserve 動 保護，管理
・-ation 名

21 **conserve** [kənˋsɝv] 動 ❶ 保存，節省；❷ 保護 ❸ 名 U 果醬
同義 ❷ preserve 保 ❸ jam 果醬

・con- 在一起 ・serve 動 保持

22 **consultation** [͵kɑnsḷˋteʃən]
名 U 諮詢，商議
相關 consultant 顧問

・consult 動 商議
・-ate 動 表「使成為」
・-ion 名

23 **consumption** [kənˋsʌmpʃən]
名 U ❶ 消耗，用盡；❷ 消費

・consume 動 消耗，花費
・-ion 名

9 Activities 活動 (3)

MP3 361

01 **contaminate** [kənˋtæmə͵net]
動 弄髒，汙染，毒害

02 **contend** [kənˋtɛnd]
動 爭奪，競爭

・con- 同　・tend 動 趨向

03 **coordinate** [koˋɔrdn̩et]
動 協調，調節

・co- 一起
・ordinate 名（幾何）縱座標

04 **deceive** [dɪˋsiv] 動 欺騙，蒙蔽
名 U deception 欺騙，騙人

05 **dedicate** [ˋdɛdə͵ket]
動 ❶ 以……奉獻；❷ 獻身於，把（時間、精力等）用於

06 **dedication** [͵dɛdəˋkeʃən]
名 ❶ U 專心致力，獻身；❷ C 揭幕儀式　同義 ❶ commitment 專心致力

・dedicate 動 獻身於
・-ion 名

07 **designate** [ˋdɛzɪg͵net]
❶ 動 指派　❷ 形 指定的，選定的

・de-　・-ate 動；形
・sign 名 符號

08 **detain** [dɪˋten] 動 拘留，扣留

09 **deter** [dɪˋtɝ] 動 威懾住，嚇住，使斷念

10 **devotion** [dɪˋvoʃən]
名 U 獻身，奉獻
同義 dedication 獻身

・devote 動 把……奉獻於
・-ion 名

11 **discard** [dɪsˋkɑrd] 動 拋棄，丟棄　同義 throw away 丟掉

・dis- 除去；分離
・card 名 紙牌

12 **discharge** [dɪsˋtʃɑrdʒ] 動 ❶ 排出；❷ 允許……離開，釋放

MP3 362

13 **disclose** [dɪsˋkloz] 動 揭發，透露　名 disclosure 揭露，公開
同義 reveal 揭露

・dis- 表示「相反」
・close 動 關閉

14 **disclosure** [dɪsˋkloʒɚ]
名 C U 揭發，透露
同義 revelation 揭發

・dis- 表示「相反」
・close 動 關閉
・-ure 名 表「狀態」

15 **discriminate** [dɪˋskrɪmə͵net]
動 ❶ 區別，辨別；
❷ 歧視，有差別地對待
同義 ❶ differentiate, distinguish 區別

・discriminant 數 判別式
・-ate 動

16 **discrimination**

[dɪˏskrɪməˋneʃən]

名 U 歧視，不公平待遇

- discriminant 數 判別式
- -ate 動
- -ion 名

17 **disgrace** [dɪsˋgres]

❶ 動 使丟臉，使蒙羞

名 丟臉，恥辱

同義 ❶ ❷ shame（使）蒙羞

- dis- 相反，否定
- grace 名 優雅

18 **disgraceful** [dɪsˋgresfəl]

形 不名譽的，可恥的

- dis- 相反，否定
- grace 名 優雅
- -ful 形 表「充滿……的」

19 **dismantle** [dɪsˋmæntḷ]

動 拆卸，拆開

- dis- 分離
- mantle 名 覆蓋物

20 **dispatch** [dɪˋspætʃ]

❶ 動 派遣❷ 名 C 派遣

21 **dispense** [dɪˋspɛns] 動 分發，分配 同義 give out 分發，分配

22 **disperse** [dɪˋspɝs]

動 驅散，疏散

名 dispersal 疏散，分散

23 **displace** [dɪsˋples] 動 取代，替代 同義 replace 取代，代替

- dis- 奪去
- place 名 位置

24 **disposal** [dɪˋspozḷ]

名 U 處置，配置

形 disposable 一次性的

- dispose 動 處置
- -al 名

25 **dispose** [dɪˋspoz]

動 處置，處理

形 disposable 一次性的

10 Activities 活動 (4)

MP3 363

01 **donate** [ˋdonet] 動 捐獻，捐贈

02 **donation** [doˋneʃən] 名 C 捐獻，捐贈

- donate 動 捐獻
- -ion 名

03 **emigrate** [ˋɛmə͵gret] 動 移居 名 emigrant 移民

04 **emigration** [͵ɛməˋgreʃən] 名 U 移居，移民出境

- emigrate 動 移居
- -ion 名

05 **endeavor** [ɪnˋdɛvɚ] ❶ 動 努力，力圖 ❷ 名 C 努力，盡力 同義 ❶ ❷ strive 努力

06 **enroll** [ɪnˋrol] ❶ 及物 使入會，招（生），使入伍；❷ 不及物 參加，入伍

- en- 置於……上
- roll 名 名冊

07 **enrollment** [ɪnˋrolmənt] 名 U 入伍，入會，入學

- en- 置於……上
- roll 動 名冊
- -ment 名

08 **ensure** [ɪnˋʃʊr] 動 保證，確保 同義 make sure 確定，確保

- en- 使
- sure 形 確實的

09 **episode** [ˋɛpə͵sod] 名 C ❶（整個事情中的）一個事件；❷（電視連續劇的）一齣，一集

10 **erect** [ɪˋrɛkt] 動 ❶ 建立，設立；❷ 使豎立，使豎直 ❸ 形 直立的，豎起的 同義 ❷ put up 使豎立 ❸ straight 直立的

11 **escort** 動 [ɪˋskɔrt] 名 [ˋɛskɔrt] ❶ 動 護送，陪同 ❷ 名 C 護衛隊

MP3 364

12 **evacuate** [ɪˋvækjʊ͵et] 動 使避難，使疏散 名 evacuation 撤空，撤離

13 **exclude** [ɪkˋsklud] 動 ❶ 把……排除在外，不包括；❷ 對……不予考慮 反義 ❶ include 包含

14 **execute** [ˋɛksɪ͵kjut] 動 ❶ 實施，執行；❷ 將……處死

15 **execution** [͵ɛksɪˋkjuʃən] 名 U 實行，執行 同義 implementation 實行

- execute 動 執行
- -ion 名

16 **executive** [ɪgˋzɛkjʊtɪv] ❶ 形 執行的，管理的 ❷ 名 C 主管，經理

- execute 動 執行
- -ive 形

17 **exert** [ɪgˋzɝt] 動 運用，施加

18 **expedition** [ˏɛkspɪˋdɪʃən]
名 C 遠征，探險，考察

- expedite 動 促進
- -ion 名

19 **expel** [ɪkˋspɛl]
動 把……除名，開除

20 **exploit** 動 [ɛkˋsplɔɪt]
名 [ˋɛksplɔɪt] 動 ❶ 利用；❷ 剝削
❸ 名 C 功績，英勇的行為

21 **exploration** [ˏɛkspləˋreʃən]
名 U 勘查，探索

- explore 動 探索
- -ation 名 表「行為」

22 **formulate** [ˋfɔrmjəˏlet]
動 規畫（制度等），想出（計畫等）

- form 動 形成
- -ule 名
- -ate 動 表「使成為」

23 **forsake** [fɚˋsek] 動 拋棄，遺棄
同義 abandon 離棄，拋棄

Part 3 Levels 5 — 6

11 Activities 活動 (5)

MP3 365

01 **fuss** [fʌs] ❶ 名 C 忙亂，大驚小怪 ❷ 動 忙亂，大驚小怪
形 fussy 大驚小怪的，難取悅的

02 **gathering** [ˋgæðərɪŋ]
名 C 集會，聚集

- gather 動 聚集
- -ing 名

03 **guideline** [ˋgaɪdˏlaɪn]
名 C（常作複數）指導方針

- guide 名 引導 ・line 名 路線

04 **harass** [hæˋrəs] 動 騷擾

05 **harassment** [ˋhærəsmənt]
名 U 騷擾

- harass 動 騷擾 ・-ment 名

06 **heed** [hid] ❶ 動 留心，注意
❷ 名 U 留心，注意
同義 ❶ take notice of, pay attention 注意

07 **humiliate** [hjuˋmɪlɪˏet]
動 使蒙上恥辱，使丟臉
名 humiliation 丟臉，羞辱

08 **implement** [ˋɪmpləˏmənt]
❶ 動 履行，實施
❷ 名 C 工具，器具
同義 ❶ carry out 實行

09 **induce** [ɪnˋdjus] 動 引誘，勸

10 **indulge** [ɪnˋdʌldʒ]

動 沉迷於，讓…… 享受一下

11 **inherit** [ɪnˋhɛrɪt] 動 繼承

12 **initiate** 動 [ɪˋnɪʃɪˏet] 名 [ɪˋnɪʃɪət]

❶ 動 創始，開始

❷ 名 C 新加入者，初入門者

- initial 形 最初的
- -ate 動 表「使成為」

MP3 366

13 **initiative** [ɪˋnɪʃətɪv]

名 ❶ C 主動的行動；

❷ U 主動性，積極性

- initial 形 最初的
- -ate 動 表「使成為」
- -ive 形

14 **innovation** [ˏɪnəˋveʃən]

名 U 革新，創新

- innovate 動 創新
- -ion 名

15 **inquire** [ɪnˋkwaɪr]

動 詢問，查問，調查

16 **inquiry** [ɪnˋkwaɪrɪ] 名 C ❶ 詢問，質詢；❷ 探究，探索

- inquire 動 詢問
- -y 名

17 **installation** [ˏɪnstəˋleʃən]

名 U ❶ 安裝；❷ 就任，就職（儀式） 同義 ❷ inauguration 就任

- in- 入；裡面
- -ation 名
- stall 名 欄，廄

18 **intervene** [ˏɪntɚˋvin]

動 干涉，干預

19 **intervention** [ˏɪntɚˋvɛnʃən]

名 C 干涉，干預

- intervene 動 干預
- -tion 名

20 **intimidate** [ɪnˋtɪməˏdet]

動 威嚇，脅迫

- in- 加強語氣
- timid 形 膽小的
- -ate 動 表「使成為」

21 **intrude** [ɪnˋtrud] 動 侵擾，打擾

22 **intruder** [ɪnˋtrudɚ]

名 C 侵入者，闖入者

- intrude 動 侵擾
- -er 名 表「人」

23 **liberate** [ˋlɪbəˏret]

動 解放，使獲自由

- liberal 形 自由主義的
- -ate 動 表「使成為」

24 **liberation** [ˏlɪbəˋreʃən]

名 U 解放

- liberal 形 自由主義的
- -ate 動 表「使成為」
- -ion 名

12 Activities 活動 (6)

MP3 367

01 **lure** [lʊr] ❶ 動 引誘，誘惑
❷ 名 C 誘餌，魚餌
同義 ❶ seduce, tempt 引誘
❷ bait 魚餌

02 **maintenance** [ˋmentənəns]
名 U 維持，保養

- maintain 動 維持
- -ance 名

03 **manipulate** [məˋnɪpjə͵let]
動（用權勢等）操縱
名 manipulation 操縱

04 **mediate** [ˋmidɪ͵et] 動 調停，和解　名 mediation 調解；mediator 調停者

05 **migrate** [ˋmaɪ͵gret]
動 ❶ 遷移，移居；❷（候鳥等）定期移棲，（魚群）回游
同義 ❶ emigrate 移居

06 **migration** [maɪˋgreʃən]
名 U 遷移，（候鳥等）遷徙

- migrate 動 遷移
- -ion 名

07 **milestone** [ˋmaɪl͵ston]
名 C 里程碑，劃時代的事件
同義 landmark 里程碑

- mile 名 英里
- stone 名 紀念碑

08 **mimic** [ˋmɪmɪk] ❶ 動 模仿
❷ 名 C 善於模仿的人
同義 ❶ imitate, take off 模仿

- mime 動 模仿　- -ic 名

09 **mobilize** [ˋmobḷ͵aɪz] 動 動員，調動　名 mobilization 動員
同義 rally 動員

- mobile 形 可動的
- -ize 動 表「使」

10 **modify** [ˋmɑdə͵faɪ] 動 更改，修改　名 modification 修改
同義 adapt 修改

- mode 名 形式；方法
- -ify 動

11 **negotiation** [nɪ͵goʃɪˋeʃən]
名 C（常作複數）談判，協商

- negotiate 動 談判
- -ion 名

MP3 368

12 **nurture** [ˋnɝtʃɚ] ❶ 動 養育，培育　❷ 名 U 養育，培育

13 **occurrence** [əˋkɝəns]
名 ❶ C 事件；❷ U 發生，出現
同義 ❶ event, incident 事件

- occur 動 發生　- -ence 名

14 **oppress** [əˋprɛs] 動 壓迫，壓制

- op- 加強意義　- press 動 壓

15 **oppression** [əˋprɛʃən]
名 U 壓迫，壓制

・op- 加強意義　・-ion 名
・press 動 壓

16 **overdo** [ˏovɚˋdu] 動 做得過分

・over- 超過　・do 動 做

17 **overhear** [ˏovɚˋhɪr]
動 無意中聽到，偷聽

・over- 在外　・hear 動 聽

18 **oversleep** [ˋovɚˋslip]
動 睡過頭

・over- 超過　・sleep 動 睡

19 **overwork** [ˋovɚˋwɝk]
動 ❶工作過度，使過分勞累；
❷ 使過於激動，使過於興奮
❸ 名 U 過度工作

・over- 過度　・work 動 工作

20 **patrol** [pəˋtrol] ❶ 動 巡邏，偵察　❷ 名 U 巡邏，偵察

21 **peek** [pik] ❶ 動 偷看，窺視
❷ 名 C 偷看，窺視
同義 ❶ ❷ peep 偷看

22 **piss** [pɪs] ❶ 動 小便，撒尿
❷ 名 C 小便

23 **plow** [plaʊ] ❶ 動 犁，耕
❷ 名 C 犁

Part 3 Levels 5 — 6

13 Activities 活動 (7)

MP3 369

01 **precaution** [prɪˋkɔʃən]
名 C（常作複數）預防措施

・pre- 在前的
・caution 名 小心

02 **preside** [prɪˋzaɪd]
動 擔任會議主席，主持

03 **preview** [ˋpriˏvju] ❶ 動 預看，預習　❷ 名 C 試演，試映

・pre- 在前的　・view 動 觀看

04 **provoke** [prəˋvok]
動 挑釁，煽動

05 **prune** [prun] 動 修剪

06 **quest** [kwɛst] ❶ 名 C 尋求，探索　❷ 動 尋求，探索
同義 ❷ seek 尋求

07 **rally** [ˋrælɪ] ❶ 動（重新）集合，重整　❷ 名 C 大集會，大會

08 **reap** [rip] 動 收割，收穫

09 **reconcile** [ˋrɛkənsaɪl]
動 ❶ 和解，和好；❷ 使和諧一致
名 reconciliation 和解，和好

10 **refine** [rɪˋfaɪn] 動 ❶ 使改進，使完善；❷ 精煉，提純

・re- 加強語氣　・fine 形 美好的

11 **refinement** [rɪ`faɪmnənt]
名 U C 改進，完善

- re- 加強語氣
- -ment 名
- fine 形 美好的

MP3 370

12 **rein** [ren] ❶ 動 控制，駕馭
名 C ❷（常作複數）控制，統治；
❸ 韁繩

13 **repress** [rɪ`prɛs]
動 ❶ 抑制，壓制；❷ 鎮壓，平息
同義 ❶ control 控制
❷ put down, suppress 鎮壓

- re- 加強語氣
- press 動 壓

14 **reproduce** [ˏriprə`djus]
動 ❶ 複製，翻拍；❷ 繁殖

- re- 再
- produce 動 生產

15 **restrain** [rɪ`stren]
動 ❶ 遏制，抑制；❷ 制止，阻止

- re- 再；更
- strain 動 拉緊

16 **restraint** [rɪ`strent]
名 U 抑制，克制
動 restrain 遏制，抑制
同義 ❸ self-control 克制

17 **resume** 動 [rɪ`zjum]
名 [ˏrɛzjʊ`me] ❶ 動 重新開始，繼續（＋ V-ing）
❷ 名 C（個人）簡歷
同義 CV, curriculum vitae 履歷

18 **retaliate** [rɪ`tælɪˏet] 動 報復，回敬　名 retaliation 報復
同義 avenge 報復

19 **retrieve** [rɪ`triv]
動 重獲，收回　名 retrieval 取回
同義 recover 找回

20 **revelation** [rɛvḷ`eʃən]
名 C 被揭發或揭露的真相

- reveal 動 洩露
- -ation 名

21 **scan** [skæn] 動 ❶ 細看，審視；
❷ 掃描　❸ 名 C 粗略一看，瀏覽
同義 ❶ scrutinize 細看

22 **scheme** [skim] 名 C ❶ 計畫，方案；❷ 詭計，陰謀　❸ 動 策畫，密謀　同義 ❷ program 計畫 ❸ plot 策畫

23 **safeguard** [`sefˏgɑrd]
❶ 動 保護，防衛
❷ 名 C 防衛，防護措施

- safe 形 安全的
- guard 名 看守

14 Activities 活動 (8)

MP3 371

01 **slaughter** [ˋslɔtɚ] ❶ 動 屠宰，屠殺 ❷ 名 U 屠宰
同義 ❶ butcher 屠殺

02 **slay** [sle] 動 殺死，殺害

03 **snore** [snor] ❶ 動 打鼾
❷ 名 C 打鼾，鼾聲

04 **snort** [snɔrt] ❶ 動 噴鼻息
❷ 名 C 噴鼻息，鼻息聲

05 **soften** [ˋsɔfn̩] 動 使變柔軟

- soft 形 柔軟的
- -en 動 表「變為……」

06 **sow** [so] 動 播種

07 **stain** [sten] ❶ 動 沾汙，染汙
❷ 名 C 汙點，汙跡

08 **storage** [ˋstorɪdʒ] 名 U 貯藏

- store 動 貯藏
- -age 名

09 **submit** [səbˋmɪt] 動 ❶ 提交，呈遞；❷ 服從，屈服
同義 ❷ give in to, yield 屈服

10 **supervise** [ˋsupɚvaɪz]
動 監督，管理，指導
名 supervisor 監督人，管理人

11 **seduce** [sɪˋdjus] 動 誘惑，引誘

12 **seminar** [ˋsɛmə͵nɑr]
名 C 專題研討會

MP3 372

13 **simplify** [ˋsɪmplə͵faɪ]
動 簡化，精簡

- simple 形 簡單的
- -fy 動 表「使……化」

14 **skim** [skɪm]
動 ❶ 瀏覽，略讀；
❷ 撇去……表面的浮物
同義 ❶ scan 瀏覽

15 **smother** [ˋsmʌðɚ]
動 使窒息，把……悶死
同義 suffocate 使窒息，使悶死

16 **snare** [snɛr]
❶ 動（用陷阱等）捕捉
❷ 名 C（捕捉動物的）陷阱，羅網
同義 ❶ trap 捕捉

17 **socialize** [ˋsoʃə͵laɪz] 動 交際
名 socialism 社會主義

- social 形 社會的
- -ize 動 表「使」

18 **soothe** [suð] 動 ❶ 安慰，撫慰；❷ 緩和，減輕
同義 ❶ calm 安慰
❷ relieve 緩和

19 **stimulate** [ˋstɪmjə͵let]
動 刺激，激勵

- stimulus 名 刺激
- -ate 動

20 **stimulation** [ˌstɪmjəˋleʃən]

名 U 刺激，激勵

- stimulus 名 刺激
- -ate 動
- -ion 名

21 **strangle** [ˋstræŋg!]

動 勒死，絞死

22 **subscribe** [səbˋskraɪb]

動 訂閱，訂購

23 **subscription** [səbˋskrɪpʃən]

名 U 訂閱，訂購

24 **suffocate** [ˋsʌfəˌket]

動 窒息，被悶死

Part 3 Levels 5 — 6

15 Activities 活動 (9)

MP3 373

01 **sustain** [səˋsten] 動 維持，供養

02 **tackle** [ˋtæk!]

動 著手對付或處理

03 **tangle** [ˋtæŋg!] ❶ 動 糾結，糾纏 ❷ 名 C 亂糟糟的一團

04 **tempt** [ˋtɛmpt]

動 引誘，誘惑，勾引

05 **temptation** [tɛmpˋteʃən]

名 ❶ U 引誘，誘惑；❷ C 誘惑物

- tempt 動 引誘
- -ation 名

06 **toil** [tɔɪl] ❶ 動 苦幹

❷ 名 U 辛苦，勞累

同義 ❶ slave away 苦幹

07 **torture** [ˋtɔrtʃɚ] 動 ❶ 拷打，酷刑；❷ 使折磨，痛苦

❸ 名 U 折磨，痛苦

同義 ❷ torment 折磨

08 **trifle** [ˋtraɪf!]

❶ 名 C 小事，瑣事

❷ 動 小看，輕視

形 trivial 不重要的

09 **wail** [wel] ❶ 動 慟哭，嚎啕

❷ 名 C 慟哭聲

10 **yield** [jild] 動 ❶ 服從，屈服，投降；❷ 出產，結出（果實等）❸ 名 C 產量，收穫量

同義 ❶ give away 屈服

11 **supervision** [ˌsupɚˋvɪʒən]

名 U 管理，監督

- super- 職位及權力在……之上
- vision 名 看

12 **supplement** [ˋsʌpləmənt]

❶ 動 增補，補充

❷ 名 C 增補物，補充物

MP3 374

13 **swap** [swɑp] ❶ 動 交換

❷ 名 C（常作單數）交換

14 **tactic** [ˋtæktɪk]

名 C（常作複數）策略，手法

15 **transformation** [ˌtrænsfɚˋmeʃən]

名 U C 變化，轉變

- trans- 超過……以外
- form 名 形式
- -ation 名

16 **uncover** [ʌnˋkʌvɚ]

動 揭露，發現

- un- 做相反的動作
- cover 動 蓋住

17 **undergo** [ˌʌndɚˋgo]

動 經歷，經受

- under- 在……之下
- go 動 去

18 **undertake** [ˌʌndɚˋtek]

動 著手做，進行

- under- 在……之下
- take 動 拿

19 **undo** [ʌnˋdu] 動 ❶ 解開，打開；❷ 取消，消除

- un- 做相反的動作
- do 動 做

20 **unify** [ˋjunəˌfaɪ] 動 統一，聯合

名 unification 統一

同義 unite 統一

反義 divide 分裂

- uni- 單一
- -fy 動 表「使……化」

21 **uphold** [ʌpˋhold]

動 支持，贊成

名 upholder 支持者，支撐物

- up- 向上
- hold 動 支撐

22 **utilize** [ˋjutɪˌaɪz] 動 利用

名 utilization 利用，使用

同義 make good use of 利用

- utile 形 有用的
- -ize 動 表「使」

23 **victimize** [ˋvɪktɪˌmaɪz]

動 不公平地對待，迫害

- victim 名 受害者
- -ize 動 表「使」

24 **withstand** [wɪðˋstænd]

動 抵擋，反抗，禁得起

同義 resist, stand up to 抵擋

- with- 反抗
- stand 動 抵抗

Part 3 Levels 5 — 6

16 Movements 動作 (1)

MP3 375

01 **ascend** [ə`sɛnd] 動 登高，上升
反義 descend 下去，下降

02 **beckon** [`bɛkn̩] 動（招手或點頭）向⋯⋯示意，召喚
同義 signal 示意

03 **bound** [baʊnd] 動 ❶ 跳躍，跳起；❷ 與⋯⋯接界，給⋯⋯劃界
C ❸ 跳躍；❹ 邊界
形 ❺ 正旅行去（某地），準備前往（某地）；❻ 有義務（做某事）

04 **caress** [kə`rɛs] ❶ 動 撫摸，愛撫
❷ 名 C 愛撫，撫摸
同義 ❶ stroke 輕撫

05 **clasp** [klæsp] ❶ 動 緊握，緊抱
❷ 名 C 緊握，緊抱

06 **clench** [klɛntʃ] 動 握緊，抓緊

07 **cling** [klɪŋ] 動 ❶ 握緊；
❷ 黏著，緊貼
動詞變化 clung, clung, clinging

08 **clutch** [klʌtʃ] ❶ 動 抓住，攫取
❷ 名 C 抓住，攫取
同義 ❶ ❷ grip, grasp 抓住，攫取

09 **coil** [kɔɪl]
❶ 動 盤繞，把⋯⋯捲成圈狀
❷ 名 C（一）捲，（一）圈

10 **crook** [krʊk] ❶ 動 使彎曲，使成鉤形 ❷ 名 C 騙子，壞蛋

11 **crouch** [`kraʊtʃ]
❶ 動 蹲伏，蜷伏 ❷ 名 單 蹲伏
同義 ❶ ❷ squat 蹲坐

MP3 376

12 **crumble** [`krʌmbl̩]
動 粉碎，弄碎

13 **descend** [dɪ`sɛnd] 動 ❶ 走下，沿⋯⋯向下；❷為⋯⋯的後裔
反義 ❶ ascend 上升，登高

14 **descent** [dɪ`sɛnt]
名 C ❶（常作單數）下降；❷ 下坡
反義 ❶ ❷ ascent 上升

15 **detach** [dɪ`tætʃ]
動 分開，拆卸，使分離
反義 attach 把⋯⋯固定

16 **elevate** [`ɛlə͵vet] 動 抬起，舉起，使上升 名 elevator 電梯

17 **embrace** [ɪm`bres] 動 ❶ 擁抱；❷ 抓住（機會等），欣然接受（提議等） ❸ 名 C 擁抱
同義 ❶ ❸ hug 擁抱

18 **fiddle** [`fɪdl̩]
❶ 動 亂動，盲目擺動
❷ 名 C〔口〕小提琴
同義 violin 小提琴

19 **flap** [flæp] ❶ 動 拍打，拍擊
名 C ❷ 拍動，拍打；
❸（袋）蓋，（信封的）蓋口

20 **flick** [flɪk] ❶ 動 輕打，輕彈
❷ 名 C（常作複數）輕打，輕彈

21 **fling** [flɪŋ] 動 扔，擲，抛
同義 hurl 猛扔，猛投
動詞變化 flung, flung, flinging

22 **flip** [flɪp] ❶ 動 擲（硬幣），輕抛
❷ 名 C 擲（硬幣），輕抛
同義 ❶ ❷ toss 擲（硬幣），輕抛

23 **gasp** [gæsp] 動 ❶ 倒抽一口氣；
❷ 喘氣，上氣不接下氣
❸ 名 C 倒抽一口氣

Part 3 Levels 5 — 6

17 Movements 動作 (2)

MP3 377

01 **glare** [glɛr] ❶ 動 怒視
❷ 名 C 怒視　同義 ❶ ❷ glower 怒視，虎視眈眈

02 **grip** [grɪp] ❶ 動 緊握
❷ 名 C 緊握
同義 ❶ ❷ grasp 握緊，抓牢

03 **grope** [grop] 動 觸摸，摸索

04 **haul** [hɔl] 動 拖，搬運

05 **hunch** [hʌntʃ]
❶ 動（背部）隆起，使成弓狀
❷ 名 C 預感，直覺

06 **hurl** [hɝl] 動 猛力投擲

07 **lash** [læʃ] ❶ 名 C 鞭打
動 ❷ 鞭打；❸ 抨擊，斥責

08 **linger** [ˋlɪŋgɚ] 動 ❶ 逗留，徘徊；❷ 持續，緩慢消失
名 lingerer 逗留者

09 **massage** [məˋsɑʒ] ❶ 名 C 按摩　❷ 動 給……按摩

10 **mingle** [ˋmɪŋg!] 動 ❶ 混合起來，相混合；❷（尤指在社交場所）相交往、混雜其中（+ with）

11 **mount** [maʊnt] 動 登上，騎上

12 **penetrate** [ˋpɛnə͵tret]
動 ❶ 刺入，穿過；❷ 識破，看透

MP3 378

13 **pierce** [pɪrs] 動 刺穿，刺入

14 **pinch** [pɪntʃ]
❶ 動 捏，擰 ❷ 名 C 捏，擰

15 **pluck** [plʌk] ❶ 動 摘，採，拔
❷ 名 U 勇氣，膽量

16 **plunge** [plʌndʒ] 動 ❶ 跳(入)；
❷ 下降，急降 ❸ 名 C 猛跌，驟降 同義 plummet 下降
❸ drop 猛跌

17 **poke** [pok] ❶ 動 戳，捅
❷ 名 C 戳，捅

18 **posture** [ˋpɑstʃɚ]
名 C U 姿勢，姿態

19 **prick** [prɪk] 動 ❶ 刺，扎；
❷ 感到刺痛 ❸ 名 C 刺痛，刺傷

20 **puff** [pʌf] ❶ 名 C (抽)一口菸
❷ 動 充氣，膨脹

21 **quiver** [ˋkwɪvɚ] ❶ 動 顫抖，發抖 ❷ 名 C 顫抖，發抖
同義 ❶ ❷ tremble 顫抖

22 **removal** [rɪˋmuvl̩]
名 U 移動，移走
動 remove 移開，拿開

- re- 再
- move 動 移動
- -al 名

23 **revolve** [rɪˋvɑlv] 動 繞著……轉

24 **rip** [rɪp] ❶ 動 撕，扯
❷ 名 C 裂口，裂縫

25 **roam** [rom] 動 漫步，漫遊，流浪 同義 wander 漫步，漫遊

18 Movements 動作 (3)

MP3 379

01 **salute** [səˋlut] ❶ 動 向……行禮，向……致敬 ❷ 名 C 敬禮

02 **scramble** [ˋskræmbl̩]
動 ❶ 爬行，攀爬；❷ 爭奪，搶奪；❸ 炒(蛋) 名 C ❹ 爬行，攀登；❺ 單 爭搶，爭奪
同義 ❶ clamber 爬行

03 **sharpen** [ˋʃɑrpn̩]
動 ❶ 削尖；❷ 加重，加劇

- sharp 形 鋒利的
- -en 動 表「變為……」

04 **shatter** [ˋʃætɚ]
動 粉碎，砸碎，使破碎

05 **shiver** [ˋʃɪvɚ]
❶ 動 發抖，顫抖
❷ 名 C (常作複數)寒顫

06 **shove** [ʃʌv] ❶ 動 推，撞
❷ 名 C 推，撞

07 **shudder** [ˋʃʌdɚ]
❶ 動 發抖，戰慄
❷ 名 C (常作單數)發抖，戰慄

08 **slam** [slæm]
動 ❶ 猛地關上；❷ 砰地放下
❸ 名 C (常作複數)砰然聲
同義 ❶ bang 猛地關上

09 **slap** [slæp] ❶ 動 摑……耳光
❷ 名 C 摑，拍打
同義 ❶ smack 用巴掌打

10 **slump** [slʌmp] 動 ❶（突然或沉重地）倒下；❷（物價等）下跌，（經濟等）衰落 ❸ 名 C 暴跌，不景氣 同義 ❷ drop 下跌
❸ decline 不景氣
反義 ❷ soar 上升
❸ boom 景氣

11 **smash** [smæʃ] ❶ 動 粉碎，打碎
❷ 名 C 單 打碎，粉碎

12 **snatch** [snætʃ] ❶ 動 奪走，搶奪 ❷ 名 C 奪取，搶奪
同義 ❶ ❷ grab 抓住

MP3 380

13 **sneak** [snik] 動 溜走，偷偷地走
形 sneaky 鬼鬼祟祟的，暗中的
同義 creep 潛行

14 **sniff** [snɪf] ❶ 名 C 嗅，聞
❷ 動 嗅，聞
同義 ❶ ❷ smell 嗅，聞

15 **squash** [skwɑʃ] ❶ 動 把……壓扁或壓碎 ❷ 名 U 壁球

16 **squat** [skwɑt] ❶ 動 蹲踞，蹲伏
❷ 名 C 蹲踞，蹲伏

17 **stagger** [ˋstægɚ]
❶ 動 搖搖晃晃，蹣跚而行
❷ 名 C 搖晃，蹣跚
同義 ❶ ❷ totter 搖晃

18 **stalk** [stɔk] ❶ 動 偷偷靠近
❷ 名 C 莖，葉柄

19 **stoop** [stup]
動 ❶屈身，彎腰；❷ 自貶，墮落
❸ 名 單 屈身，彎腰

20 **shun** [ʃʌn] 動 躲開，迴避

21 **slash** [slæʃ] 動 猛砍

22 **smack** [smæk] ❶ 動 打，摑
❷ 名 C 打，摑

23 **soar** [sor] 動 升騰，往上升

24 **sprawl** [sprɔl] ❶ 動 伸開四肢坐或躺 ❷ 名 C（常作單數）伸開四肢坐或躺

Part 3 Levels 5 — 6

19 Movements 動作 (4)

MP3 381

01 **straighten** [ˋstretn̩]
動 把……弄直，使挺直

- straight 形 直的
- -en 動 表「變為……」

02 **stride** [straɪd] ❶ 動 大步走
❷ 名 C 大步，闊步
同義 ❷ pace 步伐

03 **stroll** [strol] ❶ 動 散步，溜達
❷ 名 C 散步，閒逛

04 **stumble** [ˋstʌmbl̩] 動 ❶ 絆腳，絆倒；❷ 結結巴巴地說；
❸ 跌跌撞撞地走，蹣跚而行
同義 ❶ trip 絆倒

05 **thrust** [θrʌst] ❶ 動 插，塞
❷ 名 C 刺，插

06 **tilt** [tɪlt] ❶ 動 使傾斜，使翹起
❷ 名 C 傾斜
同義 ❶ tip 使傾斜，使傾倒

07 **tramp** [træmp]
❶ 動 腳步沉重地行走
❷ 名 C 流浪者　同義 ❷ the homeless 無家可歸的人

08 **trample** [ˋtræmpl̩] 動 踩，踐踏

- tramp 動 踐踏　▪ -le

09 **trim** [trɪm] ❶ 動 修剪，修整
❷ 名 C 修剪，修整
❸ 形 苗條的　同義 slim 苗條的

10 **tuck** [tʌk] 動 ❶ 把……的邊塞到下面或裡面；
❷ 把……舒服地裹好
❸ 名 C（衣服等的）褶襉，打褶

11 **underline** [ˏʌndɚˋlaɪn]
動 ❶ 在……的下面劃線；
❷ 強調，使突出

- under- 在……之下
- line 名 線

12 **vibrate** [ˋvaɪbret]
動 顫動，振動

13 **wade** [wed] 動 涉水而行

MP3 382

14 **whirl** [hwɝl] ❶ 動 旋轉，迴旋
❷ 名 單 旋轉，迴旋
同義 ❶ spin 快速旋轉

15 **whisk** [hwɪsk] 動 ❶ 撢，拂；
❷ 打（蛋等）　❸ 名 C（蛋、奶油等的）攪拌器
同義 beat 打（蛋等）

16 **wring** [rɪŋ] 動 絞，擰
同義 squeeze 擠壓，捏

17 **throb** [θrɑb]
❶ 動（心臟、脈搏等）跳動，悸動
名 C ❷ 單 跳動，悸動；
❸（有規律地）抽動，抽痛

18 **topple** [ˋtɑpl̩] 動 倒塌，倒下
同義 fall down, collapse 倒塌，崩塌

19 **tread** [trɛd] 動 ❶（踢腿）打（水）；❷ 踏，踩（+ on/upon）
同義 ❷ step 踏

20 **trek** [trɛk]
❶ 動 艱苦跋涉，緩慢地行進
❷ 名 C（長途而辛苦的）旅行

21 **tremor** [ˋtrɛmɚ]
名 C ❶ 顫抖；❷ 震動
同義 ❶ quiver 抖動，抽動

22 **unfold** [ʌnˋfold] 動 ❶ 展開，攤開；❷（故事等的）展現，呈現
反義 ❶ fold 摺起來

- un- 做相反的動作
- fold 動 折疊

23 **unlock** [ʌnˋlɑk] 動 ❶ 打開……的鎖；❷ 揭開，表露
反義 ❶ lock 鎖起來

- un- 做相反的動作
- lock 動 鎖住

24 **unpack** [ʌnˋpæk] 動 ❶ 打開（包裹或行李）取出東西；❷ 卸下（貨物等） 反義 ❶ pack 打包

- un- 做相反的動作
- pack 動 打包

25 **vibration** [vaɪˋbreʃən]
名 C 顫動，振動

- vibrate 動 振動
- -ion 名

26 **wrench** [rɛntʃ]
❶ 動 猛扭，猛擰 ❷ 名 C 扳手

Part 3 Levels 5 — 6

20 Leisure & Sport 休閒與運動

MP3 383

01 **ace** [es] 名 C ❶（紙牌、骰子等的）一，么點（牌）；❷〔口〕能手，名手，佼佼者 ❸ 形 第一流的 同義 ❷ expert 能手
❸ first-rate 第一流的

02 **boxer** [ˋbɑksɚ] 名 C 拳擊手

- box 動 拳擊
- -er 名 表「人」

03 **boxing** [ˋbɑksɪŋ] 名 U 拳擊
名 boxer 拳擊手

- box 動 拳擊
- -ing 名

04 **dart** [dɑrt] ❶ 名 C 鏢，標槍
❷ 動 猛衝，狂奔

05 **diversion** [daɪˋvɝʒən]
名 C ❶ 娛樂，消遣；❷ 轉移，轉換；❸ 分散注意力的東西
同義 ❸ distraction 分散注意力的東西

- diverse 形 多樣的
- -ion 名

06 **foul** [faʊl] ❶ 名 C（比賽中）犯規 ❷ 動 犯規 ❸ 形 惡臭的
同義 ❸ disgusting 惡臭的

07 **hockey** [ˋhɑkɪ] 名 U 曲棍球

08 **hurdle** [ˋhɝdl̩] 名 C ❶（賽跑用的）跳欄；❷ 難關，障礙
❸ 動 跨（欄）
同義 ❷ obstacle 難關

09 **outing** [ˋaʊtɪŋ] 名 C 遠足，郊遊　同義 excursion 遠足

- out 副 外出　- -ing 名

10 **pastime** [ˋpæs͵taɪm] 名 C 消遣，娛樂 同義 hobby 嗜好，愛好

11 **photographic** [͵fotəˋgræfɪk]
形 ❶ 攝影的，攝影用的；
❷ 極精確的

- photo- 照相（的）
- graph 名 圖
- -ic 形

12 **recreational** [͵rɛkrɪˋeʃənl̩]
形 娛樂的，消遣的

- re- 回；再
- create 動 創造
- -ion 名
- -al 形

MP3 384

13 **relay** 名 [ˋri͵le] 動 [rɪˋle]
❶ 名 C 接力賽跑
❷ 動 分程傳遞，轉達
同義 ❷ pass on 傳達

- re- 再，重新　- lay 動 放置

14 **resort** [rɪˋzɔrt]
❶ 名 C 常去的休閒度假之處，名勝　❷ 動 訴諸，求助

- re- 反複　- sort 名 種類

15 **rival** [ˋraɪvl̩] ❶ 名 C 競爭者，對手，敵手　❷ 動 與……匹敵，比得上　同義 ❶ competitor 對手
❷ match 比得上

16 **rivalry** [ˋraɪvl̩rɪ]
名 U C 競爭，對抗

- rival 名 競爭者　- -ry 名

17 **spectator** [spɛkˋtetɚ]
名 C（運動比賽等的）觀眾

18 **sprint** [sprɪnt] ❶ 名 C 全速疾跑，短跑　❷ 動 奮力而跑，衝刺

19 **spur** [spɝ] 名 ❶ C 踢馬刺；
❷（常作單數）刺激，激勵
動 ❸ 用靴刺踢；❹ 鞭策，鼓勵

20 **thriller** [ˋθrɪlɚ]
名 C 恐怖小說，恐怖片

- thrill 動 使毛骨悚然
- -er 名 表「物」

21 **tournament** [ˋtɝnəmənt]
名 C 比賽，錦標賽

- tourney 動 參加比賽
- -ment 名

22 **trot** [trɑt] ❶ 動 慢跑，小跑
❷ 名 單 慢跑，小跑

23 **yoga** [ˋjogə] 名 U 瑜伽

24 **trophy** [ˋtrofɪ]
名 C 獎品，勝利紀念品

25 **wrestle** [ˋrɛsl̩] 動 與……打鬥

21 Food & Drinks 飲食 (1)

MP3 385

01 **alcoholic** [ˌælkəˋhɔlɪk]
❶ 形(含)酒精的
❷ 名C 嗜酒者
反義 ❶ nonalcoholic 不含酒精的
‧alcohol 名酒精
‧-ic 形

02 **batch** [bætʃ] 名C ❶ 一爐(烘出的糕點等);❷ 一批

03 **batter** [ˋbætɚ] 名 ❶ U(用蛋、奶、麵粉等調成)糊狀物;❷ C 打擊手 ❸ 動連續猛擊,搗毀

04 **beverage** [ˋbɛvərɪdʒ]
名C 飲料

05 **brew** [bru] ❶ 動泡(茶),煮(咖啡) ❷ 名C 釀製飲料,啤酒

06 **broth** [brɔθ] 名U(用肉、蔬菜等煮成清淡的)湯

07 **caffeine** [ˋkæfiɪn] 名U 咖啡因
‧coffee 名咖啡 ‧-ine 名

08 **calcium** [ˋkælsɪəm] 名U 鈣
‧calc- 鈣的 ‧-ium 名

09 **carbohydrate**
[ˋkɑrbəˋhaɪdret] 名C 碳水化合物
‧carbo- 碳
‧hydrate 名水合物

10 **cater** [ˋketɚ] 動為……提供飲食,承辦(宴會等)的酒席

11 **celery** [ˋsɛlərɪ] 名U 芹菜

12 **champagne** [ʃæmˋpen]
名U 香檳

13 **chestnut** [ˋtʃɛsˌnʌt]
❶ 名C 栗子 ❷ 形栗色的
‧chest 名盒子 ‧nut 名堅果

14 **chili** [ˋtʃɪlɪ] 名C 紅番椒(一種墨西哥菜用的調味料)

15 **cholesterol** [kəˋlɛstəˌrol]
名U 膽固醇
‧chole- 膽汁 ‧sterol 名固醇

MP3 386

16 **cracker** [ˋkrækɚ] 名C ❶ 薄脆餅乾;❷ 鞭炮,爆竹
同義 ❷ firecracker 鞭炮
‧crack 動裂開 ‧-er 名表「物」

17 **crumb** [krʌm]
名C 麵包屑,(食物)碎屑

18 **crust** [krʌst]
名C 麵包皮,派餅皮

19 **cuisine** [kwɪˋzin] 名U 菜餚

20 **curry** [ˋkɝɪ]
❶ 名U 咖哩 ❷ 動用咖哩料理

21 **devour** [dɪˋvaʊr]
動狼吞虎嚥地吃,吃光
同義 gobble up 大口地吃

22 **dough** [do] 名U 生麵糰

23 **dressing** [ˋdrɛsɪŋ]
名 ❶ C（沙拉等）調料醬；
❷ U 穿衣，打扮

・dress 動 穿衣　・-ing 名

24 **edible** [ˋɛdəbḷ] 形 可食的，食用的　反義 inedible 不可食的

25 **famine** [ˋfæmɪn] 名 U 饑荒

26 **fiber** [ˋfaɪbɚ]
名 U 纖維，纖維質

27 **gnaw** [nɔ] ❶ 不及物 啃，咬；
❷ 及物 啃，咬
同義 chew 咀嚼，嚼碎

28 **gobble** [ˋgɑbḷ] 動 狼吞虎嚥
同義 wolf 狼吞虎嚥地吃

29 **grease** [gris] ❶ 名 U 油脂
❷ 動 塗油脂於
形 greasy 多油的，油汙的

30 **grill** [grɪl] 動（用烤架）烤（肉等）

31 **gulp** [gʌlp] ❶ 動 狼吞虎嚥地吃，大口地飲　❷ 名 C 吞嚥

Part 3 Levels 5 — 6

22 Food & Drinks 飲食 (2)

MP3 387

01 **herb** [ɝb] 名 C 香草，藥草

02 **kernel** [ˋkɝnḷ] 名 C 果仁，核仁

03 **lime** [laɪm] 名 C 萊姆，酸橙

04 **mash** [mæʃ] ❶ 名 U 麥芽漿
❷ 動 把⋯⋯搗成糊狀

05 **mayonnaise** [͵meəˋnez]
名 U 美乃滋

06 **mint** [mɪnt] 名 U 薄荷

07 **mustard** [ˋmʌstɚd] 名 U 芥末

・must 名 未發酵葡萄酒
・-ard 名

08 **mutton** [ˋmʌtn̩] 名 U 羊肉

09 **nibble** [ˋnɪbḷ] ❶ 動 一點點地咬或吃　❷ 名 C 咬一口的量

・nib 名 鳥嘴　・-le 動

10 **nourish** [ˋnɝɪʃ] 動 養育，滋養

11 **nourishment** [ˋnɝɪʃmənt]
名 U 食物，營養品

・nourish 動 養育
・-ment 名

12 **nutrient** [ˋnjutrɪənt]
名 C 營養物，滋養物

13 **nutrition** [njuˋtrɪʃən]
名 U 營養，滋養
名 nutrient 營養物，滋養物

14 **nutritious** [nju`trɪʃəs]

形 有營養的，滋養的

同義 nourishing 滋養的

15 **oatmeal** [`ot,mil]

名 U 燕麥粉，燕麥片

- oat 名 燕麥
- meal 名 粗粉

MP3 388

16 **olive** [`ɑlɪv] 名 C 橄欖

17 **overeat** [`ovɚ`it] 動 吃得過飽

- over- 超過
- eat 動 吃

18 **oyster** [`ɔɪstɚ] 名 C 牡蠣，蠔

19 **pastry** [`pestrɪ] 名 C 酥皮點心

- paste 名 麵糰（作餅皮等之用）
- -ry 名 表「……類的事物」

20 **quench** [kwɛntʃ]

動 ❶ 解（渴）；❷ 撲滅，熄滅

21 **radish** [`rædɪʃ] 名 C 小蘿蔔

22 **simmer** [`sɪmɚ]

動 ❶ 煨，燉；❷ 即將爆發，醞釀

❸ 名 單 即將沸騰的狀態

23 **stew** [stju]

❶ 名 C U 燉肉，燜菜

❷ 動 燉，燜

24 **tart** [tɑrt] 名 C 水果餡餅

25 **whiskey** [`hwɪskɪ]

名 U 威士忌酒

同義 whisky 威士忌酒

26 **yeast** [jist] 名 U 酵母

27 **serving** [`sɝvɪŋ]

名 C（食物、飲料等）一份

- serve 動 服務；上菜
- -ing 名

28 **starch** [stɑrtʃ] ❶ 名 U 澱粉

❷ 動（用澱粉漿）給（衣服）上漿

29 **starvation** [stɑr`veʃən]

名 U 飢餓，餓死

- starve 動 挨餓 ・-ation 名

30 **vanilla** [və`nɪlə] 名 U 香草

23 Clothes & Accessories 衣服與配件

MP3 389

01 **accessory** [æk`sɛsərɪ]
名 C 配件，飾品

02 **brooch** [brotʃ]
名 C 女用胸針 同義 pin 胸針

03 **buckle** [`bʌkḷ] ❶ 名 C 帶釦，釦子 ❷ 動 扣住，扣上

04 **fabric** [`fæbrɪk]
名 U C 織物，織品

05 **fad** [fæd]
名 C 一時的流行，一時的風尚
同義 craze（一時的）狂熱，瘋狂

06 **garment** [`gɑrmənt] 名 C（一件）衣服

07 **hood** [hʊd] 名 C ❶ 兜帽，風帽；❷（汽車的）車蓋

08 **nude** [njud] ❶ 形 赤裸的
❷ 名 U 裸體

09 **outfit** [`aʊt͵fɪt]
❶ 名 C 全套服裝
❷ 動 裝備，配備
同義 ❷ equip 配備

- out 副 外
- fit 動 合身

10 **patch** [pætʃ]
❶ 動 補綴，修補 ❷ 名 C 補釘
同義 ❶ mend 修理，修補

11 **pocketbook** [`pɑkɪt͵bʊk]
名 C 錢包，（無背帶的）女用手提包

- pocket 名 口袋
- book 名 書

12 **ragged** [`rægɪd]
形 破爛的，衣衫襤褸的

- rag 名 破布
- -ed 形

13 **sandal** [`sændḷ] 名 C 涼鞋

MP3 390

14 **shabby** [`ʃæbɪ]
形 破爛的，破舊的

15 **shred** [ʃrɛd] 動 ❶ 切碎，撕碎；
❷ 撕碎，切成條狀
❸ 名 C 碎片，破布

16 **sloppy** [`slɑpɪ] 形 太寬鬆的

- slop 名 寬大的罩衣
- -y 形 表「性質，狀態」

17 **sneaker** [`snikɚ]
名 C（常作複數）運動鞋

- sneak 動 溜走
- -er 名 表「物」

18 **spectacle** [`spɛktəkḷ]
名 C ❶（常作複數）眼鏡（過時用法）；❷ 奇觀，景象

19 **strap** [stræp] ❶ 名 C 帶子，皮帶 ❷ 動 用帶捆綁或束住

20 **stylish** [`staɪlɪʃ]
形 時髦的，流行的

- style 名 流行款式
- -ish 形 表「……似的」

21 **veil** [vel] ❶ 名 C 面紗
❷ 動 以面紗遮掩

22 **velvet** [ˋvɛlvɪt]
名 U 天鵝絨，絲絨

23 **wig** [wɪg] 名 C 假髮

24 **yarn** [jɑrn] 名 U 紗，紗線

25 **textile** [ˋtɛkstaɪl] 名 C 紡織品

26 **texture** [ˋtɛkstʃɚ]
名 U（織物的）質地，組織，結構

27 **vogue** [vog] 名 U 流行，時髦
同義 fashion 流行，時髦

Part 3 Levels 5 — 6

24 Materials & Articles 材料與物品 (1)

MP3 391

01 **badge** [bædʒ] 名 C 徽章，獎章

02 **banner** [ˋbænɚ]
名 C 旗幟，橫幅

03 **binoculars** [bɪˋnɑkjələs]
名（複數名詞）雙筒望遠鏡
同義 field glasses 雙筒望遠鏡

- bin- 二
- oculars 形 視覺的
- -s 複

04 **blot** [blɑt] 名 C ❶ 墨水漬，汙漬；❷（名譽等的）汙點，瑕疵
❸ 動 擦掉，去除

05 **brace** [bres] 名 C ❶ 支柱，支撐物；❷（牙齒）矯正器
❸ 動 支撐

06 **briefcase** [ˋbrifˏkes]
名 C 公事包

- brief 形 簡單的
- case 名 手提箱

07 **bronze** [brɑnz]
❶ 名 U 青銅　❷ 形 青銅製的

08 **carbon** [ˋkɑrbən] 名 U 碳

09 **cardboard** [ˋkɑrdˏbord]
名 U 硬紙板，卡紙板

- card 名 紙
- board 名 板

10 **carton** [ˋkɑrtn̩]

名 C 紙盒，紙板箱

11 **charcoal** [ˋtʃɑr͵kol] 名 U 木炭

・char 名 炭　・coal 名 煤

12 **clamp** [klæmp] ❶ 名 C 螺絲鉗，夾鉗　❷ 動 鉗緊，夾住

13 **coffin** [ˋkɔfɪn] 名 C 棺材，靈柩

同義 casket 棺材

MP3 392

14 **commodity** [kəˋmɑdətɪ]

名 C 商品，日用品

15 **compass** [ˋkʌmpəs]

名 C 羅盤，指南針

16 **component** [kəmˋponənt]

❶ 名 C（機器、設備等的）構成要素，零件　❷ 形 組成的，構成的

17 **compound**

名 形 [ˋkɑmpaʊnd]

動 [kɑmˋpaʊnd] ❶ 名 C 混合物，化合物　❷ 形 混合的，複合的

❸ 動 加重，使惡化

18 **cosmetic** [kɑzˋmɛtɪk]

❶ 名 C（常作複數）化妝品

❷ 形 整容的

19 **crib** [krɪb] ❶ 名 C 小兒床

❷ 動 抄襲，剽竊

20 **crystal** [ˋkrɪstl̩]

❶ 名 U 水晶

❷ 形 水晶的，水晶製的

21 **detergent** [dɪˋtɝdʒənt]

名 U C 洗潔劑，洗衣粉

・detergent 洗淨
・-ent 形 表「有……性質的」

22 **dresser** [ˋdrɛsɚ]

名 C 衣櫥，梳妝臺

・dress 動 穿衣　・-er 名 表「物」

23 **dynamite** [ˋdaɪnə͵maɪt]

❶ 名 U 炸藥

❷ 動 用炸藥爆破，炸毀

24 **fertilizer** [ˋfɝtl͵aɪzɚ]

名 U 肥料

形 fertile 富饒的，肥沃的

・fertile 形 肥沃的
・-ize 動 表「使」
・-er 名 表「物」

25 **foil** [fɔɪl] 名 U 箔，金屬薄片

26 **fuse** [fjuz] ❶ 名 C 保險絲

❷ 動 熔合，混合

Part 3 Levels 5 — 6

25 Materials & Articles 材料與物品 (2)

MP3 393

01 **generator** [ˋdʒɛnə͵retɚ]
名 C 發電機
- generate 動 產生
- -or 名 表「物」

02 **glassware** [ˋglæs͵wɛr]
名 U 玻璃器皿
- glass 名 玻璃 ・ware 名 器皿

03 **jack** [dʒæk] ❶ 名 C 起重機，千斤頂 ❷ 動 用起重機舉起，用千斤頂托起

04 **jade** [dʒed] 名 U 玉，翡翠

05 **jug** [dʒʌg] 名 C 罐，壺

06 **lava** [ˋlɑvə] 名 U 熔岩
- lav 流體

07 **lumber** [ˋlʌmbɚ] ❶ 名 U 木材，木料 ❷ 動 伐（樹）

08 **mattress** [ˋmætrɪs]
名 C 褥墊，床墊

09 **miniature** [ˋmɪnɪətʃɚ]
❶ 名 C 縮樣，縮圖
❷ 形 小型的，微型的

10 **mold** [mold]
❶ 名 C 模子，鑄模
❷ 動 用模子做，鑄造

11 **mouthpiece** [ˋmaʊθ͵pis]
名 C ❶（電話的）送話口；
❷（運動員的）護齒套
- mouth 名 口 ・piece 名 部分

12 **mower** [ˋmoɚ]
名 C 刈草機，收割機
- mow 動 刈草 ・-er 名 表「物」

13 **neon** [ˋni͵ɑn] 名 U 氖

MP3 394

14 **nickel** [ˋnɪkḷ] 名 ❶ U 鎳；
❷ C 五分鎳幣

15 **ornament** [ˋɔrnəmənt]
❶ 名 C 裝飾品
❷ 動 裝飾，美化
同義 ❷ decorate 裝飾

16 **packet** [ˋpækɪt] 名 C 小袋，小包（裹） 動 pack 包裝
- pack 名 包
- -et 名 表「小的……」

17 **pane** [pen]
名 C 窗玻璃片，窗格

18 **particle** [ˋpɑrtɪkḷ]
名 C 微粒，顆粒

19 **peg** [pɛg] ❶ 名 C 釘，樁
❷ 動 用木釘釘牢

20 **pesticide** [ˋpɛstɪ͵saɪd]
名 U 殺蟲劑
- pest 有害的動、植物
- -i-
- -cide 名 表「殺劑」

21 **petroleum** [pəˋtorlɪəm]
名 U 石油

22 **pipeline** [ˋpaɪp͵laɪn]
名 C 導管，輸送管道

・pipe 名 管　　・line 名 線

23 **preference** [ˋprɛfərəns]
名 C 偏愛的事物

・prefer 動 寧可
・-ence 名 表「性質，狀態」

24 **prop** [prɑp] ❶ 名 C 支柱，支撐物　動 ❷ 支撐；❸ 擱
同義 ❷ shore 支撐

25 **rack** [ræk] 名 C 架子，掛物架

26 **radiator** [ˋredɪ͵etɚ]
名 C 暖房裝置　動 radiate 輻射

・radiant 形 光芒四射的
・-ate 動
・-or 名 表「物」

Part 3 Levels 5 — 6

26 Materials & Articles 材料與物品 (3)

MP3 395

01 **pollutant** [pəˋlutənt]
名 C 汙染物　名 pollution 汙染

・pollute 動 汙染
・-ant 名

02 **reel** [ril] ❶ 名 C（釣竿上的）繞線輪　❷ 動 拉起，釣起

03 **refrigerator** [rɪˋfrɪdʒə͵retɚ]
名 C 冰箱　同義 fridge 冰箱

・refrigerate 動 冷凍
・-or 名 表「物」

04 **relic** [ˋrɛlɪk] 名 C 遺物，遺跡

05 **remainder** [rɪˋmendɚ]
名 C 剩餘物，其餘的人
同義 the rest 剩餘的東西

06 **rod** [rɑd] 名 C 棒，桿，竿

07 **rubbish** [ˋrʌbɪʃ]
名 U 垃圾，廢物
同義 garbage, trash 垃圾

08 **ruby** [ˋrubɪ]
名 C 紅寶石，紅寶石製品

09 **saddle** [ˋsædḷ] ❶ 名 C 鞍，馬鞍　❷ 動 給（馬）裝鞍

10 **shutter** [ˋʃʌtɚ] 名 C ❶（常作複數）百葉窗；❷（照相機的）快門　❸ 動 關（店），停止（營業）

11 **sponge** [spʌndʒ] ❶ 名 C 海綿 ❷ 動（用海綿或濕布）揩拭，吸取 同義 ❷ wash 擦拭

12 **suitcase** [ˋsutˏkes] 名 C 小型旅行箱，手提箱

- suit 名 套裝
- case 名 箱；盒

13 **sulfur** [ˋsʌlfɚ] 名 U 硫磺

14 **tar** [tɑr] ❶ 名 U 柏油，瀝青 ❷ 動 用焦油覆蓋，塗焦油於

15 **tile** [taɪl] ❶ 名 C 瓦，磚 ❷ 動 在……砌瓦或鋪磚

MP3 396

16 **tin** [tɪn] 名 U 錫

17 **ware** [wɛr] 名 U ……製品，……器皿

18 **wreath** [riθ] 名 C 花圈，花環

19 **zinc** [zɪŋk] 名 U 鋅

20 **silicon** [ˋsɪlɪkən] 名 U 矽

- silica 名 矽土
- -on 名

21 **sodium** [ˋsodɪəm] 名 U 鈉

- soda 名 碳酸鈉
- -ium 名

22 **spike** [spaɪk] ❶ 名 C 牆頭釘，尖鐵 ❷ 動（用尖物）刺穿，刺進

23 **staple** [ˋstepl̩] 名 C ❶ 訂書針；❷ 主食 ❸ 動 用訂書針釘

24 **stapler** [ˋsteplɚ] 名 C 釘書機

- staple 名 訂書針
- -er 名 表「物」

25 **stationery** [ˋsteʃənˏɛrɪ] 名 U 文具

- stationer 名 文具店
- -y 名

26 **stimulus** [ˋstɪmjələs] 名 C（常作單數）刺激，刺激品 動 stimulate 促進

27 **thermometer** [θɚˋmɑmətɚ] 名 C 溫度計

- thermo- 熱
- -meter 名 表「……計」

28 **uranium** [jʊˋrenɪəm] 名 U 鈾

- uranus 名 天王星
- -ium 名

29 **utensil** [juˋtɛnsl̩] 名 C 器皿，用具

30 **wardrobe** [ˋwɔrdˏrob] 名 C 衣櫃，衣櫥

- ward 動 守衛
- robe 名 長袍

27 Places & Buildings 地方與建築 (1)

MP3 397

01 **accommodate** [əˋkɑmə͵det]
動 能容納，能提供……膳宿

02 **accommodations**
[ə͵kɑməˋdeʃəns]
名（複數名詞）住宿，膳宿

- accommodate 動 能容納
- -ion 名

03 **aisle** [aɪl] 名 C（戲院、超市等座席間的）通道，走道

04 **Antarctic** [ænˋtɑrktɪk]
❶ 名 單 南極圈 ❷ 形 南極的
反義 ❶ ❷ arctic 北極（的）

- ant- 相反
- arctic 名 北極圈

05 **architecture** [ˋɑrkə͵tɛktʃɚ]
名 U ❶ 建築式樣，風格；
❷ 建築學

- architect 名 建築設計師
- -ure 名

06 **Arctic** [ˋɑrktɪk] ❶ 名 北極圈，北極地帶 ❷ 形 北極的

07 **arena** [əˋrinə]
名 C 競技場，比賽場

08 **attic** [ˋætɪk] 名 C 頂樓，閣樓
反義 basement 地下室

09 **auditorium** [͵ɔdəˋtorɪəm]
名 C ❶ 聽眾席，觀眾席；
❷ 會堂，禮堂

10 **barbershop** [ˋbɑrbɚ͵ʃɑp]
名 C 理髮店

- barber 名 理髮師
- shop 名 店

11 **bazaar** [bəˋzɑr] 名 C ❶（中東國家等）市場，商店街；❷ 義賣

MP3 398

12 **bog** [bɑg]
❶ 名 C U 沼澤，泥塘
❷ 動 使陷入泥沼，使動彈不得

13 **booth** [buθ] 名 C ❶（有篷的）貨攤，攤位；❷ 公用電話亭

14 **boundary** [ˋbaʊndrɪ]
名 C ❶ 邊界，分界線；❷ 範圍

- bound 動 邊界
- -ary 名 表「場所」

15 **cathedral** [kəˋθidrəl]
名 C 大教堂

16 **cellar** [ˋsɛlɚ] 名 C 地下室，地窖
同義 basement 地下室

- cell 名 小房間 ・-ar 名

17 **cemetery** [ˋsɛmə͵tɛrɪ]
名 C 公墓，墓地

18 **coastline** [ˋkost͵laɪn]
名 C 海岸線

- coast 名 海岸 ・line 名 線

19 **continental** [ˏkɑntəˋnɛntḷ]

形 洲的，大陸的

- continent 名 大陸，洲
- -al 形

20 **core** [kor] ❶ 名 C 中心部分 ❷ 動 挖去……的果核

21 **corridor** [ˋkɔrɪdɚ]

名 C 走廊，狹長的通道

22 **courtyard** [ˋkortˋjɑrd]

名 C 庭院，天井

- court 名 庭院　• yard 名 院子

23 **crater** [ˋkretɚ]

❶ 名 C 隕石坑　❷ 動 使成坑

Part 3 Levels 5 — 6

28 Places & Buildings 地方與建築 (2)

MP3 399

01 **dome** [dom]

名 C ❶ 圓屋頂；❷ 圓頂體育場

02 **doorstep** [ˋdorˏstɛp]

名 C 門階

- door 名 門　• step 名 階梯

03 **doorway** [ˋdorˏwe]

名 C 出入口，門口

- door 名 門　• way 名 路

04 **dwell** [dwɛl] 動 居住，住

名 dweller 居民

05 **dwelling** [ˋdwɛlɪŋ]

名 C 住處，住宅

- dwell 動 居住　• -ing 名

06 **enclosure** [ɪnˋkloʒɚ]

名 C ❶ 圈地，圍場；❷（信函）附件

- en- 使
- close 動 關閉
- -ure 名 表「狀態」

07 **frontier** [frʌnˋtɪr]

名 C ❶ 偏遠地區；❷ 邊境，邊疆

- front 名 前面　• -ier 名

08 **galaxy** [ˋgæləksɪ]

名 C（常作單數）銀河

09 **geographical** [dʒɪə`græfɪkl̩]

㊫地理的

- geo- 地球；土地
- graph ㊔圖表
- -ic ㊫
- -al ㊫

10 **gorge** [gɔrdʒ] ㊔Ⓒ 峽谷

11 **heavenly** [`hɛvənlɪ]

㊫天的，天空的

- heaven ㊔天堂
- -ly ㊫

12 **hemisphere** [`hɛməs͵fɪr]

㊔Ⓒ（地球的）半球

MP3 400

13 **housing** [`haʊzɪŋ]

㊔Ⓤ（總稱）房屋，住宅

- house 供……房子住
- -ing ㊔

14 **inhabit** [ɪn`hæbɪt] ㊀居住於，棲息於　㊔inhabitant 居民

- in- 在……之中
- habit〔古〕住

15 **isle** [aɪl] ㊔Ⓒ 島，小島

16 **latitude** [`lætə͵tjud]

㊔Ⓒ（常作複數）緯度地區

17 **lodge** [lɑdʒ] ❶ ㊔Ⓒ 山林小屋 ❷ ㊀供給……臨時宿處

18 **longitude** [`lɑndʒə`tjud]

㊔Ⓤ Ⓒ 經度

- long ㊫長的　- -tude ㊔

19 **lounge** [laʊndʒ]

❶ ㊔Ⓒ（飯店等的）休息室，會客廳　❷ ㊀（懶洋洋地）靠，躺

20 **mainland** [`menlənd]

㊔㊁大陸，本土

- main ㊫主要的
- land ㊔陸地

21 **mansion** [`mænʃən]

㊔Ⓒ 宅第，公館

22 **metropolitan**

[͵mɛtrə`pɑlətn̩] ㊫大都市的

- metropolis ㊔大都市
- -ite ㊫
- -an ㊫

23 **mound** [maʊund]

㊔Ⓒ 土石堆，土墩

24 **oasis** [o`esɪs]

㊔Ⓒ（沙漠中的）綠洲

29 Places & Buildings 地方與建築 (3)

MP3 401

01 **orchard** [ˋɔrtʃɚd] 名 C 果樹園

02 **orient** [ˋorɪənt]
❶ 名 單 東方，亞洲 (the Orient)
❷ 動 以……為方向或重點
（＋ to/towards）

03 **oriental** [ˌorɪˋɛntḷ]
形 東方的，亞洲的
- orient 名 東方 ・-al 形

04 **outskirts** [ˋaʊtˌskɝts]
名（複數名詞）郊外，郊區
- out- 外 ・-s 複
- skirt 名 邊緣

05 **parlor** [ˋpɑrlɚ]
名 C 客廳，起居室

06 **peninsula** [pəˋnɪnsələ]
名 C 半島

07 **pillar** [ˋpɪlɚ] 名 C 柱子
- pile 名 一堆 ・-ar 名

08 **plantation** [plænˋteʃən]
名 C 農園，大農場
- plant 動 栽種 ・-ation 名

09 **polar** [ˋpolɚ]
形 北極的，南極的，極地的
- pole 名（地球的）極
- -ar 形

10 **populate** [ˋpɑpjəˌlet]
動 居住於 名 population 人口
同義 inhabit 居住於

11 **porch** [portʃ] 名 C 門廊，入口處 同義 veranda 走廊，陽臺

12 **prairie** [ˋprɛrɪ]
名 C 大草原，牧場

MP3 402

13 **pyramid** [ˋpɪrəmɪd]
名 C 金字塔

14 **ranch** [ræntʃ]
名 C 農場，飼養場

15 **realm** [rɛlm] 名 C 領域，場所

16 **reef** [rif] 名 C 礁，沙洲，暗礁

17 **refuge** [ˋrɛfjudʒ]
名 C 避難所，收容所
名 refugee 避難者，難民

18 **reside** [rɪˋzaɪd] 動 居住

19 **residence** [ˋrɛzədəns]
名 ❶ U 居住；❷ C 住所，官邸
- reside 動 居住
- -ence 名 表「性質，狀態」

20 **resident** [ˋrɛzədənt] ❶ 形 居住的，定居的 ❷ 名 C 居民
- reside 動 居住
- -ent 形 表「有……性質的」

21 **residential** [ˌrɛzəˋdɛnʃəl]
形 居住的，住宅的
- reside 動 居住
- -ent 形 表「有……性質的」
- -an 形

22 **ridge** [rɪdʒ] 名 C 山脊，山脈

23 **saloon** [səˋlun] 名 C 酒吧，酒館 同義 bar 酒吧

24 **scenic** [ˋsinɪk] 形 風景的

▪ scene 名 景色 ▪ -ic 形

Part 3 Levels 5 — 6

30 Places & Buildings 地方與建築 (4)

MP3 403

01 **sanctuary** [ˋsæŋktʃʊˏɛrɪ] 名 C 聖所，教堂

02 **shrine** [ʃraɪn] 名 C 聖壇，神龕

03 **stall** [stɔl] ❶ 名 C 貨攤，書報亭 ❷ 動 熄火，拋錨
同義 ❶ stand 貨攤

04 **strait** [stret] 名 C 海峽

05 **swamp** [swɑmp] ❶ 名 C 沼澤 ❷ 動 使陷入困境，使忙得不可開交（＋ with/by something）
同義 marsh 沼澤

06 **sewer** [ˋsuɚ] 名 C 汙水管，下水道

07 **shed** [ʃɛd] ❶ 名 C 棚，小屋，庫房 ❷ 動 擺脫，去除
同義 ❷ get rid of 擺脫

08 **slum** [slʌm] 名 C 貧民窟

09 **sphere** [sfɪr] 名 C ❶ 球體；❷ 領域 同義 globe, ball 球體
❷ field, realm 領域

10 **spire** [spaɪr] 名 C 尖塔，尖頂
形 spiral 螺旋形的

11 **suburban** [səˋbɝbən] 形 郊區的，近郊的
反義 urban 城市的，都市的

MP3 404

12 **suite** [swit] 名 C 套房

13 **tavern** [ˋtævɚn] 名 C 小酒館

14 **terrace** [ˋtɛrəs] 名 C ❶ 大陽臺，露臺；❷ 臺地，梯田

15 **trench** [trɛntʃ] 名 C 溝，溝渠

16 **threshold** [ˋθrɛʃhold]
名 C 門檻

17 **tropic** [ˋtrɑpɪk] 名 C（常作複數）熱帶　形 tropical 熱帶的，來自熱帶的

18 **vacancy** [ˋvekənsɪ] 名 C ❶ 空地，空房；❷ 空職，空缺

- vacant 形 空的
- -ancy 名 表「性質，狀態」

19 **villa** [ˋvɪlə] 名 C 別墅

20 **vineyard** [ˋvɪnjɚd]
名 C 葡萄園

- vine 名 葡萄樹　・yard 名 院子

21 **warehouse** [ˋwɛr͵haʊs]
名 C 倉庫

- ware 名 貨品　・house 名 房子

22 **workshop** [ˋwɝk͵ʃɑp]
名 C ❶ 工場，工作坊；
❷ 專題討論會，研討會

- work 名 工作
- shop 名 工作坊

23 **wilderness** [ˋwɪldɚnɪs]
名 C（常作單數）荒野，荒漠
形 wild 野生的

Part 3 Levels 5 — 6

31 Places & Buildings 地方與建築 (5)

MP3 405

01 **accountable** [əˋkaʊntəbḷ]
形 應負責任的
同義 responsible 負責任的

- account 動 對⋯⋯負責
- -able 形 表「有⋯⋯特性的」

02 **alliance** [əˋlaɪəns] 名 C 結盟，同盟（＋ with/between）

- ally 動 使結盟　・-ance 名

03 **ally** 名 [ˋæ͵laɪ] 動 [əˋlaɪ]
❶ 名 C 同盟國　❷ 動 使結盟

04 **auxiliary** [ɔgˋzɪljərɪ]
名 C ❶ 附屬組織，附屬機構；
❷ 助動詞

05 **breakup** [ˋbrek͵ʌp]
名 U（婚姻等的）破裂

06 **brotherhood** [ˋbrʌðɚ͵hʊd]
名 U 手足之情，兄弟關係

- brother 名 兄弟
- -hood 名 表「狀態」

07 **bureau** [ˋbjʊro] 名 C（政府機構）署，處，局，司

08 **charitable** [ˋtʃærətəbḷ]
形 慈善（團體）的

- charity 名 慈善
- -able 形 表「有⋯⋯特性的」

09 **civic** [ˋsɪvɪk] 形 市民的，公民的

10 **clan** [klæn] 名 C 家族，宗族

11 **collective** [kəˋlɛktɪv]
形 集體的，共同的

- collect 動 收集 ‧ -ive 形

12 **companionship**
[kəmˋpænjən,ʃɪp]
名 U 友誼，伴侶關係

- companion 名 同伴
- -ship 名 表「狀態」

13 **corporation** [,kɔrpəˋreʃən]
名 C ❶ 法人，社團法人；
❷ 股份（有限）公司

- corporate 形 公司的
- -ion 名

14 **delegate** 名 [ˋdɛləgɪt]
動 [ˋdɛlə,get] ❶ 名 C 代表，代表團團員 動 ❷ 委……為代表；
❸ 授（權），把（工作、權力等）委託（給下級）
同義 ❶ representation 代表

MP3 406

15 **delegation** [,dɛləˋgeʃən]
名 C 代表團

- delegate 動 委……為代表
- -ion 名

16 **ethnic** [ˋɛθnɪk] 形 種族（上）的

- ethno- 種族 ‧ -ic 形

17 **faction** [ˋfækʃən]
名 C（政黨、組織等內部的）派別，宗派，小集團

18 **institute** [ˋɪnstətjut]
❶ 名 C 學會，協會
❷ 動 開始，著手

19 **institution** [,ɪnstəˋtjuʃən]
名 C ❶ 公共團體，機構；
❷ 制度，習俗

- institute 動 創立
- -ion 名

20 **intimacy** [ˋɪntəməsɪ]
名 C 熟悉，親密

- intima 名 內膜
- -cy 名 表「狀態」

21 **kin** [kɪn] ❶ 名 複 家族，親戚
❷ 形 有親屬關係的
同義 ❶ kinsfolk, kinfolk 親戚

22 **league** [lig] ❶ 名 C 聯盟
❷ 動 結盟，聯合（罕見用法）

23 **obligation** [,ɑbləˋgeʃən]
名 C U 義務，責任

- obligate 動 使負義務
- -ion 名

24 **orphanage** [ˋɔrfənɪdʒ]
名 C 孤兒院

- orphan 名 孤兒
- -age 名 表「場所」

25 **personnel** [,pɝsṇˋɛl]
名 U 人事部門，人事課

26 **procession** [prəˋsɛʃən]
名 C（人或車輛等的）行列，隊伍

- process 動 過程
- -ion 名

27 **recruit** [rɪˋkrut] ❶ 動 吸收（新成員），徵募（新兵）
❷ 名 C 新成員，新兵

28 **squad** [skwɑd]
名 C 小隊，小組

29 **subordinate**
形 名 [səˋbɔrdn̩ɪt] 動 [səˋbɔrdn͵et]
❶ 形 下級的，下屬的（+ to）
❷ 名 C 部屬，下級職員
❸ 動 使屬於次要地位
同義 secondary 下級的
❷ inferior 部屬

Part 3 Levels 5 — 6

32 Art & Culture 藝術與文化 (1)

MP3 407

01 **adaptation** [͵ædæpˋteʃən]
名 C 改編，改寫

- adapt 動 適應 ‧ -ation 名

02 **antique** [ænˋtik]
❶ 名 C 古物，古董
❷ 形 古董的

03 **artifact** [ˋɑrtɪ͵fækt]
名 C 手工藝品

04 **autograph** [ˋɔtə͵græf]
❶ 名 C 親筆簽名
❷ 動 親筆簽名於
同義 ❶ signature 親筆簽名

- auto- 自己的
- -graph 名 表「寫的東西」

05 **bass** [ˋbes] ❶ 名 C 貝斯，低音樂器 ❷ 形（聲音）低沉的
補充 bass 也可指「樂器低音的」，相反詞為「soprano」（樂器高音的）

06 **blues** [bluz] 名 ❶ 布魯士（常譯作藍調）（美國南部黑人之爵士音樂及舞步）；❷ 憂鬱

07 **calligraphy** [kəˋlɪgrəfɪ]
名 U 書法

- calli- 美
- -graphy 名 表「寫（或畫、描繪、記錄）的東西」

08 **canvas** [ˋkænvəs] 名 ❶ C 油畫；❷ U 帆布

09 **cello** [ˋtʃɛlo] 名 C 大提琴

10 **chord** [kɔrd] 名 C（樂器的）弦

11 **civilize** [ˋsɪvə͵laɪz] 動 使開化，使文明

- civil 形 文明的
- -ize 動 表「……化」

MP3 408

12 **compile** [kəmˋpaɪl] 動 彙編，編纂

- com- 一起
- pile 名 堆，集

13 **cultivate** [ˋkʌltə͵vet] 動 ❶ 培養，陶冶；❷ 耕種，耕作

同義 ❷ grow 種植

14 **customary** [ˋkʌstəm͵ɛrɪ] 形 習慣上的，慣常的，合乎習俗的

同義 usual 慣常的

- custom 名 習慣、習俗
- -ary 形 表「與……有關的」

15 **documentary** [͵dɑkjəˋmɛnt(ə)rɪ] ❶ 形 紀錄的 ❷ 名 C 紀錄片

- document 名 文件
- -ary 形; 名

16 **entitle** [ɪnˋtaɪtl̩] 動 ❶ 給（書等）題名，給……稱號；❷ 給……權力或資格

- en- 使
- title 名 標題

17 **excerpt** 名 [ˋɛksɝpt] 動 [ɪkˋsɝpt]

❶ 名 C（詩歌、書籍等）摘錄，節錄 ❷ 動 摘錄，節錄

18 **extract** 動 [ɪkˋstrækt] 名 [ˋɛkstrækt] ❶ 動 摘錄 ❷ 名 C 摘錄，選粹

- ex- 出
- tract 名 大片，廣闊

19 **folklore** [ˋfok͵lor] 名 U 民俗，民間傳說

- folk 名 人們
- lore 名 傳說；學問

20 **framework** [ˋfrem͵wɝk] 名 C（故事或想法等的）架構

- frame 名 框架
- work 名 作品

21 **handicraft** [ˋhændɪ͵kræft] 名 C（常作複數）手工藝品

- handy 形 手巧的
- craft 名 工藝

22 **heritage** [ˋhɛrətɪdʒ] 名 U 遺產，傳統

Part 3 Levels 5 — 6

33 Art & Culture 藝術與文化 (2)

MP3 409

01 **index** [ˋɪndɛks] ❶ 名 C 索引 ❷ 動 為⋯⋯編索引

02 **layout** [ˋleˏaʊt] 名 C ❶（書籍等的）版面設計，版面編排；❷ 安排，設計

03 **legendary** [ˋlɛdʒəndˏɛrɪ] 形 傳說的，傳奇的

- legend 名 傳奇
- -ary 形 表「與⋯⋯有關的」

04 **lyric** [ˋlɪrɪk] ❶ 名 C（常作複數）歌詞 ❷ 形 抒情的

05 **manuscript** [ˋmænjəˏskrɪpt] 名 C 手稿，原稿

06 **masterpiece** [ˋmæstɚˏpis] 名 C 名作，傑作

- master 名 大師 ・piece 名 作品

07 **myth** [mɪθ] 名 C 神話 同義 legend 傳說，傳奇

08 **mythology** [mɪˋθɑlədʒɪ] 名 U（總稱）神話

- mytho- 神話 ・-logy 名

09 **poetic** [poˋɛtɪk] 形 詩的，韻文的 名 poem 詩；poet 詩人

- poet 名 詩 ・-ic 形

10 **preface** [ˋprɛfɪs] ❶ 名 C 序言，前言 ❷ 動 為⋯⋯加序言

11 **prose** [proz] 名 U 散文

MP3 410

12 **rehearsal** [rɪˋhɝsl̩] 名 U 排練，彩排

- rehearse 動 排練 ・-al 名

13 **rehearse** [rɪˋhɝs] 動 排練，彩排

14 **renaissance** [rəˋnesn̩s] 名 單 新生，復活

15 **rhythmic** [ˋrɪðmɪk] 形 有節奏的，有韻律的

- rhythm 名 節奏 ・-ic 形

16 **scroll** [skrol] ❶ 名 C 古書，畫卷 ❷ 動（在電腦螢幕）上下移動（訊息）

17 **solo** [ˋsolo] ❶ 名 C 獨奏（曲），獨唱（曲） ❷ 形 獨唱的，獨奏的 ❸ 副 單獨地

18 **stanza** [ˋstænzə] 名 C（詩的）一節 同義 verse 詩節

19 **tempo** [ˋtɛmpo] 名 C 速度，拍子

20 **villain** [ˋvɪlən] 名 C（戲劇、小說中的）反派角色，反面人物

21 **script** [skrɪpt] ❶ 名 C（戲劇等的）腳本 ❷ 動 把⋯⋯改編為劇本

22 **signature** [ˋsɪgnətʃɚ] 名 C 簽名

- sign 動 簽名 ・-ure 名
- -ate 動

34 Money & Business 金錢與商業 (1)

MP3 411

01 **administer** [əd`mɪnəstɚ]

動 管理，經營

同義 administrate, manage 管理

- ad- 至；向
- minister 動 協助

02 **administration**

[əd,mɪnə`streʃən] 名 U 管理，經營

- ad- 至；向
- minister 動 協助
- -ate 動 表「使成為」
- -ion 名

03 **administrative**

[əd`mɪnə,stretɪv]

形 管理的，行政的

- ad- 至；向
- minister 動 協助
- -ate 動 表「使成為」
- -ive 形

04 **administrator**

[əd`mɪnə,stretɚ]

名 C 管理者，行政人員

- ad- 至；向
- minister 動 協助
- -ate 動 表「使成為」
- -or 名 表「人」

05 **asset** [`æsɛt]

名 C ❶（常作複數）資產，財產；❷ 有利條件，優勢

06 **auction** [`ɔkʃən]

❶ 名 C 拍賣　❷ 動 拍賣

07 **belongings** [bə`lɔŋɪŋz]

名（複數名詞）財產，攜帶物品

同義 possessions 財產

- belong 動 屬於
- -ing 名
- -s 複

08 **bonus** [`bonəs]

名 C 獎金，額外津貼

09 **boycott** [`bɔɪ,kɑt]

❶ 動 拒絕購買，聯合抵制

❷ 名 C 拒絕購買，聯合抵制（＋ off/on/against）

10 **checkbook** [`tʃɛk,bʊk]

名 C 支票簿

- check 名 支票　・book 名 本子

MP3 412

11 **closure** [`kloʒɚ]

名 U（永久性的）關閉，停業

- close 動 關
- -ure 名 表「動作，過程」

12 **commission** [kə`mɪʃən]

❶ 名 C 佣金　❷ 動 委任，委託

同義 ❷ assign 委任

- com- 共同；完全
- mission 任務

13 **compensate** [`kɑmpən,set]

動 補償，賠償

- com- 一起
- pensive 形 憂鬱的
- -ate 動

14 **compensation**

[ˌkɑmpənˋseʃən]

名 U 補償金，賠償金

- com- 一起
- pensive 形 憂鬱的
- -ate 動
- -ion 名

15 **corporate** [ˋkɔrpərɪt] 形 公司的 名 corporation 公司，法人

16 **coupon** [ˋkupɑn]

名 C 減價優待券

17 **currency** [ˋkɝənsɪ]

名 U ❶ 貨幣；❷ 流通，流傳

- current 形 通用的
- -ency 名 表「性質，狀態」

18 **devalue** [diˋvælju] 動 使貶值

反義 revalue 提高，使貨幣升值

- de- 減少
- value 名 價值

19 **directory** [dəˋrɛktərɪ]

名 C 工商名錄，姓名住址簿

20 **document** [ˋdɑkjəmənt]

❶ 名 C 公文，文件

❷ 動 用文件證明

21 **enterprise** [ˋɛntɚˌpraɪz]

名 C 企業，公司

- enter 動 進入
- prise 動 抓；獲得

Part 3 Levels 5 — 6

35 Money & Business 金錢與商業 (2)

MP3 413

01 **estate** [ɪsˋtet]

名 C 財產，資產，遺產

02 **fishery** [ˋfɪʃərɪ] 名 U 漁業

補充 fishery 亦可作「漁場」，為可數名詞

- fish 名 魚；捕魚
- -ery 名

03 **gross** [gros] 形 ❶ 總的，毛的；❷ 粗魯的，不雅的 ❸ 動 獲得……總收入或毛利

同義 ❶ total 總的，總計的

04 **installment** [ɪnˋstɔlmənt]

名 C 分期付款（每一分期）

05 **insure** [ɪnˋʃʊr] 動 為……投保

同義 ensure 保證，擔保

06 **invaluable** [ɪnˋvæljəbḷ]

形 非常貴重的，無價的

同義 valueless 無價的

- in- 不
- value 動 估價
- -able 形 表「可……的」

07 **inventory** [ˋɪnvənˌtorɪ]

名 C 存貨清單

- invent 動 發明
- -tory 名

08 **logo** [ˋlɑgo] 名 C 標識，商標

09 **lottery** [ˋlɑtərɪ]

名 C 樂透，獎券

・lot 名 抽籤；運氣
・-ery 名

10 **merchandise** [ˋmɝtʃən͵daɪz]

❶ 名 U 商品，貨物

❷ 動 促進……的銷售，推銷

同義 ❶ goods, products 商品

❷ market 推銷

MP3 414

11 **merge** [mɝdʒ] 動（公司等）合併

同義 combine, join 結合，聯合

12 **monopoly** [məˋnɑplɪ]

名 C 獨佔者，壟斷企業

動 monopolize 獨佔，壟斷

13 **patent** [ˋpætn̩t]

❶ 名 C 專利，專利權（＋ on/for）

❷ 形 專利的

❸ 動 授予……專利權，取得……的專利權

14 **peddle** [ˋpɛdl̩]

動 叫賣，挨家挨戶兜售

15 **peddler** [ˋpɛdlɚ] 名 C 小販

・peddle 動 叫賣
・-er 名 表「人」

16 **pension** [ˋpɛnʃən]

❶ 名 C 退休金，養老金

❷ 動 發給……退休金或養老金

17 **priceless** [ˋpraɪslɪs]

形 貴重的，無價的

同義 valuable, precious, invaluable 貴重的

・price 名 價值
・-less 形 表「無，沒有」

18 **productivity** [͵prodʌkˋtɪvətɪ]

名 U 生產力

・product 名 產品
・-ive 形
・-ity 名

19 **purchase** [ˋpɝtʃəs]

❶ 名 U 買，購買

❷ 動 買，購買

20 **recession** [rɪˋsɛʃən]

名 U C（經濟的）衰退，衰退期

・recess 動 休息　・-ion 名

21 **refund** 動 [rɪˋfʌnd] 名 [ˋri͵fʌnd]

❶ 動 退款　❷ 名 C 退款

36 Money & Business 金錢與商業 (3)

MP3 415

01 **rental** [ˋrɛntḷ]
名 C (常作單數)租金
・rent 動 出租 ・-al 名

02 **repay** [rɪˋpe] 動 償還，還錢給
・re- 回 ・pay 動 支付

03 **retail** [ˋritel] ❶ 名 U 零售
❷ 副 以零售方式，以零售價格
❸ 動 零售
反義 wholesale 批發

04 **revenue** [ˋrɛvə͵nju]
名 U ❶ 收益，收入；❷ 複 財政收入，稅收收入 同義 ❶ receipts, income 收入

05 **stake** [stek] ❶ 名 C (樂透等的)賭金 ❷ 動 把……押下打賭，拿……冒險(＋ on)
補充 at stake 有風險

06 **stock** [stɑk] 名 ❶ U 存貨；
❷ C 股票 ❸ 動 庫存，貯存

07 **token** [ˋtokən] 名 C ❶ 代幣；
❷ 標誌，象徵
同義 ❷ expression, mark, sign 象徵

08 **trademark** [ˋtred͵mɑrk]
名 C 商標
・trade 名 商業 ・mark 名 符號

09 **treasury** [ˋtrɛʒərɪ]
名 C 金庫，國庫
・treasure 名 財寶
・-y 名

10 **venture** [ˋvɛntʃɚ]
❶ 名 C 企業 ❷ 動 冒險

MP3 416

11 **wholesale** [ˋhol͵sel]
❶ 形 批發的 ❷ 副 以批發方式
反義 ❶❷ retail 零售的，以零售方式
・whole 名 全部
・sale 名 出售

12 **sector** [ˋsɛktɚ] 名 C (商業、貿易等)部門，行業

13 **shilling** [ˋʃɪlɪŋ] 名 C 先令(原英國的貨幣單位)

14 **tariff** [ˋtærɪf] 名 C 關稅

15 **thrift** [θrɪft] 名 U 節儉，節約

16 **thrifty** [ˋθrɪftɪ]
形 節儉的，節約的
同義 frugal 節儉的，節約的
・thrift 名 節儉
・-y 形

17 **transaction** [trænˋzækʃən]
名 C 交易，業務，買賣
同義 deal 買賣
・transact 動 交易
・-ion 名

18 **unemployment**

[ˌʌnɪmˋplɔɪmənt]

名 U 失業，失業狀態

- un- 不，無
- employ 動 雇用
- -ment 名

19 **utility** [juˋtɪlətɪ] 名 C 公用事業（如水電、瓦斯），公用事業公司

- utile 形 有用的
- -ity 名

20 **vend** [vɛnd] 動 出售，販賣

21 **vendor** [ˋvɛndɚ]

名 C 小販，叫賣者

- vend 動 販賣　- -or 名 表「人」

37 Politics & Government 政治與政府 (1)

MP3 417

01 **anthem** [ˋænθəm] 名 C 國歌

02 **asylum** [əˋsaɪləm]

名 U 政治庇護權

03 **autonomy** [ɔˋtɑnəmɪ]

名 U ❶ 自治（權）；❷ 自主權

同義 ❶ independence 自主

- autonomous 形 自治的
- -y 名

04 **ballot** [ˋbælət] 名 ❶ U 投票；

❷ C 投票總數

❸ 動 投票（＋ for/against）

05 **colonial** [kəˋlonɪəl]

❶ 形 殖民地的，殖民的

❷ 名 C 殖民地居民

- colony 名 殖民地
- -al 形

06 **communism** [ˋkɑmjʊˌnɪzəm]

名 U 共產主義

- common 形 共有的
- -ism 名 表「……主義」

07 **communist** [ˋkɑmjʊˌnɪst]

❶ 名 C 共產黨員，共產主義者

❷ 形 共產黨的

- common 形 共有的
- -ist 名 表「做……的人」

08 **comrade** [ˋkɑmræd]

名 C (同黨的)同志，夥伴，同事

09 **congressman** [ˋkɑŋgrəsmən]

名 C 美國國會議員

- congress 名 國會
- -man 名 表「從事……的人」

10 **corrupt** [kəˋrʌpt]

❶ 形 腐敗的，貪汙的

❷ 動 使腐敗，使墮落

11 **corruption** [kəˋrʌpʃən]

名 U 腐敗，貪汙

- corrupt 動 使腐敗
- -ion 名

MP3 418

12 **democrat** [ˋdɛmə͵kræt]

名 C 民主主義者，(大寫)(美國)民主黨人

- demo- 人民
- -crat 名 表「……政治的擁護者」

13 **dictator** [ˋdɪk͵tetɚ]

名 C 獨裁者

- dictate 動 口述
- -or 名 表「人」

14 **diplomacy** [dɪˋploməsɪ]

名 U 外交

- diplomat 名 外交官
- -cy 名

15 **diplomatic** [͵dɪpləˋmætɪk]

形 外交的

- diplomat 名 外交官
- -ic 形

16 **federal** [ˋfɛdərəl] 形 聯邦的，聯邦政府的

17 **federation** [͵fɛdəˋreʃən]

名 C 聯邦政府，聯邦制度

- federate 動 使結成聯邦
- -ion 名

18 **imperial** [ɪmˋpɪrɪəl] 形 帝國的

- imperium 名(尤指古羅馬的)帝權
- -al 形

19 **monarch** [ˋmɑnɚk]

名 C 君主，最高統治者

名 monarchism 君主主義

20 **municipal** [mjuˋnɪsəpḷ]

形 市的，市政的，市立的

21 **nominate** [ˋnɑmə͵net]

動 提名 同義 propose 提名

22 **nomination** [͵nɑməˋneʃən]

名 U 提名

- nominate 動 提名
- -ion 名

23 **nominee** [͵nɑməˋni]

名 C 被提名人

- nominate 動 提名
- -ee 名 表「與……有關的人」

38 Politics & Government 政治與政府 (2)

MP3 419

01 **overturn** [͵ovɚˋtɝn]
動 ❶ 使翻轉，使倒下；
❷ 推翻（決定、政權等）

- over- 自一邊至另一邊
- turn 動 翻轉

02 **parliament** [ˋpɑrləmənt]
名 C 議會，國會

03 **patriot** [ˋpetrɪət] 名 C 愛國者
名 patriotism 愛國主義

04 **patriotic** [͵petrɪˋɑtɪk]
形 愛國的

- patriot 名 愛國者
- -ic 形

05 **premier** [ˋprimɪɚ] ❶ 名 C 首相，總理　❷ 形 首位的，首要的
同義 ❶ prime, minister 首相
❷ primary, prime, foremost 首要的

06 **presidency** [ˋprɛzədənsɪ]
名 C 總統的職位或任期 、

- preside 動 擔任會議主席
- -ency 名 表「性質，狀態」

07 **presidential** [ˋprɛzədɛnʃəl]
形 總統的，總統制的

- preside 動 擔任會議主席
- -ent 名
- -al 形

08 **province** [ˋprɑvɪns]
名 C 省，州

09 **provincial** [prəˋvɪnʃəl] 形 省的

- province 名 省，州
- -al 形

10 **regime** [rɪˋʒim]
名 C 政體，政權

11 **reign** [ren] ❶ 名 C 在位期間，統治時　❷ 動 統治，支配

MP3 420

12 **republican** [rɪˋpʌblɪkən]
❶ 形 共和國的，共和政體的
❷ 名 C（大寫）（美國）共和黨人士

- republic 名 共和國
- -an 形；名

13 **royalty** [ˋrɔɪəltɪ]
名 U（總稱）皇族或王族（成員）

- royal 形 王室的
- -ty 名

14 **sovereign** [ˋsɑvrɪn]
❶ 名 C 君主，最高統治者
❷ 形 具有獨立主權的
同義 ❷ autonomous 有自治權的

15 **statesman** [ˋstetsmən]
名 C 政治家

- state 名 國家，政府
- -s ……的
- man 人

16 **throne** [θron] 名 C 王位，王權

17 **tyrant** [ˋtaɪrənt] 名 C 暴君
名 tyranny 暴虐，專橫
同義 dictator 獨裁者

18 **veto** [ˋvito]
❶ 名 C U 否決（權）
❷ 動 否決　同義 ❷ reject, turn down, refuse 拒絕

19 **visa** [ˋvizə] 名 C 簽證

20 **sanction** [ˋsæŋkʃən]
名 ❶ U（政府的）認可，批准；
❷ C（常作複數）制裁
❸ 動 認可，批准
同義 ❸ approve 贊成，同意

21 **senator** [ˋsɛnətɚ] 名 C 參議員
・senate 名（美國等的）參議院
・-ator 名 表「做……動作的人」

22 **sovereignty** [ˋsɑvrɪntɪ]
名 U 主權

23 **tyranny** [ˋtɪrənɪ]
名 U 暴政，專制
・tyrant 名 暴君　・-y 名

Part 3 Levels 5 — 6

39 Law & Crime 法律與犯罪 (1)

MP3 421

01 **abolish** [əˋbɑlɪʃ] 動 廢除，廢止
名 abolition 廢除，廢止

02 **accusation** [ˏækjəˋzeʃən]
名 C 指控，控告（＋ of/against）
・accuse 動 指控　・-ation 名

03 **assassinate** [əˋsæsɪnˏet]
動 暗殺，刺殺
・assassin 名 暗殺者
・-ate 動 表「使成為」

04 **astray** [əˋstre] 副 ❶ 離開正道；
❷ 迷路

05 **ban** [bæn] ❶ 動 禁止，取締
❷ 名 C 禁止，禁令（＋ on）
同義 ❶ prohibit, forbid 禁止
反義 ❶ allow 允許

06 **bandit** [ˋbændɪt]
名 C 土匪，強盜，歹徒

07 **bribe** [braɪb] ❶ 名 C 賄賂，行賄物　❷ 動 向……行賄，收買

08 **conspiracy** [kənˋspɪrəsɪ]
名 C 陰謀，共謀
・conspire 動 密謀　・-acy 名

09 **constitutional**
[ˏkɑnstəˋtjuʃənl̩]
形 憲法的，符合憲法的

・constitute 動 設立
・-ion 名　・-al 形

10 **convict** 動 [kən`vɪkt] 名 [`kɑnvɪkt] ❶ 動 判……有罪，判決　❷ 名 C 犯人，服刑犯

11 **conviction** [kən`vɪkʃən] 名 U ❶ 定罪，證明有罪；❷ 肯定，堅定

・convict 動 判……有罪
・-ion 名

12 **copyright** [`kɑpɪ͵raɪt]
❶ 名 U 版權，著作權
❷ 動 為（書籍等）取得版權

・copy 動 抄寫，複製
・right 名 權利

13 **delinquent** [dɪ`lɪŋkwənt]
❶ 形 犯法的，有過失的
❷ 名 C 青少年罪犯，違法者
補充 delinquency 青少年犯罪

MP3 422

14 **deprive** [dɪ`praɪv] 動 剝奪，使喪失（＋ of）

15 **eligible** [`ɛlədʒəbḷ] 形 ❶ 法律上合格的；❷（尤指婚姻等）合適的　反義 ❶ ineligible 不合法的

16 **enact** [ɪn`ækt] 動 將……制定為法律，通過（法案）

・en- 使　・act 動 起作用

17 **enactment** [ɪn`æktmənt] 名 U（法律的）制定

・en- 使　・-ment 名
・act 動 起作用

18 **exile** [`ɛksaɪl] ❶ 名 U 流放，流亡　❷ 動 流放，放逐

19 **fraud** [frɔd] ❶ 名 U 欺騙，詐欺　❷ C 騙子

20 **hijack** [`haɪ͵dʒæk] ❶ 動 劫持
❷ 名 C 劫持事件
同義 ❷ hijacking 脅持事件

21 **hostage** [`hɑstɪdʒ] 名 C 人質

22 **impose** [ɪm`poz] 動 徵（稅），加（負擔等）於（＋ on）

・im- 在上面
・pose 動 使為難

23 **imprison** [ɪm`prɪzn̩]
動 監禁，關押　同義 jail 監禁

・im- 使處於……的境地
・prison 名 監獄

24 **imprisonment** [ɪm`prɪzn̩mənt] 名 U 監禁，關押

・im- 使處於……的境地
・prison 名 監獄
・-ment 名

25 **jury** [`dʒʊrɪ] 名 C 陪審團
同義 panel 陪審團

26 **kidnap** [`kɪdnæp] 動 綁架
名 kidnapper 綁票者

・kid 名 孩子
・nap 動 突然捕捉

Part 3 Levels 5 — 6

40 Law & Crime 法律與犯罪 (2)

MP3 423

01 **lawmaker** [ˋlɔˋmekɚ] 名C 立法者

- law 名法律
- maker 名製造者

02 **legislation** [ˏlɛdʒɪsˋleʃən] 名U ❶ 制定法律，立法；❷ 法律，法規

03 **legislative** [ˋlɛdʒɪsˏletɪv] 形立法的

- legislation 名立法
- -ive 形

04 **legislator** [ˋlɛdʒɪsˏletɚ] 名C 立法者，立法委員，國會議員

05 **legislature** [ˋlɛdʒɪsˏletʃɚ] 名C 立法機關

- legislator 名立法者
- -ure 名

06 **legitimate** 名 [lɪˋdʒɪtəmɪt] 動 [lɪˋdʒɪtəˏmet] ❶ 形 合法的 ❷ 動 證明……有理或正當 同義 ❶ legal, authorized 合法的 ❷ legitimize 證明有理

07 **liable** [ˋlaɪəbḷ] 形 ❶ 負有法律責任的，有義務的；❷ 可能受……影響（to ＋原形動詞）

08 **oblige** [əˋblaɪdʒ] 動 ❶ 強制，使負有義務；❷ 使感激

09 **outlaw** [ˋaʊtˏlɔ] ❶ 名C 歹徒，罪犯，亡命之徒 ❷ 動 宣布……不合法 同義 ❷ ban 禁止

- out 外
- law 名法律

10 **pact** [pækt] 名C 契約，協定，條約（＋ between/with）

11 **poach** [potʃ] 動 ❶ 偷捕，盜獵；❷ 水煮，燉，煨；❸ 竊取

12 **poacher** [ˋpotʃɚ] 名C 偷捕者，盜獵者

- poach 動偷捕
- -er 名表「人」

13 **precedent** [ˋprɛsədənt] 名C 先例，判例

- pre- 在前的
- -ent 名
- cede 讓與；屈服

MP3 424

14 **prohibit** [prəˋhɪbɪt] 動 禁止（＋ from） 同義 forbid 禁止

15 **prohibition** [ˏproəˋbɪʃən] 名C 禁令

- prohibit 動禁止
- -ion 名

16 **prosecute** [ˋprɑsɪˏkjut] 動 對……起訴，告發（＋ for）

17 **prosecution** [ˏprɑsɪˋkjuʃən] 名U 起訴，告發

- prosecute 動對……起訴
- -ion 名

18 **ransom** [ˋrænsəm]
❶ 名 C 贖金　❷ 動 贖回

19 **sheriff** [ˋʃɛrɪf] 名 C 警長

20 **treaty** [ˋtritɪ] 名 ❶ C 條約，協定；❷ U 約定，協議
同義 contract, agreement 條約

21 **shoplift** [ˋʃɑp͵lɪft]
動 假裝成顧客在商店裡行竊
名 shoplifter 商店扒手

・shop 名 商店　・lift 動 偷竊

22 **smuggle** [ˋsmʌgl̩] 動 走私，非法私運　名 smuggler 走私販

23 **theft** [θɛft] 名 U 偷竊，盜竊
名 thief 小偷，竊賊

24 **treason** [ˋtrizn̩]
名 U 叛國罪，通敵罪

25 **trespass** [ˋtrɛspəs] ❶ 動 擅自進入　❷ 名 U 擅自進入
名 trespasser 侵入者

26 **valid** [ˋvælɪd] 形 有效的
反義 invalid 無效的

27 **validity** [vəˋlɪdətɪ]
名 U 有效性，合法性

・valid 形 有效的
・-ity 名

Part 3 Levels 5 — 6

41 Education & Learning 教育與學習

MP3 425

01 **abbreviate** [əˋbrivɪ͵et]
動 縮寫，使省略
形 abbreviated 縮短的
同義 shorten 縮寫

02 **abbreviation** [ə͵brivɪˋeʃən]
名 C 縮寫字，縮寫式

・abbreviate 動 縮短
・-ion 名

03 **academy** [əˋkædəmɪ]
名 C ❶ 學院，研究院；
❷ 學會，協會

04 **algebra** [ˋældʒəbrə]
名 U 代數學
形 algebraic 代數的，代數上的

05 **antonym** [ˋæntə͵nɪm]
名 C 反義字
反義 synonym 同義字

・ant- 相反　・-onym 字，名

06 **astronomy** [əsˋtrɑnəmɪ]
名 U 天文學

・astro- 太空
・-nomy 名 表「……學」

07 **biochemistry**
[ˋbaɪoˋkɛmɪstrɪ] 名 U 生物化學

・bio- 生命；生物
・chemist 名 化學家
・-ry 名 表「……類的事物」

08 **biological** [ˌbaɪəˋlɑdʒɪkḷ]

形 生物學的，與生物學有關的

- bio- 生命；生物
- -logy 名 表「……學」
- -ical 形 表「……的」

09 **botany** [ˋbɑtənɪ] 名 U 植物學

- botanical 形 植物學的
- -y 名

10 **certificate** [sɚˋtɪfəkɪt]

名 C 證明書，憑證

- certify 動 證實　・-ate 名

11 **clause** [klɔz] 名 C 子句

12 **curriculum** [kəˋrɪkjələm]

名 C（複 curricula or curriculums）學校的全部課程

13 **ecology** [ɪˋkɑlədʒɪ] 名 U 生態（學）　名 ecologist 生態學家

14 **encyclopedia**

[ɪnˌsaɪkləˋpidɪə] 名 C 百科全書

15 **enlighten** [ɪnˋlaɪtṇ] 動 指點，教導

- en- 使
- light 名 光
- -en 動 表「變為……」

MP3 426

16 **enlightenment**

[ɪnˋlaɪtṇmənt] 名 U 指點，教導

- en- 使
- light 名 光
- -en 動 表「變為……」
- -ment 名

17 **expertise** [ˌɛkspɚˋtiz]

名 U 專門知識，專門技術

- expert 名 專家　・-ise 名

18 **extracurricular**

[ˌɛkstrəkəˋrɪkjəlɚ]

形 課外的，業餘的

- extra- 超出
- curricular 形 課程的

19 **geometry** [dʒɪˋɑmətrɪ]

名 U 幾何學

- geo- 地球；土地
- -metry 名 表「測量」

20 **honorary** [ˋɑnəˌrɛrɪ]

形（學位等）名譽上的

- honor 名 榮譽
- -ary 形 表「與……有關的」

21 **literacy** [ˋlɪtərəsɪ] 名 U 識字，讀寫能力　反義 illiteracy 不識字

- literate 形 能讀寫的
- -acy 名

22 **literal** [ˋlɪtərəl]

形 照字面的，原義的

副 literally 按字面，字面上

23 **literate** [ˋlɪtərɪt] 能讀寫的

反義 illiterate 不識字的

24 **tuition** [tjuˋɪʃən]

名 U ❶ 講授，教學；❷ 學費

25 **sociology** [ˌsoʃɪˋɑlədʒɪ]

名 U 社會學

- socio- 形 社會的
- -logy 名 表「……學」

26 **specialize** [ˋspɛʃəl͵aɪz]

動 專攻，專門從事（＋ in）

- special 形 專門的
- -ize 動 表「使」

27 **specialty** [ˋspɛʃəltɪ]

名 C ❶ 專業，專長；❷ 特產，名產

- special 形 專門的
- -ity 名

28 **synonym** [ˋsɪnə͵nɪm] 名 C 同義字 反義 antonym 反義字

29 **transcript** [ˋtræn͵skrɪpt]

名 C ❶ 學生成績報告單；❷ 抄本，謄本，（錄音的）文字記錄

30 **upbringing** [ˋʌp͵brɪŋɪŋ]

名 U 養育，教養

- up- 向上
- -ing 名
- bring 動 帶來

Part 3 Levels 5 — 6

42 Military Affairs & War 軍事與戰爭 (1)

MP3 427

01 **admiral** [ˋædmərəl]

名 C 海軍上將，海軍將官

02 **aggression** [əˋgrɛʃən]

名 U 侵略，侵犯

- aggress 動 侵略
- -ion 名

03 **ambush** [ˋæmbʊʃ] ❶ 名 C 埋伏，伏擊 ❷ 動 埋伏，伏擊

04 **armor** [ˋɑrmɚ] U 盔甲

05 **assault** [əˋsɔlt] 名 U C ❶ 攻擊，襲擊；❷ 譴責，抨擊（＋ on/upon/against） ❸ 動 攻擊，襲擊

同義 ❸ attack 攻擊，襲擊

06 **besiege** [bɪˋsidʒ] 動 ❶ 圍攻，圍困；❷ 團團圍住；❸ 困擾

同義 ❶ lay siege to 包圍

- be- 使
- siege 動 包圍

07 **bombard** [bɑmˋbɑrd]

動 ❶ 砲擊，轟炸；

❷ 向……連續提出問題

08 **cannon** [ˋkænən]

❶ 名 C 大砲 ❷ 動 相撞，撞上

09 **captive** [ˋkæptɪv]

❶ 名 C 俘虜，囚徒

❷ 形 被俘的，受監禁的

10 **captivity** [kæp`tɪvətɪ]
名 U 囚禁，被俘
- captive 形 被俘的
- -ity 名

MP3 428

11 **cavalry** [`kævḷrɪ]
U 騎兵，騎兵部隊

12 **chariot** [`tʃærɪət] C 雙輪戰車

13 **colonel** [`kɝnḷ] C 陸軍上校

14 **combat** 名 [`kɑm͵bæt]
動 [kəm`bæt] ❶ 名 U 戰鬥，格鬥
(＋ with/between)
❷ 動 與……戰鬥，與……搏鬥

15 **conquest** [`kɑŋkwɛst]
名 U 征服，佔領
動 conquer 征服
- con- 徹底
- quest 動 尋求

16 **corps** [kɔr] 名 C（經專門訓練或有特種使命的）隊，組，團

17 **cruiser** [`kruzɚ] 名 C 巡洋艦
- cruise 動 巡航
- -er 名 表「物」

18 **fleet** [flit]
名 C ❶ 艦隊；❷ 車隊

19 **fortify** [`fɔrtə͵faɪ] 動 ❶ 築防禦工事於，築堡壘於；❷ 增強（感覺或態度）

20 **guerrilla** [gə`rɪlə]
名 C 游擊隊（員）

43 Military Affairs & War 軍事與戰爭 (2)

MP3 429

01 **lieutenant** [lu`tɛnənt]
名 C（美國）中尉，少尉

02 **marshal** [`mɑrʃəl]
名 C 元帥，高級將領

03 **martial** [`mɑrʃəl] 形 戰爭的，軍事的 同義 military 軍事的，軍隊的

04 **massacre** [`mæsəkɚ]
❶ 名 C 大屠殺 ❷ 動 屠殺
同義 ❶ ❷ slaughter 屠殺

05 **naval** [`nevḷ] 形 海軍的

06 **pistol** [`pɪstḷ] 名 C 手槍

07 **raid** [red] ❶ 名 C 突襲，襲擊
(＋ on/against)
❷ 動 突襲，襲擊

08 **rebellion** [rɪ`bɛljən]
名 C U 反叛，造反，叛亂
同義 uprising 反叛
- rebel 動 反叛
- -ion 名

09 **revolt** [rɪ`volt] ❶ 動 反叛，造反 ❷ 名 C U 反叛，造反
同義 ❷ rebel, rise up 反叛
❷ uprising 反叛

MP3 430

10 **rifle** [ˋraɪfl̩] 名 C 槍，來福槍

11 **sergeant** [ˋsɑrdʒənt]
名 C 陸軍中士，海軍陸戰隊中士

12 **shield** [ˋʃild]
❶ 名 C 盾　❷ 動 保護，保衛

13 **suppress** [səˋprɛs]
動 ❶ 鎮壓，平定；❷ 抑制，忍住
同義 quash 鎮壓

・sup- 在下　・press 動 壓

14 **warrior** [ˋwɔrɪɚ]
名 C 武士，戰士，勇士

・war 名 戰爭　・-or 名 表「人」

15 **siege** [sidʒ] 名 C U 圍攻，包圍

16 **trigger** [ˋtrɪgɚ] ❶ 名 C（槍砲的）扳機　❷ 動 觸發，引起
同義 ❷ set off 引發

17 **truce** [trus] 名 C 戰，停戰

18 **veteran** [ˋvɛtərən] 名 C 老兵；老手，老鳥　同義 vet, experienced 老手　反義 a new recruit, a rookie 新手

19 **warfare** [ˋwɔr͵fɛr]
名 U 戰爭，交戰狀態

・war 名 戰爭
・fare 名 處境，遭遇

44 Technology 科技 (1)

MP3 431

01 **agricultural** [͵ægrɪˋkʌltʃərəl]
形 農業的

・agriculture 名 農業
・-al 形

02 **AI** [eɪˋaɪ] 名 U 人工智慧
同義 artificial intelligence 人工智慧

03 **byte** [baɪt] 名 C 電腦 位元組

04 **circuit** [ˋsɝkɪt] 名 C 電路，回路

05 **clone** [klon] ❶ 動 複製
❷ 名 C 複製品

06 **compatible** [kəmˋpætəbl̩]
形 電腦 相容的

07 **computerize**
[kəmˋpjutə͵raɪz] 動 電腦化

・compute 動 計算
・-er 名 表「物」
・-ize 動 表「……化」

08 **electron** [ɪˋlɛktrɑn] 名 C 電子
名 electronics 電子學

・electric 形 電的　・-on 名

09 **format** [ˋfɔrmæt] ❶ 動 格式化
❷ 名 C（出版物的）版式

10 **genetic** [dʒəˋnɛtɪk]
形 基因的，遺傳（學）的

・gene 名 基因　・-tic 形

11 **genetics** [dʒəˋnɛtɪks]
名 U 遺傳學，基因學
- gene 名 基因　・-s 名
- -tic 形

12 **GMO** [ˋdʒiˋɛmˋo]
名 C 基因改造生物
同義 genetically modified organism 基因改造生物

13 **hack** [hæk] 動 ❶ 侵入（他人的電腦）；❷ 劈，砍
❸ 名 C 劈，砍

14 **hacker** [ˋhækɚ]
名 C（電腦）駭客
- hack 動 侵入（他人的電腦）
- -er 名 表「人」

MP3 432

15 **LCD** [ˋɛlˋsiˋdi] 名 C 液晶顯示器
同義 liquid crystal display 液晶顯示器

16 **mechanics** [məˋkænɪks]
名 U 機械學，力學
- machine 名 機器
- -ic 名
- -s 名

17 **mechanism** [ˋmɛkə͵nɪzəm]
名 C 機械裝置
- machine 名 機器
- -ic 名
- -ism 名

18 **modernization**
[͵mɑdɚnəˋzeʃən] 名 U 現代化
- modern 形 現代的
- -ize 動 表「使」
- -ation 名

19 **modernize** [ˋmɑdɚn͵aɪz]
動 使現代化
- modern 形 現代的
- -ize 動 表「使」

20 **molecule** [ˋmɑlə͵kjul]
名 C 分子

21 **nucleus** [ˋnjuklɪəs]
名 C（原子）核
形 nuclear 核子的，原子核的

22 **PDA** [ˋpiˋdiˋe] 名 C 個人數位助理　同義 Personal Digital Assistant 個人數位助理

23 **server** [ˋsɝvɚ]
名 C ❶ 電腦 伺服器；❷ 侍者
- serve 動 服侍
- -er 名

24 **specimen** [ˋspɛsəmən]
名 C 標本
同義 sample 樣本，樣品

25 **update** 動 [ʌpˋdet] 名 [ˋʌpdet]
❶ 動 更新，使現代化
❷ 名 C 最新的訊息
同義 ❶ bring up-to-date 更新
- up- 在上；向上
- date 名 日期

26 **transistor** [træn`zɪstɚ]

名 C 電晶體

- transfer 轉換
- resistor 電阻器

27 **upgrade** [`ʌp`gred] ❶ 動 使升級，提升 ❷ 名 C 升等，升級

- up- 向上
- grade 名 等級

28 **virtual** [`vɝtʃʊəl] 形 電腦 虛擬的 反義 actual, real 真實的

- virtue 名 善，美德
- -al 形

45 Technology 科技 (2)

MP3 433

01 **blaze** [blez]

名 C ❶ 火焰，火災；

❷（情感的）迸發，爆發（+ of）

❸ 動 燃燒

同義 ❸ flame, flare, fire 燃燒

形 blazing 酷熱的

02 **bolt** [bolt] ❶ 名 C 閃電

❷ 動 衝出，逃走

03 **boom** [bum] 名 ❶ 隆隆聲，澎湃聲；❷ 景氣，繁榮

動 ❸ 發出隆隆聲；

❹ 迅速發展，繁榮

同義 ❷ thrive, flourish 繁榮

反義 ❷ slump, depression 衰退

04 **chuckle** [`tʃʌkḷ] ❶ 名 C 輕笑聲，咯咯笑聲 ❷ 動 咯咯地笑

05 **creak** [krik]

❶ 名 C 咯吱咯吱聲

❷ 動 發出咯吱咯吱響

06 **crunch** [krʌntʃ] ❶ 動 嘎吱作響

❷ 名 C（常作單數）嘎吱吱的聲音，咬嚼聲

07 **dazzle** [`dæzḷ] 動 ❶ 使目眩眼花；❷ 吸引，使迷惑

❸ 名 U 耀眼的光，燦爛

同義 ❷ blind 使迷惑

08 **eclipse** [ɪˋklɪps]
❶ 名 C（月或日）蝕
❷ 動 蝕，遮蔽（其他天體的光）

09 **erupt** [ɪˋrʌpt] 動 爆發，噴出

10 **eruption** [ɪˋrʌpʃən]
名 C U（火山）爆發
・erupt 動 爆發　・-ion 名

MP3 434

11 **falter** [ˋfɔltɚ] 動 ❶（聲音）顫抖；❷ 衰退，衰落

12 **flare** [flɛr] ❶ 動（火焰等）閃耀
❷ 名 C 閃耀的火光

13 **flicker** [ˋflɪkɚ] ❶ 動 閃爍
❷ 名 C（常作單數）閃爍

14 **gleam** [glim] ❶ 名 C 微光，閃光　❷ 動 發微光，閃爍
同義 ❶ ❷ glimmer（發）微光

15 **glisten** [ˋglɪsn̩] 動 閃耀，閃光

16 **glitter** [ˋglɪtɚ] ❶ 動 閃閃發光，閃爍　❷ 名 U 閃光，閃耀
同義 ❶ ❷ sparkle 閃耀

17 **gloom** [glum] 名 U ❶ 黑暗，陰暗；❷ 憂鬱的心情，沮喪的氣氛
同義 ❶ darkness 黑暗
❷ depression 沮喪

18 **hiss** [hɪs] 動 ❶（蛇等）發出嘶嘶聲；❷ 發出噓聲　❸ 名 C 嘶嘶聲

19 **hoarse** [hors] 形（嗓音）嘶啞的，粗啞的

20 **honk** [hɔŋk]
❶ 名 C 汽車喇叭聲
❷ 動 鳴（汽車喇叭）

21 **illuminate** [ɪˋluməˏnet]
動 ❶ 照亮；❷ 闡明，啟發
同義 ❶ light up 照亮
❷ clarify 闡明

46 Sound & Light 聲光

MP3 435

01 **jingle** [ˋdʒɪŋgl̩] ❶ 名C 叮噹聲 ❷ 動 發出叮噹聲

02 **kindle** [ˋkɪndl̩] 動 點燃，燃起
同義 light up, ignite 點燃，引燃

03 **laser** [ˋlezɚ] 名C 雷射

04 **moan** [mon] ❶ 名C 呻吟聲，嗚咽聲 ❷ 動 呻吟，嗚咽
同義 ❶❷ groan 呻吟（聲）

05 **monotonous** [məˋnɑtənəs]
形（聲音等）單調的，無抑揚頓挫的
同義 dull, repetitious 單調的

- mono- 形 單一的
- tone 名 音調
- -ous 形

06 **monotony** [məˋnɑtənɪ]
名U（聲音等）單調，無變化

- mono- 形 單一的
- tone 名 音調
- -y 名

07 **radiant** [ˋredjənt] 形 ❶ 光芒四射的，明亮照耀的（只能放在名詞前面）；❷ 容光煥發的，洋溢著幸福的

08 **radiate** [ˋredɪˏet] 動 ❶（光、熱等）散發，輻射；❷（感情等）流露
同義 ❶ give off 散發

- radiant 形 光芒四射的
- -ate 動

09 **radiation** [ˏredɪˋeʃən]
名U 發光，輻射

- radiant 形 光芒四射的
- -ate 動
- -ion 名

10 **rattle** [ˋrætl̩] ❶ 動 發出咯咯聲 ❷ 名C 咯咯聲，吵鬧聲

MP3 436

11 **reflective** [rɪˋflɛktɪv]
形 反射的，反光的
名 reflection 反射

- reflect 動 反射
- -ive 形

12 **rustle** [ˋrʌsl̩] ❶ 動 沙沙作響 ❷ 名單 沙沙聲，窸窣聲

13 **spotlight** [ˋspɑtˏlaɪt]
名C ❶ 聚光燈；
❷ 公眾注意的中心
動 ❸ 聚光照明；❹ 使公眾注意
同義 ❹ highlight 使公眾注意

- spot 名 點
- light 名 燈；光

14 **tan** [tæn] ❶ 動 曬成棕褐色 ❷ 名C 曬成的棕褐膚色 ❸ 形 棕褐色的
同義 ❷ suntan 棕褐色的

15 **tick** [tɪk] ❶ 名C 滴答聲 ❷ 動 發滴答聲

16 **torch** [tɔrtʃ] 名C 火炬，火把

17 **whine** [hwaɪn] 動 ❶（機器等）嘎嘎作響，嗖嗖作響；❷（狗等）哀鳴　名 C（常作單數）❸（機器等）嘎嘎響，嗖嗖響；❹ 哀鳴
同義 ❷ moan 哀鳴

18 **spectrum** [ˋspɛktrəm]
名 C ❶ 光譜；❷（常作單數）範圍，幅度

19 **supersonic** [ˏsupɚˋsɑnɪk]
形 超音波的，超音速的

- super- 超
- sonic 形 音速的

20 **vocal** [ˋvokḷ] 形 聲音的

Part 3 Levels 5 — 6

47 Transportation & Traffic 運輸與交通 (1)

MP3 437

01 **accelerate** [ækˋsɛləˏret]
動 使加速
同義 speed up, hasten 加速
反義 decelerate 減速

02 **acceleration** [ækˏsɛləˋreʃən]
名 U 加速

- accelerate 動 使加速
- -ion 名

03 **airway** [ˋɛrˏwe] 名 C ❶ 航空路線；❷（常作複數）航空公司（視為單數）　同義 ❷ airline 航空公司

- air 名 空中
- way 名 通路

04 **anchor** [ˋæŋkɚ] 動 ❶ 拋錨使（船）停泊；❷ 主持
名 C ❸ 錨；❹（電臺或電視臺）新聞節目主播

05 **aviation** [ˏevɪˋeʃen]
名 U 航空（學），飛行（術）

- avi- 鳥
- -ation 名

06 **boulevard** [ˋbuləˏvɑrd]
名 C ❶ 林蔭大道；❷ 大馬路

07 **canal** [kəˋnæl] 名 C 運河，河渠

08 **collide** [kəˋlaɪd] 動 碰撞，相撞（＋ with somebody/something）
同義 run into, crash 碰撞

09 **collision** [kəˋlɪʒən]

名 U 碰撞，相撞

・collide 動 碰撞
・-sion 名 表「狀態或情形」

10 **commute** [kəˋmjut] ❶ 動 通勤 ❷ 名 C（常作單數）上下班路程

11 **commuter** [kəˋmjutɚ]

名 C 通勤者

・commute 動 通勤
・-er 名 表「人」

MP3 438

12 **crossing** [ˋkrɔsɪŋ]

名 C 十字路口

・cross 動 越過　・-ing 名

13 **cruise** [kruz] ❶ 動 巡航，航遊 ❷ 名 C 巡航，航遊

14 **curb** [kɝb] ❶ 名 C（人行道旁的）鑲邊石，邊欄
❷ 動 控制，遏止
同義 ❷ stop, restrain 限制

15 **driveway** [ˋdraɪv͵we]

名 C 私人車道

・drive 動 駕駛　・way 名 路

16 **embark** [ɪmˋbɑrk]

動 ❶ 上船或飛機等（＋ on）；
❷ 從事，著手（＋ on）
反義 ❶ disembark 下船

・em- 在裡面
・bark 名 小帆船

17 **freight** [fret] ❶ 名 U 貨物
❷ 動 運輸（貨物）

18 **intersection** [͵ɪntɚˋsɛkʃən]

名 C 十字路口，道路交叉口
同義 crossing 十字路口

・intersect 動 與……交叉
・-ion 名

19 **jaywalk** [ˋdʒe͵wɔk]

動 不守交通規則地橫越馬路

・jay 名 松鴉　・walk 動 走

20 **limousine** [ˋlɪmə͵zin]

名 C 大型豪華轎車，大轎車
同義 limo 大型豪華轎車

21 **liner** [ˋlaɪnɚ] 名 C 班輪，班機

・line 名 線　・-er 名 表「物」

22 **locomotive** [͵lokəˋmotɪv]

名 C 機車，火車頭

48 Transportation & Traffic 運輸與交通 (2)

MP3 439

01 **navigate** [ˋnævə͵get]
動 航行，飛行

02 **navigation** [͵nævəˋgeʃən]
名 U 航海，航空，航行

- navigate 動 航行
- -ion 名

03 **oar** [or] 名 C 槳，櫓

04 **paddle** [ˋpædḷ]
❶ 名 C 槳　❷ 動 用槳划

05 **pedestrian** [pəˋdɛstrɪən]
❶ 名 C 行人　❷ 形 行人的

06 **pier** [pɪr]
名 C 凸式碼頭，防波堤

07 **propel** [prəˋpɛl]
動 ❶ 推，推進；❷ 驅策

08 **propeller** [prəˋpɛlɚ] 名 C 螺旋槳，推進器

- propel 動 推進
- -er 名 表「物」

09 **raft** [ræft] 名 C 木筏

10 **rail** [rel] 名 C ❶ 鐵路，鐵軌；❷ 欄杆，扶手

11 **rotate** [ˋrotet] 動 旋轉，轉動

MP3 440

12 **rotation** [roˋteʃən]
名 U 替換，交替

- rotate 動 循環　- -ion 名

13 **rumble** [ˋrʌmbḷ] 動 ❶ (車輛) 轆轆行駛；❷ 隆隆響　❸ 名 C 隆隆聲，轆轆聲

14 **spacecraft** [ˋspes͵kræft]
名 C 太空船，航天器
同義 spaceship 太空船

- space 名 太空
- craft 名 航空器

15 **steamer** [ˋstimɚ]
名 C 汽船，輪船

- steam 名 蒸汽　- -er 名 表「物」

16 **steer** [stɪr] 動 掌舵，駕駛

17 **terminal** [ˋtɝmənḷ]
❶ 名 C (巴士等的) 總站，終站
❷ 形 末期的

18 **wharf** [hwɔrf] 名 C 碼頭

19 **yacht** [jɑt] 名 C 快艇，遊艇

20 **toll** [tol] 名 C ❶ (路、橋等的) 通行費；❷ (常作單數) 傷亡人數

21 **transit** [ˋtrænsɪt]
名 U 運輸，運送

22 **windshield** [ˋwɪnd͵ʃild]
名 C 擋風玻璃

- wind 名 風　- shield 名 護罩

Part 3 Levels 5 — 6

49 Media & Communication 媒體與溝通

MP3 441

01 **antenna** [æn`tɛnə] 名 C 天線

02 **brochure** [bro`ʃʊr] 名 C 小冊子

03 **caption** [`kæpʃən] 名 C 標題，字幕

04 **cellphone** [`sɛlfon] 名 C 手機 同義 cellular phone 手機

- cell 名 細胞
- phone 名 電話

05 **columnist** [`kɑləmɪst] 名 C 專欄作家，專欄編輯

- column 名 專欄
- -ist 名 表「做……的人」

06 **commentary** [`kɑmən,tɛrɪ] 名 C 實況報導，現場解說

- comment 動 評論
- -ary 名

07 **commentator** [`kɑmən,tetɚ] 名 C 時事評論者，實況播音員

- comment 動 評論
- -ator 名 表「做……動作的人」

08 **communicative** [kə`mjunə,ketɪv] 形 溝通或表達能力的

- communicate 動 溝通
- -ive 形

09 **correspondence** [,kɔrə`spɑndəns] 名 U ❶ 通信，通信聯繫；❷ 一致，符合

- cor- 共同
- respond 動 反應
- -ence 名 表「性質，狀態」

10 **correspondent** [,kɔrɪ`spɑndənt] 名 C 通訊記者，特派員

- cor- 共同
- respond 動 反應
- -ent 形 表「有…… 性質的」

11 **coverage** [`kʌvərɪdʒ] 名 U 新聞報導

- cover 動 覆蓋
- -age 名

12 **editorial** [,ɛdə`torɪəl] ❶ 名 C（報刊的）社論；（媒體上的）重要評論 ❷ 形 編輯的 名 edition 版本；editor 編輯，編者

- edit 動 編輯
- -or 名 表「人」
- -ial 形 表「具有…… 特性的」

13 **exclusive** [ɪk`sklusɪv] ❶ 形（新聞等）獨家的，專用的 ❷ 名 C 獨家新聞 反義 ❶ nonexclusive 非獨家的

- exclude 動 把…… 排除在外
- -ive 形

MP3 442

14 **interference** [ˌɪntɚˋfɪrəns]

名 U 擾亂，干擾

- interfere 動 干擾
- -ence 名 表「性質，狀態」

15 **journalism** [ˋdʒɝnḷˌɪzṃ]

名 U 新聞工作，新聞業

- journal 名 雜誌
- -ism 名

16 **journalist** [ˋdʒɝnəlɪst]

名 C 新聞工作者，新聞記者

- journal 名 雜誌
- -ist 名 表「做……的人」

17 **newscast** [ˋnjuzˌkæst]

名 C 新聞播報

- news 名 新聞
- (broad)cast 動 廣播

18 **newscaster** [ˋnjuzˌkæstɚ]

名 C 新聞廣播員

- news 名 新聞
- (broad)cast 動 廣播
- -er 名 表「人」

19 **output** [ˋaʊtˌpʊt] ❶ 名 U 輸出，輸出功率 ❷ 動 輸出

反義 ❶ ❷ input 輸入

- out- 出
- put 動 放

20 **pamphlet** [ˋpæmflɪt] 名 C 小冊子 同義 booklet 小冊子

21 **propaganda** [ˌprɑpəˋgændə]

名 U 宣傳，宣傳活動

同義 advertising, promotion 宣傳

22 **publicize** [ˋpʌblɪˌsaɪz]

動 宣傳，公布

- public 形 公眾的
- -ize 動 表「使」

23 **questionnaire** [ˌkwɛstʃənˋɛr]

名 C 問卷，調查表

24 **scandal** [ˋskændḷ] 名 C 醜聞

25 **videotape** [ˋvɪdɪoˋtep]

名 C 錄影帶

- video 名 錄影
- tape 名 磁帶

26 **transmission** [trænsˋmɪʃən]

名 C 播送，傳輸

- trans- 由一端到彼端
- mission 名 派遣

27 **transmit** [trænsˋmɪt]

動 播送，傳輸

50 Medicine & Sickness 醫學與疾病 (1)

MP3 443

01 **abortion** [əˋbɔrʃən]
名 C U 流產，墮胎
・abort 動 流產 ・-ion 名

02 **acne** [ˋæknɪ]
名 U 面皰，痤瘡，粉刺

03 **addict** 名 [ˋædɪkt] 動 [əˋdɪkt]
名 C ❶ 成癮者；❷ 入迷者
❸ 動 使沉溺，使成癮

04 **addiction** [əˋdɪkʃən]
名 C U 成癮，沉溺（＋ to）
・addict 動 使成癮
・-ion 名

05 **allergic** [əˋlɝdʒɪk] 形 過敏的（＋ to） 名 allergen 過敏原
・allergy 名 過敏症
・-ic 形

06 **allergy** [ˋæləˑdʒɪ] 名 C 過敏症

07 **ambulance** [ˋæmbjələns]
名 C 救護車

08 **antibiotic** [ˌæntɪbaɪˋɑtɪk]
❶ 名 C（常作複數）抗生素，抗菌素
❷ 形 抗生的，抗菌的
・anti- 抗
・biotic 形 生物的

09 **antibody** [ˋæntɪˌbɑdɪ]
名 C 抗體
・anti- 抗 ・body 名 身體

10 **asthma** [ˋæzmə] 名 U 氣喘

11 **bout** [baʊt] 名 C ❶（疾病等的）發作（＋ of something）；❷ 一陣，一場，（尤指壞事的）一通

12 **breakdown** [ˋbrekˌdaʊn]
名 C ❶（精神）崩潰，（體力）衰竭；❷（機器等的）故障，損壞

MP3 444

13 **bruise** [bruz] ❶ 名 C 青腫，瘀青 ❷ 動 使受瘀傷，使青腫

14 **capsule** [ˋkæpsḷ] 名 C 膠囊

15 **cavity** [ˋkævətɪ]
名 C（牙的）蛀洞

16 **checkup** [ˋtʃɛkˌʌp]
名 C 身體檢查

17 **chronic** [ˋkrɑnɪk] 形（病）慢性的 反義 acute（病）急性的

18 **clinical** [ˋklɪnɪkḷ] 形 臨床的
・clinic 名 臨床課
・-al 形

19 **contagious** [kənˋtedʒəs]
形 接觸傳染性的

20 **cramp** [kræmp] 名 C ❶（常作複數）（腹部）絞痛；❷ 抽筋，痙攣 ❸ 動 妨礙，限制

21 **deadly** [ˋdɛdlɪ] ❶ 形 致命的
❷ 副〔口語〕非常，極度
同義 ❶ lethal 致命的

- dead 形 死的　‧ -ly 形

22 **diabetes** [ˏdaɪəˋbitiz]
名 U 糖尿病

23 **diagnose** [ˋdaɪəgnoz] 動 診斷

24 **diagnosis** [ˏdaɪəgˋnosɪs]
名 C 診斷，診斷結果

- dia- 徹底，完全
- -gnosis 知識

25 **disability** [dɪsəˋbɪlətɪ]
名 C 殘障，殘疾

- dis- 沒有
- able 形 有能力的
- -ity 名

Part 3 Levels 5 — 6

51 Medicine & Sickness 醫學與疾病 (2)

MP3 445

01 **disable** [dɪsˋebḷ] 動 使傷殘
形 disabled 殘廢的

- dis- 喪失
- able 形 有能力的

02 **discomfort** [dɪsˋkʌmfɚt]
❶ 名 U 不舒服，不適
❷ 動 使不舒服

- dis- 不
- comfort 名 舒適

03 **dosage** [ˋdosɪdʒ] 名 C（常作單數）（藥）劑量，服法

- dose 名 一劑（藥）
- -age 名

04 **epidemic** [ˏɛpɪˋdɛmɪk]
❶ 名 C 流行病　❷ 形 流行性的
同義 ❶ pandemic 流行病

05 **feeble** [ˋfibḷ]
形 虛弱的，無力的
同義 weak 虛弱的
副 feebly 衰弱地

06 **fracture** [ˋfræktʃɚ]
名 C ❶ 骨折；❷ 斷裂，破裂
❸ 動 使骨折，使折斷

07 **frail** [frel]
形 ❶ 身體虛弱的；❷ 不堅實的

08 **handicap** [ˋhændɪˏkæp]
名 C ❶（身體）障礙；❷ 不利條件
❸ 動 妨礙，使不利
同義 ❶ disability 障礙
❷ obstacle 不利條件

09 **heroin** [ˋhɛroˏɪn] 名 U 海洛因

・hero 英雄　・-in 名

10 **hospitalize** [ˋhɑspɪtḷˏaɪz]
動 使住院治療

・hospital 名 醫院
・-ize 動 表「使」

11 **hygiene** [ˋhaɪdʒin] 名 U 衛生
形 hygienic 衛生的；保健的

12 **immune** [ɪˋmjun] 形 免疫的

MP3 446

13 **infectious** [ɪnˋfɛkʃəs]
形 傳染的，傳染性的
同義 contagious 接觸傳染性的

・infect 動 傳染　・-ious 形

14 **inject** [ɪnˋdʒɛkt] 動 注射

15 **injection** [ɪnˋdʒɛkʃən]
名 C U 注射

・inject 動 注射
・-ion 名

16 **lame** [lem] 形 ❶ 跛腳的，瘸的；❷ 站不住腳的，無説服力的
❸ 動 使跛腳　同義 ❷ feeble, unconvincing 無説服力的
❸ cripple 使跛腳

17 **limp** [lɪmp] ❶ 動 跛行，一瘸一拐地走　❷ 名 C 跛行

18 **malaria** [məˋlɛrɪə] 名 U 瘧疾

19 **medication** [ˏmɛdɪˋkeʃən]
名 U 藥物　名 medicine 內服藥

・medical 形 醫學的
・-ate 動
・-ion 名

20 **paralyze** [ˋpærəˏlaɪz] 動 ❶ 使麻痺，使癱瘓；❷ 使全面停頓

21 **pharmacist** [ˋfɑrməsɪst]
名 C 藥劑師

・pharmacy 名 藥房
・-ist 名 表「做……的人」

22 **pharmacy** [ˋfɑrməsɪ]
名 C 藥房

・pharmaco- 藥
・-y 名

23 **pimple** [ˋpɪmpḷ] 名 C 面皰

24 **plague** [pleg] ❶ 名 C 瘟疫
動 ❷ 使受災禍；
❸ 使苦惱，折磨（＋ with）

25 **pneumonia** [njuˋmonjə]
名 U 肺炎

・pneumon- 肺
・-ia 名 表「疾病」

Part 3 Levels 5 — 6

52 Medicine & Sickness 醫學與疾病 (3)

MP3 447

01 **prescribe** [prɪˋskraɪb]
動 開（藥方）

- pre- 在前的　・scribe 動 繕寫

02 **prescription** [prɪˋskrɪpʃən]
名 C 藥方，處方

- pre- 在前的
- prescript 形 規定的
- -ion 名

03 **rash** [ræʃ] ❶ 名 C（常作單數）疹子　❷ 形 急躁的，魯莽的
同義 ❷ impulsive, reckless 魯莽的

04 **scar** [skɑr] ❶ 名 C 疤，傷痕
❷ 動 在……留下疤痕

05 **scrape** [skrep] ❶ 名 C 擦傷
❷ 動 刮，擦

06 **strain** [stren] 動 ❶ 扭傷；
❷ 拉緊　❸ 名 U 負擔，沉重壓力

07 **ward** [wɔrd] ❶ 名 C 病房
❷ 動 避開，擋開（+ off）

08 **wheelchair** [ˋhwilˋtʃɛr]
名 C 輪椅

- wheel 名 輪子　・chair 名 椅子

09 **wholesome** [ˋholsəm]
形 有益健康的

- whole 形 健全的
- -some 形 表「有……傾向的，易於……的」

10 **sane** [sen] 形 神智正常的
同義 reasonable, rational, sound 神智正常的
反義 insane, mentally ill 精神錯亂的

11 **sanitation** [ˌsænəˋteʃən]
名 U 公共衛生，環境衛生

- sanitary 形 公共衛生的
- -ation 名

12 **smallpox** [ˋsmɔlˌpɑks]
名 U 天花

- small 形 小的
- pox 名 水痘

MP3 448

13 **stunt** [stʌnt]
❶ 動 阻礙……的發育或生長
❷ 名 C 驚人的表演，絕技

14 **symptom** [ˋsɪmptəm]
名 C 症狀

15 **therapist** [ˋθɛrəpɪst]
名 C 治療師

- therapy 名 治療
- -ist 名 表「做……的人」

16 **therapy** [ˋθɛrəpɪ]
名 U 治療，療法

17 **tranquilizer** [ˋtræŋkwɪ͵laɪzɚ]
名 C 鎮定劑

- tranquil 形 平靜的
- -ize 動 表「使」
- -er 名 表「物」

18 **transplant** 名 [ˋtræns͵plænt]
動 [trænsˋplænt] ❶ 名 C 移植
❷ 動 移植

- trans- 由一端到彼端
- plant 動 種植

19 **trauma** [ˋtraʊmə]
名 C（精神性的）創傷

20 **tuberculosis** [tju͵bɝkjəˋlosɪs]
名 U 結核病

- tubercle 名 小瘤
- -osis 名 表「病變狀態」

21 **tumor** [ˋtjumɚ]
名 C 腫瘤，腫塊

22 **ulcer** [ˋʌlsɚ] 名 C 潰瘍

23 **vaccine** [ˋvæksin] 名 U 疫苗

24 **veterinarian** [͵vɛtərəˋnɛrɪən]
名 C 獸醫　同義 vet 獸醫

- veterinary 形 獸醫的
- -an 名 表「精通……的人」

25 **vomit** [ˋvamɪt] ❶ 動 嘔吐
❷ 名 U 嘔吐物
同義 ❶ be sick 嘔吐

Part 3 Levels 5 — 6

53 Animals & Plants 動物與植物 (1)

MP3 449

01 **alligator** [ˋælə͵getɚ]
名 C 短吻鱷

02 **ass** [æs] 名 C ❶ 驢子；❷ 笨蛋
同義 ❶ donkey 驢子　❷ fool 笨蛋

03 **brood** [brud] ❶ 名 C 一窩孵出的雛雞或雛鳥，一次產出的卵
動 ❷ 孵（蛋），孵出　❸ 憂悶地沉思，擔憂　同義 ❶ clutch 一窩蛋

04 **cactus** [ˋkæktəs] 名 C 仙人掌

05 **calf** [kæf] 名 C 小牛

06 **carnation** [karˋneʃən]
名 C 康乃馨

07 **carp** [karp] 名 C 鯉魚

08 **chimpanzee** [͵tʃɪmpænˋzi]
名 C 黑猩猩
同義 chimp 黑猩猩

09 **clam** [klæm] 名 C 蛤蜊，蚌

10 **clover** [ˋklovɚ] 名 U C 苜蓿，紅花草

11 **cocoon** [kəˋkun] ❶ 名 C 繭
❷ 動 把……緊緊包住

12 **coral** [ˋkɔrəl] ❶ 名 U 珊瑚
❷ 形 珊瑚色的，橘紅色的

MP3 450

13 **crocodile** [ˋkrɑkə͵daɪl]
名 C 鱷魚

14 **daffodil** [ˋdæfədɪl]
名 C 黃水仙

15 **eel** [il] 名 C 鰻魚

16 **evergreen** [ˋɛvɚ͵grin]
❶ 名 C 常青樹，萬年青
❷ 形 常綠的，常青的

・ever 副 總是　・green 綠

17 **evolution** [͵ɛvəˋluʃən]
名 U（生物的）進化，演化

18 **evolve** [ɪˋvɑlv]
動（生物的）進化，演化

19 **extinct** [ɪkˋstɪŋkt]
形 絕種的，滅絕的
名 extinction 滅絕，絕種

20 **fin** [fɪn] 名 C 鰭

21 **flourish** [ˋflɝɪʃ] 動 ❶（植物等）茂盛；❷（事業等）繁榮，興旺

22 **flutter** [ˋflʌtɚ]
❶ 動（鳥）振（翅）
❷ 名 C（常作單數）（鳥）振翅

23 **fowl** [faʊl]
名 C 家禽（雞、鴨、鵝等）

24 **gallop** [ˋgæləp]
❶ 動（馬等）疾馳，奔馳
❷ 名 單（馬等）疾馳，奔馳

25 **gorilla** [gəˋrɪlə] 名 C 大猩猩

54 Animals & Plants 動物與植物 (2)

MP3 451

01 **graze** [grez] 動（牛、羊等）吃草

02 **growl** [graʊl]
❶ 動（狗等）嗥叫
❷ 名 C（狗等的）嗥叫

03 **gut** [gʌt] 名 C（常作複數）
❶ 內臟；❷ 勇氣，膽量
❸ 動 取出內臟

04 **habitat** [ˋhæbə͵tæt]
名 C（動物的）棲息地，（植物的）產地

05 **harness** [ˋhɑrnɪs]
❶ 名 C 馬具，挽具
動 ❷ 給（馬）上挽具；
❸ 控制，利用（以產生能量等）

06 **hedge** [hɛdʒ] 名 C 樹籬，籬笆

07 **hoof** [huf] 名 C 蹄

08 **hound** [haʊnd] ❶ 名 C 獵犬
❷ 動 追逼，不斷地煩擾

09 **hover** [ˋhʌvɚ]
動 ❶ 盤旋；❷ 徘徊

10 **howl** [haʊl] ❶ 動 嗥叫
❷ 名 C 嗥叫

11 **ivy** [ˋaɪvɪ] 名 U 常春藤

12 **jasmine** [ˋdʒæsmɪn] 名 U 茉莉

MP3 452

13 **livestock** [ˋlaɪvˏstɑk]
名 U（總稱）家畜

- live 形 有生命的
- stock 名 貯存

14 **lizard** [ˋlɪzɚd] 名 C 蜥蜴

15 **locust** [ˋlokəst] 名 C 蝗蟲

16 **lotus** [ˋlotəs] 名 C 蓮花

17 **lush** [lʌʃ] 形 蒼翠繁茂的，青綠茂盛的 同義 luxuriant 繁茂的，濃密的

18 **mammal** [ˋmæml̩]
名 C 哺乳動物

19 **maple** [ˋmepl̩] 名 C 楓樹，槭樹

20 **marine** [məˋrin]
形 海的，海生的

21 **moss** [mɔs] 名 C U 苔蘚，地衣

22 **nightingale** [ˋnaɪtɪŋˏgel]
名 C 夜鶯

23 **octopus** [ˋɑktəpəs] 名 C 章魚

24 **organism** [ˋɔrgənˏɪzəm]
名 C 生物，有機體

- organ 名 器官 · -ism 名

25 **ostrich** [ˋɑstrɪtʃ] 名 C 鴕鳥

55 Animals & Plants 動物與植物 (3)

MP3 453

01 **peacock** [ˋpikɑk] 名 C ❶ 孔雀；❷ 愛炫耀的人；愛虛榮的人

02 **peck** [pɛk] ❶ 動 啄，啄食
❷ 名 C 啄

03 **perch** [pɝtʃ] ❶ 動（鳥類）棲息
❷ 名 C（鳥類的）棲息處

04 **poultry** [ˋpoltrɪ]
名 U 家禽，家禽肉

05 **prey** [pre]
❶ 名 C 被捕食的動物
❷ 動 捕食（＋ on/upon）

06 **prowl** [praʊl]
❶ 動（野獸等）四處覓食
❷ 名 U（野獸等）四處覓食

07 **quack** [kwæk] 名 C ❶ 鴨叫聲，呱呱聲；❷ 庸醫，蒙古大夫
❸ 動（鴨）呱呱叫

08 **reptile** [ˋrɛptl̩] 名 C 爬行動物，爬蟲類

09 **rhinoceros** [raɪˋnɑsərəs]
名 C 犀牛 同義 rhino 犀牛

10 **robin** [ˋrɑbɪn] 名 C 知更鳥

11 **salmon** [ˋsæmən] 名 C 鮭魚

12 **shrub** [ʃrʌb] 名 C 矮樹，灌木

MP3 454

13 **silkworm** [ˋsɪlkˏwɝm] 名C 蠶

・silk 名 絲　・worm 名 蟲

14 **snarl** [snɑrl̩] 動 ❶（狗等）吠，嗥（＋at）；❷ 咆哮
❸ 名C 吠，嗥

15 **stump** [stʌmp] 名C（樹倒或被砍後遺留下的）殘幹，根株

16 **swarm** [swɔrm]
❶ 名C（昆蟲等的）群，蜂群
❷ 動 成群地移動

17 **thorn** [θɔrn] 名C 刺，棘
形 thorny 多刺的，有棘刺的

18 **toad** [tod] 名C 蟾蜍，癩蛤蟆

19 **trout** [traʊt] 名C 鱒魚

20 **tuna** [ˋtunə] 名C 鮪魚

21 **vegetation** [ˏvɛdʒəˋteʃən]
名U（總稱）植物，植被

・vegetate 動 像植物般生長
・-ion 名

22 **vine** [vaɪn] 名C 藤，藤蔓

23 **wildlife** [ˋwaɪldˏlaɪf]
名U 野生生物

・wild 形 野生的　・life 名 生物

24 **wither** [ˋwɪðɚ] 動 枯萎，凋謝

25 **woodpecker** [ˋwʊdˏpɛkɚ]
名C 啄木鳥

・wood 木頭　・-er 名
・peck 啄

Part 3 Levels 5 — 6

56 Religion & Supernatural 宗教與超自然

MP3 455

01 **carol** [ˋkærəl]
名C 頌歌，讚美詩

02 **choir** [kwaɪr] 名C（教堂的）唱詩班，合唱團

03 **convert** 動 [kənˋvɝt]
名 [ˋkɑnvɝt] 動 ❶ 使皈依，使改變信仰（from sth. to sth.）；❷ 轉變，改變（from sth. into sth.）
❸ 名C 皈依者

04 **destined** [ˋdɛstɪnd]
形 命中注定的

・destine 動 注定　・-ed 形

05 **destiny** [ˋdɛstənɪ] 名C（常作單數）命運，天命，天數
同義 fate 命運

06 **disciple** [dɪˋsaɪpl̩] 名C 信徒，門徒，弟子
同義 apostle 門徒，弟子

07 **doctrine** [ˋdɑktrɪn] 名U（宗教的）教義，學說，信條

・doctor 名 醫生；學者　・-ine 名

08 **gospel** [ˋgɑspl̩]
名U（大寫）福音

09 **haunt** [hɔnt] 動 ❶（鬼魂等）常出沒於；❷（思想等）縈繞心頭
❸ 名C 常去的地方

10 **hymn** [ˋhɪm] 名 C 讚美詩，聖歌

11 **incense** [ˋɪnsɛns] ❶ 名 U 香 ❷ 動 激怒，使憤怒（＋ at/by/with）

12 **marvel** [ˋmɑrvḷ] ❶ 名 C 令人驚奇的事物或人 ❷ 動 對……感到驚異（＋ at/over）
同義 ❶ wonder 奇觀，奇事

13 **mermaid** [ˋmɝˏmed] 名 C 美人魚

- mere 名 淺湖；池
- maid 名 少女

14 **miraculous** [mɪˋrækjələs] 形 神奇的，奇蹟般的
同義 extraordinary, phenomenal 驚人的

- miracle 名 奇蹟
- -ous 形

15 **missionary** [ˋmɪʃənˏɛrɪ]
❶ 名 C 傳教士
❷ 形 傳教的，教會的

- mission 名 任務
- -ary 形；名

MP3 456

16 **offering** [ˋɔfərɪŋ] 名 C 供物，祭品

- offer 動 供奉 ・-ing 名

17 **piety** [ˋpaɪətɪ] 名 U 虔誠
反義 impiety 不虔誠；無信仰

18 **pilgrim** [ˋpɪlgrɪm] 名 C 香客，朝聖者

19 **pious** [ˋpaɪəs] 形 虔誠的，篤信的 同義 devout 虔誠的
反義 impious 不虔誠的

20 **preach** [pritʃ] 動 ❶ 講道，佈道（to preach sb. on/about sth.）；❷ 說教，嘮叨（at sb.）

21 **prophet** [ˋprɑfɪt] 名 C 先知，預言者

22 **rite** [raɪt] 名 C 儀式，典禮
同義 ritual 儀式

23 **ritual** [ˋrɪtʃʊəl] 名 C 儀式，典禮

- rite 名 儀式 ・-al 名

24 **sacred** [ˋsekrɪd] 形 神的，神聖的

25 **saint** [sent] 名 C 聖徒，聖者

26 **sermon** [ˋsɝmən] 名 C 佈道

27 **superstition** [ˏsupɚˋstɪʃən] 名 C U 迷信

28 **worship** [ˋwɝʃɪp] ❶ 動 敬神，拜神 ❷ 名 U 禮拜，禮拜儀式

29 **salvation** [sælˋveʃən] 名 ❶ U 拯救，救世；❷ 單 救星，救助的手段

30 **superstitious** [ˏsupɚˋstɪʃəs] 形 迷信的

- superstition 名 迷信 ・-ous 形

57 Water & Weather 水與天氣

MP3 457

01 **barometer** [bəˋrɑmətɚ]
名 C 氣壓計，晴雨表
- baro- 氣壓
- -meter 名 表「……計」

02 **blizzard** [ˋblɪzɚd]
名 C 大風雪，暴風雪

03 **Celsius** [ˋsɛlsɪəs]
名 U 百分度的，攝氏的
同義 centigrade 攝氏的

04 **condense** [kənˋdɛns]
動 ❶（由氣體）冷凝，（使氣體）凝結；❷ 使濃縮
- con- 聚集
- dense 形 稠密的

05 **creek** [krik] 名 C 小河，溪

06 **dissolve** [dɪˋzɑlv]
動 使溶解，使融化
- dis- 加強語氣
- solve 動 溶解

07 **drizzle** [ˋdrɪzl̩]
❶ 動 下毛毛雨　❷ 名 C 毛毛雨
同義 ❶ sprinkle 下稀疏小雨

08 **drought** [draʊt]
名 U C 旱災，長期乾旱

09 **ebb** [ɛb] ❶ 名 C（常作單數）落潮，退潮　❷ 動 落潮，退潮

10 **Fahrenheit** [ˋfærən͵haɪt]
名 U 華氏溫度計，華氏溫標

11 **filter** [ˋfɪltɚ] ❶ 動 過濾
❷ 名 C 濾器

12 **fluid** [ˋfluɪd] ❶ 名 C U 流體，液體　❷ 形 流暢優美的

MP3 458

13 **glacier** [ˋgleʃɚ] 名 C 冰河
名 glaciation 冰川作用，冰蝕

14 **overflow** 動 [͵ovɚˋflo]
名 [ˋovɚ͵flo] ❶ 動 氾濫，滿或多的溢出來　❷ 名 U 溢出，氾濫
- over- 越過
- flow 動 流

15 **Pacific** [pəˋsɪfɪk]
名（大寫）太平洋

16 **purify** [ˋrjʊrə͵faɪ]
動 使純淨，淨化
- pure 形 純淨的
- -ify 動 表「變成；使……化」

17 **purity** [ˋpjʊrətɪ] 名 U 純淨
- pure 形 純淨的
- -ity 名

18 **reservoir** [ˋrɛzɚ͵vɔr]
名 C 蓄水庫，貯水池

19 **ripple** [ˋrɪpl̩] ❶ 名 C 漣漪，波紋　❷ 動 起漣漪

20 **soak** [sok] 動 ❶ 浸泡，浸漬（＋ in）；❷ 浸泡，浸漬
❸ 名 C 浸泡，浸漬

21 **torrent** [ˋtɔrənt]

名 C（水的）奔流，洪流

22 **vapor** [ˋvepɚ]

名 C U 水汽，蒸汽

23 **tempest** [ˋtɛmpɪst]

名 C 暴風雨

24 **tornado** [tɔrˋnedo]

名 C 龍捲風

58 Thoughts & Ideas 想法與意見 (1)

MP3 459

01 **abstraction** [æbˋstrækʃən]

名 C 抽象概念

反義 concrete 具體物

- abs- 離開
- tract 名 大片土地；廣闊
- -ion 名

02 **analytical** [ˌænḷˋɪtɪkḷ]

形 分析的　名 analyst 分析者

03 **anticipate** [ænˋtɪsəˌpet] 動 預期，期望，預料（＋ V-ing）（＋ wh-/that 子句）

同義 expect 預期

04 **anticipation** [ænˌtɪsəˋpeʃən]

名 U 預期，期望，預料

同義 expectation 預期

- anticipate 動 預期　・-ion 名

05 **assess** [əˋsɛs] 動 評估，估價

同義 judge 評價，評定

06 **assessment** [əˋsɛsmənt]

名 C 評估，估計

同義 evaluation 評估

- assess 動 評估　・-ment 名

07 **assumption** [əˋsʌmpʃən]

名 C 假定，設想

- assume 動 假定
- -ion 名

08 **bias** [ˋbaɪəs] ❶ 名 C（常作單數）偏見，成見（against/toward）
❷ 動 使存偏見，使有偏心
形 biased 有偏見的

09 **comprehend** [ˏkɑmprɪˋhɛnd]
動 理解，領會

10 **comprehension**
[ˏkɑmprɪˋhɛnʃən]
名 U 理解，理解力

・comprehend 動 理解　・-ion 名

MP3 460

11 **conceive** [kənˋsiv] 動 構想出，想像，設想

12 **conception** [kənˋsɛpʃən]
名 U 概念，觀念

・concept 名 概念　・-ion 名

13 **consensus** [kənˋsɛnsəs]
名 C 共識，一致意見（＋ among sb.）（＋ on/about sth.）

14 **contemplate** [ˋkɑntɛmˏplet]
動 思量，仔細考慮，深思熟慮（＋ V-ing）（＋ that 子句）
同義 consider, think about/of, ponder 思考

・con- 一起　・temple 名 寺；廟
・-ate 動

15 **contemplation**
[ˏkɑntɛmˋpleʃən]
名 U 沉思，深思熟慮

・con- 一起　・temple 名 寺；廟
・-ate 動　・-ion 名

16 **covet** [ˋkʌvɪt] 動 垂涎，貪圖，渴望

17 **deem** [dim] 動 認為，視作
同義 consider 認為，視作

18 **deliberate** 形 [dɪˋlɪbərɪt]
動 [dɪˋlɪbəret] 形 ❶ 深思熟慮的，謹慎的；❷ 故意的，蓄意的
❸ 動 仔細考慮，思考
同義 ❷ intentional, planned 故意的　反義 ❷ unintentional 無意的

19 **disbelief** [ˏdɪsbəˋlif]
名 U 不相信，懷疑

・dis- 不　・belief 名 相信

20 **disregard** [ˏdɪsrɪˋgɑrd]
❶ 動 不理會，不顧
❷ 名 U 忽視
同義 ❶ ignore 忽視

・dis- 不
・regard 動 注重

21 **distract** [dɪˋstrækt]
動 使分心（＋ from sth.）
同義 divert 使分心

22 **distraction** [dɪˋstrækʃən]
名 U 分心，注意力分散

・distract 動 使分心
・-ion 名

59 Thoughts & Ideas 想法與意見 (2)

MP3 461

01 **divert** [daɪˋvɝt] 動 使分心，轉移（注意力等） 同義 distract 轉移，分散

02 **ego** [ˋigo] 名 ❶ C 自我，自我意識；❷ U 自尊心

03 **equate** [ɪˋkwet] 動 視為相等
名 equation 方程式

- equal 形 平等的
- -ate 動 表「使成為」

04 **foresee** [forˋsi] 動 預見，預知
同義 predict 預言，預料

- fore- 先
- see 動 看

05 **friction** [ˋfrɪkʃən]
名 U ❶ 不和，爭執；❷ 摩擦
同義 ❶ tension 矛盾，對立

06 **generalize** [ˋdʒɛnərəlˏaɪz]
動 推斷

- general 形 一般的，大體的
- -ize 動 表「使」

07 **illusion** [ɪˋljuʒən]
名 C 錯覺，幻覺

08 **incline** [ɪnˋklaɪn] 動 心裡傾向，有意（＋ to/toward）

09 **infer** [ɪnˋfɝ] 動 推斷，推論，猜想 同義 deduce 推斷，推論

10 **inference** [ˋɪnfərəns]
名 C U 推論，推斷
同義 deduction 推斷

- infer 動 推論
- -ence 名 表「性質，狀態」

11 **intent** [ɪnˋtɛnt] ❶ 名 U 意圖，目的 ❷ 形 專心的，專注的（＋ on/upon）

MP3 462

12 **mainstream** [ˋmenˏstrim]
名 單 主流

- main 形 主要的
- stream 名 趨勢

13 **materialism** [məˋtɪrɪəlˏɪzəm]
名 U 唯物論，唯物主義

- matter 名 物質
- -al 名
- -ism 名 表「……主義」

14 **meditate** [ˋmɛdəˏtet]
動 ❶ 沉思，深思熟慮（＋ on）；❷ 冥想，打坐

15 **meditation** [ˏmɛdəˋteʃən]
名 U ❶ 沉思，深思熟慮；❷ 冥想，打坐

- meditate 動 沉思
- -ion 名

16 **motive** [ˋmotɪv]
名 C 動機，目的

17 **muse** [mjuz] ❶ 名 C 靈感的來源 ❷ 動 沉思／冥想（about/on/upon/over）
同義 ❶ inspiration 靈感

18 **nationalism** [ˋnæʃənl̩ɪzəm]

名 U 民族主義，國家主義

- nation 名 國家
- -al 形
- -ism 名 表「……主義」

19 **neutral** [ˋnjutrəl] ❶ 形 中立的 ❷ 名 C 中立者，中立國

同義 ❶ impartial, unbiased 中立的

- neuter 名 中立的人
- -al 形

20 **notion** [ˋnoʃən]

名 C 概念，想法

21 **optimism** [ˋɑptəmɪzəm]

名 U 樂觀，樂觀主義

反義 pessimism 悲觀的

- optimum 名 最適合條件
- -ism 名 表「……主義」

22 **outlook** [ˋaʊt͵lʊk] 名 C ❶（常作單數）觀點，看法（＋ on）；❷ 展望，前景（＋ for）

同義 ❶ attitude 看法 ❷ prospect 前景

- out- 外，出
- look 動 看

60 Thoughts & Ideas 想法與意見 (3)

MP3 463

01 **perceive** [pɚˋsiv] 動 ❶ 意識到，理解；❷ 察覺，看到

同義 ❷ notice, detect 察覺

02 **perception** [pɚˋsɛpʃən]

名 U 感知能力，洞察力

同義 insight 洞察力

- percept 名 認知
- -ion 名

03 **perspective** [pɚˋspɛktɪv]

名 ❶ C 看法，觀點（＋ on N）；❷ U 洞察力

同義 ❶ viewpoint 看法

- per 透過
- spect 注視
- ive 形

04 **pessimism** [ˋpɛsəmɪzəm]

名 U 悲觀，悲觀主義

名 pessimist 悲觀者

05 **ponder** [ˋpɑndɚ] 動 仔細考慮，衡量（＋ on/over/about/wh 疑問詞） 同義 consider 考慮

06 **prejudice** [ˋprɛdʒədɪs]

❶ 名 C U 偏見，歧視（＋ against sth./sb.） ❷ 動 使有偏見，使懷成見 同義 ❷ bias 使有偏見

07 **presume** [prɪˋzum] 動 假定，預設 同義 assume 假定

08 **projection** [prəˋdʒɛkʃən]

名 C 預測，推測

- project 動 推斷
- -ion 名

09 **racism** [ˋresɪzəm]

名 U 種族主義，種族歧視

- race 名 種族
- -ism 名 表「……主義」

10 **rational** [ˋræʃənḷ] 形 理性的

同義 reasonable 理性的

反義 irrational 不明事理的

MP3 464

11 **realization** [ˏrɪələˋzeʃən]

名 U 領悟，認識

同義 awareness 體認

- real 形 真的，現實的
- -ize 動 表「使」 · -ation 名

12 **reckon** [ˋrɛkən] 動 ❶ 認為，把……看作；❷ 數，計算

13 **stereotype** [ˋsterɪəˏtaɪp]

❶ 名 C 刻板印象

❷ 動 對……產生成見

- stereo- 實體的，堅固的
- type 名 類型，鉛字

14 **skeptical** [ˋskɛptɪkḷ] 形 懷疑的，多疑的（＋about/of）

- skeptic 名 懷疑論者 · -al 形

15 **socialism** [ˋsoʃəlˏɪzəm]

名 U 社會主義

- social 形 社會的
- -ism 名 表「……主義」

16 **speculate** [ˋspɛkjəˏlet]

動 ❶ 思索，推測（＋on/upon/about）；❷ 投機，做投機買賣

名 speculation 推測，投機

17 **subjective** [səbˋdʒɛktɪv] 形 主觀的 反義 objective 客觀的

- subject 動 使服從
- -ive 形

18 **theoretical** [ˏθiəˋrɛtɪkḷ]

形 理論的

19 **unanimous** [jʊˋnænəməs]

形 一致同意的，無異議的

20 **underestimate**

[ˋʌndɚˋɛstəˏmet] 動 低估

反義 overestimate 高估

- under- 不足
- estimate 動 評估

21 **visualize** [ˋvɪʒʊəˏlaɪz]

動 使形象化，想像

- visual 形 形象化的
- -ize 動 表「使」

Part 3 Levels 5 — 6

61 Expression 表達 (1)

MP3 465

01 **accordingly** [ə`kɔrdɪŋlɪ]
副 因此，於是
同義 therefore 因此

- accord 動 一致，符合
- -ing 形
- -ly 副

02 **acknowledge** [ək`nɑlɪdʒ]
動 ❶ 對……表示感謝；❷ 承認
同義 ❷ admit, recognize, accept, grant 承認
反義 ❷ deny, refuse, reject 否認

03 **acknowledgment**
[ək`nɑlɪdʒmənt] 名 ❶ C U 致謝，答謝；❷ U 承認

- acknowledge 動 承認
- -ment 名

04 **affirm** [ə`fɝm]
動 申明，堅稱，斷言

- af- 向
- firm 動 使確定下來

05 **analogy** [ə`nælədʒɪ]
名 C 比擬，類推，類比 (＋ between/to/with)

- analogous 形 類似的
- -y 名

06 **articulate** 動 [ɑr`tɪkjə͵let] 形 [ɑr`tɪkjəlɪt] ❶ 動 明確表達，清楚說明 ❷ 形 善於表達的，口才好的 反義 ❷ inarticulate 不擅表達的

- article 名 ・-ate 動 表「使成為」

07 **assert** [ə`sɝt] 動 聲稱，斷言
名 assertion 斷言，言明

08 **bid** [bɪd] ❶ 動 出(價)，喊(價)
❷ 名 C 出價，喊價

09 **certify** [`sɝtə͵faɪ] 動 ❶ 證明……真實無誤，證實；❷ 頒發或授予專業合格證書

10 **chant** [tʃænt] ❶ 名 C 詠唱，吟誦 ❷ 動 反覆地唱或說，吟誦

11 **chatter** [`tʃætɚ] ❶ 名 U 喋喋不休，嘮叨 ❷ 動 喋喋不休，嘮叨

MP3 466

12 **cite** [saɪt] 動 引用，舉出

13 **clarity** [`klærətɪ] 名 U (思想、文體)清楚，明晰

- clear 形 清楚的 ・-ity 名

14 **clearance** [`klɪrəns]
名 U ❶ 許可，允許；
❷ 清除，清理

- clear 形 清楚的 ・-ance 名

15 **coherent** [ko`hɪrənt]
形 (話語等)條理清楚的，連貫的

- cohere 動 一致
- -ent 形 表「有……性質的」

16 **colloquial** [kə`lokwɪəl]
形 口語的
- colloquy 名 談話
- -al 形

17 **compliment** [`kɑmpləmənt]
❶ 名 C 讚美的話，恭維 (+ on)
❷ 動 讚美，恭維，祝賀
- comply 動 依從
- -ment 名

18 **concede** [kən`sid] 動 ❶（勉強）承認；❷（勉強）讓與，讓步；❸ 承認（比賽、選舉等）失敗
- con- 一起 - cede 動 承認

19 **condemn** [kən`dɛm]
動 責難，責備，譴責
- con- 加強語氣
- damn 動 咒罵

20 **confession** [kən`fɛʃən]
名 U 承認，坦白，供認
- confess 動 承認
- -ion 名

21 **consent** [kən`sɛnt] ❶ 動 同意，贊成 (+ to N/V-ing)
❷ 名 U C 同意，贊成 (+ to)

22 **contradict** [͵kɑntrə`dɪkt]
動 ❶ 否認，反駁；❷ 與…… 矛盾，與……抵觸

Part 3 Levels 5 — 6

62 Expression 表達 (2)

MP3 467

01 **contradiction**
[͵kɑntrə`dɪkʃən] 名 C 矛盾
- contradict 動 與…… 矛盾
- -ion 名

02 **controversial** [͵kɑntrə`vɝʃəl]
形 有爭議的
反義 non-controversial, uncontroversial 無爭議的
- controversy 名 爭議
- -al 形

03 **controversy** [`kɑntrə͵vɝsɪ]
名 U 爭論，辯論，爭議
(+ over/about)

04 **counsel** [`kaʊnsḷ] ❶ 動 勸告，忠告 (+ on sth.) ❷ 名 U 忠告，勸告 同義 ❶ advise, suggest 勸告 ❷ advice 勸告

05 **declaration** [͵dɛklə`reʃən]
名 C 宣布，宣告，聲明
- declare 動 宣布 - -ation 名

06 **decline** [dɪ`klaɪn] 動 ❶ 婉拒，謝絕；❷ 下降，減少 ❸ 名 C 下降，減少 同義 ❶ refuse 拒絕

07 **denial** [dɪ`naɪəl]
名 U C 否認，否定
- deny 動 否認 - -al 名

08 **denounce** [dɪˋnaʊns]

動 ❶ 指責，譴責；❷ 告發

09 **depict** [dɪˋpɪkt] 動 描述，描寫

名 depiction 描寫，敘述

10 **descriptive** [dɪˋskrɪptɪv]

形 描寫的，記述的

- describe 動 描述
- -ive 形

11 **diagram** [ˋdaɪəˏgræm]

❶ 動 用圖解法表示，圖示

❷ 名 C 圖表，圖解，曲線圖

- dia- 徹底
- -gram 名 表「……寫的東西；圖像」

MP3 468

12 **dialect** [ˋdaɪəlɛkt] 名 C 方言

13 **dictate** [ˋdɪktet]

動 口授，口述，使聽寫

14 **dictation** [dɪkˋteʃən]

名 U 口述，聽寫

- dictate 動 口述
- -ion 名

15 **disapprove** [ˏdɪsəˋpruv] 動 不贊成，不同意（＋ of)

- dis- 不
- approve 動 同意

16 **dissuade** [dɪˋswed] 動 勸阻，勸（某人）不要做某事

反義 persuade 說服

17 **distort** [dɪsˋtɔrt] 動 歪曲，曲解

形 distorted 扭曲的

名 distortion 扭曲

18 **eloquence** [ˋɛləkwəns]

名 U 雄辯，流利的口才

- eloquent 形 雄辯的
- -ence 名 表「性質，狀態」

19 **eloquent** [ˋɛləkwənt]

形 雄辯的，有口才的

20 **emphatic** [ɪmˋfætɪk]

形 強調的，著重的

（＋ that/about)

21 **exaggeration**

[ɪgˏzædʒəˋreʃən] 名 U 誇張，誇大

- exaggerate 動 誇大
- -ion 名

22 **exclaim** [ɪksˋklem]

動 大聲叫嚷，叫喊著說出

- ex- 出
- claim 動 斷言，宣稱

63 Expression 表達 (3)

MP3 469

01 **fluency** [ˋfluənsɪ] 名U 流暢
- fluent 形 流暢的
- -cy 名 表「狀態」

02 **grant** [grænt] 動 ❶ 同意，准予；❷ 授予，給予
❸ 名C 助學金，補助金

03 **graph** [græf] 名C 圖，圖表

04 **graphic** [ˋgræfɪk]
形 圖解的，圖表的
- graph 名 圖表
- -ic 形

05 **groan** [gron]
❶ 名C 呻吟聲 ❷ 動 呻吟
同義 ❶ ❷ moan 呻吟（聲）

06 **grumble** [ˋgrʌmbḷ] ❶ 動 發牢騷，抱怨（＋ at/about/over)
❷ 名C 怨言，牢騷
同義 ❶ complain, mutter 發牢騷

07 **hail** [hel]
動 ❶ 向……歡呼，為……喝采；
❷ 讚揚或稱頌……為；
❸ 呼叫（人、車等）
名U ❹ 歡呼，喝采；❺ 冰雹

08 **hence** [hɛns] 副 因此

09 **highlight** [ˋhaɪˏlaɪt] ❶ 動 使突出，強調 ❷ 名C 最突出或最精彩的部分，最重要或最有趣的事情
- high 名 高
- light 名 光

10 **implication** [ˏɪmplɪˋkeʃən]
名C 言外之意，暗示
- im- 在……之中
- ply 一層；一股
- -ate 動 表「使成為」
- -ion 名

MP3 470

11 **implicit** [ɪmˋplɪsɪt] 形 ❶ 不言明的，含蓄的；❷ 內含的，固有的（＋ in） 同義 ❶ implied, indirect 不直接的
反義 ❶ explicit 直率的

12 **insistence** [ɪnˋsɪstəns]
名U 堅持，竭力主張（＋ on/that)
- insist 動 堅持
- -ence 名 表「性質，狀態」

13 **interpretation**
[ɪnˏtɝprɪˋteʃən] 名U 解釋，詮釋
- interpret 動 解釋
- -ation 名

14 **ironic** [aɪˋrɑnɪk]
形 冷嘲的，挖苦的
- irony 名 諷刺
- -ic 形

15 **irony** [ˋaɪrənɪ] 名U 諷刺，冷嘲
同義 sarcasm 諷刺，挖苦

16 **issue** [ˋɪʃjʊ] ❶ 動 發布
名C ❷ 問題，議題；
❸（報刊）期號

17 **jeer** [dʒɪr] ❶ 動 嘲笑 (+ at)
❷ 名 C 嘲笑，奚落人的話
同義 ❶ taunt, laugh at, make fun of 嘲笑

18 **justify** [ˋdʒʌstə͵faɪ] 動 證明……是正當的，為……辯護

- just 形 公平的
- -ify 動 表「使……化」

19 **lest** [lɛst] 連 惟恐，免得

20 **menace** [ˋmɛnɪs]
❶ 名 U C 威脅，恐嚇
❷ 動 威脅，恐嚇
同義 ❶ threat 威脅
❷ threaten 威脅

Part 3 Levels 5 — 6

64 Expression 表達 (4)

MP3 471

01 **metaphor** [ˋmɛtəfɚ]
名 C 隱喻

- meta- 穿越；橫越
- -phore ……的帶信者

02 **mock** [mɑk]
❶ 動 嘲笑 ❷ 形 假的，模擬的
同義 ❶ make fun of 嘲笑

03 **motto** [ˋmɑto]
名 C 座右銘，格言

04 **mumble** [ˋmʌmbḷ]
❶ 動 含糊地說，咕噥著說
❷ 名 C 含糊的話
同義 ❶ mutter 含糊地說

05 **mute** [mjut]
❶ 形 沉默的，不發一語的
❷ 動 消音，減音
同義 ❶ silent 沉默的

06 **mutter** [ˋmʌtɚ] ❶ 動 低聲含糊地說，咕噥 ❷ 名 C（常作單數）咕噥 同義 ❷ mumble 咕噥

07 **nag** [næg] ❶ 動 嘮叨不停，責罵不休 (+ at) ❷ 名 C 好嘮叨的人（尤指女性） 同義 ❶ pester 嘮叨

08 **narrate** [næˋret] 動 敘述，講述
名 narration 敘述，講述
同義 relate 敘述

09 **narrative** [ˋnærətɪv] ❶ 形 敘事的 ❷ 名 C 記敘文，故事
同義 ❷ story 故事

- narrate 動 敘述
- -ive 形; 名

10 **narrator** [næˋretɚ]
名 C 敘述者，講述者

- narrate 動 敘述
- -or 名 表「人」

11 **notify** [ˋnotə͵faɪ] 動 通知，告知
同義 inform 通知

MP3 472

12 **oath** [oθ] 名 C 誓約，誓言

13 **opposition** [͵ɑpəˋzɪʃən]
名 U ❶ 反對；❷ (the~) 反對黨

- oppose 動 反對
- -ite 形
- -ion 名

14 **paradox** [ˋpærə͵dɑks]
名 C 自相矛盾的議論，悖論

15 **plea** [pli] 名 C 請求，懇求
(+ for N/to V)

16 **plead** [plid] 動 懇求 (+ with sb./for sth.) 同義 beg 哀求

17 **pledge** [plɛdʒ] ❶ 動 保證給予，發誓 ❷ 名 C 保證，誓言
同義 ❷ commitment 保證

18 **prediction** [prɪˋdɪkʃən]
名 C 預言，預報

- predict 動 預言
- -ion 名

19 **query** [ˋkwɪrɪ]
❶ 名 C 質問，詢問 ❷ 動 詢問

20 **recommend** [͵rɛkəˋmɛnd]
動 推薦，介紹

- re- 加強語氣
- commend 動 推薦

21 **recommendation**
[͵rɛkəmɛnˋdeʃən]
名 C 推薦，建議

- re- 加強語氣
- commend 動 推薦
- -ation 名

22 **refute** [rɪˋfjut] 動 反駁，駁倒
同義 rebut 反駁，駁斥

65 Expression 表達 (5)

MP3 473

01 **reminder** [rɪˋmaɪndɚ]
名 C ❶ 提示，提醒；
❷ 提醒者，提醒物

- re- 再
- mind 動 注意，記住要
- -er 名

02 **retort** [rɪˋtɔrt] ❶ 動 反駁，回嘴
❷ 名 C 反駁，回嘴

03 **rhetoric** [ˋrɛtərɪk]
名 U 辭令，言語

04 **ridicule** [ˋrɪdɪkjul] ❶ 動 嘲笑，揶揄 ❷ 名 U 嘲笑，揶揄
同義 ❶ make fun of 嘲笑
❷ mockery 嘲笑

05 **shriek** [ʃrik] ❶ 動 尖叫，喊叫
❷ 名 C 尖叫聲
同義 ❶ ❷ scream 尖叫（聲）

06 **stutter** [ˋstʌtɚ] ❶ 動 結結巴巴地說出 ❷ 名 單 結巴，口吃
同義 ❶ ❷ stammer 結巴

07 **summon** [ˋsʌmən]
動 召喚，傳喚

08 **taunt** [tɔnt] ❶ 動 辱罵，嘲笑，奚落 ❷ 名 C 辱罵，嘲笑，奚落

09 **utter** [ˋʌtɚ] ❶ 動 講，說
❷ 形 完全的
同義 ❷ complete, total 完全的

10 **verbal** [ˋvɝbl̩]
形 口頭的，非書面的

- verb 名 動詞
- -al 形

MP3 474

11 **vow** [vaʊ] ❶ 名 C 誓言，誓約
❷ 動 發誓

12 **signify** [ˋsɪgnə͵faɪ] 動 ❶ 表示；
❷ 意味著 同義 ❷ mean 意味著

- sign 動 手勢，表示
- -ify 動

13 **slang** [slæŋ] 名 U 俚語

14 **sneer** [snɪr] ❶ 動 嘲笑，譏諷（+ at） ❷ 名 C 嘲笑，譏諷
同義 ❶ mock 嘲笑

15 **specify** [ˋspɛsə͵faɪ]
動 具體指定，明確說明

- species 名 種類
- -fy 動 表「使……化」

16 **stammer** [ˋstæmɚ] ❶ 動 結結巴巴地說 ❷ 名 單 口吃，結巴
同義 ❶ ❷ stutter 結巴

17 **symbolic** [sɪmˋbɑlɪk]
形 象徵的

- symbol 名 象徵
- -ic 形

18 **symbolize** [ˋsɪmbl̩͵aɪz]
動 象徵
同義 represent 代表，象徵

- symbol 名 象徵
- -ize 動 表「使」

19 **thereby** [ðɛrˋbaɪ]

副 因此，從而

・there 副 那裡　・by 按照

20 **woo** [wu] 動 ❶懇求，勸誘；❷ 向⋯⋯求愛；求婚

同義 ❷ court 求愛，求婚

Part 3 Levels 5 — 6

66 Ability & Personality 能力與個性 (1)

MP3 475

01 **abide** [əˋbaɪd] 動 忍受，容忍

同義 endure, stand 忍受，容忍

・a- 在⋯⋯狀態中
・bide 動 禁得起

02 **absent-minded**

[ˋæbsn̩t,maɪndɪd] 形 心不在焉的，健忘的　同義 forgetful 健忘的

・absent 形 心不在焉的
・minded 有⋯⋯傾向的

03 **amiable** [ˋemɪəbl̩]

形 和藹可親的

04 **aptitude** [ˋæptə,tjud]

名 C 天資，才能　同義 talent, competence, capability 才能

・apt 有⋯⋯傾向的
・-i-
・-tude 名 表「性質，狀態」

05 **arrogant** [ˋærəgənt]

形 傲慢的，自大的

・arrogate 動 擅取　・-ant 形

06 **capability** [,kepəˋbɪlətɪ]

名 C 能力，才能

・capable 形 有能力的
・-ity 名

07 **caution** [ˋkɔʃən] ❶ 名 U 小心，謹慎　❷ 動 告誡，使小心 (＋about/against/for)

08 **cautious** [ˋkɔʃəs] 形 很小心的，謹慎的 同義 wary, prudent, careful 很小心的

- caution 名 當心
- -ous 形

09 **competence** [ˋkɑmpətəns]
名 U 能力，勝任
(＋ in sth./+ in doing sth.)
反義 incompetence 無能力

- compete 動 競爭
- -ence 名 表「性質，狀態」

10 **competent** [ˋkɑmpətənt]
形 有能力的，能勝任的
反義 incompetent 無能力的

- compete 動 競爭
- -ent 形 表「有……性質的」

11 **conceit** [kənˋsit]
名 U 自滿，自負
同義 pride, vanity 自負，自大

12 **conscientious** [ˌkɑnʃɪˋɛnʃəs]
形 謹慎的

- con- 徹底
- science 名 科學
- -ous 形

MP3 476

13 **considerate** [kənˋsɪdərɪt]
形 體貼的，體諒的，考慮周到的

14 **cordial** [ˋkɔrdʒəl]
形 由衷的，友好的

15 **cowardly** [ˋkaʊədlɪ]
形 膽小的，懦怯的

- coward 名 懦夫
- -ly 形 表「……性質的」

16 **credibility** [ˌkrɛdəˋbɪlətɪ]
名 U 可信性，可靠性

- credible 形 可信的
- -ity 名

17 **credible** [ˋkrɛdəbḷ] 形 可信的，可靠的 同義 convincing, trustworthy 可靠的

18 **decent** [ˋdisṇt] 形 ❶ 正派的，合乎禮儀的；❷ 像樣的，過得去的；❸〔口語〕穿好衣服的，適宜見人的 同義 ❶ proper, modest 合乎禮儀的
反義 ❶ vulgar, indecent 不合乎禮儀的

19 **discreet** [dɪˋskrit] 形 慎重的，謹慎的，考慮周到的
同義 prudent, careful 謹慎的
反義 indiscreet 粗心的

20 **endurance** [ɪnˋdjʊrəns]
名 U 忍耐，耐久力

- endure 動 忍受
- -ance 名

21 **EQ** [ˋiˋkju] 名 U 情緒智商
同義 emotional quotient 情緒智商

22 **familiarity** [fəˌmɪlɪˋærətɪ]
名 U 熟悉，通曉 (＋ with)

- family 名 家，家人
- -ar 形
- -ity 名

23 **fidelity** [fɪˋdɛlətɪ]

名 U 忠誠，忠貞 (＋ to)

反義 infidelity 不貞

同義 loyalty 忠誠

24 **forgetful** [fɚˋgɛtfəl] 形 健忘的

- for- 離開，分離
- get 動 抓住
- -ful 形

Part 3 Levels 5 — 6

67 Ability & Personality 能力與個性 (2)

MP3 477

01 **hardy** [ˋhɑrdɪ] 形 ❶ 強壯的，吃苦耐勞的，堅強的；❷（植物）耐寒的

02 **heroic** [hɪˋroɪk]

形 英雄的，英勇的

- hero 名 英雄
- -ic 形

03 **hospitable** [ˋhɑspɪtəbḷ]

形 好客的，招待周到的

同義 welcoming 好客的

04 **hospitality** [͵hɑspɪˋtælətɪ]

名 U 好客，殷勤招待

- hospital 名 醫院
- -ty 名

05 **humanitarian**

[hju͵mænəˋtɛrɪən] ❶ 形 人道主義的，博愛的 ❷ 名 人道主義者，慈善家 同義 ❶ humane 人道主義的 ❷ humanist 人道主義者

- human 名 人
- -ity 名
- -arian 形

06 **hypocrisy** [hɪˋpɑkrəsɪ]

名 U 偽善，虛偽

同義 insincerity, pretending 偽善

反義 sincerity 真心誠意，純真

07 **hypocrite** [ˋhɪpəkrɪt]

名 C 偽善者，偽君子

08 **ingenious** [ɪnˋdʒinjəs]

形 聰明的，足智多謀的

同義 clever 聰明的

09 **ingenuity** [ˏɪndʒəˋnuətɪ]

名 U 獨創力，聰明才智；獨創性，精巧

- ingenious 形 聰明的
- -ity 名

10 **insight** [ˋɪnˏsaɪt]

名 U 洞察力，眼光（＋ into）

- in- 進入
- sight 名 看

11 **integrity** [ɪnˋtɛgrətɪ]

名 U 正直，廉正，誠實

- integer 名 整體
- -ity 名

12 **intellect** [ˋɪntḷˏɛkt] 名 U 思維能力，智力　形 intellectual 智力的，腦力的

MP3 478

13 **IQ** [ˋaɪˋkju] 名 C 智力商數

同義 intelligence quotient 智力商數

14 **knowledgeable** [ˋnɑlɪdʒəbḷ] 形 有知識的，博學的（＋ about）

同義 well-informed 有知識的

- knowledge 名 知識
- -able 形 表「有……特性的」

15 **mastery** [ˋmæstərɪ]

名 U 熟練，精通

- master 動 精通
- -y 名

16 **mentality** [mɛnˋtælətɪ]

名 ❶ U 智力；

❷ C 心態，思想方法

- mind 名 精神，心
- -al 形
- -ity 名

17 **militant** [ˋmɪlətənt]

❶ 形 好戰的，激進的

❷ 名 C 好鬥者，激進分子

同義 ❶ fanatic 狂熱的

❷ extremist 激進分子

- militate 動 開戰
- -ant 形；名

18 **mischievous** [ˋmɪstʃɪvəs]

形 惡作劇的，調皮的

同義 naughty 調皮的

- mis- 錯，壞
- achieve 動 達成
- -ous 形

19 **naive** [nɑˋiv] 形 天真的，幼稚的

20 **obstinate** [ˋɑbstənɪt]

形 頑固的，固執的

同義 stubborn 固執的

21 **outdo** [ˌaʊtˋdu] 動 勝過，超越

同義 beat, surpass 勝過，超越

- out- 超過
- do 動 做

22 **outgoing** [ˋaʊtˏgoɪŋ]

形 率直的，外向的

同義 sociable, extroverted 外向的

反義 introverted 內向的

- out- 外
- -ing 形
- go 動 走

23 **perseverance** [ˏpɝsəˋvɪrəns]

名 U 堅持不懈，堅忍不拔

- per- 經過
- severe 形 嚴峻的
- -ance 名

24 **persevere** [ˏpɝsəˋvɪr]

動 堅持不懈，不屈不撓 (+ with N/ in doing sth.)

- per- 經過
- severe 形 嚴峻的

Part 3 Levels 5 — 6

68 Ability & Personality 能力與個性 (3)

MP3 479

01 **persist** [pɚˋsɪst] 動 堅持，固執

02 **persistence** [pɚˋsɪstəns]

名 U 堅持，固執

- persist 動 堅持
- -ence 名 表「性質，狀態」

03 **persistent** [pɚˋsɪstənt]

形 堅持不懈的，固執的

- persist 動 堅持
- -ent 形 表「有……性質的」

04 **potential** [pəˋtɛnʃəl]

❶ 名 U 潛力 ❷ 形 潛在的，可能的 同義 ❷ possible 可能的

- potency 名 潛力
- -al 形

05 **proficiency** [prəˋfɪʃənsɪ]

名 U 精通，熟練

- proficient 形 精通的
- -ency 名 表「性質，狀態」

06 **qualification** [ˏkwɑləfəˋkeʃən]

名 C（常作複數）資格，能力

- qualify 動 使具資格
- -ion 名

07 **qualify** [ˋkwɑləˏfaɪ]

動 使具有資格，取得資格

08 **quarrelsome** [ˋkwɔrəlsəm]
形 愛爭吵的
同義 argumentative 愛爭吵的

- quarrel 名 爭吵，不和
- -some 形 表「有⋯⋯傾向的」

09 **reckless** [ˋrɛklɪs] 形 不注意的，魯莽的 同義 rash 魯莽的

- reck 留心
- -less 形 表「無，沒有」

10 **renowned** [rɪˋnaʊnd] 形 有名的，有聲譽的 同義 celebrated, noted 有名聲的

- renown 名 名聲
- -ed 形

11 **resolute** [ˋrɛzə͵lut] 形 堅決的，果敢的，不屈不撓的
名 resolution 決心
同義 determined 堅決的

12 **sly** [slaɪ] 形 狡猾的，狡詐的
同義 cunning 狡猾的，狡詐的

MP3 480

13 **vanity** [ˋvænətɪ]
名 U 自負，虛榮

14 **wary** [ˋwɛrɪ] 形 小心翼翼的，警惕的 同義 cautious 小心翼翼的，謹慎的

15 **selective** [səˋlɛktɪv]
形 認真挑選的

- select 動 挑選
- -ive 形

16 **shrewd** [ʃrud] 形 精明的

- shrew 名 悍婦
- -ed 形

17 **sneaky** [ˋsnikɪ] 形 鬼鬼祟祟的
副 sneakily 偷偷地
同義 crafty 狡猾的

- sneak 動 狡猾地逃避
- -y 形

18 **sociable** [ˋsoʃəbl̩]
形 好交際的，善交際的

19 **sophisticated** [səˋfɪstɪ͵ketɪd]
形 世故的

- sophistic 形 詭辯的
- -ate 動
- -ed 形

20 **tact** [tækt] 名 U 老練，機智

21 **temperament**
[ˋtɛmprəmənt] 名 U 性情，性格

22 **trait** [tret] 名 C 特徵，特性

23 **valiant** [ˋvæljənt] 形 勇敢的，英勇的 同義 courageous 勇敢的，英勇的

24 **versatile** [ˋvɝsətl̩] 形 ❶ 多才多藝的；❷ 多用途的，多功能的

- verse 名 詩
- -ile 形 (= -il)
- -ate 形

25 **witty** [ˋwɪtɪ]
形 機智的，說話風趣的

- wit 名 機智
- -y 形 表「有⋯⋯的，多⋯⋯的」

69 Feelings & Emotions 感受與情緒 (1)

MP3 481

01 **adore** [ə`dor] 動 崇拜，愛慕
同義 fondness 愛慕

02 **affection** [ə`fɛkʃən]
名 ❶ U 愛慕，鍾愛
(＋ for sb./sth.)(＋ toward)
❷ C 愛，感情
❸ C 感染的疾病

- affect 動 影響 ‧ -ion 名

03 **affectionate** [ə`fɛkʃənɪt]
形 充滿深情的，溫柔親切的
(＋ to/toward)
同義 loving 深情的

- affect 動 影響
- -ion 名
- -ate 形 表「有⋯⋯性質或狀態的」

04 **agony** [`ægənɪ]
名 U 極度痛苦，苦惱

- agon 名 鬥爭 ‧ -y 名

05 **annoyance** [ə`nɔɪəns]
名 U 惱怒，煩惱
同義 irritation 激怒

- annoy 動 惹惱 ‧ -ance 名

06 **astonish** [ə`stɑnɪʃ] 動 使吃驚，使驚訝 名 astonishment 驚訝，吃驚 同義 amaze 使吃驚

07 **astonishment** [ə`stɑnɪʃmənt]
名 U 驚訝，驚愕

- astonish 動 使吃驚
- -ment 名

08 **awe** [ɔ]
❶ 名 U 敬畏，畏怯
❷ 動 使敬畏，使畏怯

09 **awesome** [`ɔsəm]
形 ❶ 令人敬畏的，可怕的，有威嚴的；❷ 俚 極好的

- awe 名 敬畏
- -some 形

10 **beloved** [bɪ`lʌvɪd]
❶ 形 心愛的，親愛的
❷ 名 C 心愛的（人）

- be- 使
- love 動 喜愛
- -ed 形

11 **boredom** [`bordəm]
名 U 無聊，厭倦

- bore 動 無聊
- -dom 名 表「狀態、行為」

MP3 482

12 **carefree** [`kɛr͵fri]
形 無憂無慮的，輕鬆愉快的

- care 名 憂慮
- free 形 無的

13 **compassion** [kəm`pæʃən]
名 U 憐憫，同情 (＋ for/on)

- com- 一起
- passion 名 感情

14 **compassionate**

[kəm`pæʃənɪt] 形 有同情心的，憐憫的，慈悲的

同義 sympathetic 有同情心的

- com- 一起
- passion 名 感情
- -ate 形 表「有…… 性質或狀態的」

15 **consolation** [ˌkɑnsə`leʃən]

名 C U 令人感到安慰的人或事物

同義 comfort 安慰

16 **console** 動 [kən`sol]

名 [`kɑnsol] ❶ 動 安慰，撫慰，慰問 ❷ 名 C 操縱臺，(電腦的)操作桌 同義 ❶ comfort 安慰

- con- 一起
- sole 名 安慰

17 **contempt** [kən`tɛmpt]

名 U 輕視，蔑視

18 **cozy** [`kozɪ] 形 舒適的，愜意的

19 **despair** [dɪ`spɛr] ❶ 名 U 絕望 ❷ 動 絕望，喪失信心

20 **despise** [dɪ`spaɪz]

動 鄙視，看不起

21 **dismay** [dɪs`me] ❶ 名 U 沮喪，氣餒 ❷ 動 使沮喪，使氣餒

22 **displease** [dɪs`pliz] 動 使不悅，觸怒 名 displeasure 不悅

- dis- 不
- please 動 使高興

Part 3 Levels 5 — 6

70 Feelings & Emotions 感受與情緒 (2)

MP3 483

01 **distress** [dɪ`strɛs] 名 U ❶ 苦惱，悲痛；❷ 貧困，窮苦 ❸ 動 使悲痛，使苦惱

同義 ❶ sorrow, suffering , grief 苦惱 ❸ grieve 使苦惱

02 **distrust** [dɪs`trʌst] ❶ 名 U 不信任，懷疑 ❷ 動 不信任，懷疑

- dis- 不
- trust 動 信任

03 **dreadful** [`drɛdfəl]

形 ❶ 可怕的，令人恐懼的；❷(白話)糟透的，非常討厭的

同義 ❶ terrible 可怕的

- dread 名 畏懼
- -ful 形 表「充滿……的」

04 **dreary** [`drɪərɪ] 形 沉悶的，陰鬱的，令人沮喪的

05 **dubious** [`djubɪəs] 形 半信半疑的，猶豫不決的 同義 doubtful, suspicious 半信半疑的

06 **ecstasy** [`ɛkstəsɪ] 名 C U 狂喜，出神，入迷 同義 bliss 狂喜

07 **enthusiastic** [ɪnθˌjuzɪ`æstɪk]

形 熱心的，熱情的 (+ about)

- enthusiast 名 對……熱衷的人
- -ic 形

08 **esteem** [ɪs`tim] ❶ 名 U 敬重，尊敬 ❷ 動 敬重，視為……尊敬

09 **fascinate** [`fæsn̩,et]
動 迷住，使神魂顛倒

10 **fascination** [,fæsn̩`eʃən]
名 U 迷戀，陶醉

- fascinate 動 迷住
- -ion 名

11 **fatigue** [fə`tig] 名 U 疲勞
同義 exhaustion, tiredness
疲勞，倦怠

MP3 484

12 **formidable** [`fɔrmɪdəbl̩]
形 ❶令人敬畏的；❷ 難對付的

13 **frantic** [`fræntɪk] 形 發狂似的

14 **fret** [frɛt] 動 苦惱，發愁
(＋ about/over/for)

15 **fury** [`fjʊrɪ] 名 U 狂怒，暴怒
形 furious 憤怒的
同義 rage 狂怒，暴怒

16 **gay** [ge] ❶ 形 快樂的
❷ 名 C 同性戀者

17 **glee** [gli] 名 U 快樂，歡欣
同義 delight 欣喜，愉快

18 **greed** [grid] 名 U 貪心，貪婪
形 greedy 貪心的，貪婪的

19 **hearty** [`hartɪ] 形 ❶ 衷心的，熱誠的；❷ 豐盛的

- heart 名 心
- -y 形

20 **hostile** [`hɑstl̩] 形 懷有敵意的，不友善的 (＋ to/toward)

21 **hostility** [hɑs`tɪlətɪ] 名 U 敵意，敵視 (＋ to/toward/between)

- hostile 形 懷敵意的
- -ity 名

22 **hysterical** [hɪs`tɛrɪkl̩]
形 歇斯底里的

- hystero- 子宮
- -al 形
- -ic 形

23 **impulse** [`ɪmpʌls]
名 U 衝動，一時的念頭

Part 3 Levels 5 — 6

71 Feelings & Emotions 感受與情緒 (3)

MP3 485

01 **indifference** [ɪn`dɪfərəns]

名 U 冷淡，漠不關心 (+ to N)

- in- 不
- differ 動 不同
- -ence 名 表「性質，狀態」

02 **indifferent** [ɪn`dɪfərənt]

形 冷淡的，不感興趣的，不關心的

- in- 不
- differ 動 不同
- -ent 形 表「有⋯⋯性質的」

03 **indignant** [ɪn`dɪgnənt]

形 憤怒的，憤慨的

副 indignantly 憤怒地，憤慨地

04 **indignation** [͵ɪndɪg`neʃən]

名 U 憤怒，憤慨

05 **intuition** [͵ɪntju`ɪʃən]

名 U 直覺

06 **irritable** [`ɪrətəbl̩] 形 易怒的，急躁的 同義 bad-tempered, crabby 易怒的

- irritate 動 使惱怒
- -able 形 表「有⋯⋯特性的」

07 **irritate** [`ɪrə͵tet]

動 使惱怒，使煩躁

08 **irritation** [͵ɪrə`teʃən]

名 U 惱怒，激怒

- irritate 動 使惱怒
- -ion 名

09 **jolly** [`dʒɑlɪ]

❶ 形 快活的，令人愉快的

❷ 動 用好話使高興

10 **joyous** [`dʒɔɪəs]

形 快樂的，高興的

同義 joyful 高興的

- joy 名 高興
- -ous 形

11 **lament** [lə`mɛnt] ❶ 動 哀悼，悲痛 ❷ 名 C 哀悼，悲痛

同義 ❶ bemoan 哀悼

MP3 486

12 **lonesome** [`lonsəm]

形 寂寞的，孤單的

同義 lonely 寂寞的

- lone 形 孤單的
- -some 形 表「有⋯⋯傾向的，易於⋯⋯的」

13 **melancholy** [`mɛlən͵kɑlɪ]

❶ 名 U 憂鬱

❷ 形 令人感傷的，可悲的

同義 ❷ mournful, somber 令人感傷的

14 **morale** [mə`ræl]

名 U 士氣，鬥志

15 **mourn** [morn] 動 哀痛，哀悼

同義 grieve 悲傷，悲痛

16 **mournful** [`mornfəl]

形 憂傷的，悲切的

同義 melancholy 憂傷的

- mourn 動 哀痛
- -ful 形 表「充滿⋯⋯的」

17 **outlet** [ˋaʊt͵lɛt]
名 C ❶（感情等的）發洩途徑；
❷ 批發店，折扣店
・out 外；出　・let 動 使流出

18 **outrage** [ˋaʊt͵redʒ]
名 U ❶ 憤慨；
❷ 嚴重的不道德行為，不法行為
❸ 動 激怒，使憤怒

19 **outrageous** [aʊtˋredʒəs]
形 粗暴的
・outrage 名 暴行
・-ous 形

20 **overwhelm** [͵ovɚˋhwɛlm]
動 使受不了，使不知所措
・over- 過度
・whelm 動 蓋，壓倒

21 **passionate** [ˋpæʃənɪt]
形 熱烈的，熱情的
・passion 名 熱情
・-ate 形 表「有……性質或狀態的」

22 **pathetic** [pəˋθɛtɪk]
形 引起憐憫的，可憐的
同義 pitiful 可憐的

23 **rejoice** [rɪˋdʒɔɪs] 動 欣喜，高興

Part 3 Levels 5 — 6

72 Feelings & Emotions 感受與情緒 (4)

MP3 487

01 **relish** [ˋrɛlɪʃ] ❶ 動 享受，喜愛
❷ 名 U 享受　同義 ❶ enjoy 享受　❷ enjoyment 享受

02 **resent** [rɪˋzɛnt]
動 憤慨，怨恨 (+ sb. doing sth.)

03 **resentment** [rɪˋzɛntmənt]
名 U 忿怒，憤慨，怨恨
・resent 動 怨恨　・-ment 名

04 **scorn** [skɔrn] ❶ 名 U 輕蔑，藐視 (+ for N)　❷ 動 輕蔑，藐視

05 **sensation** [sɛnˋseʃən]
名 C 感覺，知覺

06 **sensitivity** [͵sɛnsəˋtɪvətɪ]
名 U（感情上）敏感性，
易受傷害的特性 (+ to N)
・sensitive 形 敏感的
・-ity 名

07 **sentiment** [ˋsɛntəmənt]
名 ❶ C 情感；
❷ U 感傷，多愁善感

08 **startle** [ˋstɑrtl̩] 動 使驚嚇，使嚇一跳

09 **stun** [stʌn]
動 使大吃一驚，使目瞪口呆
形 stunning 令人震驚的

同義 astound 使大吃一驚

10 **surge** [sɝdʒ] ❶ 名 C（常作單數）（感情的）高漲，澎湃
❷ 動 蜂擁而至（＋ forward/through） 同義 ❶ rush 激增

11 **sympathize** [ˋsɪmpəˏθaɪz]
動 同情，憐憫

・sympathy 名 同情
・-ize 動 表「使」

MP3 488

12 **thrill** [θrɪl]
❶ 動 使興奮，使激動（＋ to sth.）
❷ 名 C 興奮，激動

13 **torment** 名 [ˋtɔrˏmɛnt] 動 [tɔrˋmɛnt] ❶ 名 U 痛苦，苦惱
❷ 動 使痛苦，折磨
同義 ❶ anguish 痛苦
❷ plague, torture 使痛苦

14 **tribute** [ˋtrɪbjut] 名 ❶ U C 敬意，尊崇；❷ C（良好效果或影響的）體現或證明

15 **weary** [ˋwɪrɪ] 形 ❶ 疲倦的，疲勞的；❷ 厭倦的，厭煩的
❸ 動 使疲倦
同義 ❶ exhausted, tired, worn out 疲倦的 ❸ tire 使疲倦

16 **sentimental** [ˏsɛntəˋmɛntl̩]
形 感傷的，多愁善感的

・sentiment 名 感傷
・-al 形

17 **serene** [səˋrin]
形 安詳的，平靜的

18 **serenity** [səˋrɛnətɪ]
名 U 平靜，沉著

・serene 形 平靜的
・-ity 名

19 **suspense** [səˋspɛns]
名 U ❶ 掛慮，懸疑；
❷ 懸而未決，未定

20 **tedious** [ˋtidɪəs] 形 冗長乏味的，使人厭煩的
同義 boring 乏味的

・tedium 名 無聊
・-ous 形

21 **triumphant** [traɪˋʌmfənt]
形（因勝利而）喜悅的，得意洋洋的

・triumph 名 勝利或成功的喜悅
・-ant 形

22 **yearn** [jɝn]
動 渴望，盼望（＋ to V/for N）
同義 long 渴望

23 **zeal** [zil]
名 U 熱心，熱誠（＋ for N）
同義 enthusiasm, ardor 熱情，熱誠

73 Measurement & Numbers 測量與數字 (1)

MP3 489

01 **abundance** [ə`bʌndəns]
名 U 豐富，大量
同義 ampleness, plenty 豐富
反義 want, absence 缺乏
- abound 動 大量存在
- -ance 名

02 **abundant** [ə`bʌndənt]
形 ❶ 大量的，充足的；❷ 豐富的，富於 同義 ❷ abounding, plentiful 豐富的
反義 ❷ absent, scarce 缺乏的
- abound 動 大量存在
- -ant 形

03 **accounting** [ə`kaʊntɪŋ]
名 U 會計，會計學
- account 動 報帳
- -ing 名

04 **altitude** [`æltə͵tjud]
名 C（常作單數）高度，海拔

05 **ample** [`æmpl̩]
形 大量的，豐富的 同義 plenty of, sufficient 豐富的
反義 insufficient 不充分的，不足的

06 **amplify** [`æmplə͵faɪ] 動 放大（聲音等），增強 同義 enlarge, extend, develop 增強
反義 restrict, confine, narrow, abridge 縮減
- ample 形 大量的
- -ify 動 表「變成，使……化」

07 **approximate**
形 [ə`prɑksəmɪt] 動 [ə`prɑksə͵met]
❶ 形 大概的，大約的 ❷ 動 接近

08 **breadth** [brɛdθ] 名 U ❶ 寬度，幅度；❷（知識、興趣等的）廣泛 同義 ❶ width 寬度

09 **broaden** [`brɔdn̩] 動 使變寬，使變闊，使擴大
- broad 形 寬的
- -en 動 表「變為……」

10 **bulky** [`bʌlkɪ]
形 龐大的，過大的
- bulk 名 巨大的東西
- -y 形 表「性質，狀態」

11 **chunk** [tʃʌŋk] 名 C 大塊，厚片

12 **cluster** [`klʌstɚ] 名 C ❶（葡萄等）串；❷（人等的）群
❸ 動 叢生，群集

13 **compute** [kəm`pjut]
動 計算，估算

14 **cumulative** [`kjumjə͵letɪv]
形 漸增的，累積的
- cumulus 形 堆積
- -ate 動
- -ive 形

15 **diameter** [daɪˋæmətɚ]
名 C 直徑

・dia- 徹底，完全
・meter 動 測量

16 **dimension** [dɪˋmɛnʃən]
名 C ❶ 量度，維度；❷ 方面，部分　同義 ❷ aspect 方面

17 **diminish** [dəˋmɪnɪʃ]
動 減少，縮減
同義 decrease, reduce 減少

18 **dual** [ˋdjuəl] 形 雙倍的，雙重的

19 **equation** [ɪˋkweʃən]
名 C 方程式，等式

・equal 形 平等的
・-ate 動 表「使成為」
・-ion 名

20 **equivalent** [ɪˋkwɪvələnt]
❶ 形 相等的，相同的 (＋ to N)
❷ 名 C 相等物，等價物

21 **exceed** [ɪkˋsid]
動 ❶ 超過，超出；❷ 勝過

・ex- 超出
・ceed 屈服

22 **excess** [ɪkˋsɛs] 名 U ❶ 單 過量，過剩；❷ (飲食等的) 過度，無節制　❸ 形 過量的

23 **extensive** [ɪkˋstɛnsɪv]
形 大量的，廣闊的

・ex- 向外　・-ive 形
・tend 動 趨向

24 **flake** [flek] ❶ 名 C 小薄片
❷ 動 成薄片，成片地剝落

25 **fraction** [ˋfrækʃən]
名 C 小部分
補充 fraction 亦可作「分數」之意

26 **fragment** 名 [ˋfrægmənt]
動 [ˋfrægˏment] ❶ 名 C 碎片
❷ 動 成碎片

27 **immense** [ɪˋmɛns]
形 廣大的，巨大的，浩瀚無邊的

28 **innumerable** [ɪˋnjumərəbḷ]
形 無數的，數不清的
同義 countless 數不盡的

74 Measurement & Numbers 測量與數字 (2)

MP3 491

01 **layer** [ˋleɚ] ❶ 名 C 層
❷ 動 把……堆積成層
- lay 動 放置
- -er 名 表「物」

02 **lengthy** [ˋlɛŋθɪ] 形 長的，冗長的 動 lengthen 使變長
- long 形 長的
- -th 名 表「性質，狀態」
- -y 形 表「性質，狀態」

03 **lessen** [ˋlɛsn̩]
動 ❶ 不及物 變小，變少，減輕；❷ 及物 使變小，使變少，使減輕
同義 ❶ diminish, reduce 減少
- less 形 較少的
- -en 動 表「變為」……

04 **liter** [ˋlitɚ] 名 C 公升

05 **lump** [lʌmp] 名 C ❶（煤）塊；❷ 團，塊（＋ of）
❸ 動 把……歸併到一起，把……混為一談（＋ together)

06 **magnify** [ˋmægnə͵faɪ]
動 放大，擴大
同義 enlarge 放大
- magni- 大
- -ify 動 表「變成，使……化」

07 **massive** [ˋmæsɪv]
形 大的，厚實的
- mass 名 團塊，大量
- -ive 形

08 **mileage** [ˋmaɪlɪdʒ]
名 U 總英里數
- mile 名 英里
- -age 名

09 **minimal** [ˋmɪnəməl] 形 最小的，極微的
- minimum 名 最小量
- -al 形

10 **minimize** [ˋmɪnə͵maɪz]
動 使減到最少
反義 maximize 增加到最大限度
- minimum 名 最小量
- -ize 動 表「使」

11 **ounce** [aʊns] 名 C 盎司

12 **outnumber** [aʊtˋnʌmbɚ]
動 數量上超過
- out- 超過
- number 名 數量

13 **pitcher** [ˋpɪtʃɚ] 名 C ❶ 一壺的量；❷（棒球）投手
- pitch 動 投擲 - -er 名 表「人」

14 **precision** [prɪˋsɪʒən] 名 U 精確，精密 同義 accuracy 正確
- precise 形 精確的
- -ion 名

MP3 492

15 **quart** [kwɔrt] 名 C 夸脫

16 **radius** [ˋredɪəs]

名 C 半徑，半徑距離

17 **redundant** [rɪˋdʌndənt]

形 多餘的，過剩的

18 **scrap** [skræp]

❶ 名 C 碎片，小塊

❷ 動 將⋯⋯拆毀，使報廢

19 **segment** [ˋsɛgmənt]

❶ 名 C 部分，切片

❷ 動 分割，切割

20 **shortage** [ˋʃɔrtɪdʒ]

名 C 缺少，不足

- short 形 短缺的
- -age 名

21 **stack** [stæk]

❶ 名 C（整齊）一堆

❷ 動 把⋯⋯疊成堆

22 **statistical** [stəˋtɪstɪkl̩]

形 統計的，統計學的

- status 名 身分，階級
- -istic 名
- -al 形

23 **statistics** [stəˋtɪstɪks]

名 ❶ 統計資料；❷ U 統計學

- status 名 身分，階級
- -istic 名
- -ics 名 表「一種科學」

24 **strand** [strænd]

❶ 名 C（髮、線等的）一股，一縷

❷ 動 使擱淺

25 **substantial** [səbˋstænʃəl]

形 大量的，龐大的

同義 considerable 相當多的

26 **throng** [θrɔŋ] ❶ 名 C 人群，大群（＋ of N） ❷ 動 擠滿，湧入

同義 ❶ crowd 人群

27 **triple** [ˋtrɪpl̩] ❶ 形 三倍的

❷ 名 C 三倍數 ❸ 動 使成三倍

同義 ❸ treble 使成三倍

28 **surplus** [ˋsɝpləs]

❶ 形 過剩的，剩餘的

❷ 名 U C 過剩

同義 ❷ excess 過剩

反義 ❷ deficit 赤字

- sur- 超過
- plus 介 加上

Part 3 Levels 5 — 6

75 State & Condition 狀態與情況 (1)

MP3 493

01 **abnormal** [æb`nɔrm!]
形 不正常的，異常的

- ab- 偏離
- normal 形 正常的

02 **abound** [ə`baʊnd] 動 大量存在 (+ in 場所)，(某地) 盛產，富有 (動植物)(+ in/with N)

03 **abrupt** [ə`brʌpt]
形 突然的，意外的

04 **airtight** [`ɛr,taɪt] 形 密閉的

- air 名 空氣
- tight 形 密封的

05 **alternate** 名 形 [`ɔltənɪt]
動 [`ɔltə,net] 形 ❶ 交替的，輪流的；❷ 間隔的 ❸ 名 C 代替者，候補者 ❹ 動 交替，輪流 (+ with/between)
同義 ❸ substitute 代替者

06 **animate** 形 [`ænəmɪt]
動 [`ænə,met] ❶ 形 有生命的，活的 ❷ 動 繪製 (卡通影片)
反義 ❶ inanimate 無生命的

07 **barefoot** [`bɛr,fʊt]
❶ 副 赤著腳地
❷ 形 赤腳的，不穿鞋襪的

- bare 形 裸的　• foot 名 腳

08 **barren** [`bærən] 形 ❶ 貧瘠的，不毛的，荒蕪的；❷ 不孕的；❸ 缺乏的 (+ of N)
同義 ❶ infertile 荒蕪的
反義 ❶ fertile 豐饒的

09 **bleak** [blik] 形 ❶ 荒涼的；❷ 無望的；❸ 陰冷的

10 **blur** [blɝ] ❶ 名 C 模糊
❷ 動 使模糊不清

11 **bondage** [`bɑndɪdʒ]
名 U 束縛，限制

- bond 名 束縛
- -age 名 表「狀況」

12 **certainty** [`sɝtəntɪ] 名 U 確實，必然

- certain 形 確實的
- -ty 名

13 **chaos** [`keɑs] 名 U 混亂
形 chaotic 混亂的，雜亂的

MP3 494

14 **complication**
[,kɑmplə`keʃən] 名 C 混亂，複雜
反義 simple 簡單

- complicate 動 使複雜化
- -ion 名

15 **confrontation**
[,kɑnfrʌn`teʃən] 名 U 對立，對抗，衝突 (between A and B)

- con- 一起
- front 名 前面
- -ation 名

16 **decay** [dɪˋke] ❶ 動 腐朽，腐爛，蛀蝕　❷ 名 U 腐朽，腐爛
同義 ❶ ❷ rot 腐朽

17 **dilemma** [dəˋlɛmə]
名 C 困境，進退兩難
同義 predicament 困境

18 **disturbance** [dɪsˋtɝbəns]
名 C U ❶ 騷擾，混亂；
❷ 干擾，打擾

- disturb 動 打擾
- -ance 名

19 **erode** [ɪˋrod]
動 腐蝕，侵蝕，風化
同義 wear away 磨損

20 **fertility** [fɝˋtɪlətɪ] 名 U（土地的）肥沃　名 fertilizer 肥料

- fertile 形 肥沃的
- -ity 名

21 **gloomy** [ˋglumɪ] 形 ❶ 陰暗的，陰沉的；❷ 無希望的，悲觀的
同義 ❷ depressing 悲觀的

- gloom 名 陰暗
- -y 形

22 **injustice** [ɪnˋdʒʌstɪs]
名 U 非正義，不公不義

- in- 不
- just 形 公平的
- -ice 名 表「性質，狀態」

23 **intact** [ɪnˋtækt]
形 完整無缺的，未受損傷的
同義 undamaged 未受損傷的

24 **integrate** [ˋɪntə͵gret]
動 使成一體，使結合，使合併
(＋ into/with sth.)

- integer 名 整體
- -ate 動 表「使成為」

25 **integration** [͵ɪntəˋgreʃən]
名 U 整合，結合

- integer 名 整體
- -ion 名

26 **mellow** [ˋmɛlo] ❶ 形（水果）成熟的，（酒）芳醇的，（人）老練的，成熟的　動 ❷（人）成熟；
❸（酒）變醇香
同義 ❶ ripe, mature 成熟的

27 **orderly** [ˋɔrdəlɪ]
形 整齊的，有條理的

- order 名 秩序
- -ly 形 表「……性質的」

Part 3 Levels 5 — 6

76 State & Condition 狀態與情況 (2)

MP3 495

01 **likelihood** [ˋlaɪklɪˏhʊd]

名 U 可能，可能性

- like 喜歡，像
- -ly 形; 副 表「每隔……時間」
- -hood 名 表「狀態」

02 **likewise** [ˋlaɪkˏwaɪz]

副 同樣地，照樣地

同義 similarly 同樣地

- like 喜歡，像
- -wise 副

03 **peril** [ˋpɛrəl]

名 U（重大的）危險

04 **perish** [ˋpɛrɪʃ] 動 死去

05 **prospect** [ˋprɑspɛkt]

名 ❶ C（常作複數）前景，前途；❷ 複 可能性，希望 ❸ 動 找礦，勘探

06 **regardless** [rɪˋgardlɪs]

副 不顧一切地，不管怎樣地

- regard 動 考慮
- -less 形 表「無，沒有」

07 **reliance** [rɪˋlaɪəns]

名 U 依靠，依賴

同義 dependence 依靠

- rely 動 依靠
- -ance 名

08 **render** [ˋrɛndɚ] 動 ❶ 使變得，使成為，使處於某狀態；❷（正式）給予，提供

同義 ❶ make 使變得

09 **restoration** [ˏrɛstəˋreʃən]

名 U 修復，復原

- re- 再，更
- -ation 名
- store 動 貯存

10 **revival** [rɪˋvaɪvl̩]

名 C 復活，再流行

- revive 動 使恢復精力
- -al 名

11 **revive** [rɪˋvaɪv] 動 ❶ 使恢復精力，使復元；❷ 甦醒；❸ 使復興，恢復生機

12 **riot** [ˋraɪət] ❶ 名 C 暴亂，騷亂 ❷ 動 參加暴亂，聚眾鬧事

13 **secure** [sɪˋkjʊr] 形 ❶ 安全的，無危險的 (＋ from)；❷ 牢固的，穩當的 ❸ 動 把……弄牢，關緊

名 security 安全，安全感

反義 ❶ insecure 不安全的

14 **setting** [ˋsɛtɪŋ]

名 C 背景，環境

- set 動 使處於
- -ing 名

15 **sober** [ˋsobɚ] 形 ❶ 沒喝醉的，清醒的；❷ 冷靜的 ❸ 動 使醒酒，使清醒

MP3 496

16 **solitary** [ˋsɑləˏtɛrɪ] ❶ 形 單獨的，獨自的❷ 名 C 獨居者，隱士

17 **stray** [stre] ❶ 形 迷路的
動 ❷ 迷失，走失；❸ 偏離（正題）
❹ 名 C 走失的家畜，離群的動物

18 **undoubtedly** [ʌn`daʊtɪdlɪ]
副 毫無疑問地，肯定地

- un- 不
- -ed 形
- doubt 動 懷疑
- -ly 副

19 **vacuum** [`vækjʊəm]
❶ 名 U 真空
❷ 動（口語）用真空吸塵器清掃

20 **versus** [`vɝsəs]
介 對，對抗（縮寫 vs.）

21 **whereas** [hwɛr`æz]
連 反之，卻，而

- where 那裡
- as 如同

22 **slavery** [`slevərɪ] 名 U 奴役

- slave 名 奴隸
- -ery 名

23 **solidarity** [ˌsɑlə`dærətɪ]
名 U 團結一致

- solid 形 堅固
- -ity 名
- -ary 形

24 **solitude** [`sɑləˌtjud]
名 ❶ U 單獨，隔絕；
❷ C 偏僻的地方

- soli 單獨表演（solo 的複數形）
- -tude 名 表「性質，狀態」

25 **stability** [stə`bɪlətɪ]
名 U 穩定，穩定性

- stabile 形 穩定的
- -ity 名

26 **stabilize** [`stebḷˌaɪz]
動 使穩定，使穩固

- stabile 形 穩定的
- -ize 動 表「使」

27 **stationary** [`steʃənˌɛrɪ]
形 ❶ 不動的，靜止的；
❷ 固定的，不能移動的

- station 名 靜止狀態
- -ary 形

28 **thrive** [θraɪv] 動 繁榮，興旺
形 thriving 興旺的，繁榮的

29 **tranquil** [`træŋkwɪl]
形 平靜的，安寧的

30 **turmoil** [`tɝmɔɪl]
名 U 騷動，混亂

31 **urgency** [`ɝdʒənsɪ] 名 U 緊急

- urgent 形 緊急的
- -ency 名 表「性質，狀態」

77 Time & Space 時間與空間 (1)

MP3 497

01 **alongside** [ə`lɔŋ͵saɪd] ❶ 副 在旁邊，並排地 ❷ 介 在……旁邊，與……並排靠攏著

- along 介 順著 · side 名 旁邊

02 **awhile** [ə`hwaɪl]
副 一會兒，片刻

- a- 在……狀態中
- while 名

03 **beforehand** [bɪ`for͵hænd]
副 預先，提前地

- before 介 在……之前
- hand 名 手

04 **brink** [brɪŋk] 名 單 ❶（懸崖的）邊緣；❷（崩潰等的）邊緣

05 **clockwise** [`klɑk͵waɪz]
❶ 形 順時針方向的
❷ 副 順時針方向地

- clock 名 鐘 · -wise 形；副

06 **coincide** [͵koɪn`saɪd]
動 同時發生

07 **coincidence** [ko`ɪnsɪdəns]
名 C 巧事，巧合

- coincide 動 同時發生
- -ence 名 表「性質，狀態」

08 **commence** [kə`mɛns] 動 開始

09 **contemporary**
[kən`tɛmpə͵rɛrɪ] 形 ❶ 當代的；❷ 同時代的 ❸ 名 C 同時代的人，同時期的東西
同義 ❶ modern 當代的

- contemporize 動 同一時代
- -ary 形

10 **counterclockwise**
[͵kaʊntə`klɑk͵waɪz] ❶ 形 逆時針方向的 ❷ 副 逆時針方向地
反義 ❶ ❷ clockwise 順時針方向的（地）

- counter- 反 · -wise 形；副
- clock 名 時鐘

11 **daybreak** [`de͵brek] 名 U 黎明，破曉 同義 dawn 黎明

- day 名 白天
- break 名 破，破曉

12 **destination** [͵dɛstə`neʃən]
名 C 目的地，終點

- destine 動 命定
- -ation 名

MP3 498

13 **downward** [`daʊnwəd]
❶ 形 向下的，下降的 ❷ 副 向下
反義 ❶ ❷ upward 向上的（地）

- down 副 向下
- -ward 形；副 表「向……的」

14 **duration** [djʊ`reʃən]
名 U 持續，持續期間
形 durable 耐用的

- dure 持久 · -ation 名

15 **dusk** [dʌsk] 名 U 黃昏

同義 twilight 薄暮，微光

反義 dawn 黎明

16 **eternal** [ɪˋtɝnḷ]

形 永久的，永恆的

17 **eternity** [ɪˋtɝnətɪ]

名 U 永遠，永恆

18 **expiration** [ˏɛkspəˋreʃən]

名 U 終結，滿期

同義 expiry 終結

- expire 動 滿期
- -ion 名

19 **expire** [ɪkˋspaɪr]

動 滿期，屆期

同義 run out 過期，失效

20 **extension** [ɪkˋstɛnʃən]

名 C ❶ 延長，延期；❷ 電話分機

- ex- 向外
- tend 動 趨向
- -ion 名

21 **exterior** [ɪkˋtɪrɪɚ]

❶ 形 外部的，外表的

❷ 名 U C 外部，外表

反義 ❶ ❷ interior 內部（的）

22 **external** [ɪkˋstɝnəl]

❶ 形 外部的，外面的

❷ 名 C（常作複數）外形，外觀

反義 ❶ ❷ internal 外部的；外形

- extern 形 外面的
- -al 形；名

23 **forthcoming** [ˏforθˋkʌmɪŋ]

形 ❶ 即將到來的；

❷ 隨時可得的，現有的

同義 ❶ approaching, coming 即將到來的

- forth 副 向前
- -ing 形
- come 動 來

24 **herald** [ˋhɛrəld]

❶ 名 C ……的預兆

❷ 動 預示……發生或來臨

25 **hereafter** [ˏhɪrˋæftɚ]

❶ 副 從今以後

❷ 名 單 死後的生活，來世

- here 這裡
- after 在……以後

78 Time & Space 時間與空間 (2)

MP3 499

01 **horizontal** [ˌhɑrəˋzɑntl̩]
❶ 形 水平的，橫的
❷ 名 C 水平線，水平面
- horizon 名 地平線
- -al 形

02 **inland** [ˋɪnlənd] ❶ 副 在內陸，向內陸 ❷ 形 內陸的
- in- 在內
- land 名 陸地

03 **interior** [ɪnˋtɪrɪɚ]
❶ 形 內部的，內心的
❷ 名 C（常作單數）內部，內心
反義 ❶❷ exterior 外部的；外部

04 **interval** [ˋɪntɚvl̩] 名 C 間隔，距離

05 **inward** [ˋɪnwɚd] ❶ 形 內部的，裡面的 ❷ 副 向內，向中心
反義 ❶❷ outward 外部的；外部
- in 介 在……裡
- -ward 形 副 表「向……的」

06 **lifelong** [ˋlaɪfˏlɔŋ]
形 終身的，一輩子的
- life 名 一生
- long 形 長久的

07 **longevity** [lɑnˋdʒɛvətɪ]
名 U 長壽，長命
- longevous 形 長壽的
- -ity 名

08 **meantime** [ˋminˏtaɪm]
❶ 名 U 期間 ❷ 副 期間，同時
同義 meanwhile 期間
- mean 形 中間的
- time 名 時間

09 **medieval** [ˌmɪdɪˋivəl]
形 中世紀的

10 **midst** [mɪdst] 名 U 中間，當中
同義 middle 中間，中途

11 **nowhere** [ˋnoˏhwɛr] 副 任何地方都不 同義 no place 無處
- no 無，不
- where 哪裡

12 **outset** [ˋaʊtˏsɛt]
名 U 最初，開始 同義 at the beginning, start 開始
- out- 外，出
- set 動 使開始

MP3 500

13 **outward** [ˋaʊtwɚd]
❶ 副 向外 ❷ 形 外表的，表面的
反義 ❶❷ inward 向內；內部的
- out- 外
- -ward 形；副

14 **overhead** [ˋovɚhɛd]
❶ 形 在頭頂上的，在上頭的
❷ 副 在頭頂上，在上頭
- over- 在上
- head 名 頭

15 **overlap** 動 [ˋovɚˋlæp]
名 [ˋovɚˏlæp] ❶ 動 與……部分同時發生 ❷ 名 C U 重疊部分
- over- 在上
- lap 動 使部分重疊

16 **parallel** [ˋpærə͵lɛl] ❶ 形 平行的　❷ 名 C 類似的人或事物，可相比擬的人或事物（＋ to/with N）❸ 動 與……相似，比得上
同義 ❷ equivalent 類似的人或事物

17 **phase** [fez] ❶ 名 C 階段，時期 ❷ 動 分階段實行

18 **precede** [priˋsid]
動（位置或時間上）先於

・pre- 在前的　・cede 動 屈服

19 **prehistoric** [͵prihɪsˋtɔrɪk]
形 有文字記載的歷史以前的，史前的

・pre- 在前的
・history 名 歷史
・-ic 形

20 **preliminary** [prɪˋlɪmə͵nɛrɪ]
❶ 形 預備的，初步的
❷ 名 C 初步行動，預備工作（＋ to N）
同義 ❶ initial 初步的

・pre- 在前的
・liminal 形 刺激閾的
・-ary 形；名

21 **premature** [͵priməˋtjʊr]
形 ❶ 比預期早的，過早的；❷ 早產的

・pre- 在前的
・mature 形 成熟的

22 **prior** [ˋpraɪɚ] 形 在先的，在前的（＋ to）　反義 posterior 後面的

23 **priority** [praɪˋɔrətɪ]
名 U 優先（權）

・prior 形 在先的
・-ity 名

24 **prolong** [prəˋlɔŋ] 動 拉長，延長　同義 extend 延長，延伸

・pro- 在前
・long 形 長久的

25 **rear** [rɪr] ❶ 形 後面的，後部的 ❷ 名 單 後部　❸ 動 培育，照顧
同義 ❶ back 後面的；後部的

79 Time & Space 時間與空間 (3)

MP3 501

01 **punctual** [ˋpʌŋktʃʊəl]

形 守時的，準時的

名 punctuality 嚴守時間

同義 on time 準時的

02 **reverse** [rɪˋvɝs]

❶ 名 U 反向，倒退

❷ 形 相反的，反向的

動 ❸ 使倒退，使反向；

❹ 推翻；撤銷

03 **rim** [rɪm]

❶ 名 C（圓形物體的）邊緣

❷ 動 形成……的邊緣，給……鑲邊

04 **suspend** [səˋspɛnd]

動 ❶ 使停職，使休學，使中止；

❷ 懸掛

05 **underneath** [ˏʌndɚˋniθ]

❶ 介 在……之下，在……底下

❷ 副 在下面，在底下

❸ 形 下面的，底部的

❹ 名 單 下面，底部

06 **upright** [ˋʌpˏraɪt] 形 ❶ 豎的，直立的；❷ 正直的，誠實的

❸ 副 挺直地，筆直地

同義 ❶ upstanding 直立的

- up 副 向上
- right 形 直的

07 **upward** [ˋʌpwɚd]

❶ 副 向上 ❷ 形 向上的

反義 ❶ ❷ downward 向下；向下的

- up 副 向上
- -ward 形；副 表「向……的」

08 **vertical** [ˋvɝtɪkḷ]

形 垂直的，豎的

09 **via** [ˋvaɪə]

介 ❶ 經由；❷ 憑藉，藉由

10 **whereabouts** [ˋhwɛrəˋbaʊts]

❶ 副 在哪裡（疑問副詞）

❷ 名 複 行蹤，下落，（人或物）所在的地方

- where 哪裡
- about 在……周圍
- -s 副

11 **widespread** [ˋwaɪdˏsprɛd]

形 分布廣的

- wide 形 廣闊的
- spread 動 伸展

12 **sequence** [ˋsikwəns] 名 ❶ U 順序，先後；❷ C 連續，一連串

13 **session** [ˋsɛʃən] 名 C（某團體從事某項活動的）一段時間，會期

MP3 502

14 **simultaneous** [ˏsaɪmḷˋtenɪəs]

形 同時發生的，同步的（＋ with）

- similar 形 相似的
- (instan) taneous 同時發生的

15 **slot** [slɑt] ❶ 名 C 狹長孔，投幣口　動 ❷ 把……放入狹長孔中，(東西)接合在一起(＋ into N)；❸安排(時間)，安置(某物)

16 **spacious** [ˋspeʃəs] 形 寬敞的
同義 roomy 寬敞的，寬闊的

- space 名 空間
- -ious 形

17 **span** [spæn]
❶ 名 C 一段時間
動 ❷(橋等)橫跨，跨越；
❸ 持續，貫穿
同義 ❷ cross 跨越

18 **subsequent** [ˋsʌbsɪˏkwɛnt]
形 後來的，隨後的
同義 consequence 後來的
反義 previous 先前的

19 **succession** [səkˋsɛʃən]
名 ❶ U 連續，接續；❷ C(常作單數)一系列，一連串(＋ of)；
❸ U 繼承，繼任(＋ to)
同義 ❷ series 一系列

20 **successive** [səkˋsɛsɪv]
形 連續的，相繼的

21 **suspension** [səˋspɛnʃən]
名 U ❶ 暫停，中止；
❷ 停職，停學

- suspense 動 暫時停止
- -ion 名

22 **terminate** [ˋtɝməˏnet]
動 使停止，使終止

23 **thereafter** [ðɛrˋæftɚ]
副 之後，以後

- there 那裡　・after 之後

24 **transition** [trænˋzɪʃən]
名 U 過渡，過渡時期

- transit 動 過渡　・-ion 名

25 **twilight** [ˋtwaɪˏlaɪt] 名 U ❶ 黃昏，黎明；❷ 暮年，晚期

26 **ultimate** [ˋʌltəmɪt] 形 ❶ 最終的，最後的；❷基本的，根本的
❸ 名 單 終極

- ultima 形 最後的
- -ate 形

27 **verge** [vɝdʒ] ❶ 名 C 邊緣
❷ 動 接近，瀕臨

80 Degree & Frequency 程度與頻率

MP3 503

01 **acute** [ə`kjut] 形 ❶ 劇烈的，激烈的；❷（疾病）急性的

02 **bulk** [bʌlk] 名 ❶ 單 C 大部分，大多數 (＋ of)；❷ U 巨大的體重、重量或身體

形 bulky 體積大的，龐大的

03 **comprehensive** [͵kɑmprɪ`hɛnsɪv]

形 廣泛的，全面的

- comprehend 動 理解
- -ive 形

04 **cosmopolitan** [͵kɑzmə`pɑlətn̩] 形 ❶ 世界性的，國際性的；❷ 世界主義的，四海為家的 ❸ 名 C 世界主義者，四海為家者

- cosmopolite 名 世界公民
- -an 形；名

05 **density** [`dɛnsətɪ] 名 U 密度

- dense 形 密的，濃的
- -ity 名

06 **escalate** [`ɛskə͵let]

動 逐步上升、增強或擴大

相關 escalator 電扶梯

同義 climb, increase, intensify 增強，擴大

07 **excessive** [ɪk`sɛsɪv]

形 過度的，過分的

- excess 名 過量
- -ive 形

08 **finite** [`faɪnaɪt] 形 有限的

同義 limited 有限的

反義 infinite 無限的

09 **heighten** [`haɪtn̩]

動 增加，提高

同義 intensify 增加

- high 形 高的
- -th 名 表「性質，狀態」
- -en 動 表「變為……」

10 **infinite** [`ɪnfənɪt]

形 ❶ 無限的，無邊的；❷ 極大的

同義 ❶ boundless 無限的

反義 ❶ finite 有限的

- in- 無
- finite 形 有限的

11 **magnitude** [`mægnə͵tjud]

名 U 大小，強度

- magni- 大
- -tude 名 表「性質，狀態」

12 **marginal** [`mɑrdʒənl̩]

形 微小的，不重要的

- margin 名 邊緣
- -al 形

13 **odds** [ɑds] 名（複數名詞）

❶ 機會，可能性；❷ 不和

MP3 504

14 **outright** [ˋaʊtˋraɪt]
❶ 副 全部地，徹底地
❷ 形 全部的，徹底的

・out 副 完全，徹底
・right 形 完全的

15 **overall** 形 [ˋovɚ͵ɔl] 副 [͵ovɚˋɔl]
❶ 形 全面的，全部的　副 ❷ 全部地，總共；❸ 總的來說，大體上

・over- 加強意義
・all 形 全部的

16 **partly** [ˋpɑrtlɪ] 副 部分地，不完全地　同義 partially 部分地

・part 名 部分　・-ly 副

17 **profound** [prəˋfaʊnd]
形 ❶ 深深的，深刻的；❷ 深奧的

18 **proportion** [prəˋporʃən]
名 U 比例，比率　補充 in proportion to 和⋯⋯成比例

・pro- 按照
・portion 名 部分

19 **ratio** [ˋreʃo] 名 C 比率，比例

20 **reinforce** [͵riɪnˋfɔrs]
動 強化，加深

・re- 加強語氣
・inforce (= enforce) 加強

21 **supreme** [səˋprim] 形 最高的，至上的

22 **scope** [skop] 名 U ❶ 範圍，領域；❷（做某事的）機會，能力（＋ for sb. to V）

23 **sheer** [ʃɪr] 形 ❶ 全然的，純粹的；❷（紡織物）極薄的，透明的 ❸ 副 陡峭地，垂直地

24 **subtle** [ˋsʌtḷ] 形 微妙的，隱約的

25 **utmost** [ˋʌt͵most] ❶ 形 最大的，極度的❷ 名 單 極限，極度

26 **whatsoever** [͵hwɑtsoˋɛvɚ]
副 一點也不⋯⋯

81 Good & Bad 好與壞 (1)

MP3 505

01 **beneficial** [ˌbɛnəˋfɪʃəl]
形 有益的，有幫助的
同義 advantageous, favorable 有益的
反義 detrimental 有害的

- benefice 名 僧侶之祿
- -al 形

02 **blunder** [ˋblʌndɚ] ❶ 名 C 大錯 ❷ 動 犯大錯，出漏子

03 **catastrophe** [kəˋtæstrəfɪ]
名 C 大災難 同義 disaster 災難

- cata- 反向
- strophe 名（古希臘戲劇中）詠唱隊由右向左移動唱的歌

04 **complement** [ˋkɑmpləmənt]
❶ 動 與……相配，補足
❷ 名 C 補足物，配對物（＋ to）

- complete 形 完整的
- -ment 名

05 **criterion** [kraɪˋtɪrɪən]
名 C（判斷、批評的）標準，準則

06 **defect** 名 [dɪˋfɛkt] 動 [dɪˋfɛkt]
❶ 名 C 缺點，缺陷 ❷ 動 脫離，背叛（＋ to/from）

07 **deficiency** [dɪˋfɪʃənsɪ]
名 C ❶ 缺陷，缺點；❷ 不足，缺乏 同義 ❷ shortage 不足

- deficient 形 有缺陷的
- -ency 名 表「性質，狀態」

08 **degrade** [dɪˋgred] 動 貶低，使丟臉 形 degrading 丟臉的

- de- 下降
- grade 名 等級

09 **destructive** [dɪˋstrʌktɪv]
形 破壞的，毀滅性的

- destroy 動 破壞
- -ive 形

10 **deteriorate** [dɪˋtɪrɪəˌret]
動 惡化 名 deterioration 惡化，變壞 同義 worsen 惡化

11 **disastrous** [dɪzˋæstrəs]
形 災害的，災難性的
同義 catastrophic, devastating 災難性的

- disaster 名 災難
- -ous 形

MP3 506

12 **disciplinary** [ˋdɪsəplɪnˌɛrɪ]
形 紀律的，懲戒的

- discipline 名 紀律
- -ary 形

13 **doom** [dum] ❶ 名 U 厄運，毀滅 ❷ 動 注定，命定

14 **drawback** [ˋdrɔˌbæk]
名 C 缺點，不利條件
同義 disadvantage, snag 不利條件

- draw 動 拉
- back 回

15 **enhance** [ɪnˋhæns]
動 提升，增進

16 **enhancement**

[ɪn`hænsmənt] 名 U C 提升，增進

・enhance 動 提升　・-ment 名

17 **enrich** [ɪn`rɪtʃ] 動 使豐富

・en- 使　・rich 形 豐富的

18 **enrichment** [ɪn`rɪtʃmənt]

名 U 豐富

19 **ethic** [`ɛθɪk] 名 C ❶ 單 倫理，道德體系；❷（常作複數）道德標準，道德規範

・ethos 名 社會或民族等的精神特質　・-ic 名

20 **ethical** [`ɛθɪkḷ] 形 倫理的，道德的　同義 moral 道德的

・ethos 名 社會或民族等的精神特質　・-ic 名　・-al 形

21 **excel** [ɪk`sɛl] 動 ❶ 勝過他人；❷ 優於，勝過（＋ at/in sth.）

22 **extraordinary**

[ɪk`strɔrdṇ͵ɛrɪ] 形 ❶ 非凡的；❷ 異常的

同義 ❶ incredible 非凡的

・extra- 超出
・ordinary 形 平凡的

23 **fabulous** [`fæbjələs]

形〔口語〕極好的

同義 wonderful 極好的

・fable 名 寓言　・-ous 形

Part 3 Levels 5 — 6

82 Good & Bad 好與壞 (2)

MP3 507

01 **flaw** [flɔ] 名 C 瑕疵，缺點

同義 defect, fault 毛病，缺陷

02 **foster** [`fɔstɚ] 動 ❶ 促進；❷ 收養　❸ 形 收養的

同義 ❶ encourage, promote 促進　❷ adopt 收養

03 **hazard** [`hæzɚd] ❶ 名 C 危險，危害物　❷ 動 使……冒危險，冒……的危險

04 **mar** [mɑr] 動 毀損，破壞

同義 blight, ruin, spoil 損壞，毀壞

05 **morality** [mə`rælətɪ]

名 U 道德，倫理

・moral 形 道德上的
・-ity 名

06 **norm** [nɔrm]

名 C（常作複數）準則，規範

07 **notorious** [no`torɪəs]

形 惡名昭彰的，聲名狼藉的（＋ for）

08 **ordeal** [ɔr`diəl]

名 C 苦難，折磨

09 **plight** [plaɪt]

名 C（常作單數）困境，苦境

10 **prestige** [prɛs`tiʒ]

名 U 名望，聲望

形 prestigious 有聲望的

同義 status 重要地位

11 **prevail** [prɪ`vel] 動 ❶ 勝過，優勝（＋ over/against）；❷ 流行，盛行（＋ in/among）

形 prevailing 佔優勢的

MP3 508

12 **progressive** [prə`grɛsɪv]

形 進步的，先進的

- progress 名 進步　- -ive 形

13 **ravage** [`rævɪdʒ] ❶ 動 毀滅，毀壞　❷ 名 複 破壞，損害，毀壞

同義 ❶ devastate, destroy 摧毀

14 **shortcoming** [`ʃɔrt͵kʌmɪŋ]

名 C（常作複數）缺點，短處

- short 形 弱的，差的
- come 動 來
- -ing 名

15 **woe** [wo]

名 C（常作複數）困難，不幸

16 **setback** [`sɛt͵bæk]

名 C 挫折，失敗

17 **superb** [sʊ`pɝb]

形 極好的，一流的

18 **superiority** [sə͵pɪrɪ`ɔrətɪ]

名 U 優越，優勢

反義 inferiority 劣勢

- superior 形 優秀的
- -ity 名

19 **surpass** [sɚ`pæs] 動 勝過，優於

形 surpassing 非凡的

- sur- 超過　- pass 動 通過

20 **undermine** [͵ʌndɚ`maɪn]

動 暗中破壞，逐漸損害

同義 spoil, ruin 毀壞

- under- 在……之下
- mine 動 破壞

21 **vice** [vaɪs] 名 ❶ U 惡，邪惡；❷ U 罪行，不道德行為；❸ C 惡習

22 **vicious** [`vɪʃəs] 形 惡毒的，凶惡的　同義 brutal, savage, violent 凶惡的

- vice 名 惡，邪惡
- -ous 形

23 **victorious** [vɪk`torɪəs]

形 勝利的，戰勝的

- victoy 名 勝利
- -ous 形

83 Quality 性質 (1)

MP3 509

01 **absurd** [əbˋsɝd]

形 不合理的，荒謬的，可笑的，愚蠢的

反義 reasonable 合理的

- ab- 加強語氣
- surd 形 無道理的

02 **accessible** [ækˋsɛsəbḷ]

形 可（或易）接近的，可（或易）得到的

反義 inaccessible 不易接近的

- access 名 接近
- -ible 形 表「可……的」

03 **accord** [əˋkɔrd]

❶ 動（與……）一致，符合（＋ with）

❷ 名 U 一致，符合

04 **accordance** [əˋkɔrdəns]

名 U 一致，符合

- accord 動 一致，符合
- -ance 名

05 **alternative** [ɔlˋtɝnətɪv]

形 ❶ 供選擇的，替代的；❷ 另類的

❸ 名 C 選擇，二擇一

- alternate 形 交替的
- -ive 形；名

06 **ambiguity** [ˏæmbɪˋgjuətɪ]

名 U 可作兩種或多種解釋，意義不明確

- ambiguous 形 含糊不清的
- -ity 名

07 **ambiguous** [æmˋbɪgjuəs]

形 含糊不清的，模稜兩可的

08 **anonymous** [əˋnɑnəməs]

形 匿名的

- an- 無，非
- -ous 形
- -onym 字，名

09 **applicable** [ˋæplɪkəbḷ]

形 適當的，合適的（＋ to）

同義 relevant 合適的

- apply 動 適用
- -able 形 表「有……特性的」

10 **apt** [æpt] 形 易於……的，有……的傾向（＋ to V/for sth.）

11 **authentic** [ɔˋθɛntɪk] 形 ❶ 可信的，可靠的；❷ 真正的，非假冒的 同義 ❷ genuine 真正的

12 **bizarre** [bɪˋzɑr]

形 古怪的，怪異的

同義 weird 鬼怪似的，神秘的

MP3 510

13 **blunt** [blʌnt] ❶ 形 鈍的

動 ❷ 使鈍；❸ 使減弱

反義 ❶ sharp 尖的

❷ sharpen 使尖銳

14 **brisk** [brɪsk] 形 輕快的

副 briskly 輕快地

15 **brute** [brut] ❶ 形 殘忍的
❷ 名 C 獸，畜生，殘暴的人

16 **characterize** [ˋkærəktə͵raɪz]
動 具有……的特徵，以……為特徵

- character 名 特性
- -ize 動 表「……化」

17 **chubby** [ˋtʃʌbɪ]
形 圓圓胖胖的，豐滿的

- chub 名 鰷魚（一種粗短的魚）
- -y 形

18 **compact** 形 動 [kəmˋpækt]
名 [ˋkɑmpækt] ❶ 形 小巧的，小型的 ❷ 動 使緊密，壓緊
❸ 名 C 小型轎車

19 **comparable** [ˋkɑmpərəbl̩]
形 可比較的，比得上的（＋ with）

- compare 動 比較
- -able 形 表「可……的」

20 **comparative** [kəmˋpærətɪv]
形 比較的，用比較方法的

- compare 動 比較
- -ative 形

21 **complexity** [kəmˋplɛksətɪ]
名 U 複雜（性），錯綜（性）

- complex 形 錯綜複雜的
- -ity 名

22 **comprise** [kəmˋpraɪz]
動 由……組成 同義 consist of, be made up of 由……組成

23 **concise** [kənˋsaɪs]
形 簡明的，簡潔的
同義 brief 簡明的，簡要的

24 **confidential** [͵kɑnfəˋdɛnʃəl]
形 機密的

- confide 動 信任
- -ence 名 表「性質，狀態」
- -al 形

25 **constituent** [kənˋstɪtʃʊənt]
❶ 形 組成的，構成（全體）的
❷ 名 C 成分，組成的要素
同義 ❷ component, ingredient 成分

84 Quality 性質 (2)

MP3 511

01 **continuity** [͵kɑntə`njuətɪ]
名 U 連續性，連貫性
・continuous 形 連續的
・-ity 名

02 **crooked** [`krʊkɪd] 形 歪的，彎曲的 反義 straight 直的
・crook 動 使彎曲
・-ed 形

03 **crucial** [`kruʃəl]
形 決定性的，重要的（＋ to sth.）（in/to doing sth.）
同義 critical, essential, vital 重要的

04 **crude** [krud] 形 ❶ 粗略的；❷ 粗野的，沒教養的

05 **decisive** [dɪ`saɪsɪv]
形 ❶ 決定性的；
❷ 堅決的，果斷的
反義 ❷ undeceive 無決斷力的
・decide 動 決定
・-ive 形

06 **differentiate** [͵dɪfə`rɛnʃɪ͵et]
動 使有差異（differentiate A from B） 同義 distinguish 使有差異
・differ 動 不同
・-ence 名 表「性質，狀態」
・-ate 動 表「使成為

07 **dispensable** [dɪ`spɛnsəbḷ]
形 非必要的 反義 essential, indispensable 必要的
・dispense 動 免除
・-able 形 表「可……的」

08 **disposable** [dɪ`spozəbḷ]
形 用完即丟的，一次性使用的
・dispose 動 處置
・-able 形 表「可……的」

09 **distinction** [dɪ`stɪŋkʃən]
名 U ❶ 區別，差別；
❷ 優秀，卓越
・distinct 形 有區別的
・-ion 名

10 **distinctive** [dɪ`stɪŋktɪv]
形 有特色的，特殊的
同義 characteristic 有特色的
・distinct 形 有區別的
・-ive 名

11 **diverse** [daɪ`vɝs]
形 不同的，多種多樣的

12 **diversify** [daɪ`vɝsə͵faɪ]
動 使多樣化
・diverse 形 不同的
・-ify 動 表「使……化」

13 **diversity** [daɪ`vɝsətɪ]
名 U 多樣性
同義 variety 多樣化
・diverse 形 不同的
・-ity 名

14 **drastic** [ˋdræstɪk]
㊋ 嚴厲的，極端的，激烈的

15 **eccentric** [ɪkˋsɛntrɪk]
㊋ 古怪的，反常的
❷ ㊔ Ⓒ 古怪的人

- ec- 向外
- center ㊔ 中心
- -ic ㊋

16 **elaborate** ㊋ [ɪˋlæbərɪt]
㊍ [ɪˋlæbəˏret] ❶ ㊋ 精心製作的，精巧的 ❷ ㊍ 詳盡闡述，詳細說明（＋ on/upon）

- e- 出（= out of）
- labor ㊔ 工作
- -ate ㊍；㊋

17 **essence** [ˋɛsn̩s]
㊔ 單 本質，要素

18 **exceptional** [ɪkˋsɛpʃənl̩]
㊋ 例外的，特殊的
反義 unexceptional 平常的

- except ㊍ 把……除外
- -ion ㊔
- -al ㊋

19 **exotic** [ɛgˋzɑtɪk]
㊋ 異國情調的，奇特的

- exo- 外部的
- -tic ㊋

20 **explicit** [ɪkˋsplɪsɪt]
㊋ 詳盡的，清楚的，明確的

21 **exquisite** [ˋɛkskwɪzɪt]
㊋ 精緻的，製作精良的

22 **feasible** [ˋfizəbl̩] ㊋ 可行的，可實行的 同義 practicable 能實行的，行得通的

23 **fireproof** [ˋfaɪrˋpruf] ㊋ 防火的，耐火的

- fire ㊔ 火
- proof ㊋ 防……的

24 **fragile** [ˋfrædʒəl] ㊋ 易碎的，易損壞的 同義 delicate 易碎的
反義 sturdy 堅固的

25 **glamor** [ˋglæmɚ] ㊔ Ⓤ 魅力，誘惑力（同 glamour）

26 **gorgeous** [ˋgɔrdʒəs]
㊋ 華麗的，美極的
同義 lovely 秀美動人的，可愛的

85 Quality 性質 (3)

MP3 513

01 **grim** [grɪm] 形 嚴厲的，無情的

同義 harsh, serious 嚴厲的

02 **imperative** [ɪm`pɛrətɪv]

形 必要的，極重要的

同義 vital 必要的，重要的

03 **imposing** [ɪm`pozɪŋ]

形 壯觀的，氣勢宏偉的，給人深刻印象的

- im- 在上面
- pose 動 使為難
- -ing 形

04 **incidental** [ˏɪnsə`dɛntḷ]

❶ 形 附帶的，伴隨的（＋ to）

❷ 名 C （常為複數）雜支，雜項

- incident 名 事件
- -al 形

05 **inclusive** [ɪn`klusɪv]

形 包含的，包括的

反義 exclusive 不包含的

06 **indispensable**

[ˏɪndɪs`pɛnsəbḷ]

形 必不可少的，必需的

同義 essential 必要的

反義 dispensable 不必要的

- in- 不
- dispense 動 分配
- -able 形 表「有……特性的」

07 **inevitable** [ɪn`ɛvətəbḷ]

形 不可避免的，必然的

- in- 不
- evite 避免
- -able 形 表「可……的」

08 **inherent** [ɪn`hɪrənt]

形 內在的，固有的，與生俱來的（＋ in）

同義 intrinsic 內在的

- inhere 動 生來即存在（於）
- -ent 形 表「有……性質的」

09 **innovative** [`ɪnoˏvetɪv]

形 革新的，創新的

- innovate 動 革新
- -ive 形

10 **lofty** [`lɔftɪ] 形 高尚的，崇高的

- loft 名 頂樓
- -y 形

11 **lunatic** [`lunəˏtɪk]

❶ 形 瘋狂的，愚妄的

❷ 名 C 瘋子，瘋狂的人

同義 ❷ maniac 瘋子

12 **majestic** [mə`dʒɛstɪk]

形 雄偉的，威嚴的

同義 awe-inspiring, splendid 雄偉的

- majesty 名 雄偉
- -ic 形

13 **majesty** [`mædʒɪstɪ]

名 U 雄偉，壯麗

MP3 514

14 **manifest** [ˋmænəˏfɛst]

❶ 形 顯然的，清楚的 ❷ 動 表露，顯示（in/as/through sth.）

同義 ❶ clear 清楚的

❷ appear 顯示

15 **mobile** [ˋmobḷ]

形 可動的，移動式的

反義 immobile 不能動的

16 **mode** [mod] 名 C 形式，樣式

17 **monstrous** [ˋmɑnstrəs]

形 似怪物的，怪異的

- monster 名 怪物
- -ous 形

18 **muscular** [ˋmʌskjələ˞]

形 健壯的，肌肉發達的

- muscle 名 肌肉
- -ar 形

19 **nasty** [ˋnæstɪ]

形 ❶ 使人難受的，令人作嘔的；

❷ 難處理的，棘手的

20 **notable** [ˋnotəbḷ]

形 值得注意的，顯著的

同義 striking 顯著的

- note 動 注意
- -able 形 表「可……的」

21 **noticeable** [ˋnotɪsəbḷ]

形 顯而易見的，顯著的

- notice 動 注意
- -able 形 表「可……的」

22 **oblong** [ˋɑbloŋ]

形 矩形的，長方形的

23 **obscure** [əbˋskjʊr]

形 ❶ 無名的，不知名的；

❷ 晦澀的，難解的

❸ 動 使難理解

24 **operational** [ˏɑpəˋreʃənḷ]

形 操作上的

- operate 動 操作
- -ion 名
- -al 形

25 **optional** [ˋɑpʃənḷ]

形 可選擇的，非必須的

名 option 選擇

同義 compulsory 可選擇的

- opt 動 選擇
- -al 形
- -ion 名

26 **originality** [əˏrɪdʒəˋnælətɪ]

名 U 原創性，獨創性

- original 形 獨創的
- -ity 名

Part 3 Levels 5 — 6

86 Quality 性質 (4)

MP3 515

01 **permissible** [pɚˋmɪsəbḷ]
形 可允許的

- permit 動 允許
- -sion 名 表「狀態或情形」
- -ible 形 表「可⋯⋯的」

02 **petty** [ˋpɛtɪ] 形 瑣碎的，不重要的 同義 minor 小的，瑣碎的

03 **picturesque** [ˌpɪktʃəˋrɛsk]
形 如畫般的，美麗的

- picture 名 畫
- -esque 形 表「像⋯⋯一般的」

04 **preventive** [prɪˋvɛntɪv]
形 預防的 名 prevention 預防

- prevent 動 預防
- -ive 形

05 **prone** [pron] 形 易於⋯⋯的，有⋯⋯傾向的（＋ to N/to do sth.） 同義 liable 易於⋯⋯的

06 **prospective** [prəˋspɛktɪv]
形 盼望中的，可能的
同義 potential 可能的

- prospectus 名 創辦計畫書
- -ive 形

07 **radical** [ˋrædɪkḷ] ❶ 形 極端的，激進的 ❷ 名 C 激進分子

08 **random** [ˋrændəm] 形 隨機的

09 **relevant** [ˋrɛləvənt] 形 有關的，切題的（＋ to N）
反義 irrelevant 無關的

10 **resemblance** [rɪˋzɛmbləns]
名 C 相似點，相似程度（＋ to sth.）
同義 likeness 相似點

- resemble 動 像，類似
- -ance 名

11 **resistant** [rɪˋzɪstənt]
形 抗⋯⋯的，防⋯⋯的

- resist 動 抵抗
- -ant 形

12 **respective** [rɪˋspɛktɪv]
形 分別的，各自的

- respect 動 尊敬
- -ive 形

13 **ridiculous** [rɪˋdɪkjələs]
形 荒謬的，可笑的，滑稽的
同義 absurd, ludicrous 荒謬的

- ridicule 動 嘲笑
- -ous 形

MP3 516

14 **rigid** [ˋrɪdʒɪd] 形 ❶ 堅硬的，堅固的；❷ 嚴格的，死板的
反義 ❶ flexible 可彎的

15 **rigorous** [ˋrɪgərəs]
形 嚴格的，嚴厲的
同義 strict 嚴格的

- rigor 名 嚴格
- -ous 形

16 **robust** [rəˋbʌst] 形 ❶ 強健的，健壯的；❷ 耐用的，堅固的；❸（食物）濃的

同義 ❶ sturdy 健壯的

17 **rugged** [ˋrʌgɪd]

形 高低不平的，崎嶇的

18 **savage** [ˋsævɪdʒ] ❶ 形 凶猛的，殘酷的　❷ 名 C 野蠻人

同義 ❶ brutal 凶猛的

19 **sole** [sol] ❶ 形 單獨的，唯一的

❷ 名 C 腳底，鞋底

❸ 動 給（鞋子）裝底或換底

同義 ❶ only 唯一的，僅有的

20 **solemn** [ˋsɑləm] 形 嚴肅的，莊嚴的　名 solemnity 莊嚴，嚴肅

同義 serious 嚴肅的

反義 cheerful 輕鬆的

21 **splendor** [ˋsplɛndɚ]

名 U 壯觀，壯麗

形 splendid 雄偉的，華麗的

同義 grandeur 壯觀

22 **stern** [stɝn] 形 嚴格的，嚴厲的

同義 strict 嚴格的，嚴厲的

23 **simplicity** [sɪmˋplɪsətɪ]

名 U 簡單

- simplex 形 單純的　- -ty 名

24 **spectacular** [spɛkˋtækjəlɚ]

形 壯觀的，壯麗的

同義 breathtaking 壯觀的

- spectacle 名 奇觀
- -ar 形

25 **spiral** [ˋspaɪrəl]

❶ 形 螺旋（形）的

❷ 名 C 螺旋（形）

❸ 動 盤旋，成螺旋形

- spire 名 螺旋　- -al 形

26 **spontaneous** [spɑnˋtenɪəs]

形 ❶ 自發的；❷（動作等）無意識的，不由自主的

87 Quality 性質 (5)

MP3 517

01 **stout** [staʊt] 形 矮胖的，粗壯的
同義 plump 豐滿的，胖嘟嘟的

02 **straightforward**
[͵stret`fɔrwɚd] 形 直率的，坦率的

- straight 形 直的
- forward 向前

03 **structural** [`strʌktʃərəl]
形 結構的，構造上的

- structure 名 結構
- -al 形

04 **sturdy** [`stɝdɪ]
形 健壯的，結實的

05 **superficial** [͵supɚ`fɪʃəl]
形 膚淺的，虛假的
同義 shallow 膚淺的

- superficies 名 表面
- -al 形

06 **tentative** [`tɛntətɪv] 形 ❶ 試驗性的，嘗試的；❷ 躊躇的，猶豫不定的 同義 ❶ provisional 試驗性的 ❷ hesitant 猶豫不定的

07 **toxic** [`tɑksɪk]
形 毒性的，有毒的

08 **transparent** [træns`pɛrənt]
形 透明的
反義 opaque 不透明的

09 **understandable**
[͵ʌndɚ`stændəbḷ]
形 能懂的，可了解的

- under- 在……之下
- stand 動 站
- -able 形 表「可……的」

10 **vague** [veg]
形 ❶ 模糊不清的，朦朧的；
❷ 不明確的，含糊的
同義 ❶ indistinct 模糊不清的

11 **vigorous** [`vɪgərəs]
形 壯健的，精力充沛的
同義 energetic 活力充沛的

- vigor 名 精力
- -ous 形

12 **weird** [wɪrd]
形 奇怪的，怪異的
同義 strange 奇怪的

MP3 518

13 **worthwhile** [`wɝθ`hwaɪl]
形 值得做的

- worth 名 價值
- while 介 當……之時

14 **worthy** [`wɝðɪ]
形 ❶ 值得的；❷ 可尊敬的
反義 ❶ unworthy 不值得的

- worth 名 價值
- -y 形 表「有……的，多……的」

15 **strategic** [strə`tidʒɪk]
形 策略上的

- strategy 名 策略
- -ic 形

16 **symmetry** [ˋsɪmɪtrɪ]

名 U 對稱　形 symmetrical 對稱的　反義 asymmetry 不對稱

- sym- 共，類似
- -metry 名 表「測量」

17 **synthetic** [sɪnˋθɛtɪk]

形 合成的，人造的

18 **theatrical** [θɪˋætrɪkl̩]

形 戲劇性的，誇張的，不自然的

- theater 名 戲劇
- -ic 形
- -al 形

19 **trivial** [ˋtrɪvɪəl] 形 瑣碎的，不重要的　名 trifle 小事，瑣事

20 **variable** [ˋvɛrɪəbl̩] ❶ 形 易變的，多變的（＋ in sth.）

❷ 名 C 可變因素

名 variety 多樣化，變化

- vary 動 變化
- -able 形 表「可……的」

21 **variation** [ˏvɛrɪˋeʃən]

名 C U 差異，差別

- vary 動 變化　- -ion 名
- -ate 形

22 **vulgar** [ˋvʌlgɚ] 形 粗俗的，下流的，粗魯的　同義 coarse, in bad taste 粗魯的

23 **vulnerable** [ˋvʌlnərəbl̩]

形 易受傷害的（＋ to N）

24 **waterproof** [ˋwɑtɚˏpruf]

形 防水的

- water 名 水
- -proof 形 表「防……的」

25 **watertight** [ˋwɑtɚˋtaɪt]

形 防水的

- water 名 水
- tight 形 密封的

88 Others 其他

MP3 519

01 **agenda** [ə`dʒɛndə]
名 C 待議諸事項，議程

02 **blast** [blæst] 名 C ❶（一陣）疾風；❷ 爆炸，爆破　動 ❸ 炸開，炸出；❹ 嚴厲批評，猛烈抨擊

03 **bulge** [bʌldʒ] ❶ 動 膨脹，凸起 ❷ 名 C 腫脹，凸塊

04 **category** [`kætə͵gorɪ]
名 C 種類，類目 同義 class 種類

05 **comet** [`kɑmɪt] 名 C 彗星

06 **derive** [dɪ`raɪv]
動 衍生出（＋ from）

07 **facilitate** [fə`sɪlə͵tet]
動（正式）使容易，使不費力
- facile 形 易使用的
- -ity 名
- -ate 動

08 **feedback** [`fid͵bæk]
名 U 回饋

09 **fume** [fjum] ❶ 名 C（常作複數）（有害、濃烈或難聞）的煙
❷ 動 憤怒

10 **generate** [`dʒɛnə͵ret]
動 產生，引起　相關 generator 發電機　同義 create 產生

11 **gravity** [`grævətɪ]
名 U 地心吸力，重力
- grave 形 重大的
- -ity 名

12 **gust** [gʌst]
❶ 名 C 一陣強風
❷ 動 一陣陣地勁吹

13 **hairstyle** [`hɛr͵staɪl] 名 C 髮型
- hair 名 髮　・style 名 款式

14 **incentive** [ɪn`sɛntɪv]
名 C 刺激，鼓勵，動力

15 **momentum** [mo`mɛntəm]
名 U（物理學上）衝力，動量

16 **odor** [`odɚ] 名 C 氣味

MP3 520

17 **option** [`ɑpʃən] 名 U 選擇，選擇權　形 optional 隨意的
- opt 動 選擇　・-ion 名

18 **originate** [ə`rɪdʒə͵net]
動 發源，來自
- origin 名 起源　・-ate 動 使成為

19 **outbreak** [`aʊt͵brek]
名 C 爆發
- out- 向外　・break 動 破裂

20 **ozone** [`ozon] 名 U 臭氧

21 **realism** [`rɪəl͵ɪzəm] 名 U 寫實主義　形 realistic 現實的
- real 形 真的；現實的
- -ism 名 表「……主義」

22 **recur** [rɪˋkɝ]
㊀動 再發生，復發
名 recurrence 再發生，復發

23 **scent** [sɛnt] 名 C 氣味

24 **series** [ˋsiriz] 名 C ❶（一）連串；❷ 系列片，系列節目

25 **stink** [stɪŋk] ❶ 動 發惡臭
❷ 名 C（常作單數）惡臭，臭氣
同義 ❶ ❷ reek（發）惡臭

26 **streak** [strik] ❶ 名 C 條紋，斑紋 ❷ 動 在……上有條紋，使留下條痕

27 **stripe** [straɪp] 名 C 條紋，斑紋

28 **vigor** [ˋvɪgɚ] 名 U 體力，精力，活力 形 vigorous 精力充沛的 同義 vitality 活力

29 **zip** [zɪp] 名 ❶ U〔口語〕精力，活力；❷ C 郵遞區號
❸ 動 用拉鍊拉開

30 **version** [ˋvɝʒən] 名 C 版本

31 **vitality** [vaɪˋtælətɪ] 名 U 活力，生氣 同義 vigor 精力

- vital 形 充滿活力的
- -ity 名

32 **warranty** [ˋwɔrəntɪ] 名 C 保證書 同義 guarantee 保證書

- warrant 名 保證
- -y 名

國家圖書館出版品預行編目資料

用聽的背英單7000字 / Judy Majewski & 葉立萱著；吳詩綺審. 一初版. 一[臺北市]：寂天文化, 2014.3 面； 公分.

ISBN 978-986-318-211-5（25K平裝附光碟片）
ISBN 978-986-318-302-0（50K平裝附光碟片）
ISBN 978-986-318-395-2（25K精裝附光碟片）
1.英語 2.詞彙
805.12 103003710

作者 _ Judy Majewski & 葉立萱
審校 _ 吳詩綺
編輯 _ 歐寶妮
製程管理 _ 洪巧玲
出版者 _ 寂天文化事業股份有限公司
電話 _ +886-2-2365-9739
傳真 _ +886-2-2365-9835
網址 _ www.icosmos.com.tw
讀者服務 _ onlineservice@icosmos.com.tw
出版日期 _ 2015年12月 初版再刷（250102）
郵撥帳號 _ 1998620-0 寂天文化事業股份有限公司
訂購金額600（含）元以上郵資免費
訂購金額600元以下者，請外加郵資65元